周原纪

吴克敬

著

陕西师范大学出版总社 西安

图书代号　　WX24N1626

图书在版编目（CIP）数据

周原纪 ／ 吴克敬著. -- 西安 ： 陕西师范大学出版
总社有限公司，2024. 8（2024. 12重印）. -- ISBN 978-7-
5695-4590-6

Ⅰ. I247.5

中国国家版本馆CIP数据核字第2024M6J773号

周　原　纪
ZHOUYUAN JI

吴克敬　著

出版统筹	刘东风　郭永新
责任编辑	郑若萍　邢美芳
责任校对	刘　定
封面设计	观止堂_未泯
出版发行	陕西师范大学出版总社
	（西安市长安南路199号　邮编 710062）
网　　址	http://www.snupg.com
印　　刷	陕西龙山海天艺术印务有限公司
开　　本	710 mm×1000 mm　1/16
印　　张	35.5
插　　页	4
字　　数	500千
版　　次	2024年8月第1版
印　　次	2024年12月第2次印刷
书　　号	ISBN 978-7-5695-4590-6
定　　价	136.00元

读者购书、书店添货或发现印装质量问题，请与本公司营销部联系、调换。

电话：（029）85307864　85303629　　传真：（029）85303879

周原是古老的，古老着中国文化的优秀传统

周原是新鲜的，新鲜着中国精神的坚实基础

周原赋

（代前言）

彼采葛兮，一日不见，如三月兮。

彼采萧兮，一日不见，如三秋兮。

彼采艾兮，一日不见，如三岁兮。

——《诗经·王风·采葛》

没经冬的人，难说严寒的滋味；没历夏的人，难说酷暑的况味。从《诗经》里走来的风先生，是这么说了呢。出生在周原上的他，在这里经过了数千年的冬，历过了数千年的夏，他有资格这么说。他是周原文化和周原文明的见证者，我要在他的指导下，书写我热爱的周原了。

此前在为我的生身地扶风作传时，我在后记里说了：我没有别的什么靠山，扶风就是我的文化靠山；我没有别的什么背景，扶风就是我的精神背景。现在书写的文字包括了扶风在内的古周原，我想把我前次说的"扶风"两字改一下，改成"周原"二字，因为地理意义的周原比扶风要广阔得多，还因为文化意义、精神意义的周原，比扶风又要深厚得多、深远得多。我是狭义的扶风人，更是广义的周原人，我是周原的游子，古老的周原荣耀着我，使我情难自禁，呕心沥血，先就给周原作了一阕赋文。

与我交好的风先生，赶在这个时候，把我的赋文诵念了出来：

圣地悠悠兮周原，依秦岭而傍渭水，通五湖而达三江。始祖后稷，教民稼穑，神农炎帝，救民疾苦。华夏始而呈祥，民族从而肇兴。文王拘而演《易》，木铎声声采《诗》，周公制礼作乐，召公甘棠遗爱。先辈大仁广授，先祖大德风扬。

盛地煌煌兮周原，青铜鼎簋写文明，青铜盘匜书文化。礼行天下，爱洒神州，碧落凤舞，坤灵龙腾。尚闻英贤荟萃，且喜俊彦流芳。太公智辅社稷，孔明泣泪秋风，燕伋兜土望鲁，张载啼血心学。文韬云霄风化，武略疆场风流。

胜地赫赫兮周原，阳光新雨承大业，物华天宝起宏图。农业强盛，工业强劲，文教兴旺，科技兴隆。光阴荏苒逝水，白驹过隙留踪。踵事增华未来，富民祥华春风，沃野花红柳绿，城镇灯红酒绿。千秋传统光耀，万世辉煌风发。

风先生所以诵念我写给周原的赋文，反映的是他的态度。他在激励我，要我不畏艰难，书写我满腹胸怀的古周原。

"来朝走马，率西水浒"的公亶父，当年统领周氏部落的民众，千难万险地来在这里，他举目望远，俯首脚下，感而慨之，先就发出了一声"周原朊朊，堇荼如饴"的呐喊。经历了那个重要时刻的风先生，知晓老祖宗的呐喊，是感叹这片高台原地，种植得了丰茂甘甜的庄稼。这没有错，数千年的周原文明史，完美地证明了这一点。在此基础上，似还种植得了深奥的哲学、严谨的家国制度，以及美妙绝伦的诗歌。可不是嘛，文王演绎而来的《易经》，周公苦心制作而来的《周礼》，采诗官敲响木铎采集而来的《诗经》，可就都辉之煌之地成长在这片深厚的土地上。

哲学的《易经》我不说了，制度的《周礼》我也不说了，因为我说不好。那么文学的《诗经》呢，我虽然也说不好，但我还是敢于说点儿的。

之所以敢说，是因为我所立足的是许多名人大家的看法。如编辑整理了《诗经》的孔老夫子，惜字如金地说了"诗三百，一言以蔽之，曰：'思无邪'"；还如孟老夫子论说《诗经》，极言其"不以文害辞，不以辞害志，以意逆志，是为得之"；再如刘勰老夫子，于他皇皇巨著《文心雕龙》里说，《诗经》具有鼓动天下的精神力量，着眼改造社会的目的；而后钟嵘已然高度评价《诗经》，"文温以丽，意悲而远，惊心动魄，可谓一字千金"。觉悟诸位名士大家的觉悟，知觉诸位名士大家的知觉，自小在父辈的巴掌下，我把萌芽、生根、丰茂在我周原上的《诗经》朗声阅读下来，阅读到了现在，自觉读了多半辈子，读到我耳顺之年的时候，蓦然发现，御风走来了一位风先生。

　　与风先生一起走来的还有雅先生和颂先生。三位先生白发苍苍，虬髯飘飘，他们以各自可能的方式，拍打着我的脑袋，向我报了名姓，让我明晰他们是从《诗经》里走出来的。

　　受三位老先生的眷顾，我备受启发，我是想与他们为友的。但人是奇怪的，"江山易改，禀性难移"，我的性格就这般决定着我，便只敬畏着雅先生和颂先生，而独爱着风先生，立志拉住他的手，在他的引导下，为我著作的梦想而努力了。

　　感谢风先生，他有趣浪漫，他风流洒脱，他通透大气……，他先走进了我的长篇小说《源头》，是一个有血有肉的长者，丰满着我小说的人物，丰富着我小说的内涵，丰盛着我小说的意境，也让我的小说更多地受到读者喜爱；忽然间，他又进入我的长篇小说《扶风传》里来，发掘着这部长篇的历史深度，开拓着这部长篇的现实意义，直到现在又走入《周原纪》里来。

　　可爱的风先生，我将与他不离不弃，祈求他注入我著作以力量，如风般不息不止，风靡世间，风流人间。

　　《周原纪》开笔，我所凭借的是同人的错爱了。省委党校开创性地建立起一个特聘教授制度，年逾七旬的我，有幸忝列其中，我是必须做些实际的事情，方能对得起同人的赏识和信任。那么我能做什么呢？热爱中华优秀传统文化的风先生，不失时机地跻身过来，与我撞了个满怀，我感受到了他的温润，他的睿智，他的指向……周原，根植于中华传统文化出发点的古周原啊！

拉住风先生的手，我要为古周原作"纪"了。

水流万里有源，树高千尺有根。"纪"周原，就是"纪"中华传统文化和华夏文明源远流长的根脉。"凤鸣岐山""飘风自南"，公元前1100年，一个伟岸的身影，御风而来，他行进在祖先选择来的周原大地上，尚德崇仁，乐善好义，育化周民，造就了一方路不拾遗、夜不闭户的太平世界，万民拥戴他，异族归顺他，风先生说了，他就是周文王姬昌。

高冈上，眼见五彩斑斓的花朵；水湄边，声闻采薇姑娘的欢笑……风先生摇响着周文王授予他的木铎，与爱戴着文王的臣民一起，诵念出了这样一段歌谣来：

文王在上，於昭于天。周虽旧邦，其命维新。有周不显，帝命不时。文王陟降，在帝左右。

亹亹文王，令闻不已。陈锡哉周，侯文王孙子。文王孙子，本支百世。凡周之士，不显亦世。

…………

命之不易，无遏尔躬。宣昭义问，有虞殷自天。上天之载，无声无臭。仪刑文王，万邦作孚。

《诗经》中多有歌颂文王的诗篇，此篇为首。信以为此诗篇作者是西周王朝的政治代表人物、被颂扬为"圣人"的周公。用风先生的话来说，周公以诗言志，其所表达的皆为重大历史主题，对西周统治阶级具有非常重大的政治意义。

一沐三握发，一饭三吐哺。周王朝的后来者周公姬旦，其高蹈之人格，勤政之形象，礼贤之真诚，使晚了他数百年的孔圣人，以能梦见他为最大心愿。

孔圣人携带他的学生周游列国，想要推广的，还就是周朝祖先创立的文化和文明，希望人们能够自觉修身，然后齐家，而后治国平天下。风先生知我心存孔圣人的那一份执念，想要进一步挖掘周文化和周文明的真谛，他在赞赏我、鼓励我的同时，还不遗余力地帮助我。

他真诚地帮助我，让我能够更深入地认识周文化和周文明的要义。

为此那个誉满神州、姓姬名奭、受封为召公的人，赫然地出现在了我的眼前。我看见与他一同走来的就有风先生，他所有的作为，对于别人来说，都只是记述者的传说，但于风先生而言，则完全不同，风先生是目击者，是见证人，风先生陪伴在召公的身边，以为他是古今廉政爱民的典范，辅政了四世周王，先有文王、武王，后有成王、康王，功勋可与周公齐名。他夜兴夙寐，制《召诰》以提醒成王敬天佑民，施行仁政德治；作《卷阿》以教化成王发愤图强，光大先王传统。他身体力行，忠实履行着身为太保的职责。

透过历史的烟云，召公勤政爱民的身影，因为风先生的存在，更为清晰可识。

在垄亩，在桑田，召公简从巡行，体察民情；在采邑的甘棠树下，召公问政于民，虚心倾听民意，虔心了解民愿。时过境迁，沧海桑田，风先生还像当年陪伴着召公时一般，风扬着他的遗风，风传着他的遗志。那棵高标着他"遗爱"天下的甘棠树，在风先生的精心呵护下，如今还在他的封地蓬勃着、葳蕤着，呼风风来，唤雨雨落，也成为他封地百姓衡量一件事、观察一个人的标尺。

"礼失求诸野。"百姓是统治者的老师，百姓是执政者的试金石，倾听百姓的心声，为百姓谋幸福，百姓自有他的体识。

彼采葛兮，一日不见，如三月兮。

彼采萧兮，一日不见，如三秋兮。

彼采艾兮，一日不见，如三岁兮。

《诗经》里那首叫《王风·采葛》的歌谣，跳跃在风先生的舌尖上，被他一字一句地吐露出来，又一字一句地钻进了我的耳朵。我努力地理解着风先生，知晓他所以诵念出这首古老的歌谣，目的在于开化我的心智，要我如这位远古时采葛的姑娘一样，深情眷恋我们的故土周原。

风先生太有开化我的资格了，因为他如周原的老情人一般，与其朝夕厮守，耳鬓相磨，千秋万代，古老的周原就是风先生，风先生就是古周原。

在时间的长河里，风先生在古周原上活得通透明澈。我何其有幸，乐颠颠在他的引领下，探识着古周原上的山山水水，辨识着古周原上的历史人物，拜识着古周原上的珍物宝藏……以形赋名的石鼓和石鼓上凿刻的文字，就那么堂而皇之地撞入风先生的眼睛，受他重视，被他释解；青铜熔铸的鼎、簋、尊、盘、匜、禁等，不期然地撞入了风先生的眼睛，受他重视，被他释解；人为遗留下来的这样一处遗址，那样一处遗迹，倏而忽之地又还撞入了风先生的眼睛，受他重视，被他释解。伴随在他身边的我能做什么呢？也许只有老实地做个风先生的助手，记忆他的博识，记录他的博大，然后成就我的成就。

渭水汤汤，不舍昼夜；周原千古，奇诡神秘。

风先生徜徉在古风漫漫的周原上，他念念不忘，对我重复强调的是这样两个字，一者曰"仁"，二者曰"礼"，也就是说，如风般烂漫在古周原上的治世理想，就是以"仁"支配人的思想，用"礼"规范人的行为。然何以"仁"乎？又何以"礼"矣？风先生点到为止，没有给我多说，我又岂敢妄语谰言。

好在我的脸皮厚，死拽活扯地跟紧了风先生，像他一样御风凌空而行。

我俯视老祖先浩叹过的"肷肷"周原，在流转的岁月里，从一片凝固的厚土，文化着，文明着，已然成了一条波涌浪翻的大海。这片土地上的人们，你也好，他也罢，我也一样，梦想我们是这片大海里的一条鱼，千年万年地游荡着……在一个适当的时候，奋力一跃，腾空而起，如是鸟儿般生出一双翅膀来，似鱼非鱼，似鸟非鸟，澎湃大海里的浪花，斑斓天空上的云影。

傲立周原上的风先生啊，请求你带领我，书写我们的周原。

目 录

第一辑

山水撷萃

纪一　北首岭

绿兮衣兮，绿衣黄里。心之忧矣，曷维其已！

绿兮衣兮，绿衣黄裳。心之忧矣，曷维其亡！

——《诗经·邶风·绿衣》节选

生于古周原、长于古周原的我，历经磨难、年逾古稀而能被风先生"俘虏"，听命于他，有时是快乐的，而有时却心惊肉跳，生怕被他嫌弃，更怕被他唾弃。风先生太有个性了，他喜怒无常，难以捉摸，总是来去无迹、动息无形。我所以被他俘虏，是因为历史上那些一时豪杰与千古风流的人物，大都仰赖着风的力量，或扶风而起，或乘风而上，他们是我的榜样。我苦心于文字的锤炼，虽不敢有"文章千古事"的大志气，却屡受"文章憎命达"的小苦难，便潜心在自立的扶风堂里，满怀深情地赞美风。我以为风是美酒，风是力量，风是万物的灵魂，风是万类的精神，风凭借天力，轻拂林花花乱影，劲吹山鸟鸟分声，风自《诗经》里走来，"风之""雅之""颂之"，风当仁不让地是为华夏万千文字的长子。

无所不知的风先生啊！无所不能的风先生啊！

炎帝故里的宝鸡，是原始部落聚居之地。风先生认为，在已查明的新石器时代文化遗址中，北首岭遗址是重要的那一处，不仅标示着古老宝鸡璀璨的史前文明，更提示着炎帝故里文化内涵的独特作用。

那天约上历史的见证者风先生，我两一起来在宝鸡的北首岭村，探访以村名命名的北首岭文化遗址。村里人说起的第一反应都是这样一句话：

"哦，就是那个以前在龙泉中学里的遗址啊。"大家的回答使风先生心领神会，因为他现场见识了那次很有意义的发现。20世纪50年代初时，这里还是北首岭敦仁堡村，到了1952年，宝鸡市私立新中初级中学（现宝鸡市第一中学）决定搬迁来这里。次年麦收后，工程队进驻开挖地基，刚挖没多久，施工人员在刨出来的土里，就发现了陶片、人类骨骼等遗存，后来，刨挖出了完整的陶器。

施工人员警觉地没有再挖，而是报告给了相关部门。

当时，文物保护的意识还不是很强，接到报告的相关部门，来工地看了看，不仅没有阻止继续施工，还支持施工单位按照计划，继续修建校舍。在建过程中，施工人员居然挖出了10余件完整的陶器，接着不断地有文物出现，甚至下一场雨，都可能冲出几件石器或陶片。风先生看得心急，他把这种不甚寻常的状况，风传给一些文物专家，带着他们到工地上来。专家查看一番即已确认，这是一处保存较好、内涵丰富的新石器时代村落遗址。

1958年，针对这处遗址的专业考古发掘开始了。风先生发现中国科学院考古研究所（1977年改属中国社会科学院）的大专家都来了呢，大家齐心协力，在此发掘总面积达4727平方米，发现房屋遗址50座、墓葬451座，出土文物6000余件……有这许多遗存和文物的证明，专家们最后推断，北首岭遗址下层前为早期新石器文化与仰韶文化遗存，年代最近约为公元前5150年到前3790年，距今约7150年，比西安半坡遗址还早了许多年。

时过境迁，北首岭遗址最初发掘的模样已没了踪影，原址上既有现在名播周原地界的宝鸡第一中学，还有宝鸡北首岭博物馆。

因这里是周原祖先最早集聚地而自豪的风先生先带我赶到宝鸡城区的北首岭来了。几幢20世纪五六十年代建成的办公楼和展厅，虽然小了点，甚至有点儿破旧，却正好有一种超越了年代的独特感。依托遗址断崖防护加固工程建设的壁画墙上，极尽可能地展现着老祖先创立来的彩陶文明，以及刀耕火种的历史情状……我还看见一簇一簇青春活力的学生娃，叽叽喳喳地走过，他们集中谈论着一件事情，我没有太听清楚，风先生是听清楚了。

听清楚了的风先生，给还糊涂的我说：好主意。好主意。

是个什么好主意呢？我把观览护墙壁画的眼睛收回来，看向了风先生，这便听见被他赞美的好主意，原来是北首岭博物馆为了扩大影响，与相关部门携手，正在举办"我心中的北首岭"小学生征文大赛。在此之前他们馆即与其他机构相继举办了北首岭诗会、清华大学"思源计划"暑期实践活动。这次举办小学生征文大赛，用风先生的话说，的确是个深度认识北首岭的好主意。

从我身边走过的小学生们，谈论的都是北首岭的见闻，以及他们所要作文的着力点。

我听小学生们说到了网纹船形壶、鸟衔鱼纹壶和陶塑人面像等在北首岭出土的史前文化艺术品。小学生嘴里的这些个宝贝，风先生自然十分熟悉，他如风的身子，围绕在小学生们的身边，倏忽变化得特别温暖。他情不自禁地说：北首岭遗址出土的文物，无一不精美，无一不亮眼，都有十分突出的考古价值。教科书，以及2008年的北京奥运会开幕式上，都有北首岭出土文物的表述与展示，故宫博物院、中国国家博物馆、陕西历史博物馆的展品中，北首岭遗址出土的文物也都赫然陈列其中。

风先生的一席话，勾起了我的部分记忆，陕西历史博物馆的几件彩陶，迅速活现在了我的眼前。

彩陶器皿上的刻画符号，与姜寨遗址出土的陶器刻画符号几乎相同。我无法知晓其中关系，但全知全能的风先生是知道的，他很坚定地说了，说那可就是汉字的起源哩，十分鲜明地表示出了数量和对称的概念，反映出北首岭的先民十分奇谲的审美意识，完美地补充了我国关于汉字的文献记载，为汉字起源的研究，提供了重要资料。

好啊！风先生感叹那只远古时的水鸟了。它的羽毛是华丽的，口衔一只鱼儿，被北首岭人艺术地描绘在了那只彩陶壶身上。

考古专家的尺子，小心地度量着这只彩陶壶的尺寸。开口处如一只蒜头，挑在细溜溜的长颈上，壶腹有一道折棱。整个壶体下大上小，四平八稳。顶端预留了一个出水小孔。细泥红陶的质地，使得壶表光滑美观，精致耐看。壶体腹部用简洁的粗线条，勾画出了那只形体小巧的水鸟。它很是顽皮地叼住那条鳞鳍齐备的大鱼尾巴，嘴头用力大了，叼得大鱼是疼痛了呢，疼痛着的鱼儿负痛回首，垂死挣扎，但到嘴的鱼儿，水鸟又岂能轻易放弃，已然死死地紧衔不放……此情此景，栩栩如生，充满了原始的生活气息，充分反映了北首岭部落繁盛兴旺的生活状态。

好啊！风先生感叹那个远古时的人物了。她妖娆妩媚，被北首岭部落人艺术地彩绘在了一件陶器上。

是件什么陶器呢？我不好乱说，转脸去看风先生，但见他端详着紫色质地上黑色线条彩画人物，老半天不说话。他是在看一位故人吗？就在我那么猜想着时，他若有所思地说了呢。他说出土的人面纹陶片，就是他们当年的北首岭人，而且是一位美艳的淑女。她广受北首岭人喜爱，制陶师傅需要一个模特儿，他选择了她，很好地完成了这一艺术的塑造。风先生如此说来，还说那位杰出的制陶师傅，可能正是那位淑女的相好。他把那位淑女塑造得十分写真：圆圆的一张脸，眉眼弯曲细长，映衬出她的鼻子仿佛三角形般棱角分明，嘴唇则横置着，如是一朵艳灿的花瓣。

栩栩如生的一位大美人，谁见了能不喜欢呢！制陶师傅把她塑造在一件陶器上。后人见到它，都像见到了美女本人似的想要拥有，这便争夺了起来，把好好的一件美人陶器，争夺成了数瓣碎片。

可爱的风先生，那么给我说来，我也如那时的北首岭人一般，掏心掏肺地喜欢上了那位淑女。我内心的想法瞒不住风先生的眼睛，他呵呵地笑着拉起我的一只胳膊，把我拉扯进博物馆里去，面见了另一个彩陶人物塑像残片。这件残片长不过15厘米，宽不过5厘米，看得出有专家复原的痕迹，其面部表情与前一件似乎没有什么不同，但从嘴唇两边近似毛发样的装饰可以看出，那应该是位生有胡须的男性了呢。可不是嘛，他头部两侧的鱼形耳朵，就极具男子汉雄强豪壮的特征。

男性特征强悍的彩陶人物残件，在北首岭遗址还有不少，那位一头绳纹状浓发的男子汉，被风先生热情地夸赞上了。

风先生形容他生得很有立体感，面宽、鼻直、口阔、眉浓。他还情不自禁地说，这件陶塑人头像，与我们已经十分相像了，其体型和脸型，差不多就是现代人了呢。分析研究着这位彩陶北首岭人像，风先生从他头戴的平顶帽子上，还大胆推测，说他不仅年轻帅气，还很可能是位受人敬重的无名英雄！

风先生痴迷于对眼前的骨架和器物分析、揣测呢。北首岭的墓葬区中一具编号77M17的骨架，因他头部放置的一个陶器，风先生说他可能是位了不起的文化人！

以此类推，风先生在那许多骨架和陶器残片中，辨认出了北首岭远古时的捕猎能手、制陶能手……说到制陶能手，我插嘴拦住他的话头，要与他多一些讨论了。

戳刺纹，我向风先生先就提出了这一个关键词。我不能明白，如今"潮"到天花板的一种审美形式，何以在北首岭那个时候，就那么流行了呢？

风先生手指锁在玻璃展柜里的那件戳刺纹陶壶，不无顽皮地开口一声"亲"，先就把我说得脸红了起来。

风先生说："看戳刺纹的纹饰，你能想到什么呢？"

我说："包包。"

风先生非常欣赏我的想象，他赞同说："对了，是包包哩。如今流行全球的大品牌包包，首推的不就是戳刺纹吗！"

用细木棒，或某样工具在陶坯上戳印出圆窝形、三角形、方形等凹坑纹理，北首岭先民那么早的时候，就将戳刺纹用在了他们制作的陶鼎、陶罐、陶盂、陶豆等陶器表面上，这该是一种怎样的艺术想象呀？

贯通古今，时尚不老。

我是要感慨了呢。感慨着时，一个北首岭出土的着衣人纹小陶壶不期然地出现在了我的眼前，与此同时，一首古老的歌谣也在我的耳畔鸣响了起来：

> 绿兮衣兮，绿衣黄里。心之忧矣，曷维其已！
> 绿兮衣兮，绿衣黄裳。心之忧矣，曷维其亡！
> 绿兮丝兮，女所治兮。我思古人，俾无訧兮。
> 絺兮绤兮，凄其以风。我思古人，实获我心！

那是风先生在吟诵哩。他吟诵的是《诗经》里的《邶风·绿衣》。我一字一句地听来，突然眨了眨眼，这便看见珍藏在玻璃展柜里的北首岭彩陶人儿，男也好，女也罢，列队舞了起来。

舞蹈着的北首岭男女，双手举着的是一个尖底的陶瓶。

陶瓶也都绘了彩，那位舞蹈的女子喜欢花儿，她手里拿着的陶瓶，彩绘的就是花儿；那位男子喜欢兽鸟，他手里拿着的陶瓶，彩绘的就是兽鸟……我不明白，北首岭的男男女女，为什么都喜欢尖底的陶瓶？风先生看出了我内心的疑问，他给我说了。

风先生说：尖底的陶瓶好用呀。

北首岭出土的诸多陶器中，尖底或者小底的很多。听着风先生的话，我反复观摩着那一个一个的陶瓶，依然觉得费解，那么尖的瓶底，如何立得稳？风先生提醒我说："不能用现代人的思维想象古老的北首岭人。那时的他们，运用两头尖的陶瓶，自有他们的道理和他们的妙用。他们在河边打水时，两头尖的陶瓶是拴着绳子的，他们很随便地把它扔进河水里，尖头尖底的陶瓶，翻着个儿，会自动倒头在水里，灌满了水后，尖头的口儿又会自动地朝上立起来。"

物理学在北首岭人那里，被运用得那么自然美好。

我为北首岭人的聪明才智而感叹了呢。风先生因此笑笑地摸了摸我的脑袋，继续给我讲说了。他说尖底的陶瓶，在北首岭那个时候，可是最实用了呢。那时候的人，建筑用不上水泥、瓷砖什么的硬质材料，所用只有养育他们的泥土，他们把汲了水的陶瓶，从河边拎回家来，随便往泥土里插进去就好了。

插进土里的尖底陶瓶，会倒吗？当然不会，不仅不会，而且会更稳当。

智慧的北首岭人，就这么智慧地走进了历史，我与风先生踯躅在那片遗址上，感觉这里无处不历史，无物不宝贝。那两组居住房址，中央均有一个大广场，还各有一座面积近90平方米的大房子，周边小一点儿的房屋，星星拱月般围绕着大房子。我不好胡乱推断，风先生却开始大胆推测了，他摇头晃脑地说："中央广场是先民议事、祭祀、庆典、集会的中心，氏族长居住在大房子，周围的小房子可能是不同历史时期形成的，但都是氏族成员生产、生活的地方。"

风先生还说南北两组房屋遗址，反映了一种别样的历史信息。

是个什么信息呢？我好奇地看向风先生，他非常笃定地说："这组遗址很是立体地说明了北首岭人于氏族内部分化着，已经分化成了两个胞族。胞族与胞族，因为血脉的关系，不仅相互紧密地联系着，而且紧密地依靠着。"

哦，互助勤劳、智慧聪明的北首岭老祖先啊！

纪二　炎帝陵

媚兹一人，应侯顺德。永言孝思，昭哉嗣服。

昭兹来许，绳其祖武。於万斯年，受天之祜。

受天之祜，四方来贺。於万斯年，不遐有佐？

——《诗经·大雅·下武》节选

　　古者包牺氏之王天下也，仰则观象于天，俯则观法于地，观鸟兽之文，与地之宜，近取诸身，远取诸物，于是始作八卦，以通神明之德，以类万物之情。作结绳而为罔罟，以佃以渔，盖取诸离。包牺氏没，神农氏作，斫木为耜，揉木为耒，耒耨之利，以教天下，盖取诸益。日中为市，致天下之民，聚天下之货，交易而退，各得其所，盖取诸噬嗑。

　　…………

　　我听得清楚，风先生念念叨叨讲说的是《周易·系辞下》里的句子。他给我那么说来，就还说起了《新语·道基》里的话。

　　这部成书于西汉初时的文本有云："民人食肉饮血，衣皮毛；至于神农，以为行虫走兽，难以养民，乃求可食之物，尝百草之实，察酸苦之味，教民食五谷。"

　　风先生如此说来，想要我知晓什么呢？我疑惑着看向他，他不客气地举手敲了敲我的脑门，即以一个先知者的语气，给我解释了。他说我们的前人，早就记载了古人脱离原始狩猎，开始定居一地，拓荒耕种以满足自身的生活。

风先生如此说来，就还强调说，农耕之于中华民族而言，是一次重大的进步。

这一重大进步，源于一个被神话了的人。正如东晋时的王嘉在他的著作《拾遗记·炎帝神农》中记载的那样，"时有丹雀，衔九穗禾，其坠地者，帝乃拾之，以植于田，食者老而不死"。这里讲说的"帝"，会是谁呢？不会是别人，只能是其后辈儿孙尊称为炎帝的神农。《汉书》的作者班固，在他的《白虎通》里，记载得就十分明确："古之人民，皆食禽兽肉，至于神农，人民众多，禽兽不足。于是神农因天之时，分地之利，制耒耜，教民农作。神而化之，使民宜之，故谓之神农也。"

"帝"而神农乎，在中华民族的文化版图上，无分南北，皆尽膜拜尊崇之。

在风先生的记忆里，南到湖南、湖北，北到陕西、山西、河北等，都有神农炎帝的陵寝存在。譬如山西的晋城高平一带，就有非常多的遗迹传说和相关建筑，什么神农城、神农井、神农泉啦，什么五谷畦、耒耜洞、炎帝陵、炎帝中庙、炎帝行宫啦。还譬如湘鄂地区，也有这里一处、那里一处的炎帝陵、炎帝庙等。风先生对此保有一种宁可信其有，不可信其无的态度，他对地表上一切纪念炎帝的传说和建筑，不仅全面肯定，而且全都敬尊着，崇仰着。不过，存在于他内心深处的炎帝故里，还要数渭河流域的姜水畔上。

别的地方固然也有神农炎帝的传说与祭祀活动的场所，但他们那里的自然环境，在风先生看来，缺少了神农炎帝生活的条件。比如太行山地区，东西两侧平地的环境，同样不符合早期农业生产的条件。平原腹地很小，缺乏可以扩展农业生产的空间，而气候偏冷偏干，难以满足原始人对耕作的需求。考古发现，此地古人类遗迹出现得很晚，晚到新石器晚期至青铜时代，这就更加证明，他们的传说就还只能是传说。

而渭河流域说，要靠谱得多，这里的自然环境，符合神农炎帝远古时推行粟作文化的全部要件。

现代学界的观点，从多个侧面，也把神农炎帝"视为曾经活动于陕西的英雄"。历史学家郭沫若曾经指出："传说最早的是炎帝，号神农氏。据说炎帝生于姜水，姜水在今陕西岐山东，是渭河的一条支流。"白寿彝老先生对此亦有论述："相传，在遥远的年代里，黄河流域有两个著名部落。一个部落是姬姓，它的首领是黄帝；一个部落是姜姓，它的首领是炎帝。这是两个近亲部落，它们结成了部落联盟。它们活动的地区，初是在渭河流域，后来沿着黄河两岸向东发展，达到今山西省、河南省、河北省一带。"

对于郭沫若、白寿彝两位专家学者的论说，风先生举双手赞同。他因之还多方搜证索据，又拉出郭沫若的论述说事儿了。

风先生说郭沫若的"渭河姜水流域之说"，最使人信服了。邹衡先生完全同意郭老的认识，他在郭老论述的基础上，还做了十分细致的研究与论证，提出："姜炎文化的中心分布地域适在宝鸡市区之内，这样，上述文献记载就在考古学上得到了印证……炎帝的原生地……在陕西宝鸡一带。此出自《国语·晋语四》，'昔少典娶于有蟜氏，生黄帝、炎帝。黄帝以姬水成，炎帝以姜水成'。……姬水与姜水今固不能确指，但其范围肯定是在宝鸡，在陕西周原和宝鸡一带是完全可以肯定的……从考古研究看，今已在宝鸡、周原一带发现姜炎文化。……姜炎文化在这一带发现很多，更在考古学上得到了印证。"

邹衡先生强调的考古学证明，最得风先生的赞赏了。他知道其所讲说的考古学印证，所指既有20世纪50年代北首岭新石器遗址的发现，还有后来在宝鸡关桃园发现的新石器时代文化遗址和姜城堡遗址。

远古的遗址会说话，位于姜城堡村的姜城堡遗址，还就在炎帝故里的姜水（有观点认为现在的清姜河即姜水）畔。风先生因之就还撺掇着我，一起往宝鸡去了。我俩是要拜谒炎帝陵的，但走在炎帝陵脚下的姜水边，看着一家家开办在那里的农家乐，就随便地选了一家走了进去，吃喝着要吃一顿了。主持农家乐的是对小夫妻，两人看来十分和睦，戴着白色厨师帽的小丈夫，不大说话，他很是精心地忙碌在火热油香的锅灶上。透过锅灶边的一扇窗口，把他的小妻子一会儿看一眼，一会儿看一眼。一袭碎花花裙子的小妻子，嘴巴特别甜，她自称小女子，因而就把我叫了哥哥，把风先生喊了伯伯，然后陪我俩坐在一张老榆木的饭桌旁，拿出一个塑封的菜单，与我商量着点菜了。一盘野生的灰灰菜，她说采自姜水边上；一盘野生的蕨菜，她说采自姜水边上；一盘野生的麦禾萍，她说也采自姜水边上……我照她说的都点了一小盘。点罢了凉菜，再点热菜，她与我商量着又点了一小盘鸡肉、一小盘猪肉和一小盘羊肉，那么点来她给我说，这可都是在姜水边土生土长的哩。

给我那么说来的小女子，还很是意外地给我加说了一句话，她说："炎帝老祖先当年最爱吃喝的，也就是这些肉菜了！"

自称小女子的老板娘，很是诡秘地笑着朝我眨了眨眼，问我喝出她端给我的茶水的味道了没。因为来时口渴，我喝来除了些茶味儿，还就是茶味儿。她这一问，我不由自主地端起手边的黑陶茶盅，送到嘴边再尝，这便尝出些其他味道来。是些什么味道呢？我说不清楚，便抬头看向碎花裙子的老板娘，她给我照实说了。

老板娘说："几样草药。"

老板娘说："当年神农炎帝尝遍百草，组合的药剂哩。"

老板娘说："在我的农家乐，就叫炎帝饮。"

没有参与点菜过程的风先生，是被农家乐的装饰吸引了。靠在墙角的一个木头架子上，有彩绘了的尖底陶瓶、敞口陶盆等器物，可以看得出来，都是复制的产物。就在许多复古的陶制器物里，有一个牛头人身的彩色陶器，最让风先生上心了。他两眼炯炯有神，看了会儿，就还拿起农家乐的主人在木头架子上准备的线香，凑到牛头人身像前点着的长明灯上，引燃了，双手举起来，举过他的头顶，向着牛头人身的彩陶塑像，深深地鞠了一躬，接着把燃烧着的线香，插进与长明灯并排摆放的彩陶香炉里，然后回头来给我说了。

风先生说："牛头人身的彩陶塑像，正是神农炎帝呢！"

对此，他不说我亦知晓。我还知晓神农炎帝在发现了五谷、发明了耒耜、奠定了农作基础后，他头上的两只角即天造般脱落了去。脱去犄角的炎帝，方能更好地感知人的痛苦。部族的人罹患了疾病，神农炎帝听闻天帝的御花园里生长的瑶草可以祛除，便飞升天际，去摘瑶草。恰其时也，天帝巡游御花园，看见了偷摘瑶草的神农炎帝，就把手握着的鞭甩咬在了炎帝的手上。神农炎帝没有畏惧，他向天帝禀报了人间的病痛。天帝感动他的爱人之心，不仅没有责怪他，还把咬着他手的神鞭送给了他，让他拿回人间，鞭打百草，品出百草百味，谱出百病百方。

小夫妻把他们所说神农炎帝吃喝过的肉肉菜菜，一一端上了桌子，我招呼风先生过来吃用了。

走到桌前的风先生，不像我端起小夫妻无偿提供的炎帝饮，就往嘴里倾，不像我看着榆木桌子上的几盘肉肉菜菜，抓起筷子就往里面伸。风先生叫来自称小女子的老板娘，要她把刚才说给我的话，给他再说一遍。老板娘没有扭捏，照着给我说时的语气，给风先生重复说了一遍。

就在老板娘那么说来时，风先生仿佛受到感染，吟诵起了一首远古的歌谣：

> 下武维周，世有哲王。三后在天，王配于京。
>
> 王配于京，世德作求。永言配命，成王之孚。
>
> 成王之孚，下土之式。永言孝思，孝思维则。
>
> 媚兹一人，应侯顺德。永言孝思，昭哉嗣服。
>
> 昭兹来许，绳其祖武。於万斯年，受天之祜。
>
> 受天之祜，四方来贺。於万斯年，不遐有佐？

我听得清楚，风先生吟诵的是《诗经》中的《大雅·下武》。这首歌谣里"哲王""世德""配命""顺德"等几个关键词，极尽赞颂之意，配得上其所歌颂的周太王、王季、周文王、周武王，他们德能兼备，一代一代，无不效法着先王的美德，为他们的人民谋取着幸福。

风先生的吟诵，一字一句，浸润着我的心灵，使我蓦然心系神农炎帝，比之受人歌颂的周室几位王，他更可以享受那许多赞美之词。

吃喝罢了神农炎帝当年吃喝过的肉肉菜菜，我和风先生携手去爬炎帝陵了。天台山、常羊山、蒙峪沟、九龙泉、清姜河、炎帝陵、炎帝祠，风先生耳熟能详的这一串地方，完整地向人们讲述着炎帝出生、成长、安葬的过程。风先生御风而行，赶在我的前头，把祭祀和纪念炎帝的地方，除了炎帝陵，很快就都风游了一遍，然后撵到我身边来，陪伴着我游赏炎帝陵了。

炎帝陵在常羊山上，我头一次前来拜谒，而又不在祭祀炎帝的日子里，看到的情形便不甚火热，但我有风先生陪伴，听他讲解，我倒能更好地祭拜炎帝了呢。

走上常羊山，一组古色古香的建筑，依次撞入我的眼睛里来。每到一处古建前，风先生都会加以介绍，让我清楚地了解了神农门、羊脚亭、羊首亭、炎帝行宫，以及神农城池、华夏始祖牌坊、祭坛广场、炎帝大殿、炎帝陵墓等的故事。风先生细致地给我介绍完，不无遗憾地说，旧时的炎帝陵建筑，都在岁月的熬煎中毁圮了，现在看到的，是今天的宝鸡人在原有的基础上复修的。风先生在此特别提说了布局在常羊山下的桥梁厂（今宝桥集团），出钱出力，对修复炎帝陵贡献最大。

重新复建的炎帝陵，吸引了海内外的众多同胞蜂拥前来祭祖。

风先生乐见祭祖来的海内外同胞，特别是春节期间正月十一日的集会和七月初七集会，人山人海，不计其数。正月十一日在九龙泉的集会，是为了纪念炎帝的诞辰；七月初七在天台山的集会，是为了祭奠炎帝。这两地的祭祀活动，多为民间所为，而有些年份，赶在三月三日清明节时，也由专门的组织，在炎帝陵前广场实施公祭。

无论民间的祭祀，还是有组织的公祭，从远古走来的风先生知道，其遵守的形式不外乎文祭、物祭、火祭、乐祭和龙祭。

所谓文祭，以风先生的说法，就是祭祀中要有祭文、颂文、碑文等。从古至今，炎帝陵官方祭祀活动中文祭都是必不可少的，内容主要在于歌颂炎帝的功德，并为今祈福明志。祭文常写于锦帛上，故而称为帛书。祭祀仪式上，主祭人恭读罢祭文，把帛书点燃焚烧给炎帝。物祭好理解一些，就是要有牛、羊、猪等牺牲，以及稻、麦、粱、粟、豆等五谷杂粮和中草药。火祭要盛大一些，不能使用火柴、打火机等现代化用品点火，而必须击石取火才好，因火德之王炎帝，取火的方法就是这个样子。这可是圣火哩，采火者双手击打火石，取得火种，引燃喷火的药龙，这样的药龙计有九条之多，都是用半干不干的中草药编扎成的。引燃了后，先围绕炎帝陵前的那块巨石圣火台，喷吐火焰。风先生说了，这既是对火德王的一种告祭，更是一种象征，象征华夏民族追求光明的精神，焰火熊熊，生生不息。乐祭要开始了，代表性的一曲《哭皇天》，从头扎红巾，手举唢呐、笛子和鼓、锣、锤子的众多乐手那里响起来，还没落音，一曲《朝天子》、一曲《炎帝颂》、一曲《祭炎帝》，接续着吹奏了，接着还有《大开门》《普安宁》《快板令》……龙祭借着乐祭的曲调，顺势就也开了场。华夏始祖的炎帝，他是后人心中的始龙，后人自古以"龙的传人"自谓，因此就必须要龙祭了。但据风先生说，最初时是因炎帝教导先民，把脱粒后的稻草、蓼叶、花草等扎成龙的形状，穿街走巷地舞动，用以欢庆丰收，烧灭蚊虫，驱赶邪害，因此才有龙祭的说法。

如此丰富的祭祀活动，我无缘亲见。不过从风先生口中听来，我亦开心不已，因为此，拜谒炎帝陵的腿脚就特别有劲儿，很快地就走过了炎帝陵陵前区、祭祖区，最终到达了墓冢区。陵前区就建在姜城堡古遗址处，是一座重檐式的牌坊，上书"炎帝故里"四字。往上再走，走过天台山入口处的蒙峪，又有一座跨路而建的神农门牌坊，穿过牌坊，即是一条盘山的公路，直达常羊山顶的炎帝陵墓。于此我要说了，平生进的庙门着实不少，但我没有下跪，没有烧香，但我面对了神农炎帝的陵墓，双膝不由得软了下来，跪给了他老人家。

我在跪向炎帝陵之前，总共爬了999个台阶，但这不是我腿软的原因。我从内心深处感念造福了华夏民族的炎帝，他功德无限，值得所有人跪拜。

我五体投地，我踏踏实实地给老祖先炎帝，磕了三个头。

风先生感动于我的虔诚，他默默地注视着我，后来他把我带到炎帝陵边的羊首亭，让我坐在亭内的一块石凳上，这时我看到亭内石碑上刻写的"常养育炎"四个字，以及亭子外的一块石碑及其上的"山海镇"三个字。我虽略知碑石文字的意思，却不知两块碑石的来历，风先生介绍说，都是清嘉庆三年（1798）修葺炎帝陵的遗石。

敬仰神农炎帝，我们华夏后裔，代代不绝。

纪三　周公庙·润德泉

宛彼鸣鸠，翰飞戾天。我心忧伤，念昔先人。

明发不寐，有怀二人。人之齐圣，饮酒温克。

彼昏不知，壹醉日富。各敬尔仪，天命不又。

——《诗经·小雅·小宛》节选

　　位于浙江省的古老的淳安县城，是已水淹在千岛湖下了。不过威坪镇小五都源头村的周公庙却没有被水淹掉，依然耸立在村庄的那处高台上，享受着村里人的祭拜。

　　我并不知道淳安有一处周公庙，但伴随我一起采风的风先生是知道的，他还知道祖居周原的我，对此兴趣甚大，就悄悄地领着我往那里走了一趟。小五都源头村除了张姓、钱姓、方姓、林姓，就没有了别姓人家，为什么却立起个周公庙？就在我一头雾水时，风先生即已打问明了原委。原来道光年间，安徽歙县抽司村一位名叫张讨公的人，家境甚为贫寒，偏又生养了五男二女，一年到头，日子过得十分窘迫。然而张讨公却还认准一个死理，读书兴家，苦死难死，也要供他的儿女读书。那天，找不到生财之路的张讨公，拿着扁担布袋跨省到浙江淳安县威坪镇上来挑盐，期望赚点银钱，供他的儿女读书。可当他路过一处了无人烟之地时，天色已然昏暗下来，他不好再赶路，一筹莫展之际，隐约看到前方矗立着一座楼宇，看上去十分漂亮。这该是一户富裕人家哩，心里想着就上前叩门了。

　　来开门的是位头戴方帽，身着长衫，约莫二十岁的书生。他开门后也不说话，就自顾去书房用功读书了。

年轻书生一边用功读书一边垂泪不已，张讨公见了心有疑惑，便趋前询问缘由。年轻书生说："老人家，我真说了你也不必害怕，我是个鬼，族姓为周，我们周家于此已经住过七世了，而我在这里也读了七世书。不承想屡考不中，思想起来不由悲从中来。"

听罢自称是鬼的年轻书生的一番言语，张讨公着实没有害怕，反而被他刻苦读书的劲头所感动，是夜陪伴着鬼书生睡了一宿。

也许因为路途劳累，张讨公夜里睡得十分深沉。天明醒来，他发现自己原来睡在一座坟墓顶上。受了惊的张讨公猛然站起来，看见坟墓两边的古柏树下，盘着一条大蛇，像是守护着他一样。这时的他，顾不得多想什么，拿起他的扁担和布袋，匆匆地离开坟地，也不去揽活儿挑盐巴了，急忙回了家里，把他的七个子女，叫到身边来，把他路遇的事情，给子女们备细说了一遍。

张讨公看着他目瞪口呆的五子两女，加重语气，问了他们一句话："鬼都知刻苦，何况人乎？"

五子两女从父亲张讨公的话里悟出了人生的真谛，一改往日懒散的毛病，一切从头做起，后来个个出息，有的中了举人，有的还考上了状元，有的成了做生意的商人。不过张讨公忘不了那位周姓鬼书生的启示，他认定书生的魂灵牵系着千万里外古周原上博学仁爱的老祖宗周公。于是他举家迁到了与鬼书生相遇之地，并为这里取名源头村。

家道兴旺起来的张讨公，为了报恩，于道光七年（1827）在村里修建了周公庙。当地人家以此为荣，逢年过节，好读书的人都会自发来庙里祭祀礼拜，以求周公保佑，金榜题名。

此周公庙非彼周公庙，风先生拉扯我来在这里，给我讲了发生在这里的故事，我不能相信，又不能不信，因为古周原上的周公故事，智慧而励志，这里的周公故事，也励志而智慧。

风先生似乎看出了我的想法，语重心长地说："伟大的精神让人们崇敬！周公的精神满天下，遍人间！"

我赞同风先生的说法，带着探访源头村周公庙的收获，游历起了周原上的周公庙来。风先生为此说了呢，在人们心中，地理意义上的周公庙，就是岐山县城西北部凤凰山南麓的这一座。西周初期杰出的政治家、思想家、军事家周公姬旦，当年受封这里，以他仁者爱人、天下归心的精神，为民族文化的确立做出了巨大的贡献。老百姓热爱他，在唐武德元年（618），首建了专门祭祀他的庙宇。

风先生知道，除了浙江省源头村建立的村级周公庙外，全国还有三大周公庙，一处就在周公的封地上，另两处分别在孔老圣人的故乡曲阜和古都洛阳。

这里一处周公庙，那里一处周公庙，也就只叫周公庙，而周原上的周公庙还有个名讳叫卷阿。卷阿的发音在当地叫"全窝"。我像所有听到这个名讳的人一样，是也不解其意的，还好有风先生指教我。"卷"者曲也，"阿"者大也，意即山洼弯曲处的一个大陵。可不是嘛，周公的大陵还真就背靠着"凤鸣岐山"的凤鸣岗，其东、西、北三面环山，唯南边为扇面形，向周原展开，形状酷似一个天然的大簸箕，故而称为卷阿。卷阿地幽势阻，坡体缓缓下落，两边山脊高突，如翔飞的凤翼。

周公旦晚年时归隐于卷阿，以家国为己任，回顾总结周王室的经验和教训，著书立说，完成了他的千古名作《周礼》，当世推而广之，使得天下大治，万民归心。他在这里辞世，民众为了纪念他，就建起了祭祀的建筑，也就是后来香火不断的周公庙。风先生大为遗憾的是，周朝末年，礼崩乐坏，为周公修建的卷阿，遭到了恶人的毁损。但百姓心中有周公，岁岁年年，依然祭祀不息。唐武德元年，高祖李渊感念周公"匡翊周邦，创设礼经，尤明典宪。启生人之耳目，穷法度之本源，化起《二南》，业隆八百，丰功茂德，冠於终古"的圣德，下诏于卷阿旧址，重建周公祠，自此以后，历代皇室和地方官员，依例祭祀不绝，并给予多次修葺和扩建。

不断修葺、扩建的周公庙，即是如今可以看到的规模，是存世历史最悠久、文化内涵最丰富、占地面积最大的周公庙。

整个建筑群落以周公正殿和献殿为主体，以召公、太公殿相衬托，以姜嫄、后稷祠为延伸，其布局隐喻着"姜姬背子抱孙"的伟大想象。礼拜周公，是风先生鼓励我要做的一件事情。我在他的导引下，怀揣万千敬仰之情，走进我心中无上荣耀的仁德圣地，铺而陈之，先就看见了周公庙里的乐楼。

我为乐楼的名讳而困惑，风先生就给我说，民间人称戏楼。是啊，无戏不庙会，周公庙庙会之期，这里肯定是最热闹的哩。

戏台上出将入相，戏台下人头攒动，演绎的也一定是《反庆阳》《火烧子都》《清河桥》《临潼斗宝》《金盆记》《鞭打芦花》《滚珠盘》《鸡鸣关》《小列国》《武韶关》等崇仁尚德的故事了。

我俩朝拜周公庙，主要目的不在于听戏曲，便就仰首往庙里继续走去。名曰八卦亭的建筑，当即映入了我与风先生的眼睛。

既然取名八卦亭，建筑的格局很自然地呈现出八角的形态，重檐翘角，中顶彩绘藻顶，装饰精美，用于纪念周公演绎而来的爻辞。周公殿，自然塑像周公，纪念周公。此外，还有召公殿塑像召公，纪念召公；太公殿塑像太公，纪念太公；姜嫄殿塑像姜嫄，纪念姜嫄；后稷殿塑像后稷，纪念后稷。风先生带着我，拂袖之间，以无比虔敬的心情，朝拜过庙宇内所应朝拜的每一处地方，最后便深入周公庙里最有看头的八景之间了。

八景之一为枯柏复生，之二为乐山名画，之三为云房仙笔，之四为白杨集鸟，之五为杪椤远萌，之六为碑镜清莹，之七为丹穴凤迹，之八为玄武玉像……我倒是想为八景各自说上一段话的，但风先生说我不可太过啰唆，像个学舌的鹦鹉一般，不仅讨不来别人的喜，还可能如是一个蹩脚的导游。风先生的劝说，让我克制了表达欲，但关于玄武玉像的一些话，已冲到了我的舌尖上，不说不能了。要知道玄武的玉石雕像，如《岐山县志》记述的那样，"昔年雷雨大作，山崖崩塌，闪显而出"。也就是说，玉像非人工雕琢，而是天然存在，因之四乡八社的百姓，朝拜了周公，还会弯腰高攀到周公庙后山崖窑的洞内，颤抖着双手，抚摸俗称"玉石爷"的玄武神像。之所以大家双手颤抖，盖因为相信"玉石爷"是有感应能力的呢，老仙儿的他有着医治百病的神力，来人哪里不舒服，就伸手触摸"玉石爷"相应的身体部位，即可手到病除。

周公庙好看好玩的景色无处不有，八景之外，还存有依山凿取而成的吕祖洞、八仙洞、三清祠、张仙洞、药王洞、菩萨洞，以及旷野之上放眼可见的堇竹园、莲花池、凤山楼、老龙泉、润德泉等。

老龙泉的泉眼，倏忽牵住了风先生的眼睛，他痴痴地看来，不见泉眼里滴水，倒把他看得眼里流出了水滴来。水滴牵动着他的嘴角，一首古老的歌谣，从他的嘴里咿咿呀呀，恍如流水般诵念了出来：

> 宛彼鸣鸠，翰飞戾天。我心忧伤，念昔先人。明发不寐，有怀二人。
>
> 人之齐圣，饮酒温克。彼昏不知，壹醉日富。各敬尔仪，天命不又。
>
> 中原有菽，庶民采之。螟蛉有子，蜾蠃负之。教诲尔子，式穀似之。
>
> 题彼脊令，载飞载鸣。我日斯迈，而月斯征。夙兴夜寐，毋忝尔所生。
>
> 交交桑扈，率场啄粟。哀我填寡，宜岸宜狱。握粟出卜，自何能穀？
>
> 温温恭人，如集于木。惴惴小心，如临于谷。战战兢兢，如履薄冰。
>
> …………

风先生诵念的是《诗经》中《小雅·小宛》一诗。这首古老的诗歌，《毛诗序》解释为"大夫刺幽王也"，《郑笺》还又订正说"亦当为厉王"。我叽里咕噜念叨出这两位《诗经》研究大家的说辞来，风先生把他如风似的一双手，抚摸在了我的脸上，像他刚才诵念那长长的诗句时一样给我说："大家的论说都是对的，无论幽王，无论厉王，可都是周王之中失德的君王，造成的结果也都极其悲惨，不但祸害了百姓，还祸害了他们自己。所以人们才怀念先人，并告诫兄弟，小心谨慎，避免祸端。"

我很好奇润德泉的故事，瞒不过风先生的慧眼，我心中如此想来，他即看了个透，因之推着我，去到砖砌石垒了护栏的润德泉边，给我说起了这眼泉水的寓意来。

风先生告诉我，这眼泉水的源头，隐身在润德泉东去数步的山岩之下，不仔细找，几乎看不见。其泉眼是为一自然石灰岩裂隙，形状酷似龙口，泉水通过肉眼难辨的岩石缝隙，涌流而出，润泽了周公庙德望高迈的周公、召公、太公他们，不敬称润德泉还能称呼什么泉呢？

站在润德泉边，触目就是一通立于唐大中二年（848）的名曰《润德泉记》的碑刻，其所记述的一起事件，对润德泉做了进一步的正名。

略通点儿古文的我，详细地阅读着碑刻上24行56个阴刻的文字。碑文大意是唐大中元年（847）冬十一月十七日，周公庙刮了一场大风，随之庙内枯竭多年的泉水"五处一时涌出，又有七处见出"。时任凤翔府节度使的崔珙，将泉水久涸复出一事视为祥兆，便上奏朝廷，并画图呈上，希望将此泉此事列入典册，以荣家国。唐中书省接到奏状后，认为"泉出必表政成""实彰圣德""皆合理代""望付史官，书为国华""宜赐名'润德泉'"。宣宗李忱接到奏状后，喜悦至极，当即颁下了《润德泉赐名答诏》的旨命。

润德泉至此声名大噪，天下遍知。居住地近点儿的乡民，时不时端盆子拎桶，前来润德泉汲水，回家烹茶解渴，盼望家里人人获得泽润，个个成就为有德之人。

风先生见我痴迷的一双眼睛触摸着碑刻上的文字，怕我受碑文的影响，不能客观认识润德泉，即在我眼前挥手拂袖，把我的目光引到乡碑记一侧的泉水边，专门对我说："谄媚讨喜，钻营取巧，于头戴官帽的人来说，运用得都极纯熟，他们十之八九，有机会、有条件了要做，没机会、没条件了创造机会和条件也要做。官场上的一条千古不变的规律，借此才可能发达，才可能吃香喝辣，受人仰慕。"风先生说着眨了眨眼睛，表情复杂地把表奏赢得"润德泉"赐名后，崔珙向宣宗皇帝复上的谢赐手诏表，不无谐虐地念叨了出来：

> 右臣伏蒙圣恩，以臣当府所奏周公祠灵泉涌出，画图进上，示臣手诏，并赐名润德泉者。紫泥缄启，鸿泽光临，因圣德以感通，诏微臣而褒奖。捧戴无措，兢皇失图。臣伏以君有圣德，及于山川，神降休祥，见于祠宇。功宣润下，道叶流谦。臣所以披图按谍，考往校今，明元化之式敷，彰皇猷之无远，冀光帝典，用表祥经。臣忝守邦，获逢理代，不合蒙蔽，辄具奏闻。岂谓俯迴天倦，乃赐嘉名，特降纶言，垂于不朽。与日月而明并，岂金石之能移。臣见令刻石记年，置之泉侧。为一时标异，俾百代共观。
>
> 无任屏营感抃之至，谨陈谢以闻。
>
> 谨奏。

我被风先生谐虐的念叨声逗乐了，我自然知道他的用心，晓谕世间的事情就是这么滑稽可乐，难以理喻……我如此想来，被能够穿透人心的风先生看出来了。不过他没有因此鼓励我、欣赏我，而是把他刚才满脸的谐虐之色，抛却开来，换上一副肃穆的神色，又说了一句话。

风先生说："事出有因，哪能无缘无故。"

我又被风先生的话说懵了，看着他的脸，知晓他是另有话说哩。果不其然，风先生接着说了，他说润德泉有一神奇之处，他观察它的时间很久很久了，水来时，则会时泰岁丰，国泰民安，枯竭了，即会兵荒马乱，天旱不收。

近些年来，有人肩扛这样一种仪器，有人拉来那样一种仪器，千般测量，万般测绘，给了润德泉一个似乎科学的结论，认为其是个间歇性泉。降雨量充足的时候，地层浅表含水量饱满，泉水自会喷涌而出，灌溉靠天的农业生产，自然也会润泽丰沛。枯水时候，久旱不雨，浅层水极度匮乏，泉子里当然就没法喷涌了。

对此，风先生有与我一样的疑虑。我俩的疑虑，根植于历史的记忆：润德泉干涸后，再次喷涌前，总会自周公庙的山上，刮起一场大风。无风不来水，风来水自来。这样一个神奇的现象，肩扛仪器的现代人，又该做何解释？

> 吾今那复梦周公，尚喜秋来过故宫。
> 翠凤旧依山碑兀，清泉长与世穷通。
> 至今游客伤离黍，故国诸生咏雨濛。
> 牛酒不来乌鸟散，白杨无数暮号风。

北宋治平元年（1064）秋，时任大理评事、签书凤翔府判官的苏轼，拜谒岐山周公庙，有感而发，书写下了这首七言律诗《周公庙》。风先生带着我朝拜周公庙时，便就补上了这一课，以为苏子以诗言志，立身在周公庙中，向他崇敬的圣杰先师，表达了他忧国忧民的爱国之情，以及期盼改革弊政的壮烈情怀。

苏子的《周公庙》诗，气象恢弘，寄意遥深，影响深远，后来包括他的胞弟苏辙在内，历朝历代，步其诗之韵，接踵创作的同名诗达三十多首。

风先生倏忽飞上周公庙背靠的凤凰山之巅，豪迈大气地呼唤出了这样两句话。

风先生说："礼乐文明，自有周公庙千古承载！"

风先生说："华夏文脉，自有润德泉万世润泽！"

纪四　磻溪水·封神台

牧野洋洋，檀车煌煌，驷骠彭彭。

维师尚父，时维鹰扬。

凉彼武王，肆伐大商，会朝清明。

——《诗经·大雅·大明》节选

"封神台上的草木长不起来，是因为醋家婆当年端着一盆醋泼了的。"风先生在给我说了这句话后，把他自己先惹得大笑不止。

我的朋友风先生好玩吧？他玩笑罢了，是会说些正经话的哩。果不其然，他引领着我，来到我小时候常要爬上去玩儿的封神台上，很有种指点江山、挥斥方遒的气概。风先生把我们脚下的古周原扫视了一眼，不无豪迈地给我说了呢。

他说："姜子牙当年在这里筑台封神，你知道他一口气封了多少神仙吗？"

还别说，我是被风先生问愣了。

在此之前，我只晓得上年龄的人曾给我们这些爬上封神台玩耍的小子儿说过，说是千里乔山山脉就数这里神气足。姜子牙受周武王之令，在这里大封兴周灭纣的有功之人，他端坐封神台顶的玉石宝座上，论功封神，上榜的神仙多了去了，大有"万仙来朝"之势。仅仅一个截教，其阵势即如《封神演义》所云那般："一团怪雾，几阵寒风。彩霞笼五色金光，瑞云起千丛艳色。前后排山岳修行道士与全真，左右立湖海云游陀头并散客。正东上：九华巾，水合袍，太阿剑，梅花鹿，都是道德清高奇异人。

正西上：双抓髻，淡黄袍，古定剑，八叉鹿，尽是驾雾腾云清隐士。正南上：大红袍，黄斑鹿，昆吾剑，正是五遁三除截教公。正北上、皂色服，莲子箍，宾铁锏，跨麒鹿，都是倒海移山雄猛客。"还云："翠蓝幡，青云绕绕；素白旗，彩气翩翩；大红旗，火云罩顶；皂盖旗，黑气施张；杏黄幡下千千条古怪的金霞，内藏着天上无、世上少、辟地开天无价宝。又见乌云仙、金光仙、虬首仙，神光赳赳；灵牙仙、毗芦仙、金箍仙，气概昂昂。"又云："七猪车坐金灵圣母，分门列户；八虎车坐申公豹，总督万仙。无当圣母法宝随身，龟灵圣母包罗万象。金钟响，翻腾宇宙；玉磬敲，惊动乾坤。提炉排，袅袅香烟龙雾隐；羽扇摇，翩翩彩凤离瑶池。奎牛上坐的是混沌未分、天地玄黄之外、鸿钧教下通天截教主。只见长耳仙持定了神书奥妙道德无穷兴截灭阐六魂蟠。"最后的结果是："左右金童随圣驾，紫雾红云离碧游。通天教主身心变，只因一怒结成仇。两教生克终有损，天翻地覆鬼神愁。昆仑正法扶明主，山河一统属西周。"

广封了截教的神位之后，多宝道人、金灵圣母、无当圣母、龟灵圣母亦都得到了应有的神位；而赵公明和他的三位妹子，世称三霄娘娘的云霄仙子、琼霄仙子、碧霄仙子，也获得了神位；再就是九曜星官、二十八星宿，还有三十六天罡星与七十二地煞星，等等，不一而足。

看着姜子牙有条不紊地封着神，开始时周武王是高兴的。姜子牙大公无私，封神封得有礼有节，功臣良将各安其位，无不开心欣悦。但封神的仪式继续进行时，周武王就有些急了呢。不只武王急了，便是事不关己的风先生，之前只是兴高采烈地看着热闹，现在也要急了呢。武王与风先生急在了同一个问题上，那就是天上的星宿、地上的神仙，都被姜子牙一一封神给了他人，他自己呢？就不给他自己留个什么位置了吗？

这么想着的周文王，还有风先生，就都责怪起了他们自己。因为在姜子牙对诸位功臣良将封神的时候，他俩都走了一会儿神，白日做梦般回到了昔日伐纣时壮怀激烈的战场上了。

半生寒微的姜子牙，先祖倒是很有地位，曾担任四岳之官，因辅佐夏禹治理水患而有大功，被封在吕地。但大名吕尚的姜子牙出生时，家境已经败落了。不过他谨遵先祖遗训，勤奋刻苦地学习天文地理、军事谋略，以及治国安邦之道，期望能有为国施展才华的一天。可是姜子牙直到七十岁还是一无所成，最后只能背井离乡，远涉渭水之滨的磻溪，借钓鱼的机会求见文王姬昌。他是一介布衣钓龙袍，垂钓了些日子，还真光光彩彩地钓入了周文王的宫室里，并于文王亡故之后，辅佐他的儿子武王姬发翦灭了无道的商纣王……血肉横飞、尸横遍野的战场上，被尊为"师尚父"的姜子牙大声鼓励着自己，也鼓励着众将士："苍兕苍兕，总尔众庶，与尔舟楫，后至者斩！"他亲率兵伍，自领前锋。在与商纣王决战牧野的那场最为关键的战役中，武王占卜以为不甚吉利，而当时天公又不作美，狂风席卷，暴雨瓢泼，众人皆畏惧，不敢进军；但姜子牙以为，狂风和暴雨对商纣王已然不利，而且会使他麻痹大意，此时是进军的最好时机。他因之身先士卒，如一个骁勇的敢死队队长，左手拄持黄钺，右手秉握白旄，带领伐纣的队伍冲进了商纣王的军队，像《史记·周本纪》所描述的那样："武王使师尚父与百夫致师，以大卒驰帝纣师……纣师皆倒兵以战。"

风先生当时就在伐纣的阵前，他目睹了这个场面。作为敢死队队长的姜子牙带领精兵强将，突击了商纣王的军队，一冲锋，纣王的前线军队就发生了叛乱，纷纷倒戈来迎接周武王。这个时候，武王开始向前进军，纣王的军队就全盘崩溃了。

在封神台上走了会儿神的周武王，想到的是姜子牙助他伐纣的壮举；风先生走神想到的，则是已在百姓当中流传开的一首叫《大明》的歌谣。孔老夫子后来编辑《诗经》时，把这首诗编在了《大雅》之中。

歌谣曰：

> 明明在下，赫赫在上。天难忱斯，不易维王。天位殷适，使
> 不挟四方。

挚仲氏任，自彼殷商，来嫁于周，曰嫔于京。乃及王季，维德之行。

大任有身，生此文王。维此文王，小心翼翼。昭事上帝，聿怀多福。厥德不回，以受方国。

天监在下，有命既集。文王初载，天作之合。在洽之阳，在渭之涘。文王嘉止，大邦有子。

大邦有子，伣天之妹。文定厥祥，亲迎于渭。造舟为梁，不显其光。

有命自天，命此文王，于周于京。缵女维莘，长子维行，笃生武王。保右命尔，燮伐大商。

殷商之旅，其会如林。矢于牧野："维予侯兴，上帝临女，无贰尔心！"

牧野洋洋，檀车煌煌，驷騵彭彭。维师尚父，时维鹰扬。凉彼武王，肆伐大商，会朝清明。

歌谣共八章，最后一章着重歌颂了姜子牙。是诗中的"鹰扬"二字，尤其形象地写出了八十余岁的他居然能如雄鹰飞扬般勇猛。风先生怕我们今天的人不能很好地领悟歌的要义，就把最后一章的诗句翻译了出来，并抑扬顿挫地吟咏出来："牧野地势广阔无边垠，檀木战车光彩又鲜明，驾车驷马健壮真雄骏。还有太师尚父姜太公，就好像是展翅飞雄鹰。他辅佐着伟大的武王，袭击殷商讨伐那帝辛，一到黎明就天下清平。"

英勇无畏、功劳巨大的姜子牙，周武王令你为功臣良将封神，你也不能太忘我了吧？回过神来的周武王有点不能忍地提醒姜子牙了。他说："可不能把你自己忘了！"

周武王对于姜子牙的提醒，先把风先生给提醒了。他跟着说："你把天上地下的神仙都封完了。你自己呢？给你封个什么呢？"

聪明如姜子牙，他不会忘了他自己呢。他那时候心心念念着的，是他的好老婆醋家婆。

传说姜子牙钓鱼，愿者上钩。他从早到晚，一天一天复一天，就从来没有钓到过一条鱼。但他家是贫困的，其妻马氏便嫌弃他，意图离去，姜子牙劝她说了："我有朝一日会得到荣华富贵，你可别这样做。"马氏听不进他的劝告，强硬地离开了他。后来姜子牙官居一人之下、万民之上时，马氏羡慕他的地位、财富，于是就想与他破镜重圆。但姜子牙看穿了马氏的为人，就将一壶水泼在地上，让马氏去捡。马氏捡回来的只是淤泥，姜子牙因此说了："若言离更合，覆水已难收。"

然而，事情真是这个样子吗？

我不敢妄加评论，风先生应该有那个资格就这个问题说一说哩。因为风先生当时就在姜子牙封神的现场，他把姜子牙的心理活动看得一清二楚。功成名就的他，此时此刻，心里念念不能忘的，还就是他那个倔强的马氏老婆了。传说歪曲了马氏的形象，真实的马氏并非如此。她的祖上专做酿醋的营生，凭着祖传的手艺，她的父亲赚得家财万贯，是乡里一等一的富裕户。然而，当家的父亲人到中年却膝下无子，愁得他四处烧香求神，这才求得一女。父亲爱她如掌上明珠，给她起名马招弟，期望她的到来能招引来一个弟弟，当然，如能招引来一串弟弟更好……生长在一个如此富裕的家庭里，马招弟是享大福了呢。但她天性既不娇贵，更不娇气，没事时常到自家的醋房里转悠。她见什么新鲜就问什么，而且还好动手，看着醋房的伙计做什么活，她亦跟着去做。及至长大成人，马招弟不仅醋房里的活儿样样能干，还都干得比别人出色。父亲逐渐变老，而取名招弟的她招引来的弟弟又十分年幼，父亲就把醋房的生意托付于她经营了。

马招弟作为一个弱女子，竟不负众望，把父亲托付于她的醋房生意越做越大。乡邻们看在眼里，都夸她是个能干女子，提亲说媒的人鱼贯而来，但是马招弟愣是没有答应任何一个人。

花开花落，年复一年，小小的一个马招弟，都熬成了一个老马招弟了。她年逾六十八岁，还是那么用心地经营醋房生意，并不断地钻研酿醋方法，改进酿醋方式，使得她家酿造的醋水香浓馥郁。马家香醋既是宫廷御厨必备的调味品，还是宫廷宴席上饮用的佳酿（那个时候，所谓饮酒，其实品饮的是醋呢）。与此同时，胸怀大志的姜子牙，因为商纣王的四处追捕，就从他的故土东海，东躲西藏，辗转千万里，寻觅到周原上来。那天他不仅又饥又饿，还满身的疮疾，趴卧在路边的草丛里呻吟着。突然，一股奇异的香气传来，直往他的鼻孔里钻，嗅闻得他都要醉了呢！姜子牙不知何物如此醇香，举头向香气飘来的方向观望时，看见马氏招弟肩挑两个瓦罐，一路风摆柳似的走来了。姜子牙深深地呼吸着，强打精神站在了路边。

好凑热闹的风先生，又岂能错过这样的一个时刻。他旋转着，如一股风似的赶来，先就报告姜子牙了呢。

风先生说："她的醋水香吧？"

风先生说："看把你香得都流口水咧！"

风先生说："她叫马招弟。"

风先生说："你没有媳妇，她没有汉。"

风先生说："缘分这个东西，攥着你俩来了！"

风先生的话姜子牙一定是听见了。不仅他听见了，肩挑醋罐子的马氏招弟也听见了。她在听见风先生说的话时，还听见了姜子牙说出的话。

姜子牙说："大嫂瓦罐里挑的是啥呀？咋这么香哩！"

姜子牙说："能赊我一口喝吗？"

马氏招弟把她挑在肩上的醋罐子卸下来，没有给姜子牙打醋喝，而是问了他两句话。

马氏招弟问："你把我叫大嫂了？"

马氏招弟说："你看我是大嫂吗？"

自知失言的姜子牙，这便想起了风先生刚刚说给他的话，就脸红了起来，给马氏招弟赔罪了呢。

姜子牙说："小生有眼无珠，赔罪赔罪。"

姜子牙说："您是大姐。大人有大量，我是真的需要品饮点儿大姐瓦罐里的啥子哩。"

马氏招弟乐得扑哧一笑，当即把她的醋罐子双手端起来，让姜子牙伸头张嘴，接住罐口，给他往嘴里倾了……美美地喝了一肚子的香醋，姜子牙擦着嘴的时候，马氏招弟还把瓦罐里剩余的醋水往姜子牙的疮疾上涂抹，原来又疼又痒的疮疾，被醋水涂抹后，不仅不疼不痒了，还迅速地痊愈着。姜子牙用他的一双眼睛，直直地盯在马氏招弟的脸上看，看得马氏招弟狠狠地还了他一眼。这么你一眼、他一眼的，一场醋水的姻缘，就如此不讲道理地成就了呢。满腹醋水的姜子牙神清气爽，七十二岁的他，像是六十八岁马氏招弟的俘虏似的，跟在马氏招弟的身后，直接去了她家的醋房。

也不用谁张罗，他俩自个儿安排，当晚一个做了新娘，一个做了新郎。风先生是他俩爱情婚姻的见证人，他俩闪婚成家，风先生没捞着宴席坐，但他没有不高兴，而是趴在马氏招弟酿好的醋瓮边，饱饱地喝了一场大醋。

老手旧胳膊的两个人，在新婚的日子里，倒是你恩我爱，卿卿我我，幸福快乐。但所有的快乐幸福都抵不过姜子牙内在的事业心，他不会沦陷在马氏招弟的温柔乡里不能自拔，而是继续寻觅着成就事功的道路。他每天早晨起来，都要拿上他的直钩钓鱼竿，去到磻溪峪口的那块大石头上，背水而跪，做他"愿者上钩"的钓鱼游戏……如此下去怎么办呢？马氏招弟说他了，说得一点都不客气，说他一个大男人贩卖猪羊，贩猪时羊的价钱贵，贩羊时猪的价钱贵，把钱赔了一河滩；接着又去卖面，面摊子刚撑起来，一碗没卖出去，刮来一股风，连面摊子都随风刮跑了！"你说你能干啥？就老实在家，跟着我做醋好了。"马氏招弟苦口婆心，把姜子牙说得哑口无言，他都要转变心意了呢，但最终还是撂不下心底的事功意识，于是就还每天早晨起来，去到磻溪峪口，继续他"愿者上钩"的钓鱼游戏。

短杆长钓守磻溪，这个机关那个知。

只钓当朝君与相，何尝意在水中鱼？

　　姜子牙断绝不了他垂钓磻溪峪口的游戏，都在于深藏他内心的这四句歌谣。歌谣根植于他道听来的西伯侯姬昌的德望，于是想要获得姬昌的青睐。顾自找上门去，也许是一个办法，但不比人家车驾请进门的好。怀揣谋略的姜子牙，自有吸引姬昌的作为，他因之既不顾醋家婆的好言相劝，也不顾醋家婆的恶语相伤，坚持他既定的主张，就背跪磻溪，直钩儿钓他的鱼了。

　　有能力陪伴姜子牙垂钓的人，用风先生的话说，也许只有他了。

　　当然了，磻溪峪口的风景，也是风先生乐意陪伴姜子牙的一个理由。此处古柏森森，林鸟声声，一渠细流，受着两山的夹峙，如喷似涌，湍流不息。春日之时，多彩的云影从天而降，搅乱了喧哗着的水波；秋日之际，斑斓的落叶扶风坠落，杂染了清澈的水浪……风先生如姜子牙一般，已然十分着迷于这里的风景。但风先生自觉他人没有那样的耐心，姜子牙那样一种姿态，在此垂钓了九年时间，他自己烦不烦呢？风先生自觉他已是很烦很烦的了。

　　好心的风先生，理解姜子牙，他敏感地觉察到了姜子牙、马氏招弟两人婚姻的危机。

　　但怀揣传统文化美德的风先生，知晓"见婚姻说和，见吵架说散"的道理。

　　夫妻俩清早起来的一场口角，风先生预知结果不妙，他就撺着姜子牙，好心好意地劝说了他；他劝说不动姜子牙，就又返身撺着马氏招弟，劝说她了。结果风先生把他两人都没劝说住，直到风先生陪伴姜子牙把他"愿者上钩"的钓鱼游戏，又玩了一天。那天傍晚时，是为人夫的他，灰塌塌肩扛鱼竿回家来了。

　　姜子牙没有想到，到了家门口的他，可是有家难回了呢。

马氏招弟在风先生的眼前，端了一瓦盆的醋，凶巴巴地站在家门口，等到姜子牙走到门口时，顿然泼在了他的面前，腾起的醋香味，直冲姜子牙的鼻孔，他还不知是何道理时，马氏招弟朝他说了一句话。

风先生听得清楚，马氏招弟说的是："还玩你的'愿者上钩'钓鱼游戏去吧。"

姜子牙能咋办呢？他看着恩恩爱爱的马招弟，泼醋在地，就什么都明白了。他在家门外站了一个晚上，第二天太阳升起的时候，朝着自家的大门，向马氏招弟喊了一嗓子："你只顾眼前，又岂知我壮志！"姜子牙转了身子，依然不思悔改地去了磻溪峪口，继续他"愿者上钩"的钓鱼游戏。

坚持就有成果，姜子牙还真把真龙天子的周王钓到手里了。

《史记》如风先生一般，对此做了较为详尽的记录。言说姬昌，欲望出门打猎，命太史编占卜出行的地点及吉凶征兆。那时的人，非常迷信占卜。太史编占卜后，煞有介事地对姬昌说，此行"所获非龙非螭，非虎非罴，所获霸王之辅"。太史编所以有此卜辞，在于他耳闻了姜子牙垂钓磻溪峪口，是已有些年月了，他的举动让人好奇，更引人注意，因而还就悄悄地前去，会见了姜子牙。一番开诚布公的交谈，太史编十分坚定地认为，姜子牙是位难得的治国安邦人才，西伯侯要想推翻殷商，一统天下，非此人相助不可。姬昌听信了太史编的卜辞，斋戒三日。他坐上打猎车，来到终南山下的磻溪峪口。他未能见到龙、螭、虎、罴，而见到了白发苍苍、胡须飘飘的垂钓老头。姬昌见姜子牙正襟危坐、心无旁骛，想到占卜之事，知道"所获霸王之辅"应该就是此人了。他随之上前搭话："子乐渔也？"姜子牙窃喜"鱼儿"上钩，却不动声色答曰："君子乐，得其志；小人乐，得其事。今吾渔其有似也。"姬昌因之还问，而姜子牙又继续给文王讲，言说掌管钓竿，与掌管国家权柄差不多，都是为了得，道理深得很！还说水的源头充沛则水流畅，水流畅则鱼儿能生存，这是自然之情。大树的根深，树木才可能茂盛；树木生长茂盛，才可能果实累累，这是自然之情。更说君子之间相处，志同则道合，志同道合，事业就能成功，这也是自然之情。

谈吐不凡的姜子牙，彻底征服了姬昌。礼贤下士的姬昌，当即扶姜子牙坐上他的车驾，自己个儿牵起绳套，亲自为姜子牙拉车。

风先生的记忆十分清晰，姜子牙当时还给姬昌说了一段话："天下非一人之天下，乃天下之天下。同天下之利者，则得天下；擅天下之利者，则失天下。天有时，地有财，能与人共之者，仁也。仁之所在，天下归之。免人之死，解人之难，救人之患，济人之急者，德也。德之所在，天下归之。与人同忧同乐、同好同恶者，义也。义之所在，天下赴之。凡人恶死而好生，好德而归利，能生利者，道也。道之所在天下归之。"姬昌把姜子牙的话，像是咀嚼大补之物似的，熟记于心，并因此回了姜子牙一句话。

风先生记得姬昌说的那句话，即："吾太公望子久矣！"

布衣一身的姜子牙自此不仅有了个"太公"的美誉，而且换穿上军师的袍服，来为有道的周王朝做事了。他所做被风先生记忆的大事、好事有许多，但最核心的是协助武王举兵灭商，翦除了惨无人道的商纣王，建立起宽仁厚德的周王朝。武王令他大封功臣良将，他筑起封神台，封赏着众臣神位的时候，他看见关心他的周武王是急了，风先生也急了，他俩急他们的，他一点都不急。原因是他面子上大封功臣良将，而心里想着的还有他的老婆马氏招弟，他想，伐纣兴周的胜利，他老婆马氏招弟是也立下大功了呢！

督师东进朝歌的誓师大典，在周原上的王城东门外举行，贵为军师的姜子牙，伴在周武王的身边，慷慨激昂地动员全军，誓死歼灭商纣王……就在这个时候，他看见了泼醋于他的马氏招弟。

马氏招弟不是一个人来的，她带领了一支很有规模的队伍，人人身着马家醋房酿醋时才穿的白色衣裳，肩挑一根扁担，担子两头各是一个装满陈醋的瓦罐，报名随军讨伐商纣王……看着马氏招弟带来的一队挑醋人，别人可能无法知晓其中奥妙，姜子牙是明白的。看明白了的他，蓦然想起他与马氏招弟头一次见面时，马氏招弟用醋水给他治疗疮疾的事情。他知道马氏招弟组织起的挑醋队伍，不只是给他壮大威势，更是关心着战场上的伤员。在真刀真枪拼杀的战场上，伤员需要救治，没有她的醋水咋办？感激着马氏招弟的姜子牙，用他明亮的眼睛与她远远地对视了一眼，就号令讨伐商纣王的队伍开拔了。

伐纣的战争是残酷的，征战的队伍有伤有亡，亡者就地安埋，伤者就由马氏招弟率人救助了。

等到打了胜仗，要庆功了，马氏招弟的醋水作用更大，众将士灌上一口，即能激发起更加强烈的战斗欲，进入战斗的序列中，不顾生死，奋勇向前……要说论功封赏，他老婆马氏招弟也该有个神位呀！然而，伐纣的战争取得全面胜利后，姜子牙班师回朝，他感念助他打了大胜仗的老婆马氏招弟，就偷偷地回了一趟家。可他回到家里来，没有看到他活着的老婆马氏招弟，而是看见了安安静静躺在棺材里，就要被醋房的工友以及乡邻们抬着埋葬的马氏招弟！

姜子牙痛彻心扉地哭了一场，他配合着醋房的工友和乡邻，把他的老婆马氏招弟安埋入了土。

正在给功臣良将们封着神位，封到最后再无可封时，姜子牙把他面前盛满醋水的青铜爵双手捧起来，向着四方恭恭敬敬地揖了又揖，拜了又拜，然后高呼一声马氏招弟的名字，就把满青铜爵的醋水洒在了封神台上。收回青铜爵的姜子牙，面向周武王，说出了他的请求。

姜子牙说："我王惜爱老臣，就封老臣一个醋坛神吧。"

姜子牙给他自封了醋坛神，他的老婆马氏招弟自然就是醋家婆了。在我着意来写姜子牙和马氏招弟这一对爱情冤家的时候，风先生陪伴着我，去到古周原上，先到葬埋着醋家婆的扶风县田家河村走了一趟。在村口，风先生不由自主地漫说起了流传在这里的一首民谣。不过，风先生刚漫说了个开头，就被田家河村的小子儿们听见了。听见了的他们蹦蹦跳跳，把风先生起头漫说的民谣，仿佛歌乐一般，唱说了一遍又一遍。

歌词曰：

> 田家河，有古迹，马氏冢，巍然立。
> 马氏本是姜尚妻，相休来此把身栖。
> 上天派她来做醋，传遍千家与万户。
> 冢内芳魂人仰慕，醋家婆醋香如故。

　　风先生与田家河村的小子儿们歌乐似的唱念出来的民谣，像是为今天的田家河村做广告一般，我是听进耳朵里了。我不仅把这首朗朗上口的民谣听进了耳朵里，还又抽搐着我的鼻头，贪婪地嗅吸起他们村飘荡着的一股独特的醋香味……对了，正逢酿醋的时节，田家河村家家户户，赶着点儿都把醋家婆的香醋酿好了呢！

　　风先生的话多，他赶着点儿问了我一句话："你见识过酿醋的过程吗？"

　　我白了风先生一眼，不再理他，而是沉浸在我母亲酿醋的那一份神秘与辛劳中了。关中西府不只葬埋醋家婆的田家河村酿醋，所有的村庄，因为醋家婆的照拂，是都会酿醋的哩。我们家距离田家河村说不上近，但也说不上远，就在姜子牙当年大封众神的封神台下，村里的人家无不赶着点儿，要酿出自家一年时间里吃的醋水来。小时候，我就曾帮助我母亲酿了几年醋，知晓要在三伏天制醋曲。那些年地里还种植有青稞，制作时先把大麦、青稞磨成粉，一半一半，兑进上年淋过醋水的醋糟里，盛放进一个大得离奇的竹编笆篮里；然后往铁锅里注水，同时架起火来，烧到水开，抽掉锅底的火，拿来准备好的桃树叶子，以及防风、柴胡等几样中草药，投进水里泡上半个时辰；直到滚烫的热水完全凉下来，就用水瓢舀了，往笆篮里的大麦、青稞与旧醋糟里浇，一边浇，一边拌，拌到抓一把在手不散开即可……这时，一项至关重要的事情就要开始了，那就是我母亲指派我爬到封神台上，撵着一丛丛开着蓝色花儿的荆条，采摘回新鲜的荆条花，既不用细择，也不用清洗，直接往醋曲里掺和了。

掺和好了荆条花，散散的醋曲一下子便显得十分鲜活了。但是鲜活那么一会儿，就要把它装进制作醋曲的模子里，裹上包布，先用拳头捶，然后还要整个人站上去用脚踩呢。

捶实踩硬了，将醋曲从模子里取出来，立于家中有阳光的地方晒着发酵。发酵的时间有长有短，长则一年不多，短则一月不少，取决于酿醋的实际需要。需要酿醋时，把成块成块的醋曲砸成碎块，上碾石碾细，然后投入一口大瓮里，倒满水拌和起来。家里的灶头上有发霉的馒头、多余的剩饭，今天有了今天投，明天有了明天投，看着瓮里的醋浆咕嘟咕嘟不断地冒泡儿，就到曲熟的时候了。但此时还不到淋醋的时机，还需要有一次发酵的过程。这一次仍然少不了竹编的大笆篮，先往笆篮里铺上一层厚厚的麦麸子、玉米皮之类的物什，再把瓮里发酵过的醋曲舀出来，往笆篮里拌了。干湿的程度，还是一把抓在手里不散的样子。将其阴在家里的一间房子里，既要给笆篮里的醋曲盖上棉被，还要在放置醋曲笆篮的房间的一面墙上，请来木刻版画的醋坛神，张贴好了，临时做一方小小的架板，为醋坛神上香祭酒、点蜡照明。

醋坛神的姜子牙，是做好一料醋水的保证，没人敢怠慢。醋曲发酵几日，他神圣的画像前，香火就得燃烧几天。

醋曲发酵好了，就到淋醋的工序了。这是醋家婆的领地，姜子牙功成下岗，他的老婆登台亮相了。醋家婆也是一幅木刻版画的样子，张贴在原来张贴姜子牙画像的地方，像姜子牙一样领受家里人的敬奉。供板上给姜子牙上什么香，祭什么酒，点什么蜡，就要给她也依样儿地做，绝对不敢马虎，也不会马虎。不过淋醋的方式似乎要复杂一些，两个或三个淋醋的瓦瓮，一字排开在醋家婆的面前，离地半尺多高，瓮底的一侧钻有一个小眼，接续上一根细细的竹筒，操持淋醋的家人往淋醋的瓦瓮里添上发酵好的醋曲，然后再添上适量的清水，放开淋醋的竹筒，出口处就会如小孩儿撒尿一般，淋出红红亮亮的醋水来。

我不明白，为什么不淋醋的日子，没有那种两翅闪着蓝色光点的白色蝴蝶；淋醋的日子到了，翅膀上有蓝色光点的白色蝴蝶就会翩然飞来，围绕着淋醋瓦瓮，盘盘旋旋，飞舞不息……我听母亲说过，她说那就是醋家婆哩。她操心家里淋的醋出问题，特来巡视察看，照护指导。来到家里的蝴蝶般的醋家婆越多，这一料的醋水就一定会淋得多，味道香。

这是母亲的说法，我不能不相信，但又有所怀疑，因此我还问了风先生。

结果风先生像与我母亲商量过似的，说法都是一个样儿的。

我和风先生来田家河村里访问醋家婆，应该正是家家户户淋醋的日子，满村飘荡着的全是醋水的香气。我们不敢张嘴，似乎张嘴呼吸的不是空气，而是一口又一口的醋水，我俩都要醉在他们村的醋味里了。不过我俩醉着醋，就更觉要去醋家婆的坟头上走一走，给她老人家拜一拜。在醋家婆的坟头前，碰巧遇到一个叫赵小娟的女子。她是扶风县华泰果蔬专业合作社的理事长，人样儿生得乖巧，心眼儿又极活络，自知她有这一责任似的，不仅继承了醋家婆酿醋的秘籍，还大力发扬醋家婆酿醋的美德，在她主持的合作社里打造出了一款自己的醋业品牌，即举世无双的"醋家婆"香醋。

赵小娟来到醋家婆的坟头上，是她有一料新醋要上醋瓮淋了，便虔诚地按照祖先的仪轨，给醋家婆上香祭酒求告了。

赵小娟如何给醋家婆祭奠，我和风先生就也相跟着如何祭奠。行礼一毕，赵小娟与我们告别，回她县城里的公司去了，而我和风先生还有我俩的路要走。我们一路北上，去到当年姜子牙封神的封神台下，拾级而上，不知爬了多少级台阶，终于一身汗水地登顶台巅……难以想象几千年前姜子牙封神时这里是怎样的一种景象，但眼前看到的，依然非常恢宏。前来朝拜的游客络绎不绝，他们心心念念地朝拜姜子牙，这没有错，但我想要告诉大家的是，千万不要忘了醋家婆。

风先生理解我的心情，他扯了扯我在封神台上被风吹得飘起来的衣襟，拉着我走到封神台的边上去，让我放眼封神台的山坡。我看见了，因为姜子牙泼了醋水而不生长大树的坡面上，一丛又一丛，满是开着蓝色花儿的荆条，我的眼睛湿润了。我没有说什么，只听风先生幽幽地说了一句话。

风先生说："蓝色的荆条花儿，可是醋家婆闪闪发亮的眼睛哩！"

纪五　野河山

嘒彼小星，三五在东。肃肃宵征，夙夜在公。寔命不同！

嘒彼小星，维参与昴。肃肃宵征，抱衾与裯。寔命不犹！

　　　　　　　　　　　——《诗经·召南·小星》

野河没有河，野河是一座山。

野河山漫山遍野都是洋槐树，到了春暖花开的日子，就是漫山遍野的洋槐花。也许是我偏执了，偏执地认为洋槐花即是妈妈的花，洁白玉润，清甜芬芳，诗意迷人，它具有妈妈所有的美丽与温馨、靓丽与温暖，还有清丽与温润……善解人意的风先生陪我回到记忆中乔山脚下的家乡，正赶着洋槐花初绽的日子。村里的老奶奶、老妈妈追着洋槐花到处转。扛一杆捞钩，挽一个竹篮，去到乔山小心地攀折着洋槐花，拿回家来，择出一串一串的槐花，把它们抻在一口瓦盆里，在井边打水淘过，拌进适量的面粉，上锅蒸了，就是一餐难得的美味。特别是在春荒的日子，洋槐花干脆就是接续口粮的不二选择……

这是一种证明，证明洋槐花确是妈妈的花。

离开了乡村，离开了妈妈，离开了洋槐花，我进入高楼林立的大城市。我体会着城市的改变，高楼更高了，马路更宽了，街灯更亮了，还有宽阔的广场和葱茏的草坪，以及一批批从乡村车载而来的大树，那是城市的客人，既熟悉又陌生，它们被请进来，以它们各自的美，装点着不断延展的城市。然而深藏记忆中的洋槐花，在城市当中，似乎要稀薄得多。我排遣不掉心中的牵念，于是在洋槐花初绽的日子，约上风先生，回到故乡，钻进了满山洋槐花的野河山。我呼吸着洋槐花浓郁的馨香，一下子蜕去了城市生活的模样，完全还原成一个游子的情状，浸淫在洋槐花莹洁的世界里，快活得满心就只有香透心肺的洋槐花了。

妈妈的洋槐花啊！有点乡村生活经历的人，是都会同意我的观点的。

风先生就很赞赏我的观点，他像我一样，是也迷醉在野河山的洋槐花香阵里了。迷醉着的风先生四处游逛，用他独有的方式抚摸着每一簇洋槐花，一边抚摸，一边自言自语地说着我内心也在说的话。

他说："妈妈与洋槐花是最亲近的，妈妈就是洋槐花，洋槐花也是妈妈。"

妈妈就是洋槐花上锅蒸了吃的洋槐花麦饭；洋槐花也可以不用蒸，生着吃就是一味新鲜；当然还能包了饺子煮着吃，烙成槐花饼掰着吃，甚至还能熬洋槐花水喝。花开花落，是为妈妈的洋槐花，虽无牡丹之华贵、玫瑰之妖媚，但其所独具的美，却不是牡丹、玫瑰可以比拟的。它的美不在花形，亦不在花色，而在于其肆意怒放的繁盛，花开成簇，在细嫩的纤叶映衬下，显得特别壮观！我爱洋槐花，就像爱我的妈妈一样。为此，我给妈妈一样的洋槐花还作了一篇赋文。

风先生十分喜爱我作的《洋槐花赋》，他与我沉浸在野河山霜降雪埋般的洋槐花林子里，情不自禁地将它吟诵了出来：

天公遗美，造秀扶风，野河山兮槐花玉洁。土酥草醒，蜂飞蝶舞，煌然凤凰来栖。峰青岭翠，画风锦绣，荡乎春意盎然。人丽风暖，月华朗澈，悠然古邑福荫。春水碧蓝，春草翠青，浩乎故地情怀。

地母钟灵，诡秀扶风，野河山兮槐花玉润。流霞遍野，飞云如虹，阴岭问道觉禅。琴箫鼓瑟，珠玉雪清，甘棠遗爱情深。陌上草色，陇上稼穑，槐里香魂缘深。寸心春思，明眸春望，馥郁春野绚烂。

> 人和风华，轩秀扶风，野河山兮槐花玉蕤。晴空明澈，云霓明洁，风清气爽神逸。雪肌柔情，白蕊彩锦，琼花次第千里。香阵盈野，扶摇腾天，玉容神游万里。槐花胜玉，槐香至馨，大赋芳绝群英。

风先生把我撰写的《洋槐花赋》吟诵罢了后，似还不能罢休，接着就还把《诗经》当中的那首名曰《小星》的歌谣顺带吟诵了出来：

> 嘒彼小星，三五在东。肃肃宵征，夙夜在公。寔命不同！
> 嘒彼小星，维参与昴。肃肃宵征，抱衾与裯。寔命不犹！

对于《小星》这首《诗经》里的歌谣，像风先生一样，我也是极为喜欢的哩。特别是当我爬上野河山时，便是风先生不吟诵出来，我也是要吟诵的呢。过往的日子，我在野河山就吟诵过好多遍，我还把那短短的几行小诗翻译成白话小诗："小小星辰光朦胧，三个五个闪天东。天还未亮就出征，从早到晚都为公。彼此命运真不同。小小星辰光幽幽，原来那是参和昴。天还未亮就出征，抛撇香衾与暖裯。命不如人莫怨尤。"不管别的论说家如何论述《小星》这首远古的歌谣，我坚持以为，歌谣所表现的，全然是颂扬云霄、琼霄、碧霄三位娘娘的哩。正如《毛诗序》说的那样："《小星》，惠及下也。夫人无妒忌之行，惠及贱妾，进御于君，知其命有贵贱，能尽其心矣。"难道不是吗？全诗短短两章，每章的前两句起兴于写景，但景中有情，言情叙事，把主人公星夜赶路、为公事奔忙的情况描绘得生动得体。诗中反而复之强调"肃肃宵征，夙夜在公。寔命不同""肃肃宵征，抱衾与裯。寔命不犹"，壮写的可不就是她们姊妹三人当年的情状吗？

三姊妹所以有此彪炳史册的英雄壮举，是要感谢她们的大哥赵公明呢。

风先生亲历了当时的情景，他追随周武王伐纣兴周的步伐，看见作为截教弟子的赵公明，座下骑黑虎，掌中擎金鞭，更兼缚龙索、二十四颗定海神珠奇宝在身，从他修行的峨眉山罗浮洞出发，为周武王打前锋。他的三个妹子，云霄、琼霄、碧霄随从身边，向商纣王的朝歌杀奔而去。有了三位妹子的辅佐，赵公明一路势如破竹。歼灭了商纣王后，他被姜子牙封为金龙如意正一龙虎玄坛真君，也就是世俗尊称的财神爷。

然而遗憾的是，没有功劳也有苦劳的三位妹子，却未获得应有的封赏。所幸民间百姓把她们三位都尊敬地称为仙子，大姐叫云霄仙子，二姐叫琼霄仙子，三姐叫碧霄仙子。

百姓所以尊称她们仙子，是因为三姐妹的修为很深。她们曾经一同在三仙岛上修炼，过着与世无争的生活，持有法宝金蛟剪、混元金斗，法力十分高强。特别是大姐云霄，早在开天辟地时就已经成就道行，斩尽三尸，抛尽六气，连阐教副教主燃灯道人也对三姐妹高看一眼。

英勇的三姐妹，未能被姜子牙授封为神，别人看着不平，但她们自己倒都看得很淡，很无所谓。她们从征战商纣王的战场凯旋，回到周原上来，沿着乔山山脉靠近封神台的地方，一边耳听眼观着姜子牙大封众神，一边静悄悄地把她们穿在脚上的绣花鞋脱下来，抖了抖鞋窝里的征尘。征尘翻倒在地上，这便堆垒起三座大山来。大姐云霄、二姐琼霄鞋窝里的征尘堆垒起的山头在封神台东边，三姐碧霄鞋窝里的征尘堆垒起的山头在封神台西边。三座大山一字儿排开，极为壮观。大姐随口大声地把她的山头叫了"东观山"；二姐见样学样，就把她的山头也大声地叫了"中观山"；三姐碧霄听得清楚，就也跟着两位姐姐把她的山头大声地叫了"西观山"。

按理说三姐妹给她们的山头高声大气起着名字，封神台那边封神正酣的姜子牙能够听见，但人家装聋作哑的水平太高了，愣是装着没有听见。

事情就这么不很公平地过去了，三姐妹各自喊了一嗓子，便都安下心来，做她们各自山头上的仙儿了。老百姓感念三位仙儿的好，就出工出力，伐木烧砖，开山取石，为她们姐妹在各自的山头上修筑了各自的庙堂，世世代代供奉着三姐妹，香火不断，供养不停……大姐和三姐很是享受这样的供奉，无所事事地做她俩的仙子娘娘。但二姐琼霄心眼儿细，她发现来她庙堂里上香的人，有一些快乐，有一些不快乐。快乐的人琼霄娘娘祝福他们继续快乐；而不快乐的人呢，琼霄娘娘就有意给他们使个小绊子，让他们抬脚过不去庙门，或者崴一下脚，使他们迟滞一会儿，再听听他们内心里的恼恨。琼霄娘娘听得仔细，她听出了不快乐的人，差不多都怀有"不孝有三，无后为大"的心事。好心的琼霄娘娘摇身一变，就幻变成了一尊世俗仙子，着意于为愁苦家无子女的人们送子女了。

香头会就这么合情合理还又合乎人情人性地在琼霄娘娘的中观山兴起来了。

久未谋面的风先生对此似乎特别感兴趣，在我端坐电脑前敲着字词时，他蓦然而至，伸手到我面前的电脑键盘上，先敲出"野河"两个字，再从字符表里找到那个"="，敲上去后，又敲了"野合"两个字。他这么敲来，我似乎明白了些什么，但不是很明白，而他又一阵风似的想要躲开我溜走。我意识到了他的图谋，就在他从电脑键盘上收手的一瞬间，逮住了他的手，没让他溜走。我要他给我说明白了。风先生没有办法，便很不情愿地悄着声，给我说了两句话。

风先生说："你想想姜嫄氏吧。"

风先生说："再想想周文王吧。"

风先生这么说来，我就没有什么困惑的了。伟大的姜嫄氏，伟大的周文王，可不都是因为一场有趣的野合，而成就了他们一人为人之始祖的盛名，一人为人之明君的英名的吗？想到这里，我不禁乐得埋头暗笑了起来，这便带动了风先生，他亦低头暗笑了呢。暗笑着的我和风先生知晓，野河山的名称，可还是周文王圣心大发起的哩！其中有没有纪念他们曾野合过的美好时刻的意思，我不敢妄加猜测，风先生应该知道吧。我询问他了，而他只是极为暧昧地朝我笑，一语不发。但我想了，风先生的这一态度，不就是对我询问的一种回答吗？

我不能太过难为风先生，就丢开他的手，使他可以轻松愉快地溜走了。

风先生是溜走了，而我依然沉浸在我提出来的问题里，做着我的探究……我探究我的老家就幸福地依偎在野河山的南麓，既属山之阳，又属水之阳，所以地理意义上来说，是为好风水。

好风水自然会有好兆头，把王宫建设在好风水处的周武王，完成了父王的遗志，伐纣兴周，带动了赵公明和他的三位妹妹功成返乡，哥哥赵公明去做他的财神爷，三位妹妹无怨无悔无苦恼，她们堆垒山头，做她们山头上的仙儿，倒也自在快活，并深得当地百姓的尊崇与喜爱。特别是二姐琼霄娘娘，她幻化成人间的生育仙儿，就更为人所敬仰和爱戴了。

琼霄娘娘主持的香头会，说穿了，就是有组织的野合。

当然，远古时的人们，对于野合这样的事情，大概都见怪不怪。我生活的古周原上，即野河山下一带，过去常说的一句话就很有意思："娃娃生在谁家炕头上，就是谁家的娃娃。"对于这句话，是否可以这样理解：娃娃的母亲是重要的，而娃娃的父亲就无所谓了？行文至此，我不禁哑然失笑，回过身来的风先生也是哑然失笑了呢。

每年农历的七月初七，也就是牛郎织女在高高的天上，脚踩万千喜鹊临时搭给他俩的鹊桥，横跨银河，双双携手相爱的时候，许多不能生养的女子，强忍住内心的熬煎，登上中观山，向送子娘娘琼霄求子来了。

千百年来，每年的这个时候，风先生都会寻上山来看热闹。他见识多了那样的场景：四面八方赶上山来求子的女子，或被她们的大嫂，或被她们的姑姑，抑或是她们的姨姨、大姐，悄悄地陪着来，白天时鱼贯地进入琼霄娘娘的享殿，跪拜慈眉善目一脸微笑的琼霄娘娘，给她祭酒上供，从她的塑像前求得一炷线香；待得晚来，于荒草萋萋的山坡上，点燃了香，吸引上山攒会的小伙子尾随她来。双方看对了眼，即在草坡上无遮无拦地上演一场他们两人的野合。

虽然是为野合，却也十分讲究，请了香头的女子，还需随身带来一个大包袱。

包袱里的内容，少不了一个弧圈子馍馍，圆圆的仿佛面蒸的月亮一般，弧圈子馍馍中空处，一定少不了半壶烧酒和一个酒杯。待到撵香头的汉子追上来，两人就选一处能遮羞的草丛，双双对坐下来，女子便打开她带上山来的包袱，顺手铺开，拿起酒壶，往酒杯里斟上酒，双手捧给汉子，敬请汉子喝了。在汉子仰脖子喝酒的时候，女子即会从弧圈子馍馍上掰下一块来，再次双手捧给汉子吃……野合求子，汉子吃不饱、喝不好，又怎么能做事呢？

汉子吃饱喝足了，不用多言语，双方即是一场激情滔天的野合。

风先生给我娓娓道来，说是这一风俗一直延续着，直到破除迷信、破除"四旧"的20世纪中叶，才被完全禁绝掉。风先生还说，这样的事情，现在看来确实是不好，但对于当时的人来说，似乎还真的不能说不好。传统社会里，为了家族的延续，这不失是个非常现实的方法。

野河山"引香头"的风俗，似乎还不止这一处。风先生就说了，西去不远的周公庙，也曾有"引香头"的庙会。

据传，野河山与周公庙上的香头会大盛之时，到了晚间，开满山花的草坡上，摇曳着的香头星星点点，仿佛星空倒转，铺展在这两处山坡上，场面十分壮美……时过境迁，那样的情景是再也不会出现了。但我忍不住要想，野合也许并不是我们今天所想的那么不堪，因为许多事情在发展的过程中，似乎都有一个野合的过程。譬如我所执迷的文学写作，单一地写下来，就很难有所突破，而如果对于自己的写作，人为地在文体、方法，还有意识之间，"野合"一番，常会收到意想不到的效果。突破有了，成果自然就大。这样的例子，在中外文学史上举不胜举，可以说，每一次的文学进步，都少不了"野合"的推动。生物学所说的"杂交优势"，大概就是这个意思哩。

野合是壮美的，那种壮美带来的创新性，应该不只体现在文学上。

野河兮，野合乎。香头上闪耀着的生命之光。

纪六　兜土望鲁台

君子于役，不知其期，曷至哉？

鸡栖于埘，日之夕矣，羊牛下来。

君子于役，如之何勿思！

——《诗经·王风·君子于役》节选

笨、拙、憨、傻、倔，是那个孩子的基本特性。

风先生语出即乐，他给我说出那孩子的基本特性后，就还说那孩子肉嘟嘟的，浑身上下，一丝一线不挂，就那么在大路上的虚土里撒尿，冲击得地上腾起一片黄朗朗的土雾。他伸手土雾中，熟练地翻搅着混合上尿液的泥土，一会儿便就拌和成一团尿泥来……孩子拌和尿泥要做什么呢？如果是在他生活的潼关城里，他会用尿泥来捏泥炮放的。因为孩子是潼关城里最会捏泥炮的那一个，他捏的泥炮，不大不小，一把可握，高举在手上，圆似满月，润似油脂，自然还又散发着孩子尿的一股奶香味。风先生看得清楚，孩子在把泥炮顺手举起来时，还很小心地往泥炮内的薄弱处，吐了小小一口唾沫，这是他放泥炮的秘诀，不如此，泥炮便放不响。果然是，在孩子把泥炮举高摔下地面来时，炸出了石破天惊的一声裂响！

见多了孩子于潼关城里放泥炮的瞬间，风先生佩服他的能耐。

然而这个时候，孩子没在潼关城里，而是在潼关城外的大路上。和了尿泥孩子要做什么呢？风先生一时不能明了，就在孩子的身边，悄然无语，想一探究竟。孩子拌和尿泥的耐心十分足，弯腰拌来，在风先生眼里，是比他捏制泥炮的尿泥都要筋道了呢，可他依旧不甚满意，于是还就把尿泥团儿拿在他的手里，捏弄不息。孩子捏弄着尿泥团，以为太过稀软，就往尿泥团里掺和路边车辙里的细土，以为太过干硬，就往尿泥团里吐唾液……反而复之，复而反之，一遍遍地捏弄，直到孩子自觉尿泥团儿可以做他想做的工程了，这便弯腰屈背，高高地撅起屁股，站在大路的中央，在尿泥团上掐一小块下来，在他的手里，搓磨成砖石的样子，即在道路中央开始垒筑了，不一会儿工夫，孩子便就垒出了一座城的雏形。他的尿泥太有限了，刚垒出了一座城的雏形，就需要他继续撒尿，继续拌和尿泥，继续来垒城了。

孩子不厌其烦，就那么不断拌和他的尿泥，不断垒筑他的尿泥城。

孩子裸着的身上满是汗，汗水冲刷着他一身的尿泥点儿，他自己几乎就也是个尿泥塑成的人儿了。成为尿泥人儿的孩子，专心地用他的尿泥垒筑城池。他心无旁骛，既没看见远道上走来的一辆木轮的牛车，更没注意牛车上乘坐的人和牛车前开路的人，他从始至终，都只致力于尿泥城池的修建。南门、北门、东门、西门、瓮城、箭楼等修筑得全都有了模样，就只剩余下一截一截的垛墙了，再有那么一会儿，包括垛墙在内，他的尿泥城就可以竣工了。

恰在这时，远路上走着的那辆牛车，慢悠悠地停在了孩子修筑的尿泥城边。坐在牛车上的人，年龄大一些，也慈善一些，他看着孩子那一副神态，笑笑地没说什么话。而在牛车前开路的人，腰间挂着一把宝剑，凶巴巴抢先一步，堵在孩子的面前，青红不分，皂白不辨，张嘴便就训斥起孩子来了。

如此有趣的现场，风先生自会赶着来，他耳听训斥孩子的人说："没见牛车来了吗？咋不躲到一边去！"

孩子没有理会那人的训斥，他依然自顾自地修筑着尿泥城池上的垛墙，那人向孩子更大声地吼叫道："耳朵聋了吗？听不见人话！"

孩子在尿泥城的顶上，修筑最后一个垛墙，他一丝不苟地垒筑着，眯细着眼睛，把他垒筑的垛墙左右看了看，确信他的手工没有问题，这才直起腰来，抬头看向训斥他的人，一手叉腰，一手指向那人的鼻子，声气和缓地回了他两句话。

孩子说："声高难说有理，你又喊叫的啥哩？"

孩子说了这句话后，把他举着的手指，伸向了坐在牛车里的人。他说："你嘴里的两颗大门牙，倒是生得蹊跷。你是看着我年岁小，身量小，就蛮不讲理了吗？心中有道的人，谁不知晓天下通行的这一个道理呢？来车唯有绕城而行，而城池又怎么能为车驾让道呀！"

这时，跟在车后边的一位儒雅青年，快走了几步，攫到车驾前来，横在孩子与那位训斥他的人中间，很是谦恭地给孩子揖了揖手，肯定了孩子的道理，便与孩子有商有量地讨论了起来。儒雅青年与孩子讨论的目的，依然是想要孩子牺牲掉他的尿泥城，让堵在路上的牛车顺利过境……那个仗剑训斥孩子的人，风先生辨认得来，就是孔老夫子的学生子路，而这位儒雅青年，风先生也认得清楚，是负笈背篓从周原老家远赴鲁国，寻找孔子求学的燕伋了。

光屁股的孩子听从了燕伋劝说，他同意牛车越过他的城池，继续往前赶路。可是牛车上坐着的人发话了。

牛车上长有两颗大门牙的人不是别人，正是周游列国的孔圣人。他抬臂展袖，伸腿动脚，很有气势地下得牛车来，与燕伋站了个面对面，未开口先把他的右手搭在燕伋的左肩上，问了他一句话。

孔子说："你师从我几年了？"

燕伋回答："五个年头。"

孔子说："背井离乡五年，你想念家里的父母亲，父母亲在家里可也想念你呀。"

燕伋作势给孔子跪下来了。

跪倒在孔子面前的燕伋，是想给老师说句话的，可他心情复杂，老半天都没想好措辞，就只有虔敬地跪伏地上，聆听老师孔子对他进一步的教诲。

孔子说："有教无类，回到你老家的周原上去，设教授徒就好。"

老师孔子的话，一字如一记重锤，一句如一声惊雷，钻进燕伋的耳朵里，他知道老师已经改变了主意……怀揣"克己复礼"梦想的老师，率领他们一班学生，自鲁地出发，周游列国，他是要进入秦地，携同燕伋去他的老家周原，考察周天子崇尚仁德、推行礼仪的现实情况。但却赶在入秦的大门口，突遇这个修筑尿泥城的光屁股孩子。孩子的一番说辞，把孔子震惊到了。做了孔子五年学生的燕伋，看清楚了孔子内心的活动，知道他老师心里的想法，那么个小孩子，居然如此知常识，懂道理，他还有入秦的必要吗？燕伋可以肯定，答应与他一起入秦的老师孔子，在此一刻，业已改变了主意，他是不会再往秦地走一步了。

那头拉车的瘦弱老黄牛，在为孔子开路赶车的子路的牵引下，慢慢地倒转了方向，背对了秦地，十分缓慢地走远了……跪伏地上的燕伋，直到看不见了老师孔子的牛车，才站起来，继续往牛车远去的方向眺望，眺着眺着，就也眺不见了，燕伋因之还就一跃一跃，跳跃着去眺，却也只能看见一缕昏黄模糊的尘烟。无奈了的他低下头来，这便看见了潼关城下的黄河，浩浩荡荡，翻卷着泥汤般的浪花，自西北而下，向东南而去！

风先生张开春风般的衣袖，抚摸着燕伋的脸庞，不想他因为老师孔子的离去而过于伤心。风先生劝慰他说他真该听从老师的意见，在他周原的老家，设教授徒。

燕伋在风先生的劝慰声里，把眼睛从黄河的激流中收回来，拉住风先生的手，在风先生的扶持下，徒步往周原老家走了……秦地千阳燕家山（今陕西千阳县水沟镇水沟村）如一幅水墨画般，既深刻地印记在燕伋的心里，也印记在风先生的心里。风先生认识燕伋的祖父公胜，还熟识燕伋的生父公滕，他们一家三代同堂，不仅家道殷实，而且知书好礼。当其时也，燕伋的祖父、父亲，听闻孔子在山东曲阜老家办学授徒，以为他的学问，是燕伋应该学习的，便生出送燕伋远去山东求学的想法。但因燕伋年纪尚幼，且路途遥远，未能成行。待他娶到贤而知礼的妻子，又送埋了父母，他才负笈背篓，远行千里，去到曲阜，拜在孔子的面前，做了孔子的学生。那一年，燕伋二十二岁。

燕伋谨遵师命，他在风先生的陪伴下，回家来了。

风先生着迷于燕伋的才华，还有他的风度，他在燕伋回家后的日子，寸步不离地跟随在他的身边，仿佛他的影子似的。风先生使燕伋活成了他，又使他活成了燕伋，两人一老一少，耕种在田野上，阅读在油灯下。四乡八社有志读书的人，常会撵到燕伋与风先生的身边，向他俩请教学问。赶在这样的时候，知趣的风先生悄然不语，站在燕伋的身边，看他给求教的人释疑解惑……燕伋教授他人学问的态度让风先生感佩，他因之躲开旁人，是要给燕伋以鼓励的。

风先生的鼓励，不外乎孔子对于燕伋的期望。他说："设教授徒，你能的。"

燕伋不仅听得见风先生的建议，而且也听得懂。但燕伋心里自有主张，觉得他的学问还不够精到，还有继续深造的必要。怀揣这一理想的燕伋，在他的祖居地燕家山村口，手捧书简，举目老师身处的鲁地，要遥望那么一阵儿……为了遥望得更充分，更有效率，燕伋在来村口时，不忘运用他的衣襟，兜来新土，垫在他的脚下，一日复一日，一月复一月，一年复一年，那里已经被他垫起了一座高台，这就是后世人称的"望鲁台"。

想拜燕伋为师的人，争着帮助燕伋兜土，为他垫高望鲁台，可是燕伋没有答应。他说了，他自己兜来的土，才能垫高他的视野。

不过风先生是个例外，他用他风的方式，垫高着燕伋的望鲁台，燕伋没有反对。因此风先生还就陪伴着燕伋，继续他学问的积累。八年登台望鲁，两千九百二十个日子，在风先生看来，就那么如风似的流逝了。曾经每日登上望鲁台的燕伋，有一天背对着周原上的家，负笈背篓地又出发了，他继续跟随着老师孔子，一边读书深造，一边巡游列国……这次，他又跟随了老师五年。四十岁时，老师像头一次一样，鼓励他返乡办教育了。

这次回乡来的燕伋，没有犹豫，他设教授徒了。

　　君子于役，不知其期，曷至哉？鸡栖于埘，日之夕矣，羊牛下来。君子于役，如之何勿思！

　　君子于役，不日不月，曷其有佸？鸡栖于桀，日之夕矣，羊牛下括。君子于役，苟无饥渴？

眼见燕伋开始设教授徒的风先生，把《诗经》中《王风·君子于役》这首歌谣很有韵致地吟诵出来了。

作为孔子的学生，燕伋见识了老师编辑《诗经》的过程，他依照自己预先确定下来的编选标准，动员他的学生参与进来，辨识优劣，筛选后交到他的手上，继续斟酌选择。风先生发现《君子于役》这首歌谣，就是经燕伋的慧眼入选《诗经》的。当其时也，风先生看见，这首歌谣交到燕伋手里时，他只一眼，热喷喷地泪水便模糊了他的眼睛……燕伋看得明白，这首歌谣写的是一位妻子怀念远出服役的丈夫。他虽没有服役，却比服役的丈夫走得更远，家里的妻子会怎么样呢？应如歌谣里的女子一般，状景言情，令人泪目。

燕伋终于回到了妻子的身边，他们夫唱妇随，享受着他们想要的生活。妻子想要的生活是：一日三餐，喂饱丈夫的肚皮；纺纱织布，遮掩丈夫的身体。丈夫想要的生活是：清早走出家门，兜上满衣襟的土，去他堆垒得已经很高了的望鲁台上，铺上一层新土，站上去，把老师孔子所在的鲁地，痴情地望上一望，然后步下台来，走入他开设在望鲁台一边的馆舍里教学。

"厚德者流光，德薄者流卑。"风先生眼里的燕伋，就是一个厚德的人。被后人称为"中华尊师第一人"的他尊师重教，兜土筑台，登高望鲁，遥拜师恩，在家乡设馆办学一十八年。

风先生既感佩燕伋谦虚诚厚的品德，还赞美他"闻志广而色不伐，思虑明达而辞不争"的美德。有教无类，老师孔子怎么做，他一丝不苟地学习实践，广收门徒，传播儒学，培养了一大批人才，推动了当时的教育、经济和文化事业的发展。他因之深受世人爱戴，及至他辞世后，历朝历代莫不对他大加封赠。唐开元二十七年（739），玄宗皇帝封他渔阳伯；宋大中祥符二年（1009），真宗皇帝加封他千源候；明朝时更追称他为"先贤燕子"。如今，山东曲阜的孔庙，圣贤祠内还供奉着燕伋的牌位和石刻像。

我准备着墨于圣贤燕伋时，风先生拉扯着我，从我西安的寓所，风行去了千阳县县城西关，站在了望鲁台前。热爱燕伋的故乡人，不知什么时候，给高达十余米的望鲁台包上了砖石的外皮，使得原来兜土而筑的土台子，变得既规整，又好看。我绕行在望鲁台周边，看到教塾门、文坛、思师亭，还去注目六棱碑、尊师祠、民俗宫、燕居宇……这一处一处的景观，无不张扬着润泽灵魂、激励后辈、育化学子的理想。而它们也都是后人在底径35米的望鲁台周遭，遵照各自内心敬意，为偶像燕伋修筑起来的。

风先生问我："燕伋第三次也是最后一次赴鲁求教老师孔子是什么时候？"我回答他是公元前484年，还告诉风先生，燕伋这次去到鲁地，陪伴了老师四年时间。这时的燕伋也已年过花甲，在那个年代，活到这个年纪已经算是很老很老了呢。知觉自己老了的燕伋，几欲告别老师返乡，却终因老师身体不佳，就坚持陪伴在老师的身边，捧茶端饭。直到老师驾鹤西去，他还在老师的坟墓旁结庐，戴孝守灵，三年有余。

守着老师陵墓的燕伋，此时年已六十五岁。他是必须返回周原上的老家了，老迈的燕伋步履蹒跚，返回老家一年后，即也追随老师去了。

"泰山在前而不见，疾雷破柱而不惊。"风先生把欧阳修的这两句诗诵念出来了，我晓得他借此赞美燕伋的毅力。燕伋的言行，是对毅力最好的证明，证明他的心灵深处，始终存在对于美好梦想的追求……他的这一美好追求，千百年来，激发着每一个有此梦想的人，特别是他故乡的人们。

于是，一部反映燕伋历史事迹的新编秦腔历史剧《望鲁台》诞生，并参演了第六届丝绸之路国际艺术节，喜获优秀剧目展演奖。

喜好秦腔戏曲的我，很想看到那次演出，但身体上的原因，错过了那个时机。不过我有朋友风先生，他代我去到演出现场，观看了由北京红布衫文化发展有限公司与千阳县人民剧团合作创排出来的剧目。风先生知道，县级秦腔剧团的日子都不好过，一年到头，费神把劲地演出下来，能有糊口的薪资拿，就算烧高香了。创作排练一部新编历史剧，没有财政上的支持，是绝对做不到的。克服重重困难，他们做出来了，可喜可贺。

风先生观看后，见到我就是一通感慨。他感慨编剧、导演的用心，感慨服化人员和演出人员的不易。他说整部作品题材厚重，舞台效果唯美典雅，而剧情更为思虑缜密、环环相扣，从细微处见大义、见形象、见感情，堪称一部兼具精神高度、文化内涵、艺术价值的上乘之作。

好话归好话，说到最后，风先生轻叹一声，就又说了。他说："负笈背簦，这个词的意思舞台展示有谬误。求学孔子的燕伋，路途再怎么远，也不能像个砍樵的汉子，肩挑一条扁担的呀！"

笈是什么？学子求学路上装书的竹编箱笼。

簦是什么？雨来遮雨，日照遮阳，无雨又无烈日，就做竹杖挂着走了。

纪七 灵山·秦公大墓

鸿雁于飞，肃肃其羽。

之子于征，劬劳于野。

爰及矜人，哀此鳏寡。

——《诗经·小雅·鸿雁》节选

秦穆公当年狩猎于九顶莲花山，发现了一只灵鹫鸟，因此九顶莲花山就又有了"灵山"的称谓。

天下有一十七座灵山，八百里秦川最西端的灵山最灵！我相信风先生说的话，他能这么说，自有他说的道理。不过我还是上网检索了，发现世间确有一十七座灵山，但说这一座最灵，似乎难以证明。可是我母亲生前像风先生一样，也那么说了呢，我还能不信吗？我紧握双手，呱呱坠地，被母亲抱在怀里，吃着她的奶水长大，不仅最听她说的话，而且也最相信她说的话。

风霜考验着母亲，雨雪历练着母亲，到她老人家踏进八十四岁门槛的那一年，突然间给我提出了一个要求，让我陪着她，步行去朝一趟灵山。

人活一世，哪能不朝灵山呢？朝不到，就没有归路。母亲的理由把我说愣了，我眨巴着眼睛看向母亲，发现她虽没说灵山最灵，内心却深藏着一个信念：唯灵山能够安顿她颠沛了一生的灵魂。我不敢违拗母亲的意愿，答应着她就要去朝灵山了。母亲没有往我准备好的小车里坐，她很是不屑地瞥了一眼黑乌乌的小车，即把我扶着她的手，十分有力地甩开来，迈着她一双自幼缠得如粽子般的小脚，向着西去的灵山走了去……我的老家在扶风县北乡的闫西村，粗略地算来，到达灵山的距离，也在百八十里。往常大门不出、二门不迈的母亲，凭着她的小脚走得到吗？

我为母亲的壮举感动着，但又忧愁着。没办法，就只有跟随在母亲的身边，陪着她走了。

我给母亲耍了个心眼，让司机落后我和母亲一定的距离，跟在我俩的身后，我想待我母亲走不动时，司机就撵上前来，扶我母亲坐车，正好载着她走了。谁知司机心疼小脚的母亲，他向前撵得急了些，母亲便就识破了我耍的心眼。她大发雷霆，骂我不孝不顺，不听她的话，逼着我让司机掉头回了。

我能怎么办呢？知晓我母亲心意的风先生，这时插在我与母亲的中间，想要调和我与母亲的关系，结果也遭受到我母亲的一顿训斥。

见风先生都已无奈了，我静默了一会儿，只好老实听着母亲的话，陪她徒步朝灵山了。

百八十里的路程，我想没有个三五天，小脚母亲是走不到的。可我母亲的小脚，比我的大脚走得还有劲儿，两天多的时间，便就走上了灵山。老实说，在我与母亲往灵山上攀爬的时候，我都来不及照顾母亲了，反而由小脚的母亲照顾我了呢。风先生赶在这个时候，不顾我的难堪，还撵到我身边说起了我的风凉话。他说："小伙子，现在你知道灵山的灵气了吧！"

有着"西北第一佛山"之称的灵山，用风先生的话说，"隄秦川西端，绵吴岳之东岭，南瞻终南之秀峰，北顾千山伏兔。野水赴壑，岩石峻峭，冯家山水库傍于右，丝绸之路依于左，处凤翔、陈仓、千阳三县之交"。我听得明白，风先生如此说来，仅只介绍了灵山的地理优势，其实重要的还在于灵山每年四月初一的会期，彼时人山人海，香火鼎盛，堪称奇观。

母亲命我与她来朝灵山，赶的就是这一盛大的庙会。

举头三尺有神灵，爬到灵山顶上的净慧寺，母亲忙着为灵山老母烧香布施，我则去观看盛名灵山上的卧佛、铁佛、铁锅等。卧佛殿侧卧着身长达10米以上的卧佛。我说不准卧佛的真身，便向如影随形的风先生请教了，他毫不含糊地告诉我，是为佛祖释迦牟尼的涅槃彩塑像。半人高的长台上，佛祖神态安详，他的十大弟子侍立身后，有的怒，有的喜，有的哭，有的笑，法仪各表。当然了，铁佛也有铁佛殿，风先生说："殿内中央位置供奉的依然为佛祖释迦牟尼佛，陪伴其左侧的是供奉药师琉璃光如来，陪伴其右侧的是供奉阿弥陀佛。"

那口高约3米、直径4米的铁锅，别处有吗？风先生摇头了，他老人家不知别处有没有，我就更不知道了。

我大睁着双眼，充满了好奇地在铁锅的周围观察。想来灵山上所以有它这一景观的存在，作用首先在于蓄水，防患于未然了。天干物燥，哪里突然生发出个火灾苗头，人皆可以使用大铁锅里的水，扑灭火苗……灭火是大铁锅的现实作用，它还起着十分精深的精神作用。当初铸造大铁锅时，寺庙里僧众借助熔铁工匠的力量，在大铁锅的周遭，铸刻上了一整部的《华严经》。

"灵山没景，一条秃岭。"风先生嘟囔着民间流传的这句话。

从来不与风先生犟嘴的我，被他这句话，惹得给他翻了白眼。爬到山巅的母亲，寻找山崖边生得绿汪汪的白蒿子，小心地撷了。我极目远眺，发现四野寂寞，丘陵起伏，百般恭迎，全都作臣服状，而南坡上亮汪汪的那处牛犊泉，像一只射天的眼睛，泛溢着的泉水，不仅供应着灵山僧众的饮用，还滋润着泉水脉上的树木，翠绿葱茏。转眼再来眺，梅子岭上风声飒飒，传说着灵山老母在岭上向朝山者赠梅赐福，以及舍身跳崖得道成仙的故事。

灵山老母所以舍身山崖，不只为了她个人成仙，还为了普罗大众的福报。风先生是这么说来的，他还说灵山老母洒在山坡草木上的血，虽然会消褪不见，但有感念她的百姓，朝山来时，你带一缕红布条，他带一根红线绳，带上山来或给树身上系，或往草棵子上拴，满山草木因此终年飘摇着红色，红艳艳似如灵山老母当初舍身洒在草木上的血。

> 鸿雁于飞，肃肃其羽。之子于征，劬劳于野。爰及矜人，哀
> 此鳏寡。
> 鸿雁于飞，集于中泽。之子于垣，百堵皆作。虽则劬劳，其
> 究安宅。
> 鸿雁于飞，哀鸣嗷嗷。维此哲人，谓我劬劳。维彼愚人，谓
> 我宣骄。

《诗经》中一首名曰《鸿雁》的歌谣，被登上灵山山巅的风先生诵念
了出来。

就在风先生的诵念声里，我凌虚远望的眼睛，还真就看见了鸣叫的鸿
雁，在幽幽腾翻的云头上，振翮奋飞……"饥者歌其食，劳者歌其事"，
蹈云而飞的鸿雁，鸣叫的该就是这样两句话了吧？我的情绪，随之沉寂了
下来，这是因为我的眼睛扫视灵山脚下，在鸿雁飞去方向，看见了考古界
挖掘出来的秦公一号大墓。

伟大的考古发现，往往都非常偶然，秦公大墓的发现很偶然，在此之
前发现的秦始皇兵马俑也非常偶然。

风先生的记忆十分准确，1974年的陕西关中平原，春旱十分严重，临
潼山脚下的农民兄弟，没有苦等天雨，他们自觉寻找着地下水脉，打井抗
旱了。那个叫赵康民的人，与村里几人在一处空旷地上掘进着，掘进到十
多米深处，忽然就挖到一个奇怪的陶土人头。赵康民他们当时谁都没有想
到，这个陶土人头引出的，竟然是埋藏着的秦俑方阵，而且十分庞大。形
态各异的人俑，全都武士打扮，他们列阵守护的就是中国历史上秦帝国的
缔造者——秦始皇嬴政。

这次伟大的发现，用风先生的话说，就是对另一伟大发现的破土开
光。陕西省考古所次年即组织人马，来到凤翔县工作了数月，就在他们一

无所获时，在灵山脚下那个叫南指挥的村子里，一位村民却有了奇怪的发现。

南指挥村村外有块奇怪的荒地，春夏时节，不管雨水多寡，那里庄稼都长不好。生活在附近的人们对此习以为常，没人想去深究。1976年的一天，附近一户赵姓村民推着小土车来到这里，他要挖点土修补自家的院墙。镢头挖，铁锨刨，挖刨来的土块有些奇怪，颜色和形状，与周围黄土全然不同，有黄有红，还夹杂着一些碎石，且又坚硬非常。

考古专家听说了这个消息后迅速赶来，一场规模空前的考古大发掘，由此拉开了序幕。从1976年发掘到1986年，持续了十年时间。

许多难解的谜团，在风先生的见证下，被考古专家一铲一铲地揭露出来了。两个国际标准篮球场般大的遗址上，一层一层挖刨出来的土块，都是人工夯砸的。风先生经历过战乱不休的春秋时代，知晓是为一霸的秦国，就曾在此建都。长达二百九十三年，横扫六合，建立大一统中国的秦王嬴政，即威名赫赫的秦始皇的加冕礼，就是在雍城内的大郑宫举行的。这里会是雍城的一处什么遗存呢？猜想一个又一个。

发掘的结果证实，雍城遗址的南指挥村一带，是秦王朝祖先的陵园区，规模较大的墓葬有43座，开挖出来并命名为秦公一号大墓的这座墓葬，为我国已知发掘出的最大先秦墓葬。

一组石磬上所刻的篆文"天子匽喜，龚桓是嗣"，以及"高阳有灵，四方以鼏"的铭文，充分昭示了秦景公墓主人的地位。他是秦始皇的十四代祖宗，持续不断的发掘，发现他把自己葬埋得是"太过分"了。用考古专家们的话说，秦公一号大墓的顺利发掘，创造了中国考古学史上的五个之最：其一为中国所知发掘最大的先秦墓葬；其二是墓内的186具殉人，为中国自西周以来发现殉人最多的墓葬；其三是椁室的黄肠题凑椁具，为中国迄今发掘周、秦时代最高等级的葬具；其四是椁室两壁外侧的墓碑，为中国墓葬史上最早的墓碑实物；其五是大墓中出土的石磬，为中国发现最早刻有铭文的石磬。

我的耳边，又轰鸣起风先生前头诵念过的《诗经·鸿雁》。风先生所以诵念这首古老的歌谣，在于歌谣动情地反映了下层人民的疾苦，他们居然被生殉进统治者的墓葬，而且还是那么多！

　　最早被发掘出的殉人，在墓葬主体10余米深处的二层台基上。一个殉人的头骨，在被现场考古者发现时，也突兀地映现在了风先生的眼睛里，他看见殉人的嘴巴张得大极了，真实地保留了他濒临死亡时的状态，他不要死，他声嘶力竭地呼喊着要活……与这位殉人一同发掘出的人骨遗骸共20具。他们死得无不惨痛难堪，既无棺无椁，更杂乱无序。

　　他们是什么人呢？考古工作组在思考，在寻找答案，风先生也一样。

　　考古工作组和风先生能够想到的解释，也许只能是那时的社会制度了。在奴隶社会，奴隶在奴隶主的面前，甚至不如一件普通的用具，主人活着，他们是有用的，主人死去了，他们活着就没有用了，所以他们就得一同赴死……更多的殉人遗骸，在下面的土层里，一具接一具地被发现着，到最后，居然发掘出了160多具！但这160多具殉人遗骸，与此前发掘出的20具似乎还有那么点儿区别，他们还都享有一具棺木。

　　风先生实在看不下去了，静悄悄地跑了个远。但他依然关注着考古工作者发掘出来的殉人，这时他才知晓他们是自己愿意那么死去的，这从他们卧躺在棺木里的姿态可以看得很清楚。所有的人，生前即被布带捆扎了下肢，并向上蜷曲，然后塞入棺木埋葬。

　　十年的考古发掘，秦公大墓共出土了3000余件珍贵文物，同时还发现了247处盗洞。

　　有了考古这一概念以来，所有的盗洞算在一起，都没有这里多。从风先生的表情上看得非常清楚，再没有了。因而还可以肯定地说，这也是秦公大墓发掘的一个最了。我质疑考古工作者，他们为什么不把这一最罗列进来？风先生说大墓虽然遭遇了那么频繁的盗掘，但出土的文物亦然十分可观，计有金器、玉器、铁器、石器、骨器等3000余件，而且极为精美豪华。这反映出秦人高超的工艺水平和丰富的物质文化生活，为认识秦国历史提供了极为珍贵的资料。

风先生就说到了黄肠题凑，也就是考古工作者总结的秦公大墓发掘五个最之一了。

所谓黄肠题凑，即为周、秦时期最高等级的一种葬具，有主有副，都是用柏木枋（方柱形木材）垒砌而成的长方形木屋。秦公大墓的考古发掘，到这时候算是进入了核心部分，考古工作者清理出大得让他们惊叹不已的黄肠题凑，寻找到原有的门径，掌灯钻入主椁室内，在一处称呼为腰坑的地方，还发现了许多小动物的骨骼，不过这已经不能太过吸引考古工作者的兴趣了，因为周、秦墓葬中，常能见这一现象。考古工作者为感兴趣的黄肠题凑，初步丈量了一下，其长度即达14.4米，高、宽各5.6米。

这就是安放秦景公遗体的场地了，四壁及椁底均为双层柏木枋，椁盖则是三层，中部有一道单层枋木垒砌的隔墙，将主椁分为前后两室，这样的布局，应该就是墓主生前"前朝后寝"宫殿的样式！

视死如生！风先生情不自禁地感叹了一句。有些木作经历的我，像风先生一般，是也被秦景公椁具的用料震惊了。这些规整的枋木，均由柏木的材心做成，每根的横截面，边长均在21厘米，到了两端中心部，还有21厘米。为了防止地下水沿着木料结节渗入而造成木料腐朽，椁木原有的结节，都被挖出来，填充上铅、锡和白铁的合金，浇注封护。这一金属浇注的过程，居然没有烧坏木质，而且浇注得很平整，在当时的生产力水平下，是太难能可贵了。为此我询问风先生，还到专业的金属研究机构探问，他们都无法说清楚。

保护黄肠题凑椁室的方法还有另外两种，一来是在椁室周围和上方，铺填一层很厚的木炭，二来是往木炭层填抹上同样很厚的青膏泥。如此层层保护，能很好地防止水分和氧气侵入椁室，使得椁木木质坚硬，至今无一处腐烂。

考古工作者查阅大量文献，知道被叫黄肠题凑的葬具，为周朝天子享有的规格。诸侯国的一个秦景公，便是贵为国君，也无权享有如此高规格的葬具，他也真敢？他也真配？此情此景，风先生不好说什么，考古工作者不好说什么，有点自知之明的我，自然也不好说什么。我翻阅考古工作者的发掘报告，注意到他们在黄肠题凑的主棺内，仅只发现了一段股骨，除此，空旷的棺内就什么也没有了。

陪伴着母亲，我从灵山回家后，还会想起我站在灵山之巅远望秦公大墓时的情景。他那么霸道，那么厚葬自己，似乎并不比为众生舍身跳崖的灵山老母高贵。

　　脱了兽皮和树叶，换上麻衫和草鞋，

　　要问袄袄何处来，老娘给咱赐来哎。

周原人歌谱里念说的灵山老母，是如此普通，仿佛自家慈祥的婆婆一般，她大慈大悲，救苦救难，视众生为己子，众生爱戴她，感念她，供奉她……然而秦景公呢？

风先生说："世上的事，就怕比较，简单地一比，胜过千言万语。"

风先生说："灵山老母舍生，万物生。"

纪八　后河丽影

纠纠葛屦，可以履霜？

掺掺女手，可以缝裳？

要之襋之，好人服之。

——《诗经·魏风·葛屦》节选

古称沮水的湋河，源出于古周原上的雍山深处，初为雍水，东南流经岐山、扶风县时，就有了湋河的名字。而当它漫流到扶风县城南端，与七星河汇流在一起时，又叫了后河；再往武功县的方向去，直到汇入渭河里，就又恢复了湋河的名讳。

这是为什么呢？别人可能不清楚，但风先生是清楚的哩。

因为汉唐之际，叫了后河的这段河道两岸，窦姓一族竟然光光彩彩地孕育了五位皇后（太后）！她们是孝文窦猗房皇后、桓思窦妙皇后、章德窦皇后、窦氏惠太后、窦氏顺圣皇后。

五位窦姓皇后（太后），于《扶风窦氏族谱》中都有较为翔实的记载。有鉴于此，风先生放飞了他的想象，给我说扶风人把这一段湋水骄傲地叫成后河，可是太有底气了，当然也有道理，因为诸位窦姓皇后（太后）的娘家，就在这一段湋河的两岸，"后河"之称名副其实，不叫后河，还能叫什么河呢？

风先生倒是会逮机会，他蓦然就把《诗经·葛屦》吟诵了出来：

纠纠葛屦，可以履霜？掺掺女手，可以缝裳？要之襋之，好人服之。

好人提提，宛然左辟，佩其象揥。维是褊心，是以为刺。

《毛诗序》对《诗经》中这首歌谣的理解为："魏地狭隘，其民机巧趋利，其君俭啬褊急，而无德以将之。"朱熹的《诗集传》云："此诗疑即缝裳之女所作。"两位权威的注释也许有他们的道理，但风先生把这首歌谣吟诵出来，应该还有他独特的见解哩。我比较认同风先生的见解，以为歌谣描绘的缝衣女，对于尊贵的女主人心有不满，故而以诗讽刺之。可不是嘛，缝衣女忍饥耐寒缝制出漂亮的衣裳，而她却连试一试都不能。她唯一能做的，就是提着华美的衣领，服侍尊贵的主妇。

贵妇一副安然享受的样子，扭动着腰肢，左转右转，穿上华美的衣服后，还一件一件佩戴着精美的发饰。

贫穷与富贵，因为一件衣裳的穿戴，即深刻地表现了出来，而这大概就是风先生吟诵这首歌谣的目的了。五位窦姓皇后（太后）无不富贵至极，然而一时不慎，就有可能跌落苦海，比给贵妇人缝制衣裳的女子活得更艰难、更痛苦……因为篇幅的关系，我请示了风先生，两位没有留下名字的窦氏皇后、太后，在此不做详细的记述；而另外三位，风先生则让我务必记述下来。

贵为皇后的窦猗房，与《葛屦》中所述的缝衣女有许多相同的地方。缝衣女是个农家女子，窦猗房也是后河边上的普通农家女。缝衣女做过的活儿，她也是做过的，甚至比那位缝衣女做得还多，还辛苦……我在扶风县文化馆工作的时候，没少叫上风先生到后河边去。我不知道当年的农家女窦猗房在做皇后前都做过什么活儿，受过什么苦难，风先生是知道的。他给我说了，《葛屦》里的农家女只是受苦缝制衣裳，窦猗房则是伴在家人的身边，先要从种棉花做起。那时的劳动工具没有现在的这么好用，而贫瘠的土地，既要翻耕，更要施肥。从把棉花种子播种进泥土里，要天天不断地下地干活，给成长的棉花掐尖，给成长的棉花打杈，直到开出一地白皑皑的棉花。将棉花一朵一朵拾回家来，晒干取籽，再用弹棉花的弓弦，"嘣嘣嘣嘣""嘣嘣嘣嘣"将棉花弹虚了，弹涨了，再搓成棉花捻子，架在纺棉花的纺车上，没日没夜地纺成线，然后还要拐，还要浆，还要有经有纬地上到织布机上，脚踏手扳地来织了。织成布匹，才好缝制衣裳呀！

风先生记得很清楚，正因为窦猗房的布匹织得好，衣裳缝制得好，她才能于汉惠帝时，带着她缝制好的衣裳，从一个普通的农家女子，以家人子的身份入得宫来，伺候在吕太后的身侧。也许因为她有多年农家生活的积累，服侍起吕太后来就非常尽心。如果吕太后生了病，窦猗房就伴在她身边，几天几夜不合眼，直到太后康复如初。吕太后就喜欢窦猗房的这一份质朴，下懿旨，让代王刘恒把窦猗房纳入他的宫里，到刘恒即位皇帝时，窦猗房即被立为了皇后。

窦皇后与汉文帝刘恒育有一女二男，长女馆陶长公主刘嫖、长子汉景帝刘启、少子梁孝王刘武。

做了皇后的窦猗房，始终不忘她农家女的身份，伴在汉文帝的身边，一贯的低调，一贯的内敛，朝野对她无不敬畏，无不敬重。汉武帝建元六年（前135），已经做了皇太后的她不幸辞世，爱戴她的朝野众人争相送别，人们结伙成群，从未央宫列队，一直排到她与汉文帝合葬的霸陵上。

从历史深处走来的风先生，在窦猗房之前没有见过她那样的皇后，此后也再没有见过她那样的皇后。风先生就只有感慨了呢。

风先生感而慨之地说："富贵而骄，乃人之常情。人生的修养与智慧，就是让自己的理性战胜人性的弱点，从而让一切达至适度。"

风先生说："农家女窦猗房做到了，那是她的福气。"

风先生说："可是后来，他们窦氏家族中做上皇后的女子，似乎都缺少她那样的修养和智慧，活得惨兮兮的，怎么就不学习她这个老前辈呢？"

我知道，风先生说的那些窦姓皇后，其中就有汉桓帝刘志的第三任皇后窦妙。作为大将军窦武的长女，窦妙于延熹八年（165）入官，受封贵人，同年即被立为皇后。窦妙虽贵为皇后，却没怎么获得汉桓帝的宠幸。永康元年（167），短命的汉桓帝就驾崩了，窦妙随之被尊为皇太后。因桓帝无子，解渎亭侯刘宏被立为帝，是为汉灵帝。

窦妙生性忌妒，性情暴躁、残忍，为泄失宠之怨恨，在桓帝刘志的梓官尚在前殿时，便斩杀了与她争宠的田圣。杀得眼睛血红的她，本来还要诛杀另外几位贵人的，经中常侍管霸、苏康等人苦苦劝谏，她才愤愤不平地收了手。

皇太后的窦妙，所以立十二岁的刘宏为帝，就是为了方便她操纵朝廷大权。她封自己的父亲窦武为大将军，常居禁中，没过多少天，就又将其封为闻喜侯。把持朝政的窦妙，既缺乏执政的能力，又缺少自知之明，搞得朝廷内宦官专权，政治十分黑暗。在此之前，一些正直文官和太学生团结在一起，以李膺、范滂、杜密、陈蕃、陈寔等人为主，呼吁呐喊，抨击时政，竟被宦官诬称为"党人"而大受排挤。

延熹九年（166），李膺依法处死了宦官党羽张成之子，就此引发了两个集团的全面对抗。宦官们诬陷李膺等人结党营私、诽谤皇帝，糊涂的桓帝下旨把李膺等三百余人逮捕下狱，并罢免了为他们辩护的太尉陈蕃的职务。窦妙的父亲窦武和尚书霍谞还算明白，他们先后上书，自愿罢官，为下狱的"党人"请命；同时，狱中的"党人"在招供时故意扩大打击面，把很多宦官的亲戚子弟牵扯进来，因此就有不少宦官因害怕牵连自己而向桓帝求情。党人们虽得以赦免，但朝堂也记录下了他们的名字，从此不准他们再为官。

风先生把那件事记忆得十分清楚，后世人极为不屑地称其为"党锢之祸"。

把持着朝政的窦妙，在父亲窦武的推动下，没有理会先皇的禁令，她重新起用陈蕃为太尉，并找回李膺、杜密等著名"党人"参与朝政，令"天下之士，莫不延颈想望太平"，重新燃起了振兴国家的希望。然而身处深宫的窦太后，被势力强大的宦官包围着，她视他们为心腹，经常受他们的影响而改变主张。对此窦武和陈蕃等人都很担心，密奏窦太后除掉这些宦官，她却犹豫不决。而宦官们得知情况，先下手为强，骗来灵帝开路，先掌握了宫禁，然后闯进长乐宫，以武力逼迫窦太后交出了传国玉玺，并起草诏书调取了军队的符令节杖，派军队以谋反的罪名逮捕了窦武、陈蕃。

窦太后的父亲窦武和她的兄弟被逼自杀，陈蕃及门生数十人被诛，窦太后自己也被迁入南宫幽禁。

宦官们取得了决定性的胜利，灵帝被迫任曹节为长乐卫尉，封育阳侯，任王甫为中常侍，朱瑀、共普、张亮等六名宦官也被封了侯。"群小得志，士大夫皆丧气"，东汉王朝的最后一道余晖消逝了。

幽居南宫的窦太后，已然失去了权势和父兄，她名义上仍然是灵帝的嫡母，实则是被软禁了。无才无能、惑于群小的她，在无限的懊悔和痛苦中，煎熬了三年时间。熹平元年（172）六月，她听闻流放比景（今属越南）的母亲病故，悲伤痛悔，忧思成疾，不久便去世了。

风先生为此好不伤心，他给我说："人的眼界和格局，决定自身的精神结构，喜剧也好，悲剧也罢，脱不开个人的眼界和格局。"

风先生还说："无穷的远方，无数的人们，无尽的思想，都与我无关。"

风先生说出的两段话，前一段话我是理解的，而后一段话，我费了好大的神，才琢磨出些意味来，知他所说的话，专指窦氏家族的另一位皇后……谥号"章德皇后"的她，尊贵到只留下一个尊号，而不知其名与讳。作为大司空窦融的曾孙女，她既受到了良好的家庭教育，亦得到了良好的文化知识培养。风先生就曾阅读过她六岁时作的文章，既十分清丽，还十分浪漫，与她天生的那一份丽质十分吻合。建初二年（77）八月，花容月貌的她及妹妹随母亲入见长乐宫。由于她风度容貌出众，进止合乎规矩，言谈又很有分寸，不仅迅速获得了马太后的赏识，章帝召见她时，亦觉她优雅而美丽，于是把她带往掖庭。她不会错过这样的机会，时时尽心承欢应接，上上下下、前前后后，都应酬得极得体，好名声一时传得无人不知、无人不晓，来年即被立为皇后，而她的妹妹亦被立为贵人。

掖庭之内，当时深得汉章帝喜爱的还有宋贵人和梁贵人。宋贵人进官后便生下了皇子刘庆。

建初四年（79），刘庆被立为皇太子。窦后对此嫉妒难耐，便串通她的母亲诬陷宋贵人。于是宋贵人和太子刘庆渐渐被章帝疏远，刘庆被废为清河王，章帝改立窦后抚养的皇子刘肇为皇太子。宋贵人因之恨得牙痛，却毫无办法，竟自个儿喝药自杀了。侥幸立为太子的刘肇，亦非窦后亲生，他的生母为梁贵人。梁贵人倒是心巧，深知自己不是窦后的对手，就自愿送自己的儿子给窦后抚养。不过梁贵人一家也有自己的小算盘，身为皇太子的刘肇，有朝一日登上皇位，还会亏待他们生母一家不成？这样的话不胫而走，很快传进了窦后的耳朵里，她不以为然地笑了笑，随即着人找了个碴儿，便逼得梁贵人自尽了。

要说梁贵人的家族，与窦家素来交好。窦皇后的曾祖父窦融和梁贵人的祖父梁统，在更始帝时都是河西地区的郡守。河西地区要推举一个人做盟主，首推即是梁统，但梁统固辞，于是再推窦融。东汉兴起后，他们归顺了东汉朝廷，同朝为官，相互多有照应。如此交情，却也躲不过窦皇后那毒辣的妇人心。

尽管如此，风先生却告诉我，窦皇后的心眼和手段，还有更狠更毒的呢！

章和二年（88）二月，年仅三十二岁的汉章帝崩于章德殿前。十岁的皇太子刘肇即位，为汉和帝，窦皇后自然地成为皇太后。因和帝年幼，窦太后便自然地临朝执政。一个偌大的帝国，孤儿寡母的，就这么不容商量地压在她一个弱女子身上，形势绝对不容乐观。好在原来的窦皇后，现在的窦太后，在汉章帝生前即竭力辅助其处理政务，积累了较为丰富的执政经验，当她从极大的悲痛中回过神来之后，便在和帝的身后，轻车熟路地帮助她的养子，有条不紊地治理起大汉帝国来。在此期间，她先下诏任命她的亲哥哥窦宪掌典辅政。但她的这位哥哥太不让她省心了，就在太后妹妹创造性地增加盐铁税以充军费，准备应对匈奴的袭扰时，作为哥哥的窦宪就给妹妹出了一道难题。齐殇王的儿子刘畅来京拜见窦太后，很是受太后的赏识。窦宪担心刘畅会分了他的权力，便派刺客暗杀了他。窦太后知晓后大怒不已，将窦宪收押进内宫监狱，要问他的罪行了。偏巧北匈奴赶在这个时间点上骚扰边境，给了窦宪一个赎罪的机会，他向太后妹妹发出请求，自愿戴罪出征。太后同意了他的请求。

还别说，窦宪这个不让他太后妹妹省心的家伙，征战匈奴连战连捷。因此他不仅被赦免了大罪，还加官晋爵，得意无比。

老实说，后来被历史学家所称道的"明章之治"，很有心眼、很有心计的窦皇后，是出了大力、起了大作用的，这是她不应被埋没的功绩。风先生便秉持着这一观点。他看得见，作为汉章帝皇后的她，给了丈夫太多支持，对他关怀备至，帮他出谋划策；在对养子刘肇的养育方面，恩威并施、刚柔相济，既对其照顾有加，又对其教导严厉，和帝后来作为甚大，与她这个优秀养母不无关系。然而令风先生遗憾的是，作为太后的她，功绩虽大，却也难掩她的专权与毒辣。而那不让她省心的哥哥更是恃宠而骄，在朝野之中霸道作恶，惹得天怒人怨。加之他们的家人，母亲受封为长公主，增加汤沐邑三千户；二弟窦笃为虎贲中郎将，守卫宫室；三弟窦景、四弟窦瑰为中常侍……刘姓人家的江山，都快被他们窦氏一族掌控了。既如此，怎能不引起刘汉皇室的不满？永元四年（92），很有作为的汉和帝十四岁了，他暗中联络皇族，在宦官郑众的协助下，一举诛灭了除窦太后之外的在朝为官的窦家人。

窦太后惊闻朝变，夜不能寐，食不知味。她虽然可以苟延残喘地活着，但家破人亡那一个下场，也是够恓惶的哩。

永元九年（97），窦太后去世，还没来得及下葬，梁贵人的家人就上书揭发窦太后陷害和帝生母的事实，接着太尉张酺、司徒刘方、司空张奋又联名上奏，要求依据先朝废黜吕雉的事例，贬掉窦太后尊号，给她以荣誉和人格上的羞辱，朝中百官亦多有附和。和帝虽心痛难耐，但念及窦太后养育之恩，于是亲书诏文："窦氏虽不遵法度，而太后常自减损。朕奉事十年，深惟大义。礼，臣子无贬尊上之文。恩不忍离，义不忍亏。案前世上官太后亦无降黜，其勿复议。"

纪九　绛帐传薪

> 昊天孔昭，我生靡乐。视尔梦梦，我心惨惨。
>
> 诲尔谆谆，听我藐藐。匪用为教，覆用为虐。
>
> 借曰未知，亦聿既耄！
>
> ——《诗经·大雅·抑》节选

　　编纂成册的一部《大儒马融》，砖块般垒在我的书桌上有些日子了，我几次伸手到文稿上，想要翻开来阅读，但有一双无形的手，每次都会强横地阻拦着我。

　　那双无形的手不会是别人的，一定是风先生的呢。果不其然，他那似乎很苍老却又显得十分青春的声音，倏忽在我的耳畔极具历史意味地震响起来。他在朗诵《诗经》里的那首名曰《抑》的歌谣：

　　抑抑威仪，维德之隅。人亦有言：靡哲不愚。庶人之愚，亦职维疾。哲人之愚，亦维斯戾。

　　无竞维人，四方其训之。有觉德行，四国顺之。讦谟定命，远犹辰告。敬慎威仪，维民之则。

　　…………

　　视尔友君子，辑柔尔颜，不遐有愆。相在尔室，尚不愧于屋漏。无曰不显，莫予云觏。神之格思，不可度思，矧可射思。

　　辟尔为德，俾臧俾嘉。淑慎尔止，不愆于仪。不僭不贼，鲜不为则。投我以桃，报之以李。彼童而角，实虹小子。

荏染柔木，言缗之丝。温温恭人，维德之基。其维哲人，告之话言，顺德之行。其维愚人，覆谓我僭，民各有心。

於乎小子，未知臧否！匪手携之，言示之事。匪面命之，言提其耳。借曰未知，亦既抱子。民之靡盈，谁夙知而莫成？

我听得入迷，随即请教风先生，想要知道这首歌谣所传达的意蕴。风先生没有客气，他先给我说了《毛诗序》的注解，以为此诗是用来讽刺周厉王的。但他并不认同，而是列举了一些后来学者的观点。例如宋代的戴埴，在他的《鼠璞》里即说："武公之自警在于耄年，去厉王之世几九十载，谓此诗为刺厉王，深所未晓。"再例如清代的阎若璩，在他的《潜邱札记》一文里说："卫武公以宣王十六年己丑即位，上距厉王流彘之年已三十载，安有刺厉王之诗？或曰追刺，尤非。虐君见在，始得出词，其人已逝，即当杜口，是也；《序》云刺厉王，非也。"风先生十分认同后来人的看法，以为《抑》不可能是为了讽刺厉王。那么是为了什么呢？与后来的学者一样，不能认同《毛诗序》观点的风先生，此时把《抑》诵念出来，不只是为了一种否定，而应该还有他自己的理解呢。

我的猜测无错，风先生把全诗诵念一毕，即把他新颖的见解说给了我。

风先生言简意赅，他说《抑》在《诗三百》中算是较长的一首，共十二章之多。其艺术手法选用了赋比兴中的赋法，也就是直陈。诗歌直陈了一句古人的格言——"靡哲不愚"。极言普通人的愚蠢，是他们天生的缺陷；而聪明人的愚蠢，则显得违背常规，令人不解。因此诗歌后半部分箴诫人们，王者要向德为善，惠及下民，而普通百姓，则应该贞纯有节，报效民族。

风先生化繁为简的一段说辞，使懵懂的我豁然开朗，随口回答了风先生一句话："一首古人作的教化诗。"

风先生见我读懂了诗意，欣慰地感慨："世间最美妙的事情，莫过于走进你喜欢的那个人的心里，感受他的感受，体会他的体会，真的理解他。"

风先生说："好了，你可以翻开《大儒马融》的文稿，写人家请求你写的序言了。"

风先生如此鼓励我，我却更加心慌意乱，但我没有再迟疑，当即阅读书稿，来写那序言了。我开篇没绕弯子，即从汉人、汉字、汉文化上着笔，言说上承周秦、下启唐宋的大汉王朝，是中华民族创造力最为活跃、民族个性最为张扬的一个时代。还说纵观中华民族的历史，没有哪个朝代能给中华民族留下如此深刻的印痕，大汉王朝辉煌而灿烂的文化，像熊熊不熄的火炬，一代代薪火相传，穿越千年，它巨大的成就和影响力，不仅在中国历史上，甚至在世界历史上，都闪耀着无比耀眼的光芒！

我这么说来，虽然极端了点，但谁又能否定呢？大概是不能的，甚或有和我一样的认知。

风先生就很认同我的观点，他说过，如果从时间坐标来看，大汉王朝分了西汉和东汉两大板块。虽然在汉武帝时董仲舒就明确提出了"罢黜百家，独尊儒术"的政治主张，但西汉边患频仍，面对北方时刻觊觎中原、虎视眈眈的匈奴，朝廷把大部分精力放在了消除边患、捍卫民族生存权的战争中。经过无数次的残酷鏖战，汉民族终于败匈奴于漠北，确保了汉民族的生存权，也奠定了汉民族在中华民族中的主体地位。所以人们看到的西汉，更多的是"逐匈奴，通西域，定南蛮，服百越"、金戈铁马、开疆拓土、"犯强汉者，虽远必诛"的英雄主义时代。正是西汉武力的强盛，为东汉时期哲学、宗教、文学诸领域的大爆发奠定了坚实的基础。

风先生如此说来，我只有点头了。西汉的确是个以"气吞万里如虎"而显赫的武功时代，解除了边患的东汉，确实是一个汉文化蓬勃发展、繁荣昌盛的大时代。

西汉时期，万流归宗，在哲学思想方面，确立了以儒学为价值核心的思想体系。然而，在西汉以至东汉前期，由于秦始皇焚书、项羽火烧阿房宫，儒家经典几近不存，儒学的传播没有统一文本，都是依靠师授徒受、口口相传，所以内部门派林立、众说纷纭，并无一个统一的格局。在这个时期，被统治阶级认定的儒学被后人称为"今文经学"。

今文经学过度强调"君权神授""天人感应"，把世事的变化都归结于自然界（天象）的变化而失之偏颇，把周密严谨的儒学引入了谶纬歧路。

西汉时期，今文经学被立为官学，而此后在孔府墙壁和民间陆续发现的部分儒学残缺经典，给了学者们一次有条件管窥先秦前儒学经典的机会。西汉末年的学者刘歆在领校秘书时发现，今文经学不但在文字词语上与古文经学有异，而且每部儒学著作经今文经学学者诠释后，在思想意识上也与先秦前儒家经典相去甚远，完全偏离了儒学经典的原意。例如对孔子的评价，两者就大相径庭。今文经学家认为孔子是受天命的素王，一位感天而生的圣人，不在帝王之位，却具帝王之德；而古文经学家就反对这种牵强附会的说法，他们把孔子请下神坛，将其还原为一个有血有肉的人。这两种截然不同的观点，如同水火不可调和，终于在东汉末年，儒学界爆发了今文经学和古文经学的大争论。

风先生的记忆里，就有贾逵、许慎、马融、郑玄、卢植等一大批著名的学者，以朴素的唯物主义认识论，一方面批判今文经学的谬妄，另一方面溯本追源，发掘儒家学说的真谛。今文经学和古文经学的争论过程，被大儒马融及其弟子郑玄终结，可以说马融是令今文经学彻底退出历史舞台，古文经学获得回归和发展的标志性人物。

如此重要的一个人物，在风先生的记忆里一直靓丽着，然而在学术界，马融似乎不怎么被重视，显得颇受冷落。除了"绛帐传薪"这个典故外，人们对马融知之甚少，甚至对他的评价还出现了争议。风先生对此自有主张，以为马融是今文经学的终结者，所以于当时就遭到了部分心存芥蒂者的污蔑和攻击，但马融在经学史上的杰出贡献和他严谨的治学态度使得污蔑他的人无从下手，就转而从个人生活琐事上进行污蔑，说他"器居奢靡，通经而无节"。他们所谓的"节"，在风先生看来十分可笑，不是节气、节操、大义凛然的浩然正气，而是在生活上刻意追求贫困的矫情，也可以说是一种不健康的"酸葡萄心理"。

对富足美好生活的追求，是人们极为正当的向往。风先生坚持的就是这一观点，认为这是人类与生俱来的本能，更是推动社会发展的动力。所以对个人的评价，应该着眼于他对民族和历史的贡献，生活的态度和追求不能成为臧否人物的理由。

风先生赞赏马融在东汉儒学发展的鼎盛时期，博采众长，遍注群经，使陷于神学泥淖的儒学革故鼎新，把以古文经学为代表的儒学推向了更为成熟的阶段，确立了以儒家学说为中心的一元化思想基础，对形成以汉族为主体的华夏民族共同体功莫大焉。正如著名历史学家侯外庐先生说的那样："两汉经学的结束的显明的表现，就是经今古文学的合流。而时代思想的主流，则已经开始向着玄学方面潜行了。在这一点上，马融恰是这一时代思想转换的体现者……"通经博学、遍注儒家典籍的马融，还作了赋、颂、碑、诔、书、纪、表、奏、七言等，凡二十一篇。

让风先生念念不忘的是马融所著的《忠经》。马融认为：为个人、为家庭、为皇帝而牺牲的私忠是小忠；而为民族、为大众奉献自己的是大忠，是忠诚、忠实、忠义、忠贞。这是难能可贵的哩。在他身处的时代，旗帜鲜明地说出这样的观点，得有点儿赴死的勇气哩。

不仅如此，马融在《忠经》里还对冢臣肱骨、守宰官宦应尽的忠道责任和推行忠道的方法进行了全面的阐述，提出了："为官三惟"，即在官惟明，莅事惟平，立身惟清；"牧民三要"，即笃之以仁义，导之以礼乐，宣君德、明国法；"安民三策"，即安民，富民，爱民。这些政治主张和治国理念，在今天仍然具有鲜明的现实价值和指导意义。

这一切在风先生看来，只是马融文化贡献的一小部分，他最大的贡献，在于创造性地发展了中国私学教育伟业。

马融兴办私学，其重要意义在于：一方面溯本清源，批判今文经学把儒学发展为谶纬神学的错误做法，还儒学以朴素唯物史观的面貌，避免了儒学思想的僵化和消亡，使儒学如有源之水得以重生。另一方面则是通过办学培养了大量的儒学人才。如他的弟子郑玄，因为贡献巨大，而被后人尊称为"经神"，他创立的学派亦被称为"郑学"。其追随者一脉相承，薪火相传，如隋朝的王通，唐代的颜师古、孔颖达，宋代的朱熹、张载，元朝的程端礼，明朝的王守仁、李贽，清代的乾嘉学派等，都是极其著名的例子。

风先生之所以如此感动于马融兴办私学，就在于他以一己之力，担当起教化天下的重任，这在中国教育史上绝无仅有。大教育家孔子终其一生游说讲学，也只有弟子三千、贤者七十二人，说到底还是"小众教育"，没有脱离旧式贵族教育的窠臼。马融离却在东汉后期官场黑暗的背景下，雄心不已，不顾自己年老体衰，在家乡扶风筑高台，设绛帐，为广大黎众讲经布道，践行他自己在《忠经》里所说的"式敷大化，惠泽长久"的夙愿。

绛帐传薪，既是后世对马融教书育人的最高褒扬，也是他教育精髓的思想载体。然而风先生搞不明白，马融在给他的生徒讲授学问时，在悬挂着的红色帐幔的后边，还要安排几位绝色的女子翩翩起舞，这又有什么讲究？或者能起什么作用？是为吸引生徒的注意力，还是为了考验他们读书学习的定力？风先生对此不能明白，后来的我就更不能明白了。

在风先生与我都不能明白马融那一种做法的时候，"高台教化"四个字蓦然浮现在了我的意识里，我给风先生讲了呢。风先生伸出手指，在我的额头上戳了一下，很是愉快地接受了我的说法。他说，马融的这一做法与后来成形的戏曲演出异曲同工，可不就是为了教化民众吗？风先生说得兴起，还说这对于传播中国文化，使其深入人心、融化进人们的血液，从而哺育和壮大中华民族的一切美德和智慧，都产生了极其巨大的作用。

侃侃而谈的风先生，为了让我更好地理解他的说法，就还朗诵出一首北宋诗人韩驹所作的《题绛帐图》：

> 岂有青云士，而居绛帐间。
>
> 诸生独何事，不上会稽山。

　　五言绝句的一首小诗，我听得出来，其所传达的意蕴是非常深厚的哩。诗题中所说的"绛帐图"，便是风先生不说，我亦心中有数，知晓其遗址就在今天的扶风县绛帐镇。曾在扶风县文化馆工作过的我，多次去到美好在我心中的"绛帐"，想要获得马融的青睐，让我有所感知与觉悟。然而我去一次，失望一次。前些日子，我呼唤着风先生，让他带我去当年石刻的绛帐图故地，但依然还是失望。那处光耀历史的故地空空如也，除了生长得十分茂盛的玉米地，还是玉米地。怅然若失的我举头望天，高远的天际飘浮着几朵白云，游丝般没有怎么理睬我，无趣的我低下头来，抬脚踢在松软的泥土上，踢出一片小小的土雾……善解人意的风先生看出了我心里的烦恼，他开导着我。

　　风先生说："一切物质性的东西都可能毁灭，如山可以崩塌，如水可能断流；但精神性的东西，哪怕只是一页纸上的记忆，都是水淹不朽、火焚不灭的。"

　　风先生说："教化，马融白纸黑字的教化，千秋万代，辉映人间。"

　　风先生开导了我两句后，随口又把一首七言古风吟诵了出来：

> 风流旷代夜传经，坐拥红妆隔绛屏。
>
> 歌吹至今遗韵在，黄鹂啼罢酒初醒。

　　风先生吟诵出的这首古风，我知道为清代扶风知县刘瀚芳所作。诗名也许就叫《绛帐》吧。我想就这个问题讨教风先生的，可我没有讨教出来，还被风先生用他掂在手上的草秸秆敲打了一下。

这根草秸秆是风先生伴我走在玉米地时折下来的，我看得清楚，那不是玉米秆儿，而是一根我叫不出名字的草秸秆，一段碧青，一段血红。风先生折来掐在手上，像是戏耍我似的，过一会儿就往我的身上敲打一下。我被他敲打烦了，回头睁眼瞪他，他乐着又还举起那根草秸秆儿，往我的身上敲。他敲着我说了呢，说是马融当年坐在绛帐背后授徒讲学时，不只手捧书本，还会准备一根这样的草秸秆放在手边，哪个学生不老实听讲，甚或违反学规，他即会手执草秸秆儿怒打之。有次他下手狠了点，竟然打得草秸秆儿染上了血渍……马融和学生们为染有血渍的草秸秆动容、反省，特意将它插在绛帐台上。不承想几天后，干枯的草秸秆儿居然生根发芽，开花结果，他的学生皆以为奇，就把这根秸秆叫作了"传薪草"。

哦，好一个"传薪草"！我从风先生的手里接过草秸秆来，一下一下，往自己的身上敲打了。

纪十　关山月

猗与漆沮，潜有多鱼。

有鳣有鲔，鲦鲿鰋鲤。

以享以祀，以介景福。

——《诗经·周颂·潜》

古称陇州的陇县，素有"小初一、大十五"的说法。在关山月明的当地，正月初一的热闹，的确比不上正月十五元宵节的红火。

风先生一语道破天机，他说："元宵节有社火哩，初一没有。社火像是一道高墙，把初一、十五分隔得清晰明了。"大吃大喝了半个正月的陇县人，需要一场盛世空前的社火，消一消他们肠肚里积蓄下来的食火。正月，我约了风先生，早早地便就赶去了重重关山重重水月的陇县，观赏他们一年一度要耍的社火了。阴沉着天不见落雪，只有料峭的寒风，迎面袭击着我和风先生，让我赶急张不开嘴。我有问题要问，风先生察觉到了，他拂拂衣袖，给我述说起了陇县的山，仿佛有把刀子，东砍一刀，西砍一刀，把这里的山砍削得耸立天际。

粗略统计，县域内有2000多座大小山头，1700多条大小沟道。其中著名的山还是要数东坡，陇县县城的名讳，就得于此；而河流则要数千河了。

就在我与风先生乘车通过千河大桥时，车窗外凛冽的风，刺激到了风先生，他触景生情地诵念出《诗经》里那首名《潜》的歌谣来：

猗与漆沮，潜有多鱼。

有鳣有鲔，鲦鲿鰋鲤。

以享以祀，以介景福。

风先生就是这么高深莫测，他把我搞糊涂了。不晓得老先生何以诵念出这首歌谣来，我茫然地看向他，想要听到他进一步的解释。他看出了我的异样，用他如风似的手抚摸着我，给我耐心地说了。他在说前还用白话文把这首远古的歌谣又表述了一遍："真好啊漆沮河，水池里有那么多鱼，不但有鳣鱼、鲔鱼，还有鲦鱼、鲿鱼、鰋鱼、鲤鱼。用来祭祀，祈求洪福。"他虽然未多叙述，可如此说来，我是有点领悟了呢。知晓漆水与沮水，即我们古周原上的两条河流……河流不言，千古流淌，既滋养着那么多的鱼儿，也滋养着我们的生命，生生不息，千秋万代。

听着风先生的讲解，我像风先生一般，把头偏向车窗外。看着飞速而过的千河，我想，漆、沮两条河，与发源于关陇深山里的千河一般，最后都将汇流进孕育并璀璨了周文明与周文化的渭河吧？

当年的漆、沮两条河养育有鳣鱼、鲔鱼，还有鲦鱼、鲿鱼、鰋鱼、鲤鱼，这些鱼千河里当然也有，而渭河自然亦是有的。远古之时，活跃在古周原条条河流里的众多鱼儿，到了今天，因为人的傲慢，还有人的贪婪，已经非常少见了。风先生为此没少呼号，他呼号的方法，多数时候，都很有耐心，他轻言细语，循循善诱。不过有的时候，他还会暴虐起来呢，那是因为我们人太不听话了，他电闪雷鸣，狂风裂空，暴雨洗地……风先生因此痛伤着，又还忧愁着，他为了人的好，可是操碎了心。

幸好有陇县的社火，还能给风先生以抚慰，那消失在历史长河里的鳣鱼、鲔鱼，还有幸存下来得鲦鱼、鲿鱼、鰋鱼、鲤鱼等鱼儿，全会以社火的方式艺术地展现出来，让人追忆、追思了。

"来陇县观赏社火表演，"风先生给我说，"好就好在此处。"

铜的锣，皮的鼓，震地喧天，把高楼林立的陇县县城闹得无处不社火，东大街招招摇摇走来了他们的鱼群社火，西大街张张扬扬走来了他们的鱼群社火，北大街、南大街岂甘落后，很自然也有他们的鱼群社火，似大水漫街，亦然轰轰烈烈地走来了……我的手机，亮开了高像素的照相功能，风先生的手机，也亮开了高像素的照相功能，对着迎面而来的鱼群社火大拍特拍。重现古战场的马社火、粗犷剽悍的背社火、血腥恐怖的血社火、玄妙精彩的高芯社火、传神夸张的疙瘩脸谱社火等，依次出现在了陇县的大街小巷之中。

由此可见，社火表演在陇县，是最受老百姓喜爱的一项民间艺术娱乐活动。

架不住陇县街头的那一种热闹红火，我动情地跟随着社火队伍，跑一程，走一程，以为那就是陇县社火的精华集成了。但风先生自有分教，他见我为了撵上社火的节奏，大冬天把自个儿忙得一头汗水，就甩袖我的面前，阻挡住我，抬手戳着我的额头给我说了。他说我与他现场看到的，仅仅是陇县社火的冰山一角，脱离开县城，深入陇县所辖广阔的地域里去，还会看到车社火、秋千、跷板、舞狮、舞龙、耍大头、古参军、竹马、旱船、刀舞、棍舞、秧歌舞、腰鼓舞等更多社火样式。其所表现的内容，多以仙佛精道、神头鬼面、忠臣烈士、逐臣孤子、悲欢离合、披袍秉笏、铩刀赶棒、叱奸骂谗为主。而所要达到的目的，既为祈求风调雨顺，更为政通人和、国泰民安。

风先生说得仔细，他说陇县耍得最为欢实的是马社火。耍社火的汉子，不是骑骡子，就是跨马背，他们戴头盔、披甲胄，全然行军打仗的模样，其威武之姿，令人敬慕，其神奇之态，让人感佩。

背社火已然为人所乐见，表演者必须身体强壮，有把子力气才行，肩扛一副铁制的背架，让十岁左右的儿童，扮成所要表演的人物，扎绑在背架芯子之上，形成一组独具趣味的社火故事。风先生非常赞赏这一社火形式，以为其古风盎然，独树了九州社火的一个门类。

社火队的表演，任何一支，都不能少了"黑虎灵官"的引领与保护，不然走错了步伐，伤到了来看红火的人儿，特别是小孩儿，那就不好了。

黑衣黑帽黑脸花的"黑虎灵官"社火人物的造型，十分夸张，而且利用色彩图案、线条穿插变化，浓墨重彩地勾勒出人物的眉眼口鼻，突出人物的身份及性格。譬如关羽左颊上的"七星痣"，譬如杨七郎额上的虎形，还有典韦额上的双龙等，既鲜明又显眼。风先生于此颇具心得，他说唯民间艺人，才可能有那大胆的构思以及奇诡的想象，由此产生的艺术效果，自然也就特别绮丽清新，原始厚重。

县城中的社火表演熬得日头落下山去，一轮圆圆的皎月，辉映在幽远的天际。我的肚子饿了，拉着风先生，站在路边的一家饭摊前，要了一碗豌豆糊汤和几块马蹄酥。

风先生告诉我，一定要把肚肠填饱，因为他伴着我还要马不停蹄地转去乡村街巷，赶他们的社火夜场。

纵贯县西的小陇山，横亘于甘陕之间，北连著名的六盘山，自古以来是中原与西北的天然屏障，古代在此设有关隘，故得名关山。仅是海拔2500米以上的山峰，就有中嘴梁、大梁、牛心山、五台山、赵家山等。风先生拉扯着我，御风而行，攀登上了山之巅上的那座名曰雷音山的山峰，高天之上的那轮圆月，如一团白色银饼，直戳戳地照着我和风先生。

我举头望天上的圆月，却突然地听闻风先生在吟诵一首五言古诗：

> 关山夜月明，秋色照孤城。
>
> 影亏同汉阵，轮满逐胡兵。
>
> 天寒光转白，风多晕欲生。
>
> 寄言亭上吏，游客解鸡鸣。

仔细地听吧，风先生解释说了。他说："这首取名《关山月》的诗，开创了五言诗的先河，非常值得品读！写这首诗作的人为南北朝的诗人王褒，除他之外，同朝的张正见、阮卓、江总、陈叔宝、萧绎、徐陵等诗人，也都创作了同题诗。"

古人从宦、出使、从师、行旅、经商，都须出入关口。借关山风月以抒襟怀，渐渐成为一种文学现象。而"关山月"也成了一个文学母题。

汉乐府曲名的《关山月》，传之唐代，著名如李白、戴叔伦、顾非熊、储光羲、卢照邻、沈佺期、崔融、司空曙、李端、耿湋、杨巨源、李咸用、鲍君徽、长孙佐辅、翁绶、陈陶、张籍等诗人，也都有他们各自的吟诵。

> 明月出天山，苍茫云海间。
> 长风几万里，吹度玉门关。
> 汉下白登道，胡窥青海湾。
> 由来征战地，不见有人还。
> 戍客望边邑，思归多苦颜。
> 高楼当此夜，叹息未应闲。

是了，这是诗仙李白吟诵的《关山月》呢。宋代的文彦博、郑起、严羽、邓林、王炎、王铚、冯时行、邹登龙、陆游等著名诗人或词人，也状写了同名《关山月》的诗句：

> 和戎诏下十五年，将军不战空临边。
> 朱门沉沉按歌舞，厩马肥死弓断弦。
> 戍楼刁斗催落月，三十从军今白发。
> 笛里谁知壮士心，沙头空照征人骨。
> 中原干戈古亦闻，岂有逆胡传子孙！
> 遗民忍死望恢复，几处今宵垂泪痕。

是了，这是宋人陆游关于《关山月》的吟诵了。到了金、元时期，杨维桢、李裕、钱惟善等，上追前人，后启来者，是也创作了他们的同名诗作《关山月》：

> 落落汉时月，萧萧古战场。
> 扬辉子卿节，逐影细君装。
> 高映玉关外，低沉青海旁。
> 不似闺中夜，只照绣鸳鸯。

　　是了，这是元代诗人钱惟善的吟诵。而明代的诗人，又岂甘落后？他们中的皇甫汸、周是修、区大相、李孙宸、王慎中、陈琏、陈德蕴、释函可、刘基等，还又口吐莲花般倾吐了他们心中的块垒。

> 关山月明风恻恻，万里黄云杂沙砾。
> 夜深羌笛吹一声，征人相看泪沾臆。
> 古以绥服武卫，耕战守御不外求。
> 何人倡此戍边策，千载以贻中国忧。
> 关山月，圆复缺，何忍年年照离别。
> 愿得驰光照明主，莫遣边人望乡苦。

　　是了，这是明代刘基的吟诵。那么有清一季，还有吟诵《关山月》的诗人吗？当然有了，譬如戴梓、徐兰等。

> 戍鼓声沉下夕阳，牙旗猎猎九秋霜。
> 多情唯有关山月，一片清光似故乡。

　　是了，这是清代戴梓的吟诵。
　　身在明月辉映下的关山之巅，风先生带动着我的思维，我俩思接千古。回响在人心深处的一首首《关山月》同名诗篇，无不带有浓厚的反战情愫。他们通过描写远离家乡的戍边将士与家中妻室的相互思念，深刻地反映出战争带给广大民众的痛苦。譬如李白的《关山月》，抒发的就是对战争的控诉，以及对和平的渴望。再是陆游的《关山月》，既痛斥了南宋朝廷文恬武嬉、不恤国难的颓废立场，还表现了对爱国守边将士报国无门的苦闷，以及中原百姓对收复失地的热切期盼。

一篇篇忧国忧民的《关山月》，正是祖国苦难的写照。

斗转星移，寒风猎猎，感慨着的我和风先生，沐浴着关山月的辉照，从关山之巅的雷音山山峰一侧走下来，向着眼睛可见的一片亮光风行而去……要知道，那是我和风先生此行预设的一个去处。之所以要去那里，都是因为一个人和那个人写来的一篇奇文。那人不是别人，正是北宋时的政治家、军事家和大文豪范仲淹；那文不是他文，就是范仲淹写来的《岳阳楼记》。康定元年，亦即公元1040年，西夏王元昊举兵攻宋，宋廷中一批杰出的文武人才，登上了政治舞台，范仲淹是其中最为令人瞩目的一位。他临危受命，不顾之前遭贬谪的待遇，以陕西经略副使与参政知事等身份，经略西北边地军政事务，使得宋军的防御能力与战斗力，获得了极大的提升，一举扭转了宋在战争中的被动局面。

当时的陇州，现在的陇县是个重要的关口，而如今的范家营村，恰好处于关山、咸宜关、固关三个关口的交会处，靠近河流，水源充足，有险可守，是阻止西夏进攻的重要屯兵之地。

巡查边塞堡垒的范仲淹，固寨修堡，把他们范姓家族的一支队伍，布防在了范家营，与鄜延、环庆、泾原等防线上的宋军，相互沟通，形成了一道坚固的屏障，使凶残的西夏兵不敢犯境，时人赞他"胸中自有数万甲兵"。往昔的寨垒铁马，在岁月里一天天蜕变。到了现在，曾经对抗西夏犯边的一个军事据点，彻底地变成了一个满是范姓人家的村落。无论老少，都会骄傲自豪地说，他们是戍边范仲淹的范家军后裔。

风先生和我摸黑向范家营村走去，听到了如战争中的锣鼓声般的浩大声响。

我脚下的步子是加快了呢，风先生自不待说，风行得轻灵欢快。我俩刚入得范家营村的村口，便见一支虎虎生威的"斑斓大虫"扑面而来，惊得我直往村街的一边躲。躲开来的我，发现风先生倒是很有定力，他不仅没躲，还从身边的村民手中，夺来一弯劲弓，并迅速地搭上一支羽翎的竹箭，朝着"大虫"射了去……惊魂稍安的我，在看见风先生箭发"大虫"时，还看见范家营村的人们，也都手执劲弓，搭箭怒射"大虫"。

我想起了陇县县城社火队伍前的"黑虎灵官"，那里的"黑虎"是多么受宠呀，而这里的"大虫"，也就是一只"虎"，咋就如此不受待见呢？

风先生透识了我内心里的疑惑，问我："你知道范家营的社火叫什么吗？"我承认不知，他因之告诉我："这里的社火叫'射虎'！"

哦，社火哉，射虎矣。

风先生释解社火与射虎称谓的关系，音近字不同，真是太有想象力了。我因之就又想到署理北宋边关军政事务的范仲淹，那应该是他的发明呢。他视图谋入侵宋土的西夏兵马为凶残的老虎，训练守卫边关的士卒为射虎的猛将，西夏"恶虎"胆敢来犯，守边士卒即刻搭箭来射。

我的想象得到了风先生的支持，他拉着我，兴致勃勃地开始夜观范家营村后续的"射虎"阵仗了。

血淋淋地撞入我眼睛里的，是个被一把刀子砍进脖子的人，跟着是个被一柄斧子砍在脑门上的人，接着是个被一杆梭镖扎进胸膛的人……长长的"射虎"队伍里，无一不是受到残酷攻击的人物形象，非农家所用的刀、枪、剑、矛等武器都上了场，为农家所用的锄头、镬头、铁锨、铡刀、谷叉，以及农家灶台要用的菜刀、锅铲、炒瓢等，也都派上了用场。

我被范家营村的"射虎"震惊到了。胸腔里酝酿的那一份情感，鼓动着我是要大喊大叫了呢，可我的叫喊声还没从喉咙里蹦出来，风先生如风裂帛般的朗诵声，响彻了夜色中的范家营村。

风先生朗诵的是范家营人祖祖辈辈纪念、祭祀着的老先人范仲淹当年写来的《岳阳楼记》：

庆历四年春，滕子京谪守巴陵郡。越明年，政通人和，百废俱兴。乃重修岳阳楼，增其旧制，刻唐贤今人诗赋于其上。属予作文以记之。

予观夫巴陵胜状，在洞庭一湖。衔远山，吞长江，浩浩汤汤，横无际涯；朝晖夕阴，气象万千。此则岳阳楼之大观也，前人之述备矣。然则北通巫峡，南极潇湘，迁客骚人，多会于此，览物之情，得无异乎？

若夫淫雨霏霏，连月不开，阴风怒号，浊浪排空；日星隐曜，山岳潜形；商旅不行，樯倾楫摧；薄暮冥冥，虎啸猿啼。登斯楼也，则有去国怀乡，忧谗畏讥，满目萧然，感极而悲者矣。

至若春和景明，波澜不惊，上下天光，一碧万顷；沙鸥翔集，锦鳞游泳；岸芷汀兰，郁郁青青。而或长烟一空，皓月千里，浮光跃金，静影沉璧，渔歌互答，此乐何极！登斯楼也，则有心旷神怡，宠辱偕忘，把酒临风，其喜洋洋者矣。

嗟夫！予尝求古仁人之心，或异二者之为。何哉？不以物喜，不以己悲；居庙堂之高则忧其民，处江湖之远则忧其君。是进亦忧，退亦忧。然则何时而乐耶？其必曰："先天下之忧而忧，后天下之乐而乐"乎。噫！微斯人，吾谁与归？

时六年九月十五日。

耍闹着"射虎"活动的范家营村，在风先生朗诵《岳阳楼记》的声音里，倏忽安静了下来。

外姓旁人的我，此时此刻，亦然如范家营村人一般，身与心，满是自豪和骄傲……风先生自不待说，他也是骄傲和自豪着的，尽管他知晓范仲淹在写《岳阳楼记》时，业已离开了他署理布防的北部边关，但谁又能否认，深怀家国情义的他，不是在如范家营一线的边防寨垒开始了他的抒写呢！

从历史深处走来的风先生，当年是陪伴在范仲淹身边的。风先生一定是范仲淹状写《岳阳楼记》的见证人。他知晓范仲淹受友人滕子京的请托，把这篇奇文落笔在他遭贬河南邓州的纸页上时，心里想的是他经历过的一切，自然还有国家当时所处的危难……外患家门口，内乱朝堂上。一心为了国家兴旺、民族兴盛、人民兴业的范仲淹，勇敢地扛起了改革的大旗，亦即后人所称的"庆历新政"。但改革触犯了大地主阶级保守派的利益，遭到了他们的强烈反对。而皇帝改革的决心也不坚定，在以太后为首的保守官僚集团的压迫下，改革以失败告终。

在这样的背景下，范仲淹作《岳阳楼记》一吐心中块垒。他借景抒怀，抒发了"先天下之忧而忧，后天下之乐而乐"这一崇高到极致的爱国、爱民情怀。

风先生认为，文章大家的范仲淹，做人前无古人，作文后无来者。我受风先生的影响，并在他的辅导下，把《岳阳楼记》反反复复地阅读了好多遍。范仲淹的文字，全然超越了单纯书写山水楼观的境界，而把自然的晦明变化，与"迁客骚人"的"览物之情"，有机地融合起来，既扩大了文章的境遇，还壮阔了精神的境界。

"难道不是吗？别说范家营这种当年营建的边防寨垒在历史的场合中失去了原有的功能，便是万里长城又怎么样呢？"

风先生听到了我的思考和疑问，他回应说："石砌砖垒的城堡，的确难保国家的安全、人们的安宁。但精神性的东西，则是坚强不屈的，再狂暴的风，再暴虐的雨，都是不能摧折的。"

风先生说："关山月明中的范仲淹，不仅成了民族的精神，还成了百姓的精神。"

纪十一　秋风五丈原

> 我出我车，于彼牧矣。自天子所，谓我来矣。
>
> 召彼仆夫，谓之载矣。王事多难，维其棘矣。
>
> 我出我车，于彼郊矣。设此旐矣，建彼旄矣。
>
> 彼旟旐斯，胡不旆旆？忧心悄悄，仆夫况瘁。
>
> ——《诗经·小雅·出车》节选

　　按风先生的说法，南靠秦岭，北临渭水，辖于岐山县境内的五丈原，之所以有"五丈"之说，概因此原前阔后狭，最狭处仅五丈；但又有说因秦二世西巡到此，抬头看时，无风的原上倏忽刮起了五丈尘柱；还有说根据高程，原名五十丈原，语言流传中丢失了一个"十"字，就说成了五丈原。这些个说法，哪个比较准确呢？风先生不能说得明白，别人就更不能了。

　　但能准确说来的就是发生在五丈原的历史故事了，特别是三国时的蜀汉后主刘禅建兴十二年，即公元234年时，作为一国丞相的诸葛亮，统帅十万大军进行的人生最后一次北伐。他自汉中出发，取道斜谷，穿越秦岭，进驻到五丈原上，结果壮志未酬，而身死此地，让这处并不显赫的地方，落下个声震古今的大名望。

　　这次北伐，诸葛亮做了最充分的准备，他在进驻五丈原前，先就派遣使者去到东吴，相约东吴的孙权，南北策应，同时对魏发起进攻，使魏两面受敌。

自恃谋略过人的诸葛亮，没有料到，他发兵来到五丈原后，东吴孙权向魏发起的进攻却失败了。诸葛亮能怎么办呢？他咬牙欲与魏军来一场旷古未有的决战，可魏国主帅司马懿，看透了他的心机，始终稳守营垒，绝不迎合他的挑战。据说，无计可施时，诸葛亮把他的小计谋又表现了一次，给司马懿缝制了一身女人的衣裳，着人送到司马懿的营帐里，想要羞辱司马懿，逼迫他出兵作战。

　　诸葛亮有没有真的这么做呢？风先生多有怀疑，因他知晓有大谋划的司马懿，才不会上他的小当，人家接受了他的馈赠，穿上他赠送的女人衣裳，把他倒是羞辱到了。

　　羞人未遂，倒把自己羞辱得大吐了一口黑血的诸葛亮，在风先生看来，是要把性命丢在五丈原了。风先生因此还就劝慰了诸葛亮一些话，要他识得时务，做不到的事，不可勉强为之。但他的好意，被诸葛亮轻轻地摇了摇手中的羽扇，就扔到了脑后。刚愎自用的诸葛亮，驻军五丈原，一驻便是一百多天，他与驻守渭河之北的司马懿，隔河相持。在此期间，他派出一部分兵士，构筑营垒，准备作战；还派出一部分兵士，屯田五丈原，与当地老百姓一起耕种收获。

　　割罢麦子种糜谷，时日已经进入秋季了。倏忽一场秋风，蓦然一场秋雨，忧愁着百姓生活疾苦的风先生，先往司马懿渭河北的军营里巡视一番，然后又往诸葛亮渭河南的军营里巡视了。风先生巡视着心想："司马懿避战，诸葛亮求战，他俩这么僵持下来，什么时候是个头呀？"诸葛亮看得透司马懿的心理，风先生也看得透。这一天，诸葛亮派出使者到魏营去下战书，司马懿有酒有菜，很是礼貌地接待了使者。风先生悄然随在一旁，逮住机会，就也一口酒、一口菜地享用了。

　　吃用着酒菜的风先生听见司马懿问了使者："你们丞相公事很忙吧？近来身体可好？胃口怎么样？"

　　使者太单纯了，他不懂司马懿的心事，就老实回答了他："丞相的确很忙，军营里大小事情都要亲自抓。起早贪黑，胃口也不是很好，吃得少。"

简单的一问一答，悄然一旁的风先生听出端倪来了。司马懿跟诸葛亮长时间熬下去，不费一兵一卒，便能熬得诸葛亮心急火燎，愈发睡不好觉，吃不好饭，体衰力竭，带兵退返蜀地……结果真被风先生猜到了，没出司马懿料想，忧劳过度的诸葛亮，在秋风呼号的那一夜，病倒在军营里了。

获得消息的后主刘禅，派来尚书李福，赶到诸葛亮五丈原的军营慰问。

李福今日慰问明日走，回去几日，再次赶来慰问诸葛亮。他眼见诸葛亮病势越来越重，不禁泪流满面。他的眼泪，换来了诸葛亮一句话，诸葛亮说："你想知道的事我晓得，我之后，就看蒋琬了。"李福点了头，但他还是泪流不止，逼得诸葛亮气喘吁吁地给他又说了。诸葛亮说："你还想知道蒋琬之后的事吧？我不瞒你，可以由费祎接替。"

说罢这句话，诸葛亮很不甘心地闭上眼睛，不再说啥。几天后这位五十四岁的蜀国丞相，在五丈原他的军营里逝去了。

五丈原因为诸葛亮的死，不仅遗产性地为风先生所记忆，而且也为后世百姓所记忆。盛唐之际，老百姓在这里给他建立了一座庙宇，也就是我们今天还能看到的武侯祠。明、清两朝，又给予了应有的修葺，祠门上有"五丈原诸葛亮庙"的竖匾，门两侧是"一诗二表三分鼎，万古千秋五丈原"的对联。

风先生那日陪我来这里搜集资料，两眼扫过祠门对联，这就走进祠门，跨入第一座院子，但见钟、鼓楼东西对峙，相互呼应。由此往里，便就步入进了宽敞典雅的献殿，左右两壁墙上，保留着清代修葺时彩绘的壁画，计有草船借箭、空城计等内容，形象逼真，神采飞扬，堪称传统壁画中的上乘之作。东墙壁画下，镶嵌着7厘米见方的40块青色石头，镌刻了岳飞所书诸葛亮的前、后《出师表》。正殿三间，左右各有一间陪殿。其间安放着诸葛孔明的泥塑彩色坐像，以及两边的姜维、杨仪、关兴、张苞、王平、廖化塑像。

老百姓为了纪念诸葛亮，在五丈原修建一座武侯祠是很可以理解的。
就在参观着时，我听闻风先生吟诵起了唐代诗人温庭筠的一首诗歌：

> 铁马云雕久绝尘，柳阴高压汉营春。
>
> 天晴杀气屯关右，夜半妖星照渭滨。
>
> 下国卧龙空误主，中原逐鹿不因人。
>
> 象床锦帐无言语，从此谯周是老臣。

在风先生吟诵这首名叫《过五丈原》，抑或《经五丈原》的诗的语调里，我似乎听出他深邃的理解。气势之凌厉，在诗作开始时达到了极致：蜀汉军队高举着绘有虎熊和鸷鸟的战旗，以排山倒海之势，飞速北进，威震中原……这种笔挟风云势头，到了后来，又突然地"天晴杀气""夜半妖星"，变得悲怆起来，准确地表现了诸葛亮运筹帷幄、未捷身死的情形。

我内心的想法，逃不脱风先生的眼睛，他给我强调了这样一句话。他说："悲切中肯，还原了真实的历史事实。"

难道不是吗？"下国卧龙空误主"诗句里的那一个"空"字，对应到结尾那句"从此谯周是老臣"的句子。温庭筠写来应该是动了情的，他自己流泪了没有，后来的人不知道，但我却站在秋风里凌乱落泪了，吟诵着这首诗歌的风先生也情不自禁地流泪了呢！飒飒风凉，飘飘雨斜，他见证了江河日下的蜀国后主在谯周的蛊惑下垂首降魏的经历。

这是哀伤的，更是讽刺的，蜀国的命运堕落到这样一个程度，就没"鞠躬尽瘁，死而后已"的诸葛亮一点责任了吗？

从我心头泛出来的这一疑问，把我吓了一跳。我担心风先生要挥动他雷霆万钧的手臂，抽我两嘴巴。但风先生没有抽我，他不仅没有，还爱怜地抚摸着我的脑袋，给我说起了他记忆里的诸葛亮。他说出的头一句话，把我吃惊得跳起来，伸手都要去捂他的嘴巴了呢。

风先生说："他是太会自嗨了！"

风先生说："自嗨给他涂抹上了一层华而不实的外衣。"

在风先生的论说中，诸葛亮在刘备兵败夷陵，于白帝城托孤写来的《出师表》，仿佛月夜里的星火，带着电，闪着光，一字字，一句句，从我的脑际划过，尤其是"臣本布衣，躬耕于南阳，苟全性命于乱世，不求闻达于诸侯。先帝不以臣卑鄙，猥自枉屈，三顾臣于草庐之中，咨臣以当世之事，由是感激，遂许先帝以驱驰"，以及"先帝知臣谨慎，故临崩寄臣以大事也。受命以来，夙夜忧叹，恐托付不效，以伤先帝之明；故五月渡泸，深入不毛。今南方已定，兵甲已足，当奖率三军，北定中原，庶竭驽钝，攘除奸凶，兴复汉室，还于旧都"的表达，让人真的是要敬佩不已了呢。

然而结果如何呢？还要历数一下他的作为。

彩绘在武侯祠壁画里的"空城计""草船借箭"，应是颂扬诸葛亮战功的主要成就了。不过这并非事实，风先生对此就曾评价，小说家的罗贯中，愣是借用历史上他人一些很能吸引人眼球的作为，移花接木给诸葛亮，不仅使诸葛亮的形象可感可爱了起来，也使他的《三国演义》好读了不少。仅此而已，是绝对作不了数的。本质的诸葛亮，除却小说家强加给他的这些虚妄的功绩，似乎就难有拿得出手的战绩给人看了。

历史上的诸葛亮，打的常是败仗。风先生很不客气地总结了他。说他追随刘备参与的第一战，应属当阳长坂坡之战了，这一战刘备惨败，诸葛亮紧跟着刘备只是一个逃，他一点办法也没有；参与的第二战，就是著名的赤壁之战，但那一仗的总指挥是吴国的周瑜，诸葛亮只是去到孙权的身边，做了几日人家宴席上的说客，并未参与战役的指挥；第三战就是取成都了，而这一战的谋划，以及总指挥仍然与他无关。

当然了，南征四郡确乎是他主持的，不过军事成分非常小，基本上算是一次政治行动。

被人念念不忘的北伐曹魏战争，他六出祁山，是名正言顺的总指挥。

结果如何呢？一败再败，了无胜绩。风先生回顾说："他一出祁山，虽有初出师时的节节胜利，但错用马谡而失街亭，战局急转直下，他被迫仓皇后撤，以失败而告终；二出祁山，魏军循司马懿制定的战略方针，坚守不战，他速战不成，死伤累累，兵无粮草，不得不无所建树而撤兵；三出祁山，他乘曹魏陈仓守将病重，袭取陈仓，兵驻祁山，司马懿率军前来，他却不战而偷偷溜走；四出祁山，司马懿妙用反间计，使刘后主下令诸葛亮班师，曹魏不战而胜；五出祁山，蜀汉经济不堪连年战争的负担，后方无法按期筹办军粮，假报东吴攻蜀，他信假为真，回师蜀地；六出祁山，他初战即中了司马懿埋伏，不仅损兵累万，还使自身命丧五丈原。"

每战必败的诸葛亮，却在历史的长河中，活成了个中华智者的模样，可是太有水分了呢。

他不仅难当中国古代著名军事统帅的名头，更难为中国历史上大智者的名望。能够说明他的这一本质的事略，一桩一件，不只风先生了如指掌，史料的记载已然十分明确，归结起来，便是当他日夜操劳，病殁于伐魏前线的五丈原大营之后，不仅蜀国朝中后继乏人，前线也已然没有合适的将才可用，正如民间流传的那样"蜀中无大将，廖化充先锋"。

造成这一结果的根本原因，在风先生说来，诸葛亮难逃他该承担的责任。权倾朝野的他，无论在主公刘备之时，还是在后主刘禅之期，都表现得充分极了，入得他法眼的人，正人君子是有的，如蒋琬、费祎们，但他们都太平庸了，虽身在高位，却担不起相应的责任。忠诚义士也是有的，如姜维、廖化、张翼诸人，但他们带兵谋小，打仗勇弱……不过，他们的人品还可以肯定，而被诸葛亮赏识并给予重用的人，就太难言了，如言过其实的马谡、小人心态的杨仪等，他们受诸葛亮庇护，被诸葛亮重用，蜀国焉能不灭？与此形成鲜明对照的是，既有谋略又胸怀大志的那些人，却被诸葛亮百般猜忌，致其冤死而不惜。

典型莫过蜀国大将魏延了，他叛吴投蜀，在关羽攻打长沙的战斗中，出谋划策于关羽，实施了卓有成效的开城之计，使战争获得了巨大的胜利。此后，他主导汉中之役，不仅谋略得当，还骁勇善战，战后刘备论功用人，宁可牺牲张飞的利益，也把汉中交给魏延管理。在他管理期间，汉中百姓十分爱戴他，与他一起把汉中经营成了兴兵伐魏的大后方。蜀汉军中，魏延备受将士崇敬。蜀汉建兴六年（228），诸葛亮统兵开始了第一次北伐，战前魏延献策子午谷之计。魏延所以出此计谋，都在于汉高祖刘邦曾经实施过，而且非常成功。他谋划时也充满了信心，建议诸葛亮统帅主力部队，给他分兵一小部分，相互配合，形成主攻、佯攻等多路进攻态势，以出其不意的方式，急行军穿越子午谷道，突袭长安，实现不战而屈人之兵的战略目标。

多么完美的一个谋略呀！但因为计谋者是魏延，诸葛亮便没有采用，结果大败而返。

知晓事情全貌的风先生，先慨叹一句"志大才疏"，再慨叹一句"妒贤忌能"，又慨叹一句"空想自嗨"……风先生那么慨叹着说来，就还说出了一大串人的名字，他们是牙门将王冲、零陵太守郝普、荆州治中潘濬、南郡太守麋芳、公安将军傅士仁、益州治中从事黄权、宜都太守孟达、上庸太守申耽、西城太守申仪、阳平关守将蒋舒，以及范强、张达、李辅、苟安、马邈等近二十人。他们因为这样或那样的原因，叛离蜀国后，在东吴和曹魏的营垒中，大多数人做得都极精彩，如投吴的潘濬，他替东吴屡建奇功，还跟孙权做了亲家；投魏的黄权，心安理得地在曹魏当上了三公级的高官。

睿智达观如风先生，是都慨叹连连，懊恼难抑，他即转换着话题，情不自禁地就把《诗经》里一首名曰《出车》的歌谣，诵念了出来：

> 我出我车，于彼牧矣。自天子所，谓我来矣。召彼仆夫，谓之载矣。王事多难，维其棘矣。
> 我出我车，于彼郊矣。设此旐矣，建彼旄矣。彼旟旐斯，胡不旆旆？忧心悄悄，仆夫况瘁。

王命南仲，往城于方。出车彭彭，旂旐央央。天子命我，城彼朔方。赫赫南仲，狁于襄。

昔我往矣，黍稷方华。今我来思，雨雪载涂。王事多难，不遑启居。岂不怀归？畏此简书。

喓喓草虫，趯趯阜螽。未见君子，忧心忡忡。既见君子，我心则降。赫赫南仲，薄伐西戎。

春日迟迟，卉木萋萋。仓庚喈喈，采蘩祁祁。执讯获丑，薄言还归。赫赫南仲，狁于夷。

《出车》一诗，是为一位武士的自述。当其时也，西周面临的敌人，北有狁，西有昆夷，为了王朝的安定，周王朝多次派兵征讨。作为那些战事的亲历者，武士抓住战前准备及凯旋的两个场景，既有条不紊地展现事件发展全过程，又避免了罗列事件的弊端，诗歌对空间的运用十分精妙。

据《三国演义》描写，诸葛亮死前以"脑后生有反骨"这一莫须有的罪责，提醒大家提防魏延。杨仪退兵蜀中，命令魏延断后，领有密令的马岱，用他身佩的长枪加短刀，向毫无准备的魏延劈刺过来，使他血染马背，瞠目而死……既如此，受命诸葛亮的杨仪，似还不能消除他小人的恶气，遵照诸葛亮的遗言，上书刘禅，灭了魏延三族。

悲之也哉！痛之也哉！

我听见了诸葛亮的一声喟叹。刘备痛失关羽、张飞，诸葛亮愤而统兵伐吴，兵败夷陵，受昭白帝城，于刘备的病榻前获旨托孤后，一个人出门来，面向荡荡汤汤的长江，默默喟叹出了那句话：

"如法孝直若在，则能知主上，令不动行；就复东行，必不倾危矣。"

是啊，若法孝直还在，便能够制止主上东征；就算不能制止，若随行东征，一定不致大败而归。作为丞相的诸葛亮，说的这是什么话呢？你说法孝直人是不在了，那么丞相你呢？你在的呀，你既事先预知主公刘备的复仇之战必败，你为何不劝阻主公呢？是为丞相的你，真的劝了，没有劝说住主公，你可以像你希望中的法孝直那样，"随行东征"，协助主公复仇东吴的，你怎么就没有去呢？

我赞同风先生对于诸葛亮的诘问，"鞠躬尽瘁、死而后已。至于成败利钝，非臣之明所能逆睹也"的诸葛亮，的确只是一种自嗨和自誉，他这么做又的确极易蒙蔽人。

历史上一贯赞颂诸葛亮的人，言之凿凿，说什么诸葛亮"六出祁山"，无一胜绩，都是为了蜀汉的江山，明知不能为而为之，自有他"然不伐贼，王业亦亡，孰若伐之"的长远战略，因一味消极防御，只能坐以待毙。诸葛亮力排众议，执意上表请战，其目的就是要将消极防御，转化为攻势防御，先发制人。"以战止战"，用战争的方法，保卫蜀汉的安全。不能说这个说法没有道理，但这个道理实在是太牵强了。因为最终的结果，已然摆在那里，你一次次兴兵伐魏，又伐了个什么呢？

风先生因之不无痛惜地说了。他说："不是疲蜀，就是弱蜀，疲弱到后来，人不灭蜀，蜀也就只有自灭了！"

历史的五丈原上，兵败折返的蜀国军队，抬着永远紧闭了双目的诸葛亮，狼狈不堪地凌乱在红了的、黄了的、白了的秦岭落叶中，风先生与我回眸望着诸葛亮数次出入过的重重山岭，不禁都眼酸垂泪。婆娑的泪眼里，诸葛亮的影像模糊着，倏忽模糊成了另一个人。

那个取代诸葛亮的人是法正，他的故土刚好就在五丈原东去不远的眉县小法仪镇。

站在五丈原上，风先生瞭望得到那个渭河边上的小镇子，我也可瞭望到，就在我俩举目那处仿佛水墨画一般的地方时，心里轰鸣着的则是与他同时代的以及后来的许多人对法正的敬服与赞佩。

诸葛亮说了："主公之在公安也，北畏曹公之强，东惮孙权之逼，近则惧孙夫人生变于肘腋之下；当斯之时，进退狼跋，法孝直为之辅翼，令翻然翱翔，不可复制。"

曹操说了："吾收奸雄略尽，独不得法正邪？"

杨戏说了："翼侯良谋，料世兴衰，委质于主，是训是谘，暂思经算，睹事知机。"

陈寿说了："法正着见成败，有奇画策算，然不以德素称也。拟之魏臣，统其荀彧之仲叔，正其程、郭之俦俪邪？"

萧常说了："统、正见理之明，料事之审，一时谋臣，无出其右。昭烈肇基王业，讫承大统，实二人之力。使天假之年，与诸葛亮同心辅政，混一之功，日月可冀。不幸蚤世，惜哉！"

郝经说了："统卒于围雒之际，正没于取汉中之明年。使二子不死，与亮左右，功烈岂止于是？天不祚汉，惜哉！"

陈普说了："崎岖放虎事方新，喜怒平生便见真。谁是孔明西道主，敢将东客罪西人。"

那么多赏识赞誉法正的话，烙刻在风先生的记忆里，智谋超人的法正，是受得起那些赞美的呢。出身名士之家的法正，在建安初年，为天下饥荒而忧愁，入蜀依附在刘璋的身边。刘璋不是个善于用人的人，很久之后才给法正一个新都县令来当，之后法正虽然受命为军议校尉，却又遭州邑中的人诽谤。直到不久后的赤壁战败，刘备势力得以壮大，法正才受人举荐，出使刘备帐前。刘备见到他后，即"以恩意接纳，尽其殷勤之欢"。法正知觉刘备有雄才大略，是可以辅佐的明主，便暗中戴奉刘备为主公了。

建安十六年（211），法正献策于刘备："阁下命世英才，刘璋无明主之能，以张松为内应，夺取益州；以益州的富庶为根本，凭借天府之国的险阻来成就大业，易如反掌。"正因为法正的策动和张松的倒戈，刘备易如反掌地获得了蜀地。

占据蜀地后的刘备，给予了法正诸多赏赐，还任命他为蜀郡太守、扬武将军。法正没有辜负刘备对他的厚爱，与诸葛亮、伊籍、刘巴、李严等人，呕心沥血，制定了好用又管用的《蜀科》，从根本上改变了刘璋治下蜀地法纪松弛、德政不举、威刑不肃的局面。此后，就《蜀科》制度的施行，虽然波折不断，但终究对蜀地豪强的约束以及治安的管理，起到了不可取代的作用。

一个千载难逢的机会随着时日的推进，赶在建安二十二年（217）被法正发现了。他向刘备献计，应该立即发兵夺取汉中。

法正看得十分透彻，他认为曹操出兵降伏了汉中张鲁，本可以继续发兵益州的，那样一来，蜀地就危险了。但曹操却只留下夏侯渊和张郃驻守汉中，必定是军内已有一些忧患。如刘备果断出兵，夺取了汉中，上之者，可以讨伐国贼，尊崇汉室；中之者，可以蚕食雍、凉二州，开拓国境；下之者，可以固守要害，是持久的战略。

刘备非常赞同法正的计谋，准备了两年，即于建安二十四年（219），在法正辅佐下，率军南渡沔水，扎营于定军山、兴势两山，采取法正声东击西之计，极为顺利地占据了汉中。

不甘心丢失汉中的曹操，此后还组织兵马亲征而来，除了牺牲掉许多兵将外，就还留下了一句意难平的话，"吾故知玄德不办有此，必为人所教也"。狼狈地引军还魏的曹操，他的这句话，进一步佐证了法正的谋略，不是他人可以比肩的……深受刘备器重的法正，当即被授为尚书令、护军将军。

风先生还记忆着法正与刘备之间的另一件事。

有次刘备与曹军于阵前对垒，形势于刘备大为不利，此时审时度势，应该迅速撤退，但刘备却杀红了眼，大怒不肯退军。当时箭如雨下，跟随阵前的将军、谋士，没人敢上前进谏……法正却过去挡在刘备前面，刘备见了发急大喊"孝直避箭"。然而法正回应刘备说："明公亲当矢石，况小人乎？"刘备还能怎么办呢，只好一起撤退了。

法正之于主公刘备复兴汉室的梦想，是多么重要啊！"法正不死，便无三国"，后来的人极为认同这一观点，以为法正若是没有英年早逝，那么他就一定会扶持刘备统一天下，自然也就不会有天下三分、三国鼎立的情况发生了。但天妒英才，建安二十五年（220），四十五岁的法正因病去世了。

法正的死，让刘备十分感伤，连着哭泣了数日，随之追谥他为翼侯，赐爵其子法邈为关内侯。

纪十二　贤山·高望·横渠

风雨凄凄，鸡鸣喈喈。既见君子，云胡不夷？

风雨潇潇，鸡鸣胶胶。既见君子，云胡不瘳？

风雨如晦，鸡鸣不已。既见君子，云胡不喜？

——《诗经·郑风·风雨》

　　清代那位名叫毛士储的读书人，可是不简单哩。康熙皇帝曾颁圣旨，封其为文林郎。

　　康熙四十一年（1702）秋天，毛士储奉旨任扶风知县，来到扶风的他没有在县衙里久坐，而是遍访扶风县境的名胜古迹。他来到扶风县午井镇的高望寺原畔，极目远眺，但见田野流岚焕彩，牵系着远处的终南山亦霞飞影逐，及至太白峰巅，积雪覆顶，秀丽奇瑰，望之使他神清气爽、心旷神怡，随即吟出一首七言绝句：

秦麓渭畔起烟岚，绿树层层入云端。

眼底难收千里景，高望寺里去参禅。

　　风先生特别欣赏毛士储的才华，以为他继承了其父毛际可的衣钵。他在扶风县知县任上，做了许多有益的事情，扶风县修于清代的旧县志，对此也有着较为详细的记载。他口占的这首《高望晴岚》七绝，很让扶风人感怀。受到毛士储诗意的引导，我与风先生寻觅着他当年行吟的足迹，也到"晴岚"可以"高望"的高望寺原畔来了。

携手风先生，我穿越般走入千年前始建的高望寺里，先去看那棵古老的楸树。在长长久久的岁月里，它依然老枝遒曲，枝繁叶茂地散发着勃勃生机。树身胸径2米有余，树皮斑驳，满是岁月的痕迹，昂扬的枝条绿叶浓厚，显示着强大的生命力。老楸树的旁边还有一棵老槐树，亦如老楸树般苍劲蓬勃，葳葳蕤蕤。依着两棵老树的，就是壁立着的仿佛城墙似的大原了。它兼有北方之雄和南方之秀，雄浑苍茫，秀佳万方。高望寺为一处景观，距离其不远的贤山寺，是为另一处景观。扶风县旧时八景，其中的"高望晴岚"与"贤山晚照"，描绘的就是这两处寺庙的景象。

寺庙名讳能称"贤山"者，自然有它的道理。对此，风先生心知肚明，他曾见识过元顺帝听闻贤山寺的大名，屈尊赶来寺里问道的情景。当时主持寺庙香火的是贤齐和尚。元顺帝向他一番请教后，便十分诚恳地把他拜作了国师。关学的创始人张载，对这里也是十分钟爱。听风先生说，张载的父亲张迪在涪州任上病故，家人商议归葬故里开封。年仅十六岁的张载，与更年幼的弟弟张戬，陪伴着母亲陆氏，护送父亲灵柩越巴山、奔汉中、出斜谷，行至眉县横渠，既因路费不足，还因前方发生兵变，无力再向前去，就把父亲张迪安葬在了这迷狐岭下。从此一家人安居下来，好学的张载在母亲的督促下，常年游学于贤山寺，为其名望更添了一分光彩。

贤山晚照……高望晴岚……

相距不远的两座寺庙，特别是贤山寺，能够吸引来满腹经纶的张载，是寺庙的荣幸，亦是张载的荣幸。张载从他居住的横渠，不舍气力，不舍脚力，涉水爬坡数十里，上到这高耸云中的寺庙里来，用风先生的话说，吸引他的确是夕阳下的晚照。张载常站在贤山寺的高处，远观壮丽斑斓的晚照，从中感受得到一种别样的收获，既能够开阔他的胸怀，还能够放浪他的视野，壮大他的精神境界。

为天地立心，

为生民立命，

为往圣继绝学，

为万世开太平。

那天，我与敬爱的风先生沿着古周原的原边，像是当年的张载一般，曲曲折折地往贤山寺走来了。他走着，还要把国人耳熟能详的"横渠四句"不断地诵念出来。在他朗朗的诵念声里，我看见夕阳把它红亮的脑袋，一点一点往西边的天际线上枕去，我一时心血来潮，把那迷人的晚照瞥了一眼，居然给风先生提议下到城墙般的原下去，像当年的张载一样，从原的跟脚起步，爬一回贤山寺。实话实说，走下去不容易，走上来更为艰难。不过走到原下，仰望修建在原顶上的贤山寺，悬空般辉耀在原上的寺庙，毫无遮拦地沐浴着绚烂的晚照，确有那么一股子神秘的力量，对人不仅是一种吸引，更是一种启发。

我询问风先生："张载当年从原下往贤山寺爬，爬的是原上的哪条道？"料事如神的风先生，仿佛早就窥透了我的心思似的，他听我这么问，呵呵乐着给我说了。

风先生说："你自己找着走吧。"

我还想继续问风先生，可他撂给我这样一句话后，就先独自如风一般往原上走了，留下我茫然地仰望着原顶上的贤山寺，顺着一条似有似无、恍若黄色飘带的小径，曲曲拐拐地爬了……我的攀爬是艰难的，但我心里却快活着，想象先哲张载攀爬时一定也不轻松。因为不轻松，所以才会有那么通透的见识，那么恢宏的建树，因此不仅攀爬上了贤山寺，还从那里攀爬上了他人生的至境。

在贤山寺苦修苦读的张载，没有把自己禁锢在故纸堆里，而是偶有心得就要付诸实践。

高望寺、贤山寺背靠着的，便是周人辗转搬迁而最终落脚的古周原了。这里如周人先祖开心豪气说的那样，"周原朊朊，菫茶如饴"。在这样的地方，张载开展他的实践活动，可是再好不过了呢。张载动员这里的百姓，学习商朝时就已出现的井田制。这种乌托邦式的土地管理制度，周朝时也曾推行过，后来的春秋时期亦推行过，效果似乎很是不错，很好地推动了当时的社会经济发展。张载总结古人的经验，并加入一些新的措施，创造性地再做实践了……也不知他的实践怎么样，好还是不好，只知他没有太留恋已有的成果，而是在此基础之上勇敢地走了出去，开始了他新的人生实践。

张载一身豪气地走出来时年仅二十一岁。当时的西夏王国经常侵扰宋朝西部边境，宋廷向西夏"赐"绢、银、茶等物资，以换得边境和平。这些国家大事，对"少喜谈兵"的张载刺激极大。

宋仁宗庆历元年，亦即公元1041年，张载写成了《边议九条》，向时任陕西经略安抚副使、主持西北防务的范仲淹上书，陈述自己的见解和意见。他还联合精通军略的陕西永寿人焦寅，组织民团去夺回被西夏侵占的洮西失地，为国家建功立业。看到张载《边议九条》的范仲淹，在延州的军府面见了这位志向远大的儒生。张载的谈论深得范仲淹的赏识，但他认为张载更应在儒学上用心，将来必有一番成就。于是对张载说："儒者自有名教可乐，何事于兵？"听懂了范仲淹言下之意的张载没有固执己见，而是回到家里来，继续他的读书生涯。在遍读了儒家著作的同时，他还遍读佛家、道家之书。经过十多年的苦读，张载终于悟出儒、佛、道是互为补充、互相联系的，并逐渐建立起自己的学说体系。

戍边防御西夏南侵的范仲淹，没有忘记这位志气高拔的年轻人。庆历二年（1042），在庆阳府西北修筑的大顺城竣工之时，范仲淹函请张载到庆阳，张载于此撰写了《庆州大顺城记》以资纪念。

嘉祐二年（1057）时，张载已经三十八岁了。是年他赴汴京应考，同科的还有苏轼、苏辙兄弟。他们进士及第，在候诏待命之际，张载即受到宰相文彦博的器重与支持，在开封的相国寺设虎皮椅以讲《易》。其间巧遇程颢、程颐兄弟，经过一番开诚布公的论学，张载对听讲的人说了："易学之道，吾不如二程。可向他们请教。"不过，张载依然自信他已经求得的道义，此后不论他人去了哪里，都继续致力于他的道学研究。

别的学问家可能只会坐而论道，张载不一样，他必须把他的学习心得付诸实践不可。

张载任职祁州司法参军、云岩县令、签书渭州军事判官时，风先生就发现，他不仅办事认真、政令严明，而且在处理一切政事时，都坚持以"敦本善俗"为先，推行德政，重视道德教育，提倡尊老爱幼的社会风尚。如在云岩县时，他每月初一都会召集乡里老人到县衙聚会，设酒食款待之，席间询问民间疾苦，并根据大家的反映提出他的主张和要求，反复叮咛到会的人，让他们转告乡民。在渭州时，他深受环庆路经略使蔡挺的尊重和信任，军府大小事情，蔡挺都要向他咨询。当地遭遇饥荒时，他说服蔡挺取军资以救济灾民，并因此首创"兵将法"，推广边防军民联合训练作战，展现出卓绝的军事政治才能。

御史中丞吕公著很是崇尚张载的学问，他向神宗皇帝推荐张载，称誉他"学有本原，四方之学者皆宗之"。

宋神宗召见了张载，问他治国为政的方法，张载"皆以渐复三代（夏、商、周）为对"。神宗非常满意，欲派他到二府（中书省、枢密院）做事。张载没有贸然应允，原因是他对王安石变法还想多做了解，观察观察再说……恰其时也，身为宰相的王安石找他了，表明自己想得到他的支持，王安石对他说："朝廷正要推行新法，别人恐不能胜任，想请你帮忙，你愿意吗？"张载倒是赞同政治家应有大作为，但又反对盲目冒进，因此不仅含蓄地拒绝了参与王安石新政，还上书想要辞去他崇文院的校书职务。未获批准的他，不久被派往浙东明州审理苗振贪污案。案件办毕回朝，张载没有与王安石起冲突，倒是担任监察御史的弟弟张戬，因坚决反对王安石变法，与王安石发生了激烈的冲突，被贬知公安县。送别弟弟后，张载即决然辞官回到故里。

"俯而读，仰而思。有得则识之，或中夜坐起，取烛以书……"经历宦海浮沉的张载，在风先生看来，他此时最想念的人莫过于范仲淹了。依照范仲淹当年对他的期许，张载著书立说，先后完成了《正蒙》《横渠易说》《东铭》《西铭》《经学理窟》《横渠中庸解》《礼乐说》《论语说》《祭礼》《孟子说》等煌煌大作。风先生眼见他的《经学理窟》一书，就是在贤山寺隐居期间著作的。

等候在原坡顶上的风先生，看着我满头大汗、气喘吁吁地上到贤山寺门前来，有点幸灾乐祸地冲我乐了一乐。我举目向西边的天际看了去，虽然不见了炽热的太阳，却还看得见晚照璀璨，耀人眼目！

我与风先生往贤山寺山门里进了，正进着，风先生把《诗经》中那首名曰《风雨》的歌谣，不失时机地吟诵出来了：

　　风雨凄凄，鸡鸣喈喈。既见君子，云胡不夷？
　　风雨潇潇，鸡鸣胶胶。既见君子，云胡不瘳？
　　风雨如晦，鸡鸣不已。既见君子，云胡不喜？

炼词申意，循序渐进，我听得明白这首古老的歌谣，抒写的是一位女子由怀念故人到久别重逢的心情，"风雨凄凄""风雨潇潇""风雨如晦"，她"既见君子"，经历了由烦乱、苦涩到欢喜无限的心路历程。我不是远古时的那位女子，也不清楚她的境遇，但我知晓我拜识先哲的心情与她曾经的心情息息相通。

倾慕在心的先哲张载，我就要循着你的足迹，走进贤山寺里来了。

如今的贤山寺，固然沿用其原来的名讳，但物是人非，变化是很大很大的哩。住持是贤明法师，生于1933年12月23日，陕西省宝鸡县（今宝鸡市陈仓区）杨家沟五一村靳家庄人。在西北大学有过三年的深造，毕业后教书育人一十四载。因自幼喜爱佛学，1985年时，他在长安县（今西安市长安区）香积寺续洞和尚座下皈依，后又礼拜慧莲师父剃度出家，而后遍访宇内名刹，直到成为贤山寺住持。身披晚照的我和风先生见着了贤明法师，简单的几句寒暄后，他把我俩让进他居住的西寮房里。坐上一把竹凳，啜饮一杯淡茶，我们与法师聊了起来。

我从法师嘴里知道，原来的贤山寺有上、中、下三院。沟底为山门殿，起步到下院，有天王殿、菩萨阁、大雄宝殿、钟鼓二楼、法堂、藏经楼、念佛堂、净室禅堂和两廊配房、斋堂、法物流通处。到了中院，又有玉佛阁、达摩殿、祖师堂和前殿回廊相连。再到上院，有前殿、中央贤公塔、千佛阁、卧佛殿，左侧药师殿，右侧弥勒殿，以及两廊配房和戒室寮房……那般恢宏的庙宇建筑群落，遭遇过数次毁坏，到他主持寺庙时，依旧破败得不成样子。因为他的到来，原有的三进院落和院落里的建筑基本得以重建，恢复了曾经的样貌。

我与风先生感动于贤明法师的功德，就也上了些布施。贤明法师口颂了两声"阿弥陀佛"，若有所思地给我说了两句话。

贤明法师说："我知道你是谁。"

贤明法师说："我知道你来的心愿，是要拜识张载哩。"

我没有否认贤明法师的揣测，因之起身，央求法师带着我，往贤山寺为纪念张载而修筑的夫子殿走了去。"夫子"是贤山寺一带的人们对关学大家张载的誉称。大殿的格局为前书院、后祠堂，始建于宋朝末年，迄今已有九百余年的历史，清乾隆十九年（1754）、光绪十年（1884）有过重修。进入大殿，正中的神龛里供奉着张载高大的彩塑坐像，两侧各站一男一女两个小书童。神龛两侧的黑漆柱子上，挂着一副木刻的对联。风先生与我都被那副对联所迷醉，他诵念上联，我诵念下联，以为七言的一副对联，把先哲张载的名望基本是书写出来了：

一代口碑留蜀道，千秋血食在秦中。

告别了贤明法师，走在晚照中的古周原上，我和风先生似乎还沉浸在贤山寺里。我俩走着走着，走得很远了，回头时，已看不见贤山寺的踪影；再去观望高望寺，亦不见了它的踪影，好在还能看见那棵耸立在天地间的唐时老楸树和与它做伴的老槐树。不知风先生回望老楸树时有何感受，我是把老楸树看成一个精神豪迈、气质豪宕的老人了。

这个老人不会是别人，只能是先哲张载呢！

字子厚、名张载的老人，是北宋著名的思想家、教育家，理学创始人之一。他的一生，两被召晋，三历外仕，著书立说，终身清贫，殁后贫无以殓。长安的学生闻讯赶来，才得以买棺成殓，护柩回到他长期生活的眉县横渠，葬埋于其父张迪墓南，与其弟张戬墓左右相对。他创立的关学，与其时二程的洛学、周敦颐的濂学、王安石的新学、朱熹的闽学齐名，共同构成了宋代儒学的主流。

张载认为，生在世上，就要尊顺天意，立天、立地、立人，做到诚意、正心、格物、致知、明理、修身、齐家、治国、平天下，努力达到圣贤境界。

与风先生巡游罢了渭北原边的高望寺、贤山寺，在往横渠走时，迎着西边天际灿烂的霞彩，不大一会儿就进入关中十八景之一的张载祠。风先生介绍说，张载少时读书、晚年隐居、兴馆设教设立了崇寿院，乡亲为了纪念他，在他逝后改名为横渠书院，元贞元年（1295）又在此旧址上修建了张载祠。此后的日子，还有多次改立，近年来，又做了一次新的修葺，形成了如今"后祠前书院"的格局。

祠内保存有清康熙帝御匾一块，以及横渠书院笔筒、院印、砚台等旧的物件，此外还保存有北宋以来文人墨客留下的石碑50余幢，其中刻着《东铭》《西铭》的石碑，最为引人瞩目。

我与风先生如风般溜进祠内，于夜幕闭合下的祠院里，挨个儿看了所有的建筑和建筑内的陈设，最后在耸立于院子里的《东铭》《西铭》的石碑旁，沉默着想象张载当年在这里读书学习、教授学子的情形……风先生双腿盘屈，趺坐在地，平视着《东铭》《西铭》石碑，仿佛那就是时间里的张载，在给他讲授学业。

我学着风先生的样子，也老实地听讲了。

张载讲说的是他关学思想的核心，也就是有志者烂熟于心的"四句"。他说了："天地本无心，但天地生生不息，生化万物，是即天地的心意。"他说了："命有理命与气命两个层面，这两层的命都不可伤害，不可弃废，必须有以安立。"他说了："儒家圣人之学，自两汉以下，而魏晋，而南北朝，而隋唐，千百年间，一直未能善续先秦儒家的学脉。无论生命之光，或哲学之慧，都开显不出来。尤其唐末五代之时，华族的文化生命萎缩堕落极矣。"他说了："儒家以'内圣为本质，以外王表功能'。功能之大者，便是开出太平盛世，而且不只是一时，而是为千年万世开太平。"

夜空如洗，幽深清明，星耀辉煌……我与风先生面碑静坐，感觉偌大的一座张载祠，似有一种乾坤挪移了的错觉，闪耀天空的星斗，扑下地来，幻化成了张载著书立说的文字，而张载著书立说的文字，又腾跃到无边无际的天空上去，幻变成了启人心智的星光。

哦！我与风先生是都陶醉在夜色中的张载祠里了。张载视民众为自己的同胞，视万物为自己的朋友，他心系苍生、胸怀天下，教导人应该尊老慈幼，履行自己的道德义务，给疲癃残疾、鳏寡孤独的人，以血亲兄弟般的同情和爱护。他以"四句"为基础，还天才地提出了"六有""十戒"伦理规范，用以教子育孙，礼德兼修。"尊礼贵德"，在风先生的意识中，张载之学构成的两个主干，就在于礼论和德论了。关于个体修养，他主张"知礼成性""以礼成德"；关于育化人物，他主张"以礼为教"；关于社会风气，他主张"用礼成俗"。

"言有教，动有法，昼有为，宵有得，息有养，瞬有存。"我和风先生不约而同地念诵出了张载的"六有"，紧跟着又念诵出了他的"十戒"："戒逐淫朋队伍；戒好鲜衣美食；戒驰马试剑斗鸡走狗；戒滥饮狂歌；戒早眠晏起；戒侬父兄势轻动打骂；戒喜行尖戳事；戒近昵婢子；戒气质高傲不循足让；戒多谗言习市语。"

熟识张载的风先生，知晓他的学问是成体系的。

风先生如数家珍般讲了张载的气本论、辩证法、认识论、人性论、太极学说等诸般论述。如他的气本论，就很好地揭露了宇宙和世界的本原，完善了古代朴素唯物主义哲学思想的基础；如他的辩证法，明确了一物两体，动必有机的机理，对宇宙万物的矛盾运动、发展变化及其规律，以及解决矛盾的方法，做出了相当精辟的说明；如他的认识论，天才地提出了"闻见之知"与"德性之知"两个概念，为中国古典哲学关于认识和知识理论的一个创举；再如他的人性论，在风先生看来，又特别值得大书特书一番，他总结吸取了各家学说的优点和长处，创立了他关学特色的人性学，认为人和万物，都是由"气"产生和构成的，气有清浊、精粗、明昏、偏全、厚薄的不同，因而产生了千差万别的物和人，所以，气的本性就是人和万物的本性。

天地之性诚明至善，是善的来源，而气质之性有善有恶，是恶的来源，是人欲的体现。风先生论说起张载的学术思想，滔滔不绝，使我对他与先哲张载，就只有恭敬膜拜了。

似我一般恭敬膜拜张载的人，古今中外，数不胜数。与张载同时代的吕公著首先说："学有本原，四方之学者皆宗之。"接着程颐也说："《西铭》明理一而分殊，扩前圣所未发，与孟子性善养气之论同功，自孟子后盖未之见。"王夫之又说："张子之言无非《易》，立天，立地，立人，反精研几，精义存神，以纲维三才，贞生而安死，则往圣之传，非张子其孰与归！"他这么说了后还说："横渠学问思辨之功，古今无两。"阅读了许多西方哲学书籍的谭嗣同，也说了很多，如"地圆之说，古有之矣，惟地球五星绕日而运。月绕地球而运，及寒暑昼夜潮汐之所以然，则自横渠张子发之"，又如"今以西法推之，乃克发千古之蔽。疑者讥其妄，信者又以驾于中国之上，不知西人之说，张子皆以先之。今观其论，一一与西法合。可见西人格致（科学）之学，日新日奇，至于不可思议，实皆中国所固有。中国不能有，彼故专之。然张子苦心极力之功深，亦于是征焉。注家不解所谓，妄援古昔天文学家不精不密之法，强自绳律，俾昭著之。文晦涩难晓，其理不合，转疑张子之疏。不知张子，又乌知天？"谭嗣同如此说来，与英国生物化学和科学史家李约瑟的认识，如出一辙，李氏在他所著《中国科学技术史》中说，"气论"是11世纪关于感应原理的非常明确有力的叙述，长期保持着"它的活力"。

夜深了。越来越深的夜色，更加凸显了星空的璀璨。我与风先生沉迷在张载思想的伟大精深处不可自拔。隐隐约约地，似有一个古老而又清脆的声音，灌输进了我和风先生的耳朵里。那是张载授徒时吟诵的《七哀诗》：

秋风吐商气，萧瑟扫前林。

阳鸟收和响，寒蝉无余音。

白露中夜结，木落柯条森。

朱光驰北陆，浮景忽西沉。

顾望无所见，唯睹松柏阴。

肃肃高桐枝，翩翩栖孤禽。

仰听离鸿鸣，俯闻蜻蚓吟。

哀人易感伤，触物增悲心！

丘陇日已远，缠绵弥思深。

忧来令发白，谁云愁可任？

徘徊向长风，泪下沾衣襟。

纪十三　东湖与凤香酒

园有桃，其实之肴。

心之忧矣，我歌且谣。

不知我者，谓我"士也骄。

彼人是哉，子曰何其？"

——《诗经·魏风·园有桃》节选

"苏轼是凤翔的，凤翔是苏轼的。"风先生如此说来，自有风先生的道理，虽然杭州西湖比凤翔东湖更有名气，但有一个毋庸置疑的事实横在风先生的眼前，先有凤翔东湖，后有杭州西湖。两湖南北相望，不是姊妹胜似姊妹。我与风先生敢于这么说的原因，就在于大文豪苏轼，先外放到凤翔府做大理评事签书，后才又放任杭州任职通判，其间相隔了二十年。

西湖的水，东湖的柳。在风先生看来，疏浚修筑了凤翔东湖、杭州西湖的苏轼，有两个姑娘。水色透亮的西湖是他喜欢的二姑娘，柳色如云的东湖是他喜爱的大姑娘。

二姑娘的西湖身在天堂般的杭州，自有她不可多得的地理优势，所以比大姑娘的东湖似更引人眷恋，但大姑娘的东湖也有二姑娘西湖所不及的地方，正如风先生给人炫耀的那般，最美"东湖柳"，最香"柳林酒"，最巧"姑娘手"。为一赏飘摇在东湖边的那一种美，那一种香，那一种巧，我拉住风先生的手，借助他独有的能力，御风赶到凤翔县的东湖畔来了。

徜徉在垂柳满湖岸的东湖，伴在风先生的身边，又听见风先生，咿咿呀呀地吟诵起了苏轼写在东湖边上的诗歌：

> 冬十二月岁辛丑，我初从政见鲁叟。
> 旧闻石鼓今见之，文字郁律蛟蛇走。
> 细观初以指画肚，欲读嗟如箝在口。
> 韩公好古生已迟，我今况又百年后。
> …………
> 兴亡百变物自闲，富贵一朝名不朽。
> 细思物理坐叹息，人生安得如汝寿？

我听得明白，风先生首先吟诵的是苏轼在此写来的《石鼓歌》一诗。他并不因这首诗歌太长而停歇，很有耐心地吟诵完，不歇气地就又吟诵起了另一首：

> 峥嵘开元寺，仿佛祈年观。
> 旧筑扫成空，古碑埋不烂。
> 诅书虽可读，字法嗟久换。
> 词云秦嗣王，敢使祝用瓒。
> …………
> 岂惟公子卬，社鬼亦遭谩。
> 辽哉千载后，发我一笑粲。

《诅楚文》是这首诗歌的名字，苏轼写得依然很长。风先生吟诵得都要口渴了呢，他扑下身子，探头东湖的水面上，痛饮了两嘴的时候，也还搅动了满湖的涟漪……在涟漪的波光中，映现出了一张年轻俊朗的面影，那是凤翔任上的苏轼呀！他风华正茂，血气方刚，生机勃勃，举手投足间，就是一首凄美绝伦的诗歌来：

何处访吴画，普门与开元。

开元有东塔，摩诘留手痕。

吾观画品中，莫如二子尊。

道子实雄放，浩如海波翻。

当其下手风雨快，笔所未到气已吞。

亭亭双林间，彩晕扶桑暾。

中有至人谈寂灭，悟者悲涕迷者手自扪。

…………

    风先生听得清楚，我亦听得清晰，苏轼跬步而至的这首诗歌，就是他写的《王维吴道子画》。风先生和我还正吃惊复活在东湖水波上的苏轼时，又还眺见湖面上的涟漪，一圈如是一行诗句，十分完整地把苏轼写给东湖且命名为《东湖》的诗，清清亮亮地映现了出来：

吾家蜀江上，江水清如蓝。

尔来走尘土，意思殊不堪。

况当岐山下，风物尤可惭。

有山秃如赭，有水浊如泔。

不谓郡城东，数步见湖潭。

入门便清奥，忽如梦西南。

泉源从高来，随波走涵涵。

东去触重阜，尽为湖所贪。

但见苍石螭，开口吐清甘。

借汝腹中过，胡为目眈眈。

新荷弄晚凉，轻棹极幽探。

飘摇忘远近，偃息遗佩篸。

深有龟与鱼，浅有螺与蚶。

曝晴复戏雨，戢戢多于蚕。

浮沉无停饵，倏忽遽满篮。

丝缗虽强致，琐细安足戡。

闻昔周道兴，翠凤栖孤岚。

飞鸣饮此水，照影弄毵毵。

至今多梧桐，合抱如彭聃。

彩羽无复见，上有鹳搏鹌。

嗟予生虽晚，好古意所妉。

图书已漫漶，犹复访侨郏。

《卷阿》诗可继，此意久已含。

扶风古三辅，政事岂汝谙。

聊为湖上饮，一纵醉后谈。

门前远行客，劫劫无留骖。

问胡不回首，毋乃趁朝参。

予今正疏懒，官长幸见函。

不辞日游再，行恐岁满三。

暮归还倒载，钟鼓已馦馦。

　　苏轼总称《凤翔八观》的诗歌，除了已经罗列出来的这四首，更有《维摩像（唐杨惠之塑，在天柱寺）》《真兴寺阁》《李氏园》《秦穆公墓》四首。风先生论说苏轼为官凤翔的诗作笔力纵横，舒卷自如，写尽了千古凤翔人物与风光。

　　凤翔人传说，周文王元年时，有瑞凤飞鸣过雍，歇足在此饮水，周人认为祥瑞，故名"饮凤池"。智者的苏轼来了，他乐山，还更乐水，便就倡导邑人植细柳，栽莲藕，修筑亭台楼榭，极尽可能地扩修了饮凤池，使之池大比湖，并顺便就把位于城东的饮凤池改名为了东湖。

　　到了清朝光绪年间，邑人又在苏轼疏浚后的东湖的基础上，开凿了外湖，两湖碧水相通，桥堤相连，直至近些年来，又多次修葺，使得东湖的景色超过了鼎盛时期的水平。

我和风先生一到东湖，就看到冲门蹲峙着一对雄姿飒爽的石狮，右边的那尊似点首迎宾，左边的那尊如瞠目守门。入得门来，曲径通幽的道旁，雪松、黄杨、红叶栎相互映衬，格外醒目，缓步继续深入，先是一座造型别致的牌坊，借以石山蟠园衬托，甚是引人注目。再往里走，就是湖心风景区了，湖中亭、桥、径、洲、堂等，匠心独具地划分着水面，步移景异，景深幽然，很好地彰显了古典园林布局的艺术。风先生抬手指点着景区的君子亭、宛在亭、春风亭、鸳鸯亭、会景堂、一览亭等精巧无比的建筑，在他不厌其烦的指教下，我很好地认识到了这里的每一座亭台，每一处楼榭，它们各姿各雅，各有各的故事，各有各的内涵……其建筑风格亦然多种多样，既有钻尖、歇山、怨山的模样，还有卷棚、抱厦、庑殿、单檐的模样。

有些木作经历的我，还沉浸在那许多建筑模式中时，风先生即已扯着我的袖口，参观东湖畔上最为重要的三处建筑——苏公祠、凌虚台和喜雨亭了。

我的喜好左右着我，对于不是苏轼主持建筑的苏公祠、凌虚台，没怎么往心里去，独对喜雨亭甚是上心。风先生没有怪罪我的偏见，他摸着我的脑袋问："你是苏轼的迷弟吗？"我缩了缩脖子没有回答他，他给我介绍说："你的心思我知道，喜雨亭确为苏轼当年所倡修，原址在凤翔府内，邑人后来搬到了东湖。"风先生还说，苏轼以"喜雨"二字作为亭名，充分地反映了他当时的心情……素有天府之国称谓的关中，虽有万般好，却也有一件让人挠头的事，那就是由来已久的春旱。宋嘉祐七年（1062）春，又逢大旱，作为府判官的他，有责任"上以无负圣天子之意，下以无失愚夫小民之望"而祈雨了。奔走于山川之间的他，忧愁着百姓"五日不雨则无麦，平日不雨则无禾"的可怕景象，他深入秦岭山里，攀爬上了海拔3700多米的太白山，祈祷山神解民危难。山神倒也有情有义，既感念他那股子爱民的诚心，还感念他文风的壮丽，在他祈罢雨返回到了凤翔府门口，前脚就要跨进府门时，兜头落下了一场甘霖，他没有躲，就那么仰头站在雨中，领受着瓢泼大雨的浇灌。

知民情、识民心的风先生，透过密如丝线的雨帘，看见善诗文、好诗文的苏轼，即就腹写出了那篇流传至今的《喜雨亭记》。

痴迷苏轼的我，不能自禁地诵念出了《喜雨亭记》："亭以雨名，志喜也。古者有喜，则以名物，示不忘也。周公得禾，以名其书；汉武得鼎，以名其年；叔孙胜敌，以名其子。其喜之大小不齐，其示不忘一也……"听着我抑扬顿挫的诵念，风先生笑了。他笑着扯起我的衣袖，沿着垂柳依依的湖岸继续走了，直走到了一棵浑身痂瘤的大柳树下。

这就是左公柳了呢！风先生动情地说来，还手指前方的一棵一样古意沧桑的柳树说，那是林公柳。听着风先生的指教，我心里热烫烫地泛着波澜。苏轼植柳东湖，使得东湖名垂千古，后来爱国抗辱的左宗棠、林则徐，也来东湖植柳，可就不仅是给东湖添加一棵两棵柳树那么简单了，而是对苏轼精神的一种承继和发扬。

位于湖心岛君子亭前的左公柳，古拙粗壮，虬枝突兀，枝头鲜绿若纱，婆娑一片，树身稍稍倾斜，气势威猛，像极了左宗棠当年奔赴新疆平叛的急切身影。风先生记得十分清楚，清朝晚期，左宗棠率兵安定了陕甘两省的战乱，他没能歇上一口气，就又从凤翔出发，一举打败外国侵略者支持下的叛乱者，胜利收复新疆。西征之际，左宗棠在东湖边誓师时手植了这棵柳树。此后他率领部队，一路走，一路栽植柳树。同时代诗人杨昌濬见到这些柳树后，赋七绝赞叹所向披靡的左宗棠，表达了对其的景仰之情。

大将筹边尚未还，

湖湘子弟满天山。

新栽杨柳三千里，

引得春风度玉关。

时任陕西巡抚的林则徐，途经凤翔东湖。徜徉于风光旖旎的湖畔，他追慕先贤，感慨万千，为了寄托他的情思，便也栽植了一棵柳树。

人是一株柳，柳是一个人。苏轼、左宗棠、林则徐，植柳东湖，他们之于东湖已经是一种文化标志，东湖也已是对他们伟大人格的一种纪念。风先生一边表达着他的看法，一边与我两手相牵，走出东湖来，走上了今日的凤翔街头，观看起了邑人描绘在街头墙壁上有关苏轼任职凤翔时的画作。每一幅画都是一个故事，"官榷予民""公正司法""改善漕运""礼孔崇儒"……画作反映的无不是苏轼在凤翔呕心沥血、心系百姓的事迹。

凤翔于雍，大江东去浪淘尽，千古风流人物，苏轼以他卓越的才识，不仅沉淀到了凤翔的历史深处，而且还融入了凤翔今日的生活，正如凤翔百姓为他修建的苏公祠前楹联所写：

> 道学寓风流，当时帝许奇才，一代文章高北宋；
> 宦游同石隐，此日人怀旧德，百年笠屐寄东湖。

我心里回想着苏公祠门首的楹联，风先生则思接千古，想着的是《诗经》中取名《园有桃》的一首歌谣：

> 园有桃，其实之肴。心之忧矣，我歌且谣。
> 不知我者，谓我"士也骄。彼人是哉，子曰何其？"
> 心之忧矣，其谁知之？其谁知之！盖亦勿思！
> 园有棘，其实之食。心之忧矣，聊以行国。
> 不我知者，谓我"士也罔极。彼人是哉，子曰何其？"
> 心之忧矣，其谁知之？其谁知之！盖亦勿思！

重章复沓，韵位相同的一首歌谣，就只这短短的两章，句式参差多变，韵味婉转悠长。熟读此诗的我，知晓这是一首志士仁人忧国忧民的歌谣，起兴于桃园之中，诉说着自己的忧愁、慷慨与悲凉，既深沉又痛切。

风先生半吟半唱起来："园中桃树上的桃子已成熟。心中真忧闷呀，姑且放声把歌唱。有人对我不了解，说我士人傲慢太骄狂。那人是对还是错？你说我该怎么做？心中真忧闷呀，还有谁能了解我？还有谁能了解我？何必挂念苦思索！"

风先生继续半吟半唱道："园中枣树上的枣子已成熟。心中真忧闷呀，姑且散步出城池。有人对我不了解，说我士人多变不可恃。那人是对还是错？你说我该怎么做？心中真忧闷呀，还有谁能了解我？还有谁能了解我？何必挂念苦思索！"

风先生哀思绵延，几乎要长歌当哭了呢！

好在还有酒。行走片刻抬头即已看见修葺一新的西凤酒厂大门，同时看见站在大门前迎接我们的负责人。来凤翔访古寻幽，西凤酒厂是必访之地。我是要惊讶了呢，惊讶西凤酒厂有了太多现代化的气息，而风先生也是惊讶了，他惊讶西凤酒厂在现代化的改造中，依然保留着十分美好的传统优势。

参观西凤酒的酿制过程是必须的，吃酒也是必须的，当然还必须是西凤酒。我与风先生参观吃酒一毕，回到我的工作室里，打开电脑，"根植人意识深处的爱，莫过于对美的追求"的一句话，先就被我敲了出来。

接着继续地敲来，于是就有了"一枝一叶、一花一草是美；一唱一和、一颦一笑是美；一缘一会、一字一泪是美；一吟一咏、一递一声也是美"的话。而我不能收手地还敲出"各美其美，美美与共的美，汇集于男人的内心，大约还是要数美酒和美女了呢"。我在电脑上如此敲着，风先生似乎不能忘记他与我在凤翔东湖游赏的感受，插手进来，在我的电脑键盘上即拼出了"苏轼"两个字，随即又拼出了"王朝云"三个字。

风先生的拼音把我当下惹得乐了呢，爱酒的东坡先生，从出产西凤酒的凤翔，做官做到天堂般的杭州，三十七岁的他遇到了一十二岁的王朝云，把她养在家里，养到一十八岁时纳为侍妾。

苏轼进士及第以来，在他放任来凤翔府，可是没有少喝这里酿制的凤香酒，他喝得快意，因此就还把酿制凤香酒的手艺，全盘学习下来，日后不论走到哪里，都把他从凤翔学习来的酿酒手艺带到那里，在那里照样儿酿制出来，供应他和他的朋友痛饮。凤先生的心里有一本账，他知晓苏轼修筑了东湖后，即很有兴致地酿制了一窖凤香酒，喝得他兴致高昂时，写作了著名的《东湖》一诗；到了杭州，他惯性使然地又疏浚了西湖，因此又酿制了一窖凤香酒喝了，喝得兴味高迈时，写作了《饮湖上初晴后雨》一诗：

水光潋滟晴方好，山色空蒙雨亦奇。

欲把西湖比西子，淡妆浓抹总相宜。

可爱的凤先生啊，在我电脑上不经意地那么一敲两敲，便左右了我的文笔，使得我与他，紧跟上苏轼的足迹，去到了杭州，来在了西湖边上。放眼烟波浩渺的西湖，凤先生抬手捏住他的鼻子，竟然学着女孩子的腔调，吟诵苏轼泛舟西湖的这首诗作。

我猜想得来，凤先生学的是王朝云的腔调哩。当年伴在苏轼身边的她，就如凤先生今日般吟诵了苏轼即时写来的诗句。

少时的王朝云，天生丽质，聪颖灵慧，能歌善舞，虽混迹烟尘之中，却独具一种清新洁雅的气质。宋神宗熙宁四年（1071），苏轼被贬为杭州通判。一日他与几位友人同游西湖，随伴的王朝云歌之舞之一毕，入座侍酒。苏轼那日也是兴致好，他抬眼仰望天色，低首观看湖光，但见艳阳普照、波光粼粼的西湖，突然间天色骤变，阴云遮蔽了天日，山光水气一片迷蒙，顿时成为另一种景色。苏轼心有所思，再侧目看向身边的王朝云，发现她此一时也，黛眉轻扫，朱唇微点，一身素净衣裙，清丽淡雅，楚楚可人，真是湖山佳人，相映成趣，不可方物啊！

苏轼灵感顿至，挥毫为西湖留下了四句难得的佳句。

诗成之际，苏轼教给王朝云演唱了。端的是，心有灵犀的王朝云，轻调琴弦，即时给苏轼和他的友人弹唱了出来。唱完之后，苏轼趋身于她，问了她一个问题。他问她眼前的生活过得快乐吗？王朝云时年一十二岁，她虽然年幼，却聪慧机敏。她没有回答他的问话，躲过他的眼神，在那里默默垂泪。风流如苏轼者，一个样子，他当即为王朝云赎了身，收在身边做了他的侍女。

王朝云陪侍着苏轼，度过了贬谪黄州和贬谪惠州两段艰难的岁月，她不离不弃。说她红袖添香也好，称她伴读良友也行，总之从侍妾而后夫妻，最能懂得苏轼的人，还就数王朝云了呢。风先生记忆了他们夫妻间的一些对话，说是苏轼一日食罢，扪腹徐行，顾谓他的侍儿们曰："汝辈且道是中有何物？"一婢倒是嘴快，回答他说："都是文章。"苏轼不以为然。又一婢跟着说："满腹都是识见。"苏轼亦未以为当。王朝云倒是沉得住气，她先什么话都不说，直到众人说罢，她不屑地回了一句："学士一肚皮不合时宜。"苏轼闻之，一双眼睛惊异莫名地看向她，捧腹而乐，赞其曰："知我者，唯朝云也。"

唯知苏轼的王朝云，自此更得苏轼的喜爱，两人留下了许多脍炙人口的佳话。风先生记忆十分深刻的就有一桩。起起落落，一贬再贬的苏轼，年近花甲时，贬向了今日广东省的惠州。一路之上，翻山越岭，长途跋涉，只有王朝云一人追随着他的脚步。为此，苏轼感慨良多，作《朝云诗》记之：

不似杨枝别乐天，恰如通德伴伶玄。

阿奴络秀不同老，天女维摩总解禅。

经卷药炉新活计，舞衫歌扇旧姻缘。

丹成逐我三山去，不作巫山云雨仙。

把苏轼爱到骨子里的风先生，给我详述过这首诗的内涵。他说苏轼的诗，拉扯出前辈白居易自有他的道理。风流倜傥的白居易年老体衰时，"春随樊子一时归"，深受他宠爱的美妾樊素，却离开他走了。与樊素同为歌伎出身的王朝云，就不一样了，她与苏轼患难与共，相随不移，使得垂暮之年的苏轼，唯有感激涕零。

哦，美酒乎！

哦，美女乎！

屡受诟病陷害，备受磨难煎熬的一生，之所以还又豁达乐观，应该说既有赖于他的生性学养，还有赖于他所深爱的美酒和美女了呢。热爱苏轼的风先生，与同样热爱他的士人，收集整理苏轼关于酒的诗歌百首以上。我的记忆力不比风先生，苏轼有关酒的诗文，他随口即能吟诵几首出来。

湛若秋露，穆如春风。

疑宿云之解驳，漏朝日之暾红。

初体粟之失去，旋眼花之扫空。

这是苏轼《浊醪有妙理赋》里的句子。

一日小沸鱼吐沫，二日眩转清光活。

三日开瓮香满城，快泻银瓶不须拨。

百钱一斗浓无声，甘露微浊醍醐清。

风先生说，这是苏轼《蜜酒歌》里的句子哩。

朝来庭下，光阴如箭，似无言、有意伤侬。都将万事，付与千钟。任酒花白，眼花乱，烛花红。

风先生说，这是苏轼《行香子·秋兴》里的句子哩。

《行香子·秋兴》里的苏轼在借酒抒怀，感慨流逝的时光虽不言语，却极尽伤怀之情，使人浮想联翩，他是把所有的心事，都换作酒来饮了。

风先生听了我的解读，给我点着头，他是还想听我说来的，可我不敢再说了。

有点儿自知之明的我，在风先生的面前，讲说苏轼的诗词，不啻关公面前耍大刀。我闭起了嘴巴，袖手在风先生的身边，察言观色。我的态度，把风先生惹乐了，他抿了一口西凤酒，乐着拍拍我的后脑勺感而叹之地说了非常简短的两句话。

风先生说："绝代凤香。"

风先生说："绝代苏轼。"

纪十四　陈仓道上

节彼南山，维石岩岩。赫赫师尹，民具尔瞻。

忧心如惔，不敢戏谈。国既卒斩，何用不监？

——《诗经·小雅·节南山》节选

"陈仓道上，最有故事的地方莫过于大散关了！"

风先生斩钉截铁地那么说来，又介绍说大散关最早设立于周朝，当时这里为散国属地，于是得名大散关。不过我看到的资料又说因散谷水而得名，更还看到资料说是大散岭雄峻险要，大有"一将守卫，万夫莫开"之地利，故而置关，取名大散关。

别处的关隘，有关墙，有关楼，大散关唯有一段南起秦岭梁，北至二里关的遗址。

陈寿的《三国志》记载："建兴六年春，亮复出散关，围陈仓，曹真拒之。"据此可以证明，大散关是一处贯通秦岭的交通枢纽，具有很重要的战略位置。然而悲催的是，神机妙算的诸葛亮，六伐中原，无论是从祁山出关，还是从大散关出关，更或是从金牛道出关，无不溃败而归。尤其是诸葛亮亲自统帅四万蜀国精兵，出大散关对垒一千魏军那次，两军势力是够悬殊了吧？然而诸葛亮打得那叫一个窝囊，兵员众多的他，被打得伤亡惨重，久攻陈仓二十余天而不克，确乎是太惨烈了！

明辨历史大势的《隆中对》、明达心志的《出师表》，在风先生看来，文字的确耐读、好读，但现实结果……"不说了，不说了。"风先生摇头摆手，一副一言难尽的表情。

风先生不说，并不是无话可说，而是实在不知怎么说好，那么还就是不说为好。然而，在风先生的记忆里，陈仓道上的诸葛亮，打一仗，败一仗，败得不好说之外，别的历史人物，在陈仓道上，倒是打得很有气势，收获也极为丰沛。西汉高祖元年（前206），楚汉相争，汉中王刘邦采纳韩信"明修栈道，暗度陈仓"之计，自汉中由陈仓道出，攻取大散关，定鼎三秦；东汉光武帝建武二年（26），延岑自汉中出大散关，镇压了赤眉起义军；汉献帝建安二十年（215），曹操率军过陈仓，进军大散关，打败汉中张鲁；宋高宗绍兴元年（1131），宋将吴玠、吴璘兄弟，置兵大散关，大战和尚原，打败金师宗弼，即凶顽无比的金兀术；明崇祯七年（1634），农民起义军领袖李自成，出汉中，过大散关，一夜尽杀"安插官"……那一幕又一幕碧血时间里的壮举，既书写着大散关的苍茫，更书写着大散关的风采。

在关心着大散关的风先生的记忆里，大散关发生的战役，有七十余次之多，而写给大散关的诗文则更多：

晨上散关山，此道当何难！

风先生说，这是东汉时曹操《秋胡行》（其一）一诗发出的感叹。

过往常逢日色稀，雪花如掌扑行衣。

风先生说，这是唐代时罗邺《大散岭》中的感慨。

大散关头北望秦，自期谈笑扫胡尘。

风先生说，这是陆游在《追忆征西幕中旧事》（其一）诗里的感喟。他满怀报国壮志，在他年过六十，赋闲家乡山阴时，心想破碎的山河，满怀激愤地又作了七言律诗《书愤》一诗：

> 早岁那知世事艰，中原北望气如山。
>
> 楼船夜雪瓜洲渡，铁马秋风大散关。
>
> 塞上长城空自许，镜中衰鬓已先斑。
>
> 出师一表真名世，千载谁堪伯仲间！

熟悉这些诗句的风先生，刚要给我解释，但我没等他解释出来，就抢着用白话文诵念了呢："当我年轻的时候，就决定去中原进行北伐，哪想到是如此艰难。我常常望着北方的中原大地，热血沸腾啊，怨气冲天啊。记得在瓜洲渡口大败金兵，在风雪交加的夜晚催发着楼船战舰。秋风吹过，马儿飞奔而过，传回收复了大散关的消息。"

我就那么体味着陆游《书愤》中抒发的情愫，与风先生一起风行上了地处秦岭北麓的大散关。

关中之关，北有萧关，南有武关，东有函谷关，西边的就是大散关了。伫立大散关遗址上，风先生与我纵目远眺，但见群山叠嶂，古木蓊郁，把雄伟壮观的秦岭装扮得如诗如画。两侧延伸着的山峰，如卧牛，似奔马，是一处密不透风的天然屏障。我知道这就是古老的大散岭了。岭脚下的清姜河，鸣鸣溅溅，湍流不息，诗人陆游当年在南郑王炎帐前做幕僚的事情，历历如在昨天般，复又呈现在了我们面前。满腹豪气的陆游，向率军抵抗金人的王炎积极筹划，强渡渭水，进兵长安，于是才有了他日后悲歌当哭大散关的诗句。

陪同我的风先生，吐气如风，舒袖猎猎，在我的眼里，他既是诗意烂漫的诗人，更是铁血疆场的将军。

南宋建炎四年、金天会八年，亦即公元1130年，富平之战失败后，宋将吴玠收拾残兵，屯据和尚原，才刚立下栅寨，凶残的金兵就已追至原下。吴玠帐中人劝他移屯汉中，确保入蜀关口，但吴玠没有那么做，他认为"我保此，敌决不敢越我而进！坚壁临之，彼惧吾蹑其后，是所以保蜀也"。风先生其时就在吴玠帐中，他感佩吴玠的决心，并欣慰地看到，吴玠英勇地打败了来犯的金兵。不甘心失败的金兵，次年五月时，没立郎君及别将乌鲁折合，兵分两路来犯。当时，吴玠军中乏粮，士气相对低落，他与胞弟吴璘召集诸将，歃血而誓，使兵众感奋，更战迭休，先大败折合，后又击败没立郎君……固守大散关战略要地的吴玠，获得了当地民众的大力支持，老百姓不仅给他的军营送来了猪羊，送来了粮食，还帮助他加固大散关堡垒。十月时，金兵主帅完颜宗弼，也就是很会用兵的金兀术，自熙河移兵窥蜀，他统帅兵卒十余万人，自宝鸡造浮桥渡渭掩杀而来。风先生见气势汹汹的金兵队伍，他一会儿风行金兵阵前，探看他们的虚实，一会儿又风行回吴玠的帐中，给他不断地通报讯息。他看见威坐帐中的吴玠，谋划有度，行令有方，先后指派吴璘、雷仲等猛将，带领劲兵，采用"驻队矢"阵型迎敌，使敌不能前进一步，又灵活运用骑兵，绕道金兀术后路，截断他的粮道，与其交锋三十多战，使其败退。

此之役也，吴玠、吴璘兄弟率领的宋军，在金人进犯宋地的战争中，获得了一次十分难得的大胜。

想当年，金戈铁马，气吞万里如虎。

辛弃疾《永遇乐·京口北固亭怀古》里的句子，被站在大散关上的风先生首先想起。接着，他不歇气地还又诵念出了文天祥《过零丁洋》一诗里的句子：

人生自古谁无死，留取丹心照汗青。

南宋时那些壮怀激烈的诗句，从风先生的嘴里诵念出来，钻入我耳朵，让我有种说不出的悲壮。我是要请教风先生了，他却没有理会我，还又自顾自地迎着大散关上飒飒荡飞的风潮，继续着他的诵念：

节彼南山，维石岩岩。赫赫师尹，民具尔瞻。忧心如惔，不敢戏谈。国既卒斩，何用不监？

节彼南山，有实其猗。赫赫师尹，不平谓何？天方荐瘥，丧乱弘多。民言无嘉，憯莫惩嗟。

…………

我听得清，风先生诵念的是《诗经·小雅·节南山》。

尹氏大师，维周之氐；秉国之均，四方是维。天子是毗，俾民不迷。不吊昊天，不宜空我师。

弗躬弗亲，庶民弗信。弗问弗仕，勿罔君子。式夷式已，无小人殆。琐琐姻亚，则无膴仕。

昊天不佣，降此鞠讻。昊天不惠，降此大戾。君子如届，俾民心阕。君子如夷，恶怒是违。

不吊昊天，乱靡有定。式月斯生，俾民不宁。忧心如酲，谁秉国成？不自为政，卒劳百姓。

驾彼四牡，四牡项领。我瞻四方，蹙蹙靡所骋。方茂尔恶，相尔矛矣。既夷既怿，如相酬矣。

昊天不平，我王不宁。不惩其心，覆怨其正。家父作诵，以究王讻。式讹尔心，以畜万邦。

在风先生的诵念声里，有讽刺南宋小朝廷的意味。他指责偏在一隅的天子和他的朝臣们，太多蝇营狗苟之徒，而少吴玠、吴璘兄弟那样的英雄烈士，便是有，也常受到排挤，甚或污蔑陷害。但风先生的诵念里何尝没有赞美秦岭的用意呢？

陈仓道、大散关在秦岭山中，太白山亦在秦岭山中，而且还是秦岭山的主峰。过去的日子，在风先生的陪同下，我没少往秦岭山里去，既走过褒斜道、傥骆道，也走过金牛道、子午道，我弄不清这些古道与陈仓道的关系，向风先生请教，无所不知的他，居然也说不明白。不过他有能说明白的事情，即他说的，无论贯通秦岭南北的道路是哪一条，战争的需要只是很小的一部分，而百姓生活的需求才是最广阔的……风先生的这一说，当即勾起了我自己的一段回忆，曾经的日子，我走上那些鲜活在历史深处的古道，流血流汗，忙碌家人的吃穿。

一篇取名《毛练子》的短文，是我一段真实的生活经历。我忠实地写进文章中，风先生真实地记忆在了他的记忆里：

> 毛练子是母亲给我织的。上太白山割扫帚，有一把锋利的镰刀是不够的，还必须有两条绵羊毛编织的毛练子。没有毛练子，就不能走进太白山，就不能完成割扫帚的任务。风先生说得十分详细，他说没有那个经历的人，是无法想象的，其艰难程度，不敢与鬼门关相比，但也差不了多少。然而农业生产需要扫帚，城市的清洁卫生需要扫帚，因此就有了割扫帚的这一门营生……

听着风先生悠扬的诵读，我仿佛又回到了走进秦岭山割扫帚的生活。

割扫帚的营生，属于当地供销合作社的计划工作，谁从供销社争取到计划指标，谁才有条件上太白山割扫帚。这在二十世纪七八十年代时，是一项既艰苦得要命，又甜蜜得要命的副业。当时吃饱肚子都是问题，维持日常生活的花销就更成问题，有副业可做，挣两个活钱，什么艰苦，什么艰难，就都不是问题了。

我们生产队获得上太白山割扫帚的喜讯后，我们这个地处渭北高原上的小村子，是怎样的欢欣呀！生产队首先要选拔十来个体力好、有眼色的壮年男子来。选谁好呢？还真是不容易，都在一个村子，都是日出而作、日落而息的青壮农民，谁的体力不好呢？谁没有眼色呢？一时定不出个标准来，就选定一个年龄段里，用抓阄这个最原始的办法，抓出了十来个人。抓到的人喜笑颜开，没抓到的人垂头丧气。这是为什么呢？原因很简单，抽到的人，上太白山割扫帚，割一把可以补助五分钱。

我幸运地抓到上太白山割扫帚的阄。母亲得知这个消息后，就手忙脚乱地给我织毛练子了。老人家先把家里积存下的羊毛，掺上干白土，在院子里摊开来，手拿两根桃木条子，一遍一遍地抽打，把仿佛毡片一样的羊毛抽打得蓬蓬松松，白白亮亮，然后就团在手里，来拧毛条了。一段羊拐骨做的拐子，欢欢畅畅地在母亲的手下旋转着，从母亲手中的羊毛团里，抽出一条不断头的毛条来。然后母亲就用毛条，一针一针地给我编织毛练子了。

母亲给我编织的毛练子有五寸宽，一丈二尺长。

在割扫帚前，先由有经验的人将毛练子从我脚上开始，往腿上裹，一层压一层，一直缠裹到腿弯上。我才手拿镰刀，踏着山坡上的积雪，往生长着毛竹的地方找……这个时节，正是春天树梢未发芽的时候，这时的太白山，一片苍茫，很容易发现绿着的毛竹。然而，发现容易，要走进去却很困难，深一脚、浅一脚，攀爬在没有路，只有灌木杂草的荒坡上，不用足力气，便一步都走不上去。到这会儿，就知道毛练子的好了，毛练子不怕雪浸，好像越是雪浸，毛练子会越紧致，踩着什么，什么就会让步，便是割得遍地的毛竹茬子，尖削如刀，也无大碍，缠裹着毛练子的脚踩上，只会把锋利的竹茬踩劈，而不会伤了自己的脚。

劳动者的创造和发明，在缠裹着腿脚的毛练子上，得到了一次非常好的体现。试想一下，如果没有缠裹着腿脚的毛练子，防寒先是一个问题，积了一个冬天的冰雪，走进去一会儿，就可能冻伤人的脚；再是毛竹茬子，布鞋奈何不了，胶鞋更奈何不了，只有毛练子不畏竹茬。在毛练子的保护下，我头一天割扫帚，就割了五十多把。

艰苦繁重的割扫帚副业，在秦岭山里搞了小半个月，结束后要撤出山时，我还和几个同样年轻的小伙儿商量，脱离开大队伍，向着太白山的主峰顶上爬了去。

传说激励着我们，我们攀爬得奋勇而快捷……那都是些什么传说呢？自然都是独属秦岭山主峰太白山的传说了。跟随我们的风先生做着我们的导游，给我们先就传说药王孙思邈，自三十八岁后三次隐居太白山，进行采药、修炼、为民除疾的专门研究，时长竟达二十五年之久，为其著述《备急千金要方》《千金翼方》两部医药学巨作，积累了确实可靠的基础资料，其成就使孙思邈不仅为国人称为"药王"，并被西方医药学界尊称为"医药学之父"。又传说王重阳自大金大定七年，亦即公元1167年，在太白山创立了道教全真派，全真派至今在道教当中居于主导地位。在他的影响下，太白山自下而上，于明清时期，于山道两侧，每隔二三十里，便有民众于悬崖峭壁之上，自发修建一处道观……总之，太白山的传说太丰富了。

风先生还给我们讲了太白山峰顶上的三处海子的传说，分别称为大爷海、二爷海、三爷海。

哦！仅凭这几个名字，也是够人玩味的了。峰顶上的湖泊，能有多大水面呢？肯定不会很大，却被人尊为海！其中的奥妙，我想不是古人为其起名时不懂"海"的辽阔，不知"海"的深邃，他们给太白山峰顶的小小湖泊，慷慨地赐予"海"的称谓，谓其虽小，但不失海的辽阔与深邃！与此同时，还把三处高山湖泊，又都"大爷""二爷""三爷"地叫着，仿佛几乎齐天的大爷海、二爷海、三爷海，就是疼着自己、爱着自己的邻家爷爷一般。

即便如此，还不能说明问题，风先生还说，守护着爷爷般海子的，是一些叫不出名字的神鸟，它们悄悄地栖居在海子周围的树林里，风把一片树叶吹落在海子上，还把一根枯枝落折在海子上，那些神鸟就会翩然飞来，俯冲到水面上。看到是一片树叶，一只鸟儿衔起来，飞进树林里，扔在林地上；看到是根枯树枝，就有两只或三只、四只鸟儿飞来，俯冲到水面上，合力衔起来，飞回到树林里，丢弃在林地上！

传说神奇吧！

传说美丽吧！

但我们那次没能亲眼见到神奇美丽的传说。因为我们迷路了，在千山竞秀、万峰耸立的太白山，攀爬了多半天的时间，就南北不辨，东西不知地迷在其中了。我们像几头横冲直撞的瞎眼驴子，在太白山的峰林之间乱转，转到天黑，累了饿了，找一处崖窝，抱几搂枯草树叶，相互依偎着坐睡一个晚上，第二天起来，继续我们的瞎冲瞎撞……我们瞎冲瞎撞了三天，渴了喝一口山泉水，饿了捡一把松子或是别的什么来吃，到这时，我们都觉出了后悔，也都觉出了害怕！还好有风先生在，他最终引领我们走出太白山，回到了关中道上的家里。

一次惊险的太白山之行，烙印在我的记忆里，但阻挡不住我再次深入其中的梦想。

我的梦想也是风先生的梦想，我俩相约，一起又往秦岭山里走了。山道崎岖险峻，悬崖壁立千仞，好在有风先生一路陪伴。

风先生说太白山的形成，是太白金星从天坠地而成的山。

风先生指导着我，让我极目远望。我看得见相对较低的山头，被黄土覆盖着，生长着茂密的森林；过渡到中山区山头，则奇峰林立，怪石嶙峋，千姿百态，或有植被覆盖，或无植被覆盖；攀升到高山区山头，便满是第四纪冰川遗留下来的地貌冰斗、角峰、槽谷及冰碛堤……海拔高度，决定着太白山植物区系的组成，既很好地保证了亚热带与暖温带植物的生成，还保证了中温带甚至寒温带植物的渗入。风先生对此了如指掌，他说肉眼可见的植物种类，在1700余种以上，其中属于国家二、三级保护的植物，即有串果藤、杜仲、独叶草、金钱槭、连香树、领春木、庙台槭、水青树、山白树、太白红杉、秦岭乌头、铁杉、太白杨、星叶草、紫斑牡丹等。

繁茂的草木是太白山的皮肤，更是野生动物的家。风先生强调说，受太白山植被的保护，在此栖息地，兽类有40余种，鸟类有230余种，还有部分两栖类、爬行类及鱼类。

在风先生的讲述中，我仿佛看见在那片山坡上还有一个人，弯腰弓背，像极了一头驴子，驮着他的母亲，艰难地爬行在去往太白山的路途上。风先生说他名叫杨杲，家在太白山外的扶风县上宋乡东作村。年幼时的杨杲，喂养着几只羊，见羊羔跪食母乳，于是他说："不孝之人不如羊乎！"正因为此，他十分孝敬双亲，深得乡人钦佩。白天的时候，喂养好羊儿，他就到数十里外的街镇给母亲买菜；晚上的时候，又陪在母亲身边织布。

一生操劳的母亲，年老时患上了眼疾，杨杲听说太白山清泉可治眼病，就背驮上母亲，上山为母治疗眼疾了。

日复一日，年复一年，杨杲背驮着母亲，不是走在攀爬太白山的路上，就是走在给母亲洗罢眼睛回家的路上……风先生感动杨杲孝敬母亲的举动，他以他能够动用的力量，帮助着杨杲。元人统治者的小太子，畅游太白山，他如风先生一般，也为杨杲的举动所感动，即命他的侍从，来替杨杲背驮杨母了，但杨杲坚决不让，并说："报母之恩，不假于人。"这位元人统治者的小太子，闻言更为感动。后来太子登基，敕封了杨杲一个"孝母千岁"的爵位，并赐了他相应的官服。

孝母模范的杨杲来回走的秦岭山路，会是陈仓道吗？也许是，也许不是，但这已经不重要了。风先生因此说了呢，他说："重要的是人心，刀枪入库，马放南山，人心期盼的无不是平静安逸的生活。"

安静地听着风先生的话，我情不自禁地把我曾经写给秦岭山的一阕小赋，小声地诵念给了风先生：

雄哉秦岭，横亘连绵，蔚为壮观。和合南北得天然，泽被天下得自然。溪水清亮，水塔中央，人神两界相融，天地两极互通。七十二峪，千百峰岭，峪峪藏龙卧虎，峰峰蕴珍纳异。峻岭崇山，绝壁高垒，物华天宝神州，金盆玉瓯华夏。襟怀静穆，伏惟歌乐，岿然中华龙脊梁，崒然民族父亲山。

壮哉秦岭，文通八方，史连天海。蓝田玉美蕴高怀，华岳道险见高情。青牛东来，法守真元，老子楼观说经，重阳祖庵布道。潭水风旋，栈道穿云，姜尚垂钓磻溪，孔明六出祁山。骊山烟云，诗酒百觞，倾国一笑褒姒女，长恨歌悲杨玉环。龙凤苍山，紫阁雪寒，礼乐华夏久远，君子风度弥新。

胜哉秦岭，林深水长，蕴藏无量。上天入地金丝猴，卧雪履冰大熊猫。朱鹮翩翩，羚牛哞哞，冲天一飞惊世，动地一吼山摇。山无闲草，兽有宝用，除病仙踪华佗，去疾药圣思邈。环山林茂，西安水暖，秦岭北麓景新，终南焕然华彩。皇天后土，白云苍狗，乾坤而今聚瑞气，群英执锐上九天。

纪十五　金台观

正月繁霜，我心忧伤。民之讹言，亦孔之将。

念我独兮，忧心京京。哀我小心，瘅忧以痒。

——《诗经·小雅·正月》节选

"书柜是处不流血的战场。"风先生轻描淡写的一句话，扑入我的耳朵，却胜似山呼海啸、雷鸣电闪，我是吃惊了呢。当其时也，面对着家藏图书的书柜，我一本又一本地抽取着金庸、古龙、梁羽生他们书写的武侠小说，很是随便地丢在一边，从而往书柜空出来的地方，小心地插进"五四"后部分作家的作品。这样的戏码，在我的书柜里持续地上演着，使得风先生隔上一段时间，就会看到一次。他看得见，先是"五四"后部分作家的作品成功占领了我书柜里武侠小说的位置，接着是改革开放后作家的作品，成功占领了书柜里"五四"后部分作家的作品位置，再接着是外国作家的作品，成功占领了我书柜里改革开放后作家的作品位置，又还接着是中国古典文人的作品，成果占领了外国作家的作品位置……书柜里这种不流血的战争，指挥者和主导者，无疑是我自己了。

平心而论，我不愿意指挥和主导那样的战争，但我的阅读兴趣，以及我阅读的得失，左右着我，我又不能不参与那样的战争，而参与的结果也还不错，使我的知识积累更加丰富、多样。

风先生于此已然颇多心得。他与我分享阅读武侠小说的心得："一部《英雄志》阅读下来，知道了武学奇才张三丰，技击之术冠绝天下；一部

《倚天屠龙记》阅读下来，更知道张三丰练就纯阳无极功、太极拳和太极剑，所向无敌，其功力之深已然到了无招胜有招的最高境界；《侠骨关》里传闻张三丰能发掌心雷，毁物十丈之外；《武道狂之诗》里传说张真人身材魁伟，体质异常，不论寒暑，皆只穿一衲一蓑……张三丰所具备的内家武功，参悟了道家的内丹养生功法，转而化之为强身技击之术，单丁可击杀贼人百余。"

真人张三丰，俨然一代武学宗师、绝顶高手兼武林泰山北斗，在武侠小说里享有崇高地位。其弟子有宋远桥、俞莲舟、俞岱岩、张松溪、张翠山、殷利亨（后改名为殷梨亭）、莫声谷，合称"武当七侠"。徒孙有宋青书、张无忌等，更是武侠小说里不可或缺的人物。

风先生搜罗到的真人张三丰武林功法，在我听来，光怪陆离，稀奇各异，不一而足，什么太和功，什么松鹤心经，什么九转玄功，什么九天混元正气，什么先天无上罡气，什么弱水柔易九转功，什么纯阳功、纯阳无极功等，还都只是他习练而成的内功心法，别的不说了，只说他习练来的纯阳无极功，很自然地达到了内外双修、动静结合的地步。习练时，务必要内练五脏六腑，外练筋骨皮，通过长期吸气、闭气、呼气，以及身体躯干和四肢的锻炼与捶打，力求做到既可祛邪扶正，治伤除病，更可承打抗击。

真人张三丰一生未有婚娶，百岁之人仍是童男之体，八十余载的修为，一套纯阳无极功习练下来，身心似香烟缭绕，如灌甘露，悠游自在……风先生说起来无限神往，仿佛真人的化身一般，说那就是人所希冀的紫气。

仿佛经历了张三丰的经历般，风先生兴味盎然地讲述着张真人的神奇。什么九霄真经，什么九龙狮子功，什么天蚕功，什么太极玄功，什么千里不留痕，什么梯云纵……风先生一路说来，这就说到了真人张三丰的拳掌功夫，有什么长拳、绵掌、回风掌、虎爪手、震山掌、八卦拳、太极推手、流云飞袖……哦呵，他习练成的衣袖功，飘飘然如是天女散花，翩若惊鸿，矫若游龙，曼妙至极，非神仙而不能为。

风先生那么说来，居然就也舞起他的袖子，在我的面前作起势来了。袖袍鼓动着他的手腋，忽而卷缩成一团，忽而又飞扬如练，激荡着的袖与裾，恍然如腾天倒地的波浪一般。袖风卷舒之际，我眼前似有千山叠嶂；裾风荡漾之际，我眼前似有万壑曲折。

我给风先生喝彩了，而他一时玩得兴起，舞罢一段流云飞袖，跟着还又连环套般打起拳掌来。拳是无极玄功拳，掌是八卦游龙掌……风先生一招一式打得十分投入，而我也看得非常过瘾，看了一小会儿，我便不能自禁地紧随风先生的招式，也打了起来。不能说我刚上手学习，就打出什么心得，但也领悟到真人张三丰的无极玄功拳，能够以气御劲，练就自身雄厚的内力，从而拒敌于无形。再是他的八卦游龙掌，整个人如一条云里来、雾里去的蛟龙，身手腾挪之间，纵横交错，见机而变，以变应变，掌到之处呼风唤雨，雷惊电闪，山崩于眼前，地裂于身后！

三十九桥齐点头的点穴法，一击即中，一中便收。七十二路夜行刀的刀法，即便走夜路，亦可闻风而动。七十二招绕指柔剑的剑法，长剑倏忽变成了一条软带，曲折柔靡，飘忽不定，剑指闪烁无常，敌人难以招架。

真人张三丰创立的武林功法，实在是太多了。除了上述列举出来的那些功法外，在风先生的记忆里，还有他的绝学武当秘术太极拳法、太极剑法，以及闻名江湖的武当派剑阵、真武七截阵等。金庸笔下的数部武侠小说，对此或多或少，都有所刻画与描述。了不起的金庸，该是现当代社会里，真人张三丰的铁粉与知己。

决堤泄水般述说着真人张三丰，风先生突然地一乐，他乐得有点怪，又是挤眉，又是弄眼。

但见还算安静的风先生，如真人张三丰附了体，长袖翻飞，阔裾云行，整个人扶风天际，邀请我前往宝鸡市区的金台观，在那里实地考察真人张三丰的神异……我要说，风先生应该知道，我在此之前是去过那里的呢。虽然过去了许多年，现在想起当时的情景，依然历历在目。那时我去金台观，不可能获得别样的优待，因为我只是个参加冯家山水库大会战的民工，到了轮休的日子，几个走得近的人，拉着在水库工地运输土方的架子车，绕行了百余里的路程，从深藏在一道大沟里的千河，往金台观走了。

"宝鸡有个金台观，离天只有五尺半！"现在想来，民工的我们之所以要去金台观，民间的这一说法起了大作用。当然了，真人张三丰在那里修为的种种故事，亦然强烈地吸引着我们。

不知民工中同行的几位知觉到风先生了没有？但我是知觉到了，因为风尘仆仆的我们，翻过一道沟，跨过一道原，走得满头汗水，我是要擦抹脸上横流的汗水，但两手握着沉重的架子车把手，腾不出手来，就只能任凭汗水流淌了……一滴粘着灰尘的汗珠，突破着我的眼眉，挂在了我的眼睫毛上，轻轻地一个晃悠，就会侵入眼睛！这时，有人如春风拂面般伸手过来，帮我擦抹去了那颗汗珠。

那是风先生哩！我意识到了他的存在，我感受到了他的美好，我一鼓作气，与我的民工伙伴，来到了挂在那面原坡上的金台观。不过我与我的伙伴看到的情景，是破败的、荒凉的。因为有风先生的指引，我与我的伙伴从中知晓了金台观的悠久与不凡。

元朝末年时，张三丰修道于此，他寻找的也许正是这里的破败，这里的荒凉，但他的修炼改变了这里，直到他羽化升天之后，他的信徒们蜂拥而至，有钱的出钱，有力的出力，把这里修筑成了纪念他的一处神圣的道观。金台观分中院和东、西偏院三个部分，如今看到的比当年可能还要辉煌壮丽，崔嵬灿烂的山门、玉皇阁、吕祖殿、圣母殿、张爷殿、三清殿、慈航殿、八卦亭、圣母洞、三丰洞、药王洞、朝阳洞等，依山就势建来，蔚为大观。

> 不为依陈宝，浮云自往来。
>
> 三峰留玉洞，一杖下金台。
>
> 海岳归何处？君王召不回。

无生本无地，人世漫徘徊。

我与风先生刚进山门，他便咿咿呀呀诵念出了这样一首俗谣，其中的含义，我似懂非懂，转脸询问风先生，他淡然一乐，并不回答我，而是抬脚动步，引领我一个台阶、一个台阶地拾级而上。蓦然抬头，一棵虬曲苍古的柏树便钻入了我的眼眸，我是要询问风先生了呢，可我还没张口，他老人家就给介绍了。说是这棵古柏，是为真人张三丰所手植，还说原籍辽东懿州的他，云游天下，来到这里，举目远眺，但见面对着的终南山，人称鸡峰的云岭，挺秀插云，倒映在山脚下的渭河流水之中，佳妙难以言说，他因之驻足下来，修而行之。

爬坡不看景，看景不爬坡。风先生提醒我了，不过他提醒得还是迟了一刹那，举目凝神那棵古柏的我，抬脚只低了小半寸，便把我绊得扑爬在了一面斜斜的阶梯坡道上。

风先生伸手拉我了。就在他拉着我的时候，却还若有所思地诵念出一首古老的歌谣来：

正月繁霜，我心忧伤。民之讹言，亦孔之将。

念我独兮，忧心京京。哀我小心，瘋忧以痒。

父母生我，胡俾我瘉？不自我先，不自我后。

好言自口，莠言自口。忧心愈愈，是以有侮。

忧心惮惮，念我无禄。民之无辜，并其臣仆。

哀我人斯，于何从禄？瞻乌爰止，于谁之屋？

瞻彼中林，侯薪侯蒸。民今方殆，视天梦梦。

既克有定，靡人弗胜。有皇上帝，伊谁云憎？

谓山盖卑，为冈为陵。民之讹言，宁莫之惩。

召彼故老，讯之占梦。具曰予圣，谁知乌之雌雄！

谓天盖高？不敢不局。谓地盖厚？不敢不蹐。

维号斯言，有伦有脊。哀今之人，胡为虺蜴？

瞻彼阪田，有菀其特。天之扤我，如不我克。

彼求我则，如不我得。执我仇仇，亦不我力。

心之忧矣，如或结之。今兹之正，胡然厉矣。

燎之方扬，宁或灭之？赫赫宗周，褒姒灭之！

…………

我听得清楚，风先生诵念的是《诗经·小雅》中的《正月》一诗。

这首诗歌的句子太长了，风先生很有耐心地诵念着，而我糊里糊涂，听到后来，不仅听不出他诵念的诗句，还不知他何以在此诵念那样一首歌谣。不过，誓愿来做风先生朋友的我，相信他自然有他诵念的道理。我因而由此及彼，便想到了真人张三丰的身上，好好的一个人，背井离乡，从遥远的辽东，千里跋涉，赶到这里来，一定有他的理由！

风先生观察出了我内心的疑问，他给我说了呢。

风先生先是一句"元之末"，再是一句"明之初"，接着又是一连声的三叹，然后不无痛伤地说了呢。他说："那个民不聊生、血流遍野的乱世呀！流离失所的张三丰，能够驻足金台观修行，已是他的大幸了。"我同意风先生的观点，还感佩张三丰的灵性，驻足金台观修行下来，还真就把他修行成了一代他人不可逾越的道教宗师！

原以为我的那一个爬扑，会伤着我的呢。可我在风先生的拉扯下，站起身来，拍了拍膝盖上的土，浑身上下不觉丝毫痛痒。

风先生真会抓机会，他因之说我那一爬扑，算是对真人张三丰的祭拜了。我高兴风先生的说法，于是还就双手相握，朝着金台观四面各揖了一揖，即就携手风先生，往金台观的高处继续攀爬了，爬了一小会儿，就被横亘在一处平台上的玉皇阁拦住了去路。阁是新建的，阁前是一处平台，阁后还是一处平台，四周围了护栏。凭栏看去，宝鸡市在云雾中隐现着，迷蒙而壮阔。我知道我是站在宝鸡市的高处了，脑子里因此就冒出王荆公的两句诗来："不畏浮云遮望眼，自缘身在最高层。"趋前再看，就是阁前的石狮华表拱卫的玉皇阁正门了，门两边的柱子上悬挂有一副木作楹联，上联是"神思昭宝邑，泰山渭水庇佑十万生民"，下联是"仙迹筑金台，瓦否腾冠函盖三千世界"。

风先生也注意到了这副楹联，他说这是一位颇多哲思邑人的遗墨，楹联为两层飞檐式的玉皇阁，增添了许多光彩。

身边已有零零散散的香客，鱼贯而来，他们都是一脸的虔诚与敬畏，我听见他们边走边嘟囔："今儿是农历的三月初三，要给三爷烧香哩！"众人嘴里嘟囔的三爷不是别人，就是供奉在这里的道教仙师张三丰。我与风先生混进众人之间，跟着大家继续往前走着，就又走到一座大殿前。我俩没走大殿的大门，而从侧在一边的偏门进到观内，还没等两只脚全都跨过门槛，就有一股浓重地香味挤进了鼻孔。朝前看时，三清殿前的香炉里，青烟袅袅，把个三清殿衬托得好不庄严。紧挨正殿的台前两侧，各立一块石碑，左为《金台古观碑》，右为《张三丰遗迹记碑》。

漫漶的碑文都记载了些什么呢？早已无从谈起，仅是立碑的时间尚能辨清，是明朝的大顺元年，我掐指算了算，两通碑刻距今已有六百多年历史了。

三清殿算是一个分界线，与相接的偏殿合在一起成为前院，过了三清殿就是后院了。东华亭是后院中的一处景点，很有必要细观一番的。幸亏风先生拖着我的手，如不然，我俩一定会被参拜的众人挤散了不可。我俩相随着登上亭子，举头但见穹顶雕梁画栋，蔚为壮观。在这里我们明显地感到，建筑风格与前院大为不同。建造者心思独用，因既要防止滑坡，又得节省空间，这就依着坡势，开窑建庙了。

因地制宜、开窑而建的庙观，实在是太少见了，而且独特别致，规模上还又分成了上下两层。我在内心感叹着，风先生也感而慨之说："真人张三丰是个奇人，奇人修为的道观，更是一处奇观。"

是为奇观的窑庙下层正中的那一间是三丰洞，而民间却称其为"张三丰传道洞"。这里是整个后院的中心建筑，相传张真人当年就是在这里，一边习练道学，提高自己的功力，一边施展良法，给苦难的人们以帮助，所以此处的香火，一直都非常兴旺。庙窑外建有廊亭，亦有楹联，上联是"寻有德之人，人人得度"，下联是"种无根之树，树树皆空"。显然是在规劝尘世间的"无德"之人应幡然悔悟，一心向善。我是个于佛、于道，少有研究的人，然而对于这样一副联句，却有一种灵犀相通般的顿悟。

有所顿悟的我，却糊涂得不知顿悟了什么。神情因而就有些恍惚，正恍惚着，风先生手指廊亭边上一通碑刻给我看了，他说那块碑刻叫《瓜皮书碑》，还说此处书法艺术之精妙，被喻为书林的奇葩。

听着风先生的介绍，我不禁为瓜皮书碑称绝了。我惊诧莫名的称绝声，惹得风先生呵呵一乐，给我就又说起了此碑的绝妙。他说曾经的一年暑天，张三丰和观内道士在田里耕作，汗如雨滴，看见几个乡民去城里卖西瓜，道士们就挑了几个西瓜解渴。其中一位农夫，见张三丰用吃完的瓜皮在地上描画，就央求送他一幅字。张三丰欣然答应，但手边却无有笔墨，他即把支在地边烧水的铁锅倒扣地上，顺手拿起瓜皮，用瓜皮独有的尖角，蘸着锅底灰，挥而洒之，书写出了这幅作品。

目光落在瓜皮书碑上，真人张三丰的书法龙飞蛇行，却一个字也认不出来。幸好我有陪伴而来的风先生，帮我辨识指认了。

仙境闲寻采药翁，草堂留话一宵同。

细看山下云深处，信有人间路不通。

泉引藕花来洞口，月将松影过溪东。

求名心在闲难遂，明日马蹄尘土中。

下面还有一句："三清在此令来人敬躬。"九句话的一首诗，太不符合古体诗的手法了。见我一脸疑惑之色，风先生没有动手，而是抬足在我的屁股上轻轻地踹了一脚，他不要我从俗家的手法，而要与道家的思维相对照。他这么说来，我是服气的，因此就还听他解释说了："九为单数，亦为极数。八卦阳爻用九，九为太阳，亦即'大'阳。九九重阳，阳之至也。阳寓意生命，阳寿就是有生之年。九九八十一，更是大吉大利的数字。"风先生的一通说教，我还是不能明了。不过，我晓得"好读书不求甚解"的说法，因此闭着嘴，不做别的评说了。天下能够称绝的事物，大约是都难以理解，也不好评说，而还又不能不信的呢。

绝妙的瓜皮书碑在金台观算是一个珍贵的文物，另外两绝还有"翻耳瓦罐"和"神锄定柱"。风先生知晓那只真的翻耳瓦罐，被完整地保存在宝鸡青铜器博物院里，而存放在金台观内的这一件，是为复制的一个，不过复制得是如真的一般。初见与其他瓦罐并无二致，细察方发现用来系罐的两只耳子，倒嵌在瓦罐内壁上。对此，风先生说得神乎其神，他面对那只复制的翻耳瓦罐，给我讲了一段故事。张三丰在寓居金台观时，广行善事，深得乡民崇敬。农忙时帮助附近农民耕耘收获，亲如一家。一日晌午，王老汉的小姑娘玉兰送饭来到地边，王老汉见观里的饭还没送来，执意要张三丰同自己一道吃。饭罢，张三丰见瓦罐内还粘着很多饭粒，不忍糟蹋粮食，提过瓦罐，双手沿罐口边捏边舔。不一会，瓦罐竟像皮囊一样被捏了个里朝外，罐壁上粘的饭粒被舔了个一干二净。乡民们见后个个惊讶不已，并十分珍惜地保存下了这个翻过双耳的瓦罐。

传说是真是假，谁能证明呢？我看向风先生的眼睛，惹得他再一次地抬腿踹我的屁股了。我感受得到他踹我屁股的力道，并不是责怪我，而是要我懂得这样的传说，在于启示世人：神仙都懂得节约粮食，珍惜五谷，而我们人呢？就应该更加尊重自己的劳动果实了。

接着，第三绝"神锄定柱"的故事，在风先生神话般的讲述里，仿佛一根铁打的针刺，扎进了我耳朵里。

传说邑人赶在乾隆朝时，捐资修葺金台观主殿。立木次日，梁柱倒塌，此后数日，莫不如此，负责修葺工程的绅民会长见此，心急如焚。那天晚上，劳累不堪的会长在禅房里瞌睡打盹儿，但见一鹤发童颜、蓑衣布衲的老道走了来，对他轻言细语地说了："要想立柱不倒，取我两块铁锄置于础上，础固殿稳。"会长闻言醒来，见他两只手里，各自拿着一块铁锄板。他将信将疑，坐等黎明时分，工匠们来到工地，他让他们照他夜里得到的指示做来，果然不错，大殿顺利地修葺落成。

那两块铁锄板，用风先生的话说，原就是张三丰耕耘用过的锄头。一分耕耘，一分收获……风先生还说："劳动使人智慧，智慧使人兴旺。"

风先生的感受，可是太鼓舞人了呢。他记忆里的张三丰，既是一位得道的大圣人，还是一位乐居民间的老邻家。从他来到金台观修行到今，这里的人对他出言无不敬意。众人尊敬他，虽然与他著述的丰厚和创建太极的伟大有关，更多则在于他修身悟道时，设身处地为民解忧、帮民排难的事迹。他传仙方为马宏达治病，他助孝子王孝建屋，他蟠龙山为民挖泉，他道观旁替民割谷等，不一而足。

"不修边幅，邋里邋遢。"风先生给我传说着张三丰时，倏忽冒出这样一句话来，他说热爱他的人们把他是要叫"疯张爷"的呢。

为民施恩、与民同甘的张三丰，有此称呼，于我听来丝毫不失他得道高人的品质，反而多了些亲朋故友般的熟悉感。人啊，自己的名字被如此这般地刻在众人的心里，才是大尊重、大敬爱、大敬仰……我怀揣这样的心境，牵手风先生走进了三丰洞。张真人鹤发童颜的塑像端坐上方，旁有道童侍奉，下有金刚力士护卫，一个个怒目相嗔，威严挺拔。我惊叹于民间艺人精湛的技艺了，这庙里的真人、道童、力士，只要你盯住他们的眸子看，看一会儿就会被那眼目所点化！难怪进香的善男信女，总要伏身跪前，望着诸神的圣容，默默祈祷。

三丰洞的两旁，按照一定的顺序依次排开的还有药王洞、姜嫄洞、关帝圣君庙，等等。

眼前求福的人，无不是出了这洞又进那洞，奉香、烧纸、叩头、祭酒、许愿，有条件的是还要献上供品，往功德箱里捐些香火钱。见了男性的神叫"爷"，见了女性的神叫"娘娘"。诸神平等，在别的庙观里难得一见，金台观就不同了，诸神的待遇没有分别，信徒们好像也不多做分别，朝拜时给真人怎么祭拜，给其他神仙也怎么祭拜，所上香褥也一样。

劈里啪啦的爆竹声，于此突然响起，风先生与我不约而同地说："是有香客还愿了呢！空灵的金台观因此多了几分祥和的气氛。"

热烈的爆竹声把我与风先生一并送到了金台观的最高处，我俩回过头来，但见一缕七彩的霞光，从遥远的西边天际投射过来，萦绕着绿树婆娑的金台观，聚久不散，一片金碧辉煌的景象……这时因为风先生在七彩的霞光里，看见了多位行色匆匆的人，他们身穿道家衣裳，是长期居住在观里修行的人。

风先生脱口而出："出家人。"

出家乎！守家乎！大凡活在这个尘世的人，于其思想认识上，不外乎性实之人和性空之人。前者守在家里，追求名利，看重实物。所思所虑，无外乎"营宫室、饰衣裳、置田产、畜徒众、积金帛"，世道之上，有他做不完的事情和他挣不完的钱财，以及他解决不完的问题、解脱不了的烦恼。他们生活得沉重而不能自拔，因此催生出了一种性空之人，也是就平素看得见的"出家"人。他们修行到一定程度，使自己内心宁静、豁达，跳出三界外，不在五行中……我摇头了。

对我摇头的动作，风先生看在眼里，他鼓风舞袖，制止住了我进一步的动作，伸手扯住我的耳朵说：

"出家之人也好，守家之人也罢，都是生命的自然选择，都是世间生活的需要，都对社会的发展做了贡献。守家之人因为自身欲望的存在，在进取中不断推动社会经济的发展，而使人类社会更加繁荣；出家之人因为除却自身的欲望，而使人的心灵得以纯洁，不断促进人类精神生活的和谐与进步。"风先生那么说来，忽然话题一转，他问我了。

风先生问："张三丰是个出家人吗？"

风先生问得突然，我回答也贸然，说："他是出家人。"

风先生又问："张三丰是出家人吗？"

风先生再问，我回答得慢了点，说："不是出家人。"

纪十六　魂归城隍庙

喓喓草虫，趯趯阜螽。

未见君子，忧心忡忡。

亦既见止，亦既觏止，我心则降。

——《诗经·召南·草虫》节选

连着几个春节，扶风县不知是谁，总要弄出个《扶风名片》的微信短视频，发布出来，给扶风籍的人以谈资，于宴饮斗酒时论说一番。其中就有西周时的周文王、周武王、姜太公，汉、唐时的班固、班超、马援、马超、耿弇、窦融、窦乂、万巨等，我因此心想，应该把明代素有"铁胆御史"称谓的王绂列入才好。

风先生同意我的观点，他说了呢："保护扶风人安泰的城隍神，可不就是曾经的天度人王绂吗？"

城隍信仰之于我们中国，风先生最有发言权了。他知晓"城隍"一词最初源于城墙的修筑，在城市的四周，挖出土来夯筑高墙，取过土的沟道就成了护城的堑壕，引水注入则为池，无水的则称隍。这也就是说，城隍原指护城的河沟，如班固的《两都赋序》说的那样，"京师修宫室，浚城隍"。一朝一朝地流传，一代一代地传承，及至明代，登上皇位的朱元璋于洪武二年（1369）正月，大封京都及天下城隍神，把这一传统推高到极致。当时的京都，即南京应天府，城隍神被封为"承天鉴国司民升福明灵王"；接着就是朱元璋"龙兴之地"的开封、临濠、太平、和州、滁州等地城隍，亦被封为正一品王爵；其他府城隍则为"鉴察司民城隍威灵公"，秩正二品，州城隍为"鉴察司民城隍灵佑侯"，秩三品，县城的城隍为"鉴察司民城隍显佑伯"，秩四品。扶风县的城隍，也就是在那个时候受封的哩。

有明一朝，扶风籍的四品官吏有好多个，如鲁马赵家的赵御史、午井镇的张御史和天度镇的王御史。几位御史公中，王纶王御史最为人们所推崇，他因此受封成了扶风县的城隍神。

关于封了扶风县城隍神的王纶王御史，风先生比起别人要熟悉得多。他知晓王纶的一生并不平顺，幼时家境艰难，父母早丧，年幼的弟弟妹妹需要抚养。王纶白天务农种地，晚上苦读书籍，努力操持家庭，等到弟弟妹妹都成了家，才去安心读书。后来，王纶成功考取了功名，穿上官袍，戴上官帽，登上官靴，做了威威赫赫的官人。艰苦的童年生活赋予了他刚直不阿的本色，做起官来不仅尽职尽责，而且独当一面。他曾任真定知县、巡按四川监察御史、嘉兴知府及浙江参政等职。他做得最亮眼的有这么三件事：其一为他初任真定知县时，权势熏天的京官权珰奉使过境，来县打骂笞辱官吏。王纶怒从心头起，径直进入权珰的住所，解下袍带抽打权珰，并绑缚了权珰的随从，检查搜寻他们的私囊，使得权珰惶恐不已，当即向他表示悔过。其二是他出巡四川，正值鄢匪作乱，而督臣洪钟、高会却在宴饮，王纶当即罢免了他们的官职，自请掌管十二团营，迅速平息了叛乱。其三是他不畏权臣刘瑾，大胆揭露刘瑾胡作非为的桩桩罪恶，受刘瑾迫害贬斥而不退缩，不仅被时人誉称为"铁胆御史"，还受到了明武宗的颁旨嘉奖。

到了晚年，王纶告老还乡，联络了多位有志之士，出资在扶风县城建了一处取名"多贤"的书院，为传承扶风县的文化根脉和培养人才发挥了非常大的作用。仅仅他们天度镇王家，在书院读书的学子，先后就有数十人考取了功名，用他们天度人的话说，王姓一族，世代都有"手持笏板朝见君王"的人物。

书院初建起来时，王纶作为山长，经常要面对年轻学子，给他们讲授知识学问。与此同时，他还收拾整理了他往来书写的诗和文。譬如他的绝句《多贤书院》就很耐人寻味，风先生至今时不时地还会诵念出来：

> 荒诗夜月霜华白，故国秋园树锦红。
> 只此关河全胜地，人文犹有古邻风。

风先生在诵念罢王纶的一首诗作后，往往还会情不自禁地再诵念一首。如王纶的《绛帐村》就很得风先生的赏识：

> 野寺山冈古洞纤，人传曾是马融居。
> 地深只隔秦人树，岁久仍藏禹穴书。
> 绀宇钟连清梵寂，碧罗烟袅绛纱虚。
> 当年借问横经者，前列生徒孰启予？

王纶和马融同为扶风人，因为王纶对马融的追念，使得他们两位超越了时空的限制，成为挚友。

王纶《远爱亭》诗作里还写道："风物着人题梦草，乾坤容我醉眠沙。"才情、诗情绝佳的王纶不做扶风县的城隍，谁还能做呢？

风先生就服气王纶的城隍做得好，他因之时不时地把《诗经》里那首名曰《草虫》的歌谣，逮住机会给我诵念一番。平心静气地听吧，他是又要给我诵念了哩：

> 喓喓草虫，趯趯阜螽。未见君子，忧心忡忡。亦既见止，亦既觏止，我心则降。
> 陟彼南山，言采其蕨。未见君子，忧心惙惙。亦既见止，亦既觏止，我心则说。

陟彼南山，言采其薇。未见君子，我心伤悲。亦既见止，亦既觏止，我心则夷。

我知晓《草虫》的诗作自有它原始的意味，非常抒情，借助弱小的草与虫，而抒发诗人想要表达的情感……草虫的鸣叫声仿佛乐曲一般，带动了阜螽相随蹦跳起舞，自此起兴，便又写了秋风的凉意，以及衰败的秋草和枯黄的树叶，使人难免忧愁苦闷、心绪不安，而要寻找能够安慰自己的去处。

这个去处会是城隍庙吗？自然是了呢。

我的理解把风先生惹得乐了起来。我不怕他恼，怕的是他乐。过去的经验告诉我，他如果乐了，而且乐得还有点儿不正经，就说明他是嘲笑我了哩。我因之红了脸，老老实实地看向他，听他会有什么说教。他没有客气，依然那么不很正经地乐着说了。

风先生说："草虫就只是草虫吗？就不能代表老百姓？"

风先生说："草虫之声，不也就是老百姓的声音？"

我听得脸更红了，因而就更服气风先生了。他说得对，草民百姓，朝菌夏虫，鸡虫得失……一连串关于草虫的成语蓦然涌上我的心头，使我回想起我在扶风县文化馆工作时，食宿在县城隍庙里所见识到的"老婆会"。

这可是太能说明问题了呢。

赶在每年的正月十三，扶风县可称老婆婆的妇人，能走的拄着拐杖来，不能走的就由她们的家人拉在架子车上，条件好点的租用一辆小四轮，带足吃喝，都往县城里的城隍庙来了。在那几天，扶风县大大小小的道路上，奔走的都是老婆婆；县城大大小小的街巷里，拥挤着的还都是老婆婆。黑色的袄儿，黑色的裤子，黑色的帕子，满到处一色儿的黑。老婆婆进县城来了，有亲的投亲，有友的投友，没亲没友的，街道上有能插足的地方，就是她们的歇脚处了。老婆婆到县城来，赶的是专属于她们的老婆会。进到城隍庙里，给城隍烧了纸，点了蜡，向城隍告赔几句她们心里的话，退出城隍庙门，就是她们的自由活动时间了。

　　传统女性很少有自由活动的时间，趁着老婆会的时机，聚集在一起，她们能做什么呢？最可能的情形，就是大倒肚腹里积存下的苦水了。

　　我听风先生说，扶风县的城隍庙会，之所以演变为独特的老婆会，是有一个故事哩。故事的主角，原是跟随朱元璋南征北战的一个小卒，后来有幸被选派在扶风县当了县太爷。这位小卒出身的县太爷没有多少文化，而他娶的婆娘却识文断字。因为兵荒马乱、逃灾避祸，她嫁给小卒县太爷时，一对大脚很是惹人谈笑，而夫妇俩全然不顾，谁爱怎么笑谈就怎么笑谈去好了。因为两人知道，当今坐在金銮宝殿上的朱皇上，娶的就是个大脚马皇后。出身低微的小卒县太爷觉得，他能娶个大脚皇后一样的大脚老婆，终其一生，是他莫大的幸运。心怀幸运的小卒县太爷与他的大脚老婆，因为自己的出身，还因为自己的平民情怀，都时刻惦记着百姓的生活。

　　那年的城隍庙会，扶风县城人山人海，县太爷的大脚老婆走在进香祈愿的老婆婆中间，向来自四乡八社的老婆婆们询问家道民情。没见过世面的老婆婆们都躲着县太爷的大脚婆娘，一句话也没人答。其中偏有一个大胆的老婆婆，问了县太爷的大脚婆娘两句话。

　　老婆婆说："能让我摸一下你的脚吗？"

　　老婆婆说："摸了你的脚，我就有话给你说。"

　　县太爷的大脚婆娘当时就红了脸，但脸红归脸红，她要知晓民情，就只得让那老婆婆摸了她的脚，而她也得到了她想了解的下情。那老婆婆来了兴致，还给县太爷的大脚婆娘唱了一首《猫儿点灯》的扯谎歌：

　　　　这灯，那灯，猫儿点灯，老鼠吹灭。

　　　　蝇子告状，告出皇上。

　　　　皇上推磨，推出他婆。

　　　　他婆碾米，碾出她女。

她女锄地，锄出她姨。

她姨没处来，没处去。

跑到门后挖个窝窝，

窝窝里面存个响屁。

风先生讲述着那个故事，讲到扯谎歌时，他忍不住要笑了呢。笑着的他会继续往下讲，讲说那老婆婆起头摸了县太爷大脚婆娘的脚后，接着就有许多老婆婆都摸了县太爷大脚婆娘的脚，也都和县太爷的大脚婆娘说了话。过后几日，县太爷听了他大脚婆娘转述给他的老婆婆们说的话，雷厉风行，处置了横行乡里的几个恶霸，因此大得人心。到县太爷调任，带着他的大脚婆娘离开扶风县时，万人空巷，垂泪相送，一直送出县境八十里。县太爷的大脚婆娘还为送行的百姓唱了扯谎歌。

当然了，县太爷的大脚婆娘唱的还就是《猫儿点灯》。

这位县太爷和他的大脚婆娘在扶风的几年时间里，每年开春的城隍庙会，大脚婆娘都会到老婆婆们中间去，让老婆婆们摸她的脚说话。所说都是心里话，说时不免笑，不免哭，不免骂。任老婆婆们笑也好，哭也好，骂也好，县太爷的大脚老婆一概不急不恼，她和老婆婆们贴心贴肺，融洽和睦，成了老婆婆们的贴心人。一年一度的城隍庙会，来的老婆婆一年比一年多，直到大脚的她和她的县太爷丈夫走后也未见衰落。发展到后来，城隍庙会倒被人忘记了，习惯渐成自然，城隍庙会就流传成了老婆会。

多年的媳妇熬成婆，而要熬到堪称老婆婆的时候，不经历三个漫长的过程是不能的。风先生知道，头一个阶段是在娘家做姑娘的时期，这个时期多梦而短暂，这从她们的称谓上就能体会到。所谓姑娘，就是姑且长在娘家的意思。"女大不可留，留下结怨仇"，姑且长在娘家的姑娘，虽然多梦，却可能一个梦还没做完，便吹吹打打地被送出了娘家门，进了婆家门。称谓在这一出一进中便有了变化，姑娘变成了婆娘。为婆娘的时期最受苦，要生儿育女，要料理家务。这时期她的心几乎被分成了两瓣儿，一半操心着婆家，一半还要操心娘家。在婆家住得久了，拖儿带女、吆鸡撵狗地回娘家再住些日子；熬几日娘家，却想着婆家的事，就又急匆匆回到婆家。婆家娘家来回走动，不叫婆娘叫什么？"婆娘"的称谓，之于她们实在是又现实，又劳累。这下好了，儿大了，女嫁了，她们被人称为老婆婆了，家务活全推给了小的们，而娘家的心愁操也操不上了，剩下的只有等着老死婆家的日子，唯一的热闹是到县城逛老婆会。

扶风县老婆会的内涵与热闹，在九州天下是独一无二的。

一生辛苦的老婆婆们，来撵老婆会是一次精神的大解放。她们不用急着回家，白天有白天的逛头，晚上有晚上的逛法，彻夜不睡觉，三人一伙，五人一群，随便什么地方，席地而坐，这就拉起了家常……老婆婆们的家常，拉起来没完没了，既是一种倾诉，更是一种宣泄。如今的老婆婆没有了老早时的便利，无法摸着县太爷大脚婆娘的大脚宣泄倾诉，就只能自己给自己倾诉宣泄了。开始可能是一个老婆婆说，说自己的难场，说自己的可怜，说到了老婆婆们的心伤处，大家便都说起来，也不知谁给谁说，谁说给谁听，拄着的拐棍在地上跺起来了，敲起来了，拐棍清清脆脆的跺敲声，强化着老婆婆们宣泄倾诉的气氛。内行的人从拐棍的跺敲声里听得出来，敲得声儿轻、声儿慢的时候，一定是夸她的姑娘了，姑娘是怎样乖顺，怎么能巧，那简直是她心上的一块肉，含在嘴里怕化了，顶在头上怕吓了；跺得声儿沉、声儿急的时候，一定又是骂她的儿媳了，她是多么懒惰，多么蠢笨呀，那真是天造的冤孽，给我遇着了，哎哟哟，咦吁吁，这让人咋活哩。

风先生经历得多了，他知道夸姑娘、骂儿媳是老婆会千古不变的一个主题。他与我还就这个问题计较了呢，风先生说，她们的儿媳可都是姑娘来的，有好的姑娘，怎么就没有好的儿媳？风先生还说了，他说老婆婆们不也都是从姑娘熬成婆娘，最后熬成老婆婆的吗？三个阶段你们老婆婆也都经历过了，怎么就不能打个颠倒想一想呢？"要得公道，打个颠倒"，俗话这么说是有道理的。老婆婆把儿媳当姑娘待，儿媳把老婆婆当亲妈待，还有啥矛盾不能解开？然而，问题就出在了这里，娘生姑娘时，娘受了疼，有疼就有爱；儿媳是外姓人家，娘没生，娘没疼，没疼就没爱。道理就是这么个道理，再过千百年，这个矛盾的结也难解得开。

传统的老婆会办到了现在，一年一年地还在办，但因形势的变化，内容也就发生了一些变化，通过广播电视，夹杂进了许多新型家庭关系的教育。不过老婆会上老婆婆们的拐杖，该跺还是跺，该敲还是敲，仔细地去听，主题还是原来的主题。然而过去不能逛老婆会的年轻婆娘和姑娘也参加了进来，使纯粹的老婆会不那么纯粹了，老婆婆的声势自然弱了下去。

老婆会上的年轻婆娘和姑娘一开始不是很多，而且多是陪着老婆婆来的，为的是照顾好老婆婆。慢慢地就多了起来，花花绿绿的姑娘媳妇，使得原来一水儿黑色的老婆会多姿多彩起来。她们虽然极有兴致地逛老婆会，却对老婆婆们的一些古旧行为不屑一顾，专捡热闹的地方去。商家把卡拉OK搬到了街头，就有嗓子好的年轻婆娘或姑娘拿起麦克风唱一首，唱得好，还会有围观的人鼓掌起哄，让你再唱一首；也有商家铺了猩红的地毯，挑选几个长腿细腰的姑娘，让她们穿着新鲜时尚的衣服，在地毯上扭着屁股腰走来走去。

真正逛老婆会的老婆婆是看不惯这些作为的，在跺着拐杖、敲着拐杖夸姑娘、骂儿媳的话语中，也骂几句看不惯的事物。但她们的声气儿太弱了，像飞在空中的唾沫一样，哪里是现代化的伴奏乐的对手？像是遇到一阵狂风，或是一场洪水，顷刻被吹没了。

老婆会遇到了前所未有的挑战，这实在是一件没有办法的事。老婆婆的坚守，和年轻婆娘姑娘的侵犯，在老婆会上不见硝烟地对抗着。老婆婆才不管你年轻婆娘和姑娘怎么疯，姑娘该嫁人时必须嫁，婆娘该生孩儿时必须生，这是天经地义的事情，老婆婆不怕你年轻婆娘和姑娘的挑战。

老婆婆说："你们也要老的哩。"

老婆婆说："你们老成了老婆婆了，看你们还疯不疯。"

老婆婆说了这样的话，心里的气顺了一些，从怀里掏出一截红绒绳，拴在城隍神的脚趾头上，有姑娘的，祈盼一户好姻缘，有儿媳的，祈望抱一胎胖娃子，然后一路"笃笃笃"地戳着拐杖回家去……我的经见有限，看着老婆婆们的背影，很为她们的落寞而悲伤。但风先生就不一样了，他没有为她们悲伤，而是看着她们的背影，又给我讲了个过去的故事。

风先生故事里的主人公，与扶风城隍庙里的城隍神王纶一样，同为天度镇上的人。她没有自己的名字，因为她所生活的清代，男尊女卑，大家就都只叫她王夏氏。王夏氏的娘家是与天度镇相邻的豆会夏家，她嫁到天度街上来，没有多长时间，丈夫便去世了。王夏氏自觉担负起了家庭事务，并兼顾家里开在街道上的生意。她知人善用，颇有智慧，生意越做越好，逐渐成为当地的富户。戊戌变法后废除了科举制度，扶风县要创办新学。热心肠的王夏氏听到这个消息后，把自家位于天度街的两间屋舍腾出来，改建为书房和宿舍，并添置了桌凳等设施，种上花草树木，然后交由当地政府接管，为新学所用。这件事被陕西提督学政张焕堂得知，赠其"慈惠堪风"牌匾。

就在这件事过后不久，扶风县城隍庙一年一度的老婆会，赶着点儿举办起来了。

熬得有了参加老婆会资格的王夏氏，又岂能错过逛会的机会？她骑着一头驴子，下到扶风县城来了。这一年，扶风县南乡的老百姓因为近年来连遭旱魃，光景不好，大家都过得很艰困，王夏氏骑驴走到县城门口，即眼见一群一群衣衫褴褛的饥民倒卧在门洞里外，望眼欲穿地盯着往来的行人，渴盼有人能给他们以施舍……风先生当时就在现场，他看见王夏氏眼里满含泪水，她从驴背上翻下来，把她带来孝敬城隍神的资费，以及她自己在老婆会上的花销，一个子儿不剩地都掏出来分送给了饥民。她晓得，她所有的施舍，在千千万万的饥民面前杯水车薪，是解决不了根本问题的。她逛老婆会的兴致没有了，于是径直走进扶风县衙，面见了县老爷，不避情面，当即问了他一句话。

王夏氏问："你的眼睛看得见街头饥民的情况吗？"

县老爷早前参加了省府学政给王夏氏授匾的活动，知晓她的名望，就没敢敷衍，老实地回答她说："我的眼睛没麻达，都看见了。正愁怎么解决呢。"

王夏氏也不拐弯抹角，她说："那好，我天度镇上的家里藏有一百石粮食，一粒不留，全捐出来，分发给饥民如何？"享受惯了老百姓给他下跪的县老爷，双膝软了一下，扑通给王夏氏跪了下来。

由王夏氏带头，扶风县的富裕户纷纷慷慨解囊，你家五十石，他家三十石，最不济的也有十石。三日过后，县里即收到了足够多的救灾粮食。陕西巡抚把王夏氏的义举上报给朝廷，朝廷颁赐了一块"乐善好施"的牌匾，着令巡抚送到王夏氏的家里，悬挂在了她家的中堂上。

风先生感慨王夏氏深明大义、关心家乡教育和百姓生活，当即号召天度镇上的人为她立了一通路碑，这通路碑如今还光光彩彩地存留着。风先生因此说了呢，他说："王夏氏是天度王家的骄傲，是王家后人学习的榜样。"

风先生说了这样一句话后，似未能吐却内心的块垒，就还说："有人把占便宜看作是自己精明，然而人心如镜，别人会背离你，把你远远地拉开来，斜眼看你。"

风先生说："人品好的人，才不会占便宜哩。吃亏是福，心怀公益，心怀百姓，才会活出精彩。"

纪十七　灯耀七星河

蒹葭苍苍，白露为霜。所谓伊人，在水一方。

溯洄从之，道阻且长。溯游从之，宛在水中央。

——《诗经·秦风·蒹葭》节选

风先生知道，扶风县的古会多种多样，独特的香头会、老婆会是，奇诡的河灯会也是。

这样的古会，仿佛一册又一册的风俗画本，翻开来看，不只有舞枪弄棒、提袍甩袖，吼叫得喧天震地的热闹，还有香喷喷的特色美食和美食之外明艳艳的景致。风先生不说，后来的人不知道；他说了出来，会让人产生一种难以启齿的困窘，低下头来，脸上扑满红晕……我就因为风先生关于河灯会的述说臊得不轻，伸出手去，要捂他的嘴巴，但却怎么都捂不住。风先生理解我的困窘，他躲着我的手，劝我别不好意思，因为那样的习俗许多地方也都有，而扶风县的河灯会，应该还是最为文雅的一种哩。

风先生这么说来，我是释然了呢。

因为我在扶风县文化馆工作的时候，参与整理了扶风县的民俗节会资料，知晓在县城东门外的七星河上举办的河灯会，确有其不一样的内涵，为的是纪念周人的祖先姜嫄氏。对此我不敢乱说，不过从远古走来的风先生，或是经历，或是眼见了那些传说中的故事，他是可以说了呢。听风先生说，姜嫄氏为远古部族首领帝喾的元妃，相传她祈嗣时，在郊野踩了一只巨人的大脚印，于是怀孕生子。其子聪明伶俐、好学下问，成人后教民稼穑，开创了中华民族农耕文明的先河。于是，野合生子的姜嫄氏就成了人祖之神，即可爱的"送子娘娘"。风先生还说，姜嫄氏在郊野踩过的那只大脚印，可就在七星河下游的旷野上。流经扶风县城东门外的七星河，以其坚韧不拔的伟力，切削着身边的厚土，使自己最终深陷在一条曲折蜿蜒的沟谷里，两面都是数丈高的土崖。先民在土崖上凿了许多土窑洞，星星点点，遍布整个流域。

与七星河在县城东南交汇的，是《水经注》里那条有名的小漳河。七星河自北而下，显然没有小漳河粗犷雄浑，细细瘦瘦的一股，泛滥着鱼鳞般的清波。她懵懵懂懂地撞进小漳河的怀抱，被那浑浊所玷污，而丧失了她的清白。酸溜溜的地方文人看惯了这一自然奇观，议论中便把小漳河俗称为"丈夫河"，而把七星河俗称为"女儿河"了。

两河汇流成一河，又能怎么称谓呢？当然是称为"夫妻河"。

"三月三日天气新，长安水边多丽人。"大诗人杜甫笔下唐时的长安，丽人们踏青郊游，是多么自在浪漫呀！扶风县七星河边的这一天，虽不敢与其相比，却也春日融融，春情荡漾，四乡八社的青年男女亦会结伴踏春而来，在七星河上放河灯了。

他们来放河灯，怎能不在七星镇逛一逛呢？这是天黑后放河灯的前戏。没有前戏，后边来放河灯，男男女女那么多人，谁给谁放？谁又去接？不就太盲目了吗？所以放河灯前在七星镇上逛会，是非常重要的哩。做生意的人，特别懂得逛会人的心理需求，一街两行的门面房，一街两行的摊点，都会把原来的买卖歇下来，换上好吃好喝的，换上好耍好玩的。好吃的有凉皮和御面，有凉粉和镜糕，有麻花和油糕；好喝的有热烫烫的醪糟和热烫烫的酒麸，有热烫烫的油茶和热烫烫的扁豆糊汤；好耍好玩的似乎更为丰富，全都在于逛在街道上的青年男女自己的兴趣了。喜欢花花朵朵的，自有花花朵朵的摊子去选；喜欢猫儿狗儿的，自然也有泥塑布缝的猫猫狗狗摊子去选；还有五颜六色用来扎发的头绳和绸带、形形色色的头巾和手绢、各种各样的小玩具和小耍活，应有尽有。不过最入青年男女眼睛的，则是那些形状各异的河灯了。风先生看得清，河灯都是用白萝卜或红萝卜切成小段刻制出来的。萝卜被刻成十二生肖的模样，一样都不会少，而且全都固定在用数根小木棍扎起来的排子上。

你是属虎的，自然攥着老虎河灯去买；你是属猴的，自然会攥着猴子河灯去买……来赶河灯会的青年男女，寻觅在那些吃喝、耍活与河灯的摊子前。买吃喝、耍活与放河灯虽说也很重要，但最关键的，还在于选择晚上去到七星河边放河灯的对象了。

风先生是逛过河灯会的，当然也要逛前戏似的七星镇集会。他惊奇逛在前戏会上的青年男女，他们后脑勺上似乎都多长了一只眼睛，逛着逛着，就给自己选择好了河灯会上的对象，就等着天色暗下来，去到七星河边放河灯了。

多情又多心的风先生，对七星镇集会上的一些规矩特别感兴趣。我在电脑上敲打河灯会相关的文字时，他即俯首在我的电脑前，扳着我的手指头，一条一条地罗列了。

要我说，那些规矩不仅有趣，而且有用，真的是不错哩。大家逛在大街上，因为是来寻情的，所以就耻于说钱，买个啥东西，都不能提说那个"买"字。譬如说买好吃的，不说买，而说"调"；譬如说买好喝的，不说买，而说"匀"；譬如说买好要好玩好用的，不说买，而说"拿"；便是大家必须要买的河灯，似乎更不能说买了，而是说"请"……相熟的人在这天见了面，拉家常时，最忌讳死呀亡呀那些个字眼，譬如小孩子没了命，得悲哀着说"糟蹋"了；譬如老人倒头去世，还得悲哀着说"老百年"了；再譬如中年人病亡，更得悲哀着说"丢下娃娃走了"。所有的人，这天在这里相遇，都须放低了姿态，见面矮人三分，是不是叔辈都要开口叫人家"叔"，是不是姨辈都要开口叫人家"姨"；如果对方年龄比称呼他的人还小，还得客气地说了："人小骨头老，不叫不得了。"

客客气气地把前戏般的集会从白天逛到天黑，看对眼或是还没看对眼的青年男女，就都从七星镇下到七星河边来放河灯了。

放河灯的目的，用风先生的话说，没有别的道理可讲，就只是为男女的一场野合找个借口罢了。"不孝有三，无后为大"，一个家族，为了香火继承。老祖先已有例证，后来人大可不必羞赧。放河灯是种仪式，最终目的是野合。虽是野合却不能那么叫，而是叫"踩大脚"。风先生就很感佩先民的智慧，一样的事情，从他们嘴里说出来，不仅好听，而且文雅。当然了，设计安排得还应有一份浪漫和诗意。我查阅了县志，未有河灯会的记载，口传得也十分模糊，便是无所不知的风先生，对此的记忆也极是模糊。我问他了，他说饮食男女，放河灯就放河灯，"踩大脚"就"踩大脚"，赶在了这一天，说不上兴高采烈，更不会愁眉苦脸。大家来了，如是女人家，一定是结婚几年未能生育的人，她们来没有别的目的，就是向健壮的男人家借种哩。

白天在七星镇上逛会，晚上在七星河边放河灯。不论相准了对象没有，男女青年可是不能同在七星河的一边哩，而是要分男在左岸、女在右岸，于夜色的笼罩下，往河水里放河灯了。

风先生给我描述过七星河的夜景：白晃晃的太阳让人揪心地沉下西原，亮瓦瓦的月亮从东原上升起来，不薄不厚的夜色，像是浸染过的棉絮，填得七星河的河沟昏沉沉的。左右两岸的男女，给小木排上的白萝卜、红萝卜灯盏添了油，一人点亮十人亮，百人点亮千人亮。自北而下的河水，倏忽像是天上的银河一般，盏盏河灯闪亮水面，在呜呜溅溅的流水中划过一个一个的倒影，好似河灯拖着长长的尾巴，在河水中沉沉浮浮、荡荡悠悠，大有千帆竞发、万乘沧海的壮丽景象。漂流中，有的河灯落水了，就会听到一声无奈的叹息，叹息的人会停了脚步，遗憾地看着还在河水上漂移的河灯，明明亮亮地向前流荡……白天看对了眼的男女，会盯着对方的河灯不错眼地看，河灯漂流到哪里，他们跟到哪里。跟到一处避人的地方，赤脚涉水，捞起自己的河灯，捧在手上，向河岸边去"踩大脚"。

他们"踩大脚"的地方，可能是一处荒草坡，也可能是一处废弃了的土窑洞。

当然了，白天没有看对眼的男女，就凭河灯在七星河的流水里自由地漂荡了。冥冥中总有什么神异的力量在推动，原先毫不搭界的两盏河灯，忽忽悠悠地在河水里相互撞上了。这一撞，自会撞出一对男女来，赤脚下到河水里，捞起他们的河灯，去到河岸边寻找他们"踩大脚"的地方……他们互不认识，因了河灯的引诱，两个陌生人夫妻般欢爱地在七星河边完成一次求子野合的壮举。之后，各走各的路，男女双方谁都不会互问姓名籍贯，两个人一夜夫妻，到头来还是两个陌路人。不过，风先生说了，那荒草坡，那废弃的土窑洞，还有那闪闪发光的河灯，会在他和她的心中明亮着，留下一世的念想。

有种就有收。来年三月三的河灯会，"踩大脚"生了儿女的，还得来河灯会还愿寄保。还愿者是要祭拜姜嫄圣母的，寄保者也是要祭拜姜嫄圣母的。所谓"还愿"，是因为在河灯会上，求子的一方向姜嫄圣母默许了若干牺牲，现在如愿得子，哪有不还的道理？所谓"寄保"，是怕得来不易的宝贝心肝半道有个灾病闪失，寄保给姜嫄圣母，求一个平安无事。还愿寄保的仪式肃然而生动，求来子女的父母，一般会牵来一只活羊或一头活猪，猪羊的头尾都染着一坨吉祥红。活羊活猪就贡献在当年放河灯的地方，有人燃放噼啪炸响的鞭炮，而有人会舀着河水，一遍遍往猪羊的身上浇。羊叫猪嚎一时响彻河沟，一呼一应，蔚为壮观。谁贡献的牺牲声音响亮，谁就高兴，就知道姜嫄圣母已领了他的情。杀猪宰羊的刀子手，这一天会在河边揽到许多活儿。还愿寄保的活羊活猪，放了血才算仪式有终。有种无收的人家，只能眼巴巴妒忌还愿寄保的人家，在河灯会上为新一轮"踩大脚"做准备。"踩大脚"虽有严格的禁忌和戒律，但那死的禁忌和戒律，怎抵活的男欢和女爱？河灯会后，总有一些男女情奔而去，从此杳无音信。封建专制下的男女，特别是女人，哪能把性事做得和"踩大脚"一般大胆狂野？在那样一种高潮的鼓舞下，情奔便成了一种必然。

蒹葭苍苍，白露为霜。所谓伊人，在水一方。溯洄从之，道阻且长。溯游从之，宛在水中央。

蒹葭凄凄，白露未晞。所谓伊人，在水之湄。溯洄从之，道阻且跻。溯游从之，宛在水中坻。

蒹葭采采，白露未已。所谓伊人，在水之涘。溯洄从之，道阻且右。溯游从之，宛在水中沚。

后来河灯会渐渐消失了。但七星河不会消失，它从远古走来，依然以它河流的姿态，在深深的河谷里鸣鸣溅溅地流淌着。前些日子，风先生拉着我又回了一趟我熟悉的七星河，我俩刚刚踏进河谷之中，就听到风先生不无深情地诵念出了《诗经》中这首最为抓人心肺的歌谣。我知晓这首名曰《蒹葭》的歌谣，研究者各有说法。风先生因何这个时候深情诵念《蒹葭》？是眼前的七星河触动了他吗？

我的猜测是对的。看着整修一新的七星河，不仅风先生要情不自禁地诵念《蒹葭》这首古老的歌谣；愚钝的我，受到风先生的影响，也要跟着诵念出来了呢。曾经在扶风县里工作的时候，我闲暇时能去的地方，就是七星河了。弯弯的一条流水，细细的，不声又不响，仿佛我亲密的伴侣一般。每日清晨或是傍晚，我都要从她的身边走一走，不走我吃饭不香，不走我睡觉不香。我只有傍着她的身子走过，心才会安静下来，才会有所收获。

所以说，我熟悉七星河，我感动七星河，我深爱七星河，七星河是我的文学处女地。

风先生伴我游览在七星河最新建设的湿地公园里，触景生情，我想的最多的，是七星河对我的滋养，是七星河对我的启发。1981年的秋季，我就是在七星河边，蓦然生发出文学创作的梦想，并于当夜写出我的文学处女作，投寄给《陕西青年》而发表。此后几年，我在七星河边散步，倾听七星河的诉说，感受七星河的脉动，因此写出了一批短篇小说和散文。1984年，还是在七星河边，我构思创作了《渭河五女》，这篇发表在《当代》杂志1985年第3期上的中篇小说，是我文学生涯的成名作。

我离开七星河三十年了。今天，我重回七星河的怀抱，热切地发现着她的发现，诚挚地感受着她的感受，我想说，我文学处女地的七星河，我是你的儿子。

我发现，原来的七星河如今已成历史，经过新的勘测设计，七星河变了。如果说原来的七星河是待字闺中的乡村秀女，那么改造成湿地的七星河则呈现出一种盛装贵妇的样态，她雍容大气，她精美雅致。我不能抑制内心的冲动，仰脸看向风先生，斟字酌句，来为七星河湿地谋划着写一篇赋文了。

风先生看出了我内心的冲动，他以他的方式鼓励我作赋了呢。对七星河的过往相当熟悉又深爱着七星河的我，没多会儿，即将我的赋文痛快淋漓地诵念给风先生，请求他予以斧正。

风先生倒好，在我给他诵念出来后，一字不改，就又诵念给了我听：

远古洪荒，天赐兮七星河。源发乔山，深切周原，东西襟带雍乾，南北襟怀麟眉。不显不露，如诗如画，天光云影龙翔，雾重华浓凤飞。风和于野，雨润于乡，历经千秋废兴，遍阅万物枯荣。

旷古鸿蒙，地造兮七星河。虽非大江，亦非长河，却也水流浩茫，而且水波浩荡。哺育生灵，滋润厚土，矛盾于此遁逸，水火于此相偕。禽鸣鸟啭，花开花落，更闻鸥语鹭歌，更多丽日彩虹。

今古宏盛，人爱兮七星河。功名当代，造福未来，湿地生态幽静，绿肺水肾维生。仙境梦幻，氧吧天然，白发忘忧福地，红颜欢乐天堂。群策群力，前程共赴，天高水长初捷，天人应顺久远。

我撰写的这篇赋文，被七星河湿地的建设者照样儿镌刻在了那座假山背后。

纪十八　党阁老故居

> 羔羊之皮，素丝五紽。退食自公，委蛇委蛇。
>
> 羔羊之革，素丝五緎。委蛇委蛇，自公退食。
>
> 羔羊之缝，素丝五总。委蛇委蛇，退食自公。
>
> ——《诗经·召南·羔羊》

传说也许可信，也许不科学，尤其是民间的传说，还可能黑白不分，事实颠倒了呢。

"党阁老的后人——"周原人教训不肖子孙的一句话，说出半句前缀，后边的结语部分，风先生知道，听的人也知道，定然没有好话，全是让人丧气的否定词，什么倒灶鬼，什么败家子，什么挨千刀的……如此这般地传说下来，风先生不说，他人可是一定要说的呢，而且是你说了他说，说得无人不知，无人不晓，仿佛真是那么回事儿一般。

"可怕的传说啊！"风先生为此都感慨了呢。当然，在我了解到真相后，亦如风先生一般也感慨了。

我感慨传说在周原上的党阁老，是何原因，让他遭受了那么大的曲解，以及十分深刻的诟病。

明朝万历四十年，即公元1612年时，姓党名崇雅、字衡彬、号于姜的党阁老乡试中举。十三年后，他在周原脚下的蟠龙镇，废寝忘食，夙兴夜寐，仿佛一个贪婪的饕餮，埋头在一堆一堆的典籍中，丰厚着他的学识，丰富着他的学养，终于他能够奔赴京城，参加皇帝举办的殿试，考取他的功名了。但农家子弟的他，缺吃少穿是一个问题，再就是他没有任何门路可走，一切都只能靠自己的努力。

缺吃少穿的青年农人党崇雅，荷锄挑担，下田劳作，他是镇里人眼中的行家里手。

没有社会关系，他凭自己的才学考就是了。把家里人的生活安顿下来，党崇雅负笈背篓，晓行夜宿，用他的两腿丈量着数千里的前程，他走得坚定，走得自信。大风的天，他顶风而行；大雨的天，他冒雨而行。路边的泉水是他解渴的佳饮；背篓里的干粮是他的美食；找不到泉水，觅不来吃食，路过的村镇人家，还可以讨吃讨喝……京城赶考的长路，是党崇雅观察民心、考察民情的一趟历练。风尘仆仆的他，走进天启朝的皇宫大殿，在崇祯皇帝的亲自主持下，以民籍高中三甲第一百五十四名进士。

读书努力认真的他，做事依然认真努力，不几年的时间，就坐上了户部侍郎的高位。

有明一朝，二百七十余年，周原大地称得上的人物，也许就只他党崇雅一个人了。

乡里乡亲不传说他党崇雅还能传说谁呢？风先生听见这些传说，居然把一个比党崇雅晚了近百年的人，也拉来与他相提并论。那就是陕西东府的韩城人王杰。

隋文帝立国长安城，为了巩固他的统治地位，在官吏的选拔制度上做了非常大的改革，废除了原有的九品中正制，而下令地方官员推举人才参加考试。公元589年，天下受到举荐的学子，赶赴隋之大兴城，也就是史上著名的长安城参加科举考试。那次科考过后的公元598年，隋文帝再次改革科举考试的细节，首设了进士科，直到公元1904年清政府举行的最后一次科举考试，科举制经历了隋、唐、宋、元、明、清等朝代。在这一千三百多年里，陕西状元总数虽比不上浙江地区，但可考的陕西状元也不少，其中有名的有两个，一个是武功人康海，一个是韩城人王杰。

康海为明朝时的状元，王杰为清朝时的状元。周原上的乡亲在传说党崇雅时，没有提及同朝的康海，而是将清朝的王杰与他一起说了。

风先生听了那个传说后，觉得有趣，又讲给了我。传说高坐龙椅上的皇帝，一次听罢大臣们一番吵吵，心烦不已，想解解心头上的烦闷，便就留下元老重臣党崇雅和王杰，去了他的御书房喝茶聊天……能够得遇皇帝如此恩宠，两位老臣没有不掏心窝子给皇帝说事儿的理由。皇帝问韩城的王杰了，问他家乡有啥好的吃喝，王杰敞开心扉禀告皇帝，言说他的家乡韩城一带，盛产一种柿子果儿，青皮未熟时，从树上摘下来，暖在有温度的铁锅里，傍晚入锅，晨起捞出就能吃了，而且很是甜润。他还说柿子果儿熟了时，红彤彤挂在柿叶尽凋的树枝上，如一盏盏小红灯笼，装点着蓝蓝的天空，如诗如画一般。到这时候，就可把熟透的柿子果全数摘回家来，搭个木头架子，铺上麦草，放上柿子果儿往软了耽。耽得水一般稀软，取来剥去软柿子果的薄皮儿，与黄豆、绿豆、豌豆等豆儿炒熟磨成的炒面，拌合在一起，就是故乡百姓百吃不厌的好吃喝。

故乡人叫这样的好吃喝为"软柿子拌炒面"。王杰把故乡韩城夸得好，他夸着还说，故乡人把柿子果称为"铁杆儿庄稼"，一年结一茬子，还不影响树下小麦的成长，又还是一料好收成。

状元王杰把皇帝倒是说乐了，进士党崇雅听完却一脸愁苦样。王杰言毕，皇帝催促党崇雅说了，愁苦着脸儿的他说了故乡名唤"愣头青"的大白萝卜。他那么说来，把风先生惹得先就笑了起来，他笑着帮着党崇雅给皇帝说："陈仓地面的大白萝卜确实生得白，生得大，白如宫中娘娘们的脸蛋儿，大如效命疆场勇士的胳膊腿儿。又白又大的大白萝卜，不说营养如何，只说味道，那叫一个脆，那叫一个甜，脆得使人心口痛，甜得使人心痒痒。"

听闻两位爱卿关于他们故乡的描述，皇帝高兴起来了。他旨令党崇雅、王杰，把他们故乡的特产，送他一些尝尝。

王杰把故乡韩城的软柿子拌炒面贡献上来了。马背上得天下的皇帝，主食原来就是炒面，有软柿子拌的炒面比没软柿子拌的炒面，好吃好咽了许多，皇帝把王杰愣是一通褒奖。为此得意了的王杰，还有皇帝与满朝的文武百官，回头来看党崇雅进贡给皇帝的大白萝卜了。很有心机的党崇雅，在这里给皇帝玩了个心眼儿，他捎书故乡，要他们给皇帝进贡"愣头青"大白萝卜时，务必从故乡的麟游、凤县等地，挑选一批身患瘿瓜瓜（即今天人称甲状腺肿大）病的汉子，肩扛大白萝卜上金銮宝殿了。

风先生感觉此事太好玩了，他因之亦步亦趋地就也赶到了皇帝领受大白萝卜贡品的金銮宝殿里，眼睁睁看着一排溜东拐一腿、西跛一脚、脖顶一个大瘿瓜瓜的汉子，各扛一根大白萝卜，上殿来了。

汉子们扛在肩膀头上的大白萝卜，确实不小，而他们脖颈上的瘿瓜瓜似乎更大！皇帝震惊了，王杰震惊了，朝中的文武百官全都震惊了！就在大家震惊不已的时候，党崇雅趋身向前，对着皇帝禀告了。他说故乡里的乡亲，平常日子，能吃用到"愣头青"的大白萝卜，就是大福了呢。他那么说来，还走到一位肩扛大白萝卜的乡亲跟前，从乡亲扛着的大白萝卜上折取一截，投进嘴里嚼了，他嚼得的确脆，的确甜，甜甜脆脆，脆脆甜甜……他嚼着又脆又甜的大白萝卜，还往皇帝的身边凑了去，禀告皇帝，要他也来尝了。

皇帝也许有要尝的意思，但他看着肩扛大白萝卜的汉子，潜藏在内心深处的怜悯，让他没有接受党崇雅的好意，而是摇手谢绝了他。同时还颁旨下来，陈仓人的生活太苦焦了，免除其全部税赋。党崇雅闻言，扑爬给皇帝，叩头山呼"万岁万岁万万岁！"就在党崇雅山呼万岁的声音里，皇帝还又颁旨王杰，让他天上收一茬铁杆庄稼柿子、地上收一料五谷小麦的故乡人，就也天上一茬税，地上一料税，顶替陈仓人缴纳税赋。

这个传说可信吗？风先生不做结论，我也就不好说了，但风先生的记忆里，党崇雅的确给他服务的另一位皇帝玩过那一套把戏。

党崇雅曾是明朝官吏，后来成了清朝顺治帝御前的一位重臣。顺治帝西征甘肃、青海、宁夏，路过党崇雅生活的故乡陈仓时，党崇雅又给顺治帝推荐了"愣头青"大白萝卜。还别说，呈送到顺治帝嘴边的大白萝卜，被他吃得既脆又甜，过瘾极了。他吃着连声叫好，走时嘱咐党崇雅，给他再带一大筐。

顺治帝喜欢上了陈仓地面的大白萝卜，西征凯旋回京，还让党崇雅给他进贡。他不仅自己吃，也赐身边的嫔妃大臣吃。一时之间，北京城对陈仓大白萝卜的需求，蔚然成风，各级官吏，各个衙门的官员，你想办法，他托关系，向陈仓地方讨要大白萝卜。

风先生知道，党崇雅当时给顺治帝推荐故乡的大白萝卜，是怕陈仓有名的小吃擀面皮、豆花泡馍、油炒粉被他喜欢上，颁旨年年上贡，增加故乡人的负担。而萝卜太普通了，全国到处都有，顺治帝不至于爱吃。谁承想，普通的一个"愣头青"大白萝卜，顺治帝叼在嘴上一啃，不仅啃得喜欢，还啃得上了瘾。皇帝上瘾喜欢什么，可能是此物的福气，也可能是此物的灾难。十分不幸的是，"愣头青"大白萝卜被顺治帝喜欢起来，就成了陈仓百姓的灾和难。进贡京城的大白萝卜，仅品相一项，选择起来就很不易，常常是一亩地的出产，也挑不出几个中意的。加之路途遥远、交通不便，从陈仓往京城搬运，十有八九在路上就坏得不能吃了。如此一来，官府督办陈仓的百姓，只种"愣头青"大白萝卜，不再种日常果腹的小麦、玉米。这使得陈仓百姓苦不堪言，怨声载道。

风先生把他在陈仓地面看到的情景，报告给了党崇雅，要他想法子为故乡百姓排忧解难。

党崇雅能怎么办呢？他苦思冥想，就捎书陈仓百姓，要他们进贡"愣头青"大白萝卜时，挑选脖子上生有瘿瓜瓜和瘸腿的汉子，一走三晃地进京来，给顺治帝上贡。这样的阵仗，乍一看新奇有趣，再看又觉得有些吓人。这件事当即轰动京城，人们倾城而出，攒来观看这稀奇的景象。宫里的太监也见到了，并还打听到他们就是给顺治帝进贡萝卜的人。因此没敢怠慢，当即报告了顺治帝。礼贤下士、关心民瘼的顺治帝，就把他们召唤进金銮大殿，向他们询问实情。他们异口同声，都说是吃萝卜长出来的。顺治帝听来忙摸他们的脖子，然后一口免了陈仓人的萝卜赋税。

科考为明朝的崇祯帝所用，被俘又归顺在李自成的大顺政权，受降再入顺治帝的清朝宫廷，党崇雅的身份变来变去，他已然"三朝"为宦，觍着脸再在京城做官，他自己都觉得一张脸儿烧乎乎地痛，便借着给顺治帝进贡"愣头青"大白萝卜的事情，上书顺治帝，自呈他犯下了欺君大罪，希望顺治帝罢他的官，免他的职，发送他回籍养老。顺治帝宽宏大量，没有责怪他，反而劝慰了他几句，即恩准他致仕回乡了。

获准回籍养老的他没有迟疑，是夜便就与他的家人和家丁，收拾好家当，租了二十头毛驴，头顶漫天的星斗，浩浩荡荡地走在京城的大街上，走出了京城的北大门，匆匆忙忙地向前赶路了……见他那么大张旗鼓，记恨他的朝臣，派了人跟踪他，把他回籍时队伍浩荡盛大的情状，写成弹劾他的诉状，赶在顺治帝早朝时，呈送到了顺治帝的手上。顺治帝生大气了！当即旨令给他诉状的官员，带领一众虎贲之师，把党崇雅半路截了回来。

顺治帝和告发了党崇雅的人想象，被与毛驴一同截回来的他，应该惊慌失措才对呀！可他脸色平静，一副波澜不惊的样子。顺治帝让人把毛驴背上的驮子卸下来，往出倾倒驮子口袋里鼓鼓囊囊装着的东西了。头一口袋的东西倾倒出来，既不见一块儿金砖，也不见一块儿银砖，而是一块又一块的破烂石块和破烂砖块。接着还往出倾倒，如前一样，都是破烂石块和破烂砖块。

告发党崇雅的同僚眼睛睁大了，颁旨截回他的顺治帝眼睛也睁大了。他们无法理解，他租那么多驴子，驮上破烂石块和破烂砖块干什么。

顺治帝询问党崇雅了："你叫朕怎么说你呢？"

党崇雅回顺治帝的话了。他说："圣上爱民如子，老臣离开故乡，在京城做了那么多年事，要回家了，身无分文，担心过往百姓见我贫穷潦倒，笑话我。"

党崇雅说："我不能丢圣上您的脸呀！我租驴子驮上破烂石块，破烂砖块，一路上也好给圣上您传个好名望的。"

使出诈欺计谋的党崇雅，倒是把顺治帝给瞒哄住了。可随在他身边的风先生，把他的把戏看穿了。风先生一贯的美德是，看穿不说穿，他抬手戳了戳党崇雅的腰眼儿，却把一首古老的歌谣，扒着他的耳朵诵念了出来：

羔羊之皮，素丝五𬘫。退食自公，委蛇委蛇。

羔羊之革，素丝五绒。委蛇委蛇，自公退食。

羔羊之缝，素丝五总。委蛇委蛇，退食自公。

党崇雅听得出来，风先生诵念的是《诗经》里的《羔羊》。风先生咿咿呀呀诵念完，党崇雅跟着他的节奏，翻译成白话文也诵念了呢："身穿一件羔皮裘，素丝合缝真考究。退朝公餐享佳肴，逍遥踱步慢悠悠。身穿一件羔皮袄，素丝密缝做工巧。逍遥踱步慢悠悠，公餐饱腹已退朝。身穿一件羔皮袍，素丝纳缝质量高。逍遥踱步慢悠悠，退朝公餐享佳肴。"明朝天启五年（1625）进士的党崇雅，把《诗经》拜读得是十分熟悉哩。他晓得这首小诗的意旨背景，所言正是此时此刻的心绪，做人不仅应该坦白诚恳，又还应该懂得屈柔之行的妙处，也应有进退有度的胸襟。

心情大好的党崇雅，叩谢不敏，押着顺治帝颁旨让他租来的毛驴儿，驮上破烂砖石块儿换来的真金白银，衣锦繁华地回蟠龙镇的家里来了。

笑人穷，嫉人富。人性的这一泥潭，谁能跳脱开来呢？风先生很少见到。他只见回家来的党崇雅，原有的名字，热情的乡党没人再叫了，所有的人，无分男女，无分老少，都恭敬有加地唤他党阁老。党阁老也很享受众乡亲对他的这一尊称，谁家儿孙满月百天的，请了他，他一定会去上礼；谁家的老人过寿办生日，请了他，他一定会去祝寿；谁家老人生病，谁家的娃娃发烧，向他伸手借钱，他也会慷慨解囊……顺治帝被他诓骗了那么多金银，乡亲们向他讨要的礼情，他拿得出。他大大咧咧，可以不为此而留神，但风先生多留个心眼，看出与他沾亲不沾亲、带故不带故的人，昼思夜想地希望他能拿出些积攒在家里的金银，给大家散上些。但他让众乡亲失望了，他没有给众人散财，而是集中精力，买了桩基地，买了砖瓦石块，请来了工匠，架梁起屋造庄园了。

好大的一座庄园啊！关于庄园的传说在当地民间的说法太多了。我听到的版本就有好几种，有说连片三座院子，有说连片六座院子，有说连片十二座院子，有说连片十八座院子……最夸张的传说是连片三十六座院子。

我震惊那样的传说，因此就向风先生打问了。我想无所不知的风先生，应该知晓党阁老回家修筑庄园的准确信息，可问给他的话，像问在了一块青石上，风先生没有回答我，而是拂袖呼风，拉扯上我，往蟠龙镇去了。

我与风先生没有看见那么大规模的建筑群，因而向镇子上的人打问他老人家的故居。我们看到的情况，让我大呼寒酸！我想，也许是岁月的作为，把规模宏大的庄园毁伤了；也许当初的他，就根本没有修筑规模宏大的建筑群。总之，现在可以看到的，就只是一座年久失修的大瓦房。

这样的大瓦房，与庄园的称呼是不相符的。

蟠龙镇的乡亲们没有忘记他这位名噪一时的故人，以扩大旅游为借口，筹措资金为他老人家建设的纪念馆，倒是还像个样子。因为导游的宣讲，还有馆内的陈列，相互作用着，风先生梦游般回到了党阁老生活的时代，他似乎成了受人尊重的党阁老，摇头晃脑，声音苍古地吟诵出了几首律诗来：

想我曾哺尔，仍然说少瘳。
从容来入咽，隐忍怕生愁。
转盼言无次，吞声挽莫留。
瞻依知在念，别苦复怜不？

我听得出来，风先生仿佛党阁老一般吟诵的是他的《哭儿》诗。他一哭再哭，为他的儿子哭了两首诗。

上为其一，下为其二：

> 涕泣旁无语，连呼我数声。
>
> 从中难尽意，只此不胜情。
>
> 欲起追长夜，来谁可绝缨。
>
> 心涛千丈血，点点向谁倾。

在风先生吟诵党阁老《哭儿》诗的时候，我记忆里党阁老儿子败家卖院子的传说，蓦然就涌上了心头。

传说党阁老老年得子，娇生惯养在家里，长大成了纨绔子弟，整日游手好闲。告老还乡的他，看着儿子那一副德行，怕他身后倒灶鬼的儿子踢腾挥霍掉家产，就想了个好主意，延请匠作给他修筑庄园时，把他积攒下来的金砖、银碗儿，挨个儿偷偷塞藏在椽缝、砖缝里。党阁老的心思想得又远又细，想他儿子再怎么折腾，把家弄得需要拆房卖宅基地，他溜瓦拆椽了，卸檩撬砖了，在椽缝、砖缝见到金砖、银碗儿，拿在手里，对付就能生活下去。谁能想得到，党阁老双腿一蹬，辞世日子不长，吃喝嫖赌的儿子，就把一个家倒腾穷了，手头没钱花时，儿子来卖庄园的房子了。

党阁老的设想儿子不知道，他既没有溜瓦拆椽，也没有卸檩撬砖，他寻人说好价钱，整院子的房舍，一股脑儿地就交易给了新主人。

这个传说别人也许相信，但风先生不相信。因为他不仅熟悉阁老党崇雅，还熟悉阁老的儿子和孙子。阁老党崇雅把官做到清顺治太子太保的名分上，可是太难得了呢！他的独苗儿子党恂如依然不错，能诗善文，顺治八年中举，惜乎英年早逝。不过他为父亲党阁老生养了党居易、党居广两个孙子，都极优秀，后来的重孙党丕显、党丕基，更是如他一般。名噪当时、为官公正廉明的党居易，曾任湖北均州知府和广东南雄州知府，康熙四十三年（1704）还官至福建按察使，他不仅政绩卓著，还能书善画，传世至今的有《云栈图》和《均州志》等。

人家教子有方，育后有道，风先生说："人家确定没有卖房卖院子的后人。"

风先生那么说来，是还要高度赞扬阁老党崇雅哩。崇祯四年（1630），党崇雅在都察院山东道监察御史任上，上疏反对皇帝任用宦官监督文武官员，干预军国重事；崇祯七年（1633），在四川省巡按御史任上，又与巡抚刘汉儒建议以川人治川兵，防守四川要塞，"树内藩以御外侮"。在清廷的朝堂上，他亦然兢兢业业，于顺治初年刑部任上，主持编纂了法典《大清律集解附例》满汉文本，提倡"郑重断狱""恤刑慎杀"，全活无数百姓性命。后又任职户部，度支转运，军赋不匮，上疏建议屯田，发展生产。并于顺治十一年（1654）翰林国史院大学士任上，编撰完成《资政要览》《劝善要言》等书，劝导皇帝要效法尧舜，勤政爱民。可以说，在明末为官时，阁老党崇雅进思退补，竭尽心智，挽救着大明王朝，后在清初顺治年间，为官在刑部、户部尚书，既力主慎刑恤杀，还充分利用财政金融手段，恢复发展经济，是很值得肯定与褒奖的。

熟悉《清史稿》的风先生，记得其中的一句话，极言"崇雅郑重断狱，可谓能举其大矣！……谨身奉上，亦一代风气所由始也！"

敬爱的风先生，深刻地记忆着阁老党崇雅，他在我完成了这篇短章的时候，倏忽探头在我的电脑上，代我敲出了一段话。原来，关于党阁老的子孙出卖庄园的传言，似乎真有其事，他的孙子党居易在湖广均州任上，"出私财"招募壮士防守均州，抵抗叛乱军队。他一时筹措不到足够的饷银，便就拜托乡里人等，以相对低廉的价钱，出卖了爷爷党崇雅传下来的部分庄园。

第二辑

人文拔萃

纪一　巨人脚印

诞弥厥月，先生如达。

不坼不副，无菑无害，以赫厥灵。

上帝不宁，不康禋祀，居然生子。

——《诗经·大雅·生民》节选

结识风先生，与他为友，不知是我的幸运，还是不幸。我糊涂着，却又心悦诚服地跟随着他，亦步亦趋，不离不弃。

春天来了，花儿开了，碧蓝的天上云淡风轻，尊敬的风先生约上我，向渭河边上的揉谷来了。风先生给我说，他要带我寻找远古时的一只大脚印。

风先生引领后学的我，在扶风县所在的古周原上，一路下到渭河边上来寻觅那只神奇的大脚印。我们找得到吗？不过找不找得到又有什么要紧的呢，我有风先生引领，听他老人家给我述说那些远古的故事，我就很满足了。可不是嘛，追随着风先生，我从仿佛古城墙般耸立云天的原坡上，踉踉跄跄地下到原跟脚来，不等我开口向风先生询问关于那只大脚印的事，他就先给我说起了大脚印所在的这片土地何以起名"揉谷"的往事。其中居然牵连着复兴汉室的刘秀，仔细地听来，竟那么有趣。

风先生像当时在现场似的，把每一个情景都观察得极细致。他在我的面前，很是率性地轻拂了一下他的衣袖，把我连同他一起带入东汉初年的那一日。

那一日风和日丽，征战数年的刘秀，在洛阳皇宫的龙椅上一落座，颁发出的第一道诏命，就是派出一定规模的迎驾团队，去到他的故乡迎接他的生身母亲，入京来享受繁华了。黄袍加身的刘秀那在乡间的母亲，做梦般地被她的皇帝儿子派来的人扶上一辆豪华的"轿车"，风尘仆仆，一路前行。走到姜嫄氏当年踩了巨人脚印的地方时，蓦然就有了某种神异的感应，她老人家觉得内急，便喝令轿夫，停轿解手了。路边没有现成的茅厕，贵为皇帝母亲的她老人家，很好地保留着乡村生活的习惯，因此也不见怪，自个儿下轿来，一溜风钻进旁边的谷子地里，蹲下身子，哗哗啦啦地一通泼洒，身心因之轻快起来，昏花的眼睛也好使了许多。她发现，即将成熟的谷穗儿，也许因为太过饱满，也许因为见着了身份尊贵的她，全都恭而敬之，低垂下沉甸甸的头颅，混迹在壮实的谷子秆儿之间，不敢面见她。但有那么一穗谷子，调皮得可以，竟然不知羞臊，还就颤颤巍巍像只有灵性的小兽，绒绒地偎进了她老人家的手里，使得她的双手顿然痒痒起来。她顺手逮住那穗谷子，习惯性地揉了揉，给这片土地揉出了个"揉谷"的地名。

老人家喜欢上了她"揉谷"的这个地方，就还下榻在这里，住了一天一夜。而她落轿停歇的地方，后来与"揉谷"姊妹似的，双生相望，形成了一个名为"安驾"的村落。

风先生拉出刘秀的老娘来说事，我就顺着他的话头，问了他一个问题。

我问风先生："看你说得跟真的一样，当时你亲眼见了吗？"

风先生是个有脾气的人哩。他听我这么问他，愠怒地瞥了我一眼，把我吓得不轻，正想着要挨他老人家一顿训诫了呢！然而却没有。因为风先生从我问他问题的脸上，看出了我问他的话没有一点恶意，便强忍着我对他的不恭不敬，转换了一下脸色，盯着我看了一小会儿，竟还把他看得扑哧一乐，回答我提出来的问题了。

风先生说："你不能怀疑我。当然我也不能太霸道。"

风先生说："那你说吧，揉谷的名字还有别的说道吗？"

我没有客气，给风先生还嘴："当然有了！"

我如此坚定地说来，倒把风先生给唬住了。被我唬住的风先生，把他如风似的巴掌按在自己的脑门上，轻轻地拂来抹去，抚摸了片刻，便如梦方醒般，使劲地一巴掌拍在自己额头上，给我说，他想起来了，确实有个另外的传说。我乐见风先生这种虚怀若谷、知错就改的态度，便把我所知晓的另一个关于"揉谷"地名的传说，讲给了风先生。

我说："我听过的这个传说，也与刘秀关系密切，是他复兴汉室过程中一个非常好玩的小插曲。"

一次，我去终南山采风，随行请来的一位民俗学家，引导我们去到黑河的深处，拜访那里的一棵古玉兰树及一座山巅上的殷娘娘庙。那棵玉兰树千岁有余，独木占地近三亩之广。我们去的日子，正值玉兰花盛开的时候，远远看去，满树如雪似霜般的白，不见一枝一叶的绿，既清雅，又圣洁。我们走近了才发现，这棵千年玉兰树的树身上，居然有两根碗口粗的树股，齐茬儿断落在树根下。站在花香扑鼻的玉兰树跟前，民俗学家把县志上有关玉兰树的记述，绘声绘色地给我们讲解着，而我却没太听进耳朵里，只是目不转睛地注视着玉兰树上的断茬儿和断在玉兰树下的树股。两相断裂的地方，白晃晃刺人眼目。我为此不仅惋惜，而且痛伤，想那两根断了的树股，如是我的双臂一般，我感觉到了我的肉疼，甚至心疼……我疼痛得是要询问个原委了呢。然而我张着嘴，因为疼痛竟然说不出话来，倒是善解人意的风先生不计前嫌，插话进来给我解围了哩。

风先生说："人老成妖，树老成精。"

风先生说："这棵千年的玉兰树，是已老成这一片山地百姓的守护神了！"

风先生说出口的两句话，使陪同我的朋友和那位民俗学家不禁都恍惚起来。他们自幼生长在这里，知晓这里的两户人家，就在去年深冬时节，不知什么缘故，竟然都悲惨地断了根脉……我的朋友和民俗学家不想大家的情绪受影响，就没有继续说那不快活的事，而是仰起头，看向玉兰树的主干，只见上面新生出了三根碧翠的枝股，于是就很高兴地指给我看了。民俗学家比我的朋友嘴快，他抢先说了，说是玉兰树上一年能发几股新枝，春来的日子，他们这里的人家就会添丁加口几个新生的娃娃。他说的话，不仅被我的朋友证实着，同时还被风先生证实着。他俩你一言我一语，都说新春的那一天即有一家人添了新丁，还有两户人家的妇人大肚子怀着娃娃，过不了多久，村子里就会添丁加口哩。

我的朋友和风先生说着，还给我透露了两个好事情，说是新春得子的那户人家，今日招呼来邻里亲朋，给他们的小娃娃做百岁哩。

山里人的话说得好哇，为了庆贺新生小娃娃的百日，而把它当作百岁过，怎么说都是个吉祥的好彩头……在这里采风的我，中午被这户人家热情地请上了他家小娃娃的百岁宴。我们在热热闹闹中饱餐了一顿，给人家的百岁小娃娃拴上我们用红色人民币折叠的"百岁花儿"，然后去了计划中的殷娘娘庙。巧是不巧，我们参拜的这位殷氏娘娘，不仅牵连上了"揉谷"的地名，还牵连上了姜嫄氏踩过的大脚印。

立志复兴汉室的刘秀，几经成败，在与篡汉王莽的一场争战中败走黑河河谷，往秦岭深山里躲避来了。

传说，孤身一人的刘秀，逃跑得精疲力竭；而尾随他的追兵，旌旗猎猎，人叫马嘶。饥饿加上疲劳，刘秀几乎都要绝望了。情急之中，他看见黑河边上有一户人家，便跌跌撞撞地扑进去，眼见一个豆蔻年华的山里姑娘，正在灶房里烧火打搅团（一种民间吃食）。姑娘被突然闯进的刘秀惊得站了起来，她手里拿着一根燃烧着的火棍，慌张得如一只山野里的兔子，睁着圆溜溜的一双眼睛，查视着刘秀，手里的火棍摇晃着，有种随时戳向刘秀的架势……刘秀说话了，他叫姑娘别怕，说他是刘秀，王莽篡夺刘汉江山，他是刘姓后人，是要从王莽手里夺回汉家江山。他还说，眼下他有难在身，只要姑娘帮他躲过眼前的大难，日后他就封姑娘作娘娘！刘秀的话，说得姑娘把她手里的火棍塞进了灶眼里。透过洞开的窗门，听到追兵的马嘶声，看到追兵高举的旌旗，她二话没说，拿出父亲的破衣裳给刘秀换上，并把刘秀华彩的衣裳塞进灶眼里烧成灰，让刘秀穿得破破烂烂地蹲在灶火窝，给灶眼里添柴火，并给他做了一个噤声的手势；她则不慌不忙，手握木勺，有条不紊地继续打着她锅里嘭嘭冒着气泡的搅团。

追兵撵来了。他们不会放过这一户炊烟缭绕的山里人家，他们闯了进来，手指灶火窝里的刘秀，凶神恶煞般问询起来。

追兵问："你是什么人？"

姑娘抢着答："我的男人。"说着朝着刘秀比画了几下。刘秀意会，也比画回应着。

在一群如狼似虎的追兵面前，殷姑娘一点都不羞惧，面对追兵的问话，不露一丝破绽。特别是在追兵揪住烧火的刘秀，把尖利的刀子抵在刘秀的脖子下，大有血刃刘秀的架势之时，姑娘家奋勇地钻进追兵与刘秀的中间，用身体隔开他们，给追兵很是自然地说了，她说她的男人自小就不会说话，哑巴着哩。她就这么巧妙地掩饰着骗走了追兵……那个时候的刘秀，不知是真的害了怕，还是假装害了怕，总之他浑身颤抖着，像是筛糠的筛子一般。躲过这几乎无法躲过的一灾，刘秀平心静气地留在姑娘的家里。在姑娘的服侍下，刘秀热烫烫地吃了一肚子的搅团，不仅填饱了肚皮，还来了精神。临别时，刘秀问了姑娘的姓名。姑娘说了，要他记着秦岭山里有棵大玉兰树，玉兰树边有户殷姓的人家，他吃了殷姓人家姑娘的搅团。

刘秀没有问出姑娘的名字，但问出了姑娘的姓，他便金口玉言，给殷姑娘许诺了呢。

刘秀说："日后你就跟着我，做我的娘娘吧！"

刘秀说："你在家好生等着，等我坐了龙庭，我立即差人用八抬大轿抬你入宫。"

刘秀没有食言，他坐了龙庭后，还真就差人来接终南山里的殷姑娘了。而要做刘秀娘娘的殷姑娘，从她居住的终南山里，山长水远，山道弯弯，坐着轿子到了姜嫄氏踩了巨人大脚印的地方。也许是殷姑娘这时内急了，也许是那片谷子地太诱人了，被众人前呼后拥着的她，从明黄色的八抬大轿里传话出来，要抬轿的轿夫落下轿子。服侍着她的宫女们，揭开亮黄色的轿帘，扶着殷娘娘下轿来，走到一边的谷子地里。

　　就在蹲下身子方便时，对于农事颇为熟悉的她，很自然地看见了低垂着脑袋的谷穗儿。沉甸甸的谷穗穗，压着细瘦的谷秆儿，掩藏在了谷丛里。终南山里的殷姑娘，现如今的殷娘娘，什么时候都敏感着农事的丰歉，她爱那金黄色的谷穗，就如爱她那还未盘起的大辫子一样。她捉住身边的一穗谷子，和她的大辫子比了比，她笑了，笑着把拿在手里的谷穗穗，在她合起来的两只手掌心里，稔熟地揉了起来。

　　刘秀的殷娘娘在这里揉了一下谷穗穗，姜嫄氏踩过巨人脚印的地方就被当地人叫成了"揉谷"；而她安放了会儿轿驾的地方，就也被叫作了"安驾"。

　　揉谷，安驾……安驾，揉谷。一样的名称，两样的传说，哪一个是真，哪一个是假？我是糊涂了呢。我不敢妄自论说，就把难题抛给风先生，向他求教，任凭他来说了呢。可我却把风先生给弄丢了，一时之间，我转着圈子寻找风先生，但就是找不见他。心有疑惑的我，以为是自己的莽撞把风先生得罪了，就热切地呼唤了风先生几声，我的呼唤融入无处不在的风声里，显得那么细小。我得不到风先生的回应，就在这个名为"揉谷"和"安驾"的地方，寻找起姜嫄氏当年踩过的那只巨人的大脚印了。

　　天朗气清，日丽风和，我漫步在乡间的阡陌上，放眼看去，平畴沃野，勤劳的庄稼人把他们赖以生存的土地耕种得仔细极了。

　　阡陌的一边，是已经起身摇旗的麦苗儿，而另一边，则是黄花初绽的油菜地。祖先开辟出来的这片土地是没有闲月的。要过冬了，就种植上过冬的麦子、油菜；而夏季来时，就种植上玉米、高粱……过去的日子，无论麦子、油菜，无论玉米、高粱，可都是锅头上吃用的哩。

　　但现在不一样了，与这里相距不远的西北农林科技大学，是会把他们的科研成果拿来这里试验种植的哩。对耕种事宜颇多兴趣的风先生，在我找不见他的时候，就是在这绿油油、金灿灿的庄稼地里迷醉了。他如风般漫游进麦子地、油菜地，吹拂着碧绿的麦子和金黄的油菜。麦子地如波浪涌动的海洋一般，起起伏伏，不见尽头；而金黄色的油菜地，如泼彩的巨幅画卷，漫溢天际！

哦！我看见风先生了，他没有怪罪我刚才对他的轻慢，不然的话，我又怎么能与他撞个满怀！

撞进风先生怀里的我，死死地拉住他的手，不再丢开。我向从历史深处走来的风先生，放胆询问曾经刻印在这片土地上的那只远古时的大脚印了……多么神奇的一只大脚印，它究竟在哪儿呢？满眼都是无边无际的麦子地、无边无际的油菜地，我看不见那只传说中的大脚印。风先生看得见吗？也许他看得见，也许他像我一样，亦是看不见的。我的这点小心思，瞒不住风先生的慧眼，他瞥了我一眼，即不无责备地告诫了。

风先生说："意识世界在人的眼里，应该是个复杂的存在，需要心甘情愿地融入，消除自设的各种界限，深入地查看细节，并观看整体。如是风景，既要走得进去，还要走得出来才好。"

担心我不能听懂他的说教，风先生就以水为例，给我进一步地说了。

风先生说："水不只是液态的，还可能是固态、气态的。意识也是这个样子，可以'固化'为某种物质，还可以'液化'成有思想的灵魂，甚或是'气化'成无形的精神。"

风先生这一通说教，我似乎听明白了些什么，却又觉得什么都没明白。糊涂着的我是这样想了呢，作为人怎么可能事事明白呢？如能处在一种似乎明白而又不甚明白的状态，才是正常的呢。因为人的面前，有太多太多的未知有待于探索与辨析。我努力地消化着风先生的说教，他自己则又以风的姿态环绕着我，轻声细语地吟诵起了一首远古时的歌谣：

厥初生民？时维姜嫄。生民如何？克禋克祀，以弗无子。履帝武敏歆，攸介攸止。载震载夙，载生载育，时维后稷。

诞弥厥月，先生如达。不坼不副，无菑无害，以赫厥灵。上帝不宁，不康禋祀，居然生子。

诞寘之隘巷，牛羊腓字之。诞寘之平林，会伐平林。诞寘之寒冰，鸟覆翼之。鸟乃去矣，后稷呱矣。实覃实讦，厥声载路。

诞实匍匐，克岐克嶷，以就口食。蓺之荏菽，荏菽旆旆。禾役穟穟，麻麦幪幪，瓜瓞唪唪。

诞后稷之穑，有相之道。茀厥丰草，种之黄茂。实方实苞，实种实褒。实发实秀，实坚实好。实颖实栗，即有邰家室。

诞降嘉种，维秬维秠，维穈维芑。恒之秬秠，是获是亩。恒之穈芑，是任是负，以归肇祀。

诞我祀如何？或舂或揄，或簸或蹂。释之叟叟，烝之浮浮。载谋载惟，取萧祭脂。取羝以较，载燔载烈，以兴嗣岁。

卬盛于豆，于豆于登，其香始升。上帝居歆，胡臭亶时。后稷肇祀，庶无罪悔，以迄于今。

我听清楚了，风先生吟诵的不就是《诗经·大雅·生民》的句子吗？

对古文略知那么点儿的我，在风先生吟诵之时，即给自己做了同步翻译，知晓原诗大概是说，当初先民生下来，是因姜嫄能产子。如何生下先民来的呢，靠的是祷告神灵祭天帝，祈求生子以免无嗣。踩着天帝天脚印，神灵佑护下总能保有吉利。胎儿时动时静，一朝生养下来，健康地成长为人，他就是我们敬仰的先祖后稷。

哦！那只神奇的大脚印，原来是伟大的造物主给予人世的种子哩。

既如此，接下来一切就都好理解了。我们周人的始祖姜嫄氏受孕后，怀胎十月产期满，头胎分娩很顺当。产门不破也不裂，安全无患体健康，已然显出大灵光。天帝心中告安慰，全心全意来祭享，庆幸果然生儿郎。新生婴儿弃小巷，牛羊爱护来喂养。再将婴儿扔林中，遇上樵夫被救起。又置婴儿寒冰上，大鸟暖他覆翅翼。大鸟终于飞去了，后稷这才哇哇啼。哭声又长又洪亮，声满道路强有力。后稷很会四处爬，又懂事来又聪明，觅食吃饱有本领。不久就能种大豆，大豆一片苗壮生。种了禾粟嫩苗青，麻麦长得多旺盛，瓜儿累累果实成。后稷耕田又种地，辨明土质有法道。

茂密杂草全除去，挑选嘉禾播种好。不久吐芽出新苗，禾苗细细往上冒，拔节抽穗又结实，谷粒饱满质量高。禾穗沉沉收成好，颐养家室是个宝。上天关怀赐良种，秬子胚子既都见，红米白米也都全。秬子胚子遍地生，收割堆垛忙得欢。红米白米遍地生，扛着背着运仓满，忙完农活祭祖先。祭祀先祖怎个样？有舂谷也有舀米，有簸粮也有筛糠。沙沙淘米声音闹，蒸饭喷香热气扬。筹备祭祀来谋划，香蒿牛脂燃芬芳。大肥公羊剥了皮，又烧又烤供神享，祈求来年更丰穰。祭品装在碗盘中，木碗瓦盆派用场，香气升腾满厅堂。上帝因此来受享，饭菜滋味实在香。后稷始创祭享礼，祈神佑护祸莫降，至今仍是这个样。

拙劣如我，如此理解风先生吟诵着的《诗经·生民》，可能是要被识家耻笑的呢。

好在我这人脸皮子厚，不甚惧怕别人的耻笑。而且是每被人耻笑一回，我都会有新的见识，还会有新的认识，来弥补我的缺失与不足。可不是嘛，《史纪·周本纪》中就有详细的记载："周后稷，名弃。其母有邰氏女，曰姜嫄。姜嫄为帝喾元妃。姜嫄出野，见巨人迹，心忻然说，欲践之，践之而身动如孕者。居期而生子，以为不祥，弃之隘巷，马牛过者皆辟不践；徙置之林中，适会山林多人，迁之；而弃渠中冰上，飞鸟以其翼覆荐之。姜嫄以为神，遂收养长之。初欲弃之，因名曰弃。"

都说重男轻女，《诗经·生民》与《史记·周本纪》所歌颂、所记述的，全然不是那个样子。我们的先祖，似乎还有点儿"女性至上"的倾向，落生一个那么优秀的男孩子，竟然弃之于野，想想也是够悲伤的哩。

但更悲伤的还不是他被弃于野，而是他有母无父。踩脚印而孕的说法会不会只是为此而找的说辞？其实他是野合而生？

近代社会有一段时间，最忌讳的是野合生子。用现在的话，文明点儿称之为"非婚生子"，粗俗点儿就叫"私生子"。民间有人总结，"私生子"大都十分聪灵，长大后，一般都会有常人难以企及的大作为、大成就。

我猜，那或许是因为他人的眼光，怜悯或者鄙视，轻蔑或者歧视，使有此生长背景的人特别自尊、特别自重、特别自爱，从而激发出了特别的潜力和特别的自信。

教民稼穑的后稷，姜嫄氏生的儿子，会不会就是那样一种情形呢？今天的人不好说，我自然也就不好说了。不过我有形影不离的风先生做伴，向他老人家请教倒不失是一个好办法。我没有犹豫，把内心的想法说给风先生听了，但我不仅没有得到风先生的回答，而且还迎面遭到他一阵冷风般的抽打。我的脸被抽打得疼了，抽打得红了，还伴生着一种说不清的瘙痒……尊敬的风先生大概是因我的胡乱推测惩罚我了呢！

我捂着被风先生惩罚过的又疼又红又瘙痒的脸，低下头来，面对我脚下的土地，似乎有所醒悟：中华民族的后来人，可不都托生于那只神奇的大脚印吗？

感慨间，风先生俘虏了我的身体，竟还揪住我的意识，使我依偎着他，亦如风似的走进当年姜嫄氏走过的那只大脚印上。看见了还是个小姑娘的姜嫄氏，无羁无绊，她在那个春暖花开的日子里，如同一只灵巧的小鹿，臂弯上挎着个藤编的篮子，走出家门，窜跃在阡陌纵横的原野上。她的眼前有一棵荠荠菜，或是一株麦禾萍、一株刺荆芽等其他可以果腹的野菜，她就撵上去，小心地把它掐在手里，轻轻地甩掉上面沾染着的杂草，投进藤编的篮子里……星星般闪烁的一簇迎春花吸引了姜嫄氏的眼睛，她欢快地扑向那簇迎春花，折下最为繁密的一枝，贴着她的耳鬓，插在了她的乌发里！

姜嫄氏沐浴着习习的春风，享受着暖暖的春阳，她不会老去，她永远青春靓丽。

后来传说中"揉谷"的刘秀母亲，或是刘秀的殷娘娘，她们高贵而又质朴，她们如姜嫄氏一样灵动秀美。

纪二　黍与稷

彼黍离离，彼稷之苗。

行迈靡靡，中心摇摇。

知我者，谓我心忧；不知我者，谓我何求。

悠悠苍天，此何人哉？

——《诗经·王风·黍离》节选

"民以食为天！"

风先生看见我在电脑上敲出"后稷"两个字，就趴在我的耳朵边，热辣辣地给我说了五个字。他为了证实自己说得有理有据，就还拉出司马迁来，说是他在《史记·郦生陆贾列传》中也讲了一个故事可以作为佐证。

秦朝末年灾荒不断，加之秦二世的暴政，使得民不聊生。天下群雄奋起反抗，有个叫郦食其的人去见刘邦，发现刘邦是个很没礼貌的人，就当面批评了他。刘邦当时正在洗脚，听了郦食其的论政，便起身不洗脚了，恭恭敬敬地把郦食其请到上位……郦食其给了刘邦许多有益的建议，当刘邦与项羽相争在荥阳、成皋一带，刘邦有点儿经不起旷日持久的拉锯战，产生转移他处的想法时，郦食其及时给他进言，说作为成就统一大业的王者，是以平民百姓为天的，而平民百姓又以粮食为天，而荥阳、成皋一带的敖仓可看作"天所以资汉也"，事实上关中、巴蜀后来也成为汉军粮食、兵源基地，有力支援了刘邦的统一事业。

风先生咬着耳朵对我说的这句话，使我意识里的后稷蓦然升格成了神！

在中国农业发展史上，后稷是当之无愧的谷神。我如此想来时，风先生是开心的，他还与时俱进地给我说起了"杂交水稻之父"袁隆平，说他也堪称谷神哩！年代相差数千年的两位谷神，所作所为，都是为了使老百姓吃得饱。我完全赞成风先生的观点，但我还是要把后稷与袁隆平区别来看呢。袁隆平的"杂交水稻"，根植于中国农业发展的基础之上，他有许多可资借鉴的经验；然而后稷呢，他有吗？他什么都没有。

后稷生得憋屈，长得苦难。便是成了谷神，他所面对的，不仅有十分严峻的生命权问题，还有更为严峻的生存权问题。

那就是吃什么，以何果腹，可能的途径就是茹毛饮血了。那个时候，谁的基本生活状态又不是那样的呢？有母无父的后稷出生后，生母姜嫄氏似乎并不怎么喜欢他，因此他一次次被生母所弃。他最先被弃于小巷子里，想不到有牛羊撵来，用牛乳、羊乳喂食他；不怎么喜欢他的姜嫄氏，就把他抱着扔到村外的树林里去，结果有伐木的人救助他；姜嫄氏没了奈何，干脆把他抱着抛弃在冰河上，然而自有翱翔天空的飞鸟俯冲下来，展开翅羽，关怀他，温暖他……儿子是母亲身上掉下来的一块肉，他的生母姜嫄氏，到这时还能弃他不管吗？当然不能了。他有了母亲的怀抱，有了母亲给他起的名字——弃。

风先生对此自有说道，后稷的生母姜嫄氏，没有掩盖她作为母亲的过错，用一个"弃"字，既给了儿子以名讳，亦给了自己以罪罚。

古周原上的人家，但凡家里添丁加口，无一例外，都要在满月之时大操大办，给家里新添的丁口举办一场颇具规模的满月宴，不如此，不足以表达对儿孙的爱。对此，风先生不说我亦知晓，因为我就参加过许多小孩子的满月宴，年龄大了点，就还常被举办孩儿满月宴的父母请来，当众为满月儿说些祝福的话。我能说什么呢？《诗经》里的一些句子，此时就会涌上我的心头，使我情不自禁地诵念出口：

> 乃生男子，载寝之床。载衣之裳，载弄之璋。
>
> …………
>
> 乃生女子，载寝之地。载衣之裼，载弄之瓦。

从《诗经》里走来的风先生，就喜欢我抓住机会诵念《诗经》呢。

如果我在人家小孩子的满月宴上开口诵念了《斯干》，他就还会鼓励我诵念另一首歌谣：

> 蓼蓼者莪，匪莪伊蒿。哀哀父母，生我劬劳。
>
> 蓼蓼者莪，匪莪伊蔚。哀哀父母，生我劳瘁。

很自然地，我会继续诵念出这首名曰《蓼莪》的歌谣。两段古代刻画生儿育女的诗句，非常传神地表达了父母亲对于新生命的切肤之爱。他们家的热炕上添了自己的骨肉，如果是个男孩儿，就让他睡在炕头上，给他穿华美的衣服，给他玩白玉璋；如果是个女孩儿，就把她包在褓褓里，给她玩陶制的纺锤。我听后来的研究者说了，以为歌谣所表达的意思，有点儿重男轻女的倾向，但在传统农耕社会，它确乎唤醒了小孩子的性别意识，使成长的过程中的男孩子和女孩子气质风采迥异。

如果说《斯干》中的句子充分传达了父母亲养育孩子的迫切期望，《蓼莪》则充分表达了父母亲生养孩子的不易，特别是孩子初生的头一个月，更是难以用语言表达了呢。

"人生人，吓死人！"

风先生仿佛过来人似的，探头在我的电脑屏幕前，不仅嘴里说着那样的话，还怕我听不真切，就伸出手指，在键盘上敲出了这样六个字。风先生给予我的帮助让我很是开心，接着，他情不自禁地又敲出了这样一句话来：

"小孩子的生日，可是母亲的受难日哩！"

风先生代我敲出来的这些话，如真理一样不容他人质疑。他看出了我对他的那一份敬意，因此还得意了起来。

得意起来的风先生，伸手在我的电脑键盘上继续敲着字，他敲出了"满月"两个字。我想，兴致甚高的风先生还会继续敲字哩，便放手让他在我的电脑上操弄了。而他也不客气，很大方地接手了我的电脑键盘，极为顺溜地敲出了下面这些内容。风先生言之凿凿，说是新生儿满三十天进行"满月礼"（也叫"出月"）的习俗，就源自姜嫄氏。

风先生的说教影响着我，让我蓦然仿佛回到了数千年前，看着姜嫄氏给她的儿子后稷做满月了。

未婚而孕而育的姜嫄氏，开始时可能知觉丢脸，是不怎么待见她的月子娃后稷的哩。她一而再，再而三地遗弃她的亲生儿子，然而天意使然，她的月子娃不仅没有毙命，而且活得很好，还越长越帅气，越长越健壮。姜嫄氏能怎么样呢？她哭了。还是个青春少女的她，一把鼻涕一把泪，向结冰的河面跑了去，跑到她的弃儿身边，从几只飞鸟暖融融的翅羽下抱来她的弃儿，又一把鼻涕一把泪地把他抱回家，招呼来她的亲朋好友，以及左邻右舍，给她的弃儿大操大办了一场宴席。

不知姜嫄氏计算过了没有，这一天，刚好是她的弃儿出生后满月的日子。

姜嫄氏也许无意给她的弃儿实施后来盛行的满月礼，但后稷成长为后世敬仰的谷神后，人们就都学习她，模仿她，在他们小孩子出月的日子，宴请亲朋好友与左邻右舍，实施满月礼了呢！满月礼相沿至今，已然成为新生儿成长不可缺少的礼仪了。当然了，风先生见大家给新生儿热热闹闹地举办满月礼，是很高兴的。然而，风先生对此似乎另有话说，因此他把满脸的喜悦之色收敛起来，没头没脑地问了我一句话。

风先生问我的话是："你不觉得姜嫄氏心中有愧吗？"

我能怎么回答风先生呢？虽知觉他说得有理，但我一个后来人，怎么好评判我们的老祖母姜嫄氏？我没有那个胆子，所以就没有回答风先生。而风先生似乎也不需要我的回答，就照着他过来人的认识，说他想说能说的话了。

风先生说："姜塬氏宴请亲朋好友、左邻右舍，是为她的弃儿之举赎罪呢！"

风先生说："我吃了她的宴席，我原谅了她的不是。"

风先生说得兴起，就还说姜塬氏把她神仙般的弃儿那么一次一次地往野外遗弃，倒是给了弃儿许多滋养，使她的弃儿出生后还没睁开眼睛，就先感受到了自然界的神秘与神异。他见风就长，长得自己能走能跑了，很少在家里待。他抓住一切机会往野外去，钻树林，步草地，爬高山，涉大河，常常是哪里黑了睡在哪里，哪里饿了吃在哪里，后来被称为黍和稷的野生植物，就这么被他发现了。

谷神后稷啊！他收集了黍和稷的野生种子，拿回家来，试验着耕种了。

后稷的试验是成功的。风先生感念后稷的好，众百姓亦感念后稷的好。风先生与受益的老百姓无不感恩后稷的试验，他们一起吟唱出了一首名为《黍离》的歌谣，为神奇的他证明着：

> 彼黍离离，彼稷之苗。行迈靡靡，中心摇摇。知我者，谓我心忧；不知我者，谓我何求。悠悠苍天，此何人哉？
>
> 彼黍离离，彼稷之穗。行迈靡靡，中心如醉。知我者，谓我心忧；不知我者，谓我何求。悠悠苍天，此何人哉？
>
> 彼黍离离，彼稷之实。行迈靡靡，中心如噎。知我者，谓我心忧；不知我者，谓我何求。悠悠苍天，此何人哉？

整首歌谣翻译成现在的语言依然值得玩味：看吧，那黍子一行行，高粱苗儿也在长。走上田地脚步缓，心里只有忧和伤。能够理解我的人，说我是心中忧愁；不能理解我的人，问我有什么寻求。高高在上的苍天啊，何人害我离家走？看吧，那黍子一行行，高粱穗儿也在长。走上田地脚步缓，如同喝醉酒一样。能够理解我的人，说我是心中忧愁；不能理解我的人，问我有什么寻求。高高在上的苍天啊，何人害我离家走？

第三章重复地继续说：看吧，那黍子一行行，高粱穗儿红彤彤。走上田地脚步缓，心中如噎一般痛。能够理解我的人，说我是心中忧愁；不能理解我的人，问我有什么寻求。高高在上的苍天啊，何人害我离家走？

黍和稷分别是两种什么样的不同的植物，对此我是糊涂的，而风先生则知道得非常清晰。他给糊涂的我说了，黍是黄米，稷是高粱。风先生这么说来，我就明白了，知晓二者皆在五谷之列，其中黍煮熟后有黏性，稷则不黏。古今著录，多有不同，汉以后混淆得更甚。幸亏有风先生在，他在后稷发现黍与稷的时候就伴随着他，知晓后稷命名为黍的植物，叶子线形，籽实淡黄色，去皮后黄澄澄的，米粒很小，煮熟后具有一定的黏性……百姓们感念后稷的发现，更感念黍的珍贵，为了交易时的公平，会将百颗黍排列起来，取其长度作为一尺的标准，即"黍尺"。

黍的作用被古人不断地开发着，后来还用以酿酒、做糕等。

广阔的黄土高原，因其自然环境的适应性，现在还广泛地种植有黍，而且也种植着稷。这里所说的稷，并不是《诗经》中的稷，即高粱，而是陕北人依然在种植的糜子。"千年的糜子，百年的谷"，农谚的描述最能说明黍与稷的本质。带有一层硬壳的糜子能存放千年不坏，同样的道理，也有一层硬壳的黍能存放百年不坏。我曾长时间在乡村生活，见识了家里的老人为了备荒而存放在瓦瓮里的黍与稷，一年一年地存放着，都有许多代了。

《说文》有云："稷，五谷之长。"《汉书·郊祀志》又云："稷者，百谷之主，所以奉宗庙，共粢盛，人所食以生活也。"风先生太熟悉这些古文献的记载了，他说起话来引经据典，我是插不进一句嘴的哩。

但我出生、成长在古周原上，不仅食用过黍与稷制作的食物，还参与了将黍与稷作为祭品祭祀祖先的过程。逢年过节的时候，家里的中堂上，照例要安顿好祖先的牌位，一早一晚地给祖先上香、祭酒，燃烧的香烛所插的地方，就是盛着黍与稷的一口瓷碗。20世纪初，考古专家在古周原上的斗鸡台发掘新石器时代的遗址，在一个瓦鬲中发现了稷粒。新中国成立后，中国科学院考古研究所在陕西西安半坡新石器时代遗址中，也发现了稷粒。正如郑玄在注《周礼·小宗伯》时所说："祭祀用谷、黍、稷为多。"正因为此，我们古周原上的人家，谁家里添了人口，家里的老人依例要做一个装满黍与稷的小枕头，给小小孩儿枕呢。

教民稼穑的后稷无愧于谷神的地位。风先生对此念念不忘，还要翻出《竹书纪年》给我唠叨了呢，说什么"汤时大旱七年，煎沙烂石，天下作饥，后稷是始降百谷，烝民乃粒，万邦作义"。还唠叨说："尧水九年，汤旱七年，天下弗安，黎民饥阻，拯民降谷，功在后稷，后稷不克，上帝不临，耗斁下土，宁丁我躬！"是啊，我们今天的人，饮食上比起古人丰富了许多，奢华了许多，但黍与稷被后稷发现培育出来后，至今依然活跃在我们的餐桌上。

我和风先生回了一次故乡，有意去了趟关中四大名台之首的教稼台。在这里的一户农家乐里，要了一碗熬煮得黏黏的小米稀饭和一盘糜子面粑粑，我一口小米稀饭，一口糜子面粑粑，细嚼慢咽，品味着黍与稷的原味，似觉比任何时候都香。黍、稷甘如饴，我沉浸在从古至今的那种大味里，久久地思念着我们的谷神后稷。

吃喝罢了黍和稷制作的食物，我满足地抹着嘴，和风先生走出农家乐，爬上了农家乐一旁的稷王山。

前些年的时候，我就上过一次稷王山，知晓伟大的后稷陵就在山顶上，后人为了纪念后稷的功绩，不仅为他在这里修建了陵园，还修建了庙宇和高塔。爬上了稷王山巅，站在了刻有"后稷明堂"四个字的庙门前，放眼四顾，田野林荫，八方道路，山川河谷，一览无余。

过去的农历四月十七日，无论官方还是民间，每年都有致祭后稷的活动，现在亦然。我来的日子，刚好举办过致祭不久，还能看得出当时的场面是非常盛大的哩。

现在的致祭活动，结合了国家级的"农高会"（中国杨凌农业高新科技成果博览会），其中设立的一项"后稷奖"，很为从事农业技术研发和推广的人们所向往，是获得者的荣耀。为杂交水稻研究与推广作出伟大贡献的袁隆平，就获得过后稷奖呢！

后稷从野生植物中发现了黍和稷；袁隆平的杂交水稻，也是从发现一株原生水稻开始的。

什么是野生？什么是原生？关于这些专业概念，我不甚了了，但我有风先生指导，就少了许多麻烦。我为此咨询过他，他很是不屑地说："现在的人，尤其是口袋里揣着高级职称本本的一些人，为了凸显他的能耐，总要把一个简单的话题说得高深莫测，其实不如简单点好，别人听来也好懂。你问我'野生'和'原生'植物有什么区别，要我说，都是还没被人为栽培过的植物。"

风先生的一句话，说得我内心一片透亮。

我因之还生发出一点感想来，以为"野生"和"原生"的好，是必须尊重和保护的呢！但我们现在的人，打着科学的旗号，以科学的名义，不断地干预甚至嫁祸于"野生"和"原生"的东西，可是非常要不得的。风先生的眼睛太犀利了，他看出了我内心的活动，给我耳语似的说了两句话。

风先生说："农家乐里的小米稀饭的味道好吧？"

风先生说："农家乐里的糜子面粑粑的味道正吧？"

风先生说的话，让我顿然有所思，有所想，想我们今天常常要抱怨，吃的各种蔬菜，没有了那些蔬菜的原味；吃的猪肉、羊肉、牛肉等，亦没有那些肉的原味；便是我们人自己，似乎也找不见人的本色了呢！风先生认可我内心里的所思与所想，他温柔地抚摸着我的面颊，给我又说起话来了。

风先生说："回来吧。"

风先生说："回来做人自己吧。"

风先生的话严重地影响着我，我走进后人为后稷建立的庙堂中，去到安顿他精神与灵魂的享堂里，仰望他庄严的塑像，我没出声地向他祈祷了。

我祈祷说："你一个没有父亲的男人，把自己活成了一个伟大的父亲！"

我祈祷说："中华文明与中华文化的父亲！"

我祈祷说："我们敬爱的老祖宗啊！"

纪三　声色雎鸠

关关雎鸠，在河之洲。窈窕淑女，君子好逑。

参差荇菜，左右流之。窈窕淑女，寤寐求之。

——《诗经·周南·关雎》节选

我相信，风尘仆仆的风先生，是伴随着黄河的巨浪，来到芳草萋萋的洽川的。

我还相信，黄河的每一滴流水，都见证了风先生的行程，黄河水与风先生相亲相爱相敬，相依相恋相偎。风先生知晓，浩浩汤汤的黄河水，在巍峨高峻的源头上，最初都只是一片飘飘摇摇的雪花哩！六瓣冰样的花儿，姿态各异，而又天真烂漫，相互纠缠着，以一种曼妙的轻盈，飞落在雪山与冰川上，静默下来，处子般一动不动，把自己诚实地融为雪山与冰川的一部分，等待在雪山与冰川之上，千年万年……那样的等待，既美丽着雪山与冰川，更美丽着它们自己。

但美丽的冰雪，其内心却是躁动着的。

躁动着慢慢地向下移动，又不知移动了多少年。这样的移动是雪山、冰川苏醒的过程，它们知道自己该从沉睡的状态中苏醒过来，接受阳光的抚慰，感受阳光的温暖……阳光使得冰雪成了倏忽睁开眼睛的一滴水，一滴源头上的水啊！那滴水晶莹剔透，无色无味，带着母性的柔韧与美，还有母性的纯洁与爱，从它深爱的源头出发了。穿越山谷，跨越险滩，原来的每一滴水，不断地汇聚着，汇聚成一条撼天动地的巨流！蛇曲深幽的晋陕大峡谷，培养了黄河桀骜不驯的性格，可它一旦冲出禹门口来，见识到了大平原的宽容，便又迅速地改变着自己，变得柔顺和缓。黄河轻歌曼舞般与风先生一起来在洽川，先看见了那个人称"瀵泉"的泉眼，汩汩的流水吹动着细碎的黄沙，泉眼经由水的塑造，真如大黄牛屙在黄河浅水边的牛粪堆一般。

放浪不羁的黄河少有风先生的自由，它也许注意到了瀵泉边将要发生的一件事情，但它奈何不了自己的冲动，继续着东去的步伐，丢弃下风先生，让风先生来为那件事情做证了。

好奇的风先生睁大了眼睛，他看见了那位雄才大略的周天子文王姬昌，还看见了日后为人歌之颂之的太姒女。风先生在看见他俩的同时，还看见了"关关"鸣叫的雎鸠鸟儿。无所不知的风先生，可是非常喜欢这种名叫雎鸠的水鸟呢，它们形状类凫，不仅黄河边上有之，江淮间亦有之。生有定偶，终生不相乱。扬雄作《羽猎赋》，即不吝笔墨，这么来写雎鸠了："王雎关关，鸿雁嘤嘤，群娱乎其中，嗷嗷昆鸣；凫鹥振鹭，上下砰磕，声若雷霆。"

因为雎鸠生性贞洁，在扬雄的笔下，很自然地就冠戴上了一个"王"字，而成了"王雎"。

风先生在黄河洽川的瀵泉边，耳听王雎鸣叫得那叫一个欢实。不过此一时也，他的全部注意力都集中在了文王姬昌和太姒女的身上。从周原而来的文王姬昌，血气方刚，他千里迢迢到黄河边上来，也许是耳闻了洽川的风光，以及瀵泉的奇妙，心里有了到此一游的想法，但根本的目的还是考察民情、观察地胜……小小的一片周原，经过数代周人的经营与开发，已经不能满足他们生存的需求了，特别是这位胸怀天下的雄主，已有了向外扩张的想法了呢。为了充实内心里的想法，他从偏在关中西部的周原一路东往，风餐露宿，这便走到黄河边上来了。他看见了黄河滩上汩汩喷涌的瀵泉，看见了洽川一带随风舞荡的芦苇，并抬眼朝黄河东岸更加遥远的地方眺望了一阵子。当他觉得眼睛累了，收回他的眼光，想要歇一歇他的眼力时，却不经意地看见了太姒女。也许是因为太姒女的乌发上插着那朵荇菜的花儿吧，黄灿灿吸引了文王的眼睛。

所谓的一见钟情，在文王看见太姒女的那一瞬间，得到了一次撼人心魄的证实。文王的眼睛很没出息地盯在太姒女的身子上，挪不开了……家在瀵泉边的姒姓人家的大女儿，每天都要到这里来采摘荇菜，这是她的责任呢。多年水生的荇菜，在太姒女的眼里浑身都是宝：黄色的花冠美艳惹人；鲜嫩的茎和叶子，既是喂养猪羊的好饲料，也是营养人的一味野菜。太姒女的家里养了几头正待育肥的猪娃子和羊羔儿，她大把大把地采摘着漂浮在浅水上的荇菜茎叶，采摘来一大把了，就拿到水边的沙滩上。太姒女一遍遍地采摘着，一遍遍地往沙滩上摊，摊开荇菜给太阳晒了呢。温热的阳光晒去荇菜茎叶上的水滴，晾晒出一大堆来，太姒女就折来两根芦苇秆儿，拧巴拧巴，把晒好的荇菜拦腰捆起来，背在肩上就要回家去了。

回到家里，太姒女还将在荇菜捆子里挑拣出一些更为鲜嫩的茎和叶子，以及带在茎叶上的黄色花儿，做成荇菜绿豆粥，给家人吃喝哩。

荇菜鲜嫩的茎叶和花朵柔细多汁，做成荇菜绿豆粥，可是非常馋人的哩。太姒女从老母亲那里学来的做法是：把精心挑选出来的荇菜茎叶和花淘洗干净了，备在一边；先以温水浸泡绿豆，再淘出足够家人食用的黍米，入锅加水熬煮；眼看着绿豆煮得绽开花纹，而黍米也已微烂，即把备在一边的荇菜茎叶和花投入锅里，快速地翻拌，翻搅均匀了，就盛在碗里，端给家人吃了。

荇菜绿豆粥所以受人喜爱，关键在于其丰富的药用价值，食用之后，不仅可以解热，还能够利尿。

熟练地打捆好晒好的荇菜，太姒女将其背上肩头，是要回家去了。然而看她看得入迷的文王姬昌，又岂能这么放她走？内心燃烧起来的一股火苗儿，到了这个时候，呼呼地向他的头脸延烧着，烧进了他的眼睛里，使他的眼睛如同燃烧的火光一样，热烘烘地往外扑了，扑向他眼前的太姒女。

腼腆淳朴的太姒女似乎要被燃烧起来了呢!

忙碌着采摘荇菜的时候，太姒女即已感受到文王眼光的火热。她躲闪着，躲到了这个时候，她不能躲了。她因此睁着一双闪闪发亮的眼睛，也来盯视文王姬昌了。

四目相对，蓦然间撞出来的那串火花，让看着文王姬昌和太姒女的风先生，当下如风一般，脱离开了他俩，躲到一边去了。风先生是个知趣的人，他虽然躲开了文王姬昌和太姒女，却还牵挂着他俩，远远地不敢回头，只凭他所特有的那一种感触，感受着两人的举动与言语……文王一步一步地向太姒女走着，太姒女没有后退，她就那么安安静静地等在她站着的地方，直到文王走到她的身边，伸出手来，搭在她的肩膀上。她娇嫩的小身子，像被晴空中的一束电光射了一下；她背在肩上的荇菜捆子，抖抖擞擞地从她的肩上掉落到了脚下，散成了一片。她张了张嘴，但没有说出话来，而是对文王腹语了两句。

太姒女说："你是谁呀？"

太姒女说："你要干什么？"

不知文王姬昌听见了太姒女的腹语没有，总之风先生是听到了。他还听见了文王说给太姒女的两句腹语。

文王说："你是我的人。"

文王说："我要要了你。"

风先生在听见文王与太姒女的这几句腹语对话后，知道要发生的事情，已不可避免地在黄河滩上的潩泉边，干柴烈火般发生了。因为风先生不仅凭着他的第六感觉知晓了他们的举动，还看见那片生长得蓬蓬勃勃的芦苇，像被一种特殊的力量推动着，呼啦啦向一边斜着倒了过去，倒得不能再倒了，又反弹回来，向另一边倒过来……密不透风的芦苇，在向任何一面倾倒过去时，都会不能自禁地战栗着，发出飒飒的声响。但芦苇的声响掩盖不住雎鸠鸟儿的啼鸣，"关关……关关……关关……"雎鸠鸟儿的啼鸣声，声声入耳，是那么嘹亮，是那么烂漫。我因之联想到，此后的男女两情相悦时，男子把女子搂在怀里，女子本能地要表达点儿自己的矜持，她会小小地挣扎一下，男子这个时候会怎么办呢？大多数时候，都是会随口哄女子两声的，他哄她："乖乖，乖乖，我的小乖乖。"

我撵着风先生，把我的想象告诉了他，求证男子哄女子时所说的"乖乖"，与雎鸠鸟儿"关关"的啼鸣声，可有什么联系？

风先生被我的想象惹笑了，他笑得呵呵的，不过他很乐意回答我的问题。

但在回答我的提问时，他伸手把我的脑袋极为欣赏地摸了摸，这才说了哩。

风先生说："你可真会想象呀！"

风先生说："我说不好，不过我想的与你一样，差不多吧，应该是这个样子。"

风先生说："关关……乖乖……"

风先生重复地说着这两个词，把他说得更乐了呢。大乐特乐的风先生，从黄河边上的洽川瀵泉，风一般跑了开来。他没有歇气，迈着他轻盈如风的脚步，头也不回地向西走着，走到了渭河边的咸阳地界。他有点先知先觉地停歇下来，守候在那一段渭河河岸边上，等着回程的文王姬昌，还有追随他而来的太姒女。

还别说，风先生真把文王姬昌和太姒女，在咸阳段的渭河边等到了。

文王姬昌是先到这里来的，他到达这里时，距离他在黄河洽川瀵泉边与太姒女相遇已经过去了半年时间。他走到这里时，没有要停下脚步的意思，还想着继续往前走，走回他的周原上去。风先生看到他这副模样，就以他风的方式，把文王拦了下来，要他好生等在这里，等待追随他而来的太姒女。风先生拦挡文王姬昌的方式非常独特，他既以风的能量撕扯住他的衣袂，还以他风的能力耳语他曾经说给太姒女的话。

风先生说："你是万民尊重的王哩！"

风先生说："王一言九鼎，话可是不能白说呢。"

风先生说："你要了人家女子，还给人家女子说，'你是我的人'。"

风先生说："你的人追随你来了！"

文王姬昌被风先生的几句话说得愣住了，生性雄强的他，谁的话都可以不听，但风先生太特殊了，他的话不能不听。文王姬昌因此等在渭河边上，耐心地等着追随他而来的太姒女。还别说，真如风先生说的，在黄河洽川瀵泉边遇到过文王的太姒女，在那个漫天飘舞着红色霞光的傍晚，挺着怀有身孕的大肚子，沐浴着暖暖的红色光晕，出现在了文王姬昌的视野里。他向她看去，觉得她格外温馨迷人！心里的愧疚，赶在这个时候，猛然爆发出来。文王姬昌想迎着太姒女走过去，但他的双脚却像是钉在了原地，怎么都迈不开步。风先生看着文王那个样子，他是笑了呢。

笑着的风先生给文王说："没啥好发愣的，快去迎接你的人吧。"

风先生说："你看不见她的大肚子吗？她怀上你的骨血咧！"

在风先生的提醒和催促下，文王姬昌迈开步子，迎着太姒女走了去。两人走得很近了，文王停下了脚步，太姒女也停下了脚步。但就在太姒女停下脚步的那一瞬间，她朝着他乐了一乐……太姒女的那一乐，仿佛天边的晚霞一般，灿烂极了，靓丽极了。文王顿然丢失了君王应有的沉稳姿态，他张开双臂，虎扑向前，把近在咫尺的太姒女一下子环抱在了怀里。文王姬昌把太姒女抱得太紧了，抱得太姒女不得不提醒他，让他放松点儿力气。

太姒女说："我要出不来气儿了。"

太姒女说："小心我怀着的娃娃。"

太姒女说："你的娃娃哩。"

还有比这更感动人的时刻吗？风先生搜寻着他的记忆，不是很多。因而在这个时候，他不像文王姬昌与太姒女在黄河洽川瀵泉边野合时那么心惊肉跳地跑着要躲开他俩，而是不错眼地盯视着他俩，为他俩别后重逢开心高兴，高兴开心……他俩相拥相抱，在风先生的眼里，俩人拥抱得地老天荒。风先生怕他俩就这么抱成一座历史的塑像，就走到他俩身边，用他风的形式轻拂他俩的脸面，对他俩说了呢。

风先生说："差不多就好咧。"

风先生说："过了河就是家了呢。"

风先生说："想想办法，你俩就过河回家去吧。"

当时的渭河，流水汤汤，有种野性的烂漫，河面特别宽阔，而且水流湍急，要想过河还真不是一件容易的事。开始的时候，文王姬昌叫来一叶小舟，想要扶着太姒女乘舟而过哩。但是小小的一叶舟，在轰轰隆隆的激流中，翻上来，跌下去，太不平稳了。文王扶着怀有身孕的太姒女，刚一登上小舟，她便被颠得呕吐不已。见此情景，文王急忙把太姒女从小舟上又扶下来，想着用别的办法渡河了。什么办法最好呢？好心的风先生提议文王搭桥了。

风先生说："搭座桥就好了。"

风先生说："搭起一座桥来，既能解决太姒女过河的问题，还能方便百姓生活，何乐而不为呢？"

文王姬昌把风先生的话听进了耳朵里，他当下招呼来在渭河激流中摆渡的许多叶小舟，将它们用绳索连接起来，以舟船为梁，连接成了一座浮桥。然后便扶着太姒女，很是轻便地渡过了渭河，回到了周原上的王宫里……见证了这一切的风先生，心里特别感佩两情相悦的文王姬昌和太姒女，他情不自禁地向人们吟诵起了一首歌谣，他先吟诵出来，别人听闻到了，跟着继续吟诵，于是就有了《诗经》开篇的那首名为《关雎》的诗。

把《诗经》放在枕边，随时都能阅读的我，从风先生的嘴里知晓了那许多美丽的故事，我是也要吟诵的呢。

关关雎鸠，在河之洲。窈窕淑女，君子好逑。

参差荇菜，左右流之。窈窕淑女，寤寐求之。

求之不得，寤寐思服。悠哉悠哉，辗转反侧。

参差荇菜，左右采之。窈窕淑女，琴瑟友之。

参差荇菜，左右芼之。窈窕淑女，钟鼓乐之。

我吟诵的声音吸引了风先生的注意，他听得出，我的吟诵可是不得要领的哩。因此，他有几天时间追着我，给我做着这首歌谣的辅导，使我一点点地学习着，领会着，约略知道了些本质性的东西。全诗分为五章，开始以那只"关关"啼鸣的王雎鸟起兴，壮写了故事发生地的美好景色，以及太姒女采摘荇菜时的自然飘逸。我不揣冒昧，当着风先生的面，大胆地说了我的认识，以为我们现在的人，别说是一个君王，就是侥幸有个好爸爸的人，大概都不会喜欢上一个在黄河岸边采摘荇菜的女子。现在的一些人，太注重一个女子的外表了，而忽视了对于女孩子性情的辨识。这么看来，周文王就是有王的气质，他不仅一眼即看出了太姒女的身姿是"窈窕"的，还看出她是一个"淑女"。

这个"淑"字的出现太重要了，家教不好、修养不好的女子，可是难有这样的气质呢！

孔老夫子编辑《诗经》，能把这首歌谣隆重地排在首位，大概也是被那个"淑"字打动了呢。《论语》作为孔子的思想载体，非常重视君子精神的树立，《论语》有云："人不知而不愠，不亦君子乎。"什么意思呢？就是天下人都不懂你，而你也不怨恨，更不愠怒，这不就是君子吗？自"君子"而"淑女"，两者的结合，应该是最理想的生活哩。

后来的日子，一天天地过着，很好地证实着文王姬昌和太姒女的夫妻生活，不仅美满着他俩，还美满着天下人。

现代人有时会文雅地称呼自己的老婆为"太太"。何为"太太"？

我询问了风先生，他给我解释说，这一称呼最初就源于西周初年的"三太"。

太姜、太任和太姒，历史上统称为"三太"。太姜为周太王的后妃，王季的母亲，周文王的祖母。她智慧非凡，以身作则，教导着自己的儿子们，为儿子们培养了高尚的人格品质。大儿子泰伯与二儿子仲雍，知道父亲古公亶父，也就是周太王，想把王位传给弟弟王季和他的儿子姬昌，兄弟俩便主动离去，远赴荆蛮，为中华文明开拓出了另一番天地。太任是周王季的正妃，她旦夕勤劳，以尽妇道。太姒入得门来，虽然贵为文王夫人，但依然不改她的性情。她非常仰慕祖母太姜和婆婆太任的贤德，继承了两位前辈完美的德行，早晚勤勉，极尽妇道，从未有过失礼和过失；她还极尽子女之孝道，经常回家探望和安慰父母。她以妇礼妇道教化天下，被世人尊称为"文母"。文母的太姒专心治内，一胎又一胎，居然给文王生下了十名男丁。

生儿不易，养儿尤难，而教导儿子则是难上加难了呢。

太姒做得就非常好，她以身作则，教育十子。十个儿子无不学富五车，却又寡言少语；无不志向远大，却又虚怀若谷；无不自信有为，却又谨言慎行……总之，儿子们在她的深情教诲下，兄友弟恭，长成了对国家十分有用的栋梁之材。青出于蓝而胜于蓝，继承了王位的二子姬发，干脆起兵伐纣，灭了无道商王，建立了八百年大周。

不过，这是后话了。我不在这里多说，而是拉住风先生的手，向他请教"三太"教育儿子的一些情况。

风先生因之拿来《大戴礼记·保傅》给我说了，他说太任品貌端庄，德行高洁，凡事合乎仁义道德才会去做。她仁爱和顺，深明大义，生活俭朴，并从前辈那里继承来一个胎教的传统，当自己的孩子还怀在肚子里时，不让他们见到恶色，听到淫声，也不口出恶言；如果母亲接触到外界好的人和事，以为能够让胎儿感应到，就絮絮叨叨地讲给胎儿听……晚上入眠前，像做功课一般，少不了请来乐官，既朗诵诗歌，还演奏高雅的琴乐。

因为"三太"的模范作用，古代有教养的妇女，把给孩子进行胎教视为一项须臾不可忽视的任务。大凡怀有身孕的妇女，睡觉时绝不侧身而卧，站立时绝不左歪右斜，当然更不能吃不洁净的东西，不能坐位置不正的座位，不观粗俗的举动，不听靡靡之音。

《诗经》里一首名为《思齐》的歌谣，就很好地记述了"三太"的大美与大德。风先生不失时机地给我把这首歌谣吟诵了出来：

思齐大任，文王之母。思媚周姜，京室之妇。大姒嗣徽音，则百斯男。

惠于宗公，神罔时怨，神罔时恫。刑于寡妻，至于兄弟，以御于家邦。

雍雍在宫，肃肃在庙；不显亦临，无射亦保。

肆戎疾不殄，烈假不瑕。不闻亦式，不谏亦入。

肆成人有德，小子有造。古之人无斁，誉髦斯士。

风先生没有揽功于己，而是在吟诵罢这首歌谣后，摇头晃脑地给我说，这首歌谣就是文王姬昌自己吟诵出来的哩。

一个大男人，怀念歌颂自己的母亲和祖母，是再自然不过的事了，而很少有谁歌颂自己的老婆。我们伟大的周文王姬昌，算是开了个先河。他在这首由他创作的歌谣里，不吝辞藻地夸耀祖母和母亲雍容端庄、贤淑美好后，更拿出几多优美的词句，夸耀他的夫人太姒。他极言"大姒嗣徽音"，此话的大意，让风先生解释来说，就是周文王借用夸耀祖母、母亲的机会，夸耀太姒兼嗣太姜、太任之德，是两位老祖宗美德的集大成者。

风先生说得兴起，就还说周文王把他的爱妻太姒，依据礼法树为榜样，倡导人们要好好学习与效法。

修身，齐家，治国，平天下。的确是值得我们后人学习的呢。

纪四　草香怡人

周原朊朊，堇荼如饴。

爰始爰谋，爰契我龟。

曰止曰时，筑室于兹。

——《诗经·大雅·绵》节选

荠菜、香椿头、蒲公英、枸杞头、马兰头、野葱、野蒜、紫花地丁、马齿苋、嫩刺芽、血皮菜、水芹菜、灰灰菜、车前草、夏枯草、野豌豆、麦禾萍、扫帚菜、曲曲菜、地皮菜、霸王花、榆钱儿，等等，多了去了，不下百种。我在这个冬去春来的日子，回到古周原上的家乡，撵着这些我小时候熟悉的野菜，乐此不疲地采摘着。采摘上一种，也不放清水里洗，拿在手上甩一甩，拍一拍，就往嘴里塞着嚼了。形形色色的野菜，形形色色的味道，我嚼食得不亦乐乎，嚼食得满嘴绿色的汁水……风先生看见了，他好奇我的举动，就还打趣地说我了呢。

风先生说："你是在学公亶父吗？"

风先生说："当年的公亶父'率西水浒'，就很是惬意地品尝了周原上的野菜哩。"

对于风先生的说教，我没有什么可辩驳的，因为我早就从成就于古周原上的一部《诗经》里，阅读了那篇名曰《绵》的歌谣，对公亶父当年的作为有了些了解。所以在风先生指导我的时候，我还就不免卖弄地把《绵》中的诗句，一字一句地诵念了出来：

绵绵瓜瓞，民之初生，自土沮漆。古公亶父，陶复陶穴，未有家室。

古公亶父，来朝走马。率西水浒，至于岐下。爰及姜女，聿来胥宇。

周原膴膴，堇荼如饴。爰始爰谋，爰契我龟。曰止曰时，筑室于兹。

乃慰乃止，乃左乃右，乃疆乃理，乃宣乃亩。自西徂东，周爰执事。

乃召司空，乃召司徒，俾立室家。其绳则直，缩版以载，作庙翼翼。

捄之陾陾，度之薨薨，筑之登登，削屡冯冯。百堵皆兴，鼛鼓弗胜。

乃立皋门，皋门有伉。乃立应门，应门将将。乃立冢土，戎丑攸行。

肆不殄厥愠，亦不陨厥问。柞棫拔矣，行道兑矣。混夷駾矣，维其喙矣！

虞芮质厥成，文王蹶厥生。予曰有疏附，予曰有先后，予曰有奔奏，予曰有御侮！

我不打磕绊的诵念，很有点儿卖弄的嫌疑。想到这里，我的脸红了，知道我在风先生的面前，是没有那个资格和能力的。风先生倒是没有见怪，仿佛还受到了我的感染，像我一样，把汉朝时的一篇《羽猎赋》，摇头晃脑，运用风所独有的韵律，给我抑扬顿挫地诵念了哩。他诵念道："其十二月羽猎，雄从。以为昔在二帝三王，宫馆台榭沼池苑囿林麓薮泽财足以奉郊庙，御宾客，充庖厨而已，不夺百姓膏腴谷土桑柘之地。女有余布，男有余粟，国家殷富，上下交足，故甘露零其庭，醴泉流其唐，凤皇巢其树，黄龙游其沼，麒麟臻其囿，神爵栖其林……"风先生歇了一口气，又继续诵念："非尧、舜、成汤、文王三驱之意也。……历五帝之寥廓，涉三皇之登闳；建道德以为师，友仁义与为朋。……于是禽殚中衰，相与集于靖冥之馆，以临珍池。灌以岐梁，溢以江河，东瞰目尽，西畅无崖，随珠和氏，焯烁其陂。玉石嶜鉴，眩耀青荧，汉女水潜，怪物暗冥，不可殚形。玄鸾孔雀，翡翠垂荣，王雎关关，鸿雁嘤嘤……于兹乎鸿生巨儒，俄轩冕，杂衣裳，修唐典，匡《雅》《颂》，揖让于前……"

风先生把我震惊到了，他一口气诵念出这许多文字，没有深刻的理解和认同，是很难做到的呢。我毕恭毕敬地仰望着他，听他把《羽猎赋》全文诵念下来。我知道风先生诵念的文字，原为汉时文化大家扬雄撰书的呢。

扬雄的"扬"姓，本为周王族"姬"姓庶支的一脉。扬雄自幼好学，最大的爱好就是读书。唐代诗人卢照邻在《长安古意》里声言"寂寂寥寥扬子居，年年岁岁一床书"，说的就是他。还有修撰《汉书》的班固，在《扬雄传》里，更是评价他"不汲汲于富贵，不戚戚于贫贱，不修廉隅以徼名当世"，盛赞他品性高标，不追逐富贵，不担忧贫贱，不粉饰自己以求取声名。

史书中形象如此伟岸的辞赋大家扬雄，其所作的《羽猎赋》，被风先生一字不落地诵念出来，他是要给我传达什么意思呢？

我大费心思，仔细地琢磨着风先生推崇的《羽猎赋》，它看似书写了当朝天子的美德，其背后的意图，则像我诵念出的《诗经·绵》一样，还是在歌颂周王室中历代君王的功绩。我的理解得到了风先生的肯定，他轻拂衣袖，用他温暖的手掌抚摸着我的脸庞，让我受活极了。不过，我还有问题要问他哩。

我的问题集中在了公亶父的名讳上。我向风先生讨教："你嘴里称呼的公亶父，史书上为什么多称古公亶父？"

风先生被我这个小儿科式的问题逗笑了。他呵呵地笑了笑，依然温情地抚摸着我的面颊，给我详细地解释了。

风先生说："他的老祖先是叫公刘吧？"

风先生说："这里说的'公'，不是姓，不是名，而是对有成就、受尊重者的誉称。周王朝之前的商代，利用甲骨刻写的文字，用到'公'字时，大都是冠冕给祖先的；到了周朝时铭铸的青铜器上，所用'公'字，又多是对王朝重臣的美誉。"

风先生说："这么给你说，你明白了吧？"

我给风先生虔敬地鞠了一躬，从此明白"公"字原来还有这层意思。才疏学浅的我，知道自己大有继续向风先生虚心学习的空间，因此自作聪明地和风先生探讨起来。史书竟然也有不甚精准的地方，古公亶父的那个"古"字，就像原来的周原，今天的人叫来，都要加上一个"古"字，称之为"古周原"了。这一说法，《崔东壁先生遗书》讲得很是明白，书中指出，"古公亶父"之"古"，着实为"昔"之义耳。孙作云先生的考证，更是言之凿凿，不容置疑，他认为，"公亶父"不能称为"古公亶父"或"古公"。《诗经》四字一句，故在"公亶父"前加一"古"字，以足其文。司马迁没有明确这个意思，在《史记·周本纪》中一再曰"古公亶父"或"古公"，这是不对的。

这一段貌似无趣的闲话，却帮助我从远古时的周族人里，拉扯出了他们又一位伟大的先祖——公刘。

农神后稷发现并成功培育了黍和稷，使他的后辈儿孙在他们的祖居地备受恩泽。因为他是谷神，他的儿子不窋受到荫庇，继承了稷官的责任，掌管农业。不窋晚年，夏后氏国政衰败，轻视农业，"弃稷不务"。不窋因失去官职而逃奔到了西北边陲的戎狄之地，也就是现在的甘肃庆阳。然而不管时局如何变换，后稷的儿子不窋都没有放弃祖先开创的农耕技艺，他手把手地将其传给儿子陶，而陶又传给他的儿子公刘。

后稷带着个"公"字的曾孙公刘，是位极具天赋的农耕传人。

司马迁的《史记·周本纪》对此就有非常清晰的记载，说是"公刘虽在戎狄之间，复修后稷之业，务耕种，行地宜"。为了他们家族的兴旺发达，他不甘寄人篱下，就向着祖先曾经生活的地方不断地迁移，"自漆、沮度渭，取材用，行者有资，居者有畜积，民赖其庆。百姓怀之，多徙而保归焉。周道之兴自此始，故诗人歌乐思其德"。

以农为本的公刘，带领族人励精图治、奋发图强，周人的生活日渐好转。他的儿子庆节，因之还在豳地（今陕西彬州市、旬邑县一带）建立了国都。此后，历经皇仆、差弗、毁隃、公非、高圉、亚圉、公叔祖类七代人，他们家族的又一位杰出的人物出现了。

那就是后人尊敬地称其为周太公、周太王的公亶父了。

又一个带着"公"字的先祖啊，他继承了先祖后稷、公刘的大业，积累德行，普遍施行仁义，国人都非常爱戴他。风先生不愧是从《诗经》里走来的先知与先觉，他在把那个"公"字给我解释透了之后，还就公刘的伟大，一头钻进《诗经》里，找出其中的《閟宫》来，不无得意地给我诵念了出来：

> 后稷之孙，实为大王。
> 居岐之阳，实始翦商。

诗句中的"大"字，是做"太"字用的。太王可不就是史书里的周人先祖公亶父吗？他担任周族首领的时候，商朝暴虐至极的武乙统治天下，武乙嫉妒周族人众的财富，就不断掠夺周人。与此同时，北方的猃狁也趁火打劫，侵扰相对富庶的周人。公亶父的族人们是勇敢的，大家团结在首领的身边，拿起刀枪，奋起反击着武乙，反击着猃狁……每一次反击，都有周族人血洒疆场，施行仁政的公亶父不忍他的族人流血牺牲，就把他们开辟出来的肥田沃土主动送给侵犯他们的武乙、猃狁之流，他则带领族人，像他的祖先一样，再次踏上了寻找新家园的路程。

风先生把公亶父当年动员族人说的话记得非常牢靠，数千年后的今天，他不无伤感地给我又说出来了。

风先生所以记忆得十分牢靠，是因为他当时就跟随在公亶父的身边，满含热泪，聆听了公亶父的演说。为了他的族人免受无妄之灾，不再牺牲生命，公亶父把自己的姿态放得非常低，他向大家说："民众拥立君主，是想让他给大家谋取利益的。现在的武乙、猃狁之流，常来强势侵犯我们，掠夺我们的财产，杀害我们的骨肉，我们是拼过命了！但我们的实力还是弱了点。我们能把自己有生的力量全部牺牲了吗？这不明智。因此我是想了呢，他们侵犯我们的目的，无非是夺取我们的土地，当然还有我们的民众。我不忍看着我的民众这样牺牲，而是想要大家活下去，活出一个幸福的未来。大家可否替自己想想，我是首领，他们也是首领，跟着我或是跟着他们都是生活，这有什么区别呢？如果民众为了我的缘故去打仗，牺牲民众的父子兄弟，只为让我做你们的君主，我实在担待不起。"正是因为公亶父的开明和仁爱，他的族人没有一个背叛他，大家紧紧跟随着他，南渡漆水与沮水，翻越梁山，迁徙到岐山脚下的周原上来。他的族人扶老携幼，相率而来，一路之上，那些小邦国的民众也被他的事迹所感动，纷纷归附，直到他和族人到达周原的时候，族群人数不仅没有减少，反而进一步壮大。

风先生是把公亶父当时说的话翻译成今天的语言给我说的哩，他把我给说哭了。我哭，风先生也哭，公亶父的一片苦心让我俩全都泪水涟涟，感叹唏嘘不已。

哭着的风先生，赶着这个时候，又把《诗经》中那首名为《绵》的诗句吟诵了一遍。他吟诵完，非常意外地，突然又说了这样一句话。

风先生说："公亶父可是个怕老婆的人哩。"

风先生的这句话说出来，先把他自己惹得破涕为笑了呢。当然了，我也是被他惹笑了。这没什么稀奇的，风先生就是这么有趣，他既会管理自己的情绪，还会管理自己的情感，绝不会沉溺在一种糟糕的心态中不能自拔。所以，当他心情不是太好的时候，总会给自己找个开心的话题，或者理由，让他自己和与他在一起的人都开心快乐起来。

风先生乐了，我也乐了。乐起来的他，居然把我胡诌的一篇《夫妻赋》，赶在这个时候，拿出来念叨了：

　　夫妻情深，相亲相敬相爱。风雨同舟，贫贱始终，生儿育女责任重，扶老携幼步天籁。勤劳俭朴，雅逸风清，为邻汗水浇青松，长远巧手相与共。

　　夫妻情笃，相扶相携相守。磨砺真情，不言弃离，举案齐眉共舞蹈，耳鬓厮磨同歌乐。效法前辈，砥砺后辈，家事国事铁肩担，诚信乐观向未来。

　　夫妻情隆，相乐相和相终。知热送风，遇寒送暖，避风挡霜是港湾，酸甜苦辣长相依。克艰攻难，友善和谐，老骥伏枥新征程，矢志不移唱晚晴。

风先生念叨着我胡诌的文字时，我是脸红了呢！

不过我们喜欢的公亶父夫妻，确乎是那个样子哩。公亶父爱他的妻子，他的妻子太姜亦爱他。风先生见证了他们夫妻恩爱一生的情状：作为部落首领的公亶父，将家事都交给太姜处理了；而关于家国大事，他也会征求太姜的意见，与她共同商量，包括向侵犯他们部落的武乙、猃狁妥协，迁徙以后在哪里定居，都是他们夫妻一起商量定下来的。"周原膴膴，堇荼如饴"，夫妻俩"率西水浒，至于岐下"，抓起一把周原上的厚土，握出油脂来似的是身为丈夫的公亶父；而撷下几棵野菜，投进嘴里来嚼的是身为妻子的太姜。

在土肥草香的王地，和睦和谐的公亶父与太姜，时刻不忘"仁德"二字的要义。他们夫妻二人享受到了，还推己及人，教化自己部落的夫妻，使其亦能够和睦相处，与家人共享天伦之乐。

男大当婚，女大当嫁，部落中自己没能力娶妻结婚的人，首领会组织帮助他们；同时尽量不征兵役、徭役，减少夫妻分离的日子。这样一来，部落人口增加很快，而在那个时候，人就是财富。人口红利极大地促进了他们随之推行的"务耕种、行地宜"的农业发展政策，实现了"行者有资，居者有畜积，民赖其庆"的局面，加之太公"积德行义"，使得"国人皆戴之"。这奠定了周人礼教文化的基础，使得他们部落逐渐强盛了起来。

居功至伟的公亶父，没有把这些功劳独揽在他的身上，他感念天意让他娶了个好老婆，给他生育了泰伯、仲雍和季历。几位儿子，因为母亲太姜的教育，都十分贤明。按照当时部落社会的惯例，公亶父的王位应传给长子，他的长子泰伯是理所当然的继位人。父王公亶父也许有那个意思，感觉老三季历人贤能力强，希望他来继承他的事业。泰伯没有争没有抢，他采取了避让的措施，托词采药，拉上他的二弟仲雍，走出他们兄弟生长的周原，一路向东，远去了荆蛮之地……泰伯很好地葆有了父母亲的美德，与当地的荆蛮人和谐相处，教授他们农业生产的技能，团结了大量的当地人，大家心悦诚服，拥戴他在太湖之滨建起了国号"句吴"的方国，还在今天的无锡梅里营建起了都城。

虽然奔吴而去的泰伯建立起了他的小方国，但在他得知父王去世的消息后，又毅然携手二弟仲雍回去奔丧。

在周原上他们周族的王宫里，三弟季历和众臣全都求泰伯来继承王位，可他坚决不从，料理完丧事后，即又返回了江南。季历无奈，登上王位，却遭到商的嫉恨，被暗害致死。泰伯因之再一次回家奔丧，群臣又再一次请求他继位，而他也再一次在办完丧事后返回了他的江南。

"泰伯，其可谓至德也已矣。三以天下让，民无得而称焉。"多年后孔老圣人评价他的话，被风先生牢牢地铭记在心，他时不常地要给我念叨一回。

作为吴姓中的一员，我心心念念着泰伯的圣心大德，为有他这一个吴姓祖先而骄傲。春节时我专门留出两天时间来，拜访了泰伯立国的遗迹，以及他去世后的埋葬地。

我的朋友风先生，是伴着我一起去的。有他在，我对泰伯的认识会更准确一些。

我俩赶到无锡梅里，即今天的梅村时，恰在正月初九日，而这一日刚好又是泰伯生日。梅里人为泰伯建立了祭祀他的祠庙，设定了庙会……人山人海的庙会中，我和风先生手牵手走在密不透风的人群里，好不容易走进祠庙，买了高香，举着要给我们吴姓的老祖宗敬上，却半天挤不到香炉前。来庙里的人，像我一样，心情都是虔敬的，大家一个跟着一个排队上香。就在轮到我上香的时候，风先生趴在我的耳朵眼上，给我诵念出了这样两句民谣：

正月初九拜泰伯，稻谷多收一二百。

多么实在的祈望呀！大家祈望得到泰伯的庇护，过上幸福美满的生活。仁德的泰伯应该有这个能力，也有这样的神力，能让他爱护的老百姓过上好日子。可不是嘛，唐代诗人陆龟蒙拜谒泰伯庙时，情之所至，书写下来《和袭美泰伯庙》一诗，就镌刻在庙廊的一块石碑上，被风先生看见了。

故国城荒德未荒，年年椒奠湿中堂。
迩来父子争天下，不信人间有让王。

我耳听着风先生的诵念，眼睛却看向了泰伯庙殿前明代修建的石牌坊，上面凿刻着"至德名邦"四个大字。这四个字帮助我很好地解决了一个怀揣在心里的问题。那就是生养了我的扶风县北乡闫西村，除了五房吴家子孙，从来未有一户姓闫的人家。奥妙原来就在周武王灭商后，派人找到这里来，把吴姓始祖泰伯的曾孙仲奕封于阎乡，从此仲奕的后代就以阎姓名世，"闫"是"阎"的异体写法，"阎"与"闫"是不分的哩。

纪五　诽谤木

文王在上，於昭于天。周虽旧邦，其命维新。

有周不显，帝命不时。文王陟降，在帝左右。

——《诗经·大雅·文王》节选

　　求贤若渴的文王姬昌，听闻哪里有贤人，就会从王宫里走出来，去找他。那一次外出访贤，走得远了，肚子饥饿，口中发渴，实在难忍，就坐在村口的一棵大槐树下歇息。

　　风先生热爱着文王，他不忍仁慈的文王口渴肚饥，就用他特有的方法，把一位手提瓦罐儿面糊糊的农妇，连推带拉地送到大槐树下，并平地刮起一股小风。盖在瓦罐上的那块粗麻布吹起来飘向文王，被文王伸手逮住了。农妇为了讨回她的粗麻布，就向文王走了去，文王把粗麻布还给她，但也向农妇提出了一个请求，问她能不能把瓦罐里的面糊糊匀他吃点儿。

　　农妇面有难色，但她还是给文王匀了些出来，给他吃了。农妇倒是没有多说什么，而旁边的风先生却给文王多了一句嘴。他说："人家是给她丈夫送饭充饥解渴的哩。"

　　风先生说："她好心匀了你一些，在田间劳动的她丈夫就少了那一些。"肚子饿得咕咕乱叫的文王，是把风先生说的话听进耳朵里了。但他吃都吃了，又能怎么办呢？而且他馋着的嘴、馋着的眼睛，依然向着农妇的瓦罐里张着、瞅着。农妇看得出来，饥渴着的文王，是还想吃她瓦罐里的面糊糊哩。心地纯良的农妇轻轻地叹了口气，就又给文王匀了一些吃了。文王吃后顿然精神大振，口中余味无穷，觉得这面糊糊比他王宫里的果蔬肉食还要香甜可口。

风先生代替文王向农妇致谢了。他说："你好心会有好报。"

风先生说："你不知晓吃了你面糊糊的人是谁吧？我告诉你，他就是老百姓爱戴的文王哩。"

不知农妇听清楚了风先生的话没有，而她也有她的话要说，就回了风先生和文王一句话。

农妇说："饭要送给饥渴的人，衣要送给受冻的人。"

风先生听了农妇的话，感动得说不出话来了。但文王听后，依旧关心着给他解了饥渴的面糊糊，就谢了声农妇，问她说："大嫂，这面糊糊是啥粮食做的？这么好吃。"

农妇坦诚地告诉他："三月春荒，农家人青黄不接，只有芒麦成熟得早，用它救急，搭救性命。"

文王自此知道了芒麦的好，说是所有的粮食中它应该独占鳌头，以后就改叫"大麦"吧……恰在这时，农妇于田间辛苦劳动的丈夫也已饥肠辘辘，他一次次抬头观望答应送饭给他的妻子，却怎么都瞅不见她来，就丢下手中的农活，决定回家吃饭了。他走到大槐树下，看见妻子与一个过路客人说话，即从妻子手中接过瓦罐，劈头盖脸地砸在了妻子的身上，把盛着面糊糊的瓦罐儿都砸碎了。文王就在现场，他把一切看在眼里，心里很是过意不去。他想上前与那丈夫辩白几句，而那丈夫发罢脾气，转身又到他劳作的田间去了。农妇没急没恼，她轻脚慢步，回家重新给她丈夫做饭去了。文王感动农妇的好脾气，觉得她任劳任怨，就尾随上去，很是抱歉地给她说了。

文王说："我不该吃你丈夫的饭食，害你遭了打。"

农妇倒是很会说话。她说："客人莫要见怪，我丈夫不是小气人，他怪我有失礼貌，没有把客人请到家里去招待，才打了我的。"农妇的话刺激到了文王，他思忖，自己出宫来四下访问贤德之人，眼前的农妇和她丈夫不就很贤德吗？文王因此解下他腰间的玉带递给农妇，让她拿着，并告诉她，日后如若遭遇急难，就拿上这根带子到王都去找他，他会帮她解除一切危难。文王嘱咐罢农妇，便依依不舍地离开了。离开后的文王，心里记挂着农妇，因此他在王宫之内，还想着大槐树下吞食大麦面糊糊的滋味，就吩咐他的御厨做来给他吃了。但他吃得一点都不香甜，御厨做的面糊糊苦涩不堪、寡淡无味，远远不及农妇做的好吃。

　　三年的时间过去了，农妇的家乡遭了天灾，实在无法谋生度日，她想起吃大麦面糊糊的客人留给她的玉带，便与丈夫一起将玉带带在身上，一路讨米要饭，去找文王了。

　　文王当年饥渴难耐，吃喝农妇的大麦面糊糊是在一棵大槐树下；巧的是，农妇来到王都，找见文王的地方，也有一棵大槐树……农妇有所不知，文王之所以坐在大槐树下，就是从她那里获得的灵感。一有时间，他就会从王宫里走出来，在大槐树下，与树下的老百姓拉家常，说到高兴处，大家一起笑，说到悲伤处，大家一起哭。因为此，文王总能及时准确地听到老百姓的声音，并及时准确地调整他的政策规划。政令从上到下畅通无阻，老百姓爱戴文王，文王更爱惜老百姓。

　　农妇和她的丈夫在大槐树下见着了文王，拿出玉带相认，文王想着农妇当时说过的那句话，"客人来了要请进家里去"，他没有犹豫，当即起身，恭请农妇和她的丈夫进入王宫里，安置他们住下，并当着满朝文武官员的面，封夫妻俩为"贤德人"。贤德的农妇夫妻没有让文王失望。他俩在王宫里住了些日子，文王去看他俩，想起那瓦罐里的大麦面糊糊，就给农妇说，王宫里的御厨咋做都没她做的好吃。农妇听后，就自觉地给文王做着吃了。可是文王尝了几口，也没尝出在他们村外大槐树下吃时的味道，就问了农妇原因。很会说话的农妇，既有长期在乡村生活的经验，又有了在王宫里的生活阅历，略一思忖，就把问题的关键想透了。农妇冲着文王淡淡地笑了笑，说："饥时糠也甜，饱时肉也嫌。"

文王听罢，拍案称好，说道："贤德人自有贤德的道理，我明白过来了。"

明白过来的文王说："饱时不忘饥时苦，富贵常记贫贱寒。"与农妇夫妻的交往给了文王莫大的启发，从此天下有了什么困难和问题，他不只在王宫里向他的大臣们询问，还一定要广求民间的意见，将各种意见综合起来，出台安邦定国、济世安民的政策与法规……周朝八百年江山，这一主张与立场，是起了大作用的。班固修《汉书》，总结文王的得失，最为推崇他的一个品德，就是他听得进老百姓的心声。

班固的原话是这么说的："仲尼有言：'礼失而求诸野。'方今去圣久远，道术缺废……"如此说来，孔老圣人也是非常赏识文王的德行呢。然而品德高尚、德行高标的文王，却不可避免地遭到了小人的诬告。这个小人就是与文王同时代的崇侯虎。司马迁的《史记》记载了崇侯虎是如何跑到商纣王面前，摇唇鼓舌告黑状的。他说什么"西伯积善累德，诸侯皆向之，将不利于帝"。崇侯虎揣摩透了纣王的小心思，知晓文王的德望对他确是一种威胁，而且知晓小小邦周在文王的励精图治下，已经很是强大了，大到如《论语·泰伯》所说的那样，"三分天下有其二，以服事殷"。商纣王不傻，他要借题打压文王了。商纣王青红不分，皂白不辨，当即把文王关进了大狱，并把他的待遇断崖式降低为下大夫级。

周文王事后在他为自己书写的回忆录《周易》里，详细地记述了狱中的情况："系用徽纆，寘于丛棘，三岁不得，凶。"一十三个字，字字带血。风先生当时放心不下囚狱中的文王，便及时赶来，日日相跟，时时不离。他给我说了，说是纣王将文王用绳索捆缚，关在丛棘之中的监狱里，三年不得释放。风先生还说，文王在回忆录《周易》中亦说，他的饮食是"樽酒，簋贰，用缶，纳约自牖"。这是什么意思呢？意即一日两餐，每餐一杯酒、两碗饭，用缶装盛，从窗口送入。生活上的艰苦，对于文王来说，倒是受得了。因为他牢牢记得，当他吃了那位很会说话的农妇做的大麦面糊糊后，农妇与他说过的话，那话是他困于牢狱之中时的精神支柱，他因此没有什么扛不过去的。但是远在周原王宫里的妻子太姒，却真的为他急了呢！

情急中的太姒想了一个主意，决定以子换夫。

风先生感知到了太姒的这一主张后，立刻以他风的能力旋回到周原上，劝说了太姒。可他不仅没有劝说得住太姒，而且还激发起他们大儿子伯邑考代父赴难的决心。伯邑考告别了母亲太姒，在风先生的陪同下，到商纣王的都城朝歌来了。文王的回忆录《周易》对此也做了记述："系小子，失丈夫。系丈夫，失小子。"不离不弃的风先生，在朝歌亲眼看见伯邑考面见了纣王，转述了他母亲的良好愿望。风先生听着伯邑考入情入理、感人肺腑的叙述，忍不住都热泪盈眶了呢！然而暴虐的商纣王听了伯邑考的话，不但没受感动，反而哈哈大笑起来。他的笑声把风先生惊着了，他知道商纣王的笑可不是什么好兆头。吃惊的风先生不由自主地把他的拳头都握了起来，可他能有什么办法呢？他一点办法都没有，就那么眼睁睁看着接受了命令的刽子手把孝顺的伯邑考先杀后烹，做成肉饼，装进食盒里，送到狱中的文王手边，让他食其子肉了！文王也许不知，食盒里的肉饼是杀了他大儿子伯邑考烹制的，就伸手拿了一个，送到了嘴边。

当其时也，风先生猛地扑到文王面前，想要夺掉他拿在手上即将要被吞食的肉饼，可他的动作还是慢了点，可怜的文王，把用儿子的肉烹制的肉饼，没嚼没咀，一口就吞下了肚腹……风先生因此想了，智慧的文王是已知晓了一切，知道他吞进肚腹里的肉饼是他大儿子伯邑考的血肉。他所以将其吞咽进肚腹里，就是为了麻痹商纣王，好让自己走出牢狱的大门，回他的周原上去，与他的百姓同甘苦共患难，大力发展家国势力，有朝一日，来向暴虐无道的商纣王复仇！

文王忍痛吞咽了爱子伯邑考的肉后，太姒又筹划用重金购买了许多奇珍异宝，以及美女，着人献与纣王，这便换来了文王的自由。

自由了的文王姬昌，回到他日思夜想的周原上来，走到了王宫门前。再往前迈出一步，他就又能坐上王位，发号施令了。可就在那一刻，紧随在文王身边的风先生，却看见文王回了一下头，看向了王宫门前的那棵大槐树。接着，他没有犹豫，当即转身过来，走到那棵大槐树下，靠着大槐树的树干，结结实实地坐了下来。他的这个举动，当即引起围在王宫门前的百姓的注意，众人无不欢欣鼓舞。一首《诗经·文王》的歌谣，就此在大槐树下轰然震响起来，响彻了高远的云霄。歌谣云：

　　文王在上，於昭于天。周虽旧邦，其命维新。有周不显，帝命不时。文王陟降，在帝左右。

　　亹亹文王，令闻不已。陈锡哉周，侯文王孙子。文王孙子，本支百世。凡周之士，不显亦世。

　　世之不显，厥犹翼翼。思皇多士，生此王国。王国克生，维周之桢；济济多士，文王以宁。

　　穆穆文王，於缉熙敬止。假哉天命，有商孙子。商之孙子，其丽不亿。上帝既命，侯于周服。

　　侯服于周，天命靡常。殷士肤敏，裸将于京。厥作裸将，常服黼冔。王之荩臣，无念尔祖。

　　无念尔祖，聿修厥德。永言配命，自求多福。殷之未丧师，克配上帝。宜鉴于殷，骏命不易。

　　命之不易，无遏尔躬。宣昭义问，有虞殷自天。上天之载，无声无臭。仪刑文王，万邦作孚。

周原上的百姓高声大嗓地传唱着《文王》这首歌谣时，风先生也跟着唱了哩。但他还分出点儿注意力来，把目光投向文王与众百姓在其下载歌载舞欢乐着的那棵大槐树……树老成神，在文王姬昌遭遇诬陷、被囚商纣王都城边上的羑里牢狱中时，与文王似有某种神秘联系的这棵大槐树，见不着常来它树荫下会见老百姓、聆听老百姓心声的文王，可是太伤心了。对此风先生有他独特的见解，以为物与人交往久了，也是会产生感情的。

对文王颇有感情的大槐树就是这个样子，它见不着文王，就落光了树叶，并在此后的日子里，像是沉睡过去了一般，再也不发新叶，光秃秃地等待着文王的归来。

大槐树等回了文王姬昌，它感怀文王的恩德，而文王亦感怀它的阴凉。双方在回头相互深情地对望时，风先生有意无意地召唤来一股风，簌簌地摇晃着大槐树上密密麻麻、细细碎碎的枝条。那么摇着晃着，不仅文王看见了，风先生看见了，便是围在这里迎接文王的老百姓也都看见了：大槐树的枝条，像是接收到一种神异的指令，蓦地就都绽放出点点绿色来，并迅速地生发着，从一点点的绿色，生发为满树浓密的绿叶。

大槐树这一神奇的举动，强烈地吸引了文王姬昌，也吸引了风先生。

此后的日子，文王姬昌坚持他原来就有的习惯，有时间了，就来到大槐树的浓荫下，与他的百姓谈话、交流。当然了，文王姬昌要做的事情很多很多，要操的心很多很多，他想到大槐树的浓荫下与他的百姓见面聊天，但他的时间太有限了。怎么办呢？文王想了一个办法，他颁令下来，号召老百姓心里有要说的话，能够见到他的面，就见了面说；如果见不到他的面，就说给他安排在大槐树下有文字能力的人听，让他们照样抄录下来，他找时间到大槐树下逐一了解。

文王姬昌在世时，对于他的这一承诺遵守得非常好。许多好的政策法令，就是因为老百姓的要求，才发布实施的哩。

风先生有许多关于文王姬昌的深刻记忆。身为君子的伯夷、叔齐，听说了文王的事迹，知他勤于政事，重视发展农业生产，礼贤下士，广罗人才，就远道前来归顺于他；还有在磻溪垂钓的姜尚，亦为他所吸引，被聘请来周做了国师……不同诸侯国的人相互间发生什么龃龉，想要求得一个公平的评判，也会赶到文王姬昌跟前来，让他定夺了。虞国和芮国的国君，为了争夺一块土地，你争我抢了很久没有一个公认的结果。因此双双商定，来找文王主持公道。当他们从自己烽火漫天的国土踏入文王的国境里来，即看见耕田的农夫相互让田，路上的行人相互让路。最后，两人走进文王的都城里来，看到的情景就更是让他俩佩服不已：街市上人来人往，熙熙攘攘，但无论如何，男女自会分道而走；头发斑白的老人不用负重，相互见面，都要客气地揖手致礼。两人及至走到文王的朝堂上来，看到听到的莫不如此，士人礼让大夫，大夫礼让卿相。两人不用给文王说什么了，他俩自觉惭愧，相互也谦让起来，说："我们所争的，正是周人所羞耻的。像我们这样的人，怎么能来践踏君子的厅堂呢？"

于是乎，虞国和芮国的国君都把土地让了些出来，他们两国从此和睦相处，再没了争讼。然而人不能永生，"郁郁乎文哉"的周文王，终究奈何不了时间的流逝，他老了呢。不知别人注意到了没有，风先生是敏感地观察到了，在文王离世的那天，与他休戚与共、生死相依的大槐树先是满树的绿叶卷曲着，枯黄着，到文王的臣民悲悲戚戚，把他们爱在骨子里的文王抬埋到郊野里后，大槐树上的叶子就落得一片不剩了，而且从此之后，再没有生发出叶子来。因为此，大槐树慢慢地树枝断，树股折，最后就只留下一根树干，顶天立地地挺拔在原地，继续接受老百姓的爱戴，承受老百姓给王室敬献的心里话。那些话，既有歌颂君王的，也有诽谤君王的。虚怀若谷的周文王后继者，感动着先王的恩德盛举，感受着先王的大度与情怀，就把这棵大槐树的树干誉称为了"诽谤木"。

因为周文王的关系，从那棵大槐树起，诽谤木在中华文明的历史上一直发挥着应有的作用，放手天下的百姓在其上书写谏言、指责批评政治过失，而使执政者有个听取百姓声音、改正自己过错、治理好整个国家的言论渠道。唐太宗算是一位贤明的皇帝，他从善如流，却也有考虑问题欠周妥的时候。譬如有一次，他嫌弃朝臣上奏的事情不够真实，便欲加贬斥。就在此刻，魏徵向他直言谏议："古者立诽谤之木，欲闻己过，今之封事（用袋子封缄的上书），谤木之流也。陛下思闻得失，只可恣其陈道。若所言衷，则有益于陛下；若不衷，无损于国家。"唐太宗高兴地接受了魏徵的话，并赞扬他说得对。

历史上有关诽谤木的事例，太多太多了。有正面的，也有反面的。

风先生对此多有记忆，不过他给我说了，正面或者反面，最终都取决于君王自己的修养。唐德宗贞元二十年（804），关中大旱，农作物歉收。京兆尹李实正想聚敛进奉，以固恩宠，对于百姓的诉苦便全不在意。唐德宗召见他，询问人民疾苦。他奏道："今年虽旱，谷田甚好。"经他这么一说，关中的租税没有得到减免，人民只好拆房子卖瓦、卖木料以供赋敛。皇城里一家戏班子中一个名叫成辅端的演员顺嘴编了段戏词，演出时唱给人们听了。其中的几句戏词很有点儿讽刺的意味，说什么"秦地城池二百年，何期如此贱田园。一顷麦苗五石米，三间堂屋二千钱"。向德宗谎报了实情的李实听到了，如闻他的死期一般，恼羞成怒，奏报成辅端"诽谤国政"。唐德宗不做任何调查，即下令处死了成辅端。

朝中有位正直的官员，因此上书德宗，讲了古代设立诽谤木，欲达下情不可加罪的道理。唐德宗这时倒没有怪罪这位官员，但他有没有因处死成辅端而后悔，无人知晓。可以确定的是，京师里的百姓，都切齿痛恨上了李实。

后来立于皇宫前的华表，被人说是从历史上演变而来的诽谤木。究竟是不是呢？我不好说什么，便问了从远古走来的风先生，他老人家居然如我一般，也不好说什么。六百多年之前，从他侄子建文帝手中抢来江山的朱棣，在北京修建承天门的时候，前后各立了两根叫作"华表"的汉白玉柱。你能说那就是"诽谤木"吗？虽然柱头上立着几个叫作"望君出"和"望君归"的石犼瑞兽，起意监督"人间之龙"，希望皇帝能出得宫来，体察民情，回到宫里，料理国事。但不知有哪个皇帝像周文王一样，真正做到了？

哦！使命艰巨的诽谤木呀！

我为此发出了一声慨叹，风先生是听见了。他听见了后，很是暧昧而又不屑地看了我一眼。他这一眼把我的脸面当下看红了，红得几乎要破出血来，知觉自己是没有慨叹的理由，更没有慨叹的资格……风先生把我脸上的窘态尽收眼底，与我颇多交往的他，理解我内心的感受，他不愿意我太过窘迫，就收回他眼里的暧昧和不屑，很是热心地又说起了我十分喜欢的《诗经》一书。风先生说："你那么乐读《诗经》，可你知晓《诗经》是怎么来的吗？"

风先生的一句问，顿然点醒梦中人。我假意而虚心地回问了风先生一句。

我说："请先生赐教。"

然而风先生早已看透了我内心的虚假，他轻轻地挥了挥衣袖，就如一缕温软的细风，拂着我的面颊，飘逸得不见了踪影。不过，我可以毫不客气地说了呢，对于《诗经》的来源，我多少还是知晓点儿的。因为我阅读过唐代诗人白居易创作的那首新乐府诗《采诗官》，其中对此叙述得就很明白了。身为朝中重臣的白居易，为着朝政的清明有感而发，开宗明义地在《采诗官》中指出，本诗旨在"监前王乱亡之由也"。接着还十分明了地写道："采诗官，采诗听歌导人言。言者无罪闻者诫，下流上通上下泰。周灭秦兴至隋氏，十代采诗官不置。"

从白居易的新乐府诗《采诗官》里，我是读出一种情味来了。

可以说自周文王起，于朝中设立"采诗官"这样的职官，选拔贤良人才，供给他们一定的财货，让他们走出王城，巡游各地，采集民间歌谣，是一种游走在世间的"诽谤木"。如此做来，更能贴近百姓，体察民俗风情，倾听百姓的心声，观照朝廷治国牧民的政治得失。

《汉书》对此也有非常精准的描述，譬如《艺文志》即曰："哀乐之心感，而歌咏之声发。诵其言谓之诗，咏其声谓之歌。故古有采诗之官，王者所以观风俗，知得失，自考正也。"而《食货志》亦曰："孟春之月，群居者将散，行人振木铎徇于路，以采诗，献之大师，比其音律，以闻于天子。"《汉书》里的这两段记述所说明的是：采诗，即采集怨刺之诗也。

我因之很想穿越到那个时代，做个游走乡野的采诗官。我甚至浪漫地想了，把采诗官想象成了一只一只既辛勤又称职的蜜蜂，翩翩飞舞，采撷那似花粉、花蜜般美丽动人的歌谣。

我正不知天高地厚地幻想着，游走的风先生窥探到了我的幻想，他是乐了呢。乐着的他把如风般细柔的手指划拉在我的头发间，我感觉痒酥酥的，伸手去抓，居然把风先生的手指抓在了手里。可能是我抓得太用劲了，我听见风先生轻轻地喊叫了一声痛。随即又说了我一句，他说我想得倒是美哩。

　　风先生的这句话使我疑心起来，疑心当年的他应该就任职过采诗官呢。

　　我的疑心获得了风先生的认同，他在我握着的手里悄悄地挣扎了一下，当着我的面，一下子真就恢复了他采诗官的模样。他豪迈着，又谦恭着，慷慨着又内敛着，深怀着一个采诗官应有的敬业精神，欣欣然地行走在笔直的官道上，矫健地行走在弯弯曲曲的乡间小道上。风先生手中摇动着一只木铎，那枣木制作的木铎被他长年累月拿在手里，汗沁油润，又红又亮，他走一步，木铎即发出一声清清的脆响。那美妙的清响，如一首不绝于耳的乐曲，穿越道路旁的小树林或者小溪流。在田间劳作的百姓们听到了木铎声，他们的心情当即会愉快起来，追着手摇木铎的风先生而来。采诗官风先生早就花白了须发，他看着向他围拢来的百姓们，即会停下他行走的脚步，随便找一棵树的树荫，或是一道土坎的阴凉处，坐下来，招呼着众百姓，向他们嘘寒问暖，请求他们将新的歌谣唱出来。而他则用一柄锋利的小刀，在他带在身边的竹片上，将新歌谣飞刀如花般地刻录下来。

　　以采集诗歌的名义巡游天下，风先生是太幸福了。

　　我无法知晓，风先生一样的采诗官，薪水是否丰厚，但我知道，他们是深受百姓欢迎的。采诗官来到某个村庄的日子，往往就是那个村庄的一个节日。村里的百姓也许会备了酒，把挂在屋檐下风干的羊腿或猪肘子，割一刀来，上火烹煮好了，盛在瓦釜里，与采诗官一起分享，一起歌乐。他们甚至有那样的资格和条件，与某个村庄里的某个女子，来一场爱的亲密接触。

　　我听到风先生咿咿呀呀地把《诗经》里的那首《硕鼠》声音洪亮地念

诵了出来：

　　硕鼠硕鼠，无食我黍！三岁贯女，莫我肯顾。逝将去女，适彼乐土。乐土乐土，爰得我所。

　　硕鼠硕鼠，无食我麦！三岁贯女，莫我肯德。逝将去女，适彼乐国。乐国乐国，爰得我直。

　　硕鼠硕鼠，无食我苗！三岁贯女，莫我肯劳。逝将去女，适彼乐郊。乐郊乐郊，谁之永号？

纪六 浪漫穆天子

威仪抑抑，德音秩秩。

无怨无恶，率由群匹。

受禄无疆，四方之纲。

——《诗经·大雅·假乐》节选

权威的说法认为，张骞为"凿空"西域的第一人。但风先生不这么认为，他有他的看法，而且言之凿凿，不容置疑。

风先生在给我讲述他的道理时，从袖口里抽出了一卷名曰《穆天子传》的书。白纸黑字，十分详尽地证明，在张骞奉诏走进西域之前，英武浪漫的周穆王早已走过了。风先生的记忆非常清晰，他说这部书出土在晋太康二年（281）的河南汲县（今河南卫辉市），那里有一座战国时的魏国墓葬，《穆天子传》当时就混迹在一大堆竹简里，有心人在整理的时候，分离出《穆天子传》和《周穆王美人盛姬死事》两部书简，刻版时合并为《穆天子传》而印行。三国时的音律学家、文学家、藏书家荀勖对这部书做了极为精确的校勘。风先生以他过来人的眼光评价说，荀勖其人可是很不简单呢，他这人高官不做，不仅校勘了《穆天子传》，而且还"上书辞去乐事"，专心致力于图书的校勘编次。

有部名为《古今书最》的书，风先生爱不释手，他不仅认真阅读过了，而且还要反复阅读，知其所有的记述都是可信的。此书即详述荀勖用了大约六年的时间，对当时他能看到的十万余卷图书进行了整理复校。他在复校时，将所有的卷帙都用黄绢抄写了一遍；抄写好后，又都用白丝绸做了包裹。其所复校的《中经新簿》就有十六卷之巨，著录图书1850部。因此可以相信他校勘的《穆天子传》，既是真实的，当然也是可信的。

《穆天子传》里的主角周穆王，为周王朝第五位帝王，姓姬，名满。在他出生时，周王朝已从"周原朊朊，堇荼如饴"的周原故地，搬迁到今西安西郊的镐京。他的生父周昭王也颇具雄才大略，在国力日渐强盛之时，有心平定南方，将疆土扩大到南方的汉江之滨。然而天不遂人意，昭王乘坐的船只行进在汉水上时，一个浪头打过来，竟然船沉人亡。史载"昭王南巡狩不返，卒于江上"，说的就是这起不幸的事件。昭王既死，穆王继承了王位。也许受了他父王的影响，继位后的穆王更为雄心勃勃，东征西讨，向东直达九江，向西直抵昆仑，北去攻打犬戎，南往兵伐荆楚，使周王朝的疆域达到了前所未有的壮美与辽阔。

穆天子太能活了，《史记》记载"穆王即位，春秋已五十矣"，又记"穆王立五十五年，崩"。加前接后，穆天子竟高寿一百零五岁。他活得如此辉煌，但让风先生说来，最使他不能忘怀，而要一而再，再而三传说的，还是他西巡几万里，于天山之巅的天池私会西王母的浪漫举动了。

不仅《穆天子传》详细记述了周穆王西巡的历史事件，《列子·周穆王》也记录了穆天子的这一事件："（穆王）不恤国事，不乐臣妾，肆意远游。命驾八骏之乘……遂宾于西王母，觞于瑶池之上。西王母为王谣，王和之，其辞哀焉。"在作者生活的那个时候，以他自己的价值准则，批评穆天子或许有他的道理，但时过境迁，如今还能以批判的笔法来评价穆天子西巡的事吗？不知别人有何想法，我或许受到了风先生的影响，对此是不能苟同的。

风先生在给我讲述穆天子的这一浪漫之举时，不断地要为他竖起大拇指。当然了，我听得欢天喜地，亦如风先生一般，给穆天子大点其赞。

穆天子决意西巡，范围之广，成就之巨，不仅前无古人，甚至后无

来者。如果硬要找来个可以与之比较的人，也许只有元朝初年的成吉思汗
了。这位英雄的大汗，和穆天子一样亲力亲为，统兵率卒抵达西域，创下
了非凡的功绩。

> 威仪抑抑，德音秩秩。无怨无恶，率由群匹。受禄无疆，四
> 方之纲。
>
> 之纲之纪，燕及朋友。百辟卿士，媚于天子。不解于位，民
> 之攸塈。

风先生感佩穆天子的浪漫，还有他的视野，在给我讲述着时，不禁把
《诗经》里的那首《假乐》歌谣吟诵了出来。然后又激情四射地用白话文
继续赞美着穆天子："您保持着严整的仪表形象，您拥有优雅的谈吐美名远
扬。您从来不结怨也没有交恶，凡事都是和群臣们共商量。您配享那上天
授予的福禄，堪为天下四方诸侯的榜样。贵为天子担得起天下纲纪，让身
边大小臣工得享安逸。天下诸侯大小臣工和士子，也都热爱拥戴着周王天
子。正因为您勤于政事不懈怠，使天下百姓得以休养生息。"

我必须承认，风先生对一些历史事物和事件的认识，确有他的独到之
处。像他吟诵的这首《假乐》歌谣，应该就是一个很好的印证。同时，素
有"青铜器之乡"称誉的扶风县，于1976年时出土了青铜重器史墙盘，其
上铭文近300字，即如风先生对穆天子的看法一样，美誉他"只显穆王，
刑帅宇诲"。由此足可证明，穆天子该是一位充满智慧、受人爱戴，却又
惯于统御四方、威震寰宇的伟大君王。

风先生赞美穆天子伟大，我想没人会不服气。试想在他所处的历史时
期，一个人想要西巡西域，绝对不是一件容易的事情。只说西巡的交通，
就是一个不好解决的大问题，但穆天子天才地解决了。

也许是天助穆天子，他遇到了一个异域的奇人。此人名叫偃师，是
一名传奇的机械工程师，他给发誓西巡的穆天子献上了一个比现代机器人

还要神奇的偶人。这个偶人与常人的形貌极为相似，周天子初始还以为偶人只是偃师随行的普通人，后经偃师多方解说，并让偶人百般配合，这才使内心强悍的穆天子信以为真。穆天子惊奇于偶人前进、后退、前仰、后合，动作与常人无一不肖。掰动下巴，则能启唇歌曲；调动手臂，又可以翩然舞蹈……穆天子看得有趣过瘾，就还招呼来他的宠姬们，围着偶人观看。

偶人自觉他的表演非常成功，到要结束时，竟不知天高地厚地给穆天子的宠姬们做鬼脸、抛媚眼，这使得穆天子怒火中烧，认为偶人并非偶人，而是一个活生生的真人。为此他怒怼偃师，指斥他戏弄王尊，当场就要砍下偃师的头。偃师也是急了，迅速捉住偶人，将其大卸八块，摊在穆天子脚下，果然只是一些皮草、木头、胶漆和黑白蓝红颜料组成的死物。已经这样了，穆天子还有疑惑，又让偃师把偶人组合起来，教唆偃师把偶人的心挖出，偶人即不能言语；接着又教唆偃师挖出偶人的肝脏，偶人则有眼而无视；然后又教唆偃师剔除偶人的肾，偶人则腿脚俱在却无法行走……穆天子最后在偃师的协助下，克服千难万险，驾八骏之乘而西巡到西域，于天池私会了西王母。

对这件事我是要疑惑的哩。不过，风先生却一点也不怀疑，他因之伸手扯住我的耳朵，呵斥我不能怀疑穆天子。

风先生以他过来人的口气，十分坚定地给我说了。他说："你把《山海经》好好读一读，你就没有怀疑了。"被风先生一通斥责，我抱起《山海经》认真阅读起来，发现其中的描述是非常逼真的，白纸黑字，记述了西王母居住在昆仑之丘、瑶池之滨，还称她"其状如人，豹尾虎齿而善啸，蓬发戴胜，是司天之厉及五残"。后来，我在风先生的指导下，还阅读了《汉武帝内传》，其中也写到了西王母，形象虽与《山海经》里的西王母有所不同，但这已经不重要了。我相信西王母容貌绝代，是一位举世无双的女神，她私会过穆天子，更赞叹了汉武帝，赐予了他三千年一结果的蟠桃。

浪漫的西王母，浪漫的穆天子，上下五千年，他俩浪漫得便是汉武帝都不可以与之相比了。

穆天子在瑶池见到西王母后，没有忘记自己的使命，他在偃师的陪同下，驾八骏继续北上，穿过了草木繁茂仿佛仙境的伊犁河谷，走到了"飞鸟之所解羽"的"西北大旷原"，眺望了一下更为广阔的世界，这才选择了一条新的道路，从天山南麓沿路返回。在昆仑之北的珠译，穆天子得珠泽之人所献白玉石及"食马三百，牛羊三千"，赐他们"黄金之环三五，朱带贝饰三十，工布之四"，而后悠悠然然地返回了国都镐京。

絮絮叨叨的我，在风先生的帮助下，引经据典说了这么多，就是为了说明，"凿空"西域的人，在张骞之前，还有个雄才大略、不辞辛苦的穆天子哩！

> 假乐君子，显显令德。宜民宜人，受禄于天。保右命之，自天申之。
>
> 千禄百福，子孙千亿。穆穆皇皇，宜君宜王。不愆不忘，率由旧章。
>
> …………

风先生抓住机会了，他前头为了配合我的写作，超前吟诵了《诗经·假乐》，到这时又来配合我的写作，将它的前半部分也完整地吟诵出来了。他吟诵毕，怕我不能理解透彻，就还用白话文翻译出来。他说："风度翩翩而又快乐的周王，拥有万众钦仰的美好政德。您顺应老百姓也顺应贵族，万千福禄自会从上天获得。上天保护您、恩佑您、授命您，更多的福禄都由上天增设。您追求到数以百计的福禄，您繁衍出千亿个子孙儿郎。您总是保持庄严优雅形象，称得上合格的诸侯或君王。您从来不违法，不胆大妄为，凡事都认真遵循祖制规章。"

《假乐》把包括穆天子在内的周王，及德入章，及纲入位，进行了全方位的赞美，真情可鉴，诗味无穷。

我沉浸在风先生吟诵的《诗经·假乐》中时，有一件文物专家清理研究后取名"班簋"的青铜器，带着一种强烈的精神气息，充盈在我的脑海里挥之不去，我知道自己是受了风先生的启发。曾经有过一段时间，好古而又泥古的风先生，活得可是太不开心了，他眼睁睁看着许多传自远古的宝贝珍玩，被人十分轻率地当作废铜烂铁，交售给破破烂烂的废品收购站。他因此呐喊，因此呼号，因此特意关注他看到的一些传世国宝，想要很好地保护它们，给它们新的未来。还别说，因为风先生的努力，就有许多传世国宝得到了比较好的保护，譬如那件青铜重器班簋。

当然不只是那件班簋，我曾工作过的扶风县文化馆，就因为风先生的帮助，从废品堆里抢救出了好多好东西。

1972年夏忙的日子，风先生满头大汗地跑进县文化馆来，给文化馆的罗西章报告了一件事情。罗西章也不管他忙还是不忙，听风先生一说，就拖着他，骑上一辆老旧的自行车，往十里开外的段家农机站跑了。风先生与罗西章赶到时，已是下午4时多了，他俩顾不上与农机站的领导沟通，直奔后院的化铜炉，大老远即看见了熊熊燃烧的炉火旁，有个工人抢起铁锤向一件汉代高柱铜檠砸下去。

风先生与罗西章见状急忙大喊："别砸！"

但他俩的喊叫没能阻止铁锤的落下，檠盏和檠柱在铁锤下发出一声沉闷的呻吟，当下断为两截。

风先生和罗西章为铜檠而伤心了。伤心的他俩向工人说明了来意，并让他叫来农机站的领导，当场在他们买来的几麻袋废铜里翻找，不仅找到那个已经与底盘分家了的博山炉，而且还又找到了一件完好的汉代蒜头铜壶和一面汉代瑞兽铜镜。把这些宝物带回到县博物馆，风先生和罗西章一件一件仔细观察研究，深感他俩的幸运，又一次挽救了这么多文物。当他俩把注意力全部集中到那件十分难得的博山炉上时，顿觉仿佛置身高峰陡立、云蒸霞蔚的仙山神境一般。风先生和罗西章用眼睛仔细地打量着博山炉，突然发现炉盖上少了一件东西。是个什么东西呢？应该是个小钮吧。再仔细看，就看见了盖顶上有一个小孔，那应该就是装置小钮的孔洞了。从茬口上看，出土时那个小钮一定还在。风先生和罗西章顺藤摸瓜，第二天去到交售这件博山炉的石家村探访，找到了挖出这批文物的那位农民。那位农民倒也老实，说是博山炉的顶盖有件小鸟，很好看，很漂亮，他的孩子很喜欢，他就掐了下来，给孩子玩了。

幸亏孩子喜欢，把玩了几天，把这个青铜小鸟玩得光亮灿黄……到手的青铜小鸟造型太生动了，展翅，昂首，张口欲鸣。拿回到县上的博物馆，把鸟爪下的榫子插入博山炉盖上的小孔，不偏不倚正合窍，也更增加了博山炉的神韵。

那时候的废品站里，有着太多的宝贝、太多的惊喜。就在风先生和罗西章从废品堆中抢救回这座博山炉的时候，风先生还远涉千里之外，与一个叫呼玉衡的人，以及他的徒弟华以武，从北京市物资回收公司的废铜仓库里拣拾出了多个国家级的宝贝。

自元朝以降，北京即为中国的政治经济文化中心，其深厚的文化积淀使这座城市遍地是宝。特别是有清一朝，皇家宫苑里不无嗜好文物古玩的君臣，这使得搜古求宝以供己玩的风气达到了前所未有的程度。数百年来，紫禁城收藏了数不尽的国宝珍玩。然而，随着封建社会制度的瓦解，以及西方列强的入侵，许多宫廷旧藏，或遭敌寇劫掠去了国外，或被宫人偷窃流入民间。到新中国成立后，北京城内的古物市场火爆了好一阵子，来这里淘宝的人络绎不绝。时光流转，到了20世纪60年代中叶，大破"四旧"的狂风刮起，原来被人们视为珍玩宝贝的物件，突然变得如同粪土一般，甚至比粪土还不如，放在手里还怕惹出事来，就都偷偷地砸烂，当作废铜烂铁卖掉，换几个糖豆儿给孩子吃。

受过良好教育的呼玉衡，与风先生一样，早就注意到这一非常现象。1972年秋的一天，呼玉衡在风先生的陪伴下，带着他的徒弟华以武，来到北京市物资回收公司，在堆得小山一般的废铜堆里搜拣文物。他们仔细地搜寻着每一个有价值的线索，过去的日子，他们已经获得了许多意想不到的发现，今天还会有意外之喜吗？

期待的心在风先生和呼玉衡师徒二人的胸腔里跳动着。他们没有想到，有一个重大的发现，就在眼前的这堆废铜里隐藏着。

一块一块的废铜，被呼玉衡师徒捡起来扔到身后。突然，他俩翻捡到一块带有特殊纹样的铜片，风先生大喊起来，提醒师徒二人宝贝到手了！呼玉衡师徒听清了风先生的话，把那块青铜碎片拣选出来，擦去上面的泥垢，再看时，风先生与师徒两人的眼睛都直了，青铜铭文！深厚的专业知识告诉他们，这该是一件西周时期的重器了。他们兴奋之情难以言表，立即发动废品回收公司的职工，大家一起上手，搜寻这件器物的剩余残片。功夫不负有心人，翻遍了堆积如山的废铜堆后，终于把这件西周重器的相关残片基本收集到了一起。

青铜器鉴定专家们把拼凑好的这件青铜器鉴定考证了一番，得出的结论让所有的人都大喜过望。因为这件器物便是七十年前从清宫流失了的班簋。

从《诗经》里走来的风先生，太知道班簋的底细了，它可是周穆王时期的一件青铜器哩。作器人的名字叫班，是铭文中提到的"毛伯"的后辈，因而被今天的金文研究者称为"毛班"。毛班之名，在《穆天子传》中多次现身，可知他是周穆王时很受器重的一位军事统帅。班簋上的铭文，有一些就是记述其赫赫战功的。

班簋的出土地点和时间已经无据可考，但风先生可以做证，其所在地就在古周原之上，原因是毛公（也可称毛伯）的封地就在这里。班簋在黄土里埋了许多年后又出土了，而且成为清朝皇室的收藏。清嘉庆年间，大学问家严可均编撰了一部名为《全上古三代秦汉三国六朝文》的书，其中就对班簋的铭文做了详尽的记录。特别是自称"十全老人"的乾隆皇帝，自从得到班簋后，就将其藏在内务府，视为不可多见的爱物。及至《西清古鉴》成书，其第十三卷中，专目收录了班簋的图形和铭文。便是1935年郭沫若先生编著《西周金文辞大系》，也不忘收录班簋的铭文。但当时先生仅是做了转抄而已，未曾见到班簋的真面目。

那么，班簋是怎么流失到民间的呢？想来那样一件重器，绝不是哪个宫廷内贼可以偷出来的。既然没有这样的可能，就只能相信这样一个传言：1900年，八国联军攻陷北京，兵荒马乱，到处烧杀劫掠，深藏内务府的班簋亦不能幸免，被人盗运出宫，从此不知所终。

班簋的失而复得，让一生酷爱金文器物的郭沫若先生欣喜不已，为此而著文加以介绍，轰动了整个文博界，使班簋在这一时期声名大噪。

这样的一件稀世珍宝，何以被砸毁卖了废铜呢？这应该是不难说清的，仅凭今天的猜想可知，自从班簋流出清宫后，肯定没有一日清闲，倒卖复倒卖，大约就进到一个普通收藏者的手中了。虽然收藏者一直秘不示人，但到了"文化大革命"的年代，收藏者怕了，怕这样一件封建时代的器物给他和他的家庭带来灾难，故而将它砸碎卖了废铜。

从废铜堆拣拾回来的班簋，经过专家的精心修复，现已十分完整地收藏在首都博物馆里，成为该馆一件名震四海的馆藏宝器。我曾去那里参观，隔着透亮的玻璃罩子，目睹了班簋的真容，知道：它通高22.5厘米，口径25.7厘米；四耳装饰的兽头呈象首状，首背依靠器壁，下垂着象鼻状的垂珥，底端向内弯曲长垂成足；器身上雕饰着不尽的饕餮纹，古朴而凝重，198个铭文赫然在目，向世人炫耀着它亘古不变的光彩。我那年去首都博物馆参观，风先生竟然也跟了去，在我看到班簋时，他还凑在我的耳朵边，向我阐幽显微地交代了呢。

风先生说："事物的完整性往往在你闭上眼睛时才看得明白，而睁开眼睛看到的只是一个表面。这大概就是人的心灵了，比眼睛更为明亮。"

风先生说："以是因缘，经百千劫，常在缠缚。好坏难料，不负本心。"

纪七　蜉蝣振翅

蜉蝣之羽，衣裳楚楚。心之忧矣，于我归处。

蜉蝣之翼，采采衣服。心之忧矣，于我归息。

——《诗经·曹风·蜉蝣》节选

公元前293年伊阙之战，白起率秦军在伊阙（山名，位于今河南洛阳西南）同韩、魏、东周联军展开战争。此战斩杀韩魏联军24万人；

公元前292年，白起发兵攻魏，一举夺取了魏国大小城池六十一座。

公元前291年，白起与客卿司马错联合攻下垣城（今山西垣曲县）。

公元前286年，白起攻打赵国，夺取光狼城（今山西高平市西）。

公元前281年，白起伐楚，楚军败，割上庸、汉水以北土地给秦求和。

公元前280年，白起再次伐楚，夺取鄢（今湖北宜城市）、邓（今河南邓州市）等五座城池，而后秦军越过秦楚边境山区，自断后援，分三路快速突进楚境，直围楚国的都城郢都（今湖北江陵县）。

公元前279年至前278年鄢郢之战，白起率秦军伐楚，攻破楚国都城郢、别都鄢，焚毁楚国的宗庙和夷陵（今湖北宜昌），重创楚军，淹杀楚国鄢城百姓数十万。

公元前273年华阳之战，白起、魏冉率秦军在韩国华阳（今河南新郑市）一带同魏国、赵国的军队发生战争。魏、赵两国最终战败，秦国获胜，进占魏国大片城池，此战共斩杀魏赵联军15万。

公元前264年陉城之战，白起率秦军攻占韩国陉城（今山西曲沃县东北）等9座城邑，此战斩杀韩军5万人。

公元前263年，白起伐韩，攻占韩国野王（今山西沁阳市）。

公元前262年至前260年长平之战，白起率秦军于赵国长平（今山西高平市）一带同赵国军队发生战争。赵军最终战败，秦国获胜进占长平，此战坑杀赵军45万人。

⋯⋯⋯⋯⋯⋯

记事纪史颇为翔实的风先生，在我打开电脑，还没敲出一个字时，他即伸手在电脑键盘上，哗哗啦啦敲出一长串白起用兵作战的实绩来。他那么敲来，还给我说他敲出来的仅只是白起战绩的一部分，但于我而言，已然是触目惊心。

不久，在山西长治采风的我，刚好就兀自行走在白起坑杀45万赵军的上党古战场。难以想象，那么多鲜活的生命，已经缴械投降，你咋能狠心要了他们的命？作为周原故地他的老乡，我内心颇难平静，很想算计他身经百战，让多少人死于非命。能够统计，敢于统计吗？我如此想来时，风先生脱口对我诵念出《诗经》中一首《蜉蝣》的歌谣来：

> 蜉蝣之羽，衣裳楚楚。心之忧矣，于我归处。
> 蜉蝣之翼，采采衣服。心之忧矣，于我归息。
> 蜉蝣掘阅，麻衣如雪。心之忧矣，于我归说。

在风先生的诵念声里，我的眼前出现了一只只蜉蝣凌空飞舞的景象，它们漂亮的羽翼，色彩鲜艳，夺人眼目。但它们活得太短暂了，甚至来不及忧伤，就将结束它们的生命。可不是嘛，生长于水泽地带的蜉蝣，太渺小，太微不足道了。它们进化到成虫期，为了繁衍后代，飞舞在空中，朝生暮死，为的是一次物种延续的交配。它们身体柔弱，有透明的翅膀，两条长长的尾须，倒是十分迷人。它们习惯成群飞舞，因此死而坠地，层积一片。

风先生赶在这个时候给我诵念《诗经》里的这首歌谣，他是怜悯被白起坑杀的降卒吗？我想应该是的呢，数十万被坑杀的生命，与坠地死难的蜉蝣好有一比，甚而比蜉蝣更为悲惨。我把自己想象得一脸悲苦之色，而风先生则又给我诵念出另一首晚唐时的诗歌来：

> 泽国江山入战图，生民何计乐樵苏。
> 凭君莫话封侯事，一将功成万骨枯。

我知道风先生诵念出的这首唐诗，是曹松的《己亥岁》了。工于铸字炼句的他，深得风先生的喜爱，因为他长期生活在社会底层，懂得劳动人民的苦难，因此特别憎恶战争。风先生担心我不能充分理解曹松和曹松的诗情诗心，逮住机会，就还绘声绘色地给我说："唐时的山阴道上，一个脸上写满忧患和疲惫的人，衣衫褴褛，他骑着头毛驴，颠簸跋涉，从青年、壮年直到老暮衰年。他且走且停，且停且吟，写出了《己亥岁》，并在诗歌的后边注明，时间为'僖宗广明元年'。那时安史之乱早已经结束，唐末时，又发生了大规模农民起义，大江以南也都成了杀人如麻的战场……人的性命，确如蜉蝣般低贱了呢！"

"宁为太平犬，勿为乱世民。"风先生在喟叹中是要流泪了。

我在风先生的陪伴下，在相传白起坑杀赵军的地方，抬起脚来不敢往下落，耳朵里鸣响着一串让人心碎的名字，如谷口村，又名杀谷、哭头、省冤谷……此地还有遗存至今的白起台、骷髅山和骷髅王庙。骷髅王庙的建设始于唐代，唐玄宗其时身为潞王，巡幸至此，眼见遍野白骨，头颅山垒，遂建骷髅王庙，"择其骷骨中巨者，立像封骷髅大王"。明季诗人于达真游历到此，慨然咏之：

> 此地由来是战场，平沙漠漠野苍苍。
> 恒多风雨幽魂泣，如在英灵古庙荒。

赵将空余千载恨，秦兵何意再传亡？

居然祠宇劳瞻拜，不信骷髅亦有王。

　　风先生深刻记忆下了于达真的诗句，他本可以放声诵念的，但却没有，只是如同一缕细弱的风，丝丝缕缕地灌入我的耳朵。即便如此，也已让人振聋发聩，心胆欲裂……早晨起来，前去接待采风作家吃饭的餐厅，服务员端给我一碗豆腐脑，我捧在手上，准备食用了，刚把一勺豆腐脑送到嘴边，听闻服务员介绍说了。

　　服务员说："白起脑！"

　　风先生也许早因耳闻，他听来倒不怎么震惊，而我听来，即把送到嘴边的豆腐脑，悄悄地撤开来，原封倾进豆腐脑的碗里，不再食用。我不禁要想，历史的真实会埋伏于人心的深处，对发生过的一些事情，可能的时候，可能的情况下，还会以别样的方式，给予鞭笞及声讨。

　　把豆腐脑改称为白起脑，就是当地人的历史记忆，从而告诫他们的后人，仇恨当年的血腥。

　　自采风的长治，我回到想兹念兹的古周原，被风先生带着，一起来到白起的故土，战国时的秦国郿县，亦即今日的宝鸡市眉县常兴镇白家村，进入村里360名白姓人为他兴建的祠堂。风先生知道，十多年前新建的这处祠堂，还就修建在白起祠的旧址上，并于祠堂前立起一块墨玉材质的纪念碑。

　　祠堂是新建的祠堂，纪念碑是新立的纪念碑，但悬挂在祠堂正门上的那块木刻匾额，却还是八百余年前的旧物。

　　于战争中坑杀数十万降卒的白起，也有他的无奈。风先生与我面对着白起祠前白姓族人竖立的纪念碑，认真辨识起了碑刻的文字，心境获得了许多安慰。碑文引《战国策》记载，白起（公孙起），这位秦国名将，原来并非道地的秦国人，而是楚国芈姓家族白公胜的后裔。

　　秦昭襄王时，白起受到重用，统兵征战六国。作为楚人后裔的他，却在攻打楚国时，上下用命，一举攻陷楚国国都郢城。他担任秦国将领三十多年，攻城70余座，歼灭百万敌军，受封为武安君。《千字文》把他与廉颇、李牧、王翦并称为战国四大名将，而他还位列四大名将之首。

风先生见识了白起成长的全过程，知他出生的时代，秦国力量已经十分强大。

秦昭襄王十二年（前295），秦国制定了东进击败三晋图谋天下的大战略，强将成了秦国最急需的人才。秦昭襄王是个雄心勃勃的霸者，即位之后继续贯彻商鞅的变法之策，全面推行军功爵制，大力提拔平民出身的人才，白起顺应时势，以其卓尔不群的军事才华，在中国军事历史的舞台上崛起了。

他所有的功绩，归纳起来，就在于他攻陷故国楚都郢城后，极大地削弱了楚国的国力，回过头来，接受秦昭襄王的旨令，伐韩攻魏，决战赵国了。

其间发生的战争故事，在风先生的记忆里，最著名的既有围魏救赵的策略，还有赵国的平原君写信给魏国的妻弟信陵君，窃得虎符，率兵于邯郸大败秦军……但这一切似乎都无法阻止白起攻打赵国的气势，尽管赵国老将廉颇审时度势，放弃不易防守的丹河西岸阵地，全军收缩至丹河以东，构筑壁垒，以逸待劳，图谋挫败白起秦军的锐气。但战争持续了三年，白起终于觅得良机。

只会"纸上谈兵"的赵括，替换下了老将廉颇，要与秦昭襄王秘密派遣来的武安君白起决战了。

既鲁莽轻敌，还高傲自恃的赵括，根本不是白起的对手。风先生出入在赵括和白起的军帐，发现了赵括的幼稚天真，还发现了白起的老谋深算，更看见了他们之间的剑拔弩张，以及阴谋诡计，还有战争爆发后的血腥残忍！善良的风先生，不愿意看到那样的结果。他去到赵括的军帐里，给谋划战争的赵括诵念《诗经》里的《蜉蝣》诗；他去到白起的军帐里，给筹划战争的白起诵念《诗经》里的《蜉蝣》诗。

风先生想要依次唤醒两位将军，不要不拿军士和百姓的生命当回事，他们都是有爹有娘的人，一部分还有自己的妻子和儿女，他们不应成为战争的牺牲品。

赵括和白起，也许听见了风先生诵念的《蜉蝣》诗，也许没有听见。他俩全都红了眼睛，在为即将爆发的战争做着准备。赵军在赵括的指挥下，大举向白起的秦军进攻，双方甫一接触，白起指挥的秦军，便佯败后撤，吸引着赵军往秦军主力构筑的袋形埋伏圈里钻……在赵括尚未察觉时，白起暗中派出奇兵，长途跋涉，从侧翼绕到赵军背后，奇袭赵军的后路于百里石长城。

　　风先生熟悉百里石长城的地形。长城突兀地横亘于一道山脉之上，一边通往长平前线，一边通往赵国大后方。

　　赵括指挥的赵军，一味进攻，重兵集结前线，导致后方兵力空虚，绕后到百里石长城边上，秦军迅即将其夺占，使得长平前线的赵军，与后方断绝了联系。获知消息的白起，当即指挥与赵军对峙的秦军，不再佯装后退，而是利用地形优势，把赵军整个儿装进埋伏圈里。秦军既不与赵军决战，也不给他们逃脱的机会，就那么围而不打，仿佛猎人熬鹰一般，看着赵军断粮断水，使其军心动摇，饥饿难耐，甚至自相杀食。

　　事已至此，骄横不羁的赵括就只有大败投降的份儿了。40余万赵军降卒，就如待宰的羔羊般被坑杀了。

　　包括秦昭襄王在内，都把长平之战，看作白起的一大功绩，给予了他非常多的封赏，但风先生敏锐地发现，白起却因之罹患上了一种精神疾病，他经常睡不着觉，夜半时候，甚至会起身毫无目的地到旷野上，仰望满天的星斗，苦叹不已……天上一颗星，地上一个人。白起想了，那满天闪烁的星斗，该不是他在长平坑杀的赵国降卒！

　　决意灭亡赵国的秦昭襄王，是年九月，又发兵攻伐赵都邯郸。这时的白起，因为坑杀赵军降卒罹患的心理疾病，卧床不能走动。

　　然而前线上的秦军，进攻邯郸却极不顺利，秦昭襄王增发重兵支援，结果损失了五万多秦军。秦王难人所难，重新起用沉疴在身的白起，命他统军攻取邯郸。白起几次称病不前，但最终无奈跨上马背，病恹恹地一路往邯郸去了。不过他走得太慢了，三月时间过去，他率领的秦军还在路上蠕动着。而前线战败的消息，已然如风般往秦昭襄王的耳朵里钻，他满腹怨愤，无处发泄，这便迁怒于白起，派使者赐剑命白起自刎。

风先生见识了白起自刎那一时刻，他发现白起没有犹豫，他从使者手里接过宝剑，当即架在脖子上，仰天说来："我是该死的呢，长平之战，赵军降卒数十万，我活埋了他们，这就足够一死而谢罪！"

白起把话说完，便用宝剑抹了自己的脖子。

当白起的鲜血从他的脖子上喷溅出来时，一大团一大团的蜉蝣，结成疙瘩，与白起喷溅的鲜血，粘连在一起，往尘埃浮动的地面上噗噗地坠落着……此情此景，让身临其境的风先生，不能自禁地又一次地诵念了《诗经》里那首名曰《蜉蝣》的诗。

虽然坑杀赵军所在的地方百姓，千百年来以吃"白起脑"咒骂白起，但许多理性的人，并没有诅咒他，而且还以他的历史功绩为荣，给他以应有的肯定与彰扬。在风先生的记忆中，史圣司马迁便颂扬他"料敌合变，出奇无穷，声震天下"。唐朝开元十九年（731），唐玄宗为表彰并祭祀历代名将设置武庙，以周朝开国丞相、军师吕尚（姜子牙）为主祭，以汉朝留侯张良为配享，并以历代名将十人从之，白起是其中的一人。

宋宣和五年（1123），宋家天子依照唐代惯例，为古代名将设庙，七十二位名将中仍包括了白起。其间成书的《十七史百将传》，白起巍巍赫赫，亦位列其中。

李世民因之说过："白起为秦平赵，被秦昭襄王所杀……实君之过也，非臣之罪焉。"

毛泽东后来也感慨说："论打歼灭战，千载之下，无人出其右。"

伟人之于白起的评价，自有伟人的道理。不过，风先生是也要评价了呢，他说统领千军万马的一个人，可以是战无不胜的英雄。但觉悟了刀尖上的血渍是一种罪恶，从而为了赎罪，自甘受死的那一个人，更应该是个受人敬仰的英雄。

纪八　青史兰台

瞻彼淇奥，绿竹猗猗。

有匪君子，如切如磋，如琢如磨。

瑟兮僩兮，赫兮咺兮。

有匪君子，终不可谖兮。

——《诗经·卫风·淇奥》节选

　　风先生是个有心的人，他默默地收集了历朝历代许多文章大家和君子哲人对于班固的评价及论述。譬如范晔，他说：“司马迁、班固父子，其言史官载籍之作，大义粲然著矣。议者咸称二子有良史之才。迁文直而事核，固文赡而事详。”钟嵘亦云：“孟坚才流，而老于掌故。观其《咏史》，有感叹之词。”更有刘勰、傅玄、刘知几论之：“班固、傅毅，文在伯仲。”“观孟坚《汉书》，实命代奇作。”“如《汉书》者，究西都之首末，穷刘氏之废兴，包举一代，撰成一书。言皆精练，事甚该密。”再有黄庭坚、罗璧、程颐大谈：“每相聚，辄读数叶《前汉书》，甚佳，人胸中久不用古人浇灌之，则俗尘生其间。照镜则面目可憎，对人亦语言无味也。”“班固西汉书，典雅详整，无愧马迁，后世有作，莫能及矣，固其良史之才乎。”“孟坚之文，情旨尽露于文字蹊径之中……班氏文章亦称博雅，但一览之余，情词俱尽。”后来的曾国藩感怀前人对于班固的敬仰，总结性地说了：“古人称立德、立功、立言为三不朽。立德最难，自周汉以后，罕见以德传者。立功如萧、曹、房、杜、郭、李、韩、岳，立言如马、班、韩、欧、李、杜、苏、黄，古今曾有几人？"

可爱的风先生，在把他记忆中古人论述班固的佳言敬语不厌其烦地说给我时，不忘把一首《诗经》中的歌谣，欣欣然诵念了出来：

> 瞻彼淇奥，绿竹猗猗。有匪君子，如切如磋，如琢如磨。瑟兮僩兮，赫兮咺兮。有匪君子，终不可谖兮。
>
> 瞻彼淇奥，绿竹青青。有匪君子，充耳琇莹，会弁如星。瑟兮僩兮，赫兮咺兮。有匪君子，终不可谖兮。
>
> 瞻彼淇奥，绿竹如箦。有匪君子，如金如锡，如圭如璧。宽兮绰兮，猗重较兮。善戏谑兮，不为虐兮。

深爱着《诗经》的我，听得出来风先生诵念的是《淇奥》呢。对这首远古的歌谣，我是不需要风先生给我翻译的，在他诵念的时候，我即和着他的音调，默默地用白话诗的形式吟诵着："看那淇水弯弯岸，碧绿竹林片片连。高雅先生是君子，学问切磋更精湛，品德琢磨更良善。神态庄重胸怀广，地位显赫很威严。高雅先生真君子，一见难忘记心田。看那淇水弯弯岸，绿竹袅娜连一片。高雅先生真君子，美丽良玉垂耳边，宝石镶帽如星闪。神态庄重胸怀广，地位显赫更威严。高雅先生真君子，一见难忘记心田。看那淇水弯弯岸，绿竹葱茏连一片。高雅先生真君子，青铜器般见精坚，玉礼器般见庄严。宽宏大量真旷达，倚靠车耳驰向前。谈吐幽默真风趣，开个玩笑人不怨。"

在风先生的带动下，我俩以各自可能的方式诵念《淇奥》，不是不知这首歌谣歌颂的是他人之德，但觉班固的一生，其实是最适宜这首歌谣的意趣的。诗句中的"充耳琇莹"与"会弁如星"，在风先生和我想来，应该就是班固了呢。他相貌堂堂，仪表庄重，身材高大，是一位横绝世间的真君子。再是"如切如磋，如琢如磨"的诗句，恰好对应了班固的文章和学问；而"如圭如璧""宽兮绰兮"，则非常好地刻画了一个意志坚定、忠贞纯厚、心胸宽广、平易近人的贤者形象。至于"有匪君子，终不可谖兮"，正好就是风先生与我对班固一生的认识了，他是中华文明史上典型的贤人良臣，被人们称颂是必然的呢。

谋职在扶风县文化馆的时候，我常要到班固的生身地南台村去走一走。这是我的私心了呢，风先生明察秋毫，他看透了我的心思，却也欣赏我的举动，在我步行去南台村的时候，他会悄没声息地撵着我来，给我以他能有的指导。

风先生说了，班固兄妹三人，班固是老大，老二班超，妹妹班昭。三兄妹以及他们的父亲班彪，可都是东汉历史上名垂青史的人物。名班固、字孟坚的他，九岁即能写文章、诵诗赋，十六岁入洛阳太学读书。在这里，班固刻苦学习，贯通各种经书典籍，不论是对儒家还是对其他百家学说，都有很深入的钻研。在此基础之上，他更注重历史考证，不拘守一师之说，不停留在字音字义、枝枝节节的注解上，而是谋求贯通经籍的大义。这为他日后继承父志续写《史记后传》，并基本完成史学巨著《汉书》的写作，奠定了非常扎实的基础。

班固性格包容随和，平易近人，不因为自己才能出众而骄傲，所以得到了同学及士林的交口称赞。崔骃、李育、傅毅等几位太学的同学，就与他很是投缘，赞美他在父亲班彪去世后，编撰的《汉书》以断代为史、纪传为体，首开断代体史书之先河。

才华横溢的班固，在编修《汉书》的同时，还刻印了《班孟坚集》《班兰台集》《白虎通义》等著作。他这样的一个人，在上苍面前似乎特别不受眷顾，上天仿佛要考验他的意志与品性似的，不让他一帆风顺，偏要给他制造出一个惨死狱中的悲剧……风先生名世以来，见识了太多太多这样的事情，他为此悲伤、难过，可也只能释然。在我糊涂着询问他的时候，他不说别的什么，而是把我背诵得滚瓜烂熟的一段文言文，絮絮叨叨地说了出来："舜发于畎亩之中，傅说举于版筑之间，胶鬲举于鱼盐之中，管夷吾举于士，孙叔敖举于海，百里奚举于市。"还说："故天将降大任于是人也，必先苦其心志，劳其筋骨，饿其体肤，空乏其身，行拂乱其所为，所以动心忍性，曾益其所不能。"更说："人恒过，然后能改；困于心，衡于虑，而后作；征于色，发于声，而后喻。入则无法家拂士，出则无敌国外患者，国恒亡。然后知生于忧患而死于安乐也。"

从扶风县的老县城东坡往上去，快到西宝公路北线的路南处，有个不是很显眼的墓冢，准确无误地标明是为班固的灵魂回归地。地面上，陕西省人民政府于1956年竖立的"陕西省重点文物保护单位"的石碑，早晨迎来朝霞，夕阳送走黄昏，也有些年头了。

我在县文化馆供职的日子里，在风先生的陪伴下，曾经拜访过这里。那时的班固墓，被附近的村庄不断蚕食着，仅仅剩余下馒头般的一块小土堆。我记得很清楚，风先生还因此伤心得流了泪，他横流在脸面上的泪滴感染了阴沉着的老天，突然间电闪雷鸣，哗啦啦落了一场阵雨……阵雨过后，我以县文化馆文保人员的名义，去到旁边的村子里，向村里人借来一辆架子车，在风先生的帮助下，拉来黄土向班固墓上培土了。我的举动吸引来了几位上年纪的人，他们也与我一起给班固的墓堆上培土。我们协同努力，多半天的时间，矮矮小小的班固墓便壮大了许多。前些日子，我重回扶风县做田野调查，又去拜访了班固墓，发现现在的墓堆比起过去又壮大了一些，并且在墓堆的周围还砌了一圈青砖，栽植了几株柏树。

拜访班固墓，风先生肯定要跟着我来呢。

我按照古周原祭拜祖先的礼仪，给班固墓上了香，祭了酒，吊了裱，然后静静地面对着那块文保碑，把自己的手指头伸过去，在文保碑的"班固"两个字上，反反复复地勾画着……我的勾画，触动了风先生的神经，他不无伤感地与我谈论起了班固的一生，知他既是苦难的，亦是幸运的。他出生在一个书香之家，自幼接受了非常好的历史文化教育，伴在终日治史的老父亲身边，帮助父亲作《史记后传》，直到父亲亡故，他才不得不从京城迁回扶风的老家居住。从京城官宦一下子降到乡里平民的地位，这对上进心很强的班固是一个沉重打击。但他毫不气馁，继承父亲未竟之业的决心没有改变。悟性颇高的班固发现，父亲《史记后传》已经撰成的部分，内容还不够详备，布局也尚待改进，没有撰成的部分，需要重新续写。于是困守在家的他，利用家藏的丰富图书，正式开始了撰写《汉书》的生涯。宵衣旰食、废寝忘餐、夙夜不懈，是班固那时的日常生活状态。他苦做苦熬，以苦为乐，熬得大有成效时，被熟悉他的一个人以"私修国史"之名告到洛阳，班固被捉拿下了大狱。偏偏在此之前，班固邻乡一个叫苏朗的人，因为伪造图谶，被捕后很快就被砍了头。此情此景，班家老小无不惊慌失措，担心班固凶多吉少。好在班固有个杰出的弟弟班超，他为了营救哥哥，骑上快马从扶风老家向京城洛阳急驰，向汉明帝上书申诉，为哥哥洗雪冤枉。

身陷囹圄的班固知晓"私修国史"的罪名不轻，但他无怨无悔，确信自己做得无错，当然更不是什么"罪"。老父亲班彪一生著史，他继承父亲的遗志，并远接司马迁、刘向、扬雄他们严谨的修史传统，都是为了宣扬"汉德"呢。他想，西汉一代二百余年，有过赫赫功业，也有过许多弊政，其中治乱兴衰，使人慨叹，给人启发，写出一部《汉书》，正是当今学者的责任。何况王莽篡权弄政的教训，再不及时撰成史书，后人所能获得的史料，不仅少，而且难以精确！所以他拿起笔来，立志完成父亲未竟之业，如果此番不明不白地被处死，那么父子两代人的心血岂不尽付东流？班固因之忧愤交加，心痛欲裂……还好有风先生通风报信，安慰班固少安毋躁，并告诉班超策马穿华阴，过潼关，赶到洛阳，上书面见了汉明帝。

风先生把班固的情绪安抚下来后，又追随着班超的步伐，谒见了几位权势人物，在他们的引荐下，见到了汉明帝。就在班超见到汉明帝时，汉明帝刚好把扶风郡守从班固家中查抄的《汉书》书稿，耐着性子看了一遍。还别说，这位算不上英明的皇帝，阅读着还是手稿的《汉书》，看得不忍释手，心里一遍又一遍惊叹班固的才华举世无双，认为他撰写的《汉书》是一部难得一见的天才奇作。有了这样的感情做基础，班超面见了明帝，把他兄长的一番苦心和成就，涕泪横流地说了个大概，即获得明帝的恩准，不仅下令立即释放班固，并给予了特别的勉慰，召他入得京都皇家校书部，拜为"兰台令史"。有了一顶"兰台令史"的官帽，班固修史的行为既光明正大，又名正言顺。这顶官帽使他有条件接触并利用皇家丰富的藏书，加快了他修史的进度。班固经历了明帝、章帝、和帝三朝时光，终将《汉书》初步修撰而成。风先生那些日子就伴在班固的身边，看着他刻苦修史，认为《汉书》是继《史记》以后出现的又一部史传文学典范之作。书中撰写的人物事迹，全面地展现了西汉盛世的繁荣景象和时代精神风貌，在叙事写人方面取得了重大成就。在艺术特色上，《汉书》行文谨严有法，似乎更为重视规矩绳墨，在平铺直叙中寓含褒贬、预示吉凶，分寸掌握得非常准确，形成了一种迥然有别于《史记》的独特风格。

《地理志》的入列即为班固所首创，其卓然伟岸的地理观及模式，亦被后世的正史地理志、全国总志、地方志所仿效，对中国古代地理学的发展产生了深远影响。与此相辉映的还有《艺文志》，从考证各学术别派的源流出发，著录了西汉时国家所收藏的各类书籍，是我国现存最早的一部图书目录，在中国学术史上有极高的价值。它继承了《七略》六分法的分类体系，开创了史志目录这一体例，对我国古典目录学的发展有重要贡献。

风先生自信他是班固最为忠实的一个追随者呢，他如数家珍般与我交流着班固的创新和贡献，讲述了以上几点后，话音一转，就又转到班固的文学作品上来了。他说起了班固的赋作、诗歌以及小说……热爱文学的我，被风先生这么一说，当即回想起大学读研时的一幕，教授我们古典文学的那位女老师，身形矮矮的，可她站在讲堂上，给我们讲授起班固的《两都赋》来，那副神气，顿然使她变得高大起来。她运用陕西方言，抑扬顿挫地诵念着，读研究生的我顿时被震撼到了。我竖起耳朵，聚精会神地听着……乡党班固，可是太叫人敬仰了呢！

女老师用陕西方言诵念的声音，过去了几十年，似乎还在我的耳鼓上轰鸣着——

或曰："赋者，古诗之流也。"昔成康没而颂声寝，王泽竭而诗不作。大汉初定，日不暇给。至于武宣之世，乃崇礼官，考文章。内设金马、石渠之署，外兴乐府、协律之事，以兴废继绝，润色鸿业。是以众庶悦豫，福应尤盛，白麟、赤雁、芝房、宝鼎之歌，荐于郊庙。神雀、五凤、甘露、黄龙之瑞，以为年纪。故言语侍从之臣，若司马相如、虞丘寿王、东方朔、枚皋、王褒、刘向之属，朝夕论思，日月献纳；而公卿大臣，御史大夫倪宽、太常孔臧、太中大夫董仲舒、宗正刘德、太子太傅萧望之等，时时间作。或以抒下情而通讽谕，或以宣上德而尽忠孝，雍容揄扬，著于后嗣，抑亦《雅》《颂》之亚也。故孝成之世，论而录之，盖奏御者千有余篇，而后大汉之文章，炳焉与三代同风。

　　且夫道有夷隆，学有粗密，因时而建德者，不以远近易则。故皋陶歌虞，奚斯颂鲁，同见采于孔氏，列于《诗》《书》，其义一也。稽之上古则如彼，考之汉室又如此。斯事虽细，然先臣之旧式，国家之遗美，不可阙也。臣窃见海内清平，朝廷无事，京师修宫室，浚城隍，起苑囿，以备制度。西土耆老，咸怀怨思，冀上之眷顾，而盛称长安旧制，有陋雒邑之议。故臣作《两都赋》，以极众人之所眩曜，折以今之法度。

　　有点文学素养的人，或许有比我更深刻的记忆，知晓《两都赋》语言规模之宏大、特色之别具、成就之突出、影响之巨大，是开创了京都赋的范例呢！后来张衡的《二京赋》、左思的《三都赋》，无不是班固《两都赋》的延续与发展，其以散体大赋的方法，遵从"劝百讽一"的原则，极大地推动了汉代文学的发展。有《两都赋》奠基，班固跟随窦宪出征匈奴，为纪功而作的《封燕然山铭》，就更加典重华美，历来为人所传诵，并成为后人常用的一个典故。赋在班固的笔下不断成熟，催生出了他诗意的想象，进而又创作了不少诗歌。风先生对此做过比较深入的研究，发现身处东汉时期的他，居然是较早尝试五言、七言诗创作的文人。他对这两种新兴诗体的热爱，几乎到了痴迷的程度，他用史学家的笔法写出来的五言、七言诗，质实素朴，极具教化意义。他最为人所推崇的五言《咏史》诗，不仅是现存最早的文人五言诗，也是诗歌史上第一首真正意义上的咏史诗，开启了"咏史"这一十分壮美的诗歌题材的先河。可亲可敬的风先生，太喜欢班固的这首《咏史》了呢。他从我的电脑里不失时机地将它搜索出来，并不管不顾地诵念了哩：

> 三王德弥薄，惟后用肉刑。
>
> 太苍令有罪，就逮长安城。
>
> 自恨身无子，困急独茕茕。
>
> 小女痛父言，死者不可生。
>
> 上书诣阙下，思古歌鸡鸣。
>
> 忧心摧折裂，晨风扬激声。
>
> 圣汉孝文帝，恻然感至情。
>
> 百男何愦愦，不如一缇萦。

在风先生的诵念声里，我听得明白，班固在他创作的五言诗里，歌咏了西汉初年的一位奇女子。那个名叫淳于缇萦的女子，伏阙上书，不仅救了触刑的父亲，还感动了汉文帝，下达了一条废除肉刑的诏令。风先生知道那件事的细枝末节，赶在这个时候，就把那件事简明扼要地叙述了一遍。他说，缇萦的父亲为汉初名医淳于意，曾担任齐之太仓令。文帝四年（前176）时，有人上书告发他触犯刑律，遂被逮捕押往长安。他膝下的五个女儿急得哭作一团，他叹息着骂道："生子不生男，缓急无可使者！"

年纪最小的女儿缇萦，痛感"死者不可复生，而刑者不可复赎"的残酷，毅然随父进京，上书给汉文帝，陈言自己"愿入身为官婢，以赎父刑罪，使得改行自新"。事情过去了那么多年，风先生给我简述当时的情景时，依然感佩不已，因此赞颂班固的《咏史》一诗为旷古所少有。

一样通，样样通。班固可以治史，可以作赋，可以诗歌，对小说这一艺术门类，自然也有不错的见识。班固在他撰书的《汉书·艺文志》里，第一次于史书中提出"小说家"这一名称，并列录小说达1380篇。明确指出小说起自民间传说，本是街谈巷语，由小说家采集记录，成为一家之言。正是他的这一论断，给予了小说家最具权威性的解释和评价，并由此规范和影响着后世对小说的认知和写作，至今仍发挥着难以估量的价值。编修《汉书》的班固，虽然得到了皇帝赏识，但也不过是微不足道的兰台令史、校书郎、玄武司马之类的小官。因此他也在等待时机，以求建功立业。

北单于派遣使者来朝纳贡，意欲和亲，章帝询问众官，班固即上书《匈奴和亲议》。然而还没来得及具体实施，章帝便匆匆驾崩，年仅十岁的和帝登上了帝位。很有些政治头脑的窦太后临朝称制，起用自家哥哥窦宪为侍中，掌控大权。但窦宪太过专横跋扈，无视朝廷法律，竟然刺死了齐殇王的儿子刘畅。于是，他率军北征匈奴以赎罪。当时匈奴分南北两部，南匈奴亲汉，北匈奴反汉。正好南匈奴请求汉朝出兵讨伐北匈奴，窦宪便持车骑将军大印，以执金吾耿秉为副将，发北军五校、黎阳、雍营、缘边十二郡骑士，及羌胡之兵出塞远征。年届五十八的班固，虽因母丧辞官在家守孝，却也投书窦宪，凭着他们班、窦两家的世交之谊，被窦宪纳为中护军，随军与之谋议。

这一次远征，汉军准备得充分，辗转寻觅到北匈奴的主力，决战在稽落山一带，大破敌军。单于逃走，窦宪整军追击，直到私渠比鞮海。此一役也，斩杀匈奴王以下将士13000多人，俘获马、牛、羊、驼百余万头，来降者81部，前后20多万人。

后来，蒙古国的两位牧民兄弟，去到杭爱山附近放牧，恰其时也，天空下起了蒙蒙细雨，两兄弟寻找着避雨的地方，结果发现了一块刻有汉字的石碑……别人不怎么清楚这块石碑的来历，风先生知道呀！他只是风扫般撵到杭爱山，把那块石碑扫了一眼，就十分肯定地说了呢。

风先生说，现在的杭爱山就是当年的燕然山。班固追随窦宪大破匈奴，受命在当地当时撰写了《封燕然山铭》。

石碑上的铭文虽然经历了两千多年的风霜雨雪，却还一字一句，清晰可见。风先生因此还俯在我的耳边，把铭文中的一段话诵念了出来："铄王师兮征荒裔，勦凶虐兮截海外，夐其邈兮亘地界，封神丘兮建隆崥，熙帝载兮振万世。"

也许唯有班固才能写出如此豪迈的句子呢。而窦宪想来亦十分享受班固对他功绩的这一番颂扬。班师回朝来，窦宪威名为之大盛，满朝官员的进退都由他一人决定，所有人都望风希旨。窦宪如此得意忘形，让风先生悲哀又无奈。窦宪容不得他人犯错，与他同朝的尚书仆射郅寿、乐恢二人，一点点的小事惹得他不快，即被他迫害自杀。到了这个份儿上，他还不知检点，竟于永元四年（92）密谋叛乱，叛乱被平定后，他先被革职，回到封地没几日，亦被逼迫自杀。班固与窦宪的关系，到这时成了他的一个大麻烦。他不仅受到株连被免职，还因洛阳令种兢与他积有宿怨，被种兢借机罗织罪名，大加陷害，最终被捕死于狱中，年六十一岁。

和帝倒是一个明白人，在他得知班固的死讯后，不仅下诏谴责种兢公报私仇的恶劣做法，还把害死班固的狱吏处死以抵罪。

风先生因之感慨地说了，他说："好人也许会遭恶报，但恶人绝对不会得到好报。"

纪九　汉书曹大家

秩秩斯干，幽幽南山。

如竹苞矣，如松茂矣。

兄及弟矣，式相好矣，无相犹矣。

——《诗经·小雅·斯干》节选

　　我的手指还没有碰触上电脑键盘，风先生就先代我打出"汉书曹大家，才女古今殊"两句话来。

　　也不知这是风先生自己的见解，还是他人的认识，总之我是认同这两句话的。因为这两句话所说的"曹大家"不是别人，就是班固、班超的亲妹妹班昭。她担得起这样的评价，便是当今之世，她依然为公众所仰慕，在命名金星上的一个陨石坑时，专家们讨论了一番，最终都赞同把那个陨石坑以班昭之名命名。她所以能够享受此等殊荣，盖因为她作为中华民族历史上的第一位女史学家，独自完成了《天文志》撰书的功绩。

　　比肩其兄的班昭，又名姬，字惠班。有心的风先生记忆了一件班昭读书的故事：她的父亲班彪一次外出回来，听见自家的儿子班固和女儿班昭在他的书房里吵得不可开交，班彪驻足细听。

　　只听班固道："你才八岁，小小年纪，正是用心读书的时候，怎能好高骛远呢？"班昭反驳说："你是哥哥没错，但你比我长了几岁？你能帮父亲，我就不能帮吗？再说，我利用这个机会，也好向身为父兄的你们学习啊！"班固没把妹妹的话听进耳朵里，又道："著书是大事业，不能有丝毫差错，不是谁都干得了的。"班昭才不会被兄长的话压制住，跟着说："你就能干了？想想吧，咱俩当着父亲的面背书，你还没我背得顺溜呢！"班固被他妹妹说得脸发红，却还不想认输，就拿妹妹的性别来说事了。他言之凿凿道："你一个女孩子，过几年就出嫁了。著书立说，是你一个出嫁女能做的吗？"妹子班昭被兄长的这句话说得哭了起来，便不依不饶说："我一辈子不嫁成吗？就帮父亲写书。"

父亲班彪不急，风先生是急了呢。他在一旁催促起了班彪，说你做父亲的热闹没看够是吗？在风先生的提醒下，做父亲的也想了，怕他们兄妹吵下去伤感情，便不无开心地掀动门帘，进到屋里，拿起班昭书写着字迹的纸片来看，但见头一页工工整整的那一个"传"字，心头不禁大吃一惊，便不顾兄妹因何争吵，只是一屁股坐在桌前，一页一页静心地读了下去。他看得心花怒放，边看边夸班昭，说："看起来，我是不愁帮手了呢。"

听闻父亲表扬她，班昭把她的哥哥班固剜了一眼，偎在父亲的身边很是腼腆地低语了两句。

班昭说："我知道自己读书少，写书还力不能及。"

班昭说："哥哥批评得也对，我应该专心读书。请父亲放心，我今后会一边读书一边学写书。"

好读书且读后能化为己用的班昭，只用一个"博学多才"的词儿，是无法论定她的。

可以想象，她如果也是个男儿身，一定会如她的两位兄长一般大有作为。女儿身限制了她，在她年仅十四岁时，即已嫁与同郡曹门的儿子曹世叔为妻，故后世誉称她"曹大家"，所依据的就是夫家的姓。她那位曹姓夫君作为如何，史无记载，但凭风先生记忆，知晓曹世叔活泼外向，班昭则温柔细腻，夫妻两人颇能相互迁就，生活算得上美满。然而老天嫉妒人的美满，让薄命的曹世叔在与班昭婚后不久即命丧黄泉，独留一个美艳的班昭苦熬日月。

也许正是因为年轻寡居，班昭把她的全部心思都放在了读书上。

年轻寡居的她没有选择再嫁，而是拥书为伴。这些书既帮助她消解着寂寞的日常生活，还推动她拿起笔来，写作她想写的文章，哥哥班固会写的赋、颂、铭、诔、哀辞、书、论等，她也都写得了，而且一点都不弱于哥哥的文笔，甚至有的篇什，比她哥哥所写的还要让人钦羡不已。譬如后人反复阅读，又被编入高中语文教材的《东征赋》，就非常了得。

我在阅读这篇赋作时，诲人不倦的风先生就给了我辅导。他为了让我能更好地理解赋作的含义，就先把文言文的句子扼要地诵念了一下：

惟永初之有七兮，余随子乎东征。时孟春之吉日兮，撰良辰而将行。乃举趾而升舆兮，夕予宿乎偃师。遂去故而就新兮，志怆恨而怀悲！……望河洛之交流兮，看成皋之旋门。既免脱于峻崄兮，历荥阳而过卷。食原武之息足，宿阳武之桑间。涉封丘而践路兮，慕京师而窃叹！……知性命之在天，由力行而近仁。勉仰高而蹈景兮，尽忠恕而与人。好正直而不回兮，精诚通于明神。庶灵祇之鉴照兮，祐贞良而辅信。

乱曰：君子之思，必成文兮。盍各言志，慕古人兮。先君行止，则有作兮。虽其不敏，敢不法兮。贵贱贫富，不可求兮。正身履道，以俟时兮。修短之运，愚智同兮。靖恭委命，唯吉凶兮。敬慎无怠，思嗛约兮。清静少欲，师公绰兮。

风先生删繁就简地诵念罢文言文的《东征赋》后，不歇气地辅导我了。他说这是班昭最为独特的一篇文章。汉安帝永初七年，即公元113年时，她的儿子曹成去陈留赴任，班昭伴随儿子一路同行。她沿途耳闻眼见，心有所思，更有所感，为了让她的儿子能够缅怀先贤、体察民难，做个负责任的好官，而创作了此赋。赋作既教导她的儿子，还告诫人们，务必洁身自好、正道正行、慎独敬业。

担心我不能很好地理解《东征赋》的要义，风先生一有机会，就要给我絮叨一番，运用白话文的方式教导我了呢。他使我知晓，班昭随赴任的儿子一起从京师迁往东边的陈留，告别了久居的京城，寄身于陌生的新地。这让她心里充满了悲伤的情绪，常常无法安然入睡。情知是内心徘徊不前，又无法与命运抗争……她与赴任的儿子一路上历经七个城邑，又遭遇了巩县（今河南巩义市）的道路艰险；眺望了黄河与洛水交汇的景象，见识了成皋著名的旋门坂；翻越了一座座险峻的山岗，跨越了赫赫有名的荥阳城；在原武县（今河南原阳县）匆匆歇脚用过午餐，当晚露宿在阳武县（今河南原阳县）的桑林之间；渡过了封丘河，马不停蹄地赶路，暗自感叹思恋的故乡越走越远。终于走到了平丘县（在今河南封丘县东南平街）的北城边，进入当年孔夫子遭受围困的匡郭之地，她又忍不住思绪翻跹，久久地站在那里惆怅徘徊，直到暮色降临而忘记回返。接下来走到了长垣县的地界，顺道察访居住在郊外的农民。目睹了蒲城（今长垣县城所在地）的古迹废墟，那里早已是荆棘丛生、灌木疯长。她向身边的人请教，思慕着子路当年的威望和神灵。卫国人都传颂他的勇敢和义气，到如今还无不称道颂赞……班昭触景生情，告诫儿子前路不管是吉是凶，都要敬业慎行、清心寡欲，以孟公绰为楷模。

昭明太子萧统编辑《文选》时，把班昭的《东征赋》收录保存了下来。至清代，一个如班昭一样的女作家赵傅，阅读了《东征赋》，不禁怦然心动，提笔留下八个字的评语，谓之曰"东观续史，赋颂并娴"。

风先生不仅特别赞赏赵傅对班昭的评价，而且知晓班昭生前即依其卓然的文采被召进了皇宫，使得肃然的宫门之内，多了她带着些萧索味道而又才气逼人的清丽背影。是时，把握朝政的也是一位女性，那就是垂帘当政的邓绥邓太后了。这位邓太后是个大有心计的政治家，她十分热爱学习，博学多才而又生性安静娴雅的班昭太对她的胃口了。她先是让宫中所有贵妇人拜班昭为师，继而扩大到宫中所有女子都来听班昭讲学，接着还号令皇家旁系子孙，不分男女，也全部集中在皇宫里听训于班昭，学习各种文化知识。

一时之间，因为班昭，汉宫内出现了"左右习诵，朝夕济济"的向学风习。

风先生见识到了汉宫中曾经有过的那样一个局面，他因之还调侃地给我说了呢。他说那个时候的班昭与邓太后，是为世之少见的一对好闺蜜。

不仅史书上记载明晰，风先生更是多有见证，朝廷里的许多政令，邓太后几乎都是与班昭商讨后，才往下颁发的呢。这也难怪，谁让东汉时的皇帝多短命。邓太后能有个班昭这样的师傅，该说是她的大幸哩。邓太后的哥哥邓骘，也是颇受倚重的外戚，但他倒是很有自知之明，于母亲去世之际，想要急流勇退，上书乞归守制，而邓太后左右为难，拿不定主意，就咨询班昭的意见。班昭没有含糊其词，她回答邓太后："大将军功成身退，此正其时；不然边祸再起，若稍有差池，累世英名，岂不尽付流水？"邓太后认为言之有理，即批准了哥哥的请求。

在朝尽心尽力辅佐着邓太后的班昭，闲暇之余，结合朝廷治理国家的大政方针，以及她的生活历练和在宫廷内讲学所得，整理编写出了那篇流传至今的《女诫》。

作为传统社会推崇的"女四书"之首的《女诫》，虽然存在禁锢女性思想和自由的问题，但其对世俗社会的影响，可是非常大的哩。甫一面世，就被京城世家争相抄诵，不久便风靡宇内。不是风先生顽固，而是他感佩班昭的用心，因此常常不能自禁地把班昭的《女诫》温习一遍，认为班昭从女子立场出发所做的"七诫"，用历史的眼光来看，自有它的意义。譬如《夫妇》篇中，要求女子把自己的丈夫看得比天大，须敬谨服侍，认为"妇不贤则无以事夫，妇不事夫则义理堕阙"，如果要维持义理之不堕，必须教育女性明晰义理。《敬慎》篇中，主张男性应以强为贵，女子则以弱为美，无论什么情况，女子都应该顺从丈夫。一刚一柔，才能并济，才能永保夫妇之义。《妇行》篇中，制定了四种妇女行为标准："清闲贞静，守节整齐，行己有耻，动静有法，是谓妇德。择辞而说，不道恶语，时然后言，不厌于人，是谓妇言。盥浣尘秽，服饰鲜洁，沐浴以时，身不垢辱，是谓妇容。专心纺绩，不好戏笑，洁齐酒食，以奉宾客，是谓妇功。"妇女备此德、言、容、功四行，方不致失礼。在《专心》篇中，强调"贞女不嫁二夫"，丈夫可以再娶，妻子却绝对不可以再嫁。在她的心目中，下堂求去简直是不可思议的悖理行为，事夫要"专心正色，耳无淫声，目不斜视"。《曲从》篇中，教导妇女要善事男方的父母，逆来顺受，一切以谦顺为主，凡事应多加忍耐，以至曲意顺从的地步。《叔妹》篇中，说明与丈夫的兄弟姐妹相处之时，应事事识大体、明大义，即使受气蒙冤也是天经地义的事情，万万不可一意孤行，而失去彼此之间的和睦气氛。

从远古走到今天的风先生，反对历史虚无主义，主张评价一个人及其历史贡献，应该运用综合性、阶段性的方法，那样会客观一些、公允一些。

风先生强调说的就是班昭了，她能够得到皇室的赏识，进入宫中教授皇后和贵人经史礼仪，博得皇家统治者的欢心，绝不是一件容易的事，封她一个"大家"的名号，自然也不是白封的。有人进贡奇异物品给皇室，皇帝是会召令众臣制文作赋、吹捧赞颂一番的。别人的文赋是否华美艳丽，风先生自有论说，他不无幽默诙谐地说，任谁的文赋都赶不上班昭的好，譬如她给邓太后的一封奏章中，就略有逢迎而不失体面地写道："伏惟皇太后陛下，躬盛德之美，隆唐、虞之政，辟四门而开四聪，采狂夫之瞽言，纳刍荛之谋虑。"

怎么样呢？班昭把她女人家的聪明才智，非常好地展现在了她的文辞里。对于此，我还有点儿不以为然，但阅历丰富的风先生见识多了人情世故，他因此就很瞧不起我的那种调性，说："血性男子常常都奈何不了时势的压力，何况一个弱女子？粉饰粉饰皇室，给他们做做绿叶，衬衬他们的脸色，难道就不能吗？"

长兄班固遭受窦宪一案的牵连，冤死狱中，留下一部尚未撰写完成的《汉书》，班昭便自觉接手了这一巨大的史书续写工程。好在她幼年时即十分喜好研读文史知识，后来又在长兄班固编纂《汉书》的过程中参与其中，做了较为深入的工作，因此在长兄死难后，她上书汉和帝，得到了和帝的恩准。和帝特别下旨，令班昭可以进出皇家独有的东观藏书阁，参阅珍贵的历史典籍，这使她续写长兄未完的《汉书》时，得心应手了许多。《汉书》在她的手里成书后，不仅获得了当朝士族阶层的高度评价，也获得了后世学者的争相传诵。尤其是书中极为棘手的《百官公卿表》与《天文志》两个部分，完全是她的独创，也是她为中华文明所做的一件大功德。

独创了这两部分史书内容的班昭，却谦逊得可以，仍然署名她的哥哥班固。后来的学问家马融，为了求得班昭的指导，还常跪在东观藏书阁外，十分恭敬地聆听她的教导。

班昭的文采，在她帮助哥哥班固续修的《汉书》中得到了充分的体现，这部书是我国第一部纪传体断代史，是正史中的优秀作品之一，人们称赞它言赅事备，与《史记》齐名。但这一切在风先生看来，都不如她为了兄妹亲情写给汉和帝的那篇折子更为感动人，使人阅之不禁潸然泪下。

汉和帝永元十二年（100），出使西域的二哥班超，派他的儿子班勇入贡回到洛阳，带来了一封写给和帝的奏章，极言："臣不敢望到酒泉郡，但愿生入玉门关。臣老病衰困，冒死瞽言，谨遣子勇随献物入塞。及臣生在，令勇目见中土。"班超把他叶落归根的心思表奏得够真切了，而和帝却没有理会。其间三年有余，班昭日夜想着死难的哥哥班固，更想着客居异乡的哥哥班超业已年逾七十，强烈的依恋与怜悯心，使她不顾一切地给皇帝上书了。

风先生特别喜爱班昭代替哥哥班超上书的那封奏书，因此记忆得也就十分清晰。书曰：

　　妾同产兄西域都护定远侯超，幸得以微功特蒙重赏，爵列通侯，位二千石。天恩殊绝，诚非小臣所当被蒙。超之始出，志捐躯命，冀立微功，以自陈效。会陈睦之变，道路隔绝，超以一身转侧绝域，晓譬诸国，因其兵众，每有攻战，辄为先登，身被金夷，不避死亡。赖蒙陛下神灵，且得延命沙漠，至今积三十年。骨肉生离，不复相识。所与相随时人士众，皆已物故。超年最长，今且七十。衰老被病，头发无黑，两手不仁，耳目不聪明，扶杖乃能行。虽欲竭尽其力，以报塞天恩，迫于岁暮，犬马齿索。蛮夷之性，悖逆侮老，而超旦暮入地，久不见代，恐开奸宄之源，生逆乱之心。而卿大夫咸怀一切，莫肯远虑。如有卒暴，超之气力不能从心，便为上损国家累世之功，下弃忠臣竭身之用，诚可痛也。故超万里归诚，自陈苦急，延颈逾望，三年于今，未蒙省录。

妾窃闻古者十五受兵，六十还之，亦有休息不任职也。缘陛下以至孝理天下，得万国之欢心，不遗小国之臣，况超得备侯伯之位，故敢触死为超求哀，匄超余年。一得生还，复见阙庭，使国永无劳远之虑，西域无仓卒之忧，超得长蒙文王葬骨之恩，子方哀老之惠。

行文合情合理，丝丝入扣，和帝览奏亦为之戚然动容。特别是文末引用了两个典故：一个是周文王作灵台，掘地得死人骨，而更葬之；另一个是魏文侯之师田子方，见君弃其老马，以为少尽其力，老而弃之，非仁也，于是收而养之。班昭明讽暗喻，让一直在装傻充愣的汉和帝意识到再不有所决定，实在愧对老臣，于是派遣了新的西域都护，换得班超回朝……然而回朝来的班超，没有来得及与妹妹班昭详叙离别之情，不久便病故榻上。

前边送走蒙冤而死的大哥班固，接着又送走年迈体衰的二哥班超，是为妹妹的班昭也已迈入古稀之年，享年七十多而亡。与她闺蜜一场的邓太后执学生礼，身穿素服以示哀悼，并派遣专使，监办班昭的丧事。

风先生当年去了班昭的丧礼现场，他感佩班昭享有的那一份哀荣，于那个悲情隆盛的时刻，不能自禁地把《诗经》中那首名曰《斯干》的歌谣，很是豪迈地诵念了出来：

　　秩秩斯干，幽幽南山。如竹苞矣，如松茂矣。兄及弟矣，式相好矣，无相犹矣。

　　似续妣祖，筑室百堵，西南其户。爰居爰处，爰笑爰语。

　　约之阁阁，椓之橐橐。风雨攸除，鸟鼠攸去，君子攸芋。

　　如跂斯翼，如矢斯棘。如鸟斯革，如翚斯飞，君子攸跻。

　　殖殖其庭，有觉其楹。哙哙其正，哕哕其冥，君子攸宁。

　　下莞上簟，乃安斯寝。乃寝乃兴，乃占我梦。吉梦维何？维熊维罴，维虺维蛇。

　　大人占之：维熊维罴，男子之祥；维虺维蛇，女子之祥。

　　乃生男子，载寝之床。载衣之裳，载弄之璋。其泣喤喤，朱芾斯皇，室家君王。

　　乃生女子，载寝之地。载衣之裼，载弄之瓦。无非无仪，唯酒食是议，无父母诒罹。

　　想来风先生知晓《斯干》颂扬的是周天子与其兄弟之间的和睦友爱，但用在班昭的身上，也是十分恰切的呢。

　　我亦与之所见略同。

纪十　投笔从戎班定远

击鼓其镗，踊跃用兵。土国城漕，我独南行。

从孙子仲，平陈与宋。不我以归，忧心有忡。

——《诗经·邺风·击鼓》节选

有其兄必有其弟的说法，风先生是不同意的。但人家班固的命好，他还真就有个如他一样，甚或比他更为出色的名叫班超的亲弟弟。

"不入虎穴，焉得虎子"的典故说的就是班超，还有"投笔从戎"的成语，说的也还是班超。出身书香门第的他，既有一个史学家的父亲班彪，还有一个史学家的哥哥班固和一个才女妹妹班昭，他读书作文自不待说，然而他对边事和军事的热心程度似乎更高一些。特别是他的哥哥班固曾随大将军窦宪攻入匈奴的腹地，功成之日手书的《封燕然山铭》，让他读来，不禁血脉澎湃，心向远方，并慨然而言："大丈夫无它志略，犹当效傅介子、张骞立功异域，以取封侯，安能久事笔砚间乎？"

说到就要做到，是班超掷地有声的心迹。风先生仿佛见识过他一般，向我介绍他时，说他的长相很有特点，燕颔虎颈、虎背熊腰，和后来《三国演义》中的张飞很类似。

我接受了风先生对于班超的描述，认为他就该是这样一副模样。恰在他烦了案头上的文书工作，而决心建功于边关的时候，汉明帝有感于匈奴毫无底线的袭掠，便颁旨给奉车都尉窦固以及名将耿秉，让他们率军出塞，打击匈奴呼衍王的气焰。投笔从戎的班超，这时候刚好就在窦固的大军之中。战斗中，他有勇有谋，多有斩获，窦固非常赏识他，于是任命他为假司马，并拨给他三十六勇士，让他前去传书于阗、鄯善等国，号召他们归附大汉。

这样一个"假"字起头的小官，决定了班超的身份只是一个副职。然而极富冒险精神的班超，凭着他浑身的胆量，甫一出手，就立下了非常大的功劳。而这也是风先生所欣赏的，他因此没少给我灌输关于班超的赞语，说他如何厉害，如何了不起。

风先生这么说着时，还随口把《诗经》中那首名曰《击鼓》的歌谣吟诵了出来：

> 击鼓其镗，踊跃用兵。土国城漕，我独南行。
> 从孙子仲，平陈与宋。不我以归，忧心有忡。
> 爰居爰处？爰丧其马？于以求之？于林之下。
> "死生契阔"，与子成说。执子之手，与子偕老。
> 于嗟阔兮，不我活兮。于嗟洵兮，不我信兮。

风先生吟诵罢了后，还不厌其烦地给我解释了呢。他说这是一篇典型的战争诗，虽然不是直接来写班超的，但所刻画的人物如班超一样，也是一位远征异域、长期不得归家的将士。风先生可能知觉他吟诵的这首远古的歌谣不能尽述他想要表达的深意，就还把中华民族抗击日本侵略者时中国远征军吼唱的军歌，很是嘹亮地唱了出来：

> 君不见，汉终军，弱冠系虏请长缨；
> 君不见，班定远，绝域轻骑催战云！
> 男儿应是重危行，岂让儒冠误此生？
> 况乃国危若累卵，羽檄争驰无少停！
> …………

歌词中的班定远，就是投笔从戎的班超。他当年在平定西域的过程中，曾面临很多艰难险阻，不仅面临外敌的威胁，更受到东汉朝廷的掣肘；但他依然立功于绝远，不仅为同时代的人们所敬仰，还激励着一代代中国人为祖国的强大而奋战！

　　假司马班超，出使的头一站就是鄯善，也就是后来人所说的楼兰。开始时鄯善王对于班超等人非常热情，然而过了些时日，鄯善人突然降低了招待规格，对汉朝人冷漠了起来。班超料定其中另有隐情，肯定是北匈奴人来了。于是班超找来一个鄯善侍者，恫吓式地询问："北匈奴人来了多久了？他们住在哪？"侍者仓皇间把实情告诉了班超，前不久，确有百人之众的一个匈奴使团，秘密潜入了鄯善！班超当即扣留下侍者，以防他走漏风声。在吃饭时，他大声地对随行人员说："我们远离家人和故乡，来到这个鸟不拉屎的地方，不就是为了立功封侯吗？现在匈奴人送上门来了，这不正是我们建功立业的好机会吗？我们应该先下手为强，如果等鄯善王把我们绑去匈奴，那就太迟了。"接着班超又激励大家："不入虎穴，焉得虎子！让我们和匈奴人决一死战！"

　　百人之众的匈奴使团，人数是班超他们的三倍，想消灭他们谈何容易。有勇有谋的班超想到了火攻，他率领随从悄然潜入匈奴人的住处，先在帐房周围放了一把火，又与随从手持利刃，静待匈奴人从帐房里往出跑。班超他们守株待兔般等着惊慌失措的匈奴人，跑出来一个砍一个，而班超他们则无一人伤亡。

　　那么多匈奴人的首级，血淋淋地被班超他们拿在手里，他们去到鄯善王的王室里，把鄯善王吓得不轻。看着不可一世的匈奴人在班超面前输得这么惨，他无话可说了，眼睛落在威风凛凛的班超身上，当即答应他归附汉朝。

　　完成使命后，班超立即回到军中，向窦固述职。窦固对于班超的表现大为惊讶，立即向朝廷上书为其表功。窦固在上书中建议汉明帝从国内派出个使节，镇抚西域诸国。汉明帝回答："你手下那个班超不是挺行吗？

你让他去吧！"于是窦固将班超从假司马拔擢为真司马，并准备给他再拨些人马，但班超却没有多要，只说："我手下的三十六人足矣，多了反而累赘。"于是，班超名正言顺地再次踏上了出使西域各国的旅程。

班超他们这一次到达的首站是于阗。有那个能力的风先生，感佩班超的能耐，他一股风似的就也撺着班超去了，做了他麾下的第三十七人。风先生知晓西域诸国的许多事情，他在班超的身边，给他出谋划策，说是击败了西域霸主莎车的于阗国王，哪知"鹬蚌相争，渔翁得利"的道理，还没从战败莎车的喜悦中回过神来，旋即又被北匈奴打了个措手不及，失败后做了北匈奴的属国。班超在风先生的建议下，与他的三十六个兄弟来到了于阗国。败给北匈奴的于阗国王广德，对班超使团异常傲慢。广德向来崇信一个巫师，对他几乎是言听计从。这个巫师有点看不惯班超的做派，即对广德说："天神发怒了！汉军中有一匹宝马，你赶紧去拉过来，我要拿这匹马祭神！"愚蠢的广德立即派人去找班超索要那匹宝马。不等广德派人到来，风先生就把巫师的阴谋告诉了班超。听了风先生的通报，班超心中唯有冷笑，他想了，胡人这是想给我们一个下马威啊！

广德派的人来了，班超好言好语地给他说："马可以给你们，但必须巫师亲自来拿！"巫师欺骗个愚蠢的广德可以，在班超面前，他表现得十分愚蠢，竟然不知死到临头，还真就大大咧咧地来到班超的营地索要宝马了。这时的班超可不会与他客气，手起刀落，当即砍下巫师的脑袋，提在手上去见广德。班超把巫师鲜血淋漓的头颅扔到了于阗国王广德的脚下，并斥责他背叛汉朝、投靠匈奴的罪行……班超智勇双全，于阗国王广德早有耳闻，如今一见果然如此。广德斟酌利害，想着如果能够依靠汉朝撑腰，就不用怕凶残的匈奴了，因此命令部属把挟制自己的匈奴使节杀了个一干二净，重新投入汉朝的怀抱。

于阗在当时的西域算是最强大的一个国家，它的归附，意味着汉朝对西域统治的全面恢复。然而也只是恢复而已，想要获得相对稳固的统治，还需要不断巩固。彼时在匈奴的卵翼之下，龟兹国雄霸天山道，发兵攻陷了疏勒，继而扶植龟兹人做了疏勒的国王。疏勒同样是西域大国，收复该国是班超的下一个目标。他审时度势，认为疏勒国的国王无非是龟兹的傀儡，民心不可能依附，杀了傀儡王，一切都可以解决。于是班超对疏勒王放出话去："我奉汉皇之名，特来犒赏国王，你们赶紧出城来拿财物吧！"疏勒王兜题，按捺不住对财宝的渴望，带着他的亲兵出城来见汉使。但接待他的是一个名叫田虑的人，他有样儿学样儿，像班超一般，先下手为强，趁兜题不备，即持刀劫持了他，其余的亲兵见状吓得四散奔逃。于是，班超押着兜题，将疏勒国的文武百官都召集了过来，当着他们的面，给他们说："兜题是个龟兹人，是你们的敌国强加给你们的！你们应该立自己国家的人为王！"班超是这么说的，也就这么做了，他拥立前疏勒国王的儿子忠做了国王，使得疏勒国也纳入了汉朝的统辖。二次出使西域诸国，班超进一步扩大了前次出使的成果。

然而汉明帝驾崩后，北匈奴当即联合车师等国趁势作乱，屠杀屯田的汉军，并将戊己校尉耿恭围困在疏勒城。而洛阳城里继任皇位的汉章帝，对于经营西域没多少兴趣，于是决定全面撤出西域。风先生耿耿于怀汉章帝对于西域的态度，他看得清楚，其消极的、非主动性的、遇到困难就会退缩的策略，只会把班超为大汉在西域建立起来的功业毁于一旦。不过班超就是班超，当他不得已带上自己的亲随踏上归途的时候，疏勒国和于阗国的国王吓坏了，他们诚心想要留下他，不让他走。疏勒国的一个都尉居然在班超的面前哭着说："汉使走了，他们肯定会发兵来灭亡我们，与其如此，不如死了算了！"话音未落，即拔出刀来架在了自己的脖子上，锋利的刀刃都把他的脖颈子割出血来了，这让班超震撼不已。于阗国的君臣，更是全都跪在班超的马前，号啕大哭，不肯让他走。在于阗人看来，班超智勇双全，有他在，他们就不怕匈奴人来报复。

疏勒人和于阗人的诚心打动了他，加之自己也爱着这一片土地和一方百姓，于是班超上书朝廷，决定独自捍卫汉朝的西域。

班超的上书获得了汉章帝的应允，他还协调了一千人的所谓军队给班超，算是对他的支持。千人中一个叫徐干的热血青年和班超一样，有着立功于西域的梦想。但除了徐干和少数"义从"外，其他的都是刑徒，其战斗力可想而知。而其中还有个叫李邑的人，不仅生性胆小，还有满肚子的坏水，人在班超的身边，却不与他一心共事，反而向洛阳的朝廷参奏班超，说他在西域娶了妻子，安乐外国，带着一千多名汉人，在西域劳而无功，真是罪不容诛！好在汉章帝还不是太糊涂，懂得将在外君命有所不受的道理，就没有太理李邑的茬，颁旨把李邑狠狠地斥责了一通，并将其交给班超发落。换作旁人，一定会给这个小人一点颜色看看；但是班超却不同，他身正不怕影子斜，不与小人一般见识，于是将李邑遣送回了国。

稳定了汉军部队之后，班超带领属国士兵，进攻匈奴的附庸莎车国。莎车王立即以重金贿赂班超扶植的疏勒王忠。忠贪于重宝，居然真的忘恩负义，和莎车眉来眼去。然而这一切怎么能逃过班超的眼睛，他立即给忠摆了个鸿门宴，邀请他过来吃饭。忠自然不懂汉人的诈术，竟欣然赴宴，最后被班超一刀结果了性命。其时跟随在班超左右的风先生，对于他的果决与胸襟极为赞赏。风先生发现我对这个故事很有兴趣，就给我复述了一遍。

风先生说："行动这件事，从来不在于环境的好坏。此时此刻就是永远，此时此刻就是一切。退缩者永无胜利，胜利者永不退缩。"

风先生说："会战者不怒，但又岂能不怒！是该怒时则怒，不怒时则不怒。那是一个人的修养，亦是一个人的手段。"

风先生说："班超出使西域，把他的修养与手段运用得非常到位。"

我对风先生的论述，除了服气还是服气。班超就这么身在西域，为中华民族很好地固守着边疆。风先生对班超攻击叛乱了的莎车国一事就特别推崇。满打满算，班超率领的兵士不超过两万五千人；而莎车国投奔在龟兹国的麾下，军队合并起来有五万之众。但班超熟读兵书，知道兵不厌诈的道理，便使诈给他俘虏的一些龟兹兵，让他们旁听他与于阗王的一个军事会议。会议上，班超表现出一副很畏怯的样子，并安排他的部队后撤逃跑。龟兹俘虏不知有诈，偷跑回去报信。听信俘虏传言的龟兹国王，立即调集主力阻截班超的后路。班超见敌中计，心中大喜，便依照他事前的部署，放弃抄他后路的龟兹主力，转而全力攻向龟兹国的大本营，活捉了龟兹国王。擒贼先擒王，龟兹与莎车的联军，在国王被捉后顿然败散，被班超的汉军斩首五千余人。

自此以后，西域虽然时有小的冲突，譬如远在葱岭之外的大月氏前来挑衅，以及焉耆等几个小国不断骚扰，但都没有翻起什么大浪。然而英雄的班超，此时也已是个年近七十的老人了。

人老恋故土，叶落还归根。班超这时候做梦都是他想念着的故乡，以及故乡那阔别数十年的家人。公元100年，班超拿起他投笔从戎的毛笔，向朝廷上了一封表奏，希望皇帝恩准他告老还乡。这时候的东汉王朝业已传到汉和帝的手上，结果和帝看了他的表奏，没有恩准。原因是班超之后难有"班超"，和帝在朝堂之上找不出个他那样的才俊接班。这可如何是好？万般无奈时，班超的胞妹班昭出手了。入宫来到和帝身边的她，鼻涕一把泪一把地向和帝求情了。汉和帝感动于班超、班昭兄妹的那一份手足情，立即颁旨西域，恩准班超安排好那边的事务后返回故土。

公元102年，身经百战的班超回家来了。

想当年，班超怀着为国立功的壮志，出了玉门关。现如今，他满载荣誉而归，头上已经是苍苍白发。风先生看着英雄暮年的班超，不禁悲从心头起，因为他看得十分清晰，命运留给回到故土的班超的时日已不会太久……人的身体就是这么奇怪，忙碌劳累的时候，内心憋着那么一股子精气神，再怎么艰难困苦，都是无所谓的；而一旦身闲下来，心里的那股子精气神就会山崩似的垮下来，一发而不可收。便是医术高超的宫廷御医，面对班超垮下来的身体，也是一筹莫展。当年的九月，即他回家不足一个月的时候，班超合上了他英雄的眼睛。

这一年，班超七十一岁。因他此前被封为定远侯，喜爱他的国人，从此以后就以"班定远"的尊号来称呼他了。

接替班定远担任西域都护的将领是任尚。班超返回故土前再三告诫他，在处理西域事务时不宜过严，不要眼睛里揉不得沙子，水至清则无鱼，西域诸国与中原习俗不同，而汉朝的军人也绝非善类，对他们的一些小错就得过且过吧！但是班超的忠告，任尚没能听进去。不久之后，西域诸国造反，丝绸之路再度断绝。此后，班定远的儿子班勇继承父志，毅然带病回到西域，重新打通了通往西域的道路。然而，汉朝统治者对于西域太不上心了，导致对该地的统治名存实亡。风先生对此哀痛不已，他从历史发展的整个层面来看，评说班定远是绝无仅有的。他不借助国家的力量，以一己之力平定远方。他死后的两千年里，几乎再没有出现过他那样的人物。

怀揣着对班定远的无限敬仰，我随着一支有组织的丝路采风团，沿途走在他当年开创出来的道路上。我像牢记着他的风先生一般，总要想起他来，为他当年的满腔热血，还有意气风发，时而感怀，时而悲伤……在这样一种复杂的心情下，在丝绸之路上走了十三个日头，我走进了那个叫崖儿奶子（雅尔乃孜）的河道……初听导游如此称呼这条河的时候，我的记忆里又泛出"香格里拉""可可西里"等少数民族语言翻译过来的汉语地名。对此我唯有敬之服之，以为少数民族的语言翻译成汉字，是要让自命不凡的汉语言学家咋舌了，不知怎么，那些毫无关联的汉字组合在一起，陡然就有了一种无法形容的诗意，真是太美太美了。

就说我走进的崖儿奶子河吧，我看见一条不算很大的河，呜呜溅溅地流淌着的并不是奶子，而是清清亮亮的河水，但它就是这么毫无道理地叫了这样一个名字。我惊奇这条河的名字，更惊奇这条河竟如被刀子深深切割下来一般，整个儿陷进一道深沟里。河水一路漫流到交河故城后，又分为两条，一条东流而下，一条西流而下，流出两三里的路程，却不甘分离之苦，又合二为一，给交河故城天然地凹出一道护城河，使交河故城自然地变成一座孤岛。

"知道建城的祖先是谁吗？"与我同行的风先生蓦然问了我这样一个

问题。我不知道，而风先生也并不需要我回答，他接着说了："就是班超
'班定远'哩！"

正是风先生的提醒，让我茅塞顿开，知晓非班定远而不能有此天才的
发明。他构筑的这座孤岛似的城堡，不仅地理优势独特，而且建城用工最
少，防御功能最好。城堡完全就构筑在两河夹峙的那处生土高台上。所谓
生土，是相对于熟土而言的。熟土就是挖掘后动了地方的土，这么说来，
就能理解生土是为原始未动的土了。这样的建筑风格，风先生最为清楚，
而我也不生疏，因为我们生活的古周原上，就常见这样的建筑：平地往下
开凿，挖深到一定比例，再四面开凿出窑洞，就是一家人甚至几家人的居
住地了。

交河故城的样子，是古周原上那种地窑式建筑的放大版。

涉足交河故城，不经风先生提醒，我也想到了我远古时的扶风乡党
班定远。是他把我们古周原上原始的家室建筑方法带到了这里来，利用
这里特殊的土壤地理条件，首先为他带来的随从和军队，在生土上开辟出
一批像是古周原上吊庄一样的地窑。班定远是交河故城的奠基者与开拓者，
在他之后，不断地有人来，效仿他这位奠基者的方法，进一步扩大着交河
故城的生土建筑规模，使其成为丝绸之路上一处不可多见的大型生土建筑
城堡。

十分可惜的是，这样一个独具特色的建筑群落，因为战争，于六百年
前被毁坏了，从此成为古丝绸之路上一处保存还算完好的文化遗址。

我徜徉其中，在风先生的引领下，去到了那处挂名"安西都护府"的
地下窑洞住所。可以说，这是保护得最好的一个地下院落，我沿着一级一
级的生土台阶，下到那处四重门栅阻隔的院落里，待了好一阵子。我看着
依然森严高古的旧时安西都护府，顿然生出一股豪迈无比的高贵感来……
在这样的感觉里，我没了时间和空间的束缚，天马行空地胡思乱想着，这
就走到了交河故城遗址的最北端，看见这里的崖儿奶子河，从遥远的天山
山脉深处流泻而来，于此分成两股，一股粗壮满急，一股纤细柔曼……这

使我想象它们仿佛世间的一兄一妹，东西对峙保护着交河故城，是交河故城天然的守护神，它们分流到交河故城的最南端，向下游欢欢喜喜地流泻而去。

这如兄妹般的两条河流，一条流淌的是班定远的血汗，一条流淌的是班定远的深情。

纪十一　寂寞花芳

衡门之下，可以栖迟。

泌之洋洋，可以乐饥。

——《诗经·陈风·衡门》节选

　　无论是贤山晚照、飞凤拱秀、七星烟霞等自然美景，还是召公甘棠遗爱、马援马革裹尸、班超投笔从戎、马融绛帐传薪等人文故事，都说明扶风是个钟灵毓秀、底蕴深厚的好去处。"曹大家"班昭，在风先生眼里是个文名超然的存在，还有个劝诫君王的本家女子班婕妤，亦是贤德聪颖，在历史的天幕上光彩熠熠，像她撰写的那首《怨歌行》的诗歌一般，令人难以忘怀。

　　风先生就十分喜爱那首脍炙人口的诗歌，他时不常地要满怀深情地吟诵一遍：

新裂齐纨素，鲜洁如霜雪。

裁为合欢扇，团团似明月。

出入君怀袖，动摇微风发。

常恐秋节至，凉飙夺炎热。

弃捐箧笥中，恩情中道绝。

　　吟诵着《怨歌行》的风先生，还以他风的姿态，在时间的轴线与空间的幕布前，手之舞之、足之蹈之了呢！舞蹈着的风先生，从吟诵时的阳刚状态，蓦然变得柔曼起来了，仿佛一个远古时的女子，翩然婀娜，正兴高采烈地舞蹈着，却听闻"滋啦"一声，风舞着的长袖被撕裂了一道口子，显露出洁白如秋天明月般的手臂……对于深宫里的女子，最向往的时光莫过于依偎在君王怀里的时日，那如微风轻拂的感觉幸福极了，温暖极了。然而所有的美好，所有的美满，亦如变了脸的季节一样，特别是火热的感情，渐渐变得淡漠，变得不见了影子。

"出入怀袖"的扇子，在人需要的时候，总在人的手上宝贝着；而不需要时，则"弃捐箧笥"，不管不顾，被忘记了呢。古时候的女子，她们的命运正如扇子一般，取决于男子的好恶，随时都可能被抛弃。

一首题在团扇上的《怨歌行》，把班婕妤超越凡俗的诗情才华，顿然推上了一个他人难以企及的高度。她咏物言情，起兴于纨扇的质素之美，像霜雪般鲜明皎洁，暗示了少女出身名门、品质纯美、志节高尚，堪比天上明月。清人吴淇的几句评语说得人心悦诚服："裁成句，既有此内美，又重之以修能也。"不过风先生想要强调的是诗句中的"合欢"二字，他知晓对称图案的合欢花纹，其所象征的便是男女合而欢之的那一种意境，是谁都想永久拥有的哩。"文彩双鸳鸯，裁为合欢被""长裾连理带，广袖合欢襦"，古诗词中的句子，说的皆是此意。

见识高远、德操高尚、惊才绝艳的班婕妤，家学给了她非常大的滋养。

她是左曹越骑校尉班况的女儿，是史学大家班固、投笔从戎的班超和文采斐然"曹大家"班昭的祖姑，风先生知道班婕妤的父亲班况在汉武帝抗击匈奴期间，即立下了非同寻常的大功劳。但在家庭教育上，班况丝毫没有娇宠他的千金宝贝班婕妤。他教她认真读书做人，而她也极伶俐聪明，秀外慧中，既工于女红，还擅长诗赋。西汉建始元年，即公元前32年，汉成帝刘骜即位，班婕妤被选入皇宫，刚开始为少使，不久获宠，赐封"婕妤"。有此封赐的她，没有恃宠而骄，而是更加刻苦地诵读《诗经》《窈窕》《德象》《女师》等书籍，总是把自己的身段放得很低，每次觐见皇帝，都依照古人的制度礼节。

有一个故事就很能说明班婕妤的品德与修养。

伴在君王之侧的班婕妤深得汉成帝的喜爱，在成帝的眼里，她比月宫里的嫦娥还要迷人。为了能够与班婕妤形影不离，成帝甚至颁旨宫中匠作，特制了一辆双人并坐的大辇车，以便出游时能够与班婕妤同行。这样的待遇，过往的皇后嫔妃谁能有呢？没人能有。班婕妤有了，但她却明智地拒绝了，而且拒绝得很是坚定，不容一丝一毫的商量。她给成帝说了："观古图画，贤圣之君皆有名臣在侧，三代末主乃有嬖女，今欲同辇，得无近似之乎？"她说出的理由，成帝听得懂，成帝的母亲王太后听得更明白。汉成帝对不愿与他同辇而行的班婕妤，不仅没有半点怨言，还更钦服和喜爱她了呢。权势熏天的王太后，对班婕妤的作为，比她的儿子成帝还要高兴，她因此对左右亲近说了这样一句话："古有樊姬，今有班婕妤。"

遗憾的是，居于后宫增成舍宫里的班婕妤，虽然幸运地为成帝诞下一子，结果却数月夭折，而之后的她，也再没有生育。

这时，史书上那一对飞扬跋扈的赵氏姐妹，被选进宫里来了。耐得住寂寞的班婕妤，对赵飞燕、赵合德双胞胎姐妹倒没有太在乎；而许皇后就不能了，她看那双胞胎姐妹特别不顺眼，甚至十分痛恨了呢！无可奈何之下，许皇后竟然想了一条下策，在寝宫中设置神坛，晨昏诵经礼拜，在祈求皇帝多福多寿的时候，也诅咒双胞胎的赵氏姐妹灾祸临门。事情败露后，赵氏姐妹在汉成帝的耳边鼓捣，说许皇后不仅咒骂自己，也咒骂皇帝。成帝一怒之下，把许皇后废居于昭台宫，不再见面。事已至此，双胞胎的赵氏姐妹还不善罢甘休，想着利用这一机会，对她们的主要"情敌"班婕妤进行打击，遂诬陷班婕妤也参与了巫蛊事件。

听信了谗言的汉成帝，是也要给班婕妤以惩罚的，然而班婕妤不是许皇后，当即据理力争，从从容容、清清淡淡地给成帝说了呢。她说："我知道人的寿命长短是命中注定的，人的贫富也是上天注定的，非人力所能改变。修正尚且未能得福，为邪还有什么希望？若是鬼神有知，岂肯听信没信念的祈祷？万一神明无知，诅咒又有何益处？我非但不敢做，并且不屑做！"

汉成帝对班婕妤的自救说辞是认同了的，再则念及曾经的恩爱之情，尤觉她的不易，因此不仅不予追究，还顿生怜惜之情，厚加赏赐，以消除他心中的愧疚。

衡门之下，可以栖迟。泌之洋洋，可以乐饥。

岂其食鱼，必河之鲂？岂其取妻，必齐之姜？

岂其食鱼，必河之鲤？岂其取妻，必宋之子？

风先生感佩班婕妤的理性与智慧，他俯首在我的耳边，给我先把诗经里的《衡门》诵念了一番。他诵念完后，还不失时机地重新描绘了那样的情景："夕阳已逝，月上柳梢，一对青年男女悄悄来到城门下密约幽会，一番卿卿我我的甜言蜜语之后，激情促使他们双双相拥，又来到郊外河边，伴着哗哗的流水，极尽男欢女爱。"还说："密约幽会的小伙子，或许被这难忘的良宵所陶醉，触景生情，给约会的女子说，吃鱼何必一定要黄河中的鲂鲤，娶妻又何必非齐姜、宋子不可，只要两情相悦，谁人不可以共度美好韶光？"

接着风先生又对我说了这样一番话。他说："富贵繁华的宫廷生活固然使人向往，令人神往，但它也是肮脏的、充满危机的，倒不如娴雅恬静的乡野生活好。"

风先生说："锦衣玉食是生活，粗茶淡饭也是生活，而且生活得从容平淡，不求富贵，不求闻达，与自己相爱的人厮守终生，不也是人生的大乐趣吗？"

我被风先生说服了，知觉人能苦守清贫、安守本分，的确是件不容易的事情，但却很值得拥有。即如班婕妤一般，聪慧贤淑的她，面对赵飞燕、赵合德双胞胎姐妹，还真不如脱离开后宫那个是非之地，清净点儿好。不过入得后宫不易，脱离后宫尤难，班婕妤又哪能轻易脱离开……无可奈何时，班婕妤缮就一篇奏章给汉成帝，自请前往长信宫侍奉王太后，把自己置于王太后的羽翼下，也就不怕蛇蝎心肠的赵氏姐妹的陷害了。

王太后自然乐得班婕妤能够侍奉她，因为在她的心里，班婕妤堪为后宫妇德的楷模。便是当朝的士大夫和后来的文人雅士，说起班婕妤来，也都众口一词，誉称她为中国历史上最完美的女人。

风先生亦同意人们对于班婕妤的评价。他看着她伴在王太后的身边，于长信宫里，除了陪侍王太后烧香礼拜外，弄筝调笔，写她想写能写的诗，《怨歌行》因之横空出世，接着还有《自悼赋》《捣素赋》等诗文佳作面世。南朝时的文学评论家钟嵘在作《诗品》时，毫不掩饰他对班婕妤诗作的好感，把她的诗作列入上品。西晋时的傅玄亦写诗赞她："斌斌婕妤，履正修文。进辞同辇，以礼匡君。纳侍显德，说对解纷。退身避害，志邈浮云。"曹植论说她："有德有言，实惟班婕。盈冲其骄，穷悦其厌。在夷贞艰，在晋三接。临飙端干，冲霜振叶。"左芬评价她："恂恂班女，恭让谦虚。辞辇进贤，辩祝理诬。形图丹青，名侔樊虞。"

不争不抢、淡定自若的班婕妤，生活得一尘不染，虽然寂寞，却也如一朵芳菲的菊花，幽幽静静地烂漫着。朝堂上享受着权势、后宫里享受着美色的汉成帝，结果没有活得过寂寞的班婕妤，突然于绥和二年（前7）三月崩于未央宫……汉成帝崩逝后，班婕妤走出王太后的长信宫，去到了埋葬成帝的汉延陵，每天陪着石人石马，继续着她的寂寞，直到最终病逝，陪葬在汉成帝陵侧。

寂寞如花的班婕妤，一生中有苦有甜、有悲有喜、有哀有乐，命运对她似乎不错，又似乎并未分外眷顾她，但她以自己能够享受的寂寞，完美着自己，丰富着自己，深化着自己，而赵氏姐妹，被她的光彩彻底地碾压在了污秽的历史垃圾堆里，永远地腐朽着……可不是嘛，赵飞燕凭借着勾人魂魄的眼神、清丽入心的歌喉、婀娜曼妙的舞姿倾倒了成帝，带着她的双胞胎妹妹赵合德一并进入成帝的后宫，夜夜临幸不息，今日一个坏心眼，明日一个瞎主意，哄骗得汉成帝先把赵飞燕立为皇后，再把赵合德立为昭仪，而后还把她俩的父亲封为成阳侯，使他们一家荣耀到了极致。风先生记忆得十分清楚，名分仅为昭仪的赵合德，其居住的昭阳殿豪华得令人咋舌：中庭朱红一片，门限镶饰黄铜，并镀上黄金；登殿的阶梯以白玉砌成；殿内壁上露出的横木不仅装饰了金环，同时还嵌入蓝田玉璧、明珠、翠羽……身体强壮的汉成帝，倒也喜欢赵合德宫舍的这一种氛围，常要去她那里交欢。但不幸的是，从来不怎么生病的成帝，驾崩那天，清早起床更衣，才刚刚穿上裤袜，衣袍还未能上身，却不知何故，即身体僵直，口不能言，继而中风倒床，动弹不得，驾鹤去了。

汉成帝暴死赵合德的床榻之上，朝野为之震动，太常丞谯玄等大臣联名声讨赵氏祸水，飞扬跋扈的赵氏两姐妹很快被贬为庶人，曾经风光一时的双胞胎姐妹自杀身亡，且被永久地钉在了历史的耻辱柱上。

纪十二　裹尸马革疆场

岂曰无衣？与子同袍。

王于兴师，修我戈矛。

与子同仇！

——《诗经·秦风·无衣》节选

必须承认风先生记忆力的强大，他既不用翻书，亦不用上电脑搜索，张嘴就把历史人物评价马援的句子，流水滔滔般往出说了。

风先生首先推出历史学家范晔来，说他声言"马援腾声三辅，遨游二帝，及定节立谋，以干时主，将怀负鼎之愿，盖为千载之遇焉。然其戒人之祸，智矣，而不能自免于谗隙。岂功名之际，理固然乎？夫利不在身，以之谋事则智；虑不私己，以之断义必厉。诚能回观物之智而为反身之察，若施之于人则能恕，自鉴其情亦明矣。……伏波好功，爰自冀、陇。南静骆越，西屠烧种。徂年已流，壮情方勇。明德既升，家祚以兴"。接着又举唐代大诗人刘禹锡诗颂马援的文字为例："蒙蒙篁竹下，有路上壶头。汉垒麏鼯斗，蛮溪雾雨愁。怀人敬遗像，阅世指东流。自负霸王略，安知恩泽侯。乡园辞石柱，筋力尽炎洲。一以功名累，翻思马少游。"还列举明代学者黄道周四言诗的记录和论说："马援大志，少便莫伦。益坚益壮，时时自陈。阳蛙井底，嚣挟奸心。及见光武，知帝有真。聚米指形，帝喜进兵。西羌内寇，边害频频。拜援陇守，击破先零。金城欲弃，援苦请存。归民乐业，羌来和亲。宾客故旧，日满其门。征侧征贰，二女不驯。伏波伐之，传首立勋。裹尸明志，矍铄报恩。壶头失利，受责虎贲。怒收印绶，叹杀功臣。"

历史上歌颂马援的文章及诗句成千上万，不胜枚举，我不好一一列举，但风先生絮絮叨叨，给我的耳朵里不断地灌输着，说了宋代的张预、陈亮、徐钧、陈元靓等，明代的归有光、李贽、王夫之等，以及清代的郑观应、易顺鼎、金虞、黄彭年、屈大均、蔡东藩、李景星等对于马援的高度评价，便是写了《红楼梦》而文名满天下的曹雪芹，亦不能自禁，作了首七言古风，借薛宝琴之笔写出来，颂扬活在他心中的千古英雄马援："铜铸金镛振纪纲，声传海外播戎羌。马援自是功劳大，铁笛无烦说子房。"确如曹雪芹的古风说的那样，我是不好论说马援了呢。但我有可爱的风先生做朋友，老实倾听他说应该可以吧。当我伸手在电脑键盘上，还没能敲出一个字来时，他就把《诗经》中那首名曰《无衣》的歌谣，摇头晃脑地吟诵出来了：

> 岂曰无衣？与子同袍。王于兴师，修我戈矛。与子同仇！
> 岂曰无衣？与子同泽。王于兴师，修我矛戟。与子偕作！
> 岂曰无衣？与子同裳。王于兴师，修我甲兵。与子偕行！

风先生在把文言文的原诗吟诵出来后，又没歇气地用白话文翻译给我听了。他说三小章组成的歌谣，第一章讲了："谁说我们没衣穿？与你同穿那长袍。君王发兵去交战，修整我那戈与矛，杀敌与你同目标。"第二章讲了："谁说我们没衣穿？与你同穿那内衣。君王发兵去交战，修整我那矛与戟，出发与你在一起。"第三章讲了："谁说我们没衣穿？与你同穿那战裙。君王发兵去交战，修整甲胄与刀兵，杀敌与你共前进。"《诗经·无衣》被风先生翻译成白话文，自然就好理解了。仔细地听来，这首歌谣当是一首战歌，充满了激昂慷慨、豪迈乐观、热情互助的精神，表现出同仇敌忾、舍生忘死、英勇抗敌、保卫家园的勇气，其矫健而爽朗的风格，正是秦人爱国主义精神的反映……当时的秦国位于今甘肃东部及陕西一带，算是马援的原乡故里，这里土厚水深，民情质直厚重。如《汉书·赵充国辛庆忌传》所说，"民俗修习战备，高上勇力鞍马骑射……其风声气俗自古而然，今之歌谣慷慨，风流犹存耳"。宋代理学大家朱熹对此也有议论，说是"秦人之俗，大抵尚气概，先勇力，忘生轻死"。生长在这里的马援，自幼感染并吸纳了这一地域的精神气质，长大成人后，自然有了那股子非凡的家国情怀和英雄情结。

"老当益壮""马革裹尸"，从他嘴里吼出来，是他英雄气概的吐露，后来成为无数热血男儿保家卫国的精神寄托，深刻地影响着国人的爱国热情，为历代国人所崇拜和敬仰。

风先生知晓马援的先祖为战国时期赵国名将马服君赵奢，子孙因之以马为姓。曾祖父名马通，生父马仲，马仲生有四子，第四子就是马援。马援十二岁时，父亲去世，因其少有大志，曾教他学《齐诗》，但他却不愿拘泥于章句之间，就辞别兄长马况，想到边郡去耕作放牧。谁知没等马援起身，马况便去世了。马援只得留在家中，为哥哥守孝一年。在此期间，他没有离开过马况的墓地，对守寡的嫂嫂非常敬重，不整肃衣冠从不踏进家门。

后来，马援当了郡督邮。一次，他奉命押送囚犯到司命府。囚犯身有重罪，马援可怜他，私自将他放掉，自己则逃往北地郡。后天下大赦，马援就在当地畜养起牛羊来。时日一久，不断有人从四方赶来依附他，于是他手下就有了几百户人家供他指挥，他带着这些人游牧于陇汉之间，但胸中之志并未消减。他常对宾客们说："大丈夫的志气，应当在穷困时更加坚定，在年老时更加壮烈。"

英雄崇拜，是人共有之的一种情结，我与风先生也都认同。风先生曾追随在英雄马援的身边，驰骋疆场，建功立业。

来到北地郡的马援，带领众人种田放牧，即表现得出类拔萃。他懂得因地制宜，因此每年总是收获颇丰。不几年的时间，他就拥有马、牛、羊数千头，谷物数万斛。普通人面对如此巨大的财富，还不乐晕乎了。马援就不一样了，他面对那许多田牧所得，不仅没有高兴，还愁得慨然长叹，总是说什么"财产贵在能施救于人，否则就不过是守财奴罢了"。有此心性的马援，把属于他的所有财产尽皆分给他的兄弟朋友，自己则只穿着羊裘皮裤，过着十分清简的生活。

风先生把马援的这些作为看在眼里，感佩而景仰之，或当着他的面，或背在他人后，忍不住要赞美他。

风先生说："天性善良，福虽未至，祸已远离。"

风先生说："做成大事的人，小事做得亦认真；而小事做不来的人，自然也难成大事。小事是大事的基础，基础不牢，地动山摇。"

风先生说："英才马援，未来可期。"

王莽建立新朝，导致天下大乱。王莽的堂弟王林任卫将军，广招天下豪杰，他听闻马援勇武贤能，便登门拜会马援，把他选拔为掾，并推荐给王莽，让他做了新成大尹。追随在马援身边的风先生看得清楚，这会是马援一段不堪回首的经历，但不能否认，马援因此得到了应有的锻炼。他于新朝灭亡之际，早早地逃离任所，去到偏在一隅的凉州避难。建武元年，亦即公元25年，光武帝刘秀在洛阳建立了东汉王朝，马援的同胞兄长马员先自投奔刘秀，而羁留凉州的马援还在观望时势的发展。在此期间，陇右割据势力的霸主隗嚣很是器重他，任命他为绥德将军。此时，野心爆棚的公孙述不自量力，居然在蜀地称帝。隗嚣想要探知公孙述的虚实，就借马援与公孙述同乡的交情，派他前去会面。马援倒是想与公孙述握手言欢，没承想公孙述却给他摆起了帝王的架子。见证了公孙述一番装腔作势的会见，马援毅然返回陇右，向隗嚣报告"公孙述井底之蛙，妄自尊大，倒不如专意经营东方"。马援嘴里的"东方"，就是在洛阳称帝的刘秀。隗嚣深信马援的判断无错，不仅同意归汉，还派长子隗恂到洛阳去做人质……马援携家属随隗恂到洛阳，数月都没有被任命职务。他发现三辅地区土地肥沃，原野宽广，而自己带来的宾客又不少，于是上书刘秀，请求率领宾客到上林苑屯田，光武帝答应了他的请求。然而性情多变的隗嚣又听信了部将王元的挑拨，欲占据陇西，称王称霸。马援知情后不断写信相劝。但隗嚣不仅听不进马援的劝说，还怨恨上了马援，认为他背离自己，见信后愈发恼火，竟贸然起兵抗拒东汉朝廷。马援无可奈何，上书刘秀，陈述了消灭隗嚣的计策。

建武八年（32），刘秀听从马援的计策，御驾亲征隗嚣。军队行进到漆县，不少将领认为前途未卜、胜负难料，不宜深入险阻，刘秀也犹豫不定，难下决心。正好马援奉命赶来，刘秀连夜接见，将将领们的意见告诉马援，并征询他的意见。马援于是说出了自己的看法，他认为隗嚣手下将领已有分崩离析之势，如果乘机进攻，定获全胜。说着，他命人取些米来，在光武帝面前，用米堆成山谷沟壑等地形地物，然后指点山川形势，标示各路部队进退往来的道路，曲折深隐，无不毕现，对战局的分析也透彻明白。刘秀因之大喜，遂决意进军，很快就取得了讨伐隗嚣战争的全面胜利。

"堆米为山"是此战取胜的重要因素，也是我国战争史上的一个创举。马援因功于建武九年（33）被任命为太中大夫，统领诸军驻守长安。

从新朝末年始，塞外羌族不断侵扰边境，不少羌族更是趁中原混乱之际入居塞内，金城一带属县多为羌人所占据。马援被刘秀任命为陇西太守，在任上恩威并施，既派遣步骑消灭羌人有生力量，又安抚放下兵器的羌人，开凿水利，发展农牧业生产，使郡中百姓安居乐业，共守边疆安宁。马援在陇西太守任上六年，使得陇西兵戈渐稀，而与此同时，岭南一带却不断滋生事端。河南郡卷县有个名叫维汜的人自称为神，蛊惑招诱了数百之众，后被杀。其弟子李广纠集余党攻打皖城，杀皖侯刘闵，自封"南岳大师"。刘秀派遣张宗率兵讨伐，被李广打败。马援遂统领一万兵马，一举歼灭了装神弄鬼的李广。可是不久，交趾女子征侧、征贰又举兵造反，占领交趾郡，九真、日南、合浦等地纷纷响应。征侧趁机自立为王，公开与东汉朝廷决裂……马援被刘秀封为伏波将军，率部南下，长驱千余里，直击交趾要害，先于浪泊大破反军，斩杀数千人，降者万余人，接着乘胜追击，在禁溪一带数败征侧，杀得敌众四散奔逃。一年后的建武十九年（43）正月，马援率军斩杀征侧、征贰，将其首级送至洛阳城，朝野一片欢呼声，皇帝刘秀封马援为新息侯，食邑三千户。

在那些腥风血雨的日子里，风先生仿佛马援随军的记事官，一笔一笔，非常认真地记录着马援的每一次战功，还有他的事功……斩杀了征侧、征贰后，马援停下他追击穷寇的步伐，亲率大小楼船两千多艘、武士两万多人，进剿征侧余党都羊等，从无功一直打到居风，歼灭顽敌五千多人，彻底平定了岭南。马援率部凯旋后，刘秀慷慨地赐他兵车一乘。马援进宫朝见时，位置仅次于九卿。

面对如此隆恩，马援就只有竭尽全力报效朝廷了。他回到京城一月有余，就又听闻匈奴、乌桓从西北方向进犯到了扶风一线。这里为国家的三辅重地，岂容蛮敌侵掠！马援当即请命于刘秀，率领兵马出征了。风先生把马援的这次出征描述得有点轻描淡写，说是建武二十一年（45），马援率领的兵马才出高柳，刚刚巡行在雁门、代郡、上谷等地，即有乌桓的哨兵探知来者为伏波将军马援，便告知他们的统帅，于是蛮敌不战而火速散去……北方的战局因为马援的威名，迅速平息下来。然而，国家的安全形势却是按住北方的葫芦，又浮起南方的瓢，武陵郡五溪蛮人突然发生暴动，朝廷命武威将军刘尚前去征剿，但他太冒进了，结果全军覆没。

怎么办好呢？端坐皇宫大殿上的刘秀作难了。他是想到老将军马援了，但此时的老将军年已六十二，还能派遣他出征吗？军务烦巨是一个方面，另一方面还要亲冒矢石，老将军顶得下来吗？就在刘秀犹豫再三之际，马援主动向刘秀当面请战，自言"臣尚能披甲上马"。刘秀心动了，准许他试试。马援披甲持矛，飞身上马，手扶马鞍，四方顾盼，一时须发飘飘，神采飞扬！刘秀被马援的风采征服，夸赞他烈士暮年老当益壮，于是派遣他率领中郎将马武、耿舒、刘匡、孙永等人，率领四万余人远征武陵。

出征之际，亲友都来给马援送行。马援对老友杜愔说了他的心里话。他说："我受国家厚恩，年龄已大，余日不多，时常以不能死于国事而恐惧。现在获得出征机会，死了也甘心瞑目。只怕一些长者家儿或在左右，或参与后事，特别难以调遣，我独为此耿耿于心啊。"

建武二十五年（49），马援率部到达临乡，蛮兵来攻，马援指挥若定，一战大败蛮兵，斩获两千余人，其余蛮兵逃入瘴气弥漫的竹林中。接下来如何破敌，军中将领的看法有异，报告给远在洛阳的天子刘秀，他居然也拿不定主意。马援再三向刘秀主张，放弃进军既耗日头又费粮草的充县，直进壶头，扼其咽喉。刘秀最终同意了他的决策。马援率军取得壶头阵地后，即与据险紧守关隘的蛮兵旌旗相望，形成对垒之势。然而人算不如天算，酷热天气使得好多士兵得了暑疫，便是马援自己也罹患重病，部队一时陷入了困境。年迈的马援没有气馁，他命令靠近河岸的兵士开凿窟室，以消热避暑；同时拖着重病之躯，登山观望敌情，鼓舞军队的士气，意气自如，壮心不减。

别说马援老将军的手下将士被他的精神感动流泪，便是随在他身边的风先生，也为他不屈的英雄气概而慨叹不已。

风先生不是要拖老将军马援的后腿，而是实在不忍心功勋卓著的他死在敌人阵前。然而，敌我情势只是风先生担心的一个方面，更为不堪的一个方面，也向一世威名的老将军逼了过来……老将军有所不知，但风先生是知道的呢。他知道身为老将军部将的耿舒，已经写信给后方的朝堂告状了。获悉告状信的天子刘秀，倒是感怀老将军的不易，却也架不住朝堂上他人的攻讦，这就派出虎贲中郎将梁松前去责问马援，并命他代监马援的部队。

这个梁松可不是什么好人，他到达时马援已死，于是他借机诬陷马援，使得刘秀收回了马援的新息侯印绶。

之前马援生病，梁松曾到马援床边行礼问候，而马援没有回礼。梁松悻悻然走后，马援的儿子即提醒老父说："梁松是天子的女婿，位高权重，公卿以下莫不害怕，大人为何独不对他回礼？"马援笑了笑，没有太在意，只是说："我是梁松父亲的朋友，就算他显贵，怎么能失掉长幼的次序呢？"但他没想到，梁松已从此开始怨恨马援。此为一件事，还有一件事，风先生曾经给马援提醒过。那就是马援当年南征交趾，在前线听说侄儿马严、马敦到处乱发议论，讥刺别人，而且跟一些轻狂不羁的人物结交往来，便写信劝诫他们了。一封家信，不知何故，竟然传到了天子刘秀的手上，其中有关于梁松、窦固的几句话，让刘秀看得发了脾气，即把梁松、窦固召到御前，给予了严厉的责备，二人在御前叩头流血，刘秀才免去两人的罪。但梁松因此更是记恨马援了。

在小人的诬陷下，天子刘秀褫夺了马援的封号，这使马援一家人好不糊涂，既不知皇帝为何如此震怒，更不知马援究竟身犯何罪。惶惧不安中迎回了马援的尸体，竟不敢埋回祖先的坟地，只在城西买了些薄地，草草葬埋了下去。其景其况十分凄凉，便是马援的故旧亲朋，也都没敢到他的墓堆前吊唁……实践了"马革裹尸"而还的老将军，安葬得不明不白，他的妻子儿女和他的侄儿马严前去皇宫向刘秀请罪。刘秀没有难为他们，而是拿出梁松的奏章给他看，马夫人因之六次上书刘秀，为她的夫君申诉冤情，其言辞之凄切，令刘秀实在过意不去，这才颁旨遵照他们马氏一族的先例，让马援归葬扶风县的毕公村。

后来马援的夫人去世，朝廷不仅为马援的坟墓聚起堆土，还植树建筑祠堂以为记。又过了几年，到了建初二年（77），汉章帝感念马援的卓越功绩，追谥马援为忠成侯。

盖棺成定论，马援以他忠贞不渝、勇毅卓绝的品性，光彩在历史的荣誉榜上。但在风先生看来，这似乎还不足以彰显他的辉煌，在我回到故土扶风县，去到毕公村的马援祠，站在他的金身塑像前向他躬身凭吊时，风先生俯首在我的耳边，还给我说了一些马援老将军的逸闻趣事。

风先生首先说的是老将军在寻阳平定山林之乱后，曾上书皇帝，其中说了这样一段话："破贼须灭巢，除掉山林竹木，敌人就没有藏身之地了。好比小孩头上生了虮虱，剃一个光头，虮虱也就无所依附了。"据说光武帝阅览了他的上书后，觉得他这办法和比喻都堪称绝妙，赞叹之余，还就来了个当场运用，当即下令，把头上有虱子的宫中小黄门一律剃成了光头。

风先生说的第二件事，就是马援征讨征侧余党时，见岭南西于县土地辽阔，三万二千余户的百姓管理起来非常不便，就上书刘秀，请求将西于县分成封溪、望海二县。获得刘秀的恩准后，马援每到一处，就组织人力为郡县修治城郭，并开渠引水灌溉田地，便利百姓。同时，他还参照汉境法律对越律进行了整理，修正了越律与汉律相互矛盾的地方，向越人申明旧制以便约束。

听完这两个故事，我对老将军平添了许多敬意。而最后一件事情，让我听来，对老将军又多了些怜悯之情。风先生一字一句唏嘘慨叹，他说当初南征交趾时，老将军马援常吃一种叫作薏苡的植物果实。这种果实有治疗风湿、避除邪风瘴气的效果。马援长期南征北战，他的筋骨太需要薏苡的滋养了，因此班师回京时就拉了满满一车……当时的人只见他拉了一车东西，想当然地以为是南方出产的珍贵稀有之物，朝堂上的权贵们听闻这个消息后议论纷纷，都想着能够分享点儿，结果没有得到，便都背过马援说他的坏话。尤其在老将军死后，更是有人上书刘秀，诬告马援搜刮大量珍珠文犀，运回家来，只给自己享用，而不奉献君王，使不明真相的刘秀褫夺起老将军的爵位时就更多了个理由。

风先生絮絮叨叨，似还要给我述说更多关于马援老将军的事情，而我喟叹一声，阻挡住了风先生的话头。

因为在我给马援老将军致哀的时候，马援祠里来了一批海外马姓族人，听他们的口音，似从菲律宾、马来西亚等地而来。他们南腔北调，呜呜哇哇，感佩垂泪者有之，匍匐跪拜在马援老将军塑像前者亦有之，无不虔恭敬畏……是的呢，马援祠在任何时候，都有着强大的文化纽带作用哩。

纪十三　德音孔昭

呦呦鹿鸣，食野之苹。我有嘉宾，鼓瑟吹笙。

吹笙鼓簧，承筐是将。人之好我，示我周行。

呦呦鹿鸣，食野之蒿。我有嘉宾，德音孔昭。

——《诗经·小雅·鹿鸣》节选

在扶风县文化馆工作的时候，风先生陪伴着我，走遍了扶风县境内的名人墓，很为当时的一些古代名人墓而忧心，特别是位于法门镇马家村的师旷墓。我与风先生先双双面对着墓看了一会儿，然后又双双相对着，你看着我，我看着你，眼睛里流露出的只有忧心和担心。唯觉荒草萋萋的那一捧土堆，被耕地的犁铧今年带走一些土，明年带走一些土，这么带上几年，会带得不见了封土……圜丘状的墓冢封土，太需要重新往高培了呢！

陕西省于1957年公布了一批重点文物保护单位，被称为"乐圣"的先秦音乐大师师旷的墓冢即名列其中。重新整修了"乐圣"墓冢的消息传来，我第一时间想要赶回去，却没能够，就只有托付风急火燎赶去"乐圣"墓冢前凭吊的风先生，替我给"乐圣"多鞠几个躬……风先生是我朋友中最可信赖的一个人，他老实替我祭祀了"乐圣"，回来撺着我说了呢。他说这次整修三座名人的古墓冢，在墓冢周边回填了些素土，夯实后又以三七灰土做了铺垫，并打上混凝土垫层，砖砌了挡土墙，再移植了松柏等乔灌木，把原来裸露的墓冢充分地绿化了起来。

风先生说得仔细，他说："新移植来的迎春花，在师旷墓周边砌筑的青砖墙里探头探脑，迎风摆动，让人赏心悦目。"他这么说来，就还把《诗经》中那首名曰《鹿鸣》的歌谣，抑扬顿挫地诵念了出来：

> 呦呦鹿鸣，食野之苹。我有嘉宾，鼓瑟吹笙。吹笙鼓簧，承筐是将。人之好我，示我周行。
> 呦呦鹿鸣，食野之蒿。我有嘉宾，德音孔昭。视民不恌，君子是则是效。我有旨酒，嘉宾式燕以敖。
> 呦呦鹿鸣，食野之芩。我有嘉宾，鼓瑟鼓琴。鼓瑟鼓琴，和乐且湛。我有旨酒，以燕乐嘉宾之心。

在风先生的诵念声里，我蓦然看见一群呦呦鸣叫的鹿儿，在空旷的原野上啃吃着艾蒿。有那么一群宾客，或弹琴，或吹笙，欢奏着乐曲。吹奏的笙管簧片振动有序，捧着满筐礼品的人献礼如仪。人们都好友善啊，同时又品德高尚，引来君子纷纷仿效……美酒香醇润心，雅乐阵阵逍遥。远古人崇赏的音乐，在宴会上表现得多么令人神往呀！

风先生见证了原始人成长为现代人的全部过程，他在诵念罢《鹿鸣》的整个诗句后，不禁潸然泪下，说了这样两句话。

风先生说："我常常在想，人活得那么努力，那么义无反顾，到底是为了个啥呢？复杂的社会，看不透的人心，放不下的牵挂，经历不完的酸甜苦辣，走不尽的坎坎坷坷，最后还不就是个死！"

风先生说："人的生命既然脱不开消失的那一天，为什么就不能活得快乐点儿，活得单纯和优雅点儿呢？"

风先生的祈愿在我的耳鼓上震荡着，我伸手去拥抱他，他却如风一般躲了开来，躲在一边，用他柔柔的细风，一忽儿触摸触摸我的脸面，一忽儿触摸触摸我的头发，引领着我，向有"乐圣"之誉的师旷一步一步地走了去，让我仔细向他学习，用心触摸他的心灵，用心感受他的乐色……不知风先生触摸到了什么，感受到了什么，我是突兀地触摸到一抹灿烂的亮光，强烈地刺激着我的神经，使我浑身不能自禁地抖擞了一下，我清楚，那该是一股逼人的天才之气呢！

天生耳聪目明的师旷，因为太过聪明，不能专注于音律的修习，十分苦恼，就从田埂上割回一捆艾草，拧成艾绳，在太阳下晒得半干不干，打火点燃。艾草散发出浓浓的烟气，师旷把他大睁着的眼睛靠近烟气，不间断地熏蒸，熏得他眼睛里的酸水仿佛涌泉般流泻，一直地流，一直地泻，直到流泻得没有了一滴半点的泪水，一双水汪汪的大眼睛变成一对干窟窿，再也看不见什么！瞎了双眼的他，从此专注于音律的演习……风先生说师旷目盲后，弹琴时，吃草的马儿会停止咀嚼，仰头侧耳倾听落泪；而觅食的鸟儿，亦会停止飞翔的翅膀，迷醉低首，丢失掉口中的食物。

具有如此才能的师旷，被晋悼公招进王宫做了掌乐太师，他还深得悼公之子平公的信任，被任为太宰。

晋平公新建了一座王宫，举办落成典礼时，邻国国君卫灵公为了修好两国关系，便也率领他的乐工前去晋国祝贺。卫灵公带着一批侍从，跋山涉水走到濮水河边，但见天色已晚，即与他的侍从在河边倚车过夜。时值初夏，皎洁的月亮映照着两岸垂柳，在风的推动下，柳条一摆一摆轻拂着水面，流水安安静静，曲曲弯弯，仿若天降的一匹锦缎……卫灵公的梦里是这样一番美景，却突然听闻一曲新奇的琴声，把他从梦中惊醒了过来。醒过来的他睁眼望向周遭，没有看见什么人抚琴，可是他梦中的琴声依旧鸣响着，他当即招来乐师师涓，命他把这奇妙的乐曲记录下来。

卫灵公一行热热闹闹地进入晋国都城，盛装参加晋平公在新建的王宫里摆开的宴宾席。

宴会上的卫灵公，在观赏了晋国的歌舞后，即命他的乐师师涓演奏在濮水河边记录下来的那支曲子，给晋平公助兴。师涓遵命理弦调琴，照着他记录下来的乐谱，认真地弹奏起来。他的手指起起落落，琴弦鸣鸣溅溅，琴声如丝如缕，仿佛绵绵不断的细雨，诉说着令人心碎的哀伤……陪坐在席间的师旷，作为晋的掌乐太师，面带微笑，很是用心地聆听着。

过了一会儿，他脸上的笑容渐渐地淡了，慢慢地就还消失了，取而代之的是满面凝重的神色！

师旷是不能听下去了。他猛地站起身，按住师涓的手，断然制止住了他抚琴的手，并严肃地告诉他："这可是亡国之音啊，你怎么能在这里弹？"

卫灵公不知此乐的根本原委，猛听师旷这么说来，便吃惊地愣住了。而师涓更是吓得不知所措，十分尴尬地回头望着卫灵公，而卫灵公又转眼看向了晋平公。晋平公倒是一副好模样，因为他没从乐曲中听出什么不测来，于是就一脸喜色地与卫灵公双目相视，头也不回地责问师旷了。他说：

"这曲子好听着哩，怎么会是亡国之音呢？"

师旷没有回避晋平公的质问，他言之凿凿，据理力争，给晋平公、卫灵公，以及宴会上所有的人说了。师旷说："这是商朝末年乐师师延为暴君商纣王所作的靡靡之音。后来商纣王无道，被周武王讨灭了，师延自知助纣为虐，害怕被处罚，就在走投无路时，抱着琴跳进濮河自尽了。我想，这音乐一定是在濮河边听来的。这音乐很不吉利，谁要沉醉于它，谁的国家定会衰落。所以不能让师涓奏完这支曲子。"师旷说到这里，转过脸看着师涓。师旷虽没有问他什么，但师涓业已吃惊地回答他了，说他正是从濮水河边听来的这首曲子。卫灵公的脸面，在师旷与师涓的对话里，红得如血般透亮。他的难堪被晋平公看在眼里，晋平公怕他会更加失态，就为他解围了，说是朝代已改，现在演奏，又有什么妨碍呢？师旷依然固执己见，摇头执拗地道来："佳音美乐可以使我们身心振奋，亡国之音只会使人堕落。主公是一国之君，应该听佳音美乐，为什么要听亡国之音呢？"君是君，臣是臣，晋平公没听师旷的话，他执意要卫灵公的乐师师涓把师旷所说的靡靡"亡国之音"弹奏了下来。

晋平公的道理是："今为大喜之日，怠慢了贵宾，可是不好吧！"但当师涓弹完了整支乐曲，师旷面上的愠色一直不改。晋平公问他了："这究竟是首什么乐曲呢，使你这般恼怒？"师旷干干脆脆地说："《清商》是也。"晋平公问："《清商》是不是最悲凉的曲调？"师旷没有迎合他，答道："不是，比其更悲凉的还有《清徵》。"不知好歹的晋平公居然说："好啊，作为回礼，你就弹一曲《清徵》吧！"师旷却梗着脖颈没有答应，半晌才说："不能。"晋平公不解，问师旷："为什么不能呢？"师旷还梗着脖颈，说："古代能够听《清徵》的，都是有仁有德、尽善尽美的君主。大王的修养还不够好，不能听！"

风先生感动于师旷执拗的原则性，又担心他的倔强会让晋平公因在客人面前大失面子而与他翻脸，于是就急呼呼捉住他的手，拉他坐在琴凳上，指引着他的手指，弹拨起琴弦来了。师旷用奇妙的指法，刚在琴弦上拨出第一串曲调时，便见十六只玄鹤从遥远的南方翩然飞来，于静空之中发出比琴声更为深情的鸣叫，鸣叫的同时，还变换着多姿多样的队列，凌空起舞……师旷的手指在琴弦上继续着他的弹奏，玄鹤的鸣叫声和舞蹈十分融洽地结合在一起，在湛蓝的天际，长久地飘舞着，回荡着。

晋平公和参加宴会的宾客无不惊喜异常，欢欣不已。

曲终时，晋平公居然提着酒壶，离开席位，向师旷走了去。他要给师旷敬酒了。晋平公看着师旷把他敬的酒大口灌进肚腹后，又问他了："人世间，大概没有比这《清徵》更悲怆的曲调了吧？"师旷答曰："不，《清角》远在《清徵》之上。"晋平公几乎忘形地说："那太好了，就请太师再奏一曲《清角》吧！"师旷却又恢复了他的倔强劲儿，没有立即答应晋平公，而是把脑袋摇得跟拨浪鼓似的，说："使不得！《清角》可是一支不同寻常的曲调啊！它是黄帝当年于西泰山上会集诸鬼神而作的，怎能轻易弹奏？若是招来灾祸，就悔之莫及了！"晋平公一定要听，他给师旷再次敬上一觞酒，恳切地要他弹奏出来。

师旷能怎么办呢？他拗不过晋平公，就只好勉强从命，弹起了《清角》。当一连串玄妙无比的乐曲从他如飞的手指尖上流出来时，包括风先生在内，宴会现场的所有宾客，都眼见晴朗朗的西北方向，碧蓝的天空倏忽滚起乌黑的浓云；到第二串乐曲袅袅升起，穿越宴会的殿堂，飘摇着弥漫天际时，狂风搅着暴雨，应声而至；到第三串乐曲呜哇骤响之时，但见狂风呼啸着掀翻了宫殿顶上的屋瓦，撕碎了室内的一幅幅帷幔，各种祭祀的重器纷纷破裂，屋顶上的瓦片坠落一地。满堂的宾客吓得惊慌躲避，四处奔逃。晋平公也吓得抱头鼠窜，被暴雨浇得如落汤鸡一般，趴在廊柱下，惊慌失色地喊了。

晋平公的喊声如狂风一般："停下！快停下！不能奏《清角》了！"

师旷应声停下了他弹拨琴弦的手指，而肆虐着的狂风暴雨顷刻间风止雨退，云开雾散。

"惊天地！泣鬼神！"风先生不失时机地喊出了这样一句话。他喊出的话，引发了宴会现场所有人的共鸣，并一直流传着，便是两千多年后的今天，我也要那么大喊的呢！

有关师旷的故事，在风先生的记忆里，一桩一件，太多太多了呢。有这样一件事，风先生念念不忘，给我说了好几次。有一次，晋平公与臣僚们饮酒言欢，喝得酒酣耳热的时候，晋平公不无感叹地说了："做国君真是快乐啊，说出的话没有人敢违背。"是为平公乐师的师旷，当时就坐在平公的旁边，他闻言拿琴向平公方向撞了过去。不知是因为眼瞎，还是没有胆量欺君，总之他把琴撞向了一边的墙壁，撞断了几根琴弦，撞脱了一块墙皮。平公不傻，他有所觉察了呢，就问师旷在撞谁。师旷狡辩说："我刚才听见有一个小人乱说一通，为了制止他，我就用琴撞他了。"平公倒是坦荡，给师旷老实说了："那不是小人，是我啊。"师旷因之故作惊讶地回话说："不对吧，那不是国君应该说的话啊！"

对于师旷的言行，晋平公左右的人一片愤慨之声，全都请求平公杀掉不知君臣之礼的师旷。而平公细思之下，认为师旷直言敢谏，不仅没有怪罪师旷，还说他听得懂师旷的谏言，对他来说这是一次值得记忆的教训。

还有一件事，记录在西汉经学家、目录学家、文学家刘向编录的《说苑》一书里。说是晋平公七十岁时想要学习，又恐为时已晚，就与师旷交流他的想法。师旷没有犹豫，当即劝他可以秉烛而学。为了给年老的晋平公以信心，师旷接连打了三个比喻，他说："人在年少时喜欢学习，好像太阳初升时的阳光；而壮年时喜欢学习，又像是正午的阳光；到了老年时喜欢学习，则恰如点燃蜡烛照明时的光亮。"师旷巧妙地点明老年时读书虽然赶不上少年和壮年时，但与摸黑走路相比较，还是要好得多。

春秋时期，乐律因为带有神秘色彩而备受推崇。太师在掌握乐律的同时，往往会参与军国大事，卜吉凶，备咨询。师旷自不例外，他不闲于琴瑟而致力于匡主裕民，深得晋君赏识，诚如韩峋所言，师旷"迹虽隐于乐官，而实参国议"。师旷在政治上，主张为政清明，德法并重。认为国君应"清净无为""务在博爱"；同时，还应借助法令来维护统治，"法令不行"则"吏民不正"。在用人方面，力主对德才兼备者委以重任。如果"忠臣不用，用臣不忠，下才处高，不肖临贤"，就会埋下乱政的隐患。在经济领域，师旷强烈主张富国强民，认为民阜才能政平，空虚府库会导致"国贫民罢，上下不和"。他还劝谏统治者"广开耳目，以察万方"，使百姓蒙冤有处申诉；特别提出"不固溺于流俗，不拘系于左右"的积极主张，认为国君应"廓然远见，踔然独立"，唯如此，才能避免失误，有所作为。

师旷的治国宏论是他政治理想的反映，见地精辟之至。晋悼公、晋平公二世，君主贤明，政平民阜，重振文襄霸业，师旷起了很大作用。

晋平公晚年时，宫室滋侈，大兴土木，导致晋国霸业日衰，以致"民闻公命，如逃寇仇"。在平公淫奢之时，师旷没有趋炎附势，依然敢于犯颜直谏。晋平公喜欢出门打猎，自认为有"霸王之主出"的祥兆，而师旷则不以为意，认为这是自欺欺人。平公恼怒不已，"置酒虒祁之台，使郎中马章布蒺藜于阶上"，唤师旷解履拾级而上。师旷忍着巨大的疼痛，走在布满蒺藜的台阶上，却还仰天长叹，说是肉中生出虫子要吃肉，木中生出蠹虫要蚀木，人自己兴妖作乱，最终还是自己害自己。庙堂之上，绝不是生蒺藜的地方。现在出现了这种情形，他如啼血的杜鹃般向平公预言："君将死矣。"守正不阿的师旷啊！风先生以为，他几与楚国的屈原一般，都有着强烈的家国情怀。

师旷不但是一位伟大的乐师、优秀的政治家，在后世的民间故事里，他还成了身负异能的神灵。

道教的天后宫与各地的城隍庙等宫观建筑的门殿东西两侧，通常会泥塑出千里眼和顺风耳两尊护卫神。风先生知道其中的用意：千里眼能够观察到千里以外的事物，顺风耳能够听闻到千里之外的声音。两位神亦被称为"聪明二大王"，他俩一个是师旷幻化而来，一个是离娄幻化而来。有他们两位守护神，加之另两位伴在他俩身旁的武士，妖魔鬼怪还能作恶人间吗？古典名著《西游记》中描写的孙悟空，闹东海、搅地府，事达天庭，玉帝询问"妖猴"来历，告诉玉帝的人，就是失聪而可以眼观千里的离娄和目盲而顺风可闻千里的师旷。

其实，"妖猴"这个玩意儿，那时在千里眼离娄和顺风耳师旷的意识里，原来是个不大光彩的角色哩。

风先生对此心知肚明，他看见我在电脑上敲出那一行字时，不由得哈哈大笑两声，也不做过多的解释，而是捉住我的手指，复在电脑上敲出"太极"两个字。是的哩，古传太极作为中华民族的一个知名拳种，相传就是起于师旷的创造呢。当然，古传太极在学理上还可以追溯到伏羲老祖，他首画八卦，其中就蕴含着"太极"的妙理……说起太极，就不能不说文王姬昌了。而姬昌的老师，恰就是师旷的先祖师永。伟大的师永教授出了一个伟大的学生姬昌，姬昌被拘羑里，掐蓍草而反复演八卦，终于写出《周易》。师氏家族所以能有一个"师"姓，就在于他们家族数代都为周王室服务，被赐姓以师。

在此之前，我一直懵懂不解，祖籍冀州南和（今河北省邢台市南和区）的师旷，死后何以安葬在古周原上？这个问题，我询问过风先生，他笑而不言，让我自己揣摩。

"克己复礼"是孔夫子丘的理想，师旷又何尝不是这样的人呢？他生时没能在古周原上做事，死后安葬在古周原上，倒是以其精神节操呼应了周文化的博大与精深。

纪十四　声色绝代五连"噫"

出其东门，有女如云。

虽则如云，匪我思存。

缟衣綦巾，聊乐我员。

——《诗经·郑风·出其东门》节选

　　北方人的低调，是南方人所不能及的呢。和合南北、泽被天下的秦岭，在北方人眼里也就只是一道岭，而太湖边一座小小的鸿山，却被南方人骄傲地称呼为山了。我第一次来到这里，很是睥睨地望着矮墩墩的鸿山，有几句不敬的话就要从我嘴里吐出来时，风先生风一般的耳刮子，毫不留情地扇上了我的脸，我的脸烧乎乎的，像是着起了火。

　　风先生给我说了，从我的故乡周原奔吴而来的泰伯，就静静地长眠在这座山的山脊上。

　　听了风先生的话，我重新收拾心情，当即对名讳鸿山的小山包敬仰起来。泰伯三千三百年前来到这里，德泽后人，彰显了江南文明，是为江南人始祖，司马迁的《史记》把他列为"世家第一"，孔子称其"至德天下"。他的陵寝依山傍水，既呈现出一种难得的低调厚重，又显得十分灵动威严，在盛唐时，便有了"江南第一古墓"的誉称。

　　在风先生的陪同下，我向鸿山顶上走了去，涌入眼帘的，满是三千多年来吴地生产、生活的瑰丽画面。

　　熟识这里的风先生即给我讲说了东汉时的梁鸿、孟光夫妇和专诸、要离的故事。他们死后，就都荣耀地陪葬在了泰伯的身边。三座墓塚成"品"字形陈列在泰伯以下，合称"鸿山三墓"，中间为梁鸿夫妇墓，左前方为专诸墓，右前方为要离墓。刺杀王僚的专诸与壮士断腕的要离，都是名震遐迩的侠士。专诸、要离两人同为南方人，他俩陪葬泰伯鸿山，倒是十分适宜，而北方人的梁鸿、孟光夫妇，也陪葬这里，我是不能不费些思量了。

我想到了梁鸿写出的讽刺诗《五噫歌》。就在我猜想着的时候，看透了我心思的风先生，即如一缕刺穿人心的风一般，把《五噫歌》的三十个字诵念了出来：

> 陟彼北芒兮，噫！
> 顾览帝京兮，噫！
> 宫室崔嵬兮，噫！
> 人之劬劳兮，噫！
> 辽辽未央兮，噫！

堪称怪人的梁鸿，东汉时从祖居地的扶风来到洛阳，受业于太学，"博览无不通"。学成后偏又不求功名，"牧豕于上林苑"，受雇于人，做了个被人小瞧的猪倌儿。风先生说了，此为人们说他"怪"的一个原因。当其时也，一些富家女儿，生得还都颇有姿色，欲望嫁他为媳，可都被他婉言谢绝。后来听说同邑有女孟光，长相"肥丑而黑"，且身材粗壮，能"力举石臼"，在风先生看来，孟光的形象实在不敢恭维，因此年至三十还未婚配。但就是这样一个女子，梁鸿听说了，却高兴得手舞足蹈，娶她进了家门，此为人们说他"怪"的第二个原因。进了他家门来的孟光，像别的新嫁娘一般，"衣绮缟，傅粉墨"，本想以此引得梁鸿的喜爱，但事与愿违，那么喜欢她的梁鸿，新婚七日，居然对她不理不睬。孟光有所醒悟，因之"更为椎髻，著布衣，操作而前"，这便使得梁鸿喜出望外，攥着她大呼小叫，言说"此真梁鸿妻也！"梁鸿对孟光溢美有加，终日陪伴在她的左右，似还不能满足，竟然带着孟光，背井离乡，隐居到数百里外的霸陵山里。他的这一种行为，不出意外地被人称为他的第三"怪"。

偏是他这样一位怪人，好好地隐居在霸陵山里，却怀想着京都洛阳，为曾经目睹的洛阳，作了这首带有五个"噫"字的怪诗。

懂得梁鸿的风先生说了，一连五"噫"的他，真个是"噫"了个声色绝代。可不是嘛，他第一声的"噫"，"噫"的是他登上了洛阳城东北的北芒山；第二声"噫"，"噫"的是他回头眺望了当时的京城洛阳；第三声"噫"，"噫"的是都城里那么多崔嵬的宫室；第四声"噫"，"噫"的是修建那么多宫室的百姓，有多"劬劳"呵；最后一声"噫"，时至今日，在风先生的引导下，愚钝如我，似也听得出，那是一句长叹，一句累加在前四声叹息里的长叹。深知民劳的梁鸿，喟叹统治者为了自身的荣耀与奢华，对于劳动人民的役劳，没完没了，无有尽时，是多么残酷啊。

梁鸿那么"噫"了五声，知道他奈何不了统治者，甚至还会招致统治者的杀伐，便就背对京城洛阳，继续他山里的隐居生活。

有人风闻了梁鸿的五声"噫"，直觉是个讨皇帝欢心的机会，争先恐后地给皇帝报告了。风先生看透向皇帝报告者的内心，知道他们如此做来，不仅可以向皇帝讨得赏钱，还可以出他们窝在心里的一口恶气。你梁鸿不是十分清高吗？不是非常特立独行吗？读罢太学却去养猪，养猪就养猪吧，还选个丑女娶回家来为妻，娶了丑女就丑女吧，又还隐居山里，你那么一番作为，不就是为了打击他人，给自己博个好名声？这下好了，就让决定天下生杀大权的皇帝来收拾你了。

不出所料，高坐朝堂的汉章帝甫一听见他的连声五"噫"，气得五脏冒烟，急忙诏令访拿梁鸿。隐居在霸陵山里的梁鸿、孟光夫妇，不好在那里偷生了。二人变姓更名，潜行去了齐鲁一带，继续着夫妻俩的躲藏生活。

晚世的我，对此不禁要想了呢。我想不通梁鸿的五声"噫"，就那么招汉章帝忌恨吗？风先生预知到了我的问题，解释说：东汉的光武帝刘秀，得到江山时曾立下誓言，治国要以"节俭"为先，反对奢侈，反对"轻用民力"。刘秀因之还多次煞有介事地派出使者，"按行风俗""广求民瘼""存问孤鳏"，做出"视民如父母""平徭简赋"的姿态。不过皇家的话，谁敢认真听呢？大概是不能了，《后汉书》里的《光武帝纪》，以及后来的《明帝纪》《章帝纪》，白纸黑字，清晰地记录了他们爷孙几位皇帝，在洛阳城里"起南宫"，"修北殿"，起"明堂"，造"灵台"，修筑"永安离宫"……张衡的《东京赋》云"桑宫茧馆""复庙重屋，八达九房"，班固的《东都赋》云"宫室光明""阙庭神丽"。

汉代京都赋的讽谏宗旨与梁鸿的诗异曲同工。五"噫"了洛阳城的梁鸿，用风先生的话说，他把光武帝、明帝、章帝爷孙仨口诵的"节俭""恤民"，全都"噫"成了鬼话。

短短五声"噫"，不仅在我看来，便是深谙历史脉络的风先生看来，已然可敌唐时杜牧洋洋数百余言的《阿房宫赋》了。可不是嘛，三十个字的《五噫歌》，极其简单，但其内涵实在是丰实的。前三句一句一顿，又紧密相承，是简略的叙述。对所见"帝京"的景物，一句"宫室崔嵬兮"勾勒来，即一目了然，给了读者非常丰富的联想，可见可观《阿房宫赋》"五步一楼，十步一阁。廊腰缦回，檐牙高啄……盘盘焉，囷囷焉，蜂房水涡，矗不知其几千万落"的景象！后来虽无对"民之劬劳"情景的摹写，亦能从"辽辽未央"的字眼里，听闻到"使负栋之柱，多于南亩之农夫；架梁之椽，多于机上之工女；钉头磷磷，多于在庾之粟粒；瓦缝参差，多于周身之帛缕"的叹息！

梁鸿"噫"得好，他一"兮"一"噫"，一"噫"一"兮"，如峰峦之拔起于群山、涛浪之涌腾于众水，化作了怫郁直上的啸叹，让读着那句子的人，心灵上无不顿生一种强大的情感撞击。

我沉浸在梁鸿的五"噫"声里一时不能自拔，而已经跳脱出来的风先生，想要拯救我，这便心有所思地诵念出一首《诗经》里的诗歌来：

> 出其东门，有女如云。虽则如云，匪我思存。缟衣綦巾，聊乐我员。
>
> 出其闉阇，有女如荼。虽则如荼，匪我思且。缟衣茹藘，聊可与娱。

我听得清楚，风先生诵念的是《诗经》里的《郑风·出其东门》。我知道这首古老的诗歌，讲述的是一个有情有义的男子，向他喜欢的女人表明心迹的事。

这个世界上，应该说有多少男人，自然就有多少女人。风先生说了，人祖女娲就是这么公平，她最初在骊山顶上抟土造人时，就是一男一女成双成对捏来的，她期望人世间无论男女，都能得其所愿，成家立业，有个美满幸福的生活。但是突如其来的一场大雨，把女娲娘娘初始的愿望搅和乱了。她怕大雨淋坏了泥捏的人儿，就没能一对儿一对儿地收拾，而是囫囵个儿揽在一起，往屋子里搬。据说因为她的这一举动，让泥人儿们没再能一一对应，搞得后世男女，便有了这样一个矛盾，那样一个问题。《出其东门》里的男子和女子，是幸运的一对儿，那男子表白那女子：世上再多女子，只有你是我心上人。

那位男子的表白，仿佛数百年后的梁鸿说给他的妻子孟光似的。

那位无名的男子，深深地眷恋着那个身着素衣的女子，她正是他的心上人，唯有她，才能让他既快乐又亲切。他还说，心上人啊，朴实无华，才能使他又喜爱又欢欣。梁鸿肯定是阅读过《出其东门》的，有那么点儿丑的孟光，因为朴实无华，素衣裹身，就深得梁鸿的喜爱。他对她忠贞不渝，艰难与共，既不会喜新厌旧，更不会见异思迁。

夫妻俩的故事，使风先生大为感动，他赞美两人时，还记忆了历史长河中许多名人大家对他俩的赞誉。

"初唐四杰"之一的王勃，在一个重阳节，去南昌滕王阁赴了个饭局，做东的洪州都督阎伯屿，无意间使得年轻的王勃大出了一回风头。要知道，王勃这时正走着背运。两年前的他，因在参军任上杀死了一个官奴，不仅被免了职，还被下了狱，他的老爸已然受到牵连，被贬到蛮荒之地的交趾，做了个芝麻豌豆官儿。落魄失意的小青年王勃，千里迢迢投奔他的父亲，路上巧遇阎伯屿重修起来的滕王阁，他借题发挥，很好地抒发了积累在胸中的块垒。礼节性地赞美滕王阁盛景是必须的，什么"落霞与孤鹜齐飞，秋水共长天一色"的情怀表达过后，笔锋陡然为之一转，即刻拿出古人遭际自比了，"窜梁鸿于海曲，岂乏明时？"的句子，正是此时而作。无独有偶，诗才与政治才能超拔世间的毛泽东主席，就也对梁鸿好评有加。"范叔一寒何至此？梁鸿余热不因人。"毛主席对革命烈士邓雅声所写的这两句关于梁鸿的诗赞赏不已。

风先生似乎如我一般，是也要为古周原上的故人梁鸿而感佩了呢。他知道祖籍扶风的梁鸿，小时候很是不幸。他的父亲梁让，王莽时期在北地做官，后来天下大乱，梁让在举家避难的路上患病而亡，他的母亲不能忍受失亲之痛，居然撇下年幼的梁鸿，独自离开了梁家。梁鸿举目无亲，只得流落到长安谋生。幸有他父亲昔日的几位故吏，向他伸出援手，给他解决了衣食困难，还通过关系送他进到洛阳的太学学习。原想学有所成的他，会要顺着仕进的杆子往上爬，但他没有，却在上林苑里养猪为生。端的是，因为他的疏忽，生发了一场大火，不仅烧毁了他吃饭的饭碗，连带着还烧毁了邻居家的部分财物。梁鸿没有推卸自己的责任，主动去到邻家商量，结果贪心的邻居，狮子大开口，索要甚多，梁鸿无法满足邻居的要求。于是他说了："如今我孑然一身，没有什么可以赔你的，那我就给你家干活抵债吧。"

看到梁鸿无偿佣工的样子，别说风先生看不过眼，便是左邻右舍也看不下去了。众人齐声责备他的邻居，邻居只好让他回了扶风老家。

在扶风老家，梁鸿如愿以偿地娶到了丑媳孟光。夫妻二人生活在老家的时候，夫爱妻，妻敬夫。后来他们避祸江南吴地，梁鸿受雇在一个叫皋伯通的富商门下做工，为人舂米。晚上他拖着疲倦的身子回家时，孟光总是提前做好了可口的饭菜，但她自己不会先吃，而是看着丈夫走进门来，半曲身子，把盛着饭菜的托盘，举至眉前，端给丈夫梁鸿食用。而梁鸿也用同样的姿势接过来，然后两人一起开始用餐。

"举案齐眉"的成语，自此而生。

极富人情味的皋伯通，颇为梁鸿夫妇的生活态度所感动，他因之腾出一间大房子给梁鸿夫妇居住。

住在这里的梁鸿，生活起居有夫人孟光无微不至的照顾，自此潜心著述，晚岁成书均是发前人所未发的惊世之作。

梁鸿临终前，风先生带着周原故里对他的爱戴，御风而行，表达了故乡人对他的思念之情，希望他能落叶归根。但他没有听从风先生的建议，而是对皋伯通说："我一直听说前代高士不择生死之地，随遇而葬。我死之后，你就把我埋在吴地吧！"

与梁鸿结为知交的皋伯通，没有辜负梁鸿的遗愿，把他埋葬在了鸿山之上。

纪十五　风水指尖上

维天有汉，监亦有光。跂彼织女，终日七襄。

虽则七襄，不成报章。睆彼牵牛，不以服箱。

东有启明，西有长庚。有捄天毕，载施之行。

——《诗经·小雅·大东》节选

　　我抚摸在电脑键盘上的手指，刚敲出"李淳风"三个字，即被风先生伸来的手指删了去，而又敲出"袁天罡"三个字来。

　　这是风先生的提醒呢，我奈何不了他，就只有顺着他的思路走了。想要书写周原故交李淳风，不把袁天罡拉出来与之对照，还真是不好写。他们两位，用风先生的话说，旗鼓相当，各有千秋，确实是值得一说的呢。传说高坐大明宫龙椅上的武则天，要为她和她的皇帝丈夫李治，寻找一处风水宝地，作为百年之后的安身之地，就旨令闻名当时的风水大师袁天罡和李淳风，走出宫门寻觅去了。李淳风先走一步，他跑了九九八十一天，找到乾州境内的小梁山，以为那里风水绝佳，是难得的龙穴吉壤，便从身上摸出一个麻钱，埋进土里作记。袁天罡晚走了些日子，他用了七七四十九天，不偏不倚，竟然就也找到了这处地方，因之从头上拔出一根银钗，往下扎去。

　　两人回朝禀告了武则天后，武则天派人去到小梁山，挖开看来，袁天罡的银钗正好插在李淳风的铜钱方孔中。

　　正史对此没有记载，只是民间那么传说着。我对此持怀疑态度，追着风先生去问，以为他会有个准确的说法，结果怎么样呢。他说："你相信的话，就真有其事；如若不信，则没有这回事。"我糊涂着，在风先生的陪同下，依据传说，还就去了岐山县的观稼山，这处山的山腰上，安葬着神机妙算的袁天罡。从他的墓葬处继续走，不出1000米，还又安埋着与他一样神机妙算的李淳风。

来到这里的我和风先生，把李淳风和袁天罡的墓地朝拜过后，顺便进到一户农家乐的院子。很地道的穰皮儿、醋糟粉、扁豆粉、辣子面，我俩吃得馋极了。男主人以为这是对他家味道的一种赞美，脸上因之红彤彤的，凑到我俩的跟前来，不无骄傲地说了呢。他说风水大家李淳风、袁天罡，所以选择这里做他俩的墓地，贪的就是这里的好吃食。男主人还说，袁天罡在给武则天夫妇看罢风水后，没有立即回长安，他继续西行，来到观稼山，发现这里的风水不亚于小梁山，就把他揣在怀里的一枚铜钱摸出来，埋在了土里。李淳风与他一个样，也是在给武则天夫妇看好风水后，西行到了这里。这里是他幼年成长的地方呀！李淳风太熟悉了。重回故里，他登上观稼山，眼见邓家河、凤鸣河夹峙两侧所构成的格局，可是个世之难见的"麒麟奔日"大风水哩。李淳风没有犹豫，他从头上拔来一根金钗，扎进土里作记。

与给武则天与她丈夫李治寻觅墓地的传说相似，只是原来的麻钱，在这里换作了铜钱，原来的银钗，在这里换成了金钗。

物料的替换，无碍传说的流行，贵为皇帝的武则天夫妇，死后确实是埋葬在了小梁山，李淳风和袁天罡死后，也都埋葬在了观稼山。但却因为祖居地的不同，李淳风和袁天罡墓地享受到的待遇，即有所不同。袁天罡祖籍四川，李淳风祖籍岐山。岐山人对自家的老祖宗还是多了些敬重，为其墓地修筑的天宫院，不仅占地面积大，香火也极是兴旺，逢到月初一、十五的日子，当地李姓族人还要来这里集会，举行祭祀礼仪。而求学的学子，无论李姓，无论他姓，要考大学了，即使自己忙得来不了，家里人也要在李淳风墓园的享堂里，面对他的塑像，虔诚备至地焚香祷告一番。

我不太相信这一套，风先生因此就还批评了我，说我不甚了解李淳风，了解透了他，我就相信了。

风先生批评着我的时候，又还不自觉地诵念出了一首《诗经》里的歌谣：

> ……维天有汉，监亦有光。跂彼织女，终日七襄。
>
> 虽则七襄，不成报章。睆彼牵牛，不以服箱。东有启明，西有长庚。有捄天毕，载施之行。

我听得清楚，风先生诵念来的是《诗经》里的《小雅·大东》。这首古老的歌谣比较长，分有七段，风先生没有全部诵念，而我以为有补充诵念的必要，便接着风先生诵念了一段：

> 有饛簋飧，有捄棘匕。周道如砥，其直如矢。君子所履，小人所视。眷言顾之，潸焉出涕。
>
> 小东大东，杼柚其空。纠纠葛屦，可以履霜。佻佻公子，行彼周行。既往既来，使我心疚。
>
> 有冽氿泉，无浸获薪。契契寤叹，哀我惮人。薪是获薪，尚可载也。哀我惮人，亦可息也。
>
> 东人之子，职劳不来。西人之子，粲粲衣服。舟人之子，熊罴是裘。私人之子，百僚是试。
>
> …………
>
> 维南有箕，不可以簸扬。维北有斗，不可以挹酒浆。维南有箕，载翕其舌。维北有斗，西柄之揭。

我与风先生诵念着《大东》一诗，不知为何，把我还诵念得悲凉了起来。因而就还反而复之地诵念诗中"簋飧""周道""杼柚""葛屦""氿泉""获薪"等几个关键字词，以为唐时的李淳风，深谙《诗经》里《大东》的要义，并以此要求自己，踏实做人，踏实做事，从而做出震古烁今的实务来。

这就对了，因为在风先生的记忆里，李淳风绝不是民间传说的那样，只是有点儿风水学上说的修养，他在别的一些实用性的知识领域，有着更为扎实的学养。

譬如他数学上的贡献，就十分了得。他对著名的十部算经，即发现了其中的许多缺陷，对部分不足之处，又给予了必要的注解，对我国后世的数学发展，产生了非常大的影响。风先生特别提醒我说："自唐以降，国子监算学馆的数学教材，引用的即是李淳风编定注释的十部算经。"

那么何为十部算经呢？今天已然能够清晰看到，那就有《周髀算经》《九章算术》《海岛算经》《孙子算经》《夏侯阳算经》《张丘建算经》《缀术》《五曹算经》《五经算术》《缉古算术》十部数学著作。最为著名的《周髀算经》，李淳风认为即纠正了其中数处缺陷。如《周髀算经》作者以为，南北相去一千里，日中测量八尺高标竿的影子常相差一寸，并以此作为算法的根据，李淳风与实际不甚相符；再是用等差级数插值法推算二十四气的表影尺寸，李淳风也认为与实际测量的结果不相符合。他还指出《周髀算经》中的日高公式与"盖天说"是矛盾着的，他在大胆演算的基础上，给予了新的假设与修正，使得"盖天说"的数学模型，在当时的认知条件下，几乎接近完善。

《九章算术》和《海岛算经》的注解，是李淳风数学研究方面的又一大的贡献。

在风先生看来，李淳风把数算之学在其所处时代推到了一个很高的地步。公元665年，他获得唐太宗的支持，借助其多年的数学研究，为朝廷编制了新历法，这也是他数算学研究成就的一大实践。这部被唐太宗命名为《麟德历》的历法，所采用的是先进的定朔法。在此之前，中国古历的"日"，都是从夜半算起的，"月"则以朔日为始，而"岁"又以冬至为始。我对此是糊涂着的，还好有风先生，他十分精通此道，发现我不能把那纷繁复杂的东西说明白，就自觉插话进来，给我做更进一步的说明了。他说古历把冬至与合朔同在一日的周期叫作"章"，把合朔与冬至交节时刻同在一日之夜半的周期叫作"蔀"，同时以"十天干""十二地支"纪年、日。如果冬至与合朔同在一日的夜半，纪日干支也复原了，则这个周期叫作"纪"；如果连纪年的干支也复原了，则这个周期叫作"元"。古人制历，无不要计算这些周期，但在李淳风看来，这些周期的计算，对历法制定并非必要，反而成了历法的累赘，他即毅然决然地废除了那一切。

删繁就简的李淳风，为大唐王朝制定出的新的《麟德历》反而更为精确。

好奇并欣赏李淳风的风先生，有那么一些日子，陪伴在他的身边，看他上书唐太宗，建议改制浑天仪，相信李淳风的唐太宗，当即同意了他的请求。于是一座黄铜铸塑的浑天黄道仪，巍巍赫赫地耸立在了唐王朝宫城里的凝晖阁。《新唐书》对其形制做了较为详细的记载，言其"表里三重，下据准基，状如十字，末树鳌足，以张四表"。风先生同意《新唐书》的说法，不过他亲身经历了这件事情发生的过程，因而就也有他的说辞。他说原有的浑天仪，是也历史地产生了十分重要的作用。李淳风创制新的浑天仪，是站在前人的肩膀上来做的，比旧有的作用自然要大得多。旧时的浑天仪仅有两重，李淳风创造性改为了三重，最外是六合仪，中间是三辰仪，内里又是四游仪。先进如此，什么黄道经纬、赤道经纬、地平经纬，均可测定了，可称是天文技术史上划时代的进步。

别人不能全面记述李淳风的贡献，风先生是可以的。他历数李淳风的一生，创造了多个世界第一。因此我要说，民间传说把他说成个算命先生，降低了他的成就，矮化了他的价值，在现代意义上，应称其为有着学术梦想的大学者。他不仅受到了唐太宗的重视，到唐高宗时，再被赏识，颁诏追复他为当朝太史。

极富科学精神的李淳风，在风先生的眼里，有着如天花板般的历史价值，他严谨的学术立场，影响极其深远，至今为人所推崇。

风先生念念不能忘的是李淳风对于风的首次定级，在他之前，人们只是感性地知道风的存在、风的作用、风的能力，以及风的危害，却不能利用风所带来的效能，更不能防范风所造成的灾害。李淳风天才地观测着风，天才地认识着风，把东南西北吹动的风向，先成倍性发展到了八个方位的八风之名；此后还在继续观测研究的基础上，进一步把风向明确地定为了二十四个，并根据树木受风的影响而带来的变化和损坏程度，创制了八级风力标准，即"动叶、鸣条、摇枝、堕叶、折小枝、折大枝、折木飞沙石、拔大树和根"。

给风定级的李淳风，是世界第一人。一千多年后的1805年，英国人蒲福又才把风力定为十三个等级，后又增加到如今的十八级。

英国的李约瑟博士，看到了李淳风的诸多著作，认为他是整个中国历史上最伟大的数学著作注释家。

而风先生说，李淳风还和袁天罡一起完成了中华预言的第一奇书《推背图》。

关于这部奇书的身世，有几种传说，一说为明朝初年刘伯温所作，又说为袁天罡所作。也有学界认为，《推背图》并非李、袁二人所作，而是后人伪托，真正的作者是一代又一代民间人士，不断改写、增补、修订而成。

而我偏就特别相信风先生的话。从历史深处走来的风先生，在盛世君王唐太宗李世民的身边，眼见他诏令来李淳风和袁天罡，旨令两人推算大唐国运。二位大师领旨后，废寝忘食，夙兴夜寐，从易学、天文出发，结合诗词、谜语和图画，编著出了《推背图》一书。

用风先生的话说，这部奇书构建起了一个中国及世界历史的基本规律，即"帝制时代……共和时代……大同时代"。

可以说这一历史观的形成，向后人诏示了人类历史最终将走向人不分黑白、地不分南北、无城无府、无尔无我、天下一家、万教归一的格局。这本书还阐述了"天下分久必合、合久必分"的治乱史观，以及"一阴一阳谓之道"的天道生命观。我的手边就有一部旧版的《推背图》，因为写作的需要，我会不断地翻开来看，在我看着的时候，风先生亦然会伸长脖子，凑到书页上看。我没有风先生的能耐，面对书中的图画，与每幅图画下附有的谶语，以及"颂曰"类的律诗，不能明了其中的要义。因此常要求教于风先生，而他循循善诱，总是能给我一个满意的回答。

关于《推背图》在世界神秘学史上的意义，我问了风先生，他说其书不仅早于西方人诺查丹玛斯的大预言《诸世纪》，而且创作上的严谨，思维上的缜密及应验上的神奇，均极大地超越了《诸世纪》。

风先生还十分确定地说，《推背图》看好21世纪的中国，中国正在孕育着一个伟大的时代……

愚钝如我者，只能期待时间给出的答案。

纪十六　豪士扶风

泛彼柏舟，亦泛其流。

耿耿不寐，如有隐忧。

微我无酒，以敖以游。

——《诗经·邶风·柏舟》节选

昨夜的一场小酒，把我灌得沉醉难醒。清晨，风先生在耳边絮絮叨叨说个没完，还伸手戳弄一下我的鼻孔，或伸手戳弄一下我的耳孔，我不胜其烦，一边抬手遮挡，一边睁开双眼。窗外已然一片明媚……嘻！我睡过头了。

匆忙间翻身起床，穿衣洗漱，但风先生絮絮叨叨地还没有住口，仍在说着我梦里听到的话，我怀疑风先生是要作一部历史小说了呢。我静下心来，听他说的是李白、汪伦和富豪万巨的故事。安徽泾县县令汪伦来到富豪万巨府上，一眼看去，满是花枝招展、丽服艳妆的女人，她们一个个胆战心惊，花容失色，鸦雀无声。汪伦知道，这些女人全是万巨的妻妾。万巨见汪县令一身便服进到府里来，脸上难掩惭愧之色，不好说什么，只把众妻妾瞪了一眼，让她们散去后，不无羞赧地连声说了。

万巨说：“家丑不可外扬！家丑不可外扬！”

唐天宝年间的某一年，三四月的光景，桃红李白，春晖漫天。在泾县县令任上的汪伦，工作做得还算顺手。安史之乱中，高仙芝来泾县募兵，他就配合得很有成效；接着募粮，他也配合得十分出色。朝廷颁旨表彰了他，他为此开心自得，就到好朋友万巨的府上来，欲与他小酌两杯哩。结果酒还没有喝上，先就面临了那样一件事情，别说万巨自己难堪，便是县令的他，亦感觉难堪。

汪伦难堪的是，万巨别的妻妾在他目光的扫视下，都唯唯诺诺地退走了，而还有一位如夫人没有走。她没有走，不是不想走，而是有一根细麻绳像条死蛇般勒在她的身上，把她紧紧地绑缚在大堂前的一根柱子上，使她动弹不得。汪县令识得万巨的这位如夫人，她叫凤姬，原为长安城里的名妓。远离古周原老家来泾县经商的万巨，隔些日子就要回一趟老家，看望老家亲戚，顺带着巡查一下他在京城里的生意。那一年的那一日，万巨偶与生意场上的好友在妓馆玩乐，无意中见识了凤姬的美艳，尤其她的舞姿和琴声当即令他魂不守舍。在长安盘桓多日，万巨在回安徽泾县之前，即用大把的金银，把凤姬从妓馆赎出来，带在身边，二人恩恩爱爱、卿卿我我，每日里抚琴歌舞，好不自在。

凤姬的琴乐歌舞，唱了李白的一些新词，舞了李白的一些新曲。长此以往，有点儿文化喜好的万巨就彻底地迷上了李白，一日不听凤姬歌舞李白的新词新曲，他就浑身不快活。

县令汪伦是万巨府上的常客，他到万巨府上来，万巨自然会要他的凤姬出面，来给汪县令抚琴歌舞的。头一次谋面，一曲李白的《蜀道难》刚唱了个开头，汪县令就连声称妙，情不自禁时，还随着凤姬的歌舞在一边击节相伴，甚至还把凤姬歌舞着的李白词曲抑扬顿挫地吟诵出来哩：

　　噫吁嚱，危乎高哉！蜀道之难，难于上青天！蚕丛及鱼凫，开国何茫然！尔来四万八千岁，不与秦塞通人烟。西当太白有鸟道，可以横绝峨眉巅。地崩山摧壮士死，然后天梯石栈相钩连。上有六龙回日之高标，下有冲波逆折之回川。

　　…………

　　锦城虽云乐，不如早还家。蜀道之难，难于上青天，侧身西望长咨嗟！

那个痛快的时刻仿佛就在昨日，可他今日进得万巨府里，眼见到的却与他想象的完全不一样。他意欲欣赏其歌舞的凤姬，哪里还能给他歌之舞之呀？她犯了哪样的错呢，居然被万巨绳捆索绑在他家的木柱子上？不知原委的汪县令，把捆绑着的凤姬看了一眼，迅速挪开眼睛去看万巨了……万巨的眼睛是躲闪的，他不敢接汪县令的眼神，只是咕咕哝哝给汪县令说了两遍"家丑不可外扬"的抱怨话，然后就一副听凭汪县令发落的神态。

汪县令何等聪明，他从神情上，把万巨的内心活动全看明白了，知晓万巨是给他做人情哩！于是，他发话给万巨，责备他私设法堂有违公理，而后便当着万巨的面，帮凤姬解除身上的绳索，带她出了万府的大门，去了他的县衙后院。凤姬在县衙后院抚琴歌舞，没有多少时日，万巨曾经的如夫人，自自然然地成了汪县令的夫人。

万巨失去一个能歌善舞的凤姬，不仅没有痛苦，反而独自开心地大醉了两场。对此别人有所不知，风先生可是窥探透了呢，他晓得这是万巨给汪县令玩的一个心眼。万巨太喜欢李白那个人和他的诗歌了！但他一个商人，便是把李白喜欢得要死，人家李白会理睬他吗？当然不能了，当朝一等一的大诗人，哪里会搭理你一个小商人？万巨没有别的办法，只有借助凤姬，让她在汪县令的身边，乃至枕边，给汪县令吹吹枕边风，让他邀请李白来。

万巨的谋划，很快就有了结果。

那一日，凤姬在县衙的后院里，下厨张罗了一桌酒菜，与她的郎君汪伦汪县令对坐，饮酒言欢。几杯薄酒入喉，凤姬还如往日一样，既给汪县令抚琴祝酒，又歌舞祝酒。二人宴乐得正在兴头上，县尉忽然闪身进入后院，给汪县令报告了一个消息。县尉说，安史之乱后的李翰林，日子过得山穷水尽，穷困潦倒不堪，于是投奔在了族叔李阳冰身边。汪县令认识这个李阳冰，此人与他一般，在当涂做县令。得知这个消息，汪县令还没说啥，凤姬就先急了呢。

急着的凤姬，当着县尉的面给汪县令说："老爷答应我的，方便时邀约李白李翰林来咱们泾县，现今可不就是很方便吗？"

汪伦能说什么呢？他当即答应凤姬说："夫人，明日吾与汝同去当涂，邀约李翰林来泾县如何？"

凤姬汪着水的凤眼，笑盈盈地瞅着汪伦，含羞带嗔地回了汪县令一句："贱妾随官人前去合适吗？"

汪伦半真半假地笑着说："夫人不去，翰林不来哩。"这话虽然带着些抬举的意味，但汪伦的私心是表露得很足了呢，他就是要凤姬高兴开心哩。凤姬高兴他邀约李白李翰林，开心他邀约李白李翰林，她即给夫君汪伦弹唱了一曲李白的新词。汪伦县令喜欢李白李翰林，只是他自己喜欢；而凤姬喜欢李白李翰林，却既有她自己的成分，还有巨商万巨的成分。她来到汪县令的县衙后院，做汪县令的夫人，就带着万巨的那一份心意哩！

凤先生对凤姬心怀的秘密心知肚明，他赶在这个时候，很没来由地把《诗经》中那首名曰《柏舟》的歌谣诵念了出来：

泛彼柏舟，亦泛其流。耿耿不寐，如有隐忧。微我无酒，以敖以游。

我心匪鉴，不可以茹。亦有兄弟，不可以据。薄言往愬，逢彼之怒。

我心匪石，不可转也。我心匪席，不可卷也。威仪棣棣，不可选也。

忧心悄悄，愠于群小。觏闵既多，受侮不少。静言思之，寤辟有摽。

日居月诸，胡迭而微？心之忧矣，如匪浣衣。静言思之，不能奋飞。

我听着风先生的诵念，想着有关《柏舟》的争议，觉得十分有趣，爹说爹的理，娘说娘的情，各不相同，大相径庭。不过，红学家俞平伯的一句话我是非常认同的，他评价这首诗："通篇措词委婉幽抑，取喻起兴巧密工细，在朴素的《诗经》中是不易多得之作。"可不是嘛，阅读此诗，似是一位女子自伤她的遭遇，而又苦于不可诉说的无奈，贯穿始终的，是命运中一个难解难分的"忧"字。

忧之深，无以诉，无以泻，无以解，环环相扣，"我心匪石，不可转也。我心匪席，不可卷也"，啊呀呀，那不就是凤姬应有的心态吗？万巨把风情万种的凤姬从京城带来泾县，又从他的府上转送到汪县令的身边，谁认真想过她的感受和心情？她是悲哀的，悲哀的她偏又一身才学，抚得一手好琴，歌得一腔好曲，跳得一支妙舞，却难得自己的主张，难得自己的生活。好在她喜爱李白李翰林的诗词，喜欢弄弦抚琴，婉转吟唱他的词曲……哦，好了哩，在京城时她没能面见仰慕的李白，在泾县这个远离京城的小县城里，能够见到他，也算她的大福分了！

期待的日子总是太长太长，修书给李白的信笺，由泾县公差快马送达当涂才一日时间，但在凤姬心里，似乎已经过去了一年！与凤姬一般有此心意的人，还应该算上汪伦汪县令，但他们都比不上万巨心情急切……万家世居古周原扶风县，万巨的祖上万鹏举经商去到安徽泾县，到万巨这一辈，已是富甲一方的大豪绅了。万巨少时聪明，擅长背诵，有过目不忘之才，因学识渊博，且以道德著称于世，人称"万夫子"。天宝中叶，万巨由贡生上京师考明经科，这期间与钱起、卢纶结为知交，并被人以济世之才推荐给皇上，但万巨却征辟不就，返回泾县，协助其父经商，闲时则读书舞剑，倒也快意不已，快活非常。

快意并快活惯了的万巨全面接掌万家产业的时候，万家的生意已经非常大了呢。他的长子在苏州专事绫绵制作经营，次子在扬州少监府任官，他则依然什么都不插手，还像他快意、快活时一样，读书舞剑，舞剑读书……凤姬没有辜负他的托付，帮助他借用汪县令的名义，修书邀约他敬慕的李白李翰林了。知道信息的他，度日如年般地做着迎接李白的准备，盼着李白到来的那一天。

万巨没有白等，泾县的信差把汪伦汪县令的书信送到当涂县衙李白的手里，他拆开来看了呢。许多恭维他的句子，没怎么入他的眼，更别说入他的心了，倒是有那么两句话让他眼前一亮，使他当即下定决心，要到泾县一游了！

"先生好游乎？此地有十里桃花。"

"先生好饮乎？此地有万家酒店。"

好个"十里桃花"，好个"万家酒店"！还有比这更诗情画意的地方吗？或许有，但对此时贫穷潦倒的李白李翰林来说，泾县一行，应该就是最有诗意的游历了哩！窥透了李白心思的风先生，很为李白潦倒时依旧保留着的那份浪漫所感染，他撺着李白，提前给他介绍泾县有趣的人和事……风先生绕不开泾县巨富万巨，他是必须给李白说了呢。

无意官帽子而又快意人间的万巨，多有放浪京城长安的机会。一次，他与时人尊崇的大诗人卢纶还有韩翃相识游玩。他们游得开心，玩得高兴，可以说意气相契，但再怎么志同道合，都有别离的时候。

万巨与卢纶要在京城相别了，他俩在一个秋风扫落叶的日子，分别在长安郊外。卢纶看着万巨越走越远，不禁为万巨作了一首名为《送万巨》的送别诗：

> 把酒留君听琴，难堪岁暮离心。
>
> 霜叶无风自落，秋云不雨空阴。
>
> 人愁荒村路细，马怯寒溪水深。
>
> 望断青山独立，更知何处相寻。

风先生知晓"大历十才子"之一的卢纶，在天宝末年举进士，却遇乱未第；到代宗朝又应举，不知为何依然未第。但他的诗名和文名已经十分大了，宰相元载特意举荐他为阌乡尉；不久后，王缙又举荐他为集贤学士，任秘书省校书郎。他在朝廷中的任职能力太强了，过了些日子，即被擢拔为监察御史。

卢纶的《送万巨》，寥寥数语，把他俩相聚欢愉时的酒酣琴醉、流连忘返、依依不舍，写得入木三分，把别离的痛苦和路途的艰险，抒发得怅惘不已。

那么韩翃呢，他会输给卢纶吗？这可不是我们后来人可以评判的哩，便是风先生也不好评判。那就静下心来，听由风先生诵读韩翃写给万巨的诗歌吧：

汉相见王陵，扬州事张禹。

风帆木兰楫，水国莲花府。

百丈清江十月天，寒城鼓角晓钟前。

金炉促膝诸曹吏，玉管繁华美少年。

有时过向长干地，远对湖光近山翠。

好逢南苑看人归，也向西池留客醉。

高柳垂烟橘带霜，朝游石渚暮横塘。

红笺色夺风流座，白苎词倾翰墨场。

夫子前年入朝后，高名籍籍时贤口。

共怜诗兴转清新，继远家声在此身。

屈指待为青琐客，回头莫羡白亭人。

韩翃可也是"大历十才子"之一呢！他于建中初时所写的《寒食》诗很为德宗所赏识，因而被擢拔为中书舍人。朋友许尧佐根据他和柳氏的恋爱故事撰写成的《柳氏传》，让他在当时即已声名远播。而他的诗句又多为送行赠别之作，特别善写离人旅途景色，发调警拔，节奏琅然。

这能说明什么呢？足可以说明韩翃既是个浪漫的人，更是个多情的人。

韩翃写给万巨的送别诗，就充分表现了他的这一份情韵。大诗人李白李翰林被汪伦汪县令信笺里的"十里桃花""万家酒店"，"诓骗"到泾县来了，而作为东道主的万巨，以他的情义和能力，竭尽全力招待李白，让风流无限的李白是大受感动了呢！

李白被万巨所感动，就给他写诗了，诗名为《扶风豪士歌》，诗曰：

> 洛阳三月飞胡沙，洛阳城中人怨嗟。
>
> 天津流水波赤血，白骨相撑如乱麻。
>
> 我亦东奔向吴国，浮云四塞道路赊。
>
> 东方日出啼早鸦，城门人开扫落花。
>
> 梧桐杨柳拂金井，来醉扶风豪士家。
>
> 扶风豪士天下奇，意气相倾山可移。
>
> 作人不倚将军势，饮酒岂顾尚书期。
>
> 雕盘绮食会众客，吴歌赵舞香风吹。
>
> 原尝春陵六国时，开心写意君所知。
>
> 堂中各有三千士，明日报恩知是谁。
>
> 抚长剑，一扬眉，清水白石何离离。
>
> 脱吾帽，向君笑；饮君酒，为君吟。
>
> 张良未逐赤松去，桥边黄石知我心。

史料的记载是明确的，当时伴着李白的风先生亦可以作证，其时是唐玄宗天宝十五载，亦即公元756年，时值安史之乱爆发后第二年，逃难避祸的李白，心情一定不会好受。他受邀来到泾县，当晚就宴饮在时人誉称为"扶风豪士"的万巨府上。万巨宴请他这个落魄的诗人，没有半点自己的私利，只有对李白的敬仰与崇拜。席间，宾主觥筹交错，李白更是喝得不亦乐乎。不过，他却疑惑在心，便杯来盏去地问了汪伦两个问题。

李白问："汪县令诓骗我此地有'十里桃花'，十里桃花在哪儿呢？"

汪伦吃一杯酒，搛一口菜，然后慢条斯理地说："你登舟的地方叫'十里渡'，渡口上的那树桃花你没看见吗？"

李白说："看见了呀！就一树桃花么。"

汪伦说："十里渡口一树桃花，简化下来，可不就是'十里桃花'吗？"

李白听得大乐，连连吃进两大口酒，即说汪伦把他诓得好，骗得妙，他喜欢。他又提出第二个问题，询问汪伦"万家酒店"在哪，这又怎么解释。

汪伦也不客气，直截了当地给李白怼了回去。

汪伦说："你今夜在谁的家里吃酒哩？"

李白说："万家呀，这还用你问吗？"

汪伦说："咱们在万家的酒店里吃酒，不就是'万家酒店'吗？"

李白明白过来了。他哈哈大笑两声，忙着又吃了两大杯酒，即拊掌高呼："妙哉！万家酒店！"

一声高呼不能发泄他的情绪，就还高呼道："酒店万家！妙哉！"

此后的日子，李白吃住在万巨家里，汪伦汪县令还会时不时地带着夫人凤姬过来给他抚琴歌唱，使得他几乎要"乐不思蜀"了呢！不过天性使然，好吃好喝的李白，奈何不了他好交游的毛病，便告别了万巨和汪伦，又踏上了未可知晓的前路。就在万巨和汪伦送他走的日子，李白感动于两人对他的深情厚谊，在登上一叶小舟，随风出发时，又口占了一首《赠汪伦》的诗，大声地给汪伦念诵了出来。诗云：

李白乘舟将欲行，忽闻岸上踏歌声。

桃花潭水深千尺，不及汪伦送我情。

斗酒诗百篇的李白，泾县一行，留下一首写给万巨的《扶风豪士歌》、一首写给汪县令的《赠汪伦》，让两位热爱他的人，像他一样名传千古。

《扶风豪士歌》中，李白从安史之乱的残酷现实入笔，把血淋淋的国乱写得让人痛心疾首，直到"扶风豪士天下奇，意气相倾山可移。作人不倚将军势，饮酒岂顾尚书期"，把他们客人与主人的那份肝胆相照的情谊，入木三分地表露了出来。想想看，大概只有李白才会写出那样的诗句吧！此一时也，李白适逢乱世，很想报效国家，自然地在诗句中引出了战国四公子。众所周知，四公子中的信陵君，养成的门客重义气、轻死生，大智大勇，协助信陵君成就了却秦救赵的奇勋。李白"开心写意"，顿生知遇之感，禁不住一吐心中块垒，从而"抚长剑，一扬眉，清水白石何离离。脱吾帽，向君笑；饮君酒，为君吟。张良未逐赤松去，桥边黄石知我心"。国难当前，李白悲苦的心里，满是明志之声、报国之情。这种家国情怀，便是千年以后的我们扶风人，也都无不受用，而且受活。

生为扶风人，不只是我感念李白的《扶风豪士歌》，读了些书的人，识了些字的人，无论身在扶风故里，还是飘零他乡，与人交谈，说起来最能传情达意的，就是李白的这首诗歌了。扶风企业家传承《扶风豪士歌》里的精神，乘着新时期改革开放的东风，呕心沥血，驰骋在商海之中，很有些扶风商界前辈万巨的风范，豪气扶风，酣畅淋漓，甚是得法。

比如负责国家级旅游胜地野河山生态旅游景区、七星河湿地公园里的七星小镇，以及西府古镇开发的企业家、乡党韩先生，硬是凭着豪气扶风的那一股子劲头，将景区势如破竹地建设了起来，成为扶风县境内除了法门寺外最为吸引游客的地方。我不能说他就是当代扶风的万巨，但他的许多作为，倒是很有点儿万巨的味道。他在他经营的野河山景区举办了多次文学采风及摄影大赛，请来的作家和摄影家，也多是全国有点声望的人。我作为组织者，自觉自愿地参加了好几次，不仅为野河山景区写了文章，还为他经营的西府古镇、七星河湿地公园写了赋。

撰写到最后，我是要收笔了，却突然地冒出一个念头来，是关于一段历史的旧说。我看见网上有人说了，在李白给汪伦现场写了那首《赠汪伦》时，汪伦是也给李白赠送了物资的，有"马八匹、绸缎十捆"。这样的说法可信吗？我没法相信，当时的情景，李白在诗中写得再明白不过了，他是"乘舟将欲行"，那八匹大马往哪儿搁呀？而且"绸缎十捆"，你让李白一介书生，把那么多的绸缎驮在肩上背着走吗？太不靠谱了。汪伦一个县令，纵然送得起那么多的财物，还在仕途上奔波着的他，能送吗？敢送吗？疑点太多，也太重，就只当作一笑料尔。

倒是万巨一个商人，凭借对李白诗文的满腔热爱，借助汪伦之手把人家李白"诬骗"到府上来，吃是吃他了，喝是喝他了，可人家李白倾心倾情，呕心沥血，块垒大吐，给他写作了那么一首脍炙人口的诗篇，你能"一袖清风"地让人家李白走吗？那不是"豪士"的风格。既然是"豪士"，就一定要有"豪士"的作风和做派，大大方方地送他雪花银子，灿灿亮亮地送他压手的金子，这点礼数该是不会少的呢。

唐朝的风气即如此，怪不得李白在长安时有"挟妓而游"的名声，生意人的万巨蓄妓养奴，很自然地要提供给李白慷慨地享用了！

不要大惊小怪，有唐一代，文人骚客，没点儿这样的雅兴，才是让人奇怪哩。

总而言之，扶风人万巨"诬骗"李白到他府上去的那一个举动，让他自己赚得千古留名，也使扶风后人世世代代地荣耀着，光彩着。

开发建设了野河山旅游景区与西府古镇、七星小镇的企业家韩先生，很得风先生的青眼，以为他既有万巨精神传承人的气质，更有万巨灵魂继承人的气概。我受到风先生的"蛊惑"，借用李白写给万巨"扶风豪士天下奇"的题句，还想为韩先生和扶风的企业家们写部《豪士扶风》，目前已完成初记，我与风先生共同祈愿他们也能有如万巨一般名垂青史的未来。

纪十七 煎饼榆钱

氓之蚩蚩，抱布贸丝。匪来贸丝，来即我谋。

送子涉淇，至于顿丘。匪我愆期，子无良媒。

将子无怒，秋以为期。

——《诗经·卫风·氓》节选

没有风先生的提醒，现在的人，当然也包括我，是要把纪念女娲娘娘的补天节都忘了呢。

我小的时候，倒是见识过我的父亲和母亲，在正月二十，赶在天将黑的时候，在自家院子里支起一口平底锅，架火来摊煎饼哩。两人一个拎着麦草把子，探进锅底烧火；一个往平底锅中倾倒麦面糊糊，用一个特制的木刮子，转着圈儿把面糊糊平刮在锅里，一会儿翻个面，一片煎饼就圆圆满满地煎好了……站在平底锅边的我，既钦佩父母亲摊煎饼的能耐，又馋着煎饼的香味。但我知晓，父母亲摊煎饼可不是给我吃的哩，而是在摊好后，学习传说中的女娲娘娘，拿煎饼补天了。

可不是嘛，女娲娘娘原就是在正月二十日补天的哩，所以，后来的人就把这一日确定为补天节。不仅我的父母亲在这天天黑的时候要摊煎饼补天，全中国的人家在这一天似乎都要模拟女娲补天的行为，摊煎饼以补天了。

我记得十分清楚，父母亲把煎饼圆圆满满地摊好后摞在一起，厚厚的一大沓子煎饼被恭恭敬敬地放在一方桌子上。他们既要上香祭酒，还要烧纸磕头，然后把家里的梯子搭在房檐口，我父亲扶着我母亲，她用裹得如菱角般的一双小脚，爬到房顶上去，探手在房檐口，来接我父亲给她往房顶上飞摔的煎饼了。摊煎饼时，我的父母亲一个烧火一个摊，配合就很默契；而他俩一个在地面飞摔煎饼，一个在房顶接受煎饼的动作，配合得更是天衣无缝，堪称两人共有的一项绝技。我父亲把薄薄的一片煎饼小心地平铺在手上，那么轻轻地一旋，煎饼即会飞扬起来，直往房顶上去；而我母亲则伸手轻轻地一拈，便很好地把飞旋的煎饼拈在手上，然后往星光灿烂的天空那么一举，随即平放在她的身边……我的父母亲如此这般，要把他俩摊好的煎饼，全都配合着补了天哩。

也许扶风小子窦乂在小的时候，也有跟随父母亲在正月二十摊煎饼补天的经历，因此他于盛唐年间，把这一传统有趣的活动，非常现实地运用了一次。

他的父母亲和别人的父母亲摊煎饼是为了补天，窦乂学着样儿摊煎饼，补的是一块洼地。后来人听到的都只是传说，经历过盛唐生活的风先生，是亲眼见了的。他眼见繁华的长安城里，既有城市东边的东市，还有城市西边的西市。东市里黑头发黑眼珠子，多为本民族的商人；西市里卷头发蓝眼珠子，多为西域来的商人。如果用现在的说法来形容，可说东市为内贸，西市为外贸……亲眼见识了东市、西市的风先生，把两市的情状观察得非常清楚：人头攒动的东市除了人头还是人头；而西市就不同了，除了攒动的人头，还有太多太多的骡马和骆驼。特别是背上耸着两座肉峰的骆驼，一队一队，无不经历了丝绸之路的磨难与沧桑，却又还高傲得可以，散漫得可以，行走在西市上，有尿了随地撒尿，有粪了随地拉粪；再是骡子和马，都一个样，随随便便地撒尿拉屎，把繁华的西市搞得屎尿遍地、臭气熏天。清扫西市的清洁工根本搞不完清洁，他们把骆驼的粪便、骡马的屎尿打扫不及，就往西市边上的那处洼地里抛洒了。

冬天的时候，那处洼地冻得如粪丘屎山，寒冬过去，即又成了粪池屎坑，肆虐的蚊虫漫天横飞，成了西市一大祸患。所有的人，来西市都躲着这处洼地走，扶风小子窦义来了，偏偏地不往别处去，而就撵着往那处洼地边上走。

风先生奇怪扶风小子窦义的举动，只要窦义到西市来，风先生就亦步亦趋地跟紧他，跟了几日，差不多看出他内心的想法了，就按捺不住地询问他了。

风先生问："你小子瞎转悠啥呀？"

风先生问："你是好嗅脏污吗？来西市不买东西，总在洼地边走。你说，我听，看你是个啥谋划？"

窦义听见风先生询问他的话了，不过他没有直接回答，而是自言自语地说了。他说："东市不买卖南北，西市不买卖南北，两市都只买卖东西。这'东西'是个啥呢？是东市和西市的合称吗？"自言自语的窦义这么说来，很坚定地肯定了一句，说他转悠明白了，"东西"就是东市、西市的合称。他肯定了自己的认识后，轻轻地叹了一口气，不无伤感地说，他既没有东西卖，也没有东西买，他就在洼地边上，支起一面平底锅，架火摊煎饼了。

窦义的话，听得风先生一头雾水，他在臭气熏天的洼地边摊煎饼，谁又会掏钱买了吃呢？

风先生疑惑着，要再询问窦义了，但他还没有问出声，窦义自己就说了哩。他说他摊煎饼，不是为了卖钱。风先生被窦义说得更糊涂了……糊涂着的风先生，看着窦义向洼地的主人使出三万文小钱，即把那处洼地的地契转到了他的名下。洼地成了窦义的私产，他即如之前给风先生说的那样，在洼地边支起了煎饼锅来摊煎饼了。在支起煎饼锅的同时，窦义还在洼地的中心栽了一根木杆，不仅在木杆顶上竖起一面鲜艳的旗子，更在木杆上挂起一面铜锣。他放话给全城的小孩子，号召他们满城捡拾残砖碎瓦，来他的洼地边，掷击木杆上面的铜锣，谁击打得铜锣一声响，谁就能够获得一个煎饼吃。这城也是，先有周朝的丰京城，再是秦时的咸阳城，下来又是汉代的长安城，到了唐代复建长安城，基本上就是在一片一片的废墟上建设起来的哩。这样的一座城，多的是残砖碎瓦。城里的小孩子们奔走相告，他们成群结伙、争先恐后地到处搜捡残砖碎瓦，搜捡来了，就往洼地中心木杆上挂着的那个铜锣上扔了……一个来月的时间，不知有多少小孩子在城里搜捡残砖碎瓦，总之，方圆十多亩大的臭气熏天的洼地，愣是被小孩子搜捡来的残砖碎瓦给填满填实了。

风先生那些个日子，亦像个小孩子一样，满城寻找残砖碎瓦，拿到烂泥坑边，往木杆上的铜锣上砸了。他因此也就吃了不少窦乂摊的煎饼。

洼地被填平后，窦乂在上面修建了数十间商业用房，租出去，每日仅房租即达数千钱，获利极为丰厚。千余年后的今天，曾经湮灭不再的西市，在改革开放的潮流中，又被重新开发出来，并保留了许多原有形貌。窦乂填埋洼地建设起来的商业用房，如今依据相关记载被建设起来，原来叫窦家店，现在还叫窦家店。

不知熟知窦乂创业情感和智慧的风先生，当年在窦乂的面前吟诵过《诗经》中的句子没有？千年后的今日，当我坐在电脑前敲打关于窦乂的文字时，蓦然听闻风先生咿咿呀呀地吟诵出了那首名曰《氓》的古老歌谣：

氓之蚩蚩，抱布贸丝。匪来贸丝，来即我谋。送子涉淇，至于顿丘。匪我愆期，子无良媒。将子无怒，秋以为期。

乘彼垝垣，以望复关。不见复关，泣涕涟涟。既见复关，载笑载言。尔卜尔筮，体无咎言。以尔车来，以我贿迁。

桑之未落，其叶沃若。于嗟鸠兮，无食桑葚。于嗟女兮，无与士耽。士之耽兮，犹可说也。女之耽兮，不可说也。

桑之落矣，其黄而陨。自我徂尔，三岁食贫。淇水汤汤，渐车帷裳。女也不爽，士贰其行。士也罔极，二三其德。

三岁为妇，靡室劳矣。夙兴夜寐，靡有朝矣。言既遂矣，至于暴矣。兄弟不知，咥其笑矣。静言思之，躬自悼矣。

及尔偕老，老使我怨。淇则有岸，隰则有泮。总角之宴，言笑晏晏。信誓旦旦，不思其反。反是不思，亦已焉哉！

对于这首远古时的民间歌谣，历来各有解释。一说其以一个女子之口，率真地述说了她的情变经历和深切体验，既是一帧情爱画卷的鲜活写照，也为后人留下了一卷风俗民情的资料。诗中的女子情深意笃，爱得坦荡，爱得热烈，即便婚后生怨，依然用情专深，她既善解人意，又勤劳智慧。

全诗情以物迁，情与景会，巧极了，妙极了。

不过，我不懂风先生何以要在这个时候，给我吟诵《诗经》里的这首歌谣。

我茫然的神态逃不过风先生的眼睛，他吟诵罢全部诗句后，加重语气，又特别强调了"勤劳"和"智慧"两个词。如此便使我醍醐灌顶般知晓了他的用意：人的成长，勤劳是很重要的，"天道酬勤"呀！这没毛病，但天道果真酬勤吗？好像不完全是。生活中许多勤劳的人，往往都是受苦人、可怜人、需要帮扶的人。而我们看得见的现实生活里，凡是智慧的人，虽然嘴上不说天道酬不酬他，但天道却真真正正地站在他那一边，十分慷慨地厚酬着他呢。

在风先生的眼里，窦义该是那样一个智慧的人。他享受到了天道的恩惠，在繁华的唐长安城里，光明正大地成就了自己的商业地位，甚至还被大诗人温庭筠写进他的小说里，成了一个不朽的传奇。

研究温庭筠的专家说了，温庭筠是唐代文学商业化的重要推手。他欣赏商业奇才窦义，并学习窦义，把他的文学活动以商业方式努力地向市场上推销了。后世人所说的"以文为货"，就是温庭筠的发明。他主动贩卖他的诗、词、传奇，还有碑文，并由此获得了十分可观的经济收益，使他在销金窟般的长安城里，过上了比他人更体面的日子。

风先生在温庭筠写出扶风小子窦义的传奇故事时，第一时间就阅读到了，他至今还能一字不落地背诵下来。他多次给我讲述过温庭筠的这篇传奇小说。

扶风有个叫窦乂的小男孩，才十三岁。他的诸位姑姑都是历朝国戚。他的伯父任检校工部尚书，卸职后，转任闲厩使、宫苑使，在嘉会坊有官祭的宗祠。窦乂的亲戚张敬立任安州长史，在卸任返回京城时，带回来十几车安州的特产丝鞋，分送给外甥、侄儿们。亲戚们都争抢着去拿，唯独窦乂不去抢拿。到后来剩下一些挑剩的丝鞋，窦乂才客客气气地拜收下来。张敬立好奇窦乂的作为，就问他为什么拜收人家挑拣剩下的鞋子。窦乂浅浅地笑着没有解释，而是一拜再拜地感谢了张敬立，然后把那些鞋子拉去集市上卖，换回来了五百钱。

这五百钱，是窦乂商业生涯的第一桶金。他没有声张，而是偷偷贮藏起来，到他发现一个新的商业机会时，便把他贮藏着的五百钱拿去铁匠铺子，打制了两把小铲刀。

看着窦乂用辛苦卖鞋赚来的钱打制了两把小铲刀，风先生当时很不理解。但他很快就释然了，因为他发现，智慧的窦乂把长安城里黄熟的榆钱儿扫聚了十余斗，然后去到他伯父家里，说是想借住在嘉会坊宗祠内学习功课。这样的理由伯父能不答应他吗？借住在宗祠里的窦乂，用他的两把小铲刀，于学习之余开垦院里的空地，培成数千条五寸宽、五寸深的浅沟，每条均长二十步，然后把他扫聚回的榆钱儿播种在沟渠内。过了几天，下了一场透雨，每条沟里都长出了榆树苗。等到秋来，小树苗即已长到一尺多高，很是茁壮；来年施肥浇水，榆树苗已长得一人高了。此时，窦乂手持小铲刀间伐树苗，挑选枝条茁壮笔直的留下来，并把间伐下来的小榆树捆成柴子捆，摞得跟小山似的。是年秋末天气阴冷，连降大雨。窦乂将那小山似的柴子捆运到集市上去卖，每捆卖钱十多枚。到了第三年，窦乂依旧为榆树苗儿施肥浇水，秋后时节，榆树苗长得都有小孩胳膊粗了呢。窦乂挑选枝干茂盛的留下来，间伐获得如山般的榆柴捆子。冬季再卖，获利比之前增加了好几倍。

五年倏忽而过，当年种植的小榆树苗儿已经长成了大材，窦乂挑选砍伐可做房屋椽子的、能打造车乘木料的，卖得三四万钱。卖树所得的钱财他没有好吃好喝地消费掉，而是作为资本，向更大的商业方向发展了。

风先生好奇，不知窦乂在生意场上还能做出什么花样来。

窦乂没有让风先生久等。他买来蜀郡产的青麻布，雇人裁缝成小布袋，又购买了内乡产的新麻鞋几百双。窦乂招呼街坊邻里的小孩到他所借住的宗祠来，发给每个小孩十五文钱和一只小布袋，让他们天冷时拣拾长安城街市上零落的槐树籽。不长时间，窦乂就收集了两大车槐树籽。与此同时，他还让小孩们拣拾破旧的麻鞋，三双破旧的麻鞋能换一双新麻鞋。远远近近知道了这件事的人，都赶来以旧麻鞋换取新麻鞋。窦乂收集大量旧麻鞋后，雇佣劳役，用水洗涤破麻鞋，晒干后贮存在宗祠院中……他反常的举措一个接着一个，让当时关心他的风先生看得眼花缭乱。在收集了许多破旧的鞋子后，窦乂一刻没有消停，即又收集了几堆废弃的碎瓦片，让雇工洗去碎瓦片上的泥渖。同时，他还安排雇佣的厨役熬煮破旧的鞋子，熬煮到一定程度，即用锉碓切破麻鞋，又用石嘴碓捣碾碎瓦片，把这两种互不搭界的物料捣烂混合在一起。其后，又在混合物中掺和上槐树籽、油靛，看着差不多时，便让雇工趁热将其自臼中取出来，双手用力转握，制作成三寸方圆、三尺见长的杵棒，他把这些杵棒称为"法烛"。唐德宗建中初年的六月，京城长安连降大雨，满街巷没有一车柴薪，一根柴薪贵如平常同样大小的桂木。于是窦乂把他贮存的法烛拿出来卖了，每根卖价百文钱。买到的人拿回家去烧饭，火力竟比一般柴薪还强。

变废为宝，窦乂的商业才能让风先生佩服得五体投地。不过，让他更为佩服的，还是要数窦乂的为人了。

流落在长安街头的胡人米亮，没有谁待见，众人都嫌他脏，嫌他丑，窦乂却没有，他每次见到米亮，都给他一些钱。不知窦乂记不记得，他如此对待米亮已有七个年头了。一天，窦乂在街市上又遇见了米亮，米亮给他述说着饥寒之苦，窦乂当即多给了他五千文钱。此后不久，米亮找窦乂来了，告诉他说："崇贤里有一小宅院在出售，要价二十万钱，你赶紧将它买下来。还有西市一家代人保管金银财物的柜坊很赚钱，你也可以出钱把它盘下来。"窦乂听了米亮的话，把那两处地方都买到了手里。写房契这天，米亮才悄悄地对窦乂说："我有鉴别玉石的能力。那户人家院子里的捣衣石，可是一块于阗玉哩！"米亮说了后，即找来延庆坊的玉工鉴定了。

玉工只把捣衣石看了一眼，即惊呼不已，说是块难得一见的宝玉！

在玉工的精心雕琢下，那块捣衣石为窦乂赚回了好几十万贯的钱。为报答米亮的恩义，窦乂把他买下的这座小宅院连同房契一块儿赠送给了米亮。

"智慧的人，仅有智慧是不够的，还应有那么点儿狡黠才好。"这是风先生对窦乂的另一种褒奖了。他给我说了，窦乂的狡黠是他别样的一种智慧。可不是嘛，当朝太尉李晟家的大宅边有一座小院，传说是座凶宅，里面经常闹鬼。屋主要价二十万钱，窦乂将它买了下来，四周筑上围墙，拆去房屋，将拆下来的木料、砖瓦，各垛一处，准备将凶宅所在地辟成耕地。李晟宅院里的一座小楼，挨着窦乂买下的这块地，经常无人照看。李晟便想把窦乂买下的这块地，与小楼所占的地方合并到一块儿，建一座击球场。一天，李晟请人代他向窦乂提出买地的事，窦乂明确回答不卖，还说他留着另有他用。待到李晟休假的时候，窦乂却带着房契去见李晟了。见面后，他对李晟说："我买下那座宅院，原打算借给一位亲属居住。但唯恐距离太尉府第太近，惊扰府上。都是贫贱没啥修养的人，很难安分守己。因此，我没有借给这家亲属住。我看这地方宽阔、闲静，可以修建个跑马场。如今特意到您府上来，献上房契，希望大人您能收下我的这份心意。"李晟自然高兴，私下问了窦乂："你不需要我帮你办点什么事情吗？"窦乂客客气气地说了："我没敢有啥奢望。日后如有急办的事情，再来找太尉您。"

太尉李晟因之十分看重窦乂。几日时间，窦乂搬走宅院里堆放的木料、砖瓦，雇佣民工把那块地平整出来，碾压得如磨刀石般平坦坚实后，奉送给李晟做了跑马场。满腹商人算计的窦乂，才不会白送太尉李晟土地哩。他把东、西两市上与他多有交集的几户大商人分别招呼去他府上，询问他们是否打算让孩子或亲眷子弟在京中和外面各行业干个体面的事。富商们听闻窦乂如此够交情，就都送了他不菲的钱财表示酬谢。而窦乂没有辜负他们的酬谢，他带着这些富商孩子的简历拜见了太尉李晟，太尉无一例外地都给予了适当的安排。

善于经营、精于盘算的窦乂，因为生来个头矮小，就还获得了一个"扶风小子"的名讳。

当时的人如此称谓他，后世的人亦如此称谓他，不带半点不敬的意思，而是对他的一种大尊敬。他不像同时代的扶风籍商人万巨，钱财盈室、妻妾成群，他虽与之一般财富盈堂，却没有花天酒地、纳娶妾室，终老八十余岁而无子嗣……

风先生为此感慨不已，我亦感慨系之。我俩感慨原来的长安城，在历史长河中几经废兴，如今改名为西安城；而像窦乂一般，在西安城里经营商业的扶风人，秉承着窦乂的志向，代有杰出者涌现。其中，法门镇云塘村的企业家史先生，可算他们中的佼佼者。他如窦乂一般，身个儿不高智慧高，年轻时背井离乡，西去三江源上的青海，在那里艰苦创业，积蓄下一定的财富后，一边打理那边的基业，一边返回故地扶风，为扶风县的中学捐建了一座图书馆，并为扶风县几所中学安装了空调设备，让扶风的学子们变原来的"寒窗苦读"为今日的"暖窗喜读"，而这些也仅是他慷慨乡里的部分举措。

风先生感怀史先生的作为，我当然亦极感佩，因为多财善贾的他，把商业经营的重点从青海转移回西安城里来，看准了西安市规划中的潏河湿地公园周边的开发建设。这不是窦乂那片洼地可以比拟的，其面积之大、建设规格之高，落成之后，将会是西安城一处新的标志性群体建筑。

纪十八　精明的算盘珠子

彤弓弨兮，受言藏之。我有嘉宾，中心贶之。

钟鼓既设，一朝飨之。

彤弓弨兮，受言载之。我有嘉宾，中心喜之。

钟鼓既设，一朝右之。

——《诗经·小雅·彤弓》节选

两人座上宾客的风先生，感佩活了五十五岁的杨炎，凭借自身独具的那份儿聪明劲儿，入朝为官，创造性地提出了前所未有的"两税法"，为皇家所推行，极大地改善了皇家的岁库收入，因而赢得了个理财家的荣誉称号。

风先生记忆得十分明了，杨炎少有文名，曾入得河西节度幕府。唐代宗时，还荣任了兵部郎中、山南副元帅判官、礼部郎中、知制诰、中书舍人等要职。其时，乡友元载任宰相，给了杨炎许多帮助。既受人帮助，也可能受人连累。元载恶行暴露被杀，杨炎也因之遭贬，离开长安去了遥远的湖南道州（今湖南道县），做了个司马的小官。

才赋过人的杨炎，把那个小官没做多长时间，就逢着唐德宗李适即位的大好时机，又受宰相崔佑甫的举荐，重新入得朝来。他先官拜门下侍郎，后调中书侍郎、同平章事，进入了核心决策层，后不久便当上了一人之下、万人之上的宰相。身居宰相之位的杨炎，很想借机大显身手，大有作为。有了这个想法的杨炎，没有询问别人，而是询问了风先生。他获得了风先生的肯定，鼓励他能作为时就作为，该作为时要敢作为。放弃顾虑的杨炎，总结他为官来的经验，把他手里的算盘珠子，噼里啪啦拨得震天响，他拨弄出了那个后人称为"两税法"的折子来，贡献给德宗皇帝，取得德宗的支持，即大刀阔斧地推行开来。

何为"两税法"呢？有风先生为我释疑解惑，让千余年后的我，有了点儿了解。

坐在德宗朝宰相高位上的杨炎，发现国赋储藏与大盈内库公私不分，而容易被宦官贪污，便主张将国家岁入由君主私藏改归政府收纳，严格划分开国库与私库间的区别。实行国家公赋与皇家私藏分管的制度，维护了国家公赋收入独立的原则，这一制度的推行，从根本上将不合理的"量出为入"改变为合理的"量入为出"的税收方法。同时"计资而税"代替"计丁而税"、合并徭役名目、集中纳税期限、只收货币而非实物等措施极大地改善了朝廷的财政问题。因此为相仅数月，他即被朝廷内外赞誉为"贤相"。

无名盼有名，有名受名累。风先生当年面对"贤相"的杨炎，这么给他说了呢。聪明如他，却也没往耳朵里去，结果迅速走向了他人生的反面，以致丢了性命。

与杨炎一起为相的崔祐甫，罹患了重疾，不能上朝处理政事，而另一宰相乔琳，因故被德宗罢免掉了官职，于是满朝文武就都仰赖独揽大权的杨炎。风先生给了杨炎许多提醒，然而大权在握的他，岂能听得进去，不可避免地犯了他年轻时就犯过的错。

年轻时的杨炎，须眉俊美，文藻雄丽，豪爽尚气，汧陇之地的人，无不赞美他为"小杨山人"。他出仕在河西节度使吕崇贲的麾下，为其掌管书记事务。他尽职尽责，把他要干该干的事，干得都极出色，深得节度使的赏识。神乌县令李大简，喝醉酒侮辱了杨炎。杨炎咽不下那口气，他借机报复了李大简，让他的亲信绑了李大简，给了他一顿棍棒吃，使其几乎毙命。好在吕崇贲节度使爱惜他的才干，没有追责于他。

那时年轻，吕崇贲节度使可以原谅杨炎，现如今他是朝廷宰相，还那么小肚鸡肠，就说不过去了。

"不要为朝廷把算盘珠子拨得精粹、拨得好，还应把自个儿的算盘珠子拨得精细、拨得好。"看出端倪的风先生有些日子来，无缝不入地撵着杨炎，抓住他的头发，揪住他的耳朵，给他不厌其烦地灌输这句话。但权力这个东西，一旦到手，仿佛一剂使人亢奋难抑的兴奋剂，阻挡着一切帮助他、为他好的话，而一意孤行地要朝他不该走的路上走了。

权倾朝野的杨炎，要对几个他看不顺眼的同僚下手了。

最先被他拿捏在手的是泾原节度使段秀实，以及另一位理财能臣刘晏。杨炎所以要给段秀实颜色看，别人有什么说法，风先生不以为意，他知道的原因就只在于段秀实当初处置元载时，用心太狠了。而元载之于杨炎，不仅乡谊深厚，还十分地赏识他，不断地扶持他，提携他，给了他非常多的帮助，他对元载感恩戴德。现在机会来了，他要报复段秀实，给元载报恩了呢。

杨炎奏请德宗，欲望实施元载生前提出的在原州修筑城堡的规划。德宗一时拿不定主意，派遣宦官询问时任泾原节度使的段秀实。直肠子的段秀实直审时度势，以为此举失草率，且误农时，建议缓行。

闻听了讯息的杨炎，怒不可遏，认为段秀实是在遏制自己。因此在他多方运作下，德宗解除了段秀实泾原节度使的职务。泾州副将刘文喜，利用泾州将士对承担筑城苦役的怨恨，以及对新任泾原节度使的恐惧，拒不接受朝命。最后还就联络了吐蕃人，发起叛乱，险些酿成一场难以收拾的边患。这都是杨炎的报复行为造成的。

风先生因之又来劝说杨炎了。他给他说，得饶人处且饶人，可不敢把事做绝了。杨炎听进去风先生的话了吗？好像没有，他在风先生撵着给他说来时，厌烦地朝风先生挥着手，拒绝着风先生的说教。

杨炎一意孤行，他把害人的手又伸向了刘晏。这也难怪，曾任吏部尚书的刘晏与辅佐他的吏部侍郎杨炎，芥蒂不断，很是不和。元载案发，刘晏主审，元载被诛，作为同党的杨炎，自然被连累到，睚眦必报的他，对刘晏能不怨恨吗？时过境迁，曾经遭到株连的杨炎坐上了宰相的高位，他对与他同朝的刘晏，怎么看，怎么不是滋味。先是借机将刘晏贬官，继而罢免了刘晏的全部官职，还诬告刘晏有谋叛之心。德宗信以为真，在刘晏被贬忠州的路上，将他赐死。

刘晏死难的消息传到了风先生的耳朵里，他为杨炎就更操心了。操心着的他，还又撵着杨炎，给他诵念出了一首《诗经》里的歌谣：

> 彤弓弨兮，受言藏之。我有嘉宾，中心贶之。钟鼓既设，一朝飨之。
> 彤弓弨兮，受言载之。我有嘉宾，中心喜之。钟鼓既设，一朝右之。
> 彤弓弨兮，受言櫜之。我有嘉宾，中心好之。钟鼓既设，一朝酬之。

这首歌谣名曰《彤弓》。"看啊，多么快活忘情的一幕，"风先生低吟起来："红漆雕弓弦松弛，功臣接过珍重藏。我有这些尊贵客，心中实在很欢畅。钟鼓乐器陈列好，一早设宴摆酒飨。红漆雕弓弦松弛，功臣接过家中藏。我有这些尊贵客，内心深处实欢畅。钟鼓乐器陈列好，一早设宴劝酒忙。红漆雕弓弦松弛，功臣接过收櫜囊。我有这些尊贵客，内心深处喜洋洋。钟鼓乐器陈列好，一早设宴敬酒忙。"

风先生所以要诵念出这首古老歌谣，在于他看见为元载报了仇的杨炎，好不欢心自在。杨炎请来原与元载交好的几位嘉宾，在他的府内，很是豪华地吃喝了一场。

杨炎是吃喝快活了，却没有顾及身后的黄雀，已经向他伸来了要他性命的利爪。但风先生是已看见了，他看见的是与杨炎同时执政的卢杞。不错，卢杞相貌没有杨炎好看，而且也少有文学才干，杨炎因之就很轻视他，常常借故不与他在一起议事，议起事来又多有不合。但卢杞比杨炎能忍，他为了发展个人的势力，就忍着杨炎那不屑的眼光，还尽可能地巴结杨炎，为杨炎捞到了许多好处。不过他怀恨杨炎的心，却日积一日，越来越狠毒了呢。

恰其时也，有几件事情接踵而来，为卢杞陷害杨炎提供了机会。

梁崇义自代宗即位以来，就据有襄、汉七州之地，拥兵自守。德宗即位后，对他进行招抚，但他态度顽固，抗拒朝命。杨炎曾面见过梁崇义，劝说他归顺朝廷，切勿反叛。后来还派遣他的党羽李舟再去规劝，梁崇义却不听，最终走上了反叛之路。朝野因之议论，梁崇义所以反叛，都是杨炎促成的。面对这样的环境，杨炎还坚持己见，与同为宰相的卢杞针锋相对，惹得德宗大不快活，以为杨炎议事疏阔，便罢免了他的宰相之职，让他做了个低级的左仆射。几天后，杨炎入朝谢恩，在延英殿谢问了德宗，却更怀恨卢杞，便没有到他的中书省去……卢杞表面不说杨炎什么，但加紧了对他的攻奸，直至问了他的大罪。

算盘珠子拨弄得多么响亮的一个人呀，风先生为杨炎的才情而叹服，但又嫌弃他的作为，说他是罪有应得。

原来杨炎早时在曲江选址修建了家庙，这给人留下了难以辩驳的口实：曲江乃王气之所，杨炎他凭借手中的权力，在此修建家庙，一定是别有用心。德宗皇帝便是对他再怎么宽容，听到这样的讯息，也是不能饶恕他了。于是乎一道诏书宣示下来，指责降为尚书左仆射的杨炎不知悔改，结党营私，败坏法度，贬其为崖州司马。

自知前路不妙的杨炎，走在流放的路途上，抬头看见一处名曰鬼门关的地方，他感而叹之，口占了一首五言小诗（亦说此诗为李德裕所作）：

一去一万里，千知千不还。

崖州何处是，生度鬼门关。

耳听杨炎口占的这首五言小诗的风先生，不禁为他流下两行冰凉凉的泪水来。因为风先生回身看见，有从长安赶来的宦官加急追撵着杨炎，在他刚刚走过鬼门关，距离崖州百里的地方，向他宣读了德宗旨意，用一根绳子勒死了他。

死在贬谪路上的杨炎，在风先生看来，他是想到恩人加同乡的元载了。

杨炎的一生，其才华是他成就自己的根本原因，比他出人头地早了许多的元载，提携荐举他是又一重原因。杨炎没有把握好政治方向，以及生命前途，他的恩人元载如他一般虽都身居要职，掌握了朝政大权，但却忘乎所以，结党营私，任人唯亲，贪赃枉法，终了落得个身败名裂、遗臭万年的下场。

可以说同为岐山乡党的元载，其才智学问，绝不亚于杨炎，某种程度上，是在杨炎之上的。

原为景姓的元载，年幼时家境寒微，而他却十分好学，且智性敏悟，博览史书，善写文章，尤其精于道学。开元二十九年（741），唐玄宗下诏开庄、老、文、列四子科考，元载一举中第，授官新平尉。他的官途自此开启了顺风顺水的模式。天宝十三载（754）先就做了东都留守判官，次年随迁大理司直。上元二年（761）担任过户部侍郎、度支使、诸道转运使、御史中丞。唐代宗即位后，他改任中书侍郎、同中书门下平章事，加集贤殿大学士，监修国史。不久又加银青光禄大夫，封许昌县子、天下元帅行军司马。

元载的官运可是太平顺了呢！总是一个官位子还没有坐热，新的更为显要的官位就来了。十来年的时间，即从一个科举考试上来的小人物，高坐在了大唐宰相的位置上。

风先生惊叹于其升迁之快。不过他也看得十分明了，元载自身努力是一个方面，而安史之乱的爆发，也给了他很大的机会。他避居江南时，没见什么大作为，但盘绕在唐肃宗左右的宦官李辅国，倒是功德圆满，深得肃宗的信任。偏偏是，李辅国的妻子与元载同宗，他便兼任了首都长安的京兆尹。

要说杨炎的算盘珠子拨弄得精到，继承来的应是元载的衣钵。风先生对此深信不疑，元载在朝不仅细心地拨弄着度支使的算盘珠子，还更精细地拨弄着权力的算盘珠子。

极其信任李辅国的唐肃宗病亡后，继位的唐代宗因李辅国拥立有功，比老父亲更是信任他，刚刚坐上皇帝的宝座，就拜李辅国为中书令。元载见状，以有亲戚关系为由，今天到李辅国的相府走一回，明天又去李辅国的相府跑一回……元载往李辅国相府去的次数，不比回他家的次数少。名义上是去看他的亲戚哥，但去一回有一回的礼数，绝不空手去。端的是，这位亲戚哥也很喜欢他送上门来礼数，就不仅把元载当作亲戚待，还把他看成了心腹，到了皇帝的御前，有机会没机会都要给元载说几句好话。

元载本就特别善于揣摩上意，他因之颇受恩宠，很快就拜为了宰相。

亲戚哥的李辅国，显然小瞧了会拨弄算盘珠子的元载。元载拜相不久，他即被罢了相位。如此还算客气，过了些时日，元载竟然密谋在唐代宗的御前，使出暗计，收买刺客杀死了李辅国。见多了宫廷斗争的风先生，惊叹元载的手段暗黑到了无以复加的地步。他弄死亲戚哥李辅国后，觉得与他同为朝廷宰相的裴遵庆，似乎也较碍眼，就又多方盘算，向代宗皇帝进谗言，罢了裴遵庆的相位。

这时朝堂上，一眼看去，还有谁敢说元载一个"不"字？只要有人对那种一言堂的局面小有意见，元载便就哭丧着一张脸给代宗皇帝看，代宗因此下旨治了那人的罪。

交结宦官的才能，元载从李辅国的身上习练得炉火纯青。阉人董秀很受唐代宗的器重，元载讨得来什么宝玩，立即送给董秀把玩。元载因此可以探听得到内庭的消息，预知皇帝的心意，更能获得皇帝的信任。宦官鱼朝恩，掌握着禁军，既专权跋扈，还妄议朝政，更侮辱宰相，代宗想要除之而后快。董秀将这一信息告知元载后，元载即面见代宗，历数鱼朝恩罪行，建议代宗将其诛除。但唐代宗忌惮鱼朝恩的狠毒，一时下不了决心，即授意元载便宜行动。元载有的是办法，他重金收买了鱼朝恩的亲信皇甫温和周皓，全盘掌握鱼朝恩的罪行。大历五年（770）三月，代宗在禁中设宴，以贺寒食节，宴席结束后，代宗留下鱼朝恩，指责他有不轨意图。鱼朝恩不知是计，争辩不已，言语傲慢。坐镇宰相府的元载，早已指示周皓见机行事。暗中护卫在代宗周围的周皓，突然出击，用一根弓弦将鱼朝恩缢杀。

自此，元载开始独揽朝政。他志得意满，自恃除恶之功，非议前贤，认为满朝文武，无人比得上自己。

"人狂没好事，狗狂挨砖头。"风先生对狂妄不经的元载很是担心了，他给无载说了老家周原人常说的这句话。骄傲自大的元载，哪里听得懂风先生的警示，他贪财纳贿，培植亲信，排除异己，凡是想求官仕进的，都要向他的儿子、亲信赠送厚礼，致使贪腐之风公开流行。仅在京城长安，他南一座，北一座，修建了两座府邸，其豪华宏丽的程度，冠绝百官。府内仆婢之众、歌姬之繁，几乎与皇宫匹同。

不过他的好日子，被他糟践得就要到头了。

先有正直敢谏的李少良上疏代宗，痛陈元载的恶迹；后来更有人举报他与同朝为相的王缙，夜晚设醮，图谋不轨。代宗旨命他的亲舅舅左金吾大将军吴凑，前往政事堂，抓捕了元载和王缙，并将他的儿子、亲信，统统下狱，不日元载即被赐自尽。风先生目睹了元载被赐死时的情状。执行的是个平时很听他话的宦官哩，元载央求他说："愿得快死！"但那位宦官笑笑地说："相公须少受污辱，勿怪！"然后就把他脚上的脏袜子脱下来，塞进他的嘴里。

处死元载只是个开始，随后把他的妻子王氏以及儿子元伯和、元仲武、元季能全部赐死，更对其财产进行清算，不说别的，仅胡椒一项就达六十四吨。他有必要私藏那么多胡椒吗？我觉得十分好笑，而好心的风先生，不仅没有取笑元载，还一分为二地说："同乡同籍的他俩，以其自身惨痛的教训，给后人留下了镜鉴，但二人其他方法的作为，也给后人留下来些值得赞许的财富。"也是，特别是杨炎，就有《云麾将军李府君神道碑》和《唐赠范阳大都督忠烈公李公神道碑铭》两文记载进《全唐文》。此外，杨炎的丹青也极了得，《太平广记》所引《唐画断》即称，杨炎擅画松石山水。

中国国家税务总局发行的2015年中国印花税票《中国古代税收思想家》，面值2元的印花税票上印有杨炎的半身像图案及人物简介。故乡人当然也不会忘记他，2016年落成并开放的宝鸡蟠龙文化公园中，"两税新法"雕塑即以杨炎为主要人物，并对其"两税法"做了简介。

风先生对这样复杂的人，只留下一声叹息。

第三辑

器物臻萃

纪一　阳燧耀日

日居月诸，照临下土。

乃如之人兮，逝不古处。

胡能有定？宁不我顾。

——《诗经·邶风·日月》节选

哈佛果然是世界一流的大学，他的教授解读咱们国家关于信仰问题的论说，实在是太有深度了。风先生在大洋彼岸的那个国家，聆听了那位教授的高见，他情不自禁地感叹了呢！

那位哈佛教授，给他的学生讲座，说正是中国人自己可能不知道的一个优秀民族特征，让他们高傲地屹立至今。这位哈佛大学神学院的教授名叫大卫·查普曼，他在那场讲座中，向他的学生深刻地解读着中国的神话故事，解读的过程中，他还不断满怀激情地总结中国神话故事的文化内核，意即中华民族的特征。风先生赶到大卫·查普曼教授讲座的现场，他观察现场的气氛，发现在教授的精彩讲述和激情带动下，听讲人的情绪十分高涨，现场的氛围也非常热烈。

大卫·查普曼教授说："我们（西方）的神话里，火是上帝赐予的；希腊神话里，火是普罗米修斯偷来的；而在中国的神话里，火是他们坚韧不拔、钻木取火摩擦出来的！这就是区别，他们用这样的故事告诫后代，要坚决地与自然做斗争！"教授还说："面对末日洪水，我们（西方）在诺亚方舟里躲避，但中国人的神话里，他们的祖先战胜了洪水，看吧，仍然是斗争，与灾难做斗争！"教授进一步说："如果你们去读一下中国神话，你会觉得他们的故事很不可思议，抛开故事情节，找到神话里表现的文化核心，你就会发现，只有两个字——抗争！"

大卫·查普曼教授的讲座，在这一部分，引用了我国的钻木取火和大禹治水的历史事实。接下来还引用了愚公移山、夸父追日、后羿射日、精卫填海、刑天舞干戚等几个神话传说故事，阐发他对我国古代文明、古代文化的崇敬与赞美。

大卫·查普曼教授说："假如有一座山挡在你的门前，你是选择搬家还是挖隧道？显而易见，搬家是最好的选择。然而在中国的故事里，他们却把山搬开了！可惜，这样的精神内核，我们的神话里却不存在，我们的神话是听从神的安排。"教授继续说："每个国家都有太阳神的传说，在部落时代，太阳神有着绝对的权威，纵览所有太阳神的神话你会发现，只有中国人的神话里有敢于挑战太阳神的故事。有一个人因为嫌太阳太热，就去追太阳，想要把太阳摘下来。当然，最后他累死了——我听到很多人在笑，这太遗憾了，你们笑这个人不自量力，反过来却也恰好证明了你们没有挑战困难的意识。但是中国的神话里，人们把他当作英雄来传颂，因为他敢于和看起来难以战胜的力量做斗争。"教授还说："在另一个故事里，他们终于把太阳射下来了。中国人的祖先用这样的故事告诉后代，人可以输，但不能屈服。中国人听着这样的神话故事长大，勇于抗争的精神已经成为遗传基因，也许他们自己意识不到，但会像祖先一样坚强。因此，你们现在再想到中国人倔强的不服输精神，就容易理解多了，这是他们屹立至今的原因。"

风先生为大卫·查普曼教授对中国传统文化的认识和理解所感动，他到了哪里，就把教授的认识和理解传播到哪里。我打开电脑，要写作青铜阳燧的这篇文章了，他急乎乎撺到我的身边来，帮助我在互联网上找到教授的视频，一定要让我看一下。我必须承认，大卫·查普曼教授说得真叫一个好。他讲述着我们中国的神话传说故事，讲述到后来，就说到了远古时我们的一个小姐妹。他未语先就落了泪，说："一个女孩被大海淹死了，死了的她化作一只鸟而复活，想要把海填平——这就是抗争！"教授的记忆里保存了太多我们中国的神话故事，他讲述完那个英勇的小姑娘的故事，不歇气地又讲述了一个青年小伙儿的故事，他说："一个人因为挑战天帝的神威，被砍下了头，可他没死，而是奋勇地挥舞起斧子，继续与天帝斗争！"

我观看了名叫大卫·查普曼教授的视频讲座，也如风先生一般，感佩这位美国教授解读中国神话故事，不仅角度新颖，阐释也十分到位。

受到大卫·查普曼教授的影响，我对中华民族的文化精神有了更深的理解和更全面的认识。对此，我与风先生做了深入的交流和讨论，我赞同风先生的观点，那精神之所以被中华民族几千年来传说着，也神话着，最根本的还是坚持天人合一的理念，依靠人的主观能力，不断与自然、灾难、环境做斗争的结果。

这种精神是如何保持和发扬下来的呢？

风先生引用圣者老子的话说"天地不仁，以万物为刍狗"。我太同意这样的道理了，人的生存，比之"神爱"也许残酷，但非常现实。

勇于抗争，不怕输，不屈服，是中华民族始终坚持的一个伟大精神，也是中国人坚持不变的信仰……风先生因之还把《诗经》中一首名曰《日月》的歌谣，顺口吟诵了出来：

日居月诸，照临下土。乃如之人兮，逝不古处？胡能有定？宁不我顾。

日居月诸，下土是冒。乃如之人兮，逝不相好。胡能有定？宁不我报。

日居月诸，出自东方。乃如之人兮，德音无良。胡能有定？俾也可忘？

日居月诸，东方自出。父兮母兮，畜我不卒。胡能有定？报我不述。

风先生在把原文吟诵罢后，还耐着性子，用白话文叙述了一遍。他说："太阳月亮放光芒，光明照彻大地上。可是竟有这种人，不依古道把人伤。何时日子能正常？竟然不顾我心伤。"他接着说："太阳月亮放光芒，光辉普照大地上。可是竟有这种人，背义和我断来往。何时日子能正常？为何与我不搭腔？"他还说："太阳月亮放光芒，每天升起在东方。可是像他这种人，说和做的不一样。何时日子能正常？使我忧伤全遗忘。"他又说："太阳月亮放光芒，日夜运行自东方。我的爹啊我的娘，为何让我离身旁。何时日子能正常？让我不再述冤枉。"

或许感受到白话文的浅薄，风先生叙述到后来，竟然羞得红了脸，并为他的脸红辩解了两句话。他说歌谣表述的情绪，虽然殷遗怀旧，是怨怼幽愤的，却也不失关于"日光月辉"的褒扬与向往。

我在扶风县文化馆工作时有个很大的便利，就是翻阅得到许多史书与史料。我捧读晋人崔豹的《古今注·杂注》，看到了一段十分有趣的记述："阳燧，以铜为之，形如镜，照物则影倒，向日则生火，以艾炷之则得火。"这段文字明确了阳燧的质料、形状及用途。此外，我还从《淮南子·天文训》看到一段文字："故阳燧见日，则燃日而为火。"高诱为之注解："阳燧，金也，取金杯无缘者，熟摩令热，日中时，以当日下，以艾承之，则燃得火也。"王充的《论衡·说日》亦有说到"验日阳遂（燧），火从天来"。典籍中的阳燧，在我的意识里不断地重现，但其具体的模样，因为缺少实物证明，对此多有牵念的人，总是一直在猜测中游离着，直到1972年10月的一天，随着扶风县天度公社（今扶风县天度镇）民工营到刘家沟水库工地施土的民工，一镢头挖出那个青铜阳燧后，这个悬而未决的谜团，才在我的心头得以慢慢解开。

"改天换地，重新安排旧河山"是当时最为振奋人心的一句口号。历时数年的冯家山水利工程到了修建灌溉渠道的阶段，而刘家沟水库大坝就是灌渠工程上的一个枢纽。建成后，关中西府的岐山、宝鸡、凤翔、扶风等县的农业都将受益，因此征招而来的民工有数十万，在百来千米的工程线上干得热火朝天。那天分派给天度民工营的活儿就是在水库北边的土壕里挖土。大家热火朝天地挖了大半天，再有几镢头就能收工回营，洗去脸上的泥污，吃一顿掺了红苕疙瘩的饭食了。那一年红苕大丰收，民工们来工地时，都带有填充饿腹的红苕，而掺和了红苕疙瘩的饭食不仅解饥，而且好吃……挖土民工最后一镢头抡起来，再挖下去时，镢头尖竟在土里崩出几点火星来，再刨，就刨出了一件青铜扁钟，一件兽形车辖，还有就是一件当时无法考证清楚的青铜阳燧。

很有觉悟的民工们顾不得回工棚去吃红苕疙瘩，他们守候在现场，等待县文化馆的专业人员。县文化馆工作人员到达后，奖励了他们一把新镢头，便背起三件青铜文物回了县城里的文化馆。

文化馆富有考古工作经验的罗西章，还不能揭开阳燧的谜底，他在写作这次发掘报告的文章时，手拿那个形圆凹面中央有钮的铜器，反观正看，怎么也搞不清这是个什么物件。因为此前的考古发掘，从来没有见过这样的器物。在没有任何参照的情况下，罗西章在他的文章原稿上写下了"器盖"的定语。事过八年后，即1980年文章在《考古与文物》杂志发表时，编辑部的人依据器型又改为"铜镜"。罗西章不能明确青铜阳燧的属性，杂志社的编辑亦不能明确青铜阳燧的属性，但风先生是明确的，他给罗西章提醒过，给杂志社的编辑也提醒过，但他的声量小了点，没能入得了他们的耳朵。

新的实证就在罗西章退休后的一天，在家里端起一杯热腾腾的红茶时出现了。那日，有消息说又出土了一件类似的青铜器物。这件青铜器物的出土，比上一次晚了二十三年。这是1995年4月14日，周原博物馆所在地扶风县黄堆乡，考古人员在抢救性挖掘一处编号为老堡子60号古墓时，侥幸发现的。当时的情况有些紧急，因为那里发现了盗掘的痕迹，博物馆的人不敢怠慢，决定要与盗墓贼抢时间。可他们还是迟了一步，挖掘中发现，在墓室东北角，盗墓贼挖了一孔直达墓底的盗洞，砸毁椁箱，盗走了几乎所有的随葬器物。便是这样，考古人员也不敢粗心，仔细地清理着墓室遗存。令人庆幸的是，盗墓贼终究是盗墓贼，他们还缺少一些考古专业知识，再则，干那个缺德的事，其心必是慌乱的，没有心境翻转墓葬者的骨架，因此给考古人员留下了那个令人惊喜的青铜阳燧。

对考古抱有兴趣的风先生，不会错过任何一次发现，他闻讯赶到现场，目睹考古人员从墓主的右臂下面，搜寻出了那枚青铜阳燧。看到那个情景，风先生不得不感慨造化之神奇：墓主用他死去近三千余年的尸骨，在盗墓贼的眼皮子下保护住了这枚点燃华夏民族文明火光的阳燧！与此同时，保护下来的还有两件精美的玉器。那两件玉器后来就珍藏在周原博物馆里，一为雕琢精美的龙纹玉璧，一为造型漂亮的玉钺。黄堆乡出土的青铜阳燧也珍藏在这里，不过比刘家沟水库工地挖出的那一件青铜器，朴素得多，那件背面有着烦琐的鳞纹装饰，而这一件为素面。

深埋地下数千年的阳燧，出土时通体布满了一层厚厚的翠绿铜锈，但从凹面锈斑的空隙可以看出，表面原来是很光洁的，没有锈蚀的地方呈现出油黑光亮的景象。这便是行话所说的"黑骨漆"了。

正是这件素面的阳燧给了罗西章启发，他联想到刘家沟水库收获的那件难有结论的青铜物件，心头掠过一丝猜想，觉得这是一枚青铜阳燧，那也该是一个青铜阳燧哩……有此猜想的同事罗西章，与爱好阅读古籍的我交流的时候，从远古走来的风先生没有缺席，他十分肯定地说："古人取火，木燧、石燧之外，就还有以阳燧取火的技法。"

风先生如此肯定地说了后，还颇为专业地加说了一句话。他说："取火，是人之所以成为人的一个标志。"

我赞同风先生的结论。我曾自古籍中看见，远古时的人取火之法，如他所说，分为三种：用燧石取火于石，用木燧取火于木，用金燧取火于日。所谓金燧，也就是文中所说的阳燧（此外还有一种说法曰夫燧）。前两种取火之法来自自然界，在旧石器时代的晚些时候，击石取火已有了发现，新石器时代的中期以后，钻木取火也有证明。而后一种，是冶炼技术发明后才可能实现。

刘家沟和老堡子意外发现的这两个青铜物件，无疑是阳燧取火最有力的实物证明了。

较以木燧和阳燧取火，以燧石取火来得更原始一些。但这一方法使用的时间却比木燧和阳燧要长得多。便是到了盛极一时的唐代，以燧石取火的方法还在广泛应用着。许多著名诗人，在他们千锤百炼的诗篇中，对这一生活现象就有很好的吟咏。如白居易的《北亭送客》："小盏吹醅尝冷酒，深炉敲火炙新茶。"如柳宗元的《韦道安》："夜发敲石火，山林如昼明。"由此可见，或生炉煮茶，或照明巡夜，都离不开敲石取火。

儿时的我，还眼见老辈人敲石取火抽烟的情景。

那是20世纪中叶的时候，火柴在世间已非常普遍，但乡里的老辈人，抽旱烟时还是舍不下那套原始的取火工具，他们绣得花团锦簇的烟荷包上，总是系着一个皮草小囊，小囊的一边嵌着个类似斧刃的钢制火镰。点烟时，从皮囊里取出一片火石、一撮火绒。先把火绒反复撕扯，一直撕扯得非常纤柔时，按在火石上边，再用火镰的锋刃砍击火石，迸溅的火花即刻点燃火绒。将火绒压在烟锅头上，美滋滋地咂上一口，旱烟叶子便被引燃了。

而木燧取火与阳燧取火，来得晚，去得却早。

木燧是利用摩擦原理生火的。《管子·轻重戊》称："钻燧生火，以熟荤臊。"《韩非子·五蠹》也说："有圣人作，钻燧取火，以化腥臊。"这里说的圣人，该就是燧人氏呢。先民在生活实践中有了创造发明，即被封为圣人，这是对他们的大崇敬。

有段木作经历的我知道，木匠行里称"扯锯拉钻子"为霸王活，没有一身力气是做不下来的。一次给架屋的梁头钻孔，我与人拉钻，因那用作屋梁的木材是根干榆木，我们钻着时，钻孔里先有淡淡的烟生出来，待拔出钻头时，钻孔竟腾地燃起火来。那时候我就想，先民钻木取火该是这个样子吧。后来知道，我的想法是有误的，正如《庄子·外物》所记，"木与木相摩则燃"，而我们遇到的是铁与木的摩擦。这其中有什么奥妙呢？其实用不着追想，那时候还没有铁。没有铁的时代，恐怕只有以木钻木了。正如吐鲁番交河故城沟北台地出土的那件钻木取火器，为长方形板状，并有一个略长的直柄。在长方形的板子上，两侧匀称地分布着四个圆形凹穴。我看到过那个钻木取火器，发现板子一侧的小凹穴里都有烧灼痕迹。我问过专家，他也说不清一侧凹穴为什么有烧灼痕迹，一侧为什么没有。好在我可以请教风先生，他不无自信地给我说了，有烧灼痕迹的凹穴是置放火绒的，取火时，只需拿一根专用的木棍，对准一侧的凹穴，两手急速搓转，相互摩擦发热，直到迸发火星，点烧火绒。

听了风先生的解释，我还做过一次实验，可惜未能成功。

这使我迷茫起来，好在在风先生的指导下，我阅读了大量古籍，了解到古人钻木取火时，对所钻之木是十分讲究的，一年四季，各不相同。如《周礼·夏官·司爟》称"四时变国火"。到《论语·阳货》，说得更为清楚："钻燧取火。"那么，具体是个怎样的变法呢？即春天时取榆柳钻火，初夏时取枣杏钻火，夏季时取桑柘钻火，秋天时取柞楢钻火，冬天时取槐檀钻火。这样的取火之法，在周代已形成制度，而且跨越千年，到了唐宋时期，还延用不衰。杜甫的《清明》诗里就有记述："旅雁上云归紫塞，家人钻火用青枫。""唐时，唯清明取榆柳之火，以赐近臣戚里。"有宋一朝，很好地沿袭了这一制度，臣僚在清明日获此赏赐，是要视为家族的荣耀哩！

取火于木燧，取火于阳燧，好像是相伴始终的事情，宋以后，就很少有人使用了。但在周朝时，二者以其不同的优势性能而逐渐成为生活的常备之物。《礼记·内则》有言，家中子妇，早晨起来穿着时，在腰带上要系上木燧和阳燧的，木燧佩带在右，阳燧佩带在左。家家同理，天阴天晴，不会误了取火的功夫。

《周礼·秋官·司烜氏》对阳燧有专门的记载："掌以夫燧取火于日。"这个执掌夫燧（亦即阳燧）的人，是为周室专设的取火官员，他的职务便是司烜氏。一个取火的阳燧也要在朝中专设官吏掌管，可见那两个出土于周原遗址上的不怎么起眼的阳燧实物，该是多么重要了。

1995年8月14日的中午，周原博物馆依照出土阳燧的形制成功地复制了一个。当时，陕西省文物局的领导陪同瑞士客人来访，这位名叫马利欧·罗伯迪的客人，对周原古址有特别浓厚的兴趣。在客人参观文物后休息的时候，罗西章拿来复制的青铜阳燧，在客人的面前尝试取火。是日天气晴朗，碧空万里，火热的太阳就悬在周原博物馆的上空。罗西章没有古人使用的火绒，他随手撕了一块小纸片，搭在阳燧一边试起来，真不敢想，七八秒钟的时间，小纸片就冒起了淡淡的轻烟，随后腾起一束发着蓝光的火苗。

马利欧·罗伯迪看得眼都直了，高兴得欢呼起来，说他是世界上最幸运的人。他把取之阳燧的火称为圣火，叫人给他拍了照片。最后，他自己也试着取了火，点了一支香烟，边抽边在嘴里呢喃："阳燧，哦，今后我可要交好运啦！"

幸运或不幸运，那是客人的说法，而风先生告诉我，就在两件青铜阳燧在刘家沟水库大坝和黄堆乡老堡子出土时，西边的天际上，莫名其妙地的都出现了两个"太阳"！

当我在电脑上敲下这些文字时，有此记忆的风先生给我描述了诸多当时的细节，这些细节使我蓦然一惊，并从时间上推算，知道他说的不错。当时的天空，确实是出了两个太阳。虽然当时我不知道刘家沟水库工地挖出了阳燧，亦不知晓老堡子出土了阳燧，但两个太阳出现在天际线上的事情，我也是经历了的呢。头一次的时候，我像在刘家沟水库大坝劳作的民工一样，也在冯家山水库的支线工程北高抽下着苦力。我在地下二三十米的深处，像只老鼠一样刨土打洞。清早下去，天快黑时再沿井桶子爬上地面来，饭在地下水道里吃，屎在地下水道里拉，一天到晚见不着太阳。那一天，地下水道出了塌方事故，我们早了半小时上了井桶子，眼睛对于明晃晃的太阳很不适应，在井桶边又闭了好一阵子才睁开。

这一睁开来，就看见西边的天上生着两个太阳！

在地下水道刨土时不知道，这天的天气早晚变化很大。清早起来，天上这儿一坨，那儿一坨，挂着薄如细纱似的云彩，太阳就在浮动的云彩里穿行，一旦从云彩里露出头，就很阳光。而一旦被云彩遮蔽，风就冷冷的。就这样挨到午后三四点钟，天上的云越积越厚，太阳就不能再露脸儿了，而流转的空气湿漉漉的，像是有一场雨要下，却终究没有落下来。地下水道的塌方就是在这个时候发生的，还好没有压着人。我们撤到了地面上，看见了躲在云后的太阳，从裂开的云缝里刺了出来。

两个太阳啊！相信那一天的周原人都看到了这一奇观，但却没有听到人议论，连当时看见时的惊叹声轻得也许只有自己听得见。脚上，手上，还有衣服和脸上都是泥污的我，像大家一样呆呆地看着西边天上的两个太阳，两个被浮云纠缠着、带着绒绒毛边的太阳，张着嘴巴，不知道该说什么。好一会儿，天和地都是静的。

纪二　鼎盛周原

时迈其邦，昊天其子之。

实右序有周，薄言震之，莫不震叠。

怀柔百神，及河乔岳。

允王维后！明昭有周，式序在位。

——《诗经·周颂·时迈》节选

华夏九州是一个地理范畴，有很多通俗的叫法，也被称为"汉地九州""神州大地""中土九州"，等等。

这些说法是有道理的，不过风先生自有他更通俗的一种说法。他说《尚书·禹贡》之所谓九州，指的就是华夏族最早居住和生活的地方，依据地理范畴的不同，分别为冀州、兖州、青州、徐州、扬州、荆州、豫州、梁州、雍州。把这样的分别挪移到今天，便相当于一级行政省区。老祖先大禹，统领天下百姓治理水患，在取得决定性胜利的日子，他召集了百姓的代表集会涂山，不仅诚恳地检讨了他的过失，还根据自己治水的经历，以及山水的分界与流向，分天下为九州，同时铸造了九鼎。

九州始有九鼎，九鼎名望九州。如我成长的古周原，便高傲地占有了一个雍州的名讳，同时也就有了一件名曰"雍州"的大鼎。

风先生怕我不清晰雍州的概念，就自觉插话进来，说《尚书·禹贡》标识得十分明白，即"黑水、西河惟雍州"。他这一说，我即明白了，春秋时秦国的地盘，莫过于此，大约涵盖了今天的陕西中北部、甘肃全部、宁夏全部以及内蒙古南部等。在这样广阔的区域里，蜿蜒着弱水、泾河、渭河等黄河的支流，以及终南山、惇物山、鸟鼠山、三危山等山川形胜。风先生说，雍州的田，是第一等的田，雍州的赋税，却是第六等的赋税。

回望厚重深远的华夏史，雍州的土地，不仅孕育了仁德的周王朝，更发育了强大的秦帝国。

《史记·周本纪》有载："成王在丰，使召公复营洛邑，如武王之意。周公复卜申视，卒营筑，居九鼎焉。"风先生仿佛我内藏在胸的心神，他窥探透了我心里的想法，知我想要知道九鼎后来的下落，就给我念叨出司马迁《史记》的那段记述。但那满足不了我的向往，不仅风先生满足不了，残酷的历史进程，亦满足不了。兴盛于周原上的周王朝，因为统治中心的变化，经历了几次都邑迁移的过程。风先生记忆中的头一次，就发生在周文王时期，他率领族人从周原迁移到了沣水边，他的儿子周武王继位，剪灭殷商后，又迁移到隔了一道沣水的镐京，及后周幽王烽火戏诸侯的事，逼迫周成王再次迁都，隔山隔水地迁移去了洛邑。但不论怎么迁移，祖庙都没有离开过周原，正因为此，历史发展了数千年，象征家国天下与皇权的九鼎，虽没能来到周原上，而周原后来却出土了多件青铜大鼎。譬如毛公鼎，譬如大盂鼎，譬如大克鼎……风先生对此如数家珍，他知晓这几件大鼎的前世，更知晓这几件大鼎的今生。

不过，记忆力超凡的风先生，虽然知晓周原上出土大鼎的底细，却不知晓名望九州的大禹九鼎，后来又去向何处。风先生为此遗憾着，便点点滴滴地回忆着九鼎身上发生的传奇故事。楚庄王不自量力，竟然于洛邑"问鼎之轻重"；还有楚灵王，像他的先人般一度也动了问鼎之心。两位楚王嘴上询问鼎的轻重，实则问的是九州社稷。他俩是问了，但没有问出结果来，而是问了一鼻子的灰。但后继者已然不绝。秦惠王时，张仪制定策略，希望能夺得九鼎以号令诸侯。到了秦武王三年（前308），勇武无比的他去了洛阳，看到了九鼎及鼎器上熔铸的图腾和文字，喜欢得不得了，一心想着把这九鼎带回秦地去。

悲剧因此而生。秦武王鼓足一口气，抓住九鼎中的一件，全力来举，岂料用力过猛，把沉重的鼎举起来后，没有稳固得住，鼎掉下来砸断了他的胫骨，血流不止，是夜竟然因为血干气绝而逝。

风先生如后来的许多人一般，总是惦念着大禹九鼎。然而惦念归惦念，却总是难见踪影。正当热爱九鼎的风先生快要绝望了时，古周原法门镇的任家村，十分偶然地出土了一件人称毛公鼎的大鼎。这件大鼎的故事还需从现藏首都博物馆的班簋说起。

我听风先生说，首都博物馆镇馆之宝班簋，因乃毛伯铸造，因此还有一个毛伯彝的称谓。经过专家修复好的这件青铜簋，通高22.5厘米，口径25.7厘米。四耳饰兽首，下垂长珥作为支柱，其后又另有小珥。口沿下饰囧纹，夹有两道弦纹。腹饰阳线构成的兽面纹。低圈足，无纹饰。内底有铭20行，198字。毛氏后人毛天哲对铭文进行了翻译：八月上旬，甲戌日，在镐京，周王命令毛伯接替了虢城公的职位（周六师统帅），率领军队以保卫王室的安全，令毛伯整顿四方秩序，并监管繁、蜀、巢的有关政务，还赐给了毛伯军事指挥的符节。毛伯遵命，并和邦族首领（冉季载）制造战车、征召战士，准备攻打东边反叛的蛮夷族。不久，周王还命令吴伯说："率领你的军队作为左师辅助毛叔父。"周王同时命令吕伯说："率领你的军队作为右师辅助毛叔父。"虢城公遣（仲）也命令毛公说："率领你的本族将士跟随宗长出征，一定要竭诚保护好宗长的安全。"经过三年的征伐，然后安定了东夷。其间威严的上天无不保佑，每件事都得以成功。毛公把这些事迹告诉了班，并告诫说："那些猃戎是因为缺乏竭诚之心，违背了天命，才招致了灭亡。所以要敬德爱民，不要有一丁点的违背。"毛班当时就跪拜磕头道："呜呼，超凡伟大的太太公（冉季载）啊，被文王封为宗懿内亲诸侯国的国君，养育出了英明神武的文王圣孙（毛公），接掌了周王朝六师统帅的职位，建立了征伐东夷的丰功伟绩。文王的子孙们无不感念在心，无不敬佩毛公的威猛。毛班我不敢昂首居先祖功勋以自傲，唯有做了这个宝尊彝来颂扬先祖的辉煌事迹，铭记先父爽曾被周王任命为大正之职这个荣耀。后世毛氏族子子孙孙，一定要世世代代永远珍藏。"

无论是叫班簋，还是名曰毛伯彝，这件青铜器存世已三千多年了。因为它出土以来的坎坷身世，许多信息都弄丢了。现在无人说得清楚它出土在什么时候、什么地方。对此，风先生是不以为然的。2014年我赴台湾岛参加一次文学采风活动，在台北故宫博物院进门处一眼看见毛公鼎时，就听到风先生给我说了哩。

风先生说得非常肯定，也极简练，开门见山一句话：毛公鼎出土在哪里，毛伯彝就出土在哪里；毛公鼎啥时候出土的，毛伯彝就是啥时候出土的。

我十分赞同风先生说的话，谁让白发苍苍的他，不仅眼见了毛伯制作毛公鼎和毛伯彝时的情景，还见识了两件青铜重器的出土过程……在风先生的记忆里，有太多这样的故事了。1940年扶风县法门镇任家村的那一次青铜器发现，还鲜活在他的记忆里。那年的正月十五刚过，古周原上的人们还在爆竹、秧歌和臊子面的年气里喜悦着，有几个村民，搭伙往自家的牲口圈拉土。这是原上农家生活的一个固定程序，每年的冬末春初时间，都要在家门前积起一个小山似的土堆，以备日后垫牛圈马圈之需。小小的任家村，没有谁高贵得能够拥有一挂大车，因此，只有告亲戚求朋友，趁着人家闲在的日子，借来大车一用。这天，是任六借的大车，为了加快进度，他叫了任德魁和任世云，三家一起先为任六拉土。有过乡村生活经历的我，干过拉土的活儿，几个人根据各自的特点，是要有所分工的。任六家拉土，三家人的分工是这样的：任六的儿子任汉勤力气大，就由他在村外的土壕里挖土，任德魁和任世云，一个赶车，一个卸土，大家配合得甚是默契。就在赶车卸土的任德魁和任世云吆着牲口把一车土拉走后不久，任汉勤高高地抡起的镢头，往土崖上挖下去时，风先生似有预感般，想要制止他那粗暴的举动，却没能如愿。只见任汉勤的镢头刚挖下去，轻轻一刨，就刨出了一个冬瓜状的东西，骨碌碌滚到他的脚前。生活在古周原的人，可能自己一生都见不到宝，但都听说过不少挖宝的事情。年轻的任汉勤就是这样，他看了一眼滚在脚前的那团绿森森的东西，敏感地知道，他挖出宝了。要说，任汉勤算个冷静沉着的人，他脱下身上的棉袄，把他认为是宝的东西盖了起来，接着还在挖出宝贝的地方刨着，这便刨出了一个黑窟窿。借着太阳的光线往里瞧，任汉勤惊得张大了嘴，激烈跳动的心，像要从嘴里蹦出来似的。黑窟窿里有太多的宝，一层一层叠压着，任汉勤数了数，没有数得过来。他手按心口，使劲地压了压，让自己尽量平静下来。又举起镢头，挖了几个大的土块，严丝合缝地堵住了露出宝贝的黑窟窿。

对任汉勤的这个做法，风先生是欣赏的，他把刮着的冷风，调和得温暖了点儿，使在寒风里干活的任汉勤不仅觉不出了冷，还觉出了热，热得一张红彤彤的脸，都渗出一串串的汗珠子来。

三头牲口拉着的木轮大车又泊在了土壕里，任汉勤对任德魁和任世云悄声地说了挖出宝贝的事情。因此，他们躲开原先取土的地方，很是诡秘地取土，装车，运送。一直挨到天黑，星星从浓墨似的夜幕上眨巴起了眼睛，任汉勤的老父亲任六，叫来任七、任八、任九、任十等一干本家兄弟，悄悄地潜入土壕取宝了。尽管他们已有思想准备，可把全部宝贝从黑窟窿里取出来一数，还是吓了一跳。太多了！太多了！圆的、方的，四条腿的、三条腿的，竟然有160多件。兄弟们不敢声张，依然悄悄地忙碌着，把取出的宝贝分头藏在家里的炕洞、麦仓中，最后实在找不到放的地方，就把几件沉到院子里的一口深井里。

过了几天，任六心里还不踏实，佯装卖麦草，借来一挂牛拉大车，把一部分宝贝送出村子，藏在京党乡贺家村的一户亲朋家里。

任家村傍着一条叫美水河的河流，但这条河在我的眼里一点都不美。从乔山一路南下，一年年冲刷，生生地在古周原一马平川的黄土地上，切割出一条深得惊人的大沟。我的家在沟的东边，从沟东望向沟西，戳进眼睛的那个小村落，就是挖出大宝的任家村。按说有大宝出土，该是任家村的幸运，但我从风先生嘴里听来的事情，却与"幸运"二字一点都不沾边，反倒是因为有宝，而灾祸不断，血光屡现，让人听来，不禁心惊肉跳，毛骨悚然。

风先生认为任六是有些心计的，他把一切做得够严密了。可是没出五日，一群土匪赶在天黑时扑进了任家村，见狗打狗，见人打人，号号吵吵。在家吃晚饭的任六感觉事色不好，猜想土匪是冲着宝贝来的，立马放下碗，端了梯子，上到木楼上，试图从屋顶上掏个洞眼，爬上屋顶，溜到邻家躲起来。风先生已知屋顶上有土匪把守，就好心拉扯着任六的裤腿，不让他往屋顶上爬，但任六顾不得别的了，他把拉扯他裤腿的风先生一脚蹬开，把头从屋顶掏出的洞眼往外探，刚探出半个人头，那守在屋顶上的土匪就举起枪托砸了下来，喷薄而出的鲜血，冲天而起，洒了满屋顶。可怜任六就这样丢了性命。

任六一死，土匪也没了章法，匆匆搜了一番，也没搜出一件宝贝，便极不甘心地撤出村子。

这一拨土匪刚走，又一拨土匪来了。在那个军阀混战、群魔乱舞的年月，古周原上有很多草寇散匪，一帮一伙，隐匿于百姓群里，地也种，家也守，打听到谁家有财可劫，便串通起来，扛上家伙就去。他们各有眼线，任六挖出了宝贝，他人死了，宝贝还在，土匪们又岂能善罢甘休。从1940年的正月起，到1942年的四月止，两年多的时间，先后就有四拨土匪围攻任家村，最早是任六被砸死了，后来是任汉勤、任登我、任智、任勇和任世生的老母亲几个人，不是被土匪烧死，就是被土匪吓死。直到任六的小老弟任十，实在忍受不了土匪的祸害，供出了藏宝的地方，被土匪尽数劫走，任家村这才稍稍平静下来。

在这些宝贝里，即有西周青铜重器柬鼎、禹鼎等。其中的禹鼎在1942年出土后，为西安徐氏所得，于1951年捐献给陕西省人民政府，由陕西省博物馆入藏，1959年交中国历史博物馆（即今中国国家博物馆）收藏。

说罢了禹鼎在任家村出土后的境况，风先生叹了一口气，在我一而再，再而三的请求下，这才很不情愿地给我说了毛公鼎的出土境况。我所以如此执着，就是想要给毛伯彝找出它的身世来，让它完完整整地出现在人们眼前。但其身世大白的过程，竟然如任家村出土的束鼎、禹鼎等青铜重器一般，也是那么传奇，也是那么惨烈……

道光二十三年（1843），陕西关中西府暴发了一场瘟疫。任家村西去八九里的董家村董治官，眼看他的爷爷早起端着碗喝汤时，有几滴鼻血掉下来，落进了汤里，把汤染得一片红。挨到傍晚，爷爷出门在地里转了一圈，刚回到家门口，便一头栽倒在地上。董春生的爷爷，与董治官的爷爷为老弟兄，闻讯赶来帮着料理后事，没承想，竟也头一勾、眼一翻，死在了董治官爷爷的尸首旁。死在一起的老弟兄，自然坟挨着坟，埋在了一起。

后来，瘟疫过去了，有个过路的风水先生，在老哥俩的坟堆前驻足了好一阵子，见有人来，就说这是个好穴位，不出意外，他们的后人是要发财了。

事有凑巧，过了些日子，董春生去他家村西的地里挖红芋（红薯），刨了几下，总觉得镢头被一个硬物所阻，就想看个究竟。刨开一层又一层的土，刨出一个绿锈斑斑的大铜圈，上面还有同样生着绿锈的大耳子。董春生没有见过宝，但他听人说过宝，当即意识到，他是挖到宝了。联想起过路风水先生的预言，董春生甭提有多高兴了。他怕白天挖宝惹出麻烦，就用刚刨的新土把宝掩埋起来，只等到了夜里，叫了几位本家兄弟，套了一挂牛车，把那个肚大腹圆，两人搂不住、三人搬不动的大宝拉回了家，并悄悄地托人寻找买宝的下家。

董春生心里亮清，穷家小户是驮不起这样的大宝的，在家里多放一天，就多一天的危险。因此，当他的一个亲戚带来一个古董商，人家出价300块银圆时，他也不还价，接了钱就让古董商把宝拉走了。

关心着董春生的风先生，把他近些日子的情况全都看在了眼里。他为他刨出来大宝而高兴，亦为他刨出大宝而忧心。因为风先生看得见村霸董治官包藏着的祸心，就不失时机地提醒董春生了，要他务必小心那个家伙。但恶人自有他的道理，今日白吃人家一只鸡、明日白杀人家一只狗的董治官，早就盯上董春生了。他的理由是，风水先生夸奖的那片坟地，埋着董春生爷爷，也埋着他的爷爷，董春生挖了宝，发财也该有他的一份。他不想和董春生在村里多争，古董商买了宝，他可以和古董商争呀！主意已定，董治官伙同几个闲汉守在村外的路上，等到古董商拉宝的大车走到跟前，他们夺过赶车人的鞭杆，拨转驾车的马头，将车重新拉回村里来，把大宝卸下，抬进了他的家里。

古董商奈何不了村霸董治官，就去找董春生理论，让他还钱。董春生不急不恼，给古董商说："还钱可以，你把大宝还我呀！"古董商没话说了。

古董商一肚子的窝囊气，赶着空马车直奔县衙，使了银子，买通了县官，派出了衙役，直奔董家村，把村霸董治官像捆粽子一样捆得严严实实，拉回县城，投进了大狱之中。知县给董治官定的罪名之一为"私藏国宝"，另一项罪名在今天看来就有点荒唐了，甚至让人啼笑皆非：平民百姓，起什么名字不好，竟然敢起名叫"治官"！这使知县勃然大怒，把董治官押在大狱里，用一根铁链拴起来，足足拴了一个多月。

与董治官一同被押解回县衙的还有那件大宝。进士出身的知县知道这件大宝的价值，但他收了古董商的黑钱，起初是想将它还给古董商的，可他看了大宝腹内的铭文后，他是笑了呢！他笑得有点儿暧昧，还有点儿阴毒。因为他知道，清朝官场上的规则，手头没有钱，是啥也做不成的。他在知县的任上已经待了好些年头了，他想动一动位子，把自己头上的帽子换得级别高一点，这件得来全不费功夫的大宝，绝对帮得上他的忙。于是知县脸上的笑慢慢变得黑了起来，对古董商说："此乃国之重宝，你私下倒卖，可知是犯罪？"一语即出，吓得古董商跪在知县面前，叩头不止，在知县转身而去时，他拉起裤腿，逃之夭夭了。

北京永和斋古董铺开办于道光初年，店主是苏六（名兆年）、苏七（名亿年）兄弟俩。他们经营有方，永和斋生意兴隆，名气很大，在当时的古董界数不上一，也该数得上二。古周原出土的青铜器，有好些最后都辗转进了他们的铺子，传世至今的就有大丰簋等。古周原董家村挖出大宝的消息传到京城后，也传进了兄弟俩的耳朵里，他们便托西安方面的线人打探消息，以便待机出手。

知县以他不甚光明的手段得到大宝后，也想尽快变现，好去贿赂上级官员，为他谋个好职位。打听消息的线人，与知县一接头便谈好了价格，用一大马车的银圆买下大宝，偷运回西安，暂时秘藏起来。别人不知底细，不好说啥，风先生太知道底细了，他发现知县有了这一马车的银圆铺路，果然官运亨通，平步青云，最后竟然做了京官。

在此期间，知名画家张燕昌的儿子张石瓲因为一个偶然的机会见识了这件大宝，他把大宝的形状描绘成图，并把大宝腹内的铭文也摹绘了下来，寄给了浙江嘉兴的名士徐同柏。得到大宝图形和铭文摹本的徐老先生，据此写了一篇《周毛公鼎考释》的文章，始使大宝有了一个公认的名字：毛公鼎。

作为生意人，苏家兄弟想的是赢大利、赚大钱，他们为其得手的毛公鼎谨慎地挑选着买家。此之前，身为京城名门之后的陈介祺，在苏家兄弟的永和斋买过几件大东西，而且相互约定，苏家兄弟手里有货，就给陈介祺通报一声。因此，苏家兄弟很自然地就先选定了陈介祺。然而，一纸函件发到陈介祺的府上，却一直不见动静。苏家兄弟便想再找一个理想的买家，他们遍寻京城有此雅兴的人家，倒也有几户出得起高价，但都是不识货的人，给出的价钱与苏家兄弟的心理价位有很大差距。永和斋又不急等用钱，把毛公鼎放个十年八年不成问题，说不定到时候还能卖出一个更好的价码。因而，他们仍旧把毛公鼎秘藏西安，单等陈介祺或其他满意的主顾。

毛公鼎因此密藏在苏家兄弟手里达九年之久，直到咸丰二年（1852），陈介祺与苏家兄弟重提毛公鼎一事，这才谈妥了转卖事宜，首付了1000块银圆，由苏家兄弟设法从西安运到北京来。

苏家兄弟深知路途上的艰险，在西安雇用了两挂马车，把毛公鼎装在其中一挂上。为了掩人耳目，还在西安的布市上采买了大量的布匹，分装在两挂大马车上。即使这样了，还觉不甚放心，又在西安享有盛誉的一家镖局，出资请了两位身手不凡的镖客，同车前往北京。镖客和大马车日不离、夜不分，一路还算平安，却在将出河南省境、将入河北省境的地方，遭遇了一群土匪，双方厮打半天，谁也胜不了谁。随车同行的苏家老七，看出土匪并不知晓大马车上的国宝毛公鼎，就想着丢车保帅，给土匪撇下一大马车的布匹，吆着装载毛公鼎的那挂大马车离开。土匪们看着不能速胜，人家又丢下一大马车的布匹，便见好就收，没有舍命去劫那挂扬长而去的大马车。

谢天谢地，贵重的毛公鼎又在路途上颠簸了几日，终于完好无损地被送进了陈介祺的府上，这位京城里的古董大藏家初看一眼，就喜欢得放不下，开口就说："国宝难得！"

陈介祺字寿卿，号簠斋，祖籍山东潍县（今山东潍坊），生于1813年。其父陈官俊（字伟堂）是嘉庆十三年（1808）的进士，曾在清廷的礼部、吏部、工部和兵部任尚书，是个极会做官的人。儿子陈介祺自幼跟随在其父身侧，被父亲耳提面命，得到了不少真传。二十岁弱冠之年，即以诗文驰名京师。

到了道光二十五年（1845），陈介祺便名正言顺地以进士之身入翰林院任编修。他这位大翰林，除了优游宦海之外，最大的爱好，就是收藏古董了。他既收藏青铜器物，还收藏古之印玺。道光三十年（1850），陈介祺延请工匠，在他的府上建了座"万印楼"，所藏多是秦汉时的古印旧玺，去楼上参观过的人，无不感叹他的藏印之丰为举国第一。

只好收藏，不算本事。陈介祺的本事在于，凡是他所收藏的，都必有研究文字存世。刻板印刷达二十余部，其印玺篇里，就记录了一枚赵飞燕的玉印和霍去病的私章。这两枚弥足珍贵的汉时古印，后来不知为何散佚民间，为东北军少帅张学良于天津购得，赠予他的结发妻于凤至收藏。这些案例均可见陈介祺收藏之专业。

正如风先生所说，毛公鼎从偶然出土，到入藏陈介祺手上，应是一个不错的归宿。阅读大翰林《毛公鼎释文》的后记，不难看出陈介祺得鼎后的欢欣之情。他说："右周公层鼎铭两段，三十二行，四百八十五字，重文十一字，共四百九十六字。每字界以阳文方格，中空二格。……此鼎较小，而文之多几五百，盖自宋以来未之有也。典诰之重，篆籀之美，真有观止之叹。数千年之奇于今日遇之，良有厚幸已。"

何谓"典诰之重"？何谓"篆籀之美"？

翰林编修陈介祺自有他的见解。在初获毛公鼎的日子，他眯缝着眼睛，盯着毛公鼎和鼎腹之内的铭文看。作为一个识家，他读得懂鼎上的铭文，知道其所记述为周宣王的告诫训词，是一篇十分完整的册命。"丕显文武……配我有周……"甫一开篇，先追述了君臣鱼水般的和谐关系，接着又记述周宣王对毛公的信任，给他权力，让他大胆治理国事。然而，宣王对他信任的毛公也有不放心，因此告诫他要勤政爱民，莫腐败、莫堕落。最后，毛公还骄傲地记述了他在朝中的职权和身份。这样的文字，不仅在周朝很有作用，就是到了今天，依然有其积极的意义。陈介祺对此鼎深为宝爱，其中自然还有铭文字体的原因。毛公鼎铭文清秀圆润，线条淳厚，实为远古书法篆刻的绝品，堪为此道之楷模。

如此一件青铜重器，陈介祺就不能不为它的安全操心了。他一改过去遇到好的收藏物品，就要请来行内同好到他府上吃茶共欣赏的习惯，将毛公鼎秘藏家中，拒不示人。为防不测，他甚至尽其所能，降低毛公鼎在外界的影响。翻看他自己编辑的《簠斋藏古册目并题记》，其中对毛公鼎的记载，只有"大鼎"一条两个字的略记。由此，足见他的良苦用心。后来，陈介祺的曾孙陈育丞先生写了篇《簠斋轶事》的文章，也说他的老爷爷得毛公鼎后"深有'怀璧'之惧，秘不示人"。

一次，陈介祺的故交吴平斋（吴云）写信询问："从前翁叔钧示我毛公鼎拓本，云此鼎在尊处，今查寄示收藏目条无此器，究竟世间有此鼎否？窃愿悉其踪迹，祈示知。"陈介祺读信后避而不答。他还有一知己吴大澂，也来信询问此事，信中说："闻此鼎在贵斋，如是事实，请贻我一拓本。"过去，陈介祺对吴大澂有求必应，送了他不少青铜器铭文拓本，可这一次，却来了个装聋作哑，缄默不言。

咸丰四年（1854），陈介祺致仕，在返回故里时，以身护宝，与毛公鼎一起回到山东潍县的老家，将它小心地藏了起来。

光绪十年（1884），陈介祺在原籍逝世，一生所藏为三个儿子所分割，次子陈厚滋分得毛公鼎等器物。

陈厚滋的二儿子陈孝笙，成人后执掌了一家生计。他不顾乃祖不得经商的遗训，先后办了钱庄和药铺，改弦更张，图谋以商兴家。此一时也，陈介祺咽气时的嘱咐还在他的儿孙耳朵里旋鸣着："宁失性命，不失宝鼎。"但是，进入商圈的陈孝笙，眼里所见都是白花花的银圆，哪里还管祖父的遗训。听说时任两江总督的端方愿出10000两白银购买毛公鼎，头一次得信，陈孝笙还顾及家人的劝告，委婉地拒绝了端方的要求。然而端方又岂肯善罢甘休，差人再去探问。这一次，端方摸准了陈孝笙的心思，给他卖了一个大人情，告诉他，如果答应卖鼎，除了付他万两白银外，还应允他到湖北省的银圆局任职一年，言下之意，就是允许他在任上好好捞一把，以补不足。

陈孝笙心动了，要端方拟一纸文书作为凭证。于是，宣统二年（1910），陈孝笙不顾家人苦苦劝阻，执意把毛公鼎转售给了端方。

此后，陈孝笙在家左等右等，等着端方应允他到湖北银圆局的委任书，却怎么也等不来。情急之下，陈孝笙手持端方所留凭证申辩，这才知晓，凭证上的印鉴不过是一枚过时的废章，是不作数的。陈孝笙如梦方醒，始知被端方设计骗了。气极之时，还号吵着要找端方理论，家里人却劝他别费心了，在这样的昏年暗月里，你一介平民百姓，他朝廷命官，别说理不成反害了自己。

受骗之耻窝在陈孝笙的心里终日不散，时间不长，他即一病不起了。

知晓这件事情始末的风先生，心里同情着陈孝笙，便诅咒端方不得好死。端方凭着他旗人的出身，大获清廷主子的信任，大权在握，不仅骗购了毛公鼎，还以其他手段弄到了许多宝物。短短几年，他的家俨然成了一座颇具规模的博物馆。就是这样一个权倾朝野的人，也有背运的时候。

光绪三十一年（1905），端方出国考察，带回一架西洋照相机。如果他只是在自己的府上玩玩，倒也没有什么，偏在西太后出殡安葬的日子，他举着那个洋玩意，拍了几个镜头，这就惹得摄政王不高兴了，斥责他"行为不恭"，遂免了他直隶总督的职务。

在家待了三年，端方向摄政王认错求情后，又领了个川汉、粤汉铁路督办大臣的肥缺。到任后不久，四川的保路运动风起云涌，端方率领军队前去镇压，想不到应了风先生的诅咒，他兵败被捉，在资州被革命的新军砍下了头颅。

当家的一死，遗老遗少都是些只知抽大烟、玩妓女的货色，再无一人顶得上来，家道很快衰落了下来。没有多长时间，端方收藏在家的宝物已被卖得只剩下一件毛公鼎了。这时，江山业已易主，清朝灭亡，中华民国成立。担任着民国政府交通总长之职的叶恭绰，在离上海不远的苏皖交界处的一家古董铺中，很偶然地见到了饱受飘零之苦的毛公鼎，当即谈好价钱，买下来运到上海，和他早先收藏的古物一并秘藏起来。

在毛公鼎为叶恭绰收藏之际，日本人想尽了办法，企图将它弄到他们的国土上去，给他们的天皇做生日献礼。有此想法的日本人是常到北京琉璃厂打转转的醉鬼四泽，因他头大身子矮，琉璃厂的坐地户还有叫他"板凳狗娃"的。他准备了3万美金，打听到端方的遗孀大烟瘾又犯了，就一步跨入她们已极败落的府门，意欲出手买下毛公鼎。恰在这时，美国学者福开森、英国记者辛普森、法国公使魏武达，抢在四泽的前头，给端方的遗孀送去了上好的大烟膏，暂时保住毛公鼎未被日本人弄走。在这件事上，我们还真得感谢这三位外国人，特别是美国学者福开森。他对中国文化有着天然的膜拜，封建意识竟比中国人还深，譬如他的女儿死了丈夫，他就不准女儿改嫁，奉行的就是中国传统文化中"烈女不嫁二夫"的法则。福开森的中国话说得十分流利，时不时地就到琉璃厂来遛一圈，看到称心如意的古物，不论价钱，非得据为己有不可。因此，还浪得一个"洋财神"的雅号。

此番，福开森在紧要关头勾结辛普森和魏武达，给端方遗孀送大烟，其实是有点儿黄鼠狼给鸡拜年的味道。他如日本醉鬼四泽一样，也是想着买下毛公鼎，只是手头还缺那么一把美元，就先用送的大烟把端方遗孀稳下来，并答应付5万美金购买毛公鼎。现在，他有时间筹措那样一笔巨资了。

不知此中消息是谁说出去的，一时之间，围绕着毛公鼎，社会舆论一片哗然，许多爱国人士站出来说话了，疾呼毛公鼎为国之重宝，不能出售给外国人。迫于舆论压力，端方的遗孀也不敢轻易卖掉毛公鼎了，但放在府内，又怕自己控制不住大烟瘾，让人抬出毛公鼎换大烟，就想了个办法，将毛公鼎质押在天津的华俄道胜银行。这使北平大陆银行的总经理谈荔孙坐不住了，认为此等重宝，质押在外国银行是不妥的，就挺身而出，将毛公鼎从华俄道胜银行出资赎出，转存进他主事的大陆银行。

谈荔孙的义举无疑是对的，但最后毛公鼎是怎么流落到苏皖交界的那家古董店，并为叶恭绰发现买回，就成了一个无人破解的谜了。

叶恭绰买回毛公鼎后，不忘拓下铭文，分别送给他的亲朋好友。所以，圈内无人不知毛公鼎在他上海的寓所懿园。1937年淞沪会战爆发，上海沦陷，叶恭绰避居到了香港，但其毕生的收藏，包括毛公鼎，都未能带走。

因此，叶恭绰虽然身在香港，心还在上海的家中。偏在这时，他留在上海的姨太太潘氏，耐不住空房孤枕，红杏出墙，与叶家一个管事勾搭成奸，火牛风马，以求白头偕老，便想出一条毒计来，向日本驻在上海的宪兵队报告了这一秘密。日本宪兵当即前往搜查。所幸只是搜出一些字画和两把手枪。正是这两把手枪转移了日本宪兵的目标，而对搜查毛公鼎的事有所疏忽。而其时，毛公鼎就掩藏在叶恭绰卧室的床底下。

日本宪兵要弄清这两把手枪的来历，自然不会为难向他们报告消息的阴毒妇人潘氏，就把叶恭绰的侄子叶公超抓了去，投进监狱，诬他是军事间谍。

叶公超此番转道香港回到上海，是受了叶恭绰的嘱托，一来处理与潘氏的纠葛，二来设法隐秘转移毛公鼎。在日本宪兵队的大牢里，叶公超屡遭鞭打和酷刑，所说只有一句话，他此番是代表他的叔伯来处理与潘氏的纠葛的。这件事在上海市井之中人人皆知，日本宪兵自然也有耳闻，便不再过问此事，转而集中目标，要叶公超说出毛公鼎的下落。

为了脱身，叶公超心生一计，秘嘱家中可靠之人，铸造了一个假的毛公鼎交给了日本宪兵，这才使他得以保释出狱。1941年，叶公超秘携毛公鼎逃到香港，将其交给了他的叔伯叶恭绰。然而不久，香港沦陷，叶恭绰不得已，就又携带毛公鼎辗转返回上海，称病在家，不与外人来往。但他抗战之前就已退出政界隐居不仕，十余年坐吃山空，经济实力渐渐不支，无奈再次把毛公鼎典押银行，后为大商人陈永仁出资赎回。1945年抗战胜利后，陈氏心中高兴，分文不收，把毛公鼎捐献给了政府。毛公鼎后随退守台湾的国民党迁至台北，成为台北故宫博物院的镇馆之宝，安放至今。

这个归宿是叶恭绰所希望的。这在他曾给侄子叶公超写的信里可以看出来："美国人和日本人两次出高价购买毛公鼎，我都没有答应。现在我把毛公鼎托付给你，不得变卖，不得典质，更不能让它出国。有朝一日，可以献给国家。"其言语之铿锵有力，充分伴现了一位爱国者的崇高气节。

在风先生的帮助下，我知道了许多关于毛公鼎的故事，知其与毛伯彝一般，都历经了非凡的磨难，不知数千年前的毛公与毛伯，若闻此风波该做何感想？

想象力丰富的风先生，首先以他坚实的历史文化知识，不容置疑地告诉我，毛公与毛伯，同为西周时期的毛氏家人。毛家代有才人出，借用《陕西日报》的报道来说，我们敬爱的毛泽东主席的祖居地虽为湖南韶山，但其远祖居地实则为出土了毛伯彝、毛公鼎的古周原。

有次我应邀去云南丽江市采风，走进永胜县的毛氏宗祠，看到了那幅铜铸的《毛氏家族源流世系图》，图上清楚地表明，韶山毛氏家族起源于陕西，后经河南、浙江、江西、云南，最终落脚于湖南湘潭韶山。

在我注目那幅铜铸的《毛氏家族源流世系图》时，风先生就伴在我的身边，如我一样，认真仔细地看了。他看着，还咬着我的耳朵，给我说了《姓源韵谱》和《辞海》上的一些记述。他说《姓源韵谱》所记毛氏的祖先毛叔郑，原名姬叔郑，系圣人周文王之子；又说《辞海》记载，毛叔郑所建毛国在今陕西岐山、扶风一带。好了哩，既有文献记述，又有毛伯彝、毛公鼎实物为证，一切不需赘言了。

不过兴趣甚浓的风先生，似乎还意犹未尽，他从《诗经》里找出一首名曰《时迈》的歌谣，不亦乐乎地吟诵了出来：

> 时迈其邦，昊天其子之。实右序有周，薄言震之，莫不震叠。怀柔百神，及河乔岳。允王维后！明昭有周，式序在位。载戢干戈，载櫜弓矢。我求懿德，肆于时夏。允王保之！

我知晓《时迈》的句子，无一字一词不是颂扬周王朝的美德的；我还知晓，不仅《时迈》是这个样子，《诗经》里的许多篇章，都是歌颂和赞美周王朝英明的君王哩。而我因为风先生，深知其所赞美的诗句，亦符合历史的真实。

毛伯乎，毛公乎，古周原可信温暖的历史伟人。

出土于周原的，除了毛公鼎，还有大克鼎和大盂鼎。晚清光绪年间，在距离毛公鼎出土地不远的地方，又出土了大克鼎，而且在同一个窖藏中，又发现了七个小列鼎。鼎，在古代社会里，既是盛放肉菜的器物，还是统治阶级划分等级和权力的一种标志。大克鼎形制特别巨大，且十分精美。在接下来的研究中，专家解读了鼎内壁的290个铭文，知晓它的主人是一位西周的膳夫，也可说是宫廷里的厨师长，他名叫克。

这位名克的膳夫，有他主张的铭文做记，知他既不忘祖父的功绩，更恩谢周王对他的赏赐。

他所以能够获得周王的赏赐，从铭文上看得出来，都在于他烧得一手好菜。当其时也，周室诸侯之间，爆发了一场内乱，未雨绸缪的周孝王，准备起兵剪灭暴乱。克看在眼里，即给周孝王烧了一块祭肉，送到王的面前，王闻着祭肉的香，顺嘴夸了他一句，使他赢得了一个向王禀事谏言的机会。克不揣冒昧地说"祭肉虽小，但承载的是大周礼制规范。礼正则天下定，礼偏则天下乱"。他这句看似不痛不痒的话，灌输进了周孝王的耳朵里，王不仅赏赐了他，还采用了他的谏言，出纳王命，不费一兵一卒，仅以礼法规矩，即平息了那场内乱。

以礼服人，鼎的作用于此表现得太充分了。

大盂鼎的铸造时间还早于大克鼎。公元前11世纪中叶，周康王与父亲周成王共同开创了"成康之治"，即司马迁在《史记》里记载的那样，"成康之际，天下安宁，刑错四十余年不用"。大盂鼎内壁刻铸的铭文，即记录了"成康之治"的社会局面。风先生知晓这件大鼎，是一个叫盂的人铸造的，他仔细数过，盂在大鼎内刻铸的铭文共有291字，真实地记述了周康王总结周文王、周武王立国的经验，以及商朝灭亡的教训，着重强调了商朝大小官员无不沉湎于饮酒，致使政事败坏，人民失望。因而周康王告诫盂要敬畏天命，效法祖先，忠心辅佐王室，认真处理政事。

盂落实得怎么样呢？风先生依据大鼎的铭文推测，盂一定奉行了教诲。因铭文记载，言之凿凿，周康王敬重信任盂，册命、赏赐了盂，盂感谢周康王的赏赐，因之铸鼎，用以祭告祖先。

两件宝贵的大鼎出土的过程，以及出土后的经历，如毛公鼎一般，多舛而坎坷，不仅让人揪心不已，也使风先生不禁扼腕叹息。具体出土的日子，现已无法厘清了，可以确定的是，精美的大盂鼎和大克鼎，均出土在清朝道光年间，前者约在1821年至1850年，后者约在1875年至1908年。前者出土在周原岐山县礼村，后者出土在周原扶风县任村。

岐山、扶风两县，相依相偎，是周文化的发源地，历史上出土了许多青铜器，因而还有个"青铜器之乡"的美称。

大克鼎出土后，即为当时著名金石收藏家、工部尚书潘祖荫所得。关爱着两件大鼎命运的风先生，对此倒是十分释然。可是大盂鼎出土后，风先生不仅眼睛盯在这件大鼎的身上，心也牵在了这件大鼎的身上。他发现最初的时候，岐山县的豪绅宋金鉴拿银子将鼎买入他家，但宋金鉴有钱没势力，岐山县的县令周庚盛，耳闻了大鼎消息，使出他能使用的全部手段，巧取豪夺，把大鼎没收进了县衙后院。

有志于功名的宋金鉴，在岐山老家苦读了好几年经典，赴京参加科举考试，闲暇之时，去到北京的琉璃厂转悠，没转多长时间，便发现他喜爱的大盂鼎，居然就陈列在一家古董商的铺子里。宋金鉴讶异不解，他当即想起那个叫周庚盛的县令，脱口咒骂他太不是人了！

哎！风先生如宋金鉴一般，也看见了被周县令转手卖往京城来的大盂鼎，他叹息一声，宋金鉴紧跟着也骂了一声。

风先生的一句骂，似乎提醒了宋金鉴，他努力考取功名，并中进士，点翰林，用3000两白银，赎回了原本为他所有的大盂鼎。宋金鉴与宝爱的大盂鼎，相互厮守了一些年头，到了同治年间，因为时势的变化，宋家家道中落，后人很是无奈地把大盂鼎拉运到西安城，转手卖给了陕甘总督左宗棠的军事幕僚袁保恒。旧时官场的潜规则是，下属有了宝贝，都要送给主子。袁保恒无法脱俗，他把大盂鼎搁在家没几日，便一脸谄媚地送进了左宗棠的府邸。

死心爱国的左宗棠，可以抬棺收复新疆，却拦不住官场上的流言与中伤。咸丰九年（1859），他深陷祸患之中，幸有时任侍读学士的潘祖荫搭救而脱险。为了感谢潘祖荫的恩德，左宗棠于同治十三年（1874）把珍藏在家的大盂鼎，转手赠予了潘祖荫。

这一次的赠予，在风先生看来，是大盂鼎的大幸。金石收藏家潘祖荫此前即已收藏了大克鼎，现在又有了大盂鼎，两件周朝时期的青铜重器齐聚潘府，他非常开心，家里人也十分高兴。可是，如何保证两件青铜重器的安全，已然成了一家人心头上几乎难以承载的重压。日本侵略者的魔爪，从东北伸到了华中地区，潘祖荫收藏的大盂鼎和大克鼎，也从他的手里传递给了下一代。潘家此时主持家事的潘达于，为了两件国之重器不被日军劫掠，连夜请来木作匠人，帮忙打制出一个硬木箱子，装进大克鼎、大盂鼎以及一批小件古董和书画，埋在夹弄里三间隔房的地下。

未雨绸缪，潘达于将宝物藏于夹墙中的举措太及时了。苏州沦陷，日军大肆搜罗财物，潘家为搜罗的重点，穷凶极恶的日军端着枪刺，前后到他家扫荡了七回，除了藏埋起来的文物，其他财产什物，损失殆尽。

在那个腥风血雨的时代，风先生见不着潘家的人，他即自觉守在他们家，日日夜夜做着他家宝藏的守护者。中华人民共和国成立后，从故乡苏州移居到上海的潘达于，把她深思熟虑后的一个决定，写在一页信纸上，邮递给了上海的相关部门。她在信里说，"窃念盂、克二大鼎为具有全国性之重要文物，亟宜贮藏得所，克保永久。诚愿将两大鼎呈献……"文化部迅速回信，褒奖了她的这一爱国举动，并派出专家组来，接受了她的慷慨捐赠。

上海博物馆于1952年顺利开馆，大盂鼎、大克鼎联袂展出，轰动了整个上海。风先生是最先看到两件大鼎的人，他后来给我说，公开陈列的大鼎，使他激动得热泪模糊了双眼。

激动流泪的风先生，从此不仅铭记了大盂鼎、大克鼎的模样，还注意收集发生在两件大鼎上的故事。正因为此，他幸运地认识了担任过宝鸡青铜器博物院院长的任周方。这时，他才知道，发现大克鼎的正是任周方的曾祖父任致远。祖居在扶风县法门镇庄白村的任家，与窖藏青铜器有种无法割舍的缘分，曾祖父任致远于清朝光绪年间挖出了大盂鼎等一窖青铜器，五十年后在任周方爷爷的镢头下，又挖出了一窖青铜器。

任致远是在光绪十六年（1890）冬挖出青铜器的。风先生记得很清楚，当天夜里落了一场雪，古周原上白茫茫一片。任致远拴了一挂牛车，在村东南的土壕里拉土，他抡起镬头，在一面相对高点的土壕里挖着土，蓦地就有一个生着绿绣的铜疙瘩滚出来，差点砸了他的脚。他往旁边躲了一下，待他看清那个铜疙瘩的模样时，他的心突突突跳得快了起来……任致远因之想起他夜里做的一个梦：自家水窖里的水，莫名其妙地涌出了窖口，直往他家院子里漫。自以为有点解梦能力的他，晓得那是个发财的好兆头，不承想，清早起来，就在自家的土壕里应验了。心跳加快的任致远，幸亏抬手快，捂住了自己的嘴，没有喊出声。一个人悄悄地挖刨着一个又一个的青铜疙瘩，挖刨一个，往牛车上装一个，然后一掀一掀，往牛车上铲土，把青铜疙瘩全都用土覆盖起来，拉回了家。

隔墙有耳，隔山有眼。任致远挖出青铜大宝的消息，还是不胫而走，古董商纷纷前来任家村探听青铜大宝的下落。

听闻古董商的报价，任致远认识到了他挖刨回家的百余件青铜器的珍贵。他为了多换一些银圆，把牛车打造成一部更具载重力的马车，装载上他挖刨回家的全部青铜器，去了西安。人算不如天算，他前脚刚到西安，就被他要居住的旅店掌柜恫吓上了，说他拉来的青铜器，无不是远古皇家祭祀所用的礼器，他私掘而来，触犯的是大清的问斩之罪，劝他放下青铜器，赶紧逃命，动作慢点儿命都会丢了！岐山县北乡的一介老农民任致远懂什么呢？他当即扔下车马和满车马的青铜器，逃回了岐山县的老家。

包括大克鼎、克钟及中义鼎等百余件青铜器，就此离开任家，各自走上扑朔迷离的道路。

风先生为任家唏嘘慨叹了呢。他都没想到，过去了五十年，任家与青铜器的缘分重演了。1940年春，任家当家人从任致远过渡到儿子任登肖，他像前辈一样，拴上一挂牛车，下到他家土壕挖土来了。谁能相信，他居然也像老父亲一般，挖土挖刨出一窖青铜器。

与风先生有了交集的任周方，说他爷爷缺乏他老爷爷的沉稳劲儿，竟招呼来村里人，帮助他把挖刨出来的青铜器往家搬。那时才十一岁的任周方的父亲看着好玩，还爬进一个三条腿的器物的腹腔内玩，他匍匐着身体，外边的人都看不见。

这件藏得住任周方父亲的大鼎，也许就是大盂鼎。不过没有确实的记载，到如今就说不清了。

说清说不清，对于任周方的爷爷来说，一点都不重要。为人大方的他，没有把他挖刨出来的青铜器全部据为己有，而是慷慨地分给了帮助他搬运青铜器的人。因此就有了"任家村家家有宝"的传言，无利不起早地古董商闻风而来，从村里花钱买走的鼎、鬲、簋、爵、卣、盘等，在60余件以上。山里的土匪，亦如古董商一般纷至沓来，他们不用银钱来买，而是凭借手里的长枪短炮，向村里的人抢了，许多人因此丧命在了土匪的手里。

风先生知道国之重器的大盂鼎和大克鼎，前些年于上海博物馆聚首了一次。他也知道，馆藏在北京国家博物馆的大盂鼎，馆藏在上海博物馆的大克鼎和馆藏在台北故宫博物院的毛公鼎，一定会有聚首的日子。

风先生相信，三鼎聚首的那个日子，也就是中国梦想完全实现的日子。

纪三　甘棠树·珥生尊

蔽芾甘棠，勿翦勿伐，召伯所茇。

蔽芾甘棠，勿翦勿败，召伯所憩。

蔽芾甘棠，勿翦勿拜，召伯所说。

——《诗经·召南·甘棠》

现在的扶风县召公镇，原来可是叫菊村的哩。风先生对此记忆非常深刻，有那么几句不甚文雅的乡间口谱挂在风先生的嘴上，他时不常地要朗声诵念出来：

烟锅烟，带过带，我到菊村买过菜。

菊村有个花姐姐，拽住我腰带不放开。

口谱的意思一目了然，讲的是个暧昧的事情哩。风先生不会往深处说，我也就没必要往深处问，就那么暧昧在听者的意识里吧，乐都不要乐。现在改叫召公镇，是否有那样一层意思，我不能妄说，但有一点是可以肯定的，那就是对历史人物召公的纪念了。不过我还是很喜欢原来的那个名字，即口谱里所说的菊村。为什么呢？因为这四句暧昧的口谱，很好地表明了这个原名叫菊村的镇子是很繁华的哩。对此，我的一些经历还可以证明，菊村确实是扶风县西北乡少有的一个大镇子。20世纪中叶时，镇子的城墙还雄伟着，根底上砌石，墙面上包砖，东南西北四座耸天接云的高门楼下，开着四道大榆木门，门扇上包着厚厚的一层铁，钉着一排溜一排溜的大铁钉，大铁钉各自戴着个拳头般的铁炮头，看着既牢靠又威严。我的老父亲跟集（赶集）上会，把我当作家里的小掌柜来培养，就让我伴在他的身边，背点儿旱烟或是干辣椒，到菊村镇的街市上售卖……因为年岁小，我听着风先生诵念的口谱，小眼睛很没出息地就要四处张望，想要看见口谱里说的那些花姐姐。

不消说，花姐姐是看见了呢。但我看见了花姐姐，却没见谁去拽谁的腰带。我因此还无端地生出了些失望感。失望的我，脑子转得倒是不慢，忽然就想起来，镇子名称既然叫菊村，就应该到处有菊花的呀！

然而我是只有失望了哩。满镇子里纵横交错的几条大街上，我张望了再张望，就是看不见一簇菊花的影子。也就是说，菊村没菊……善解人意的风先生看出了我内心的失望，就撺着我来，给我说了呢。风先生说的是过去，很久很久以前的过去了，那时这里的人家，是都喜欢菊花、热爱菊花、种植菊花的，不仅在自己的家里种植菊花，便是旷野之上，也到处都是人们种植的菊花哩。许多是人工种植的，而更多的是野生野长着的，每逢夏去秋来起霜的日子，菊花迎风顶霜而开，五颜六色，肆意地绽放着，不到深冬雪埋，菊花不会败落。

风先生给我讲述的菊村镇曾经的那一幅景象，还真的使人迷而醉之哩。不过我没有太过迷醉，即又听见风先生把我后来撰写的一篇名为《菊花赋》的短文，唠唠叨叨念出了声：

菊花何婍兮，高秋艳绝。清水洗尘，淡雅香透风摇。茂乎凝霜，轻肌弱骨流芳。清俊兴逸，金蕊映日流霞。娇柔妩媚，浅淡芳菲性空。孤标挺拔，豪迈爽气冲天。时风幽韵，傲秋百花羞煞。世风幽葩，凌寒诗风长天。

菊花何琦兮，高风声绝。郁乎垂光，陶潜采之东篱。避浊隐清，微之植菊绕篱。残秋风卷，放翁收菊为枕。流水歌吟，清照以菊自比。骞翮思远，诚斋乐菊鄙金。诗心墨染，钟会赋菊神驰。淡泊宁静，品高低调致远。

菊花何绮兮，高怀誉绝。灿乎秋表，疏篱晨霜朝阳。袖怀暗香，菊影障目雁行。微风翕动，云鬟轻拂毛嫱。应节顺时，弄芳荣华西施。红芒青柯，爱菊如痴福灵。绿叶缥枝，煌然挥藻人伦。沁润身心，气息通畅舒泰。

念叨罢我撰写的《菊花赋》，风先生没歇气地还给我说，那个时候这里不仅菊花烂漫，还有一棵古老的树，更是为人所尊崇、所敬仰呢！

我知晓那棵树的名字叫甘棠。

我起小跟着老父亲到菊村镇跟集上会，我的老父亲在把我们背到集市上的旱烟或者是干辣椒销售完了后，会牵着我的手，把我拉到一处羊肉泡馍的炉头前，从他裹着的腰带里抠出点儿小钱，给我叫一碗羊肉泡馍，让我慢慢吃；他自己则偏到一边的醪糟摊子前，把他从家里拿来的黑面蒸馍掰碎在一个残着口沿的破碗里，让卖醪糟的摊主给他煎煮了。我与老父亲各自吃罢羊肉泡馍和醪糟煮馍，再没有了事情做，就该回家里去了呢。然而没有，不知什么原因，我的老父亲总会自然而然地继续牵着我的手，去到那棵树冠很大的甘棠树下，在那里静静地坐上一会儿。

不只我和父亲要到甘棠树下坐一阵，来菊村镇跟集上会的人，似乎都有来甘棠树下坐一阵的习惯。

在甘棠树下静坐的次数多了，而我又没啥事干，唯一能做的，就是观赏这棵古老的甘棠树了。春天的时候，甘棠树会发出一蓬一蓬的浅黄色嫩芽，过些日子，嫩芽生长着，会变为浅绿色，进而还会变得深绿。在浅绿变为深绿的当日，从那密密麻麻的树叶里，生发出一小串一小串的花儿来，那花儿亦很小，米粒一般，但香气浓郁，直扑人的鼻孔。我与老父亲静坐在甘棠树下时，如遇甘棠开花时节，我即会不能自禁地抽动着鼻头，贪婪地嗅吸甘棠树的花香。那白得如云的小小花儿，一直会绽放到夏季。

夏初，花儿还没有全败，而青色的刺果即已挂在了甘棠树柔柔弱弱的枝头上，有风吹来，既会左右摇摆，还会上下跃动……不过静坐树下的人，不会让青果在树枝上活跃多久，任凭人们采摘，你需要了摘几颗，他需要了摘几颗。人们把甘棠果拿回家去，与车前草等一同架火煨汤，这汤既助人清凉，还能够解毒。

乡村中的人或畜，发生误食中毒的事情，没有什么比甘棠的青果更有治疗效果了。一次，我的口腔上火溃烂，老父亲便把甘棠树上的青果摘了几颗，拿回家来，给我煨服了两天，我溃烂的口腔就好了呢。

甘棠树的果子与叶子还可以煮水洗脚，能够预防和治疗脚气病。成熟了的果子取仁儿榨油，更是妙不可言，少量地食用一点儿，即可降低血脂，调节血压，促进身体的微循环，增强机体的抵抗力，使人延年益寿……就在我口腔溃烂的日子里，老父亲带我到菊村镇跟罢集，再次来到甘棠树下，不仅为了治疗我的口腔溃烂摘了几颗青果，还静坐在树下，嘴里不停地念叨什么，咕咕哝哝的。我想听清老父亲在咕哝啥话，可我怎么听都听不清楚。倒是守在甘棠树下的风先生，把我老父亲嘴舌上咕哝着的话听清楚了。

听清楚了的风先生，鼓励我的老父亲说："说吧，说吧。"

风先生说："好些日子了，来甘棠树下的人，没有不给甘棠树诉说的。"

风先生说："大家的日子过得苦，生活难，给甘棠树说说也好。"

风先生那么给我老父亲说着话，把我听得一愣一愣的，我起身想要投进风先生的怀抱里，被他抚慰抚慰……风先生张开了他的双臂，但我没能扑进他的怀里去。因为风先生似乎还有话说，他从容不迫，把《诗经》中一首名为《甘棠》的歌谣，带着些悲伤的语调，一字不落地诵念了出来：

蔽芾甘棠，勿翦勿伐，召伯所茇。

蔽芾甘棠，勿翦勿败，召伯所憩。

蔽芾甘棠，勿翦勿拜，召伯所说。

风先生把原文很好地诵念出来后，又给我用现代汉语解释了一遍。要说古人的诗句，是不好用今天的白话文来说的呢，说出来虽然好懂，却也会失去原诗的韵味。不过风先生的翻译倒是很有些意思，我是听进去了呢。他说："棠梨枝繁叶又茂，不要修剪莫砍伐，召伯曾经住树下。棠梨枝繁叶又茂，不要修剪莫损毁，召伯曾经歇树下。棠梨枝繁叶又茂，不要修剪莫拔掉，召伯曾经停树下。"我因此想到了我的老父亲，还有许多我不认识的老人，他们来菊村跟罢集，上罢会，不约而同地到甘棠树下坐一坐，甚至像我父亲一样，对着甘棠树咕咕哝哝地说些他们心里的话。原来他们还延续着一种远古时的传统，把想要说的心里话，说给他们见不着面的召公听。

可不是嘛，名为姬奭、受封召公的他，是很受百姓拥护和爱戴的。当时的他巡行乡里城邑，走到这棵甘棠树下，总会席地而坐，在树下听取老百姓的心声。如果谁有争讼的事情，也可以当面说给他，而他绝不推诿，当即会在甘棠树下给他们说理论法，给予公正的决断……总而言之，无论是他治下的侯伯，还是庶民百姓，都极尊重他的判决，不管多么棘手的争讼，经他判决都能各得其所，众人无不心服口服。召公的姬奭年老身死，而百姓感念他，你一嘴、他一嘴地围绕着这棵甘棠树，集体创作了这首歌谣《甘棠》，并由此还留下一个"甘棠遗爱"的历史典故。

那个曾在甘棠树下与老父亲一起感怀甘棠树的我，业已年逾七旬，在写这篇短章时，我与须臾不能脱离的风先生，一起又去了一趟菊村。

现在的菊村别说与召公那个时候不一样，便是与我小时候去过的菊村也不一样了，不仅我那时见识过的城门没有了踪影，便是如同西安城墙似的菊村老城墙也没有了踪迹。无序扩展着的菊村镇，大而无当，乱得让人难辨东西，更遑论南北，仿佛一位手艺极差的村妇在一口黑锅里摊大饼，摊饼用的面糊糊是新的，大饼却破破烂烂，使人不忍直视……不过有一点好，我是必须说的，那就是许多人的家门口都栽种了一种叫大丽菊的花儿，一簇一簇又一簇，一片一片又一片，或浅粉，或深红，倒也赏心悦目，烂漫得可以。

我不认识这身材高大壮硕的花儿，就问了跟我在一起的风先生，他说出了大丽菊的名字，并好心地说，此菊花非彼菊花，但终究有了菊花，有胜于无，还是值得庆幸的哩。

我赞成风先生的说法，就拿起我的手机，给艳丽的大丽菊拍了几张照片。然后就与风先生去找那棵历史闻名的甘棠树了。原来生长在菊村村口上的甘棠树，今天已经被圈围进镇子上新建起来的中学校园里了。我与风先生打听到了甘棠树的消息，就在杂乱的菊村镇街道上，兜兜转转，到了中学校园里……中学里的老师和学生，在我和风先生走进来时，全都在校园的操场上吃中午饭。他们面对着，或者围绕着的，就是甘棠树了。

对于眼前的情景，我与风先生都没有说啥。我相信风先生此刻与我心里想的一样，甘棠树能在这样的一种氛围里生长，倒是很有意义的哩。

我与风先生没有打扰吃中午饭的老师和学生，就那么安安静静地站在远处，遥遥观望着依然葳蕤的甘棠树。睹物思人，我没出声地与风先生一起，把《诗经》里的《甘棠》一诗，在心里细细地重温起来了……在我俩重温着的时候，一个召公辅佐过的王的形象，蓦然浮现在了我俩的眼前，那就是历史上满负骂名的周厉王了。这一位召公，不是《甘棠》诗里所写的召公，而是召公次子的后人召虎，也就是史书中所记述的召穆公。召公虎亦如他的先祖召公奭一样受人敬仰。

暴虐成性的厉王，把自己的朝政搞得极端混乱。别人不说话，召公虎却不能不说，不说不是他的品性。他仗义执言，惹得厉王很不开心，但他还要进谏……进谏没能阻止厉王的恶行，厉王多行不义而自毙，国人愤而反抗，把他赶出国都，还要揪出他的太子姬静。太子姬静逃无可逃，走投无路时，躲藏进了召公家里。愤怒的国人撵了来，把召公虎的家团团包围起来，胁迫召公虎交出姬静。交还是不交？召公虎权衡再三，以为姬静的父王有错是他父王的事情，太子没有错。所以他出面劝说国人："先前，我劝谏他的父王，他父王不听，所以才造成这次的灾难。我能理解大家的心情，但我不能交出太子让你们杀害他。那样做只是发泄怨恨，并不能解决问题。而且我受命侍奉君主，我的责任也不容许我交出太子。"召公虎的劝说起到了一些作用，国人不愿意为难他，但也不想饶恕太子。沟通仍僵持着，召公虎是无可奈何了，他因此忍痛把自己的儿子代替姬静交给了国人，方才避免了姬静被杀害的悲剧。

召穆公传承了先辈的美德，怀德守仁的召公奭，遗传基因真是太强大了，他自己也是做了很多很多好事。公元前1044年，召公奭跟随武王伐纣，在牧野之战中击败商军，商朝末代君主帝辛自焚而死，商朝灭亡。

在艰苦卓绝的兴周伐纣战斗中，武王的弟弟周公手持大钺，召公手持小钺，两人夹辅在武王左右。他们在取得了关键性战役的胜利后，举行了祭社大礼，向天下宣布周朝政权的建立。紧跟着大行分封制度，封功臣，封宗室，功劳巨大的召公被封在了蓟地，也就是诸侯国燕国。但召公没有前去就封，只是派他的长子姬克前往，他自己则留守都城，继续辅佐周王室。因为他的忠诚，武王再一次封赏了他，因此就有了今天扶风县的召公镇。

周武王去世后，其子姬诵继位，是为周成王。成王在位二十二年，因病亡故。临终时担心太子姬钊不能胜任君主之位，就还遗命召公与毕公率领诸侯辅佐太子。召公视年幼的姬钊为社稷的根本，不仅带他拜见先王庙，期望他向先祖学习，多节俭，少贪婪，以专志诚信统治天下，还奋笔疾书，写出《顾命》一文，教导姬钊。史书对此记载得很详细，言称召公辅佐成王、康王两代君主，开创了四十多年没有使用刑罚的"成康之治"，为周王朝的延续打下了坚实的基础。

正因为此，历朝历代都有大贤著书作诗，记述或歌颂召公的功德。《史记》有云："召公之治西方，甚得兆民和。"又云："召公奭可谓仁矣！甘棠且思之，况其人乎？燕外迫蛮貉，内措齐、晋，崎岖强国之间，最为弱小,几灭者数矣。然社稷血食者八九百岁,于姬姓独后亡,岂非召公之烈邪!"还云:"武王克纣,天下未协而崩。成王既幼,管蔡疑之,淮夷叛之,于是召公率德,安集王室,以宁东土。"后来的戴德在《大戴礼记》中也说:"洁廉而切直,匡过而谏邪者,谓之弼。弼者,弼天子之过者也。常立于右,是召公也。"据《晋书》记载,晋景帝对召公推崇不已:"朕闻创业之君,必须股肱之臣;守文之主,亦赖匡佐之辅。是故文武以吕召彰受命之功,宣王倚山甫享中兴之业。"盛唐名相房玄龄亦以召公为榜样,在《晋书》中写道:"萧曹弼汉,六合为家;奭望匡周,万方同轨,功未半古,不足为俦。"还有唐代史学家司马贞著《史记索隐》,评价召公云:"召伯作相,分陕而治。人惠其德,甘棠是思。"

历史上的召公,配得上《诗经·甘棠》的那一份美誉。三月花如白雪、八月果实累累的甘棠树,已然成了召公的化身和象征。后世的某位官员,如果有幸被拿来与甘棠并论,那就是对他最高的褒奖了。

周恩来总理生前即被人亲切地尊称为"周公"。周公虽非召公,但受人敬仰的程度没有什么差别。而且周总理亦特别喜欢海棠,他生前就特别着意中南海居所西花厅的那棵海棠花。周总理过世后,夫人邓颖超睹花思人,写了《西花厅的海棠花又开了》一文,回忆她与总理五十年来相依相伴的革命生涯。正因为此,许多人在文章里,以及心里头,会把周总理喜爱的海棠树与象征召公的甘棠树相比拟。

众人这样的一种心情,是很令人感动的。但从植物学的角度来讲,海棠与甘棠还是有区别的,哪怕是周总理居所西花厅门前的西府海棠,也只能说是海棠。

风先生就是一个海棠迷,在他眼里,因为生长于西府(周原一带)而得名的西府海棠比起别的海棠更加美丽。西府海棠树大花艳,花姿潇洒,花开似锦,既有"花中神仙"之称,更有"花贵妃"的美誉。行文至此,风先生来了劲头,他把陆游咏海棠的诗句轻轻念诵了出来:"虽艳无俗姿,太息真富贵。"风先生念诵完还要解释一番,说陆游的这两句诗写尽了海棠花的艳美高雅。他又念诵出了陆游咏海棠的另外两句诗："猩红鹦绿极天巧，叠萼重跗眩朝日。"他还解释说，陆游把海棠花的繁茂及其与朝日争辉的形象写绝了。

风先生记忆了许多有关海棠花的诗句，我也有许多关于海棠花的诗句于我的记忆里萦绕呢。

宋代刘子翚曾诗云："幽姿淑态弄春晴，梅借风流柳借轻……几经夜雨香犹在，染尽胭脂画不成。"他形容海棠似娴静的淑女，妩媚动人，雨后清香，难以描绘。而苏东坡亦为之倾倒，"只恐夜深花睡去，故烧高烛照红妆"。到了近现代，钟爱海棠花的梁实秋先生，在其散文《群芳小记》中对海棠做了一番描述："一排排西府海棠，高及丈许，而花枝招展，绿鬓朱颜，正在风情万种、春色撩人的阶段，令人有忽逢绝艳之感。"前人之于西府海棠的兴趣感染着我，我在我的扶风堂小院里就也栽植了一株，但还小着，不能大放光彩，不过总有一天，我的西府海棠，是也会嫩绿衬嫣红、艳丽世间的。

甘棠树的文字，书写到此可以结束了。可是一件名为瘕生尊的青铜器，突然地撞进我的意识里来，让我欲罢不能，我是还得续续呢。

风先生发现了我心里的图谋，他似真似假地把他如风般的巴掌抡起来拍在我的脸上，嘱咐了我一句话："为尊者讳，你不知道？"我当然知道，但事实摆在那里，还是以青铜铸造的方式记录下来的，我又如何讳哉？风先生的巴掌没有打掉我的主张，而是把我打到了两件瘕生尊的出土现场。

2006年11月的那天，天上飘着星星点点的细雪，就在召公原始封地上的扶风县五郡西村，取土的村民很偶然地刨出了一组西周时期的青铜器窖藏，出土器物27件（组）。其中两件带有铭文的五年瘕生尊最为重要，经专家后来研究，其上的铭文与业已传世的五年瘕生簋、六年瘕生簋上所记述的是一个事件，具有非常精准的连贯性。

风先生应该就在现场，因为他早在西周时青铜尊的拥有者府上，就见识了这两件尊器，再次眼见，不需要别人解读，他就看得懂琱生尊上的铭文：

唯五年九月初吉，召姜以琱生戠五、寻壶两，以君氏命曰：余老，止我仆庸土田多刺，弋许。勿变散亡。余宕其叁，汝宕其贰。其兄公其弟。乃余嘉大璋报妇氏，帛束、璜一，有司遝登两璧。琱生对扬朕宗君休，用作召公尊鍑，用祈通禄得屯霝终，子孙永宝用之享。其又敢乱兹命，曰：汝事召人，公则明亟。

从这两件青铜尊铭文记述的事情，可以清晰地看出召公（召虎）的另一面。一位名叫琱生的贵族因大量开发私田及超额收养奴仆，多次被人检举告发。正月的一天，司法机关再次到其庄园调查，朝廷指派琱生的堂兄弟召公负责督办此案。看到朝廷要动真格的了，琱生便采取贿赂召公的办法，让其网开一面。周厉王五年（前873）九月，琱生先给召公的母亲送了一件青铜壶，并请召母及其在朝廷做大官的丈夫向召公说情，希望大事化小，小事化了。为保证事情办成，琱生还给召公的父亲送了一个大玉璋。在召公答应了琱生的请求后，他还得到了琱生送给他在朝觐王时要用的一件礼器圭。

两件琱生尊上的文字与早已出土的五年琱生簋和六年琱生簋上的铭文相互印证，记录下了琱生的官司在召公的大力斡旋下，有了天翻地覆的大转机。给琱生透露这一信息的人，偏偏就是受贿于琱生的召公。召公给他说："这场官司终于平息了。你知道吗？这可都是因为我父母出面给我说了话。"召公不仅给涉事犯罪的琱生透露了如此重要的法律信息，还把判决书的副本作为还礼拱手送给了他。琱生不是傻瓜，他听得懂召公的意思，因此又给召公送了一块玉作为报答。

一场奴隶主权贵与国家司法较量的官司，就这么贿赂来贿赂去，最终以犯罪人琱生获胜而结束。

好一个不知羞耻的琱生，他赢了官司，喜出望外是肯定的。他应该安安静静偷着享受他的欢喜才对呀，可是没有，他居然还请了铸铜工匠，给他铸造了两件青铜尊、两件青铜簋以做纪念，并不知廉耻地把他行贿的细节，一字一字铸在器身上，永传后世。我在风先生的帮助下，既阅读过琱生尊上的铭文，还阅读了琱生簋上的铭文。我阅读着，除了觉得可笑之外，大概还是可笑了。这该是周朝贵族的真实写照，在他们眼里，行贿受贿、徇私枉法，原来是那样平常，拿人钱财，为人消灾，如此丑事，却也不以为耻反以为荣地铸刻在青铜器上，炫耀于世。这让今天的我，都要为他们脸红了。

劝谏厉王、辅佐宣王的召公呀，你是世之无双的正人君子哩！在决定血亲宗室命运的关键时刻，连亲生儿子的生命都不惜爱的人，却为什么不能抗拒琱生财贿的腐蚀呢？

"天下衙门朝南开，有理没钱甭进来。"风先生在我糊涂着时，嘲讽似的说了这样一句民间俗语。那我还能说什么呢？只好对着琱生尊静默起来。

纪四　墨竹·神仙图

瞻彼洛矣，维水泱泱。

君子至此，福禄如茨。

韎韐有奭，以作六师。

——《诗经·小雅·瞻彼洛矣》

凤翔城里曾经的普门寺呢？还有开元寺，如今都到哪儿去了？

没有风先生的引导，凤翔城里的人，今天怕是很难说得清了呢。好在我有亲密的风先生做朋友，他的记忆十分清晰。那天他伴随我辗转来到东城外机器声轰鸣的印刷厂西侧，给我说普门寺原就辉煌地耸立在这里；继续在凤翔城里寻觅，我俩寻觅到如今的水利局大门前，他给我说开元寺原就堂皇地矗立在这儿。风先生那么说来，脸上蓦地呈现一种凄然之色，他不无痛惜地又说："原有的两座寺内墙壁上，画圣吴道子，及诗佛王维，各有画作名世。任职凤翔府签书判官的苏轼，因为一次府衙会议，惹得他负气走上凤翔府的街头，独自游赏了普门寺，并写了一首《壬寅重九不预会独游普门寺僧阁有怀子由》七言律诗。

风先生太喜欢苏轼的这首律诗了，他见我作文有参考的需要，即附耳于我，轻声地诵念了出来：

花开酒美盍不归，来看南山冷翠微。

忆弟泪如云不散，望乡心与雁南飞。

明年纵健人应老，昨日追欢意正违。

不向秋风强吹帽，秦人不笑楚人讥。

除了普门寺，在苏轼为官凤翔府的时候，当然也去与之齐名的开元寺赏游了一趟。在风先生的记忆里，普门、开元两座寺庙的气质和气度，十分相近：你家寺庙的墙壁上有吴道子的宗教人物画，他家的墙壁上自然也有；你家的墙壁上有王维的墨竹文人画，他家寺庙的墙壁上自然也有。苏轼传之后世的《凤翔八观》诗中，排在第三位的《王维吴道子画》，给予了不容辩驳的证明。

热爱苏轼的风先生，深刻地记忆着那首诗作，他给我又附耳诵念了呢：

何处访吴画？普门与开元。

开元有东塔，摩诘留手痕。

吾观画品中，莫如二子尊。

道子实雄放，浩如海波翻。

当其下手风雨快，笔所未到气已吞。

亭亭双林间，彩晕扶桑暾。

中有至人谈寂灭，悟者悲涕迷者手自扪。

蛮君鬼伯千万万，相排竞进头如鼋。

摩诘本诗老，佩芷袭芳荪。

今观此壁画，亦若其诗清且敦。

祇园弟子尽鹤骨，心如死灰不复温。

门前两丛竹，雪节贯霜根。

交柯乱叶动无数，一一皆可寻其源。

吴生虽妙绝，犹以画工论。

摩诘得之于象外，有如仙翮谢笼樊。

吾观二子皆神俊，又于维也敛衽无间言。

如何理解苏轼的这首诗作呢？我难尽其意，只有求教于风先生了。风先生说："北宋文学家苏轼，眼观手摩，创作出的这首诗，充分表达了他对王维、吴道子绘画艺术的观感，极尽了他对吴道子佛像壁画的高誉，称誉其画笔的生动细致，以及创作灵感的高标，达到了他所期望的'求物之妙，如系风捕影'的神境。"苏轼对于吴道子的评论，用风先生的话说，几乎到了不吝词汇的程度。与此同时，还又极尽他的语言机锋，大夸大赞了王维的墨竹画，以为其不仅形容生动简练，还与王维本人高洁的人品、诗品，契合一致。

陪伴我在凤翔城里的风先生，既有回首千百年历史生活的能力，还可远观千里百里之外曾经发生过的事迹。正因为此，他把苏轼偶识吴道子画作而欣然题写的跋文，琅琅然诵念了出来：

> 知者创物，能者述焉，非一人而成也。君子之于学，百工之于技，自三代历汉至唐而备矣。故诗至于杜子美，文至于韩退之，书至于颜鲁公，画至于吴道子，而古今之变，天下之能事毕矣。道子画人物，如以灯取影，逆来顺往，旁见侧出，横斜平直，各相乘除，得自然之数，不差毫末，出新意于法度之中，寄妙理于豪放之外，所谓游刃余地，运斤成风，盖古今一人而已。余于他画，或不能必其主名，至于道子，望而知其真伪也。然世罕有真者，如史全叔所藏，平生盖一二见而已。

风先生诵念罢苏轼的跋文，没歇气地还说苏轼在给"史全叔"藏画跋文的时日，在宋元丰八年（1085）十一月七日。并说他识读我国历代题画诗以及题跋，是不可胜数的，但像苏轼这样借题阐发的艺术理论，既系统独到，又见解非凡，实不多见。

我认同风先生的观点，正如苏轼于文首所引《周礼·考工记》的"知者创物，能者述焉"，文学艺术的发展，有个逐渐完善的过程，"非一人而成也"。这也就是说，一位有成就的艺术家，既不能空无依傍地去创新，亦不能亦步亦趋地祖述前贤。为此，苏轼还列举了唐时三位最具代表性的人物杜甫、韩愈、颜真卿，来与吴道子类比，并一言以蔽之，"古今之变，天下之能事毕矣"，坚信他们四人在各自的艺术领域，皆达到了尽善尽美的程度。

苏轼如此推崇吴道子的绘画，坚守的是他关于"美"的一个基本定义。

风先生深知，苏轼的美学理想，都在于"美"必须"以数取"。吴道子笔下的人物，就很好地证明了"数"的重要性，必须在解剖、比例、形态、透视等方面，达到十分精确的程度，及至逼真到秋毫之末，都看不出什么偏差来。自然之数犹以灯取影般，"游刃余地，运斤成风"，规矩尺度细微到炉火纯青的绝妙境界，达至"盖古今一人而已"矣。

携手风先生游走在凤翔城里的我，为当年见识到王维墨竹图、吴道子佛教人物画的苏轼而开心，但不免又为我俩今日的寻访难觅而愤慨。

不肖后人，在时间里造了多少冤孽呀！想到这里，敬爱的风先生百感交集，热泪盈眶，他拉扯着我，离开凤翔城，向老子著述了《道德经》的秦岭北麓而去。路上，电影《少林寺》仿佛以蓝蓝的天作幕，浮现在我俩脑海中。少林寺十八棍僧，义救秦王（李世民），让观看者对有担当、重义气、舍生忘死为国家的武僧，不仅感慨流涕，更或敬仰落泪。风先生知道，在隋末唐初这一历史时期，少林寺十八棍僧的义举，只是带了个头，道家远祖李耳讲经论道的楼观台，在道长岐晖的运筹帷幄下，八十七道兵出生入死，血战关中留守阳世林，迎接唐王李渊入潼关，进长安，登基建立大唐盛世才是大戏哩！

隋唐史对此记载得非常明白。

因为道家鼻祖姓李名耳，也因为楼观台八十七道兵迎驾有功，唐高祖李渊以老子李耳作为自己的祖先了。因此，在他登基之日，即感其恩，联其宗，追老子李耳为他们李唐的世祖，赐田四十顷，在终南山北麓的楼观台，修建了一座恢弘的宗圣观，并大封楼观台道兵岐晖为金紫光禄大夫。

既如此，似还不能表达李唐宗室对楼观台八十七道兵的尊崇与怀念，到唐玄宗李隆基入住大明宫，做了大唐王朝的天子后，忽一夜长梦不醒，飘飘荡荡，翩翩然然，楼观台为李唐江山立下汗马功劳的八十七道兵，入得玄宗的梦乡，让他惊喜不已，又错愕不已。天明上朝，他即召来百代画圣吴道子，给他说了梦中之事，颁旨他再现他梦里的情景，彩绘于宗圣观的墙壁上，以供观瞻。

入宫为宫室内子弟授画的吴道子，领旨后没敢怠慢，寒来暑往，夜以继日，成功完成了《八十七神仙卷》绘画任务。在此期间，风先生寸步不离地伴在他身边，切实见证了吴道子的悟性。他在草绘《八十七神仙卷》时，没有简单地描绘岐晖和他的楼观道兵，而是严格遵照道家的规范，描绘出道教传说中的东华天帝群和南极天帝群同去朝谒元始天尊的情形。画成之日，他被唐玄宗封为内教博士。唐玄宗赏识吴道子的才华，以为十分真切地再现了他的梦境，在旨送草图去楼观台宗圣观时，还于大明宫举行了一场盛大的礼送仪式。

风先生记得很清楚，唐玄宗于礼送仪式上，还赐名吴道子为"道"，着他陪护《八十七神仙卷》，一同去楼观台宗圣观完成壁画并供养。

唐玄宗对吴道子的赐名，不仅吴道子欣然认领下来，便是广大道教中人，也都高兴吴道子所获赐名，先就称呼他为"吴道真君"，继而还称呼他为"吴真人"。吴真人的他，呕心沥血，彩绘出《八十七神仙卷》壁画来，供养在宗圣观。来这里朝圣的人，莫不额首称颂，顶礼膜拜，使得《八十七神仙卷》获得了前所未有的荣誉。然而，荣耀光彩的《八十七神仙卷》粉本，竟连风先生也未留神，不知何朝何代、何年何日流落到了民间。这幅画就在差不多要被人们所忘记的时候，却又奇迹般地出现在了世人的眼里。

我与风先生猜测，《八十七神仙卷》所以在民间默默无闻地流传，是有它自己的一个神秘的道理呢，它在寻找一个有缘的人，它幸运地找到了。这个人不是别人，正是开了中国画一代风气的徐悲鸿先生。

1937年春天，徐悲鸿携带着他数年精心绘制的百余幅画作，来到"东方之珠"香港，举办他的个人展。画展的成功自不待言，他沉浸在喜悦中，画了几帧扇面小画，意欲酬谢为他在画展上奔波忙碌的朋友。这时在香港大学任教的著名作家许地山先生，寻到他下榻的客舍里来了。撵去香港的风先生了解到，许地山受人之托，是来请徐悲鸿为受托人鉴赏书画的。

受托人是个金发碧眼的德国少妇，她的父亲在中国担任外交官多年，丈夫马丁先生又长期在华从事商业活动，有此两位亲人，让热爱中国艺术的马丁夫人，有了十分的便利，购藏了大量的中国艺术品。她对中国画，特别是中国的古画更是情有独钟，也不论这幅古画她知不知底，懂不懂得，只要撞在她的眼皮下就绝不放过。这次她收购回来的画作，存放在她香港的寓所里。

徐悲鸿本来推脱着不想去，许地山再三游说，他才勉强答应。正是他那一去，使得《八十七神仙卷》与他结下了多年的缘分，从此徐悲鸿对《八十七神仙卷》牵肠挂肚，既不能释手，更不能释怀。

在马丁夫人颇具欧陆风情的寓所里，一字儿摆着四只惹眼的樟木箱子。风先生随着徐悲鸿，在许地山的陪同下，踏入了马丁夫人的寓所，很是客气地坐在客厅的皮革沙发上，先就品味起了马丁夫人捧到他手上的英国红茶。有过欧洲留学经历的徐悲鸿，是尝得出英国红茶的妙处的，他只看了一眼茶盅里琥珀色红亮亮的茶汤，就知是英国红茶里的上品了。他轻啜一口，让红茶在他齿缝中滑过，即笑着通过许地山告诉马丁夫人，说她的红茶真是不错。接着说："好了，咱们鉴赏夫人收藏的画作吧。"

马丁夫人的心是忐忑的，她接过徐悲鸿的话说："你们中国话是怎么讲的？掌掌眼？"

徐悲鸿保持着一个艺术家该有的矜持，而随他来的风先生却没能够，抢着说："四个大木箱？"

听出异样声音的许地山，在一旁打起了圆场，说："夫人太热爱咱中国的文化艺术了。"

善解人意的徐悲鸿掩饰性地啜了一口红茶，手牵风先生，一起鉴赏起马丁夫人的藏画了。那一幅幅的古画，渐次展开在他俩的面前，两人看得清楚，其中不乏后人所作的赝品，但也不乏艺术精湛的传世佳作。特别是看到最后，马丁夫人把一卷虫蛀鼠咬，旧得不能再旧、破得不能再破的画卷，小心地展开来时，徐悲鸿和风先生的眼睛，蓦然发生了变化。他俩的目光是跟着整幅画卷的展开一点一点在变化的，起初只是有些发亮，跟着就有些灼热，到画卷全部展开时，两人的眼睛就热得快要燃烧起来了。

> 瞻彼洛矣，维水泱泱。君子至此，福禄如茨。韎韐有奭，以作六师。
> 瞻彼洛矣，维水泱泱。君子至此，鞸琫有珌。君子万年，保其家室。
> 瞻彼洛矣，维水泱泱。君子至此，福禄既同。君子万年，保其家邦。

与徐悲鸿一起观看古画的风先生，突然看到吴道子的真迹《八十七神仙卷》，不能自禁地就把《诗经》里那首《瞻彼洛矣》的歌谣，吟诵了出来。

我必须承认，风先生对一些历史事物和事件的认识，确有他独到之处。他突然吟诵出《瞻彼洛矣》，印证的该就是《八十七神仙卷》的宏大气度……

徐悲鸿和风先生因之不约而同地低语出了两个字：神品！

徐悲鸿还说："百年不遇的稀世珍品哩，非唐人手笔而不能，宋以后的画家没有谁能画出来！"

站立一边的许地山，亦为之而愕然。他说："难道是吴道子的遗珍？"

徐悲鸿是要回答许地山了，但风先生的嘴太快了，他说："非吴道子莫属。"

一个国画大师，一个国学大师，再一个阅历丰富的风先生，三人埋头在画卷上寻找着印证他们猜想的证据。可是没有，既没有中国画所有的款识，也没有收藏者的钤印，绢本白描的一幅长卷，几达300厘米长，30厘米宽的画幅上，干干净净，让他们遗憾着，却一点都不失望。特别是风先生，凭着他历史的识见，很肯定地与徐悲鸿耳语，《八十七神仙卷》定然是画圣吴道子的手迹了。

徐悲鸿闻言，向马丁夫人提出："卖给我吧，我要这一幅。"

不愧是商人，看着徐悲鸿痴爱《八十七神仙卷》的样子，马丁夫人说："这是家父的一件收藏，他在收购这幅古画时，付出了很高的代价。"

徐悲鸿得到此画的心情太迫切了，听马丁夫人那么一说，即从他的身上搜起了钱，左一把，右一把，把身上掏得分文不剩，拍在马丁夫人面前，说："我带到香港的钱就这么多，9000元的样子，不知夫人肯否割爱？"

马丁夫人盯着桌上的一堆钱，眼里有种意外的惊喜。她说："很抱歉。家父曾经关照过我，此画低于10000元是不能卖的。"

徐悲鸿点头说："请夫人宽限我几个时辰，我找朋友筹集你要的数儿，咱们一手交钱，一手交画，怎么样？"

拿出自己办展的几幅精品画作，徐悲鸿在朋友处筹集够了马丁夫人所要的10000元，终于把《八十七神仙卷》购买回来。自此，他日日观摩，夜夜研习，爱不释手，视为至宝。为了便于珍藏，他还托人小心地揭裱了一次，与他此前获得的武宗元《朝元仙杖图》，并排悬挂于画室里，仔细地比较了。不比不知道，这一比较，风先生就看出两幅画的相同和不同来。两画的相同点，主要在于画作的构图几乎相同，无非道教的教义"一气化三清"的图解。所谓"一气"就是指天地间的元气，经过幻化变为天界三位最高级别的神仙：玉清元始天尊、上清灵宝天尊、太清道德天尊。画面上簇拥围绕着三位天尊的侍从、仪仗、乐队，从数量上算，不多不少，也是一样的数量。但这样两个相同点，无法掩饰绘画功力的不同。

《朝元仙杖图》无论人物的造型还是神态笔力，都远远不及《八十七神仙卷》。

阅古知俗的风先生，自有他精到的判断，以为武宗元的《朝元仙杖图》为吴道子《八十七神仙卷》的摹本。见识过这两幅古画的张大千、谢稚柳，也秉持风先生的观点。

几双天才的慧眼，把一幅老旧不堪、没有名人或皇帝藏印题跋，亦没有作者款识的古画，推断为画圣吴道子所作，使拥有《八十七神仙卷》的徐悲鸿兴奋异常。他逢人即说购买到此画是他"平生最快意的一件事"，并郑重地在长卷上写了一段感情饱满的题跋："呜呼！张九韶于云中，奋神灵之逸想……与世太平，与我福绥；心满意足，永无憾矣。"他在题跋之前，还延请著名篆刻家陈子奋，为他专制了一方印章，于题跋末尾，钤了上去。

印章只有四个字，煮心滴血一般鲜亮：悲鸿生命！

把生命押在《八十七神仙卷》上的徐悲鸿，阻挡不住日本帝国主义的铁蹄疯狂踏上中国的领土。他们烧杀抢掠，无恶不作，孤单的徐悲鸿，和单薄的一轴《八十七神仙卷》，可能逃过这场滔天的大灾难吗？

徐悲鸿不知道，别的人也不知道。

痴爱《八十七神仙卷》的徐悲鸿无可奈何时，想了一个笨办法，那就是人不离画，画不离人，也就是说，人在画在，画在人在，《八十七神仙卷》与徐悲鸿的生命彻底地融为了一体。1941年末，为躲避的战火，徐悲鸿带着《八十七神仙卷》到达新加坡。在这里，他顺利地办了一场画展，随后还想辗转美国，继续他的画展，可是珍珠港事变，使他漂洋过海的计划落了空。而孤悬在太平洋上的新加坡，也随时面临日寇侵袭的危险。是去，是留，对徐悲鸿来说，都是个难以决断的难题。万般无奈，徐悲鸿把带到新加坡展览的画作，悉数交给新加坡的友人保管，唯将收藏的几幅珍品，带在身边，搭载一艘德国轮船，在日军向新加坡大举进攻的前夕，顺利返回祖国抗战的大后方昆明。

风先生牵念着徐悲鸿，他涉水跨海，先陪徐悲鸿一块儿去新加坡，再陪他一块儿回国来。他看得明白，《八十七神仙卷》是徐悲鸿头一件不可离身的宝物。

在昆明，徐悲鸿一日都不敢闲着，他画了一幅《愚公移山》的巨幅画作，举办了劳军画展，并把画展上的画作义卖出去，所获收入，全部捐献给在前线浴血奋战的将士。然而在一次躲避日军飞机轰炸的警报后，徐悲鸿回到他客居的寓所后，吃惊地发现，《八十七神仙卷》不翼而飞，这让徐悲鸿像是被人盖顶拍了一砖，两眼发黑，当下倒在地上，失去了知觉。

云南王龙云之子龙绳祖兄弟，平日与徐悲鸿多有往来，听闻此事，不仅登门看望了徐悲鸿，还请求他们的父亲着力查找，却也苦于线索皆无，而查无结果。

这件事，给徐悲鸿的打击太大了，从此落得个高血压的病症，让他终年服药，失眠头疼，便是小睡一会儿，梦里出现的也是还他那幅《八十七神仙卷》。这时的他，已与结发妻子蒋碧微协议离婚，他答应给蒋碧微100万元的补偿费，再加100幅画作。这样的一笔红颜债，在战乱的重庆，着实压得徐悲鸿不轻。他夜以继日地守在画室里，左手一个调色板，右手一管彩色笔，夜以继日地工作着。就在身患疾病的徐悲鸿，有些不堪忍受这一苦痛时，却在一个春暖花开的日子，他在成都的学生庐荫寰，给老师稍来了一封加急信，告诉老师，他在成都的一家古董店里发现了《八十七神仙卷》。

苦痛中的一个大喜讯啊！有人建议报警索讨，还有人建议登报索讨。徐悲鸿全都没有答应，他怕报警登报，可能讨不来《八十七神仙卷》，弄不好还会让藏画者为了逃避罪责而销毁画卷，那样的话，徐悲鸿说他自己也成了毁画灭迹的千古罪人。

思虑再三，徐悲鸿要想安全地获得《八十七神仙卷》，唯有回购一条路可走。

徐悲鸿没有自己出面，他托了一位刘姓退伍将军，到藏着《八十七神仙卷》的那家古董店里试探口风。古董店的老板倒也直爽，说他是为人代售的，人家给了一个价，谁出得起20万块银圆，谁就把画拿走……当时的成都，买所上好房子的价钱不过如此。消息传给重庆的徐悲鸿，他二话没说就答应下来了。徐悲鸿的理由很简单，再好的房子，其价值也不能与一件独具创造性的历史名画相比。

徐悲鸿为回购《八十七神仙卷》筹钱了。他筹钱的方法单纯极了，就是守在画室里，没日没夜地绘画。加之给蒋碧微的红颜债，他终于不堪劳累的煎熬，血压飙升，同时，又突患急性胃炎，手里紧紧抓着画笔，人却倒在了画案一边。

风先生为徐悲鸿而着急，四处寻找赏识他的友人。还别说，真被风先生给找到了，有位富商借了他一笔巨款，让他顺利地回购了被盗的《八十七神仙卷》！1953年9月，徐悲鸿不幸逝世，他后来的学生加夫人廖静文，遵从他的遗愿，将此画捐献给了国家。

我曾两次到楼观台游览，站在宗圣观的台阶上，总会浮想联翩，想起徐悲鸿视为生命的《八十七神仙卷》。后来，我抽空去了一趟北京，参观了徐悲鸿纪念馆，观赏了武警战士荷枪实弹保卫着的《八十七神仙卷》。那由唐玄宗李隆基颁旨、楼观台道长岐晖监制、画圣吴道子绘制的粉本《八十七神仙卷》，真个不失"曹衣出水，吴带当风"的妙然趣味，那种灵动飘逸，那种雅美传神，让我大有恍如隔世的感觉。

纪五　历王㝬簋

民亦劳止，汔可小康。

惠此中国，以绥四方。

——《诗经·大雅·民劳》节选

周厉王㝬簋的出土，可太蹊跷了呢。

这是风先生的认识，他灌输给我，使我也就那么想了。素有"青铜器之乡"称谓的古周原，每次有青铜器出土，都是窖藏着的，一窖一窖又一窖，莫不如此。我与风先生就一同见证过扶风县法门镇庄白村两次青铜器的出土。1976年，庄白村响应国家号召，大搞农田水利基础建设。劳作的村民偶然挖出一窖青铜器来，正清理着，不远处又挖出一窖来。赶到现场的考古专家，有先有后命名下来，就有了一号窖藏和二号窖藏之分。他们从一号窖藏中清理出103件青铜器，从二号窖藏里清理出9件青铜器……发现两次窖藏青铜器之后，扶风县接连还有几次发现，最近的要数五郡西村那一次。那天几个农民修缮冬季农田灌溉渠道，一镢头挖下去，当下就挖刨出一个青铜器窖藏来，比庄白村的窖藏少了点，却也出土青铜器27件（组）。如此说来，青铜器一般不可能被单件发现。

可偏偏那件厉王㝬簋，就单品一件被推土机推了出来。

我说蹊跷，风先生也说蹊跷，我俩所以觉得蹊跷，就在于厉王㝬簋的出土太单一了。五千年中华文化的发展，风先生心里有一本账，他知道青铜的鼎与簋，既是今人眼中的珍贵文物，也是祖先生存和发展进程的见证，更是积淀了我们民族的传统文化精神。鼎是什么？簋是什么？单纯说来，最早时的鼎就是古人烹煮食物的器具，而簋则是古人盛放食物的器具。随着社会的逐渐演化和发展，鼎与簋不断升格，就成为各级贵族的专用品，成为古代礼治社会的标志，也是经济权力的象征。

大禹铸九鼎，所标志的即为一统天下、建立夏朝的开端。

这一开端，有效传承了好几个朝代，自夏而商，又自商而周。大禹熔铸起来的九鼎，不远千里，辉而煌之地迁入周都洛邑，因此就有了"定鼎"一说。然而只有鼎，似乎不能满足权贵者的心理需求，便又加上了簋。很自然地，"九鼎八簋"之制，从此便成了中央政权的象征。春秋时，楚庄王曾向周定王的使臣王孙满问鼎之大小轻重。他所以"问鼎"，其用心昭然若揭，是明目张胆地觊觎国家的权力。这个权力是周礼规定的，什么人享用多少鼎、多少簋，可是绝对不敢僭越的呢，僭越就得掉脑袋。如天子就能享用九鼎八簋，诸侯则享用七鼎六簋，大夫享用五鼎四簋，元士享用三鼎二簋。

鼎与簋的配套成形，与周文王演绎而成的《周易》有极大的关系，所体现的还是"天人合一"的理想，既富和谐感，又具秩序感，还带有感性认识的直观特点，具有文化创造的朴素意识。

问题因此变得很突出了，厉王朕簋怎么就只出土了那一件？在我看到我的同事把碎成小片儿的这件青铜簋从土里拣出来时，并没有意识到其中的蹊跷。当其时也，我从就职的扶风县南阳公社拖拉机站调入扶风县农业机械局办公室工作，而陕西省实施的冯家山水利工程到了收尾阶段。工程规划在北干渠经过的扶风县法门镇齐村西南角的那片凹地上挖掘一座陂塘，平时把北干渠的余水储存起来，逢到天旱时灌溉再用。如此不仅能够节约水利资源，还可以抵御干旱，确保农业生产丰收。这项工程动员了数千民工，也动员了数十台东方红75推土机。刚到县农机局工作的我，便受命到齐村陂塘工地协调推土机的使用。

1978年的5月5日，我睡在工地上临时搭建的一个工棚里，凌晨两点左右，风先生钻进工棚里，拽住我的耳朵喊我了。

年轻的我正沉浸在自己的美梦里不能自拔，被风先生一折腾，我醒过来了。醒来的我是不快活的，正要与风先生吵闹时，一个上着夜班的推土机驾驶员，也像风先生一般冲进我睡觉的工棚，大喊大叫着，说什么他“推出鬼来了！”其张皇失措的样子，把从梦里醒来的我惹笑了。此前我阅读过鲁迅先生写的踢鬼的故事，知晓天下是没有鬼的，所以就不信鬼，便从简易的麦草铺上爬起来，拉住喊着“推出鬼来”的驾驶员，向陂塘工地奔去。在路上，驾驶员还心惊胆战地抖擞着身子，上牙磕着下牙，给我述说现场当时的情况。他说他正好瞌睡了，微闭着眼睛，驾驶着推土机匀速推着陂塘底部的土，忽然被一个硬物挡得熄了火。他以为碰到了石头，就重新把推土机发动起来，加大了油门，猛劲向前推了一下。

驾驶员说，正是他这一推，眼前蓦然冒出许多蓝色的火光！“啊呀呀，鬼火不就是蓝色的火光吗？吓死人咧！”

驾驶员的述说没有吓住我，我在前，他在后，我们一块儿向他驾驶的推土机那里走去。驾驶员不晓得，被他推出来的冒着鬼火的东西，的确不是什么鬼，而是一件难得的青铜宝器。事后经过专家清理整修，居然是一件罕见的西周青铜王器，即周厉王享用过的㝬簋。但当时的他，确实受了惊，幸运地把王器㝬簋推出来后，就大喊大叫地跑回工棚来找我，而没管护厉王㝬簋出土的现场。因此在我俩重新赶来时，在他驾驶的推土机周围，已经围拢了好几个人。他们像他一样，也是在陂塘底驾驶推土机的夜班司机，借着推土机散射的灯光，他们在推土铲前的湿土中，刨出了几片沾泥带土的东西，星星点点闪烁着翠绿的光。生活在周原故址上的人，也许无缘挖出青铜器，但传说中的经验告诉大家，青铜器在刚出土时就是那个样子。我此前有过挖刨出青铜器的经历，因此把那里的情景看了一眼，就给还在害怕的推土机司机不无欣悦地说了一句话：“你呀，把宝贝推出来咧！”

风先生当时也紧随着我俩，我说罢话后，他跟了两句。

风先生说：“你是有缘人哩！”

风先生又说：“看还把你吓的，青铜宝器被你推出来，是你的福气。”

推土机的驾驶员被我的一句话、风先生的两句话说得胆气上来了，他不再害怕，而是加快脚步，比我的脚步还快了许多，撵到他推出厉王鈇簋的地方，拦挡起在湿土中乱刨厉王鈇簋碎片的人。他一边拦挡着纷纷乱乱的手臂，一边给他们说我来了。他把我说得多么厉害似的，一口一句我是县农机局的领导，领导来了，看你们还乱下手。驾驶员说的话起了一定的作用，在湿土里乱刨的人都住手了。我走到他们跟前，把已经挖刨出来的青铜器碎片，从他们各自手边归拢在一起，安排驾驶员不要再发动他的推土机，就在现场守着，哪儿都不能去，我则撒开脚丫子，往六七里外的法门镇跑去。

我赶到法门公社的邮电所，给县文化馆打电话报告了消息，然后又跑回厉王鈇簋出土的地方，等着文化馆的人来。

那时的通信落后，交通也落后。县文化馆主管文物的专员听到消息倒是非常振奋，骑了一辆除了振铃不响别的零件都响的自行车，就往数十里开外的厉王鈇簋出土地赶来了。等他来的时候，清早的太阳升起都有半竿子高了。而这时听闻青铜器出土的人越来越多，不仅四邻八村来陂塘工地劳作的民工撵来了，便是周边村庄里的老百姓，也都呼啦啦地赶了来。人们把碎了的厉王鈇簋围得水泄不通，骑着自行车赶来的文化馆文物专员，急匆匆地把他的自行车往人群的一边摔过去，他自己则削尖了脑袋，从人群里往进钻。钻进来的他，只把几块碎片眺了一眼，就惊呼出了声。

他说：“这么大个家伙呀！”

后来我和他交往颇深，他是个痴迷文物的专家，叫罗西章。

因为罗西章的耳朵背，说话的声音就特别大。他把从湿土里分拣的部分青铜器残片收集进他带来的一个大麻袋里后，他不让别人动手，自己一个人在推土机推起来的湿土里，细细地翻，慢慢地找，又翻找出一些青铜器的碎片来。他将碎片装进麻袋，扛在肩上，扛去我住宿的工棚里，在那里往一起拼对了。拼对的结果证明了他的判断，但也发现还有许多缺失。缺失的残片去哪儿了呢？不用多想，除有个别小块的混入泥土中之外，其他的肯定被现场的民工捡走私藏起来了。

事不宜迟，罗西章当即向陂塘工程指挥部的领导做了专题汇报，建议在民工中征集缺失的青铜器残片。

当罗西章获知当晚的民工多是法门公社下康村人时，二话不说，骑着他那辆破旧自行车，黑水黄汗地赶到下康村来，联系到大队、小队的干部，找来当晚在工地劳动的村民座谈。罗西章苦口婆心，向在座村民宣讲政策，介绍青铜器物的价值，并且保证，凡自愿捐献者，他将论斤奖励，奖励金额高于废铜价（这是其时国家对文物奖励标准的一条不成文的规定）。座谈会开了一上午，发言的人不少，却没一点效果，既没人提供线索，更没人上交残片。没办法，罗西章住在了下康村，白天和大家一起劳动，晚上和大家睡在一个炕头。无论劳动还是休息，罗西章的嘴不停，说的都是一句话："青铜器是咱老祖宗留下的宝，被推土机推碎了，咱能让祖宗的宝贝一直碎下去吗？"正是他的锲而不舍和真诚耐心触动了村民的心灵，有人找到他开口说实话了，而这已是罗西章住在下康村的第十天。那人不仅开了口，还带头交了几小块青铜器残片，按照规定，罗西章当下兑付了承诺的奖金。局面因此而大开，人们纷涌而来，竞相交来捡拾到的青铜器残片。有个村民先后交了三次，先交的小点儿，后交的大点儿。功夫不负有心人，就这样，罗西章征集到了大小残片30余块，重的有100多克，小的只有50多克。

一件完整的大型青铜器被推土机推碎了，但推碎的碎片又都征集了回来，罗西章还是很高兴的。他把所有的残片运送回县文化馆，本想立即着手修复，但刚巧赶上一年一度的"三夏"工作，他就只有随大流下乡去了。

手上、脸上晒脱了一层皮，晒得黑如木炭的罗西章直到7月中旬才回到文化馆来。洗去一身的尘灰，即开始了对青铜器残片的拼对修复。当时，国家文物的修复管理不像现在那么严格，他提出一个简单的修复方案，报告馆领导同意后，就有板有眼地做开了。此前，罗西章已打听好了，原城关公社农机修造厂的李义民师傅是个远近闻名的氧焊工。他借了一辆架子车，拉着所有的青铜器残片，到农机修造厂找到李义民师傅，俩人便商商量量地焊修了起来。

焊修一件器型巨大的青铜器，对罗西章来说是头一回，对李义民师傅来说也是头一回。尽管他俩一个是青铜器研究方面的专家，一个是氧焊方面的能手，但真正做起来，却并不是那么容易。他们遇到的头一个问题，便是器物的对接整形。因为青铜器不比陶器和瓷器，后二者遇到重压碎裂后是不变形的，有残片在，拼对粘接要容易一些；而青铜器就不同了，重压之下碎裂的残片，往往不复初时的形状，拼对起来尚不容易，焊接起来困难更大。但困难再大，还是没有他俩的办法大。很快，土法上马了。他们找来几块小木板，垫衬在青铜器残片的两侧，钳在虎头钳上，然后用一把硬木槌，轻轻地、慢慢地敲打校正。事实证明，这在当时应是一个很好的办法，既能达到整形的目的，又不至于损伤铜器，尤其是铜器表面的纹饰和铭文。

敲敲打打半个多月，这才使变形的残片严丝合缝地对接了起来。可这只是万里长征走出的第一步，要把对接起来的裂缝焊在一起，就又有新的问题出来了。几千年前的青铜器物不吃今日的氧焊，试验其他一些焊法，比氧焊的问题更大。最棘手的是，刚把裂缝焊起来，因为热胀冷缩以及古器物年久锈蚀等原因，就又照着原来的缝隙裂开了。这可难坏了两位勤劳苦干的人。其时正值8月初，赤日炎炎，他俩围在氧焊机前，急得一头一脸的汗水，却干着急没有办法，两个人的嘴上都急得起了火泡。

还是李义民师傅办法多，他想到了传统的锡焊法，并想方设法找来乡间游走的锡焊工匠，架上一座黑炭小火炉，用一把锡焊的焊头，点粘上烧熔的锡液，在厉王簋的裂缝上，这里点焊一下，那里点焊一下，还真就解决了问题。这个办法太熬人了，费时费力，但这难不倒他们。二十多天的时间，他们被滋滋燃烧的焊花烧红了眼睛，却也使一堆残碎的青铜片摇身一变，成为一个完整漂亮的巨型青铜簋。

在李义民师傅专意整修青铜器的时候，罗西章除了搭把手外，更专心于青铜器铭文的解读。那时候罗西章的金文鉴识水平还不能说有多高，但他还是读出了其中的一些深义，知道这是一件重要的王器。后来，由文物研究专家组成的专家组充分肯定了罗西章的观点，认为124个铭文，记载了周王朝第十位国王——周厉王祭祀祖先的祝词。因为此，整修出来的这件王器，就被命名为了厉王簋簋。

风先生那些日子，把他的兴趣点和兴奋点，全都寄托在了厉王簋簋身上。看着出土时被推成一堆碎片的厉王簋簋，风先生心疼不已；眼见着又被修复成一个完美的厉王簋簋，风先生自然开心快乐了哩。

开心快乐着的风先生，在专家组鉴别厉王簋簋的等级时，不禁歌之舞之，足之蹈之，还把《诗经》中的那首《民劳》歌谣颂唱了出来：

> 民亦劳止，汔可小康。惠此中国，以绥四方。无纵诡随，以谨无良。式遏寇虐，憯不畏明。柔远能迩，以定我王。
>
> 民亦劳止，汔可小休。惠此中国，以为民逑。无纵诡随，以谨惛怓。式遏寇虐，无俾民忧。无弃尔劳，以为王休。
>
> 民亦劳止，汔可小息。惠此京师，以绥四国。无纵诡随，以谨罔极。式遏寇虐，无俾作慝。敬慎威仪，以近有德。
>
> 民亦劳止，汔可小愒。惠此中国，俾民忧泄。无纵诡随，以谨丑厉。式遏寇虐，无俾正败。戎虽小子，而式弘大。
>
> 民亦劳止，汔可小安。惠此中国，国无有残。无纵诡随，以谨缱绻。式遏寇虐，无俾正反。王欲玉女，是用大谏。

历史文化知识深厚的风先生，怕我听不懂《民劳》歌谣的内涵，就在后来的日子，给我用白话文做了非常精到的解释。他说全诗五章，先说"人民实在太劳苦，但求可以稍安康。爱护京城老百姓，安抚诸侯定四方。诡诈欺骗莫纵任，谨防小人行不良。掠夺暴行应制止，不怕坏人手段强。远近人民都爱护，安我国家保我王"。再说"人民实在太劳苦，但求可以稍休息。爱护京城老百姓，可使人民聚一起。诡诈欺骗莫纵任，谨防歹人起奸计。掠夺暴行应制止，莫使人民添忧戚。不弃前功更努力，为使君王得福气"。还说"人民实在太劳苦，但求可以喘口气。爱护京师老百姓，安抚天下四方地。诡诈欺骗莫纵容，反复小人须警惕。掠夺暴行应制止，莫让邪恶得兴起。仪容举止要谨慎，亲近贤德正自己"。又说"人民实在太劳苦，但求可以歇一歇。爱护京师老百姓，人民忧愁得发泄。诡诈欺骗莫纵任，警惕丑恶防奸邪。掠夺暴行应制止，莫使国政变恶劣。您虽年轻经历浅，作用巨大很特别"。更说"人民实在太劳苦，但求可以稍舒服。爱护京师老百姓，国家安定无残酷。诡诈欺骗莫纵任，小人巴结别疏忽。掠夺暴行应制止，莫使政权遭颠覆。衷心爱戴您君王，大力劝谏为帮助"。把《诗经》里的《民劳》一口气诵念罢的风先生，没有歇气，就又把厉王鈇簋上的铭文叩念了出来：

王曰：有余隹小子，余亡昼夜，经拥先王，用配皇天，簧萧朕心，坠于四方。肆余以囗士献民，再盩先王宗室，鈇作尊彝宝簋，用康惠朕皇文剌祖考，其格前文人，其濒在帝廷陟降，申恪皇帝大鲁令，用令保我家、朕位、鈇身，咜降余多福，宪烝宇慕远猷，鈇其万年簋，实朕多御，用囗寿，匃永令，畯在位，作疐在下，隹王十又二祀。

像诵念《诗经·民劳》一样，风先生把厉王鈇簋上的铭文叩念出来后，也释成白话文叩念了一遍。

风先生叩念说："厉王自己说了，我作为先王的晚辈，在位上无昼无夜，遵循先王的遗训，努力经营，以配皇天，将盛美之意撒向四方。我尽力任用义士献民，巩固周先公建立的宗室。鈇今作此宝簋，告慰先宗列祖、有文德之先人，请常来往于天庭之所，保佑周室、王位和我自身，赐降多福、保我长寿。先王永命，保我山川林泽专有利益，作固在下。"

一首《诗经》里的歌谣，一篇厉王敓簋上的铭文，风先生在诵念和叨念时的语气明显有异。诵念前面的歌谣时，他的口气是崇仰的；而叨念后面的铭文时，则满是讥讽与嘲弄了。

风先生有此截然不同的语气原因在于，《诗经》里的《民劳》，依照《毛诗序》的说法，是召穆公写来刺厉王的。《郑笺》云："厉王，成王七世孙也。时赋敛重数，徭役繁多，人民劳苦，轻为奸宄，强凌弱，众暴寡，作寇害，故穆公以刺之。"可不是嘛，《民劳》每章的前四句都在强调安民是保国的前提，警诫统治者必须让民众能够休养生息，再三强调民众的劳苦，可见在厉王统治时期，这是一个多么严重的问题呀！

相传《民劳》为召公劝谏厉王作的一首诗，然而刚愎自用的周厉王，哪里听得进《诗经·民劳》对他的劝谏，他依然故我，对人民进行残酷的统治。人民有意见，他不仅不听，还实行严刑峻法，宠信一名叫荣夷公的大臣。荣夷公自恃有厉王撑腰，更是罔顾所有，利用他的特权，搜刮民财，欺压百姓。周厉王在荣夷公的教唆下，对内封山占水，霸占了一切湖泊、河流，垄断山林川泽的一切收益，禁止老百姓上山砍柴打猎、下河捕鱼，断绝了广大人民群众的生计，对外兴师动众，征伐邻邦，不断加重老百姓的负担。他的倒行逆施、横征暴敛，引起了广大人民的强烈不满，朝野上下，杀机四伏，人人自危，民怨沸腾。作为厉王的卿士，颇受百姓爱戴的召公，听得到国人的议论，看得见社会的动荡，他心里是不安的，就进宫去见厉王，好言好语地劝说他："荣夷公的做法，百姓忍受不了。您如果不趁早收回给荣夷公的特权，百姓就要暴动了，出了乱子就不好收拾了。"你猜厉王会怎么样？他能听召公的话吗？当然不能了，能听他就不是周厉王了。他当着召公的面，很是不屑地撇了撇嘴说："这点小事情，我自有办法对付。"于是乎，周厉王颁下政令，禁止国人批评朝政。他还从卫国找来一个巫师，要他专门刺探批评朝政的人，告诉他说："如果发现有人在背后诽谤我，你就立即报告，我会严惩这些刁民。"于是卫巫派了一批人到处察听，这批人经常借机敲诈勒索，谁要是不听话，他们就诬告谁谋反。

厉王不分青红皂白，凡是卫巫报告，他就杀人，也不知砍了多少国人的脑袋。

在这样的高压下，国人真的不敢在公开场合议论国事了。便是在路上相互碰面，再熟的人，哪怕是自己的故交，甚至是亲兄弟、亲姊妹，也不敢交谈招呼了，而只是交换一下眼色，即匆匆地走开。

荣夷公和卫巫把这样的状况报告给周厉王听，厉王听得高兴，还有意召见了召公，不无得意地对他说："你看，现在老百姓都同意我的做法，没有人反对了呢。"

召公能咋办呢？他只有叹气着给厉王说："您这是强行封老百姓的嘴，哪里是老百姓真就没有自己的想法了啊！这怎么行呢？堵住人的嘴，不让人说话，比堵住河流还要危险呢！治水必须疏通河道，让水流到大海；治理国家也是一样，必须引导百姓说话。硬堵住河流，等到决口时，伤害的人一定会更多；硬堵住人的嘴，比堵塞河流的后果更为严重，是要闯大祸的呀！"

那时的人，分为国人、郊人、野人。国人住在都城里，郊人住在郊区，也就是劳苦的庄稼人，野人自然居住在野外了。郊人和野人，似乎还蒙昧着，而居住在都城里的国人，觉悟得要快一些，他们越来越不满厉王的暴政虐刑，却敢怒不敢言。偏偏就在这个时候，得意忘形的周厉王，还让宫廷里的铸铜工匠，按照他的旨意，熔铸了那个大得出奇的青铜簋，自吹自擂，自夸自傲，铭文颂扬他如何勤政爱民、施恩布惠，深得百姓的拥戴，希望他万寿永命、长在王位。

周厉王的寡廉鲜耻、口是心非，是他自己的悲哀，亦是国人的悲哀。

前841年，周厉王的暴政终于让国人忍无可忍，大家自发地举行了一次大规模的暴动。起义的国人围攻王宫，要杀厉王。厉王得到风声，慌忙带了一批人逃命，一直逃到黄河边，在彘（今山西霍州市）停下来，并于十四年后死于该地。

"防民之口，甚于防川。"出自《国语·周语上》的这句话后面还说，"川壅而溃，伤人必多，民亦如之。是故为川者决之使导，为民者宣之使言。"我亲爱的风先生，把这段古人的经典语言插进来，给我说了后，还不无哀伤地继续说。

他说中国历史上有很多这样的统治者，他们荒淫无道，但又怕人民议论，就采取了压制社会言论的措施，以为如此就可以高枕无忧、平安无事。这种做法愚蠢至极、掩耳盗铃，又岂能堵得住老百姓的口舌？他们这么做来，不仅使下情无法上达，错误的政策得不到纠正，还会加剧社会矛盾。而更可怕的是，民众虽然嘴上不说，但心里却充满了仇恨，只要社会矛盾达到临界点，大规模的暴乱必然爆发，从而给社会造成极大的破坏。

秦始皇统一中国后发布了焚书令，"偶语《诗》《书》者弃市，以古非今者灭族"，思想专制达到无以复加的程度。同时，他还规定了"诽谤"的罪名。秦始皇三十五年（前212），侯生、卢生说了秦始皇的坏话，秦始皇就以"诽谤"之名调查咸阳的知识分子，并由此造成"坑儒"一案，立下了"诽谤者族"的法令。次年，天降陨石，有人在其上刻了"始皇帝死而后分"几个字。由于没有抓到刻字的人，秦始皇竟以诽谤罪把在陨石旁居住的人全部杀死。正因如此，他统一之后十几年，秦王朝就被人民起义的烽火焚毁了。

西汉王朝初建时，仍然保留了秦朝的诽谤罪名。贤明的汉文帝即位后第二年（前178），即毅然将其废除。他说："古之治天下，朝上有进善之旌、诽谤之木，为的就是通达治道而招来谏言者。现在的法律有诽谤妖言之罪，这就使得众臣不敢尽情，在上者无由闻听过失。如此一来，怎能招来远方的贤良？应当废除。"接着还说："小民有时诅咒谩骂上边，官吏以为大逆不道；小民说其他的话，官吏又以为诽谤。小民愚昧无知，因为此种原因将他们处死，我不赞成。从今以后，有犯此罪者不许惩治。"

正因为此，才有了后人津津乐道的"文景之治"。

"让人说话，天不会塌。"风先生总是那么善抓机会。他此言一出，就还顺口说了古人说过的一些话，什么"兼听则明，偏听则暗"，什么"良药苦口利于病，忠言逆耳利于行"。

风先生说的那些话，谁不知道呢？但事到临头，谁又做得到呢？

纪六　匜上法典

敬天之怒，无敢戏豫。敬天之渝，无敢驰驱。

昊天曰明，及尔出王。昊天曰旦，及尔游衍。

——《诗经·大雅·板》节选

古周原上的岐山县董家村人记得，清朝道光二十三年（1843），他们村就出土了一窖青铜器。

这件事曾轰动一时，回荡在古周原上的风先生，自然也记着。他记得收藏在台北故宫博物院的毛公鼎，就是那窖青铜器里的一件。1975年2月2日，也是农历小年，距上次出土青铜器已有一百三十二年，这个背靠乔山、面向渭河的小村庄，再次出土了一窖青铜器。先知先觉的风先生，那天清晨，已游走在冷寂的街道。

小年也是年，而且不容忽视。供奉在家里的灶王爷，这两天要到天上去，报告这家人的吉祥或者不吉祥，如此重要的事情，任谁都会重视的呢。家家户户的当家人，准备好蜂蜜，在灶王爷的嘴巴上抹了，希望他老人家能够"上天言好事，下地降吉祥"。

董家村的人心怯怯地，都这么预想着。他们没有想到，那个预想中的吉祥，像挂在村头大槐树上的铁钟，在生产队长董宏哲摇着钟锤的绳子，一下下、一下下激烈的敲击声里，迈着快步向他们走来了……庄稼人那个时候因为要"农业学大寨"，干活习惯了起早，趁着田野新鲜的空气，干一阵农活后再回家吃饭，把一天三晌分成五晌干。董宏哲安排好社员们当天的活儿后，带着几个人来到村西的土壕里挖土。眼看着村子里炊烟升起，该是大家回家吃早饭的时候了，恰在这时，董宏哲的叔叔董天有抡起的镢头，挖了下去。就是这一挖，让他的心抖了一下。他把董宏哲叫来，给他说："这下边有货。"

风先生太了解庄稼汉们了，经验丰富的他们，手上都是长眼睛的，挖在石头上是啥感觉，挖在树根上是啥感觉，心里头都有数。

村里原来就挖出过青铜器"金贝"，叔叔董天有现在所说的"货"，是不是早前在村里出土的宝贝呢？董宏哲没敢多想，而风先生心里已有了底，他把离他叔叔还有一段距离的董宏哲，拉扯到他叔叔跟前，让他接过叔叔手里的镢头，照着叔叔刚才挖的地方又刨了。董宏哲没敢用力气，他只轻轻地刨了一下，便听"咣"的一声，感觉他握在手里的镢头，刨在了一个硬物上面。他感觉得到，叔叔说得不错，就扔下镢头，弯腰拿手去刨，刚刚刨去一层浮土，就看见一个满身绿锈的物件露出了圆圆的一角。

站在一边看着的董天有忍不住一声惊呼："果然是宝啊！"

闻听此言，收拾起镢头和锨的村民，把回家吃饭的脚步又收了回来，呼啦啦围拢过来，七嘴八舌地说："快挖出来看看，到底是些啥宝？"

作为生产队长的董宏哲，早先听到过这方面的宣传，知道地下文物的可贵。在这时候，他的领导作用在风先生的鼓动下，充分地发挥起来，他十分强势地告诫大家，不要乱挖乱刨。风先生赞赏董宏哲的决策，因而不自禁地给他耳语说："百年前，你们村因为青铜器的出土，腥风血雨，遭了多大的难呀！现在好了，你们村又有青铜器出土，那是你们村的福。"风先生还告诉他说："与你们村相隔不远的贺家村，正有一个施工的考古队，你在这里保护现场，我速去那里，让他们前来发掘。"

后来被命名为董家村一号窖藏的青铜文物，就这么展现在了世人面前。

爱好文物的风先生，那些个日子，如是一个文物考古的专家一般，守在董家村一号窖藏的发掘地，见证了每一件窖藏青铜器的发现。到了最后，他挨个数了一数，不多不少，正好37件。风先生的眼睛，仔细地触摸着这批青铜器，他着急青铜器能否有一个安全的去处。素有文物"西霸天"称谓的罗西章，从扶风县文化馆，打电话给宝鸡市文物专家的胡智生，两人相约到董家村来。在队委会议室里看到的这批青铜器，还未清理，一个个的，都粘着疙里疙瘩的黄土和铜锈。为了早日揭开这批青铜的神秘面纱，罗西章和胡智生买了两个西瓜，借了两领凉席，拉了一支100瓦的灯泡，连夜对这批青铜器进行清理。风先生一晚上陪在他俩的身边，直到次日上午8时多，才把全部的青铜器清理出来。风先生惊喜不已，因为这些青铜器上的铭文特别多。

回想那个不眠的夜晚，风先生感慨良多，他给我说了，罗西章和胡智生没有运用任何工具，他俩就用自己的手指，一个一个抠出了青铜器上的那些铭文。

罗西章和胡智生抠着青铜器上的铭文，抠到后来，把他俩的手指都抠出了血……心疼着两位专家的风先生，一边往他们流血的手指上吹气，减缓着两人的痛感，一边帮助两人清点抠出铭文的青铜器，居然达30件之多，而字数更多达2000多个。在青铜器研究专家的眼里，铭文之珍贵已不是惜字如金等词语可以形容的，而是一字千金！这么多带有铭文的青铜器从董家村一窖出土出来，无疑是个惊天的大发现，其价值无法估量。其中的二十七年卫簋、三年卫盉、九年卫鼎、五祀卫鼎，被研究者统称为"裘卫四器"的器物，经后来的专家鉴定，被列为国宝文物。

那么，何为"裘卫"呢？风先生是清楚的，他说那就是周王室里一个管理"裘"亦即皮衣作坊的官吏，他们家族的姓氏为"卫"，这几件青铜器就是他们卫氏家族铸造的。上面的铭文记载了裘卫出租、交换、赠送土地等事，是奴隶制社会土地国有制被破坏的佐证。

在这一批文物中，我最关注的是那个曾被董家村人当作枕头的㿟匜。风先生知道，我无意说笑，董家村一号窖藏青铜文物出土后，因为难以确定收藏在哪里，只好先保存在出土地董家村了。谁能想到，这一放竟然放了八个月。这可难坏了董宏哲，作为生产队长的他不能不为这批青铜文物负责，放在队委会办公室里还放心不下，就安排村民轮流看护，别人都忙不开时，他就要自己上阵。白天还好过，晚上总得睡一会儿吧。为那批青铜器操着心的风先生，自觉自愿地守在青铜器的队委会里，他看见守夜的董宏哲，从那37件器物里随手取了一件适合做枕头的，就枕着它休息了。

董宏哲做枕头的青铜器，就是那件后来被命名为㿟匜的器物。他枕了后，再来队委会办公室看护青铜器的村民，也会拿它作枕垫头。天热了，有人还会在㿟匜的腹腔里盛上凉水，然后盖上盖子，头枕上去，既凉快又舒服。

风先生给我叙述㿟匜保存在董家村，被村人拿来作枕睡觉的事，把我惹笑了。我能理解，憨直淳朴的庄稼汉，哪里知道这是一个无价之宝。想想也是，在全世界，能把国宝当枕头用的也许就只有他们董家村人了。

在我着手写㿟匜之前，约了风先生，专程去观赏了一回。我惊叹这个博物馆馆藏文物的丰富，这个小动物似的匜放在其中，是那般其貌不扬。不过，细心看，就会发现匜的精妙和与众不同。整件器物的造型仿佛一头小兽，四足看上去刚劲有力，栩栩如生，尾巴环了起来，自然成了一个把手。宽宽的流口，平直向前伸出，略微有点上扬，作昂首屹立状。圆圆鼓鼓的腹部，给器物平添了几分生动与可爱。而最为巧妙的是，人关匜的身上配了一个平盖，在盖的前端上突出了一个虎头造型，威风凛凛地覆于流口之上，似猛虎前瞻，与器物口沿下装饰的窃曲纹、凸容纹相映生辉。

我被这个匜深深地吸引着，知道它是三千年前由负责管理周室裘皮制作的姓㿟的人攒钱铸造的，因此这个匜也叫㿟匜。

一个负责管理制作裘皮的人，能有如此情怀，使我感佩不已。我是有话要说的，可是风先生抢在我的话头前说了，他没说那位管理制作裘皮的人，而是说了古人的日常用具匜。成语词典里的"奉匜沃盥"讲的就是这个理儿，即所谓人的一种礼貌行为。古时祭祀、宴饮前，都要行沃盥之礼。所谓沃盥，就是用水注洗，多指洗手。奉匜，就是指主人端着盛有水的匜，下接一个水盘，给盥洗者（客人）浇水、接水。当时的朝廷或官府里，都有这样的专职负责人，而且给他们封了官职名称，是为"小臣"。风先生检索《周礼·夏官》，发现就有"小臣掌王之小命……大祭祀，朝觐，沃王盥"的记载。风先生知晓这是服王命，他还检索《仪礼·公食大夫礼》，发现其上也有十分明晰的记载："小臣具盘匜。"公侯贵族接待宾客士卿，都是要小臣来侍候沃盥的。

沃盥作为一种礼俗，慢慢地从周王室推行到了民间，平常日子，晚辈对于长者，包括自己的父母、师长等，也是要这么对待的呢。每天清晨起来，送水给父母、老师洗脸。

风先生检索资料，发现《礼记·内则》里更是强调在很多场合，要"进盥……请沃盥，盥卒，授巾"，即晚辈待父母、舅姑盥洗完毕，还要递上拭巾，让他们擦干。后来的《管子·弟子则》里亦强调："少者（弟子）之事，夜寐早作……揭衣共盥，先生乃作，沃盥彻盥。"看清楚了吗？做学生的，清晨起身，趁先生还睡着的时候，要提起衣衫，脚步轻轻地将洗脸水送到房内。"共盥"即"供盥"。等到先生起来，就得奉匜盘给先生洗脸，洗毕再把盥洗用具收拾好。

新婚夫妇进入洞房后，相互间也要行沃盥之礼。风先生翻阅《仪礼·士昏礼》，发现就有这样的记述："媵御沃盥交。"何者为媵？就是随嫁之侄娣，初入洞房的随嫁者要为新郎奉匜沃盥；何者为御？就是侍候新郎的女仆，她们要为新娘洗盥。

在风先生的记忆里，《左传·僖公二十三年》还详细地记录了晋国公子重耳迎娶秦穆公女儿的过程，其中就有一段行沃盥之礼的记述："秦伯纳女五人，怀嬴与焉。奉匜沃盥，既而挥手。"这里所说的怀嬴也是秦穆公的女儿，她在晋国太子子圉质于秦时，嫁给子圉。后来，子圉逃回晋国为晋怀公，嬴氏虽未随他去，但按例改称怀嬴。待秦穆公纳女于重耳，怀嬴是随嫁的人。怀嬴以随嫁的身份入了重耳的内室，地位自然低了许多。这也是重耳轻视她的原因，在她为重耳奉匜沃盥之后，还未能给重耳授中，傲慢的重耳即"挥手"甩净手上的水。当然，这便是非礼了，自然为秦穆公女儿怀嬴所不满，怒冲冲丢给了他一段话："秦、晋匹也，何以卑我？"怀嬴这么一怒，重耳态度马上转变了，他向怀嬴检讨自己失礼，为没有尊重怀嬴，求她谅解。

便是周原故地的西府，到了今天，新婚夫妇还严格地遵守着"沃盥交"的习俗。此外，家里来客，主人必然会打来一盆清水，让客人洗手后，在一旁递上毛巾，看着客人擦干手上的水渍，再接过来，在水盆里濯洗一遍后，拧干搭在一边，等到用时再取。

如此古风，我从西府老家背井离乡几十年，还自觉不自觉地坚持着，只是因为城市居住条件和盥洗用具的变化，风俗的细节也在悄悄地变化着，仪式感变得淡了起来。

知道了这些事情，即知匜在远古的时候，也不是什么了不得的东西，平常得就如我们今天所用的大水瓢一样。然而僯姓族人浇铸的这一件匜，意义就不同了，在僯匜的器盖和腹底刻着157个古老的汉字金文，记载的是我国现存最早的一篇司法判决书。一个字一个字地读下来，让我惊讶西周时期的民主意识，已经潜入奴隶们的心里，他们敢于站出来，以"民"的身份而告"官"了。

铭文的意思晦涩难懂，好在有风先生帮我解读。大约在两千八百多年前的西周故地上，一个叫牧牛的人，也不知什么原因，一怒之下把他的顶头上司僯告上法庭。牧牛的地位与当时的奴隶差不多。他怎么能够状告管理他的上司僯呢？在奴隶主集团掌握国家政权的西周，牧牛告得赢僯吗？结果是不难判断的，牧牛输了这场官司。

受理这起民告官案件的伯扬父，依据当时的道德规范，首先认定，牧牛胆敢状告上级就是犯罪，至于告状的原因，他才不会深究呢。

伯扬父当机立断，先定了牧牛一个诬告罪，判决他送给上司僯五个奴隶，同时还要打他1000鞭子，并在他的脸上刺字，让他一世用黑巾蒙面生活。黑巾蒙面，正是受刑奴隶的一个标志。也不知牧牛使了什么手段，还是"审判长"伯扬父萌发了恻隐之心，到执行判决时，那1000鞭子被齐腰砍去一半，只打了500鞭子，脸上不用刺字，也不用黑巾蒙面，而是改为罚金（铜）300锊。

在此，不由得要想，在奴隶社会，牧牛的勤劳致富是悲哀的，一个没有政治地位的人，勤劳是可以的，致富就是一种错。折财免灾。牧牛两千八百年前的教训，让今天的我们不能不为他洒一掬同情的泪水。

赢了官司的偾，拿了300锊罚金（铜）回到家里，遥听着牧牛遭受鞭打的痛苦呻吟，突发奇想，请来了铸铜工匠，用他获得的罚金（铜）铸了这件匜，刻上了记述这场官司的文字。

因为风先生的帮助，我从铭文中知道这个故事后，突然有所觉悟，这件匜，其形不就是一头牛吗！这位偾姓奴隶主以他小人之心，残忍地削去了"牛"的脊部，其寓意不言自明，他是多么仇恨身为奴隶的牧牛啊！

今天，我们在观赏偾匜时，也许会耻笑铸造者偾的无聊和无趣，但这一记录对研究我国的司法制度史而言，是难能可贵的。它表明早在西周时期，我国就有了成文的法律规定。伯扬父对案件的处理，在今天看来不尽合理，但符合当时的法律，处罚既适应牧牛的身份和地位，又对其给予了适当的宽容。整个诉讼程序完备，判词具有一定的格式。在这个意义上讲，偾匜无愧"青铜法典"的美誉。

就在我为"青铜法典"偾匜感慨着时，风先生默念出一首古老的歌谣来：

> 上帝板板，下民卒瘅。出话不然，为犹不远。靡圣管管，不实于亶。犹之未远，是用大谏。
>
> 天之方难，无然宪宪。天之方蹶，无然泄泄。辞之辑矣，民之洽矣。辞之怿矣，民之莫矣。
>
> 我虽异事，及尔同僚。我即尔谋，听我嚣嚣。我言维服，勿以为笑。先民有言，询于刍荛。

天之方虐，无然谑谑。老夫灌灌，小子蹻蹻。匪我言耄，尔用忧谑。多将熇熇，不可救药。

天之方懠，无为夸毗。威仪卒迷，善人载尸。民之方殿屎，则莫我敢葵。丧乱蔑资，曾莫惠我师。

天之牖民，如埙如篪。如璋如圭，如取如携。携无曰益，牖民孔易。民之多辟，无自立辟。

价人维藩，大师维垣。大邦维屏，大宗维翰。怀德维宁，宗子维城。无俾城坏，无独斯畏。

敬天之怒，无敢戏豫。敬天之渝，无敢驱驰。昊天曰明，及尔出王。昊天曰旦，及尔游衍。

我听得清楚，风先生默念的是《诗经》里的那首名曰《板》的谣句。所云系周之大夫讽劝同僚，并讥刺颓败的统治给人民群众带来的深重灾难。

风先生为此深有感触，他语重心长地说，法制是影响民心的事情，不可不予重视。我完全同意风先生的观点，以为好的法律制度，既是人民之福，也是国家长治久安的保证。注目着玻璃柜子里的青铜匜，我和风先生又想到县东北方向的董家村走一趟。我向街边上的一位汉子询问路径，就由他带路，向着董家村去了。路上他讲了很多年前的一个农村新娘的事情，一下子触动了我与风先生，就追着让他讲，讲仔细些。

我与风先生所以对那个农村新娘的事情感兴趣，与我俩这次追访的僻匜大有关系。

那位新娘的家离僻匜出土的董家村不远，新婚的喜日也与僻匜出土的日子不远。用这位向导的话说，那个新娘太漂亮了，在岐山县东北乡出了名地好看，想娶她的汉子都想疯了。但有什么办法呢？她被当时一个有权势的人看上了，送了彩礼，看了日子，硬生生把一个众人眼里的鲜花拔了去。如果新娘子自愿还好说，可人家新娘子一百个不愿意，哭哭啼啼地进了门，放了喜炮，拜了花堂，入了洞房，看上去一切都很顺畅地进行着时，吃饭的宾客却出事了。

周原故土上的习规，待客是要吃臊子面的。臊子面的特点是，面要筋、薄、长，汤要煎、稀、汪，味要酸、辣、香。请来的厨子自然是做臊子面的高手，但吃了几席，就有客人倒在地上，口吐白沫，像食物中毒的样子。有一个客人倒下后，跟着又有人倒下，扑通、扑通……红火喜兴的婚宴，一会儿的工夫倒下了一片人！村上的赤脚医生来了，镇上和县上的医生也来了，还算抢救及时，大多数人灌肠洗胃活了过来，却也有几位体弱者丧了性命。

一场婚礼刹那间变成了葬礼。

漂亮的新娘子这时不哭了，趁着乱拧身回了娘家。她满心想着能够逃避这次婚姻，却没想到下来办案的人员，左分析，右分析，把这样一个轰动岐山县的投毒案分析为新娘子投毒，动机很简单——逃婚。指头粗的麻绳，把新娘子五花大绑地押到了县里审判，过了些时日，新娘子被执行了死刑。

给我带路的汉子对此至今心存疑虑，他说新娘子哪有机会投毒？他还说，知道这件事的人都说新娘子被冤枉了！

这个横插进来的故事，把我与风先生的头脑一下子塞得满满的。我俩不知该相信新娘子被判死刑是罪有应得，还是相信汉子所说新娘子被杀是冤枉了。这么想着时，在岐山县博物馆看到的那件青铜傢匜就蓦然跳入了我的脑子里，憋得我的大脑隐隐作痛。眼前却又像岐山当地人演的皮影戏一样，忽儿走来遍体血渍的牧牛，忽儿走来血渍遍体的新娘子……他们影影绰绰，如鬼魂一般飘荡着，把一个牧牛飘荡成了万万千千个牧牛，把一个新娘子飘荡成千千万万个新娘子。

不巧得很，我与风先生来到董家村，没能见着董宏哲。我俩在他们那个窝在箭括岭下仅有160余口人的小村里，很容易地打听到了他的家，可是一把铁锁紧扣着门栓，不知道他家里人都去了哪里。我问从村巷走过的人，或是摇头，或是摇手，没人知道他的去向。但我看得明白，董宏哲这个村里曾经的当家人，日子过得不怎么好，与相邻人家的红砖平房比起来，他的几间土木结构的房子显落魄不堪。

等在董宏哲的家门口，等得无奈时，风先生凑到我的耳朵边，给我神神秘秘地说了。

风先生早就寻访过董宏哲，知道年过六旬的他，已与三个儿子分家单过，一年靠种辣椒换几个钱。也不知为什么，他的儿子和女儿，前前后后都得了视神经萎缩症，害得家里的收入在身上都没焐热，就交进医院里去了。已是老人的董宏哲，虽不是迷信，但他无可奈何地说过，而且不止一次说，是如鲁迅笔下的祥林嫂一样，反反复复地说，他如果不是挖出那一窖的宝，他的儿女会得视神经萎缩症吗？

怀疑归怀疑，但宝鸡市文物部门举办一场董家村窖藏青铜器发掘三十周年座谈会，通知给董宏哲，他还是起了早坐车去了会场。

事隔三十年，当家里灾难重重的董宏哲，再一次面对那一个个青铜器时，他的眼睛不能不热，特别是那个被他当作枕头枕了几十天的㿟匜，让他看得在眼眶里打转的泪水扑簌簌滚了出来。座谈会上，像董宏哲一样挖出一窖青铜器的五位眉县农民，不仅得了一笔不菲的奖金，还被通知可以光光彩彩地上北京，去国外旅行。

董宏哲没太想奖金的事，也没想去国外，他只想到北京走一走。

纪七　盘中社稷

旻天疾威，敷于下土。

谋犹回遹，何日斯沮？

谋臧不从，不臧覆用。

我视谋犹，亦孔之邛。

——《诗经·小雅·小旻》节选

有那么一个人，和那么一件东西，仿佛刀刻般，印记在风先生的记忆深处，怎么都忘记不了。

那个人名叫徐燮钧，那件东西是徐燮钧珍藏着的虢季子白盘。

设在嘴头镇的虢川司，自清朝初年建立以来，有时分属宝鸡县（现宝鸡陈仓区）管辖，有时分属眉县管辖。何以归属不定，当时任职虢川司公干的刘庭燕，懒得多想，他只知管着他的钱粮口袋的是眉县县令徐燮钧。

这一日，刘庭燕骑了一匹大马，一路走来，急如火烧屁股，想要早日到达眉坞城，即三国时那个西北莽汉董卓戏貂蝉的古堡。

刘庭燕走得太急了，他着急的样子，惹起了风先生的主意，便也火急火忙地跟随着他。原来，他是往徐燮钧执掌大印的眉县县府去，汇报虢川司遭受鼠疫这件大事。风先生晓得刘庭燕的心事，他被那件事压得都快疯了呢。很有点责任心的刘庭燕，不敢睁眼睛，睁眼就满是老鼠，不敢思想，一想满脑子也都是老鼠。当时的现实也确是那个样子，虢川司一带的人家，不论家里家外，到处都是老鼠，不分昼夜啃着吊在树上的玉米棒，粮囤里的麦子也都快被吃光了。老百姓不能理解，老鼠咋就突然地那么疯狂呢？它们啃吃了玉米，啃吃了小麦，却还像发了神经一样，把人不往眼里放，当着人面又蹦又跳，蹦跳时，又互相乱碰乱戳。人们怎么都看不过眼，操起家伙就打，可是前头打死一只，后面涌来一群。人们被气急了，就捉住老鼠，往老鼠肛门里塞上两颗花椒，用针线缝起来放掉，本意是要老鼠自残自咬的，不承想，它们互咬后，急了竟然还来咬人。

这事太大了，刘庭燕不能不去县衙报告。骑着马的刘庭燕，走得急，走在半道上，马累得都走不动了，而他也口干舌燥，就在路边一个叫礼村的地方歇了下来。

礼村的人都认识刘庭燕这个虢川司的公干，有男人迎上来，把他接进了家门，给马添草喂料，女人给他烧汤烙馍，他则斜倚在炕头打盹儿。一会儿的工夫，竟然发出了轻微的鼾声。睡梦中，刘庭燕听到马嚼撞击槽沿的响声，觉得十分奇怪，那既不像石槽的声音，也不像铁槽的声音。那么，会是一个铜槽吗？刘庭燕不睡觉了。从屋里走出来，看到支在一棵树下的马槽，在太阳的照射下，闪射着点点金黄的亮光。他被那马槽吸引了，快步走到跟前看，便发现了马槽的精美：四边饰着八个铜质吊环，四面铸了连绵不断的图画……刘庭燕当下心头咯噔一响，断定眼前的这件物品，该是一件难得的宝贝！

在刘庭燕为这件马槽吃惊的同时，风先生也吃惊了。

风先生断定那是一件十分难得的宝贝，但具体是什么，他一时还琢磨不清，就随在刘庭燕的身边，看他怎么处置了……虢川司公干任上的刘庭燕，清楚他的命运就攥在那位徐姓县令的手里，人家叫他干是一句话，人家不叫他干还是一句话。刘庭燕不想丢了他的小乌纱，就只有揣摩县令徐燮钧的心思了。几年的工夫，知道有些文化底子的徐县令对出土于当地的青铜文物，有着一种特殊的爱好。这么大的一件青铜宝贝，弄到县衙去，送给徐县令，不正是升官的良机吗？这么想着，刘庭燕与主人拉起了家常，说他身上带着几十两银子，都给主人家，就用银子换他这个喂牲口的马槽。

不用多问，风先生即知刘庭燕带在身上的银子，本是孝敬徐县令的，买个青铜文物送他，意义似乎更高一层。再者说了，虢川司闹鼠疫，也是需要徐县令关照和包涵的。

三言两语，一个看起来极不公平的交易，双方皆大欢喜地做成了。

白天不好搬运，到了夜里，刘庭燕悄没声地把那件青铜大盘，送进了县令徐燮钧起居的县衙后庭，请徐县令笑纳。对民生民情缺乏感情的县令徐燮钧，偏偏懂得一些文物知识。他让刘庭燕放下青铜大盘，给他说如有别的啥事，明日到公堂上再说。徐县令所以急着打发刘庭燕走，是他已经敏锐地看到，眼前的青铜大盘，绝对是个不可多得的国宝。打发走了刘庭燕，徐县令亲自上手，弄来一桶清水，借着油灯的光亮，洗刷着脏污的青铜大盘。他仔细地洗刷着，在不是很深的腹腔里，一点点洗刷出许多文字来，这使他的心跳加快了，感到自己是太幸运了，轻易地得到这样一件重量级的国宝。

县令徐燮钧的心理活动，逃不过风先生的眼睛，他看出县令对大盘的宝爱。风先生还看见徐县令像个小偷似的，从他下榻的屋子里搬来褥子和被子，铺在青铜大盘的腹腔里，躺在其中睡觉了。

睡在大盘里的县令徐燮钧，夜里做梦美滋滋地笑了几回。清晨醒来，徐县令到县衙大堂再见刘庭燕，自然给了他诸多方便。但那诸多方便，比起徐县令藏在心里的快乐，还是小了许多。徐燮钧想他如果舍得出去，把已为他解读出铭文并命名为虢季子白盘的大宝向上一送，弄个显要的官做做还是有保证的。但他视虢季子白盘如命，让他舍盘求官，不啻是舍命求官，命都没了，还要一顶官帽子有何用处？因此，在眉县县令的任上，徐燮钧把虢季子白盘当作洗澡盆，在其中沐浴了几年身子，便卸任回籍了。自然地，被他视为性命的虢季子白盘，也与他一起，平安地回到了江苏常州的家里。

成为一介平民的徐燮钧，没改他在虢季子白盘里洗澡的习惯，直到他终老天年，都没有放弃这一嗜好。

不知徐燮钧给他的后人说了没有，或者是他的后人为了保护而有意为之。总之，在他死后，这样一件青铜重器，却不为他的后人所珍重，先是在大盘里盛上清水，放上鱼苗来养。养不了几天就死，也便不养了，遂放置于茅坑之侧，任其锈蚀腐败，全然不以为意。为虢季子白盘操心着的风先生，隔一些日子，就会风行着去一趟，照看一眼。一天突然看见摆放大盘的常州地面，杀来了太平军。率领这支队伍的首领是护王陈坤书。

陈坤书还在攻城胜利的喜悦中沉浸着，又收获了另一大喜事。

常州城人称才女的徐小娇，赶着一辆马车，拉着国宝虢季子白盘投奔陈坤书来了。这个徐小娇不是别人，正是收藏了虢季子白盘的徐燮钧之女。风先生见识过这位生在官宦之家的女儿，发现她生得确实不同寻常，有一双顾盼生风的丹凤眼，有一个柔若扶风的细柳腰，而这还都在其次，重要的是她才思敏捷，文如泉涌，赋诗作画样样精通。可是，她这样的一个妩媚女子，骨子里却浸透着强烈的反叛思想。老父徐燮钧在世时，也还罢了，老人家一倒头，轮到她的哥哥执掌家政，徐小娇没少和她的哥哥闹别扭。护王陈坤书攻下了常州城，在一般常州人的心里该是痛苦的，而在徐小娇的心里却是兴奋的，她视陈坤书为英雄。

自古美人慕英雄，徐小娇在家左思右想，夜不能寝。她赶在那个太阳明媚的早晨，瞒着她的哥哥，把老父亲珍藏的虢季子白盘拉到了护王府里，献给了护王陈坤书，祝贺他战功勋异。

陈坤书是太平军中的鉴宝专家。小时的他，读过几年私塾，父母逝去后，他跟从一个苏姓师傅学习打铁，因为那点私塾的底子，他在打铁过程中，从废铜烂铁里，幸运地拣了不少古董，以至到了后来，他撂下铁锤，离开铁匠炉，扯旗放炮地开了一家古董店，历练日久，就有了一套慧眼识宝的大本事。徐小娇献来了虢季子白盘，他瞟了一眼，就爱得恨不能抱在怀里。

陈坤书虽然不能抱得起虢季子白盘，抱起一个徐小娇还是很容易的。以他现在护王的身份，如果愿意，什么样的美貌女子都是能抱的，何况是自动送上门来的徐小娇。人家徐小娇给他送了大礼，一个珍贵无比的虢季子白盘，他又岂能不送徐小娇一个大礼呢？主意已定，陈坤书当场颁下王旨，授予徐小娇"女丞相"的桂冠。

然而好景不长，李鸿章的淮军向常州城攻来了，担任攻城任务的淮军主将刘铭传，借着大雾的掩护，率军炸毁一段城墙，扑进了常州城，最后围住了护王府。刘铭传在一帮亲兵的簇拥下，突破了护王府的府门，一步步向护王府的内庭逼近。在护王陈坤书和丞相徐小娇的卧室里，刘铭传呵斥两人垂手领罪，两人却坚不从命，特别是玉面秀口的徐小娇，还手持一把利剑，破口大骂刘铭传是清妖的走狗。

风先生目睹了那个凄惨的时刻，他见徐小娇香消玉殒后，陈坤书的头颅像是木槌敲钟一样，当的一声，撞在了放在一边的虢季子白盘上。

正是这一声响，引起了刘铭传对那个青铜大盘的注意。他走近后，只看了一眼，便觉这个青铜大盘的特殊，非一般宝物可比。特别是盘底四角的那几个曲尺形大足，以及四壁的八个兽头耳子，有着一股高古深奥的气息，是堪比隋侯之珠、和氏之璧的。而且盘腹之中，曲里拐弯的，有那么多的铭文，这可是要他好好探究的。

身为淮军营中的一员骁将，刘铭传本是因惹上官司走投无路，带着他的一帮棍棒弟兄，投入了正欲扩充军队的李鸿章帐下的。因为刘铭传胆识过人，武艺高强，于是很受李鸿章赏识。李鸿章有意熏陶栽培，提醒他想要做人上人，仅有胆识和武艺是不够的，而且要有超人的学问。刘铭传别人的话可以不听，李鸿章的话却一字一句都牢记心上。从此即使戎马倥偬，却也一刻不忘读书，常常一读到深夜，学问随之大进，很受李鸿章的奖掖，被李鸿章称为"淮军阿蒙"。

"淮军阿蒙"刘铭传跟着李鸿章，刻意学习，他的这位好古的主子有收藏的爱好，他自然也染上了如此癖好，视古董为庭上珍存了。

常州城一战，刘铭传打败太平军护王陈坤书，从他的府上得到了许多宝贝。刘铭传从其他宝物中选了一些送给了李鸿章，留下一些送了他认为该送的人，唯独留下虢季子白盘，据为了已有。细细把玩，认真解读，始知这是周室将领打仗，获得周室奖励而铸造的一件纪念品时，刘铭传就更爱得不亦乐乎，差人护送虢季子白盘到他的老家安徽合肥，秘藏起来。

后来的学者，把盘腹里的铭文拓印下来，发现那111个金文所包含的内容太丰富了。风先生有把文言文翻译成白话文的能力，他给我，也给有此需要的人都译释过，大意为：

（周王）十二年正月初吉期间的丁亥那天，虢季子白制作了这件宝盘。威武的子白，作战勇猛，美名传四方。（这次奉命）出击征伐猃狁，到达洛水之北。斩敌首级五百，抓获俘虏五十，成为全军的先驱。威武的子白，割下敌人的头颅献给周王，周王对子白的威仪大加赞赏。周王来到成周太庙，大宴群臣。王说："白父，你的功劳显赫，无比荣耀。"王赐给子白配有四马的战车，用以辅佐君王。赐给朱红色的弓箭，颜色非常鲜明。赐给大钺，用来征伐蛮夷。（为了纪念这件事情，子白作铜盘），让子子孙孙万年永远享用。

风先生考证过，以为铭文中的周王就是周宣王。周宣王十二年（前816），生活在山西、陕西及至甘肃西北边境的猃狁（匈奴人的祖先），不断扰边乱境，成为周王朝的心腹大患。虢季子白受命于周宣王，率兵北上讨伐，直打到陕北的洛水以北，征服了猃狁，使西北边境获得了一定时期的安宁。我非常好奇地询问风先生，那位为周室立下汗马功劳的虢季子白究竟是谁呢？知晓天下事的风先生自有说教，他拉出一件青铜鼎证明，那件铜鼎上面的铭文，称其为"虢宣公子白"。风先生于此推定，铸造了大盘的人，非虢宣公的儿子而不能，他后来继承了虢国之君，即史所称谓的虢文公者。

虢季子白盘的出土地恰在虢川司，根据风先生分析，其地理位置也与当时的虢国封地相吻合。

　　对于虢国的历史，风先生也兴致勃勃地给我做了说明。考古证明，虢国的君王墓藏，出土地多在河南境内的三门峡市，为何包括虢季子白盘在内，许多虢国的青铜重器却屡次出土于周原一带？熟读了《左传》的风先生，发现《僖公五年》篇的部分记述可以解释这个问题。原来虢国在西周时就有封赏，受封君王共有两位，名字分别叫虢仲、虢叔，都是周文王的弟弟。其中的虢叔，因为学养深厚，还被选做周武王的老师，在中枢机关留驻了很长时间，是为西周早期十分重要的政治人物。兄弟二人受封，虢叔受封在了陕西宝鸡，谓之西虢；虢仲受封在河南的荥阳，谓之东虢。西虢的土地在周室王畿之内，国君又担任着朝廷的大任，地位自然要高一些。从出土的一些青铜器物和文献上看，西虢的君主经常遵奉王命，征伐夷戎。虢季子白盘的铭文所记，可以说是对这一历史记载的补充。

　　当时受命征伐猃狁的虢季子白，就是以王子的身份去的，回来后不久，才继任为虢国的君主。

　　西周与猃狁的战争，在文献典籍上也有些记载，在风先生看来，一般都极简略。而虢季子白盘的铭文，所记就详尽多了，通篇所用基本上都是四字韵文，语言洗练，句式工整，极富韵律，百余字的一篇铭文，不仅是研究西周历史的重要文献，同时是一首优美壮丽的英雄史诗。

　　出身名门，同时兼历史与艺术于一体的青铜重器，为藏家所宝爱就不足为奇了。

　　历史给了刘铭传一个机会，风先生是这么看的。刘铭传有幸成为虢季子白盘的一个收藏家，自然不会辜负自己的使命，一定要使这件弥足珍贵的青铜大宝好好地保存下来。怎样才能好好保存，初获虢季子白盘的刘铭传将其密藏在祖居地，从不与人声张，这是因为他还有仗要打。他先是追随恩师李鸿章打败了太平军，接着又受到李鸿章的荐举，领军赴台，在抗法保台战争中，大败法国侵略军，一跃成为清军中炙手可热的著名军事将领。

　　刘铭传所取得的功名，在外人看来，既有他出生入死的努力，也有他后台李鸿章的保举。然而风先生知道，在刘铭传心里还暗藏着一个原因，那就是虢季子白盘的护佑了。为此，他视此盘为神祇，在他功成名就之时，便着手要为虢季子白盘建造一个供奉地了。刻不容缓，刘铭传在安徽老家肥西刘家圩选了一处高台，在台上建了一间亭子，恭恭敬敬地把虢季子白盘存放在其中。而这，该是虢季子白盘自出土以来，头一次光明正大地与日月一起为世人所欣赏。这一天是刘铭传获得虢季子白盘的第八个年头，他为此还亲自撰写了一篇《盘亭小录·跋》的文字，以记录他获虢季子白盘的经过。

风先生太了解刘铭传收藏虢季子白盘的心迹了，他牢牢地记下了他写来的跋语：

> 虢季子白盘，是我于同治甲子年（1864）夏四月，从太平军手中收复常州时在伪护王府中获得的……铜盘在贼军手中时有数年，发现时已是腥臭难闻，污秽不堪。经反复洗刷擦拭，发现还有铭文一百一十一字。铭文虽不能通读，但心中暗想，将来解甲归田，约邀一二好古渊博之士稽考审释，也算没有辜负铜盘的这番遭遇。

对于刘铭传的跋文，风先生倒没什么说的。但有人著文，言说刘铭传的跋语说了假话。那篇文章证实他所以获得虢季子白盘，不是在护王陈坤书的府中，而是在此盘早期收藏者眉县县令徐燮钧的故宅中。对于这样的笔墨官司，打多长时间都是没有结果的，因为著文打官司的人多为金石爱好者，谁也没有跟着刘铭传打仗获宝，所云也只是推测和传说而已，对此，我们又怎么好相信呢？风先生因之还搬出姚永森著作的《刘铭传传——首任台湾巡抚》一书来说事了，所说或许有他的道理，但也难称定论。

刘铭传在获得虢季子白盘时，身处战争前线的他，自比为虢盘铭文中的那位少年英雄子白。这在他邀请当时的江南名士薛时雨所作的《盘亭记》一文中，可以看得很清楚。这篇记文饱含赞颂："子白战斗中为先行，刘铭传也是李鸿章部下的先行官；子白立下战功，受到周王嘉奖，刘铭传也因战功受到朝廷赏赐；子白把钺征夷狄，刘铭传也是秉律专征，两千余年，若一符节。"

如此说辞，刘铭传应为虢季子白盘当之无愧的收藏者了。

然而，抗法保台战胜利后，台湾巡抚刘铭传，为台湾的建省和发展做出了卓越贡献后终老故乡。他一退，家里即少了一个强有力的保护伞，接着时局动乱，清政府塌了架子，民国政府兴起，军阀一片混乱。后来，日本鬼子打了进来，在这样的局面下，家里还藏着宝的刘家，不啻藏着一个大炸弹，随时都会引来奸商或歹人，使这个家不得安宁。

刘家人和风先生都记得，最为典型的事件就有以下几起。

先是一个美国商人，带着重金走进日渐颓败的刘家老宅，向当时执掌家事的刘铭传四世孙子刘肃曾讲，如果把虢季子白盘出让给他，他给刘家的钱财可以在美国买下一处豪华房产，就是他们想到美国去居住，他也可以帮助他们移民美国，做美国的太平公民。刘铭传的这位孙子，还有点祖上的骨气，断然拒绝了那个美国人的"好意"。紧跟着，走进刘家讨要虢季子白盘的是时任安徽省政府主席的刘镇华。这位雄霸一方的国民政府高官，先还假惺惺地给刘肃曾许下一笔重金，见刘肃曾不为所动，便大翻其脸，诬称刘家私藏国宝，亲自带人上门，抓了全家老少，棒打火烧。刘家几十口人吃了不少苦头，却终没有一人屈服吐口，刘镇华夺宝的企图落了空。

日本人发动的侵华战争，从吴淞口打到长江岸边，没有多少日子，安徽全境就都处在了日寇的控制之下。刘肃曾知道做亡国奴的痛苦，他不想做亡国奴，更不想让日本侵略者劫走虢季子白盘。怎么办呢？他只有逃走了。离开故园前，刘肃曾组织家人，在老宅的院子里挖了一个丈余深的大坑，把虢季子白盘埋了进去，然后又移来一棵小槐树，栽植在大坑之上。

刘肃曾确有先见之明，日军占领合肥后，四处搜寻宝贝。就有汉奸传言刘家藏有大宝，于是日本人组织人马，闯进铁将军把门的刘家老宅。找不到人问话，就自己动手，在院里挖起来。他们角角落落挖了三尺深，没有挖到大宝，只能悻悻而去……在外流浪的刘肃曾，与一家老小在河南、湖北、四川等地辗转了数年，终于等来了抗战的胜利。进了家门，看见当年栽下的小槐树业已长到了碗口粗，他们一家人全都长长地舒了一口气。

这时的刘肃曾心想，一家人或许从此能够过上太平日子。哪承想，老宅里的尘灰还没有打扫干净，又有索要虢季子白盘的人进了他的家门。这人不是别人，就是在抗日战争中还有些作为的李品仙。他率领国民党第21集团军在安徽接受了日本人的投降书后，即被国民政府任命为安徽省政府主席。这个李品仙可不是山大王式的粗人，他派人请来刘肃曾，装出一副好颜色，对刘肃曾说："不要说虢季子白盘已被别人弄走了，它还在你家里，这是你的功劳。但逢乱世之秋，谁都知道你家藏着大宝，有个不测的灾祸，你想后悔都来不及。依我看，你最好挖出来交给政府代管，这对你来说，既是一种解脱，而且还能落个交宝护宝的国家功臣荣誉。"话说到后来，李品仙还对刘肃曾许愿，只要他诚心交出大宝，安徽省境内他愿意去哪个县，就去哪个县里当县长。但任李品仙及其说客磨破嘴皮子，刘肃曾都只是说，全家出逃他乡多年，虢季子白盘已被他人盗走。

刘肃曾的托词骗不了李品仙。一计不成，他心生二计，只待刘肃曾离去后，立即派出一个营的军队，尾随刘肃曾的屁股进了他的家门。他们打的是保护国宝的旗号，进了刘家就驻扎下来，吃喝拉撒都在刘家的宅子里，使刘家上下不胜其扰，可他们能有啥办法呢？只有耐着性子忍了。

几天以后的一个早晨，驻扎在刘家的那位蓝姓营长，提着枪闯进刘肃曾的卧房，把他从被窝里拖了出来。蓝营长硬说自己有一只箱子，内装金条和银圆，好好地放在刘家，怎么就不见了呢！还血口喷人，诬陷刘肃曾说，有人发现就是他刘家的人偷去的。

枪口戳在脑门上，风先生劝说刘肃曾了，让他给蓝营长写了一纸用虢季子白盘抵债的欠条。

有风先生的指导，刘肃曾不觉得孤单，他设计与这位蓝营长周旋了起来。在他写下那纸欠条后，便恳求放他出去，也好筹款还钱。蓝营长已放出话来，街面上没人敢借刘肃曾银钱，有此安排，他很放心地让刘肃曾出了门。在刘家的大门口，蓝营长给刘肃曾说了一句狠话，你借不到钱的，你能借到一个子儿，我就不要你的大宝了。风先生听着蓝营长的话，他提醒刘肃曾，说他此次出门，是不好再回家了。他不回来，家里人还好过一些，他一回来，不仅他没好果子吃，他们一家人都不会有好果子吃。

风先生还给刘肃曾强调说："李品仙派来的蓝营长，目的只有一个——虢季子白盘。"

部队驻扎在私家宅子，长此以往舆论界为之沸沸扬扬，李品仙不能不顾，就让蓝营长撤出刘家宅子。军队是撤出来了，国民党肥西县的县长隆武功却又搬进了刘家宅子。这位穿着儒雅的隆县长，其实也是李品仙的亲信，他是接受了李的任务后搬进刘家的。在刘家，隆县长见不到一家之主刘肃曾，就一天到晚地缠磨刘夫人。刘夫人虽为一个弱女子，却把隆武功的心肠看得透透的，她可以做好吃的、好喝的，供隆武功享用，但对虢季子白盘的下落，任隆武功说破了天，她都不吐一个字。

隆武功的儒雅模样也有变脸的时候，在他苦无办法时，从县政府带来一干人马，把他怀疑可能藏宝的地方又深挖了一遍，而且把刘家铺装得好好的十数间房内地板，全都撬了开来，终了还是竹篮打水一场空。

1949年1月21日，南下的解放军顺利解放了合肥城，风先生看见一直躲在外边的刘肃曾也露面了。刘肃曾加入人群里，摇旗呐喊，热忱地欢迎解放军，欢迎新生的人民政府。这一天，刘肃曾走到院子里的那棵槐树前，用手抚摸着又长了几圈年轮的槐树，语重心长地对槐树说："你完成了你的任务，你该挪地方了。"伐倒了槐树，刘肃曾和家人们一起把虢季子白盘从丈余深的大坑里取了出来。

在此之前，刘肃曾与时任皖北政协副秘书长的一位世交长谈了几次，二人共同认为，是时候把虢季子白盘交给新生的人民政府，由国家相关部门收藏了。

主意既定，刘肃曾藏在心头的一块疙瘩落了下来。1950年1月，刘肃曾代表全家，把虢季子白盘正式献给了新政府。当时在国务院任职的郭沫若，闻听此讯，高兴地给安徽省拍来贺电，声称："国宝归国，诚堪荣幸。"

在合肥，虢季子白盘得到了一次公开展览，此后，即由刘肃曾和皖北行署的相关人员护送入京。1950年3月3日，虢季子白盘在京举行特展，国家副主席董必武亲临展出地，高兴地看过历尽艰难的虢季子白盘后，亲切接见了刘肃曾。当天晚上，郭沫若先生还在北京饭店，宴请了刘肃曾。席间，郭沫若先生欣然提笔，为刘肃曾写了一首诗：

虢盘献国家，归诸天下有。

独乐易众乐，宝传永不朽。

省却常操心，为之几折首。

卓卓刘君名，传诵妇孺口。

可贺孰逾此，寿君一杯酒。

郭沫若先生还特意敬护宝有功的刘肃曾一杯酒。我为虢季子白盘作文到了收尾的时候，招呼来朋友风先生，打开一瓶珍藏了些年份的好酒，拿起来让风先生对着酒瓶，先抿了一口，接着我也对着酒瓶，很是惬意地抿了一口。

一口酒抿得风先生兴味大增，他不能自禁地吟诵出一首古老的歌谣来：

旻天疾威，敷于下土。谋犹回遹，何日斯沮？谋臧不从，不臧覆用。我视谋犹，亦孔之邛。

潝潝訿訿，亦孔之哀。谋之其臧，则具是违。谋之不臧，则具是依。我视谋犹，伊于胡厎。

　　我龟既厌，不我告犹。谋夫孔多，是用不集。发言盈庭，谁敢执其咎？如匪行迈谋，是用不得于道。

　　哀哉为犹，匪先民是程，匪大犹是经。维迩言是听，维迩言是争。如彼筑室于道谋，是用不溃于成。

　　国虽靡止，或圣或否。民虽靡膴，或哲或谋，或肃或艾。如彼泉流，无沦胥以败。

　　不敢暴虎，不敢冯河。人知其一，莫知其他。战战兢兢，如临深渊，如履薄冰。

　　我听得清楚，风先生吟诵的该是《诗经》里那首名曰《小旻》的歌谣了。我虽听得清歌谣的句子，但不知风先生何以赶在这个时候，吟诵这样一首歌谣。不能明白的，是要询问风先生了，可我问风先生的话，像是碰在了一面坚硬的墙壁上，没有得到他的回应……我是还要再问风先生的，可是智慧的他，却把我的思维转移到了另外几个在古周原上出土的青铜器盘上了。

　　散氏盘、史墙盘、逨盘，然后加上前述之虢季子白盘，不仅在周原人的眼里，便是在国人的眼里，也配享"四大名盘"之誉。

　　青铜器大盘的作用充分体现了周原人对日常礼仪的重视。十分讲究的周原人，无论王公贵族，还是乡野百姓，待人接物必须先要实施沃盥之礼。其礼就在于家里来了人，门口布置有一个接水的盘子，主人家手执盛水的匜，给来人的手上细细地淋，来人搓洗双手，水流下来，便注入盘子里，然后倾倒掉……这么说来，是好理解了呢。也就是说，从古周原上出土的青铜器匜和青铜器盘，是一对组合，仿佛兄弟姐妹一般，讲究礼仪的家庭不可缺少。

　　匜和盘，天然地背负上了"礼"的元素，没人敢于轻视青铜匜，没人敢于轻视青铜盘。受到重视的结果，就是青铜的匜或者青铜的盘，要被拥有它的主人，熔铸上铭文，记忆他们家族的功绩和荣耀。风先生总结发现，最早出土的虢季子白盘是这个样子，按照出土时间为序，此后陆续出土的散氏盘、史墙盘和逨盘，也都是这个样子。

如今收藏在台北故宫博物院的散氏盘，风先生见证了其出土，地点在周原上的凤翔县，那还是清朝乾隆年间。直至嘉庆十五年（1810）前，散氏盘都还在民间收藏着。其间，扬州的收藏家江翰林，收藏了若干年，后转手到哪里就不清楚了。隐藏民间的散氏盘，再次出现在人们的眼前，已是嘉庆帝颙琰五十岁生日的1810年冬，阿林保不知从哪里得到了散氏盘，并将其敬献给皇上做了寿礼。这个寿礼的作用太大了，嘉庆帝当即授予其两江总督之职。

风先生认真研究过散氏盘，发现其腹内熔铸有铭文19行、357字，是中国已见现存最早的契约。内容为土地转让，记述了矢人赔偿散人田地之事，并详记田地的四至及封界，还记载了盟誓的经过。

史墙盘的出土，晚了散氏盘一百六十六年。

1976年12月15日，周原上的扶风县法门公社庄白大队白家生产队队员在平整土地时，于地表下30厘米处发现了一个西周时期的青铜器窖藏，这就是盛名一时的庄白一号窖藏。史墙盘正是在这时出土的。

风先生研究了这件青铜盘的内涵，发现其铸造于西周共王时期，是西周微氏家族中一位名叫墙的史官，为纪念其先祖而浇铸的。风先生见史墙盘制造非常精良，盘腹外附双耳，腹部饰垂冠分尾凤鸟文，凤鸟有长而华丽的鸟冠，鸟尾逶迤的长度，为鸟体的二至三倍。美好的凤鸟纹，象征着吉祥，是西周时期最为流行而且最富时代特征的纹饰。盘内底部，熔铸有18行铭文，计284字。其完整地记述了西周文、武、成、康、昭、穆六王的重要史迹以及作器者的家世和辅弼王室的事迹。

观摩原文，经历过远古文明的风先生，也无法一一辨识清楚，不过大意他还是略知一二。

他说当初周文王治理国家，崇尚使用"和"的理念，所以受到上天惠顾，让他拥有了超凡脱俗的天资和品格，从而赢得天下，受到邦国敬奉。继位的周武王，从征讨周边纷争开始，最终取代商王统领天下百姓，不但设置了抵御外方流寇的防线，并赢得长（张）人部落，用以驱逐东方蛮夷。先贤圣人周成王，受到左右贤良的辅助熏陶，整理纲领法纪，开启了规范执政的先河。聪明睿智的周康王，授权开垦荒原，拓展了疆域。远见卓识的周昭王，武统楚荆大地，贯通了南北政治。借鉴广泛的周穆王，推行统一法令，喜好公告天下，顺利嗣位当今天子。当今天子身居尊位，谨守祖训，有文武遗风，他眉清目秀，热衷察闻天、地、人的变化和呼声，其功名远播、业绩耀世，所以神通广大的上苍，必定要让他权势恒通、永不坠落；他福星高照，连年丰产丰收，已经很多年没有兵戈血刃了。

风先生接着还转述了墙颂扬他家人的事迹。墙的高祖，本是微氏。当初，周武王歼灭商纣王后，微氏祖先前去进谏周武王，而周武王让周公把微氏留在了偏僻的周地。高祖的后人乙祖，顺承家业，对周朝忠心耿耿，虽身居偏远，但厚礼供奉不断，所以子孙得以声名鹊起。到了亚祖祖辛时，微氏家族不但子孙繁盛，而且声名显赫、祖庙鼎沸。其父亲乙公，溘然而逝，获天子赏赐；他是监察稼穑的官员，官职戍田。孝子墙夙兴夜寐，每日勉力于事功，不敢懈怠，为了弘扬天子英明，彰显垂青厚爱，特别制作了这些钟鼎彝器，放在祭祀列祖列宗和先父的灵位前，并将天子赏赐的绶带、官服、皮革等显贵福寿用品，供奉在家祠神龛内，并祈愿这些祭祀礼器和尊贵用品，千秋万代，永远相传。

与史墙盘同时出土的有103件青铜器，其中有件取名折觥的青铜器，最受人们喜爱。风先生当时就在出土地现场，他见折觥出土来，犹如一只能奔能跑的青铜兽，甫一出土，便撒开四腿，满世界地跑了呢！我不相信风先生的传言，有次我路过，特意询问庄白村的人是否如此。见过没见过折觥的人都说，折觥跑得可是太欢实了……受到众人的鼓动，我专意到宝鸡周原博物院参观了这件被国家文物专家指定为不能走出国门的宝贝。其通高28.7厘米，腹深12.5厘米，总体呈长方形，前有流，后有鋬，分为盖与器身两部分。盖的头端呈昂起的兽形，高鼻鼓目，两齿外露，长有两只巨大曲角，两角之间夹饰一个兽面，从头顶处开始，于盖脊正中处还延伸出一条扉棱直到尾部，颈部的这段扉棱为龙形，配合着两侧，还各饰一条卷尾顾首的龙。盖的颈部以下，装饰有一个饕餮纹面，在饕餮的头端，还加铸了两只立体的兽耳，巧妙地组成几组饕餮纹面，显得既庄重又大方。纹饰通体分为三层，以兽面纹、夔纹为主纹，云雷纹为地纹。其间配以象、蛇、鸮等动物，形态逼真。觥体后部有一鋬，上部做成龙角兽首，中部为鸷鸟，下为垂卷的象鼻，两侧还有突出的象牙。

博物馆管理这件折觥的人，说他把折觥观摩许多年，依然惊叹于这件兽型的青铜器，相互勾连，互相作用，聪明的古人在其器身上，浇铸了几十种兽鸟！

我把一杯水递到风先生的手上，想要他润一润嗓子，给我继续他的青铜盘的说道。懂得我心思的风先生，没有让我失望，又介绍了逨盘的情况。

2003年1月在眉县杨家村出土的逨盘，现藏于宝鸡青铜器博物院。盘腹熔铸有铭文21行，370余字，详细地记载了单氏家族八代族人，辅佐西周文王至宣王十二位周王的伟大功绩。铭文记述的史事，与前述出土文献墙盘铭文的记述基本吻合，二者相互印证，很好地记述了华夏文明的优秀传统。

"盘中乾坤"，风先生非常慎重地用一句话总结了四大名盘。

纪八　何尊

天保定尔，亦孔之固。

俾尔单厚，何福不除？

俾尔多益，以莫不庶。

——《诗经·小雅·天保》节选

宝鸡市石鼓山上的青铜器馆，风先生陪伴着我，已走过几遭了。每一次来，我俩都会站在何尊前，多消耗些时间端详揣摩一阵儿。揣摩端详得时间久了，我与风先生才觉悟到，周人把盛酒的器物命名为尊（酒器名，后作罇、樽），是有其深意的。无酒不尊，至尊为酒。

尊酒的习俗，就这么以青铜器的方式传承了下来。习惯推测分析的风先生还想了呢，樽里所盛之酒，可也是古周原上流传了几千年的西凤酒？对此，风先生很是坚定地说了，古周原人，可不会舍近求远地去盛装别的什么酒，但最多可能，还是凤香型的西凤酒了。有风先生帮腔，我就大胆设想了，无酒不尊的何尊，是曾经盛装过我们古周原上的西凤酒的。那醇香的西凤酒，所浇灌的，是何尊的高贵。它的高贵，全在于器身内壁上有着"中国"二字的铭文。让我们国人，尊上"中国"，找寻到了我们的根。

何尊的出土，在风先生看来，很有些传奇。他从陈堆、张桂兰夫妇发现何尊的故事里，深刻理解了狞厉之美的含义。

时间浑浑噩噩，陈堆和张桂兰夫妇，饥肠辘辘地进入1963年的秋季。

具体的日子，夫妇俩忘了，只知那天下过一场大雨，到晚上天放晴了，皎洁的月光照得大地如同白昼。年轻的陈堆，白天吃了些糠菜一类的东西，到半夜闹起了肚子。他从炕上爬起来，到后院蹲茅坑。可他还没蹲利索，就又跑回屋子来，给睡在炕上的婆娘张桂兰说，崖背上有张鬼脸，瞪着眼睛看他，把他差点吓死！说话时，陈堆已经迅速地钻进被窝，贴着婆娘的身子直打战，还不忘催促婆娘烧几张纸钱，把鬼送一送。婆娘张桂兰倒比男人陈堆的胆子大，给他说："世上哪有鬼，别是你看花了眼吧。"陈堆依然心惊胆战，给婆娘说："真真切切的是鬼，张着眼睛盯着人看，冒的都是绿光呀！"婆娘张桂兰知道，人的病，十有八九是被吓出来的，别是陈堆中了邪，精神上受了刺激。于是，给男人大讲了一些破除迷信的道理。偏在这时，男人又闹起了肚子，婆娘张桂兰便陪着男人，一起到了后院。陈堆自小学了点医道，家里的境况不好时，就和他的女人张桂兰去口外的固原讨生活。1963年，固原的情况比老家更差，常常是吃了上顿愁下顿，夫妻俩一商量，就又回到了贾村镇的老家。刚回家时，因为没有地方住，就租了两间土房安顿下来。他们镇上的庄院，大都是前院后窑的格局，也就是前院里的平地盖房子，后院靠着的断崖上打窑洞。白日的大雨下过后，有窑的崖面垮了一角。陈堆刚刚看见的那张鬼脸就在这一角垮塌的崖背上。

那个吓人的鬼脸会是什么呢？陈堆、张桂兰还都提心吊胆着，而风先生闻讯赶了来，也想一探究竟。

无所不知的风先生，太知道陈堆、张桂兰夫妇祖居地贾村原的地势和故事了。

"贾村原，像只船，四面水围严。"民谣的总结非常形象，贾村原南有渭河，东与北有千河，西有金陵河。风先生听耄耋老人说，自古以来，先民视这里为风水宝地，历史上出了不少名门望族。康熙二十年（1681），故土最具名望的当朝大学士党崇雅辞朝还乡，隐居于此，出资修建了龙川镇，并撰写了"龙川雄镇"的匾额一面，高悬于城楼上。

就在陈堆、张桂兰夫妇见到那张鬼脸前，这里已发现了大量古代建筑遗物，并出土了许多珍贵的文物，譬如青铜器的矢王簋盖、矢腾盨等。这些标明"矢"的器物，在风先生看来，应该就是矢国的封地了，而贾村原一带，则是西周矢国势力的一部分。

风先生的分析是有道理的，他因此想了，陈堆、张桂兰夫妇夜半看见的鬼脸，会不会是一件即将露出土来的青铜器？风先生一时还不敢保证，跟着夫妇俩往后院走。

月光尽管很亮，张桂兰陪着男人陈堆，手里还端了一盏灯。他们到了后院，这一次吓着的不是男人陈堆，而是女人张桂兰。她抬头朝院后的崖背上瞄了一眼，果然有双绿森森的鬼眼在月光中明亮着。张桂兰哎哟一声惊叫，把她端在手里的灯盏扔到地上，转过身就往屋里跑了。

陈堆自然地也跟着跑了回来，钻进了四面透风的土房里。是夜，夫妇俩关门闭户，一夜没敢眨眼。熬到天亮，陈堆招呼张桂兰，一起又去了后院，想要看个究竟，可是夜里发着绿光的那双眼睛，晨光里也还冒着白光。

毕竟是白天了，人的胆子要大一些。陈堆操起一把老镢头，朝着崖背上的鬼眼睛处挖去，咚的一声，一疙瘩铜掉下来，差点砸了陈堆的脚背。

淳朴厚道的夫妇俩，不知道他们挖出的是一件价值连城的宝物，但风先生是知道了。他看夫妇俩从后院里把这件后来被命名为何尊的珍贵器物，搬到屋子里，左端详，右端详，端详不出个啥用场来，顺手就把一些无用的烂棉花，塞在里边。时间一长，这里竟然引起了老鼠的兴趣，它们在何尊里的烂棉花里做了一个窝，下了一群小崽子。

也就是那一窝小老鼠在何尊的烂棉花里出生时，陈堆夫妇又打算上宁夏的固原去了。

陈堆和张桂兰在老家的日子并不怎么好过，吃了上顿愁下顿，饿得肚皮贴到了后背上。这样就不如去固原了，陈堆在那里的人缘很好，能够吃野菜、啃树皮，于是动员婆娘张桂兰，又上了固原。临走时，陈堆把他挖出的那口大铜尊交给了镇上的胞兄陈湖代为保管。

就在陈堆、陈湖兄弟交接大铜尊的时候，发现了里边的那窝老鼠崽，这意外的情景把困难时期满脸愁绪的兄弟俩惹得好一场笑。

见着那个情景的风先生，是也笑了呢。不过他笑得有些苦，因为他看见陈堆夫妇俩的生活太难了。当然，是为陈堆兄弟的陈湖，日子过得也十分紧巴，经常是一锅饭连点盐味都没有。老哥陈湖想起了老弟陈堆托他代管的大铜尊，觉得还有些分量，就找来一个破麻袋，背在肩上下了贾村原，去了宝鸡市的废品收购站，想要卖给人家当废铜。然而，废品站一定要他除了铜锈才肯收，而他又不同意，就转到了群众路上的废品站，那里的工作人员好说话，没除铜锈就给了陈湖30元钱。

别小瞧区区30元，到现在确实不算什么，在那时可是个大数目，一下子解了陈湖的难，使他们贫危的小家过上了有盐有醋有滋味的日子。

好在有个叫佟太放的人，有一双识宝的慧眼。因头戴一顶右派帽子，他心情烦闷，没有别的事做，就去宝鸡市的几处废品站转悠。已经卖作废品的何尊，就这么被他发现，并随之绽放出一系列意想不到的光彩来。

佟太放的家境不错，早些年上了学，刻意钻研文物考古知识，是陕西文博界少有的一个人才。那日他到玉泉废品站，在堆积起来有一人多高的废铜边，看见这件青铜器时，心疼得闭上了眼睛。他知道自己身份不便，不能直接告诉组织，便特意通过一位出身好的朋友，报告给了单位领导。单位派人去废品站验证了那件器物的真伪，并按当时的废铜收购价30元赎了回来。

馆里为了保存好这件青铜器，找市长申请了一笔经费，买了个保险柜，把这件青铜器锁在了里边。这一锁，就使这件青铜器在保险柜里待了近十年。直到1975年，北京举办新发现贵重文物展览，这件造型独特、花纹精美的青铜器被陕西省文博部选中，送到了国家文物馆。至此，这件出土已有十三个年头的青铜器物还没有一个正式的命名。

负责筹备这次展览活动的人，是我国著名的青铜器鉴识专家——上海市博物馆馆长马承源先生。

风先生抽时间赶去了现场。他看见陕西地方暂定名为饕餮纹铜尊的这件青铜器，甫一运抵北京，就送到了马承源先生的手里。一般情况下，青铜类的器物出土时，因为长期埋在地下，浑身布满了铜锈。所以，为了向社会展览时，达到较好的效果，就要进行一定的技术处理，而除锈是必不可少的一环。正是马承源先生对这件他见所未见、闻所未闻的青铜器进行铜锈处理时，又一个惊天的发现展现在了世人的眼前。

风先生陪伴着马承源先生，小心地清除着这件青铜器锈迹。他见马先生的眼睛，盯在器物的内腹底部，看得仔细极了。马先生有他揣摩青铜器的经验，知道底部平坦的地方，可能会藏有铭文。马先生那么想来，便观察着开始清除那里的铜锈了。经过他的仔细清除，远古铭文的痕迹，便一点一点地清晰在了他的眼前。

作为文物来说，青铜器之所以珍贵，很大成分在于其上熔刻的铭文。铭文的字数越多，记载的资料越丰富，那么这件青铜器的价值就越高。这是因为，早期（特别是夏商周三代）历史文献对当时的社会情况虽有一定记载，但与近现代历史记载相比较，还是很不够的，而且还有许多谬误。要想准确地还原古代历史，就还需找到当时的实据给予佐证。但是历史研究家能够获得的直接材料少之又少，除了一些甲骨文外，最重要、最直接的材料就只有青铜器上的金文了。很大程度上，这些流传下来的文字可以起到"证经补史"的重大作用。当然，器物本身的铸造艺术和装饰艺术，也是不容忽视的，也有其弥足珍贵的历史文化价值。

在细致认真的清除过程中，风先生从马承源先生的手指下，看见了一篇12行、122字的铭文，赫然出现在这件青铜器的腹底。风先生协助马承源先生解读后确认，这件青铜器是一位何姓古人所制，因此就为这件青铜器起了正式的名字——何尊。

从历史深处走来的风先生知道，古代的宴席，一般先将酒注入樽中放在席旁，然后再舀到壶里，放在席上饮用。"座上客常满，樽中酒不空"，这两句沉淀在风先生记忆里的诗句，讲的就是这回事。何尊圆口方体，由颈、腹、足三部分组成，相互对称地铸造了四道扉棱，口沿下饰有蕉叶纹，到了颈部又衍变成蚕纹。到腹部及圈足部分，就满是高浮雕的卷角饕餮纹了，处在落脚的部位就又是衬底的云雷纹。这便是后来被风先生记忆，而由马承源先生定义过的"镇国三宝"之一何尊的基本造型，无处不庄严厚重，无处不美观大方。

器内底部的铭文共122字，除残损3字，余均清晰可辨。风先生与马承源先生相互探讨，解读其大意为：

> 周成王于五年初迁宅成周，告祭武王。四月丙戌日，王在京室训诰小子。何的父亲辅弼周文王，很有贡献。文王承受到上天授予的统治天下的大命，等到武王攻克了商，则告于天说：我要建都于天下的中心，在这里统治民众、周王室。周王赏赐给何贝三十朋，何因此作尊，以为纪念。

这就是何尊至为珍贵的价值所在了。其铭文可与先秦典籍《尚书》中的《洛诰》《召诰》等篇章互为印证补充，是研究周初政治历史的重要史料。

在此基础上，风先生着重强调的，就是铭文中"宅兹中国"这四个字了。我们都是中国人，身上流中国祖先的血脉，"中国"二字，也便如自己的魂灵，渗透到了自己的每一根血管和每一根神经上了。

"铭刻在何尊里的'中国'两个字有怎样的来龙去脉呢？"我与风先生一起，想做点儿追根溯源的了解。

在此之前，从历史文献中可以查到的含有"中国"这个词组的文章，最早见于《尚书·周书·梓材》对周武王的追述："皇天既付中国，民越厥疆土于先王。"皇天把中国的土地和人民交给周武王治理。当然，当时的"中国"与后来所指区域不同，专指以洛阳为中心的中原地区。《诗经·大雅·民劳》中，也提到了"中国"二字，所谓："惠此中国，以绥四方。"《诗经·小雅·六月序》中同样地提到了"中国"二字，即"《小雅》尽废，则四夷交侵，中国微矣"。而眼前的青铜何尊，使得"中国"二字的记载，一下子有了至为厚重的证明。诚然，现在的中国随着时代的推移，逐渐变得浩大而广袤，其意也不是"宅兹中国"所涵盖的那个样子，而成为一个多民族团结友爱的庞大国家的国名，然"宅兹中国"所具有的象征意义，仍然是重大的、深远的。

> 天保定尔，亦孔之固。俾尔单厚，何福不除？俾尔多益，以莫不庶。
>
> 天保定尔，俾尔戩穀。罄无不宜，受天百禄。降尔遐福，维日不足。
>
> 天保定尔，以莫不兴。如山如阜，如冈如陵，如川之方至，以莫不增。
>
> 吉蠲为饎，是用孝享。禴祠烝尝，于公先王。君曰卜尔，万寿无疆。
>
> 神之吊矣，诒尔多福。民之质矣，日用饮食。群黎百姓，遍为尔德。
>
> 如月之恒，如日之升。如南山之寿，不骞不崩。如松柏之茂，无不尔或承。

可爱又可敬的风先生，在我与他又一次面对何尊时，倏忽诵念出《诗经》里《天保》这一歌谣来。原文我不能完全明了，因而他就给我用白话文述说了一遍："上天保佑您安宁，王位稳固国昌盛。让您国力加倍增，何种福禄不赐您？使您财富日丰盈，没有什么不盛兴。上天保佑您安宁，享受福禄与太平。所有事情无不宜，受天百禄数不清。给您福气长久远，唯恐每天缺零星。上天保佑您安宁，没有什么不兴盛。福瑞宛如高山岭，绵延就像冈和陵。又如江河滚滚来，没有什么不日增。吉日沐浴备酒食，敬献祖先供祭享。春夏秋冬四季忙，献祭先公与先王。先祖传话祝福你，寿无止境万年长。神灵感动来降临，赐您红运多福庆。您的人民多纯朴，饮食满足就算行。黎民百官心一致，普遍感激您恩情。您像明月在天恒，您像太阳正东升。您像南山永长寿，永不亏损不塌崩。您像松柏永繁茂，福寿都由您传承。"

在风先生的述说里，一首古老的《天保》，反映老百姓希望臣子"下报上也。君能下下以成其政，臣能归美以报其上焉"，从而敬天之命，奉行德政，以安抚百姓，使国家安定。

1976年，中美外交的坚冰刚刚被打破不久，我国文物部特拟组织一批文物赴美国展览，美方有识之士来函要求，参加这次展览的文物务必包括何尊在内。而美方为了保证何尊的安全，为其投保高达三千万美元。

这是何尊头一次赴国外展览，而以后也仅有几次。2002年，国家文物局制定文物等级，拟定64件文物永久性不准出国展览，何尊是其中最无争议的一件。

风先生特别赞成这一决定，既为镇国之宝，何尊就该寸土不离地守在中国的土地上。

纪九　貘尊

野有蔓草，零露洟兮。

有美一人，清扬婉兮。

邂逅相遇，适我愿兮。

——《诗经·郑风·野有蔓草》节选

"您能想象吗？素有天府之国的关中道上，远古时代，因为渭河的滋润，到处都是丰茂的草原、高大的森林、密集的河流。在这温暖湿润的气候里，聚集着众多类型的野生动物，它们中既有野牛、野驴、野马、野骆驼，还有大象、羚羊、四不像鹿……"见多识广的风先生，突然地来这么一通长篇大论，让我还是吃惊不小。

我为风先生描述的那一番景象而感慨，心想我生活的地方，原来是这般美丽丰饶，令人神往！

风先生记述的事情，我从来都不会怀疑，这次当然就更不能了，原因在于那只青铜器貘尊。好像是为了给出土貘尊一个证明，陕西省考古研究所于2007年召开记者会，由石器研究室的专家，向大家通报了貘尊出土的好消息。

风先生参加了那次记者通报会，从中知晓，渭河滩地因为挖沙，出土了不少动物化石。2004年3月1日，《西安晚报》的新闻热线获得一条线索，有人在沣渭口的滩地上，挖出了一个巨大的动物头角化石。记者黄亚平闻讯没敢迟疑，叫了一辆跑热线的越野吉普车，一路风尘，向动物头角化石的发现地狂奔而去。他们持续地翻越着一个一个又一个沙壕，在热心人的指点下，见到了那位性格开朗的张姓农民。正是他在河滩地挖沙时，挖出了那个动物头角化石，而且他挖出来已有好几天了。知晓黄亚平的来意后，张姓农民就带着他去了家里，搬出一个大大的纸箱，揭开来，但见一个巨大的动物头角化石，非常完整地装在里边。黄亚平喜出望外，他让随行的两名实习记者从纸箱里取出动物头角化石，合抱着连拍了几张照片，并做了紧急报道。

正是热线记者黄亚平的报道，引起了考古工作者的兴趣，他们迅速赶到，顺藤摸瓜，不仅见到了动物头角化石，还接二连三地见识了多个动物化石。

能有这样的效果，在风先生看来，考古专家是应该感谢黄亚平的。因为他的热线报道，接下来的日子，挖沙人不断地向他报告线索。于是，黄亚平与他的热线报道团队马不停蹄，逐一上门拜访。而考古工作者后边跟着他看到了不少古生物化石。

然而，紧接着还有更惊喜的发现。

那一日，他们一起见识了古动物化石后，走在沣渭口的河滩上。好宝乐古的风先生，不会错过那样的机会，也随在他们身边，无所事事地走着，体验着细细的沙粒，抚摸在他们脚底的感觉。他们正打算回家的时候，一脚踩到了一截已成化石的古木。这个发现激发了他们的专业敏感性，因之招呼来附近几位挖沙的热心群众，专心在这个沙壕里刨了起来。

细沙仿佛历史积存下来的面纱一般神秘，沙去真形见。

一根横卧沙坑的古木，赫然呈现在了大家的面前。黄亚平他们，忙着为古木拍摄图片、记录文字；考古工作者则弓背屈腰，辨识古木的质地。富有考古经验的他们，用带在身上的考古铲，剥离掉古木上的杂物后，发现这古木坚硬得可以与铁相比！包括风先生在内，现场人七手八脚，把整个古木全都挖刨出来后，看着那样一个巨大的存在，无不惊叹起来。深埋着的一棵树，竟然没有一丝朽迹，依然保持了最为原始的形态，枝干遒劲，根梢盘结，表皮上满是龟裂的甲纹，交错纵横，像极了征战沙场的勇武之士。

以这棵古木为基点，他们继续挖刨，于是一棵古木，又一棵古木……在这个沙壕里，一下子挖出了四棵大小差别无多的古木。考古工作者测量，古木的胸径都在 2 米以上。

附近的村民看了，说他们过去也挖出过古木。开始还以为有点用处，拉回家却发现，既锯不成做木工用的板，又做不了烧火的柴，纯粹是一些废物。

风先生太理解村民们了，在以有用为基准的老百姓眼里，无用的古木对于他们而言，只能算是废物呢。但在考古工作者看来呢，自然大不一样，那全是不可多得的珍宝……在场的西北大学地质系的老师和学生，带了些采集好的标本回到学校，找到专门研究生物地质和环境的薛祥煦教授。在薛教授的帮助下，初步测定那些生物化石和古木化石，距今已有两万余年的历史。薛教授为了证明她的测定，还去了现场，又采集了一些样品，送到更权威的一些机构，用碳-14测定仪测定了结果，这一结果与薛教授的测定完全吻合。

后来通过进一步研究，陕西省考古研究所石器研究室向世人宣布，远古的关中地区生态十分美丽和谐。

风先生特别欣赏那个新闻发布会，以为其用词之讲究、华美，很能开启人的想象力。我有幸读到了那条新闻，恨不得时日倒退回远古的那个时期，享受一下那样美好的生活。转又一想，要是渭河流域的关中，千古不变地保持着远古的自然景象，那就不会有历史上高度文明的周、秦、汉、唐……自然也就不会有现代化的今日。

风先生窥透了我内心的矛盾，他不失时机地诵念出了一首《诗经》里的歌谣《野有蔓草》：

　　野有蔓草，零露洟兮。有美一人，清扬婉兮。邂逅相遇，适我愿兮。

野有蔓草，零露瀼瀼。有美一人，婉如清扬。邂逅相遇，与
子偕臧。

我激动地把歌谣翻译成今日流行的白话文，与风先生唱和起来："野
草蔓蔓连成片，草上露珠亮闪闪。有位美女路上走，眉清目秀美又艳。不
期而遇真正巧，正好适合我心愿。野草蔓蔓连成片，草上露珠大又圆。有
位美女路上走，眉清目秀美容颜。不期而遇真正巧，与她幽会两心欢。"

"一曲绝妙的恋歌，写的是牧歌般的自由之爱！"我唱完完全陶醉
其中。

风先生颇以为然地引经据典起来："《诗说解颐》云，'男子遇女子
野田草露之间，乐而赋此诗也'。《郑笺》有云，'蔓草而有露，谓仲春之
时，草始生，霜为露也'。《周礼》又云，'仲春之月，令会男女。于是时
也，奔者不禁。若无故而不用令者，罚之。司男女之无夫家者而会之'。"

哦！多么纯洁率真的爱情呀，其形诸牧歌般的笔调，字字珠玉，如歌
如画。别说是有血有肉、感情饱满的人，便是飞禽走兽，已然共情如斯。

古老歌谣里的那一种美好，现在是难寻觅了。人们比向往太阳的光
明，比向往月亮的神秘，还要强烈百倍地向往着现代文明。而文明却又偏
偏地，以牺牲美好的自然环境才姗姗来到。这是一个悖论。

我看见了一双眼睛，正一眨不眨地注视着那些从渭河流域的滩地上
挖掘出来的古生物化石。我知道，那是风先生的眼睛哩，他在一块标明为
"貘"的骨骼化石上停留了很长时间。风先生看着那块化石，不无遗憾地
询问我："你祖祖辈辈生活在渭河流域，从父辈的嘴里听到过这样的动物
吗？"我老实地回答他："没有。"他因之又询问我，你从教科书上看到
过这个动物吗？我依然老实回答："没有。"父辈的经历和自然历史的书
籍里，没有貘这样一种动物，可它的骨骼化石却在渭河滩地的沙坑里出现
了，这能不能说，貘与我们今天还能看到的牛、马、驴、羊、羚等动物的

先祖一起，在这里生活着，只是它不能适应这里的变化，渐渐地绝迹了？

风先生肯定了我的说法，他说是这样的。

我继续检索资料，发现已故著名古生物学家杨钟健，携同著名地质学家刘东生，早年曾对河南安阳殷墟出土的兽骨进行过科学鉴定，除发现了牛、马、羊、犬等家畜的骨骼外，还鉴定出了虎、豹、熊、猫、兔、狐狸、犀牛、象、猴、鹿等大量动物的骨骼。有意思的是，其中也还有一块貘兽的下颚骨。当时，两位治学严谨的专家对中原地区是否有貘兽存在没敢下结论。但据已故著名科学家竺可桢先生的《中国近五千年来气象变迁的初步研究》一文推断，貘兽在中原地区的存在是可能的。原因在于，公元前3000年至公元前1000年间，黄河下游和长江下游地区的月平均温度及年平均温度，比现在要高出两摄氏度。据此推知，便是到了商周时期的陕西、河南、湖北一带，依然保持着很好的自然生态，森林茂密，水草丰茂，潮湿炎热，很适应貘这种热带动物生存。

是的，貘在出土了它骨骼的陕西、河南是找不见活着的身影了，而它在世界范围内并没有灭绝，人们在马来西亚、苏门答腊、泰国及中美、南美等广大地域，还能发现它活蹦乱跃的身姿。

不久之后我到马来西亚旅游，热情的东道主安排我们中国来的客人，登上他们的中央山脉大汉山，在原始的密林里住了一夜。清晨，我听着林中的鸟叫醒来，推开所住木屋的小窗，看见了几只像是野猪一样的小兽，就在我们居住的木屋窗下，悠然地踱着小步。

我在欣喜与惊骇中又喊又叫："野猪！"并让大家都快来看。

可是陪同我来到这里的风先生捂住了我的嘴，他悄悄地给我说："那不是什么野猪，就是渭河沙滩出土的活着的貘。"

去森林宾馆的餐厅吃早点，同行的旅伴，有人也见着了貘，大家议论起来，莫不兴奋……世上存在活体的貘兽居然是大家在异国他乡知道的。回国来，我与风先生约了几位喜欢古董的朋友，又专门去了一趟去过多次的宝鸡青铜器博物院。

再次观摩青铜器貘尊，我的眼神被拉直了，目不转睛地看了好一阵，并给大家说："我在马来西亚看到了野生的貘。"

大家不甚相信。

我不怪大家的怀疑，生活在渭河流域的我们，对貘这样的动物是太陌生，太缺乏了解了。

风先生没有让我多费口舌，他在一边把我在马来西亚大汉山的见闻，给大家备细说了一遍，大家才都点头认可。

而我要夸的是考古工作者了。早在1974年末，他们便组织人马扎根在岐山县的茹家庄，对一组西周早期墓葬进行挖掘清理，出土了多件青铜宝器。到1975年进行后期整理研究时，有个似羊非羊，似猪非猪，体态肥硕，圆耳大张，圆目怒睁，长吻前伸的青铜尊引起了大家的特别注意，反复观摩察看，没人说得清这是个什么动物。

正因为它的独特，考古工作者在整理时就用了些心。

这是我从青铜器博物馆印制的一份资料上看到的，在描写其体貌特征时，还用了这样一段话：腹部饱满微垂，兽蹄与腿较短，尾巴细短卷曲，器体中空，背部开有方口，上覆四角椭圆方盖。盖上挺立一只欲望腾跃的猛虎，虎头前伸，双目前视。此外，器物之两耳、两肩胛和两后臀上，均饰有圆涡形卷曲兽体纹。

如此描述，纵使未能目睹貘尊的人，也能大概想象其造型之精美、神韵之迷人。

但这样的一件青铜器物，出土后许多年，竟没人能给它定名。后来，不知是谁执笔写作茹家庄西周墓葬发掘报告，很草率地给这件有点似羊的青铜尊注上了"羊尊"的字样。直到1993年春，享誉青铜器研究界的上海市博物馆馆长马承源先生来宝鸡考察，看了这件已被定名为羊尊的器物，他摇头了。老先生几天时间，仔细观察，反复琢磨，到走的时候，给宝鸡的同行说，还是把那件器物定名为貘尊的好。

几乎要隐名埋姓的一件西周青铜器，这才堂堂正正地有了自己的准确姓名。

有了这一次的正名，我的伤痛也伴随着来了，很久很久的一个伤痛呢！在宝鸡的青铜器博物院，我关注的眼睛从貘尊的身上滑了过去，但我的心像所有热爱自然，热爱自然中的一草一木、一禽一兽的人一样，是要为它伤着，为它痛着的。

我伤着痛着它在这一聚居地的灭绝。

我的伤痛，应该也是风先生的伤痛。伤痛着的风先生让我尽量不要用"灭绝"这个残忍的字眼，但我不想回避问题，而是想用这个扎人眼球的词语，唤起人们的关注。因为我们面临的现实，比起灭绝的貘兽，似乎还要更为触目惊心，更为残酷无情。许多的资料，我宁愿不信，但我奈何不了我，那一串映照得我的眼睛流血的数字，真的是太让人不忍目睹了。专家团队公布的世界濒危珍稀动物名录，其中有节肢类的，有两栖类的，有爬行类的，也有鱼类的……共达89种。

对于这个名录，风先生认为是保守的，是留有余地、不甚全面的。

他指导着我在互联网上又检索到了一个中国濒危动物名录，那可是由国家权威部门发布的"红皮书"公布的，居然有厚厚的四大本，数百种之多。在红皮书里，权威部门表示，他们下了功夫，全面详细地论述了我国濒危动物的濒危状况、致危因素、保护措施等，旨在使政府部门、科学界和公众较为清楚地了解我国的动物物种现状，提高政府官员和民众对濒危物种的保护意识，并针对现状制定和实施相应的保护措施。

互联网上公布的那些个动物物种，仅我和风先生熟悉和认识的，就有朱鹮、熊猫、藏羚羊、金丝猴等，这太让人提心吊胆了啊！

还好，这些动物虽面临濒危，却还有活体存在，另有一些，则悲哀地找不到活体的存在了。例如长江里的白鱀豚，20世纪的90年代，科学家在做水上调查时，发现还有2000多头在飞驶的轮船间隙里偷生。到2006年11月份，汇集了中国、日本、瑞士和美国专家的调查组，再次踏江考察，搜寻长江白鱀豚的踪影。专家们分乘两条科考船，从武汉出发，先航行至宜昌，再航行至上海。两条科考船，分别沿着长江的一侧航道，不仅搜寻了长江干流，还搜寻了包括鄱阳湖在内原有白鱀豚活动的所有区域，却没有发现一条白鱀豚。

是白鱀豚已经灭绝了吗？当时随行的风先生发出了这样的诘问，得到的科学回答是："灭绝"这个概念，需要五十年的时间期，在此期限内，如不能有所发现，就可以宣布此物种的灭绝。

正是我们人类的活动才使白鱀豚遭此噩运。早期的长江，是包括白鱀豚在内的许多水生动物的乐园，尔后诸多的人类活动，导致长江水域的生态遭到破坏，使白鱀豚等长江水生生物濒临灭绝。

真不应该！大不应该呀！人类应该扪心自问，我们爱白鱀豚吗？回答毫无疑问，我们爱白鱀豚！因为可爱的白鱀豚如世间一切动物一样，是我们人类至为亲密的朋友，我们不能眼看着自己的朋友，因为自己的过失和罪孽，在我们面前灭绝，到最后只剩下人类自己，那该是怎样的孤独和无聊。

风先生知晓我家乡的人，在一个孩子受惊后，会有几个老人为他叫魂的。但愿这次的长江白鱀豚调查，只是让可爱的它受了一次惊吓，我愿意成为那叫魂的老人，在遥望长江的周原故地上为它叫魂。

"回来吧，白鱀豚！"

我为白鱀豚叫魂的声音，引起了风先生的回应，他把他的声音与万千热爱白鱀豚的声音集合起来，大家一起为白鱀豚叫魂了。众人的叫魂声，如是一波连着一波的海浪，从古周原上荡起，飞荡进了太平洋，与太平洋的波浪一起翻滚，这便滚翻到了美洲地区的印第安人部落，激发着淳朴的他们，哀哀地唱起了他们部落久唱不衰的那首歌谣：

> 当最后一棵树被刨，
>
> 最后一条河中毒，
>
> 最后一条鱼被捕，
>
> 我们才发现，钱财不能吃……

纪十　夔纹铜禁

坎坎伐檀兮，置之河之干兮，河水清且涟猗。

不稼不穑，胡取禾三百廛兮？

——《诗经·魏风·伐檀》节选

书法大家刘自椟先生与我和风先生有一面之识。就是那一次的见面谈话，我和风先生得知有一套五册的青铜器物图册，是他题写的册名——“右辅环宝留珍”。刘先生和我们见面时还说：“五大本在册的青铜器物，件件都是珍宝，我为那些图册写的题名，也不知现在都去了哪儿？”

刘先生的惦念，从此也便成了我和风先生的惦念。如今，刘先生已经作古，我与风先生商量了，可以作文给先生一个交代。

风先生因之带着我去了天津市的博物馆，拜识了那件西周时的夔纹铜禁。我和风先生记得十分清楚，书法家刘先生惦念那一批青铜器文物里时，说到了这件铜禁，而且还是惦念得最切的一件。

我和风先生原是跟着大队一起走的，走了几步，风先生拽了拽我的衣袖，我俩又踅摸回来，立足在夔纹铜禁前，凝目着这件历尽劫难的青铜器物。

出土存世的青铜器成千累万，禁是其中的一个种类，而且是存世最少的那一类。就我所知，除了天津博物馆的这件西周夔纹铜禁外，美国的大都会艺术博物馆还藏有一套我国周代的青铜柉禁。大多数人知道铜鼎、铜簋、铜匜、铜盘等青铜器物在远古时的用途，那么，铜禁是来作什么用的呢？通俗地讲，就是古代的王室贵族在祭祀祖先和天地神灵时，置放酒器的器座。在历史文献中，对禁的称呼还有"斯禁""棜"等。当然，对于为什么把这种置放酒器的器座称为"禁"，目前尚无人说得清楚。为此我询问了风先生，他老人家拉出东汉大儒郑玄的文字解释说，所谓"名之为禁者，因为酒戒也"。

郑玄的这个说法，或许有一定的道理，但也难以服众，我觉得，他也只是一个字面的附会而已。古人的心思，我们后世儿孙其实是难猜测的。

家在周原的我，结交上风先生这个朋友，是我的福气，他给我讲述了许多发生在周原上的故事。夔纹铜禁的出土，就是他说给我的。风先生说，与之一并出土的青铜器物以及玉器达1500余件。他掌握的一份资料，就佐证了这个数目，并称保存完好的有740多件，完整可做研究的153件。那些器物所属的时代，既包括商、周，还包括了秦、汉等几个时期，尤以周、秦两个朝代为盛。计有青铜鼎、簋、瓦、豆等饪食器70余件，觥、斗、角、爵、觯等酒器39件，盘、匜、壶等水器9件，斧、削等工具器2件，弩机、钩戟、矛、戈等兵器18件，以及其他一些青铜的杂器。

如此众多的文物是怎么出土的呢？说出来，人的心是要碎了的。新修《宝鸡县志》有较为详细的记载，称其为割据地方的军阀头目党玉琨所盗挖。

风先生就非常记恨党玉琨，知他又名党毓琨、党玉崐，祖籍陕西东府富平县。生性顽劣的他，极不安分，年轻时又厌读诗书，不愿意从事家务和农业劳动，整天和一帮地痞流氓混在一起，吃喝嫖赌，无恶不作。后来出走他乡，四处游荡，曾在西安、北京等大城市古董店里当学徒，经受了比较专业的熏陶和教育，见识了不少古文物。久而久之，自命为道中高人，尤其对于青铜器的识别，更是眼力不凡，真品赝品，闭着眼睛嗅其味道，也能分出真伪来。

这样的一个人，怎能甘居人之屋檐下，做个忠实厚道的学徒呢。翅膀稍硬，就辞了古董店的工作，跑出来自己单干了。但他干得并不顺手，因此就采用黑道上的手段，动不动与人大动刀子。后来的一次，也不知为了什么，与人争勇斗狠时，被对手打断了腿，从此落下病根，走路时小有跛脚，因而又有了一个"党拐子"的绰号。

自知很难在古董界打出名堂，党玉琨又毅然弃商从戎，投到盘踞在陕西西府凤翔县的地方军阀、靖国军首领郭坚的部下当了个小头目。风先生发现心狠手辣的他，在钻营的路途上，无师自通，颇有一些手段，深谙怎样投好上司，因而为郭坚所赏识，历任排、连、营、团长。但好景不长，冯玉祥整肃陕西的地方军阀，郭坚不服管束被打死。党玉琨失去靠山，带了一部分残兵败将，逃到了陕西的礼泉县驻守。不久，奉命驻扎凤翔的主力军队东调，留下的人马钩心斗角，四分五裂。伺机而动的党玉琨没费吹灰之力，率部强占凤翔。为了壮大声势，显示威风，他不要谁任命，自封为"师长"，又号称"司令"。

风先生对此见惯不怪，当其时也，整个国家都在北洋军阀的统治之下，相互混战，相互倾轧，一时无法顾及地方治安，导致地方上的小军阀自立为王，称雄一方，政府根本约束不了他们。

党玉琨重返凤翔，知道自己只是一个经不起打的小军阀，而他又野心膨胀，不愿永远做个看人眼色的配角。怎么办呢？他吃饭睡觉都在想着壮大自己的势力，唯有如此，才可能摆脱受制于人的困境。这也就是说，拥兵自重，雄霸一方，才是他要做的事情。然而，要想做大，就必须有足够的枪械弹药，同时还得招募足够多的兵力。而要实现这一目标，最根本的是有足够的财力。

为了筹措军饷，党玉琨挖空心思，寻找一切生财之道。而他想得最多的门道，就是在当地老百姓的身上刮油了。而在当时的情况下，老百姓的温饱已成问题，身上又有多少油水可刮？纵是党玉琨派出兵士，四处搜刮勒索，却总是无法满足他们贪得无厌的欲望。就在党玉琨急得眼睛发红，心头上火时，有个名叫杨万胜的乡绅，通过他的同乡张志贤，给党玉琨透露了一个消息。

风先生在张志贤给党玉琨透露消息的路上，一会儿鼓风，一会儿降雨，想要阻挡住他的脚步，但他没有拦挡得住他。张志贤赶到党玉琨的身边，说戴家湾村后的大沟里，有几处断崖，断崖上有几个"崖洞"，经常有人在"崖洞"里发现古董，拿到西安，换个几十块、上百块银圆回来。

党玉琨听得喜上眉梢。想他在古董店做学徒时，店老板经常收到一个鼎、一个簋，甚至一个盘什么的，就让他来掌眼，告诉他，哪一个是从岐山县弄来的，哪一个是从扶风县弄来的，自然还有从凤翔、宝鸡等县弄来的。现在，这些县都在他的控制之下，只要上心，弄点儿古董还不是易如反掌的事？党玉琨直在心里怨他自己，守着遍地的财宝不知搜寻，为什么不早动手？当即，他下了决心，要放手大干一番了。

张志贤因为已经得了杨万胜的好处，就把杨万胜的难事给党玉琨细说了一遍。

原来这个祖居戴家湾村的杨万胜是个恶绅，在当地一贯作威作福，鱼肉乡里，无恶不作。特别是他承担起征收苛捐杂税的差使后，又多算多收，大吃"过水面"。最近，为了获得更大利益，他竟然胆大包天，向他管辖的村社民众私加大烟税款。不堪勒索的乡民，终于忍无可忍，搜集了他的许多罪证，决定联合起来告发他，还有一些血气方刚的人，还放出话来，要放他的血，为民除大害。

党玉琨一字一句听得仔细，淡淡地笑了一下，让张志贤带话给杨万胜，如能挖到古董，他不难为他。

斗鸡台的戴家湾地区的确有宝，风先生早就知晓，它的历史地理原因决定了这一点。历史见证者的风先生，不仅见识了秦王朝建都此地的辉煌，还见识了秦室王侯死葬此地的哀荣。而且，这里还有周王朝兴盛时的城邑。北依渭北平原，南临渭河的斗鸡台，历史上称为"陈仓北阪城"。传说，秦文公听猎人讲述了一只叫陈宝的神奇野鸡的故事，在此建有陈宝夫人祠（俗称娘娘庙），所以也叫祀鸡台。有这样的历史背景，埋藏地下的文物自然不会少，当地人也常发现，每逢大雨、大水冲刷之后，就有古代文物暴露于土崖边上，其中不乏上等的佳品。清朝末年时，这里就曾出土过重要的青铜文物。

胸有成竹的党玉琨，依旧没急着动手，凭着他对古代文物的那点儿识见，是要到戴家湾村考察一下的。1927年的春天，风先生见他一身绅士打扮，头戴礼帽，手执文明棍，乘坐着一辆豪华的马拉轿车出发了。车周边一众背枪拿刀的随从，也都骑着彩饰的高头大马，威风凛凛，派头十足。劣绅杨万胜，早已得到口信，那天穿得也像过年一般，毕恭毕敬地迎在村口上，把党玉琨接到家中，大摆宴席，殷勤招待。

盗宝的基本方案就这样在八碟子凉菜、八碟子热菜的酒席上决定下来了。

接下来就是组织工作了。别说党玉琨是个杀人不眨眼的地方军阀，干起盗宝的事，一板一眼，组织得还是很有道行的。他任命驻扎在宝鸡虢镇的旅长贺玉堂为现场盗挖总指挥；委任凤翔"宝兴城"钱庄总经理范春芳为现场盗挖总负责，此人曾在汉口坐过庄，买卖古董有些门路；派遣卫士班长、绰号"大牙"的凤翔人马成龙，率领柴官长、张福、白寿才等人为监工头目。另外，还聘请宝鸡当地一个有名的古董商郑郁文做秘书，此人人称"挖宝先生"，他的具体职责就是做现场指导，并负责对挖出来的各种文物进行整修、鉴定和分级定价；劣绅杨万胜的家就成了挖宝指挥部，许多后勤供应就由他一手操办。党玉琨约定隔个几日，就要来盗宝现场查看，一来就到杨万胜家，由他负责全面接待。

在对盗宝的组织进行了周密的安排后，党玉琨下令正式开挖。

从事盗宝的工役，全部是从附近抓来的青壮年。开始时，工作量不是很大，仅靠就近村落的强行摊派就够了。随着盗挖面积不断扩大，所需人手越来越多，附近的村庄摊派不出，就又扩大到宝鸡、凤翔、岐山三个县的大部分村庄。这样，高峰时一天就有1000余人在埋头挖宝，七八里长的一条戴家湾后沟里，布满了密密麻麻的挖宝人……风先生看到这一幕感到深深的悲哀。

在杨万胜的指点下，盗宝活动的第一天，就在戴家湾东边的一个垮塌的"崖洞"里挖出了许多青铜器和陶器，其中有铜镜、铜钫、陶灶等。这些器物都出自一个汉墓。

次日，在另一个地方又挖出了一件青铜器，现场监督的马成龙说是一个香筒。请来"挖宝指导"郑郁文鉴定，又说是觯。正在分辨器物类型的时候，在同一个坑里又挖出了一件刻有铭文的鼎、一件簋和几件残破的器物。此外，还有戈、铜泡等。几乎同一时间，在与此地不远的地方，又挖出了一座墓葬，人下到里边，从垮塌的土里刨出了一个巨大的鼎，鼎里还装着一只小羊羔，皮和肉因年久已经腐烂，骨架子却还保留着最初的模样。

盗宝伊始，便有这样的大收获，党玉琨不禁喜出望外，然而见此情景的风先生，却难受得欲哭无泪。

胃口大增的党玉琨，在盗宝的组织上控制得更严密了，而且在人力上也加强许多。被抓来的民夫，早起晚归，吃住在荒沟野外，稍有不慎就会遭到现场监工的鞭打。更有甚者，监工们还诬赖挖宝民夫，说他们偷窃私藏了宝物，抓起来严刑逼问，有受罪不过的人，捎话给家里，让拿来银圆了事。其中有位家贫如洗的汉子，拿不来银圆了事，竟被视察现场的党玉琨，亲自动手，以酷刑残害了。一时间，斗鸡台地区风惨云愁，人神共愤。

风先生也看见了。他后来给我叙述当时的情景，只说了一句"惨不忍睹"，便泪水涟涟。接着他似哭如泣地唱说了一首民歌：

> 党拐子，土皇上，派出土匪活阎王；
> 指挥穷人把宝挖，抬脚动手把人杀；
> 斗鸡挖宝八个月，他把百姓害了个扎。

到了11月底，老百姓种在地里的小麦都绿成了一片，而党玉琨的盗宝活动一刻也未停歇。不管地是谁的，是否种了麦子，揣摩哪里埋有宝贝，就指派人在那里挖，把方圆十几里的麦地挖得千疮百孔，没了几棵麦苗。

而他还真挖了不少东西。其中的一个大墓，见识了的风先生说，墓壁上画了大片的壁画，内容是大山和牛羊。大山叠嶂盘绵，牛羊成群结队，有立有卧，其中似有一人，漫漶剥落不清。山的画法，简洁成大小整齐的三角形，牛羊的体格也成比例，粗有轮廓，唯头部栩栩如生，突出了一双眼睛，极富神采。

这样的壁画，在风先生看来，很有秦人早期游牧时的境况。可惜在盗宝时被野蛮地破坏掉了。如能完好地保留到今天，相信其独一无二的历史地位，可能比墓室里出土的青铜器还珍贵呢。

从这座墓葬里出土的器物最多，而且多为青铜制作，既有鸟纹方鼎、扁足鼎，还有兽面纹尊、兽面纹觯等。值得重点一提的是，收藏在天津博物馆的夔纹铜禁，就是从这座大墓里出土的。当时共出土了三件铜禁，最大的铜禁上放置着鼎、尊、觯、爵等两排酒器，较小的铜禁上只放三件酒器，中间是一件卣。我们现在所能看到的铜禁，仅剩天津博物馆的一件，另两件也不知去了哪里。

痛心之余，风先生忍不住问，活人为何总与死人过不去？

其实风先生自己知道，这与国人乐于隆丧厚葬的丧葬习俗分不开，殷代以前，人们就已有了灵魂不死的观念。此后，这一观念愈加浓厚和强化。人们普遍认为，魂来自天，魄来自地，二者离散之后，魂飞于天转化为神，魄钻于地腐化成水并融入土壤，魂和魄都是可以庇护后人的。因此，后人无条件崇拜先人的魂魄。

如何能够安顿先人的魂魄呢？后人所能想到和做到的，就是让死去的先人能够在阴间享受到生前的尊荣。隆丧厚葬之风由是而起。

我们崇敬的先师孔子是不大提倡隆丧厚葬的。他的学生子游关于丧具请教他，夫子随之曰："称家之有亡。"子游曰："有无恶乎齐？"夫子曰："有，毋过礼；苟亡矣，敛首足形，还葬，悬棺而封，人岂有非亡者哉？"风先生熟悉孔老夫子的言语，他把这段话给我做了解释：子游就葬具请教孔子，孔子说，应当与家庭实际情况相符合。子游问，家庭状况有贫有富，有没有统一的礼的规范呢？孔子说，经济条件许可的，不应厚葬过礼。家里经济条件不好的，只要遗体敛毕，就可以下葬了，即使直接拉着绳子将棺木吊入墓穴也行，不会有人因此说什么的。好听孔子言的国人，在这件事上，却不甚听话，总是要把先人的葬礼搞得过分隆重。风先生引《后汉书·明帝纪》说："今百姓送终之制，竞为奢靡。生者无担石之储，而财力尽于坟土。伏腊无糟糠，而牲牢兼于一奠。"

风先生慨叹着把《诗经》里的一首名曰《伐檀》的歌谣，极为动情地诵念了出来：

坎坎伐檀兮，置之河之干兮，河水清且涟猗。不稼不穑，胡取禾三百廛兮？不狩不猎，胡瞻尔庭有县貆兮？彼君子兮，不素餐兮！

坎坎伐辐兮，置之河之侧兮，河水清且直猗。不稼不穑，胡取禾三百亿兮？不狩不猎，胡瞻尔庭有特兮？彼君子兮，不素食兮！

坎坎伐轮兮，置之河之兮，河水清且沦猗。不稼不穑，胡取禾三百囷兮？不狩不猎，胡瞻尔庭有县鹑兮？彼君子兮，不素飧兮！

这是流传于其时魏地的一曲民谣，真实地反映了社会中下层民众对上层统治者的不满，嘲骂剥削者不劳而食，以及淫逸奢靡的生活，并向他们发出了正义的责问。该被责问的应该还包括那些为非作歹的家伙，如历久不衰的盗墓者。

风先生认定，作恶者绝对不会有好下场。拥兵自重的党玉琨，大肆盗宝后不久，西北军总司令冯玉祥将军下令围攻凤翔城，党玉昆死在了凤翔东城墙根。

1928年6月，就在陕西省主席宋哲元的部队搜捕残匪过程中，士兵们在党玉琨的司令部里发现了一个挂着大锁的铁门，砸开来一看，里面满满当当摞着100多口大木箱，箱内尽是党玉琨盗挖而来的青铜宝物和部分古玉器。接着，又在党玉琨卧室的万宝架上和他二姨太张彩霞的居室里，缴获了一些青铜和玉石器物。

宋哲元把从剿灭党玉琨的战争中缴获来的珍宝古玩，转运到西安的新城四面亭军部，展览了一天，让参加攻打凤翔的部属饱了一回眼福。随之，就让他的心腹萧振瀛押送，暗藏在军部的一个密室里。宋哲元初获这批珍贵文物时，在西安的新城光明院，请来文物鉴定专家薛崇勋先生，让他对所有的古物做了鉴定。同时，还请了照相馆的摄影师，为每件文物拍了照片。在为文物做鉴定时，颇为心细的薛崇勋，为青铜器的铭文一一拓下拓片。那些青铜器上的铭文，少则一到三个，多则十几个字。

如此珍贵的资料，宋哲元在调离西安时却没有带走，后来在西关的一户种菜农民家里发现了。

有位名叫王子善的古董商偶然获知这些资料信息后找到那户农民，以与蔬菜价格差不多的钱数买了来，并小心地收藏着。过了些年头，王子善的生意做得颇不顺畅，就把他收藏的五大本装裱得仿佛字帖一样的珍宝册子，拿到西安北大街上的废旧物品市场兜售。此时已经到了1945年仲春。西安一位名叫刘安国的中学校长，无意间发现了这件事。他知道五大本珍宝册子实录了斗鸡台盗宝案里的全部宝物，而且是绝无仅有的一套，便有意出资买下来。恰好，王子善的儿子就在刘安国的中学任教，利用这样一层关系，刘安国很容易地买来了那套照片配拓片的图册。

刘安国购到这些照片和拓片的图册后，曾请古董专家杨仲健先生过目，并请当年鉴定过这批文物的薛崇勋先生辨识，均得到他们的肯定。

多年后再次目睹这批文物的图片，薛崇勋老先生不禁感慨万端，唏嘘不已，遂欣然命笔，在图册的扉页写道："彝器景本五册，乃富平党毓琨（玉琨）驻凤翔，迫发民夫在祀鸡台发掘者。戊辰（1928）党败死，器为陕西主席宋明哲（哲元）将军所得，邀余至新城光明院注解者，去今已一十五年矣……不意，乙酉春，依仁（刘安国）兄在长安市中得之，即当日照本，原题皆余所作……乙酉（1945）夏四月二日，三原薛崇勋（定夫）识。"

薛先生对图册的题识，既肯定了宋哲元的功绩，也暴露出得到这批珍宝的宋哲元，像个文物贩子，把一部分经过鉴定的珍贵文物，作为人情送给了他的上司冯玉祥。其余部分，在他离陕时由小老婆和当时赴天津任市长的萧振瀛带到了天津，存放在英租界他的家里。宋哲元给冯玉祥都送了哪些文物，风先生无法全部知道，只知新中国成立后冯的夫人李德全，把一件名为水鼎的文物捐出来，收藏在了北京故宫博物院。

《东方学纪要》是日本考古学家梅原末治的著述，风先生拜读过了，他于其中看到了这样一段文字，说是宝鸡出土的铜器乃是在纽约的中国古董商戴运斋姚氏（叔来）从天津买来。姚氏说，党玉琨在宝鸡盗掘的铜器先归于冯玉祥之手。又闻，曾为波士顿希金氏藏的告田觥（后归日东京大藏归氏，现归香港陈仁潜收藏）及簋，也是通过在纽约的日本古董商山中商会森多三郎氏购自天津。梅原末治的话，也许冤枉了冯玉祥，但也证明，党玉琨所盗的宝鸡斗鸡台宝物，大部分就是由宋哲元及其亲信萧振瀛运抵天津后，才开始流失出去的，包括现在在美国、日本、英国及中国香港的许多珍贵青铜器。

宋哲元这个人是复杂的，风先生如此评价他。后人很难对他做出一个让人服膺的结论，你说他好吧，从地方军阀党玉琨手里缴获来的青铜器，经他手几乎散失殆尽，说他不好，1933年他又在长城一线奋勇抗战。1885年出生于山东乐陵城关镇赵洪都村的宋哲元，幼年刻苦读书，后入陆建章创办的随营军校学习，并加入冯玉祥部，参加了1922年的直奉战争，因军功升任第二十五混成旅旅长，是西北军的五虎上将之一。冯玉祥十分赏识他，称赞他"勇猛沉着""忠实勤勉""遇事不苟""练兵有方"。1940年，宋哲元因肝病医治无效而殁，终年五十六岁。

喊破嗓子力主抗日的宋哲元病逝一年后，日本侵略者发动了太平洋战争，并派兵占领了天津的英租界。由于宋哲元誓死抗日的壮举，日本人对他恨之入骨。日军铁蹄踏进英租界后，当下就抄了宋哲元的家，凤先生看得清楚，所抄文物中就有西周夔纹铜禁。

稀世珍宝落到了日本人的手里，能有个好吗？宋哲元的三弟宋慧泉看在眼里，急在心里。通过不断地请客、送礼，又从日本人手里讨回了部分文物，里面就包括了西周的夔纹铜禁。宋家知道这件西周夔纹铜禁的珍贵，但又怕露富遭灾，不敢把铜禁摆在显眼的地方。思来想去，宋慧泉就把铜禁藏在夫人王玉荣的住处，故意很随便地放在屋前公共走廊的一个破木箱里，又在上面堆了许多煤球。这样一个瞒天过海的做法，使我们珍贵的夔纹铜禁安然度过了二十多年的时间，即使宋家被查抄，包括生活用品在内的物品全部丢失，夔纹铜禁依然留了下来。然而到了1968年，因为家务事的纷争，夔纹铜禁被砸坏了，宋家人准备将其卖到废品站里换几个小钱。恰在这时，有人报告了天津市的文物清查小组，而清查小组也在千方百计地寻找这件文物的下落。闻讯，他们立即派人到王玉荣的住处，把被砸成50多块的夔纹铜禁接收了回来。

稀世珍宝成了这样，让看到它的凤先生和专家们无不痛心。这可是价值连城的东西啊！在进一步的拼接中，却又发现少了一块，那是宋慧泉的女儿敲下来当废铜卖了。文物专家们不敢怠慢，回访自愿捐献夔纹铜禁的王玉泉，知道内情后，就到废品站去搜寻，没有找到，便又赶往天津市的炼铜厂，从堆积如山的废铜里找回了那一块，经过拼接，破碎了的西周夔纹铜禁终于复原了。

修复西周夔纹铜禁的是中国历史博物馆的几位老专家。凤先生陪同他们在北京的一间不很起眼的房间里，经过数月的辛勤劳动，又是焊接，又是打磨，终于使这件历尽坎坷的稀世珍宝又完整如初了。然而，留下来的遗憾又哪能圆满得了？因为凤先生知道，这件夔纹铜禁不是单个的一件，与它在一起的还有鼎、尊、觯、爵等诸多青铜器物，也不知现在都去了哪儿。唯余这件孤零零的铜禁在天津的博物馆里，成了馆藏中的镇馆之宝。

1955年和1956年，保存着斗鸡台盗宝案中的五卷本拓片和照片资料的刘安国，曾两次托人将资料送到北京故宫博物院的唐兰先生及中科院考古研究所的陈梦家先生手中过目，并请设法编辑出版。唐兰、陈梦家二位先生是极重视的，翻拍了所辑文物的部分照片，做了应有的研究笔记，但此后因故未能出版，便把原物退回了刘安国。可惜后因社会变动，刘安国的家被抄，那些他珍藏了许多年的资料不可幸免地又都遗失了。

　　一件西周的夔纹铜禁，数十年的颠沛流离史，在风先生的眼里，满是不尽的腥风和血雨。

纪十一　青铜凤

> 凤皇鸣矣，于彼高冈。
>
> 梧桐生矣，于彼朝阳。
>
> 莘莘萋萋，雍雍喈喈。

——《诗经·大雅·卷阿》节选

　　凤先生是陪着苏轼赴任凤翔府签书判官的。那一年是北宋仁宗嘉祐六年（1061），二十四岁的他通过制科御试而得以擢拔，这可是他二十二岁中进士后头一次外放出京为官。

　　苏轼掩饰不住他对未来的憧憬和远大的政治抱负，于寒冷的冬季启程，十二月十四日到达凤翔，在这个凤舞九天的地方正式踏上荣辱难料、政治风波迭起的坎坷仕途……说来还真有缘，苏轼与父亲苏洵、弟弟苏辙赴开封应试时，由老家眉山出川北上，就曾途经凤翔。时隔五年再来凤翔，苏轼感觉大为不同。前次是赴京赶考的学子，这时已是朝廷的命官。身为学子的他，路过凤翔歇脚时去过官吏暂住的驿馆，因其破败不堪，"不可居而出"。成为官员的他再次来到驿馆，发现驿馆已被先他到任的凤翔知府宋选修葺一新。苏轼为之有感而作《凤鸣驿记》，特别指出："古之君子，不择居而安。安则乐，乐则喜从事，使人而皆喜从事，则天下何足治欤？后之君子，常有所不屑。使之居其所不屑，则躁，否则惰。躁则妄，惰则废，既妄且废，则天下之所以不治者，常出于此，而不足怪。"字里行间，无不透露出他决意廉洁奉公、勤勉务实的人生理想。

在凤翔任上，苏轼协助府尹查决讼案、赈灾济荒、为民除害，做了许多好事。

在风先生的记忆中，苏轼初到凤翔来，还没把官衙里的凳子坐热，就扭身钻入民间，体察民情去了。他发现衙前之役面临很大的工作困扰。受朝廷旨令，凤翔府每年要定时将秦岭南山的木材通过水路运往汴京。扎起来的木筏子，经渭水漂流进黄河时，水流陡然变得湍急，造成了翻船的风险。再加上三门峡之险，翻船的事故经常发生，衙吏因之倾家荡产者不计其数。深入调查了事故缘由，苏轼即向宰相韩琦上书，希望朝廷改变不合理的做法，准许衙吏自选水手，根据黄河水势，按时令"编木筏竹"。这一政策措施的改变，让原有的灾害减少了一半以上。

苏轼为民请命减税的事情，风先生亦记忆深刻。他走访凤翔府内的乡村，发现不止凤翔府，整个陕西境内的百姓因经历了元昊之变，生活都非常贫穷，苛捐杂税、徭役负担又特别重，需要出台相应的利民政策，帮助百姓恢复元气。为此，他甚至上书当时担任三司使的蔡襄，主张把茶、酒、盐等生活必需品，由官卖变为民卖，限制官府的垄断，增加百姓收入。

善歌赋、工诗文的苏轼，按捺不住他的诗情与画意，把深入生活获得的感受，写成诗文以名世。譬如他在大旱之年，率领凤翔百姓向山神祈来一场透雨，解除旱象后，他把住所后花园的亭子命名为"喜雨亭"，并作《喜雨亭记》。该文当时即已广为传诵，至今仍为千古名篇。不过，在风先生的记忆里，苏轼受命府尹陈希亮撰写《凌虚台记》的故事，才是最有趣的。

嘉祐八年（1063），陈希亮前来凤翔接替了宋选的职务。陈希亮字公弼，与苏轼同为川籍眉山人，按说两人应该较好相处，可他俩的关系却并不怎么融洽。陈公弼待下严厉，威震旁郡。而苏轼偏又年少气盛，不免行诸辞色，每与他人产生分歧，绝不屈就退让。陈公弼担心苏轼如此不晓通融，发展下去，日后可能会遭殃，就有意磨一磨他的锋芒。陈公弼先是旁敲侧击，通过打旁人板子、让他反复修改撰写公文、罚他铜钱等方式震慑和磨炼苏轼。

不甚理解陈公弼的苏轼，逮住了一个报复的机会。

身为府尹的陈公弼，于他的官署后圃筑造了一座凌虚台，闲时可以登台遥望终南山。他欣赏苏轼的文字，就请他为之作记。苏轼满口应承下来，提笔写就了一篇《凌虚台记》。文章开篇先写了凤翔的地理形势，又将凌虚台的建造原委、结构特征做了一定的铺陈，接着便发起议论来了。议论的指向十分明确，什么"物之废兴成毁，不可得而知也"，什么"夫台犹不足恃以长久，而况于人事之得丧，忽往而忽来者欤"，什么"盖世有足恃者，而不在乎台之存亡也"……他这一通议论，别说陈公弼自己，只要是个明眼人都看得很清楚。特别是风先生，他揣摩透了苏轼的小心思，知他是借此讽诫府尹大人。然而君子之怀的陈公弼，读了《凌虚台记》，居然说："不易一字，吩咐上石。"并且慨然道："吾视苏明允犹子也，某犹孙子也。平日故不以辞色假之者，以其年少暴得大名，惧夫满而不胜也，乃不吾乐邪？"听闻陈公弼如此说，苏轼脸红了，始知他的顶头上司处处刁难他，原是为了磨炼他，使他在官场少吃亏。

颠沛流离的苏轼，一生写了多少诗文，但写人物的并不多，而他所写的第一篇人物传记就是《陈公弼传》。他追忆好人陈公弼："轼官于凤翔，实从公二年。方是时，年少气盛，愚不更事，屡与公争议，至形于言色，已而悔之。"

名满天下的苏轼两到凤翔府的经历，既给凤翔人留下了丰富的精神文化遗产，又因他途中路过扶风县，眼见县城南边翼飞羽扬的飞凤山，情不自禁，写下了五言古风《扶风天和寺》，而使扶风人亦大为欢心……风先生真是会抓机会，他兴趣盎然地把苏轼的这首古风诵念出来了：

远望若可爱，朱栏碧瓦沟。

聊为一驻足，且慰百回头。

水落见山石，尘高昏市楼。

临风莫长啸，遗响浩难收。

　　我听闻风先生诵念苏轼的《扶风天和寺》，已经有很多回了。最早的那一回，还是我在扶风县文化馆工作的时候，那次，飞凤山经不起一场持续大半个月的秋雨，突然就滑坡了！

　　那次滑坡掩埋了几户居住在飞凤山半坡上的人家，县城的人听说滑坡的事，全都自发去那里救灾，我自然也去了。所有到场的人，都不敢动用铁器工具救人，而是徒手挖刨滑坡的泥土，别人的手挖刨出了血，我的手也挖刨出了血……还好，被滑坡掩埋的人，因为滑坡时本能地躲进了他们居住的窑洞里，而全都在大家的血手里，完好无损地被拉扯了出来。

　　风先生就在那个时候，现场诵念了苏轼的《扶风天和寺》。我当时听来，以为滑坡被掩埋的人能毫发无损地活着，所拜即是那深情款款的五言诗句。从此以后，我如风先生一般，把那首歌咏飞凤山的诗句也记忆了下来，并时常远眺飞凤山，走到飞凤山下，感受飞凤山的景色……曾经的飞凤山翠竹挺拔，浓荫铺道，曲径回环。依托苏轼诗歌，山上建有爱晚亭、苏轼祠、乡贤祠等建筑群落，朱栏碧瓦，雕梁画栋，任谁行走其间，都会如在画中游。扶风古来八景，"飞凤拱秀"独占鳌头。如今的飞凤山，虽然改了容颜，但本质没有丝毫改变。春天的时候，野草萋萋，野花烂漫；夏天的时候，蝉喧阵阵，鸟鸣声声；而秋冬的时候，则因为气温的改变和山下漳水的缭绕，常会烟笼雾绕，雪光云影……当然，最使人留恋的，还是其别样的地势：一峰孤耸，两翼如飞，俨然一只奋飞的凤凰飞来此地，低头翘尾，栖息饮泉。

　　总而言之，诗情画意的飞凤山，在扶风人的眼里和心里，可不就是一只神奇的凤凰吗？

　　风先生深知扶风人对于飞凤山的情意，他每到这里来一次，就要把《诗经》里那首名曰《卷阿》的歌谣诵念一遍。

现在，他对着壮写飞凤山的我，又诵念了：

有卷者阿，飘风自南。岂弟君子，来游来歌，以矢其音。

伴奂尔游矣，优游尔休矣。岂弟君子，俾尔弥尔性，似先公道矣。

尔土宇昄章，亦孔之厚矣。岂弟君子，俾尔弥尔性，百神尔主矣。

尔受命长矣，茀禄尔康矣。岂弟君子，俾尔弥尔性，纯嘏尔常矣。

有冯有翼，有孝有德，以引以翼。岂弟君子，四方为则。

颙颙卬卬，如圭如璋，令闻令望。岂弟君子，四方为纲。

凤皇于飞，翙翙其羽，亦集爰止。蔼蔼王多吉士，维君子使，媚于天子。

凤皇于飞，翙翙其羽，亦傅于天。蔼蔼王多吉人，维君子命，媚于庶人。

凤皇鸣矣，于彼高冈。梧桐生矣，于彼朝阳。菶菶萋萋，雍雍喈喈。

君子之车，既庶且多。君子之马，既闲且驰。矢诗不多，维以遂歌。

在风先生的诵念声里，一位叫弄玉的小姑娘，蓦然现身于我的眼前。

我知晓她是春秋时秦穆公的小女儿。周岁抓周时，宫里人在盘中陈列了几样东西，来测试她未来的志向，她独取一块美玉，拿在手中舍不得放手。长大后的她，果然冰清玉洁、聪慧伶俐，而且姿容无双。她生性好清静，喜欢一个人待在深宫，无师自通地把玩一管玉笙，日积月累，可以吹奏许多好听的乐曲。突然有一日，她自玉笙中居然吹奏出了凤凰的鸣叫声。

学会了吹奏凤凰鸣叫声的弄玉，在父王穆公准备为她选择夫婿时说了："必须是个善吹笙的男子才好，可与我唱和。"然而遍访全国，也没能找到这样的人。弄玉却不急，她常闲坐凤楼，取出玉笙，对空独奏。一天夜里，她正独自吹奏着玉笙，忽闻声声洞箫的应和。那箫声于扑面的微风中，若远若近，隐隐约约。弄玉收起玉笙，静心辨听，而那相和的箫声亦随之停止。弄玉跟随袅袅余音远望，却只见天净云空，月明如镜……弄玉此刻居然十分清晰地看见天门蓦然大开，五色霞光照耀着天与地，一俊美少年，羽冠鹤氅，骑着彩凤自天而降，落于父王为她修筑的凤台之上。弄玉还没来得及说啥，那少年即对她说："我乃太华山之主，中秋节时，咱二人可成一段宿世姻缘。"言毕，少年从腰间解下一支紫玉箫，倚栏继续他的吹奏。

次日，一夜没有合眼的弄玉，把她夜里的所见所闻说给了父王。秦穆公爱女心切，立即派人前往太华山寻访。

寻访的人听当地樵夫说，是有这么一位奇人，每晚必吹箫曲，响彻四周的箫声几百里外都听得到。但不知他从何处而来，只知他结庐在明星岩。寻访之人便守候在明星岩，守候了多日，还真把那位奇人守到了，于是将其带回秦宫拜见穆公。此人说他姓萧名史，自言不懂吹笙，只会吹箫。于是弄玉从帘内传话给穆公，让萧史吹奏几曲听听。萧史没有客气，他取出一支透明光润的玉箫，才吹奏出第一弄，便有清风习来，再吹奏第二弄时，彩云四面聚合，环绕了殿堂，到吹奏出第三弄后，但见一对白鹤在天空盘旋飞舞，一双彩凤落在庭前的梧桐树上，接着百鸟齐来，和着箫声鸣叫，曲终而久久不肯散去。

弄玉细细辨来，萧史手中的紫玉箫，正是她前几日如梦一般看到的那一管哩！弄玉从帘后闪身出来，告诉父王，让他当面问了萧史几个问题。秦穆公问少年："子知笙箫为何而作？始于何时？"萧史答道："笙箫本是同类，都是从凤凰鸣声演化而来。笙是女娲的发明，取万物生发之意；箫是伏羲的发明，有肃清之意，可以清理天地间浊物浊气。"

穆公按照女儿弄玉耳语，又问箫史："你吹箫，为何能引来百鸟呢？"箫史答曰："笙箫一理，都如凤凰的鸣叫。从前舜演奏笙箫韶乐，凤凰听到了就飞来行礼。凤凰乃百鸟之王，凤凰都会飞来，何况其他的鸟儿！"穆公和弄玉对举止潇洒、风度翩翩的箫史非常满意，一对璧人在中秋节时喜结连理。

伉俪二人，在婚后的日子里，经常在凤台合作吹奏笙箫。笙箫相和，常常把凤凰吸引来。有一次，翩然飞来的一只凤凰于飞行的途中，俯首看见了形似凤凰的飞凤山，大受迷惑，居然落在了飞凤山上的一棵苍梧树上，在那里栖息了半天时间，吞食了飞凤山上饱满的竹米，品饮了飞凤山下甘甜的醴泉……

与龙一样，凤也是华夏民族的一个图腾。它们的意义是非同寻常的，且都是由众多的动物、天象融合成一个和谐生动、神奇万方的形象，而这个形象又进而与众多的动物、天象以及人事相和谐。正如孔子曾把老子比作龙，"神龙见首不见尾"，变幻莫测；老子也曾把孔子比作凤，称他"凤鸟之文，戴圣婴仁，右智左贤"。

两位先师当年的相互评议，为我们后世认识龙凤的本质提供了一个很好的范例。

龙凤呈祥。在舜帝的时代，夔谱《九招》，在演奏过程中，有龙飘然舞至，苍舒高兴地告诉舜帝，以后的日子将风调雨顺。过了一会儿，又有凤翩然飞至，苍舒又高兴地告诉舜帝，以后的日子将国泰民安。这是一个传说，这个传说正好说明原始初民对于龙和凤的理想追求。有趣的是，古代的帝王及嫔妃们，凭借着他们至高无上的权势，硬要夺取百姓大众对于龙凤的崇仰为自己所专用，称自己为"天上龙，地上凤"。如成语词典里"龙驹凤雏""麟子凤雏"，指的是身怀异禀的年幼小儿；而"龙兴凤举""龙跃凤鸣"，指的则是王业振兴和人才辈出的景象；至于好吃的食物和好读的文章，则又有"龙肝凤髓"和"龙章凤姿"的比喻了。

正如凤先生所云，不仅在中国早已有了凤凰的传说，就是隔山隔水的古埃及、古印度，也都有关于凤凰的美好传说。他们的传说与我们的有所不同，认为凤凰是从烈火中诞生的，而且凤凰的生命是周期性的，每隔一段时间，它就要自焚一次。自焚前，它会唱一首优美的歌，用翅膀扇动火苗，把自己化为灰烬，然后在灰烬里获得再生。古罗马亦有凤凰崇拜，甚至把凤凰铸造成罗马帝国不朽城的象征性符号。

美丽的凤凰就这样紧紧地牵着人心，成为大家心目中的瑞禽。但是，它为什么不常露面呢？非要经过三百年、五百年的周期才出现一次，而且又总是以自焚那种惨烈的方式出现，这叫人很是费思量。也许圣洁正义、美丽善良的凤凰，是见不得暴君当道的，它不愿看到民不聊生、饿殍遍野、灾祸丛生，所以就不肯轻易出现。春秋战乱之际，孔子就曾叹息"凤鸟不至"。在漫长的历史岁月里，老百姓不仅没有亲眼看见凤凰的降临，而且也很少对现实生活有过满意的感受，人们就只能饱含对凤凰的祈盼，期望它的出现为人间带来幸福吉祥。

令人振奋的好消息出现了，2006年8月14日，陕西省考古研究所（2006年12月更名为陕西省考古研究院）发布公告，在西安市长安区神禾塬战国秦陵园遗址考古发掘中收获了大量珍贵文物，其中一件青铜凤鸟更是叫人称绝。

风先生早于考古研究所发布公告前，即给我说了那件事。2004年西安财经学院出资征下这一片土地，准备建新校区时，他就如风似的飘荡在这里，观察可能有的发现。他的苦心没有白费，施工队在挖地基时，意外地发现了一道古墙遗址。在西安搞建设，动一锨土，也可能有一个惊天的文物大发现，施工队都有这个经验。面对那规模巨大的古墙遗址，在此搞工程的施工队没敢迟疑，立即报告给了当地的文物部门。文物主管部门派来了专业的考古人员，驻扎在工地上，进行抢救性发掘。

领衔这次发掘任务的是陕西省考古研究所的张天恩博士。起初，他们对此次的考古发掘采取了严格的保密措施，不向外界透露发掘情况。直到2006年8月14日，在他们工作了两年零一个月的时候，首次请来中央驻陕和陕西省、西安市的地方媒体。媒体记者踏进了砖墙围幔保护着的发掘现场，有幸目睹了全部发掘成果。

当日，作为一个媒体的负责人，我是接到了邀请信的，因我参加市里的一个重要会议，便错失了现场观看的机会。但我第二日在几家平面媒体和电视媒体上，还是很充分地领略到了这次考古发掘的辉煌成就。

这处占地约173.333平方米的陵园，很有可能是秦始皇的祖母夏太后之墓。据考古队的专家说，整座陵园南北长约550米，东西宽约310米，为迄今发掘规模最大的秦时单人墓地。墓圹位于陵地中心，旁边还有十三座从葬坑，很有规律地分布在"亞"字形大墓的四条墓道边上。从葬坑最长的达63米，最短的仅8米，宽度及深度一般都在3.5米到5米之间。让考古人员最为兴奋的是，在葬坑里，清理出了一辆安车，并有挽马尸骸六具，这可是世所罕见的"天子驾六"的高规格了。能够享受此等荣耀的，除了天子，就只有像秦始皇的祖母这类的人物了。

在风先生看来，那个雕琢打磨得非常精致的石磬，能够证明此为秦始皇祖母陵园。石磬上面印着"北宫乐府"的字样，而北宫在秦汉之际当属太后居住之所。此外，还有一个茧形陶壶，上面亦清晰地刻着"私官"两个字。而"私官"就是专职负责太后、皇后、太子等人事务的官员。在古代，有物勒其名的规矩，即由谁负责制造的物品，就一定要刻上谁的名姓或相应的职衔。这些都可以证明，此处墓园非秦始皇祖母莫属了。更重要的是，《史记·吕不韦列传》有载："始皇七年，庄襄王母夏太后薨……独别葬杜东。"而此地，恰在当年杜县之东南部，是堪称"杜东"的。

可惜贵为秦始皇祖母的人，其陵墓也不能逃脱为后世盗掘焚毁的命运。

地表上已无任何标志的这座古墓，起初给了考古工作者很大的希望，希望这是一座未被盗掘的古墓。但是这个希望，在大家小心翼翼地发掘中，很快就变成了失望。因为考古工作者不仅发现了古代的盗洞，而且发现了焚烧的迹象。最后统计下来，清晰可见的盗洞不下十处，其中位于墓室东南角的盗洞，应该早在汉朝时期就有了，它就像是一个开在墓室墙壁上的大门，盗墓贼出出进进，几乎连腰都不用弯。可想而知，墓室里的随葬品在那时几乎已被全部盗走。在陕的考古工作者，都有丰富的考古发掘经验。在大家积累的经验中，很少见盗走东西而焚烧墓葬的，这个古墓是个例外。盗墓贼在盗走东西后放了一把火，把墓主人的木制棺椁烧成了一堆灰烬。我看着新闻报道中的这段文字，心在痛着，并且疑惑着，不明白盗墓贼为什么要放那一把火。是不小心失火了呢，还是有意而为，或是怀有某种仇恨而报复？

可憎的盗墓贼！可怜的盗墓贼！

前赴后继的十余次盗掘，并没有完全盗空墓葬，考古工作者最终还是从墓葬中清理出各类文物300多件，其中不乏品质很高的珍贵文物。它们有金银质地的，有玉石质地的，有珍珠、玻璃质地的，也有青铜质地的。自然，我的关注点在青铜质地的器物上。

有件青铜器物不大，仅有4厘米高，是只做工异常精巧的凤鸟。刚从泥土中清理出来时，它浑身生满了翠绿色的铜锈，仿佛一只涅槃重生的小小雏凤，栩栩如生。轻轻地端在手心里，它似乎立马会振翅腾空飞去。

写这篇文章时，风先生让我不要着急，要我先去陕西省考古研究院，把暂时存放在那里的秦始皇祖母陵墓出土的文物过一遍才好。我听了风先生的话，目睹了这只美得叫人心颤的青铜凤鸟。我为见到它而兴奋，更为它能重见天日而激动。我把这只"美"在帝王家的青铜凤鸟端在手里，却也为它的命运唏嘘慨叹，慨叹它贵为皇家尊崇的宝物，其实与寒门小户的凤鸟在本质上没有什么区别，甚至比寒门小户的凤鸟还要凄惨一些。这只秦始皇祖母墓陪葬的凤鸟，原来并不是一件独立存在的器物，它可能是一件大型青铜器物的配饰，只因盗墓贼的野蛮，美丽绝伦的它与原来的大型青铜器分了家。

"倒是民间的凤鸟，是青铜的也好，不是青铜的也罢，甚或只是一页剪纸，也是极让人珍爱的。如是新婚人的家里，张贴得到处都是剪纸凤鸟，渲染给人的那一份喜庆劲儿，让人爱不释手。"风先生是这么感叹了哩，他感叹吉祥的、美丽的凤鸟什么时候都会给人以感动和向往。我那么想来时，听闻风先生把另一首唱和苏东坡《扶风天和寺》的诗作，又幽幽地诵念了出来：

溪南一带列千家，高下楼台傍水斜。
天阔乱鸿横晚照，烟轻百鸟戏晴沙。
波光映澈涵山影，秋色澄清鉴物华。
僧倚上方云绕槛，市声昏晓自喧哗。

在风先生诵念这首诗词的时候，另一只青铜的凤鸟，飘飘荡荡、翩翩然然地飞入了我的视野。那就是凤翔县豆腐村的李喜凤家发现的青铜凤凰。

李喜凤虽然不识字，但心灵手巧，剪纸、编织，样样精通。父母为了吉祥，给她取了个"喜凤"的名字，使她命中注定般相遇了那只青铜凤凰。

那只青铜凤凰是李喜凤的儿子方国强上学路上，在路边的一个土堆上一脚踢出来的，当时把娃的脚都给踢疼了呢。在场的风先生，观察出小小土堆下的蹊跷，还鼓励方国强再踢那堆土，这就踢出了那件春秋凤凰衔环铜熏炉。

在这个名叫豆腐村的地方，不言而喻，家家户户都是会做豆腐的，而且因为水土的不同，他们做的豆腐比别的地方要好。观其色，仿佛凝脂，食其味，鲜嫩可口。这是他们的特产，此外，风先生知道他们这里"特产"青铜器。20世纪的70年代，村里的一匹马死了，村干部指派社员剥了马皮，在村头的打麦场边支起一口大锅，准备烹煮马肉。社员侯建勤蹲下身子，歪着头吹火时，屁股碰上了一件坚硬的东西，把他碰疼了，回头看时，有一个尖尖的铜头，在地皮上闪着亮光。侯建勤不明白那是个啥东西，从旁边的一堆劈柴里找了一根作工具，把那个铜家伙刨出来，一看竟是一件古老的青铜犁铧。大家伙很惊奇，再往下刨，又刨出了一件一件的青铜器来，最后数了一下竟有21件。

这件事别说豆腐村的村民，便是风先生都觉意外。这次意外到了李喜凤儿子的脚尖上。

李喜凤的儿子方国强还算机灵，当时他没喊没叫，也没有立即把青铜凤凰刨出来，而是用虚土原封埋好，待到他放学回家时，才刨出来抱回了家。村上人知道了，都到李喜凤的家里来看，七嘴八舌地讨论着，归结到一起只是一句话："是个宝贝，值大钱哩！"

风传了两日，有个戴着石头银镜的中年人来到李喜凤的家，把那个满是铜锈的凤凰转着圈圈看了个仔细，最后给李喜凤说，给你60000元，让我把它抱走。这个价钱把李喜凤吓得退了两步，差点儿跌倒在地上。按说，寡妇失业的李喜凤是太需要钱了，可她听说这是文物，就不敢随便卖人，低了头，咽下一口唾沫后，还是很坚决地回绝了。

李喜凤的作为，风先生是赞赏的，夸她是个明白人。

如李喜凤一样明白的人，还有她的本家嫂子。几天时间里，见人不断出入喜凤的家，这个嫂子心里不免犯慌，就到她的门上去，劝她赶快把青铜凤凰交给国家，别搁在家里惹出事来。李喜凤听懂了嫂子的话，翌日清晨，即把青铜凤凰装进一个编织袋里，背到了县城的博物馆，交给工作人员，照了张相，转身就回了家。

过了些日子，李喜凤想念她上交的青铜凤凰，就到县城的博物馆去看了。她看的正是时候，博物馆刚从省文物局给她申请了3000元的奖励，当场让她写了个收条，就把一沓百元的票子送到了她的手上。

这点钱与一件不可多得的春秋凤凰衔环铜熏炉比起来，的确是微不足道，但是，李喜凤已是很受安慰了。

凤翔县举办一次文学采风活动，我受邀与风先生来了。借此机会，风先生抽暇拉上我，去了县里的博物馆，看了那只据说日后经常还又进入李喜凤梦里的青铜凤凰。

不知风先生见到时有何感受，但当我的眼睛刚一触摸到青铜凤凰，感觉其满身的焰火，光耀四方！我被它惊世骇俗的美丽折服了。像秦始皇祖母墓中出土的那件青铜凤鸟一样，熏炉上的凤凰也是一个小小的配件，亭亭玉立在熏炉的顶端，尽可能地伸展它的双翅，随时都将腾空飞起，翱翔在蓝天白云间。

这件凤凰衔环铜熏炉的制作是太精美了，不仅是那只展翅欲飞的凤凰，便是那件可以分离开来的方形镂空底座，和竖插在底座上的那个镂空圆球，也精美得让人心跳。方形底座上，铸饰了蟠螭和瑞兽纹样。古人在熔铸这件凤凰衔环铜熏炉时，即运用了传统就有的溶液浇铸法，还结合了编织、镶嵌、焊接、镂空等十多种工艺，使这件青铜艺术作品堪称一朵奇葩。

吉祥美丽的凤凰，以青铜的形式呈现在我们面前时，给人无限的感动和向往。

我的慨叹惹得风先生来了兴趣，他把我撰写的一阕《凤凰赋》，赶在这时诵念了出来：

盘古方苏兮凤凰，沐风秦岭之巅，啜雪终南深林。哺甘霖饮灵芝，千万年感应，终有圣鸟翔飞。其时闾阖洞开，天声齐鸣，星河璀璨，日月同辉。百花艳而香溢，煦风淡而柳色。此所谓凤凰矣，择巢梧桐，选食竹实，人皆美之，崇其祥瑞。

天茧始破兮凤凰，彩翎翩振天阔，仁声即鸣地广。扶清风而徐徐，踏白云而依依，蹈激流而淙淙，听松涛而隆隆，望空谷而霏霏。凡得遇者，必结奇缘。姜尚渭河受教，有道者周兴，无道者商灭。相如梦沉魂魄，遍游乎仙界，乃赋乎上林。

宇宙阴阳兮凤凰，濯足三千弱水，沐翅五湖四海。心高志远不灭，祈望平等和严，将身流星飞石，自趋烈火涅槃。流光溢彩寒暑，艳锦霞霓春秋。音似天籁琴鸣，听之者禽收戾，闻之者兽敛暴。天道人文经典，明珠览翠盛典，和谐太平万年。

纪十二　青铜龙

笃公刘！于豳斯馆。涉渭为乱，取厉取锻。

止基乃理，爰众爰有。夹其皇涧，溯其过涧。

止旅乃密，芮鞫之即。

——《诗经·大雅·公刘》节选

中华儿女引以为豪的是："我们是龙的传人！"

然而周人迁豳建立起部落的时候，还与龙有过一些不堪回首的斗争哩。风先生传说的一则故事，就很能说明问题。他像当时在现场似的，给我说得绘声绘色，说是豳地百姓在公刘的统领下，社会经济取得了长足的发展，大家丰衣足食，但也常遭遇强敌武乙及戎狄的不断侵袭。他们历经磨难刚一安稳，又不幸遭遇了特大天灾。是年春夏之交，一场突如其来的暴雨，像天河决了大堤，倾盆不息。豳地平地积水三尺，洪水滔天，冲走了百姓的猪羊，还有粮食、房屋，以及鲜活的生命……为了救民于水火，公刘亲率部落里的青壮年，爬上阻挡洪流去路的一座大山，把山挖开一道口子，排泄祸害百姓的洪水。可是白天挖开的豁口，到了晚上又会倔强地合拢，再次阻挡洪水的流泻。一连数天，公刘率领族人，就这么反反复复地挖山不止，但就是解决不了问题。洪水越来越汹涌，豳地的老百姓扶老携幼，四处逃散，祈仙求神，绝望至极。作为首领的公刘，没有理由放弃，没有时间丧气，他依然率领部落青年，在那座大山开挖不止。就在这个关键的时候，有位白发白髯的老者飘然而来，落脚在公刘的身边，摇头晃脑地念出了四句谣谚。

谣谚曰：

> 不怕千刀万刀，就怕南山羹草。
>
> 若要龙脉断裂，芦苇须得斩削。

白发白髯的老者把谣谚如风般吐露出来后，没有等到公刘醒悟过来，即又如风似的飘然去了。公刘手握一把巨大的石耜，愣怔了好一会儿，这才明白过来：阻挡着洪水流泻的这座大山，原来是一条活龙！怎么办呢？运用挖掘的方法，是永远也挖不开山口的。情急之下，公刘抬眼看见山梁顶端生着一棵叶片如锯齿样的羹草，就跑上去，将它折在手里，拿来锯山梁了。他日夜不停，锯了三天两晚上，山梁终于断开了一道宽大的豁口，豁口深处喷出来一股黏稠的血柱，汇入洪流滔滔而下。紧接着，不到半天时间，祸害遍地的滔天洪流也被疏导流泻而去。老百姓感念公刘救民于苦难的伟绩，大家欢欣鼓舞，焚香祭酒，敬奉公刘，把他当街抬起来，一次次地抛向空中。他们从此认为公刘恩德比天。

这座山此后被人称作"斩断山"。

公刘斩断的可是一条龙脉哩！那是不是预示着他也将鱼龙变化，做主宰天下的龙？公刘没有多想，他唯一想的是百姓能够安居乐业，又岂会顾自己的私利。对此，我多有疑惑，就不揣冒昧向风先生询问了几句。我首先询问的是关于那位白发白髯的老人，他是谁呢？是风先生吗？我的问题把风先生问得哈哈大笑，他乐着回答了我。

风先生说："凭你怎么说吧，说是我就是我。"

他说着，还把《诗经》里的那首《公刘》诵念了出来：

> 笃公刘，匪居匪康。乃埸乃疆，乃积乃仓。乃裹糇粮，于橐于囊，思辑用光。弓矢斯张，干戈戚扬，爰方启行。

笃公刘，于胥斯原。既庶既繁，既顺乃宣，而无永叹。陟则在巘，复降在原。何以舟之？维玉及瑶，鞞琫容刀。

　　笃公刘，逝彼百泉，瞻彼溥原。乃陟南冈，乃觏于京。京师之野，于时处处，于时庐旅。于时言言，于时语语。

　　笃公刘，于京斯依。跄跄济济，俾筵俾几。既登乃依，乃造其曹。执豕于牢，酌之用匏。食之饮之，君之宗之。

　　笃公刘，既溥既长，既景乃冈。相其阴阳，观其流泉。其军三单，度其隰原，彻田为粮。度其夕阳，豳居允荒。

　　笃公刘，于豳斯馆。涉渭为乱，取厉取锻。止基乃理，爰众爰有。夹其皇涧，溯其过涧。止旅乃密，芮鞫之即。

　　风先生抑扬顿挫地诵念罢了这首歌颂公刘的诗歌之后，又把周人关于龙的故事，给我讲了两则。

　　一则是公亶父从豳地"率西水浒"，在走向周原的路途中，遭遇了众多艰难险阻，其中就有与龙殊死搏斗的情景。不过在我想来，那样的龙，可能不是真的龙，而是一条又一条的河流。"隔山不算远，隔水不算近"，古人与一条河流进行抗争，即会把那条河视为一条难以征服的龙……人与自然的关系，在远古时候，大约该是这个样子呢。

　　我把我的认识毫无保留地告诉了风先生，他睁大了眼睛，看了我好个阵子，没有多言语，而是还原成风的样子，遁迹去了。

　　他去就去吧，我趁此机会，把阅读过的一些历史知识梳理了一下，知晓我们中华民族对于龙的认知与研究是很清晰的。闻一多先生说了，龙是中华民族发祥和文化肇端的象征。他的观点很好地对接了孔丘老先生的观点，这位智慧的长者，在两千多年前，就为龙的精神做了最为本质的注解，开了将人间出类拔萃者比喻为龙的先河。《庄子·天运》记载，孔子曾去拜见老子，归后三日不谈拜见之事。弟子问他："先生您去拜见老聃公，难道就没什么话说吗？"孔子回答道："你们知道我见到什么了吗？

我见到了龙！"他进而说："龙，合而成体，散而成章，乘着云气飞翔于阴阳之间。我惊异地张开了口却忘记了合，又怎么能与人家说呢！"

一生乐于说教、视他的说教为终生理想的孔子，见了老聃便无话可说。这是孔老先生的德行，他有这个自知之明，而后来人对他的这一德行，是极推崇的哩。譬如司马迁就在《史记·老子韩非列传》中，几乎照本宣科地做了又一次记述，他写道："孔子去，谓弟子曰：'吾今日见老子，其犹龙邪！'"孔子贵为圣人，他对于"龙"的敬重，所体现的不还是一种强烈的自然观吗？

到了老年，周游列国后回到曲阜的家里，孔子不再图谋远游，而专注于"六经"（即《诗》《书》《礼》《乐》《易》《春秋》）的整理。在此期间，他提出了一系列关于龙的重要认识，如"龙德广大""神龙精处""龙德而隐""龙德正中""龙德时进""云龙谐天利人""亢龙思危""龙德知化"，等等。我不能对先圣的每一个说辞做出解释，但我能够感悟先圣所推崇的"龙德"，归结起来，就是他一贯倡导的君子之德，亦即"谐天利人，广施普惠，追求中正，懂得进退"的理想之德。

龙在中国文化中是扎得很深很深的呢。

龙的崇拜、龙的精神，可以说就这么深刻地根植在了中华民族的灵魂里。无论南方北方，无论东方西方，考古界在长期的考古发现中，都有关于龙的发掘，像河南濮阳蚌壳摆塑龙、内蒙古翁牛特旗三星他拉红山文化遗址中的玉龙、浙江良渚文化遗址中的玉龙，以及山西省临汾市襄汾陶寺遗址中的彩绘蟠龙纹陶盘，都很好地证明着龙的崇拜在中华大地普遍而又深广。

在我用心梳理着龙的来龙去脉时，遁迹了一会儿的风先生，便带着他特有的"风"气，倏忽溜到我的身边，把我前些年为我们家乡的臊子面撰写的一篇赋文，咿咿呀呀地念叨了出来：

臊子面香，西府名望。天下一绝，华夏第一面也。虽则地方小吃，神州之内知音多；原来西府灶头，如今寰宇处处有。溯源正宗，扶风岐山两家。扶风煎稀香，岐山酸辣汪。周公庙头锅底火，法门寺前锅里汤。宴友待客，非十八碗不能尽兴。

臊子面香，味美四方。一年养猪，五花大肉爆臊子；刀快肉细，五谷香醋焖厚味。渭北小麦，三茬精粉擀面条；作薄长宽，滑溜筋道为上佳。弱水深泉，浓汤大味红白绿；烫舌润喉，鲜香无比韵无穷。闻有好者，缺一餐魂不守舍；传有嗜者，他乡千里相思泪。

臊子面香，人间绝响。历史悠久，世代传承灿烂；荟萃日月，浓缩气象万千。春夏秋冬，常食强筋健骨；细品慢咽，常吃荡气回肠。特色鲜明，男女老少咸宜；贫富皆喜，物美根植民心。魅力无穷，黄土地上最佳肴；竟至于斯，精神源泉三秦魂。

风先生念叨着拙作《臊子面赋》，我明白他是在提醒我另一则周人关于龙的故事。公亶父"率西水浒"，给他们周人开辟出"堇荼如饴"的居住地后，选择三子季历做了他的继承人，做了部落的王。季历死后，姬昌继位，是为周文王。文王像他的先祖一样，首先面对的还是如何与自然和谐相处的问题。当其时也，泛滥的渭河是他们族人最难征服的一大灾害，一年到头，不是干旱就是水涝。然而周人选择的生活方式，是他们祖先最为推崇的农耕生产，这是他们强国富民的基本手段。因此，如何治理渭河，便成了横在文王姬昌面前必须解决的一道难题。文王姬昌没有被苦难吓住，而是主动与渭河抗争了。他的子民在遭遇旱灾或是水灾的时候，首先想到的人就是他。百姓惊恐万状，赶到文王姬昌的面前，向他告发渭河里有条黑龙作妖，它沉睡不醒时就干旱，睡醒起来又腾云播雨，搞得遍地水起，庄稼种不进地里去，种进去了又收获不回来。

文王姬昌不愧是老百姓的主心骨，他愤而率众到了渭河边，低头观察渭河中的流水，抬头观察天上的流云，不知他是真观察到了，还是为了安抚人心，只见他毫不犹豫地张弓搭箭，向空中的一团黑云射去。

风先生当时就在现场，他和现场的老百姓，眼睁睁看见一条作妖的黑龙，带着文王姬昌射在龙鳞上的箭头，跌落在了渭河边。黑龙似乎还要挣扎，但文王姬昌抽出他的佩剑，砍在挣扎着翻滚成一团的黑龙身上，当下将它砍成两段……百姓们欢呼雀跃，簇拥着勇敢的文王姬昌，回了他们各自的家。可是留在渭河边上断成两截的黑龙却神奇地对接起来，愈合成了一条完整的龙。它腾空而起，复在天上行云布雨，祸害百姓！有了射龙经验的文王姬昌，岂容黑龙肆意猖獗！他再次走出王宫，到了渭河边上，射杀了黑龙。但是死而不僵的黑龙故态复萌，依然祸害百姓不息。文王姬昌因此想，如何才能彻底降服黑龙？想来想去想出个办法，文王姬昌号令他的族人，把王宫里的九口青铜大鼎抬到渭河边，往里注入河水，架上柴火，将青铜大鼎里的水烧得沸腾起来，这才又一次张弓搭箭，射落黑龙。他大声地嘱咐他的百姓，拿来自家案板上的碗筷，还有菜刀，任意割取黑龙身上的鳞甲与肉，然后捞取大鼎里煮熟的面条，浇上青铜大鼎里的滚汤，烫熟黑龙的碎肉，连汤带面带黑龙肉，吞咽进肚子里去。

风先生说，文王姬昌也食用了那一顿龙肉面。他食用罢了，还给这难得一尝的美味起了个名字，曰"浇汤面"。

古周原上流行了许多年的浇汤面，如今已是这里的百姓的一种美食，而且还慢慢演化着，变成了今天的"臊子面"。当地人所说的"臊子"，其实就是"小肉片"的意思。扶风、岐山两处古周原上的县域之地，最是盛行臊子面了。岐山县的臊子面，辣是一个方面，酸是一个方面。而扶风县的臊子面，虽然也要点醋，但绝对不会太酸，至于辣子则干脆没有。因为辣子舶来我国已是两千多年之后了，扶风县的人，不能忘记文王姬昌的恩德，所以就坚持文王姬昌与百姓一起食用臊子面时的原汁原味。

风先生在陪我香香地吞食了一口臊子面后，把我曾经的一段记忆给我翻拣了出来。

风先生给我讲的是一条青铜龙。年轻时我在扶风县文化馆工作过一段日子，有"青铜器之乡"称誉的扶风县，时常会有一桩让人惊喜的消息传进馆里来。我记忆得非常清楚，就在中华人民共和国成立四十三周年纪念日的下午，散布在召公镇的文物通讯员打电话来，说他们镇上的海家村出土了一条青铜龙。消息传来，身在文化馆的我当下便兴奋起来，骑上我的飞鸽牌自行车就往15公里开外的青铜龙出土地赶去了。

那是一条残着的青铜龙。虽然残缺着，却也相当巨大，盘在一起，我骑在自行车上，远远地就看见了。我看见那条青铜残龙，沐浴在夕阳璀璨的霞光下生动极了，很有一种腾空而飞的气势……我把自行车的轮子踩得亦如腾飞一般，猛地骑行到海家村村民围着的青铜龙跟前，没有刹住车闸，居然扑在了青铜龙的身上。

海家村的村民急忙伸手拉我，而我还赖着不愿意起来，全身心地拥住这条残龙，感觉青铜龙如是一个活着的肉体，我的身子贴在它的龙体上，似乎还能感受到它的体温和脉动。我震惊了！因此就在心里默默祈祷了起来，希望青铜龙的重新现世，能给我们现世的人带来吉祥和福祉。

风先生也赶来了，他关心我磕破了的膝盖，俯下身来问我疼不疼。疼是一定的，但我没有回答风先生对我的关心，而是向他反问了一个问题。

我问："这条青铜残龙，莫不是被割了肉做臊子面的那条龙？"

我问出来的话，不仅把风先生逗乐了，而且挖刨出这条残龙的海家村村民也都乐了。

风先生乐着给我说："也许是吧。"

海家村村民肯定都知晓臊子面的来历，所以纷纷说："哎呀呀，咱们可都是吃了龙肉的人。"

玩笑归玩笑，作为扶风县文化馆的一员，我的责任，是把村民们挖掘出土的青铜残龙运送回县上的馆里。我过来之前，在文化馆的出纳处领了2000元，用于奖励主动献宝的群众，最多就是这个数。我数都没数，就把钱全掏了出来，往村里管事人的手里塞去，让他组织人马，把青铜残龙装上一台小四轮拖拉机，把我的自行车也架上去，一同往县文化馆去了……

回到馆里，我在写青铜龙入库报告时是这么形容的：龙首是硕大的，巨睛突目，双耳斜出，两角雄壮，方形大口，上下唇翻卷着，侧视着的头部向上，挺起棱角分明的一个高鼻梁，张牙舞爪，活灵活现。

在报告资料上，我写了这些文字后，按照规定，还写了详细的出土地。出土地海家村的这个"海"字，倒是很有讲究。听他们村里人说，早在周朝时，他们的村子东边是一片汪洋大泽。后来水退了，开垦成了庄稼地。原来是个什么样子，没人见识过，但就在近段时间里，那一大片耕种着庄稼的大凹地，仿佛要梦回西周，重温一遍水泽的浪漫似的，先于中心地带积起一片水洼，不多几日，渐次扩展，那片大凹地就又是一片水的世界了。

水生龙，龙养水。我们出土了青铜龙的古周原，可是有几个纪念龙的节日哩。最典型的要数二月二"龙抬头"。当天，家家户户都会炒棋子豆儿。这种豆儿的做法很特别：先用细白的麦面打成手指厚的饼，再用木梳扎上许多龙形花纹，然后在锅里烙得半熟，最后切成指头肚儿一般大的小豆儿，倾在大铁锅里慢火炒了。

炒出来做啥用呢？献龙啊！

龙在哪儿呢？这就要引回来了。

生长在古周原上的我，在故乡参加了许多次的引龙活动。譬如除夕的前一天，就有一个撒灰引龙的活动。每家每户派出家里有威望的人，到附近的龙王庙里引龙回家。端上一撮箕掺了白石灰的草木灰，从大门外撒起，一条线撒到灶间，绕着水缸撒一周，家里人谓之"引财龙"。再则就是撒谷引龙了。引罢了"财龙"，端一碗掺了糜子和谷子的粮食，亦从大门外撒起，一条线撒到井房，绕着水井撒一周，家里人谓之"引福龙"。

除此之外，是日为男子者，都要烧水剃头，是谓"剃龙头"，民间说这样做可助人生尊贵。当然了，是日还有不少禁忌，如：不能使针线、剪子，怕的是伤了龙睛，招致灾祸；不能挑水、洗衣、磨面，怕的是挑水惊了龙子，洗衣伤了龙皮，磨面碾了龙首；等等。

凡此种种，都充分地说明人与龙水乳交融、血脉相通，其关系可是不容亵渎的。我亲爱的风先生真会抓机会，他赶在这个时候，把我撰写的一篇《神龙赋》，满怀真情地诵念了出来：

华夏神灵兮龙，民族图腾。麒首鹿角虎睛，神乎其神。鳄嘴狮鬣蟒腹，怪乎其怪。鹰爪凤尾锦鳞，异乎其异。兴起舞天蔽日，喷嚏致雨。趣来蹈海弄潮，嘘气生云。捕风捉影难描，乾坤横扫。吞纳世间万象，天象阳刚。

华夏神俊兮龙，宇宙王尊。形合大体天游，摄取阴阳。形散大化地荡，纵横神州。确实万牲王业，沟通鬼神。晴空惊雷一声，身若云翻。天蹈彩舞歌乐，豪情武穆。乘龙快婿凤鸣，萧史秦宫。卧龙南阳茅庐，诸葛孔明。

华夏神韵兮龙，天地恩荣。容纳四海百川，龙威激荡。融汇山魂岳魄，龙脉广阔。行云擎电布雨，温润万物。气贯长虹龙兴，养福九州。衔珠献瑞吉祥，大道高怀。弘毅自强云霄，龙马精神。兼收并蓄笃行，厚德载物。

诵念罢了我作的《神龙赋》，风先生若有所思地说："你知道吗？有人在网络上聒噪不息，不仅怀疑'龙'的存在，还鼓吹因为东西方文化存在的差异性，容易导致外国人对龙形象的误读。"

风先生有些愤慨，继续说："他们自吹为弃龙派，建议我们在重塑国家形象时，应挖掘传统文化中的积极元素，使之能够很好地融入世界人民的大家庭中。"

风先生看得清楚，社会上对待龙的态度，就是如此对立。

风先生接着说，两者的调性都是不可取的。譬如领衔弃龙派某专家统率着一个课题组，研究发现"龙"的英文名字为"dragon"。西方世界中的这一称谓，是一只巨大的怪物，长着翅膀，身上有鳞，拖着一条长长的蛇尾，能够从嘴中喷火，所象征的是邪恶和霸气。风先生坚决地表示，英文单词的"dragon"被冠在了汉语单词"龙"的头上，那也只能说是翻译者的错误了，龙就是龙，在做英文翻译时，只能翻译成"long"，而不能翻译成其他，尤其是不应翻译成"dragon"。原因很简单，东方"龙的传人"，不是西方"dragon"的后代。

为此而焦虑的风先生，又说起另外一件事。中州腹地的河南新郑人，大言要在"黄帝"的头上动土，于传说中"黄帝"诞生地的祖龙山上，依山赋形，浇筑了一条巨型钢筋混凝土龙。这样的作为，让风先生非常愤怒。新郑祖龙的建设，在风先生看来，表面上似与弃龙派在对着干，实质上与弃龙说一样不靠谱。原因是，我们尊龙是一种精神上的事情，而他们大搞祖龙建设，却是以营利为目的。持有这种目的的人，是不会真心尊重龙的。《河南商报》的一份报道，对此做了非常到位的揭露。他们是拿着祖龙建设规划书来说事的，设计规划的"华夏第一祖龙"，通体要镶嵌560万片汉白玉或铜底镀金龙鳞，并以此为商业卖点推出"我是巨龙身上一片鳞"的活动，动员和号召爱国华侨，出钱在龙鳞上刻姓留名；龙体内也要镶嵌南阳黄玉，设立慈孝廊、忠义廊、报国廊、英烈廊、爱国廊等，让人们在其中题名留念，当然要出钱购买题名位的；更为叫绝的是，已经这样了还不能满足他们借"龙"生财的胃口，还在龙头上策划了一个"龙头企业上龙头"的创意，当然了，龙头企业是要花上大价钱才能上龙头的，不出钱，即使是龙头企业也休想上龙头。

这一番的策划和创意，不过是利用崇高神圣的龙文化赚昧心钱，由外到里，都浸透了令人厌恶的铜臭味！

这是个大闹剧，更是个大悲剧。

我更愿意沉默着当一个旁观者，看他们闹腾去。对此，风先生与我想法一致，欲以自己虔敬的心，热爱神圣的龙，甘做龙的子孙，传承龙的精神，发扬龙的文化。

原始的、吉祥的龙，是我们中华民族精神文化的图腾，永远不变的图腾！

纪十三　佛指舍利

猗与漆沮，潜有多鱼；

有鳣有鲔，鲦鲿鰋鲤。

以享以祀，以介景福。

——《诗经·周颂·潜》

围绕法门寺佛指舍利发生的故事太多了，在风先生的记忆里，最为典型的要数这三件了。

明朝隆庆年间，法门寺供养佛骨真身舍利的木塔，年久失修，损毁坍塌，官方财力不济，难于重修真身宝塔。有痴僧用百尺长的锁链穿过血肉之躯的肩筋，加以锁具，拖地而行，奔走呼号，劝缘建塔。致仕还乡的内阁宰辅赵贞吉，眼见了痴僧的这一惨烈举动，作了首十分写实的《大洲诗》，并刻石以为记。风先生欣赏赵贞吉的诗作，当然更为痴僧的壮举感动。此事后的1926年，自幼孤贫力学，及长从军，后在陕负责赈灾救济事业的朱子桥将军，在好友倓虚法师和李叔同的引导下，皈依了净宗高僧印光大师。朱子桥不辞辛劳，不惧艰危，自筹资金，为法门塔加筑底座，使严重倾斜的塔身不至继续倾斜。1966年，俗名戚金锐、法名永贯的良卿法师，在他修行的法门寺禅房里，隔着纸糊的窗棂，看见一群臂戴红袖标的青年人，吵吵嚷嚷地进到寺院里来，他们见啥砸啥，佛像、佛经化成了火灰。最后他们都聚集在真身宝塔前，试图用他们带来的农具，挖出塔底埋藏的舍利。作为寺庙住持的良卿法师，知道劝不住，也拦不住青年人的行动，决心舍命来保护法门寺真身宝塔下埋藏的舍利。一陶罐的菜籽油，良卿法师兜头倾倒在自己袈裟裹着的身上，然后伸出衣袖，从他点燃的油灯上引火，一点点地灼燃着，灼燃得他满身都是啵啵爆裂的火苗儿！良卿法师身上的烈焰，燃烧了他的生命，也让闯入寺院来的青年人惊骇不已，他们丢下手里挖刨的农具，放弃了损毁法门塔下舍利的图谋。

三件发生在法门寺的事情，风先生给我没有少说。我听得明白，他不断讲述的目的，是想告诉世人，有些事可以做，有些事坚决不能做。

保护舍利不受毁坏，不仅可以做，而且是必须做的。风先生那么说来，就把近代佛教史上著名的印光大师关于"舍利"的开示，原原本本地往我的耳朵里灌了：言舍利者，系梵语。此云身骨，亦云灵骨。乃修行人戒定慧力所成，非炼精气神所成。此殆心与道合，心与佛合者之表相耳。非特死而烧之，其身肉骨发变为舍利。古有高僧沐浴而得舍利者。又雪岩钦禅师剃头，其发变成一串舍利。又有志心念佛，口中得舍利者。又有人刻龙舒净土文板，板中出舍利者。又有绣佛绣经，针下得舍利者。又有死后烧之，舍利无数，门人皆得。有一远游未归，及归致祭像前，感慨悲痛，遂于像前得舍利者。长庆闲禅师焚化之日，天大起风，烟飞三四十里。烟所到处，皆有舍利。遂群收之，得四石余。当知舍利，乃道力所成。丹家不知所以，妄臆是精气神之所炼耳。

风先生不厌其烦地那么说来，引得我又讨教了舍利的起源。

佛祖释迦牟尼在二千五百年前，于拘尸那揭城郊娑罗树下圆寂，他的遗体火化后，共获得八万四千颗真身舍利，其中十九份传入中土，并在东汉桓帝的资助下，在全国设立十九座舍利宝塔，其中最早设立的阿育王寺，也就是现今的法门寺，坌塔珍存下了佛祖的指骨舍利。

我那吃斋念佛的二伯父和二伯母，做着法门寺的居士，隔上一段时间，就要住进法门寺。那时我小，二伯父、二伯母出门住法门寺时，还会带着我来。我对事佛的议程、仪轨，没有什么兴趣，就只在庙宇幢幢的寺院里胡跑乱转。其时陪同我的，除了寺院里的钟磬声，还有我感觉得到的风先生。

老实说，有风先生的帮助，我才知道许多有关法门寺的故事，懂得了许多法门寺的秘事……痴僧、朱将军、良卿法师们一代一代尽力护卫的法门寺真身宝塔，能够奈何人的毁坏，却奈何不了岁月的折磨，终是倒塌给了一场持续了几日的大雨袭击。就在这个时候，我的身份因为一部长篇小说，随之发生一个大的变化，到县文化馆做了我喜欢的文化专干。我因此有责任，也有机会参与进重修法门寺真身宝塔的人群中，为之奔走，为之呼吁。到了1987年，呼吁、奔走、奔走、呼吁，获得了相关部门的文件批复，组织起权威的专家队伍，先期对法门寺塔基地做了清理。

正是这次抢救性的清理，发现了真身宝塔下的地宫，并从地宫里提取了大量唐朝时藏入的文物。

地宫里的一通物账碑，清晰记载着那些文物，计有金银器120多件（组），琉璃器20余件，以及瓷器、丝织品、佛经、佛像等，琳琅满目，多得不可计数。还好有物账碑在，对此兴趣饱满的风先生，一眼看去，先把碑上的文字和数字，牢记在了他的记忆里，有需要时，即能复述出来。

原谅我不能把风先生记忆在心的物账碑上的记述全都罗列出来，仅从数据即可见重见天日的宝物，有多丰富，有多珍贵了。

以提取来的秘色瓷为例，就极为隐秘、难得，有人以为秘色是对一种釉色的称谓，也有人以为是对一种颜色的叫法。物账碑的记述，及实物的呈现，揭开了这个谜团。

当然，更重要的还是此后清理发现的一枚一枚又一枚的佛指舍利。唐道宣《集神州三宝感通录》对佛指舍利的形制，有较为明晰的记载，"其舍利形状如小指初骨，长寸二分，内空方正，外棱亦尔，下平上圆，内外光净"。后来的《大唐咸通启送岐阳真身文志》亦有记述："长一寸二分，上齐下折，高下不等，三面俱平，一面稍高，中有隐迹。色白如玉，少青，细密而泽，髓穴方大，上下俱通，二角有文，文不并彻。"

风先生当年站在法门寺地宫口，见证了珍藏佛指舍利时的情景，再次清理的结果，他发现与原有文献的记述，没有二致。

风先生可以定义的那枚灵骨佛指舍利，是用五重宝函包装着的。宝函的第一重是为铁质，出土时锈迹斑斑，呈深褐色。铁函之外，曾经包裹着一层丝绸织物，在地宫中业已朽腐不堪，仅从残片中识别得出原来的材质和纹样。宝函的第二重紧套在第一重之内，是一个精美的银质鎏金函，函身雕刻有四十五尊佛造像。宝函的第三重是一银包角雕花檀香木函。到第四重则是一副水晶椁，椁顶嵌有黄、蓝宝石各一颗，在椁盖上雕着观音菩萨坐像。第五重俨然一个壸门座玉棺，棺盖雕饰了普贤菩萨像，玉棺放在雕花棺床之上，那枚释迦牟尼佛左手中指的真身灵骨，就套在玉棺内。

风先生看得真切，灵骨佛指舍利的颜色微黄，有裂纹和白色的小斑点，附着在灵骨上。

与灵骨相继呈现在人们面前的，还有另外三枚影骨。上知天文、下知地理的风先生如清理这些文物的专家一样，只是一枚一枚又一枚，从众多文物中清理出四枚来，却难说清四枚之间的关系……不过，经验丰富的风先生，知晓骨殖的旧物，在舌头上舔一舔，能够舔出个究竟。他那么想来，现场还就把四枚佛指舍利拿到嘴边舔了，先发现的那一枚，滑溜溜舔着仿佛玉石一般，后发现的第二枚和第四枚，他舔来如头一枚一样，亦然滑溜溜玉石的质地，唯有第三枚，他舔着感受到了一种莫名的吸附性，黏吸在他的舌尖上了！

风先生的经验就在于此，能够黏吸在舌尖上不掉的物质，就一定是骨殖。

可是仅凭风先生的经验，还不能确定佛指舍利的分类。怎么办好呢？大家耐着心，等着一个人来。那人是时任国家佛教协会会长的赵朴初先生，法门寺地宫出土了那么多的佛教圣物，他老先生怎么能不来呢。期待中的他来了，他见了四枚佛指舍利，也见了陪同他的专家和随从，他看出了众人眼里的期待，还有疑惑，没等他们谁问，当即强调四枚佛指舍利，全部都是真身舍利。赵老先生一番话撂出来，掷地有声，没有谁再疑惑了。但老先生歇了一口气后，偏又诵念诗词似的，说出一句话："影骨非一亦非异，了如一月映三江。"他说出的话，在风先生听来犹如醍醐灌顶，他明白过来了。

风先生依据他的经历，说出了这样一番话。他说一个人走在一条河流边，抬头看得见高悬天际的月亮。月亮只有一个，但在漫长的河流上，走上一段，俯首去看河流的水面上，是会映照出一个月亮，再往前走，走上一段，河流里自然地还会映照出一个月亮……风先生把话说到这个份儿上，他不再说，别人也是能够明了的。

一河三月亮，甚或一河四月亮、五月亮……法门寺地宫发现的四枚真身舍利，那枚舔在风先生舌尖上不落的舍利，确定是为灵骨舍利，另外三枚便是影骨舍利了。

法门寺地宫对于佛指舍利，所以有此安排，别人可能糊涂，但风先生明明白白，知是法门寺僧侣的智慧了……历史上，风先生历历在目的毁佛、灭佛的事件，先后爆发过四次，分别是北魏的太武帝拓跋焘、北周的武帝宇文邕、后周的世宗柴荣及唐武帝李炎，佛家痛哉悲哉地称其为"三武一宗"法难。这就是说，佛教在发展的过程中，并不一帆风顺，而是受过大灾大难的。大灾大难来时，首要的灾难当属对佛舍利的损毁了。智慧的法门寺僧侣，为了避免佛指骨真身舍利遭到损毁，便仿制了三枚玉质的影骨舍利。

一封朝奏九重天，夕贬潮州路八千。

欲为圣明除弊事，肯将衰朽惜残年！

云横秦岭家何在？雪拥蓝关马不前。

知汝远来应有意，好收吾骨瘴江边。

风先生给我详细地讲述法门寺佛指舍利的故事时，又诵念出一首韩愈所作的七言唐诗《左迁至蓝关示侄孙湘》。

职守在唐宪宗朝的他，所以写作了此一诗篇，只因他目睹时人定期从法门寺迎佛至皇宫供奉的过程。他认识到这件事对朝政的影响和对劳苦大众的伤害，便上书唐宪宗《谏迎佛骨表》，没想到招致宪宗龙颜大怒。贬谪潮州（今属广东）途中，他借此诗抒发了内心的郁愤和感伤。风先生不加掩饰他对这首诗的喜爱，言其诗融叙事、写景、抒情为一体，诗味浓郁，对比鲜明，代表了唐诗的一个高度。

为了让我更好地理解韩愈写作此诗的情怀，风先生把韩愈当年上书给唐宪宗的《谏迎佛骨表》，仔细地给我复述了一遍。

臣某言：伏以佛者，夷狄之一法耳，自后汉时流入中国，上古未尝有也。昔者黄帝在位百年，年百一十岁；少昊在位八十年，年百岁；颛顼在位七十九年，年九十八岁；帝喾在位七十年，年百五岁；帝尧在位九十八年，年百一十八岁；帝舜及禹，年皆百岁。此时天下太平，百姓安乐寿考，然而中国未有佛也。其后殷汤亦年百岁，汤孙太戊在位七十五年，武丁在位五十九年，书史不言其年寿所极，推其年数，盖亦俱不减百岁。周文王年九十七岁，武王年九十三岁，穆王在位百年。此时佛法亦未入中国，非因事佛而致然也。

汉明帝时，始有佛法，明帝在位，才十八年耳。其后乱亡相继，运祚不长。宋、齐、梁、陈、元魏以下，事佛渐谨，年代尤促，惟梁武帝在位四十八年，前后三度舍身施佛，宗庙之祭，不用牲牢，昼日一食，止于菜果，其后竟为侯景所逼，饿死台城，国亦寻灭。事佛求福，乃更得祸。由此观之，佛不足事，亦可知矣。

高祖始受隋禅，则议除之。当时群臣材识不远，不能深知先王之道，古今之宜，推阐圣明，以救斯弊，其事遂止，臣常恨焉。伏维睿圣文武皇帝陛下，神圣英武，数千百年已来，未有伦比。即位之初，即不许度人为僧尼道士，又不许创立寺观。臣常以为高祖之志，必行于陛下之手，今纵未能即行，岂可恣之转令盛也？

今闻陛下令群僧迎佛骨于凤翔，御楼以观，舁入大内，又令诸寺递迎供养。臣虽至愚，必知陛下不惑于佛，作此崇奉，以祈福祥也。直以年丰人乐，徇人之心，为京都士庶设诡异之观，戏玩之具耳。安有圣明若此，而肯信此等事哉！然百姓愚冥，易惑难晓，苟见陛下如此，将谓真心事佛，皆云："天子大圣，犹一心敬信；百姓何人，岂合更惜身命！"焚顶烧指，百十为群，解衣散钱，自朝至暮，转相仿效，惟恐后时，老少奔波，弃其业次。若不即加禁遏，更历诸寺，必有断臂脔身以为供养者。伤风败俗，传笑四方，非细事也。

夫佛本夷狄之人，与中国言语不通，衣服殊制；口不言先王之法言，身不服先王之法服；不知君臣之义，父子之情。假如其身至今尚在，奉其国命，来朝京师，陛下容而接之，不过宣政一见，礼宾一设，赐衣一袭，卫而出之于境，不令惑众也。况其身死已久，枯朽之骨，凶秽之余，岂宜令入宫禁？

孔子曰："敬鬼神而远之。"古之诸侯，行吊于其国，尚令巫祝先以桃茢祓除不祥，然后进吊。今无故取朽秽之物，亲临观之，巫祝不先，桃茢不用，群臣不言其非，御史不举其失，臣实耻之。乞以此骨付之有司，投诸水火，永绝根本，断天下之疑，绝后代之惑。使天下之人，知大圣人之所作为，出于寻常万万也。岂不盛哉！岂不快哉！佛如有灵，能作祸祟，凡有殃咎，宜加臣身，上天鉴临，臣不怨悔。无任感激恳悃之至，谨奉表以闻。臣某诚惶诚恐。

跟随文章的描述，眼前蓦然重现了当时的情景，狂热的人们，焚顶烧指者众，解衣散钱者众，弃其业次者众，甚而还有许多断臂脔身者。

面对全社会爆发的怪异现象，风先生能怎么说呢？

风先生只能说他感动韩愈的率直正派，敢做出头的鸟儿，极言"佛不足事"，事佛有害百姓。自然了，他还可以说韩愈的文字，自然洒脱，通俗易懂，开了一代文风。我欣赏风先生的认识，官至吏部侍郎，卒后人们誉称"韩文公"的他，以继承儒家道统为己任，开大力反对骈文，而着力倡导散文，其文雄奇奔放又曲折变化，其诗又常"以文为诗"，于后世文人的影响，至为深远。

风先生担心我一时不能完全明了文章的意蕴，因此就只有借助前人的认识，来做说明了。

风先生先是将记忆中的清人孙琮的观点启发我。孙琮以为韩愈的诗文"方曲得委婉……侃侃名言，真可立破顽懦"。还引《御选古文渊鉴》说："义正词直，足以祛世俗之惑，允为有唐一代儒宗。"又举清人的纪昀评《左迁至蓝关示侄孙湘》"语极凄切，却不衰飒"。再是近代学人程学恂，在先辈观点的基础上，总结说："时未离秦境，而语已及此，其感深矣。"

不揣冒昧的我，因为风先生的鼓励，于是心血来潮，要把自己的一阕《法门寺赋》，献丑出来了：

神哉法门寺兮，存天地之灵气，得日月之垂恩。始有阿育王塔，继建法门寺院。历大唐之鼎盛，陷清季之没落。机缘天成，改革肇始，乾坤更新，地宫重启，佛指再现，涅槃又生，莲开妙象，金绳映彩。

欣哉法门寺兮，法藏初开，大德广慕。修巨幢之奇绝，沐佛光而晔煜。临寺观之，焕然一新；行廊曲曲，烟阙重重；侣僧云集，稽首互禅；香客纷至，触目相逊；渔鼓清音，悠扬悦耳；市声琳琅，沸腾繁华。

灵哉法门寺兮，香雅若春，静穆似秋。性所善者，涌泉汩鸣；质所美者，积厚日新。法之所在，道之所存，合而为绳，绝世红尘。风霜时侵，香火冲天依然；雨雪时袭，香客膜拜依旧；华夏复兴，东方不败。

知我者莫如风先生，他窥透我所以大言不惭地献出这阕赋文，是为了引申出法门寺里别的一些故事。

1949年夏天的时候，毛主席在北平长安大戏院观看京剧《法门寺》时，对身边的警卫说："《法门寺》里有两个人物很典型，一个是刘瑾，一个是贾桂。刘瑾从来没有办过一件好事，唯独在法门寺进香时，纠正了一件错案，这也算他为人民办了一件好事。贾桂在他上司面前，一举一动，一言一行，都是十足的奴才相。我们反对这种奴才思想，要提倡独立思考，实事求是，要有自尊心。"1956年4月，毛主席为撰写《论十大关系》，组织国务院部门负责人汇报，他听完汇报后，针对社会上流行的"如果没有苏联的援助，中国的建设是不可能的"错误观点，就又一次拉出京剧《法门寺》来类比，批评一些人"当奴隶当惯了，总是有点奴隶气，好像《法门寺》里的贾桂一样，叫他坐，他说站惯了"。最后在定稿了的《论十大关系》中，还特别强调"有些人做奴隶做久了，感觉事事不如人，在外国人面前伸不直腰，像《法门寺》里的贾桂一样，人家让他坐，他说站惯了，不想坐。在这方面要鼓点劲，要把民族自信心提高起来，把抗美援朝中提倡的'藐视美帝国主义'的精神发展起来"。

风先生牢记着毛主席对历史剧《法门寺》里典型人物的看法，他意犹未尽，便诵念起《诗经·潜》中的句子来：

猗与漆沮，潜有多鱼。有鳣有鲔，鲦鲿鰋鲤。以享以祀，以介景福。

风先生就是这么高深莫测，他把我搞糊涂了，不晓得老先生何以诵念出《诗经》中这首名曰《潜》的歌谣来。就茫然地看向他，想要听到他进一步的解释。他看出我神情的异样，用他如风似的手抚摸着我的发梢，用白话文把这首远古的歌谣，又表述了一遍，什么"真好啊漆沮河，水池里有那么多鱼，不但有鳣鱼鲔鱼，还有鲦鱼鲿鱼鰋鱼鲤鱼。用来祭祀，祈求洪福"。我知晓漆水与沮水，即我们古周原上的两条河流……河流不言，千古流淌，既滋养着那么多的鱼儿，也滋养着我们的生命，生生不息，千秋万代。

哦！听着风先生的讲解，我似乎有所醒悟，仅凭"智慧"两个字，是说明不了问题的，必须加上"文化"二字，才可以明晰毛主席高远广阔的精神气质与深思远虑的思想气概。

我是开心了呢！开心的我拉着风先生的手，去到古周原上的法门寺，寻觅到了那块镶嵌在寺庙内壁的跪石，目不转睛地盯视着两个光溜溜的小圆坑，觉得好不神异！过去的时候，只听人说那两个小圆坑是人跪出来的就不再多问，想当然地以为是跪拜佛家的人，今日你跪，明日他跪，千百年跪出来的。实际上却不是，而是毛主席所说《法门寺》故事里那个叫宋巧姣的明代民女，赶来法门寺告状跪下来的。

风先生见识了宋巧姣告状的过程，他告诉我，女孩儿家住郿坞县宋家庄，自幼聪明伶俐，人称"才女"。

可怜宋巧姣一个窈窕黄花女，天不睁眼，让她偏遭风霜杀。巧姣十多岁时，慈母去世，父亲宋国士原是一名生员，因家境贫寒无心赶考，年幼的弟弟兴儿也不得不去乡约刘公道家当童工，老幼三人相依为命，苦度日月。家境豪富的刘公道，名叫公道，却一点公道都不讲。有天夜半，突然听得院内狗叫，刘公道叫兴儿起来察看是否有贼。兴儿掌灯来到后院，见一颗血淋淋的人头滚在当院，不由吓得跌了一跤，连声大叫："杀人了！"刘公道起来见此情景，知道大祸临头，于是心生一计，命兴儿把人头扔到后院枯井，又怕兴儿走漏风声，便把兴儿一锨头也打入了枯井。为了堵住巧姣父女追要兴儿之口，刘公道还跑去县衙，反诬兴儿偷盗了他家的财物后连夜逃走了。

就在刘公道打死兴儿的当天晚上，孙家庄的孙寡妇娘家胞弟环生与其妻贾氏被人所杀。郿坞知县赵廉立即坐轿前往验尸。只见死者男的有头，女的却无头。因两人是在孙家被杀，赵廉随即提审孙寡妇及其女孙玉姣。

这赵廉虽为两榜进士，但遇事往往武断。他见孙玉姣长得十分美丽，又见其手上戴着一只玉镯，便断定凶案必与奸情有关。孙玉姣经不住酷刑折磨，只得供出了玉镯的来历。

五日前，本乡一位世袭指挥傅朋外出游玩，偶至孙寡妇门前，适逢孙寡妇不在，孙玉姣在门前喂鸡。傅朋见孙玉姣长得美貌，心中顿生爱慕之情，于是借买雄鸡之名，有意将一只玉镯遗在孙家门前。傅朋走后，孙玉姣便将玉镯拾起。此事恰被刘媒婆窥见，刘答应要为孙、傅二人说合。

赵廉听了孙玉姣的诉说后，即又差人提来傅朋严刑拷打，要傅朋招认与孙玉姣通奸杀人。傅朋屈打成招，赵廉便下令将傅朋和孙玉姣一同关入监牢。

孙、傅二人虽被收监，但缺少一颗人头又岂能定案？赵廉猛然想起刘公道状告宋兴儿盗物逃走一案。两案俱发生在五月十三日晚，且同在一个村，想是宋兴儿那晚去孙家调戏孙玉姣，女子不从，惊动其舅父舅母，兴儿因奸情杀人后盗物逃走。于是赵廉又差人提宋国士全家到案。宋巧姣父女来到县衙，赵廉不分青红皂白，指控宋兴儿盗物杀人，要宋家立即交出兴儿偿命。宋国士连气带吓，说不出话来。但宋巧姣胆识过人，代父上前说清事实，据理相驳，问得赵廉脸红耳赤，难以对答。这位县太爷万没料到，巧姣竟如此才智过人、能言善辩，他为了保全面子，故作镇静，“啪”地将惊堂木一拍，命左右将宋巧姣收监，判决宋国士拿出十两银子赔偿刘公道后才能将宋巧姣赎回。

宋巧姣和孙玉姣被关在同一监牢，两个妙龄女子，同受不白之冤，同病相怜，情如姐妹。宋巧姣趁机细细询问孙玉姣遭冤原委，从玉姣口中得知，那日她拾玉镯时被刘媒婆拿去了一只绣鞋，被一贯赌博不务正业的刘媒婆之子刘彪拿去向傅朋敲诈。宋巧姣断定凶手必是那刘彪无疑，决心上告糊涂知县赵廉。

在那等级森严的封建时代，一个贫苦的平民弱女敢状告一个堂堂知县，此等胆识，令人敬佩。傅府得知此事，立即拿出十两银子赎巧姣出狱，并承诺包揽打官司的一切费用。

宋巧姣听说朝廷九千岁公公刘瑾近日要陪老太后到法门寺降香。巧姣认为申冤的时机已到，悲喜交加，决心豁出性命去告御状。

刘瑾和老太后来到法门寺后，宋巧姣匆匆奔往法门寺，冒死挡轿喊冤，却被校卫一脚踢翻在地。宋巧姣凄厉的喊冤声传到大佛殿，刘瑾问："外头什么鸡毛子乱叫的？"公公贾桂应道："有一民女喊冤。"刘瑾随口道："拉出去砍了！"就在这时，坐在正中间的太后发了善心，喝住左右道："大佛殿哪有杀人的道理？"遂唤宋巧姣上前问话。

宋巧姣双膝跪在大佛殿的石阶上哭诉冤情，直哭得一寺松柏落叶，满天飞鸟恸哭，连膝下坚硬的拜佛石也伤心得酥软如泥。宋巧姣的申冤让一切真相大白，刘瑾奉太后旨，处死了杀人犯刘彪、刘公道，还了宋巧姣和孙玉姣的清白，并恩准"双姣"婚配给傅朋，都做了他的新娘。

巧姣告状哭诉后站起来，膝下的石头上面居然出现了两个圆圆的膝印儿。此后，人们就把这块拜佛石叫作了"巧姣跪石"。

风先生熟悉这块巧姣跪石，当然也熟悉法门寺另一块名曰"卧虎石"的石头。卧虎石看似是一块平庸的石头，其实很不平凡。我在风先生的指导下，端来一碗清水，泼洒在这块石头上，石头上面当即显形了数只老虎的图样。几只老虎相互纠结盘绕，极其生动可爱！我对这块石头的来历非常好奇，现场问了风先生，他当然不会让我失望，这便给我仔细讲了一个故事。说是北宋时金兵压境，国难当头，皇帝宋徽宗却带着宠妓李师师到法门寺来拜佛。虎狼般的当地官员为了恭迎圣驾，征调民夫，修路，植树，忙得不亦乐乎。还将一块取自太白山的石头，交由一位老石匠打磨。

老石匠把石块打磨得平整光滑、起光发亮后，便往法门寺搬运了。谁能想得到，这个被搬进法门寺的石块，居然在卸车时把老石匠给砸死了！

只会欺压百姓的官员们，不知道这块石头的珍贵，还以为是件不吉利的事，就草草地把老石匠给送回家掩埋了。

老石匠儿子不想让父亲的作品埋没，他铤而走险，想办法进入法门寺，找机会向宋徽宗当面揭示那块老虎石的面貌，同时也想给他以抗击金人侵略者的信心与决心。石匠儿子剃掉满头的黑发，装扮成一个挑水的小和尚，在寺庙院子里游走，等待时机……在老石匠打磨这块石头的时候，他也参与了部分打磨工程，知晓老父亲运用"水隐雕刻法"，在石块上刻蚀了数只老虎，刀功之精细，非泼水不能现真形。于是他伺机而动，等待一个泼水于石的好时机。那时宋徽宗伴着李师师游走在寺庙院子里，刚巧走到那块石头旁，挑水的石匠儿子故意绊了一跤，便把他挑着的水桶摔在了石头上，使得隐刻在石头表面的数只老虎蓦然显现出来，个个栩栩如生、威风凛凛。李师师先看见了，她惊呼一声："老虎！"宋徽宗不知缘故，浑身一个激灵，待问李师师时，李即伸手指向那块石头。瞪着眼睛的宋徽宗，顺着李师师的手指方向，也在那块石头上发现了数只老虎。

满心疑惑的宋徽宗，把他恼怒的眼睛看向了随行的那些官员，质问他们："谁这么大胆，敢来戏弄朕！"

官员们一个个吓得魂不附体，跪倒在地，全都不知如何是好。倒是回过神来的李师师，不慌不忙地给众官员解了围。

李师师说："皇上虎年虎时出生，今日石块上泼水现出数只老虎来，那是佛祖显灵，来迎接圣驾您哩！"

跟随宋徽宗来法门寺上香的京城官员，结合当时的国家大势，也借着老虎石的出现进一步谄媚逢迎。

有人说："金人不自量力，总来袭扰咱们大宋，圣主您的生肖现身石上，可是个大大的吉兆呢！"

有人说："虎举龙兴，圣上您万岁万岁万万岁！"

还有人说："大宋江山千秋万代！万代千秋！"

一帮会拍马屁的大宋官僚，因为这老虎石，都被宋徽宗开开心心地晋了一级官阶。但大宋朝并没有因此而得福，没过几年光景，金人的铁骑踏碎了所有人的梦想，便是"虎举龙兴"的宋徽宗，也被金人俘虏去了冰天雪地的大东北，沉在一口地窖里，过起了暗无天日的日子。

风先生讲着老虎石的故事，一时讲得愁容满面，给我连连摇着手说了呢。

风先生说："不讲咧，不讲咧。"

风先生说："说起来只有伤悲，只有哀痛。"那样的伤悲，那样的哀痛，不说了的好。但有个困扰人的词语，不说让人还就一直地困惑不已。因而我缠着风先生，要他一定说说，那就是佛家和现代人常说的"自在"。

风先生关于"自在"的解释，在汉语的语境下，他以为所指无非使人的生活少点拘束，让人身心多点舒畅，亦即一种自然而然的、与万物融为一体的存在状态。为此，风先生还用前人的观点，为他的观点论证，如唐人杜甫《江畔独步寻花》一诗有云："流连戏蝶时时舞，自在娇莺恰恰啼。"再如宋人梅尧臣《五月十三日大水》一诗反映，"戢戢后池鱼，随波去难留。扬鬐虽自在，江上多网钩"。还如明人陶宗仪《辍耕录·大军渡河》一文所说，"富与贵悉非所愿，但得自在足矣"。当然了，佛教崇尚的菩萨，就极其推崇"自在"一词。风先生因之还归纳了一番，发现其中既有观境自在、作用自在，还有智自在、慧自在、业自在、生自在、觉观自在，以及心自在、财自在、愿自在、信解自在、如意自在、法自在等，不一而足。总之，所有的自在，让风先生说来，至少是不勉强，不局促，不呆板，不受限，融洽而逍遥矣。

纪十四　采薇图

终南何有？有条有梅。

君子至止，锦衣狐裘。

颜如渥丹，其君也哉！

——《诗经·秦风·终南》节选

　　一个想要使自己千秋万代的画家，是不能只顾埋头作画的，还应多读书，在诗文上下些功夫。

　　见多识广的风先生，总结成就卓然的国画大师，无不是这个样子。先入北宋皇家画院、再入南宋皇家画院的李唐，便是风先生着力推举的一个典范。祖籍河阳三城（今河南孟津）的李唐，于宋徽宗政和年间，赴开封参加皇家举办的图画院考试，试题看似简单，却极有诗意，"竹锁桥边卖酒家"。参加考试的人，应该说都有自己不错的画技，但他们都把笔墨用在了酒家的刻画上，唯有李唐独出心裁，运用"露其要处而隐其全"的艺术手法，非常突出地描绘了考题的意境。也就是说，他从"虚"处着笔，不去劳力费神的表现酒家，而是于小溪桥畔的竹林深处，斜斜地挑出一幅酒帘，这便恰到好处，亦恰到妙处地切合了考题所提出的"竹锁"之深意。既然为皇家考试，试卷自然要皇帝来亲阅了。很有些书画功夫，又有些诗文功底的宋徽宗，阅览到了李唐的试卷时，只一眼便不忍释卷，直呼他的构思高妙，意在画外，却又在其中。于是，朱笔批下来，李唐以榜首的位置，被录取为皇家画院的专职画家。

雪里烟村雨里滩，看之容易做之难。

早知不入时人眼，多买胭脂画牡丹。

快哉！风先生阐发着他对李唐的喜爱，不禁把李唐抒发胸中块垒的一首诗，随口吟诵了出来。我沉浸其中，一方面知觉妙而至极，同时也感到一种无奈在胸中。

宋朝的科举制度，延续着前朝的范例，皇帝殿前考试，榜首即为状元。科举考试是如此，画院考试也该是如此吧。李唐以自己的卓越才华，摘取了这得之不易的殊荣，究其根本，全靠他平时好学而积累下的诗文功底。唯如此，才能更好地理解题识，因此也巧妙地描绘出画题所蕴含的幽奥。

现藏台北故宫博物院的《万壑松风图》，在风先生看来，应是李唐任职北宋皇家画院时的作品。李唐顺利考进皇家画院后，创作热情十分高涨，他究竟创绘了多少高妙的画作，没有统计，便是他身后编著的图书，譬如后来极具公信度的《格古要论》《石渠宝笈》《式古堂书画汇考》《墨缘汇观》等专著，都只记录下李唐传世的部分画作。直到今天，我们能看得到的，除了《万壑松风图》，还有收藏在天津博物馆的《濠梁秋水图》、收藏在美国大都会艺术博物馆的《晋文公复国图》、收藏在日本京都高桐院的《山水图》双幅，以及其他一些收藏地的《乳牛图》《长夏江寺图》《清溪渔隐图》等。

不过，风先生自有他的评判准则，在他的意识深处，最具代表性的还是要数《万壑松风图》了。

冈峦、峭壁、尖峰都像斧头刚刚砍凿过似的，使石质的群山，有种扑面而来的坚硬感。山腰处的朵朵白云，冉冉欲动，又把群山的远近层次，绝妙地划分出来，使画面呈现出疏密相向的艺术效果，同时还使画面的气氛有了种柔和协调的美感，避免了着墨太密太实而让观赏者产生不该有的压迫感。近处的松林，山巅上的杂树，以及或隐或现的石径，再加上一线垂落的瀑布，形成一弯浅浅的溪涧。涧水不固守，穿石而出，使画面不仅显得深邃幽眇，而且如闻其声，真可谓"画到有声"诗境生。

"李唐的《万壑松风图》在构图上，较之他人的山水画……"风先生略一沉思说，"还有一个特点，那就是所取虽是全景，却不突出主峰。画面通过缠绕在山间的松树，把连绵起伏的峰顶，牵连成一个统一的整体，近、中、远三个空间层次，都自然得体地表现出来。全图的用墨，浑朴沉厚，但又不失腴秀雅润，天趣盎然。坡石先用淡墨拉出披麻皴，再施以焦墨和破笔，轻轻点苔，使之有沉郁清壮的韵味。画中尾宇，安排得极为得当，突出了画家杰出的绘画才能，诚可谓前接范宽山水画的神韵，后启马远、夏圭等人山石画的智慧。很有必要一说的，便是他在画上的题款，也大有范宽他们的风度。范宽作画落款，是简约的，更是隐蔽的，《溪山行旅图》，仅在草叶间题了他的姓名，九百余年后，才有研究人员用放大镜捕捉到。《万壑松风图》上的题款，自述要多一些，但也被李唐题写在石柱般的山石上，如果不认真观察，还以为李唐是在山石上轻点的几个皴笔，仔细去看，才会看见'宋宣和甲壬春河阳李唐'一行字样。"

我不能明白，李唐和他的前辈范宽，为什么不把自己的名款醒目地题写在画面上？

此后至今，有名无名的国画人物，在他自己的画作上，浓墨重彩，把自个儿的名款，题识得都极张扬，唯恐人不能识。风先生对此是这么评析的："那是北宋名士的一种风气，甚或一种姿态，把自己的名看得很轻很淡，不想受名所累，变成其奴隶。"风先生无意批评今日的风气，只是觉得能抹两笔图画的人，把自己的名题写得又黑又浓，却一点都不如范宽、李唐们的隐名，叫人更为崇敬和向往。

　　　　终南何有？有条有梅。君子至止，锦衣狐裘。

　　　　颜如渥丹，其君也哉！终南何有？有纪有堂。

　　　　君子至止，黻衣绣裳。佩玉将将，寿考不亡！

正与风先生讨论着李唐的国画风格和气韵，他突然地把《诗经》里的一首名曰《终南》的歌谣，诵念给了我。常年把《诗经》放在枕边的我，不知把这首古老的歌谣阅读了多少遍，我晓得其为一首赞美秦君的诗。此诗起兴于终南山有梅，引发人登山缅怀的感慨。以隆崇的终南山，寓意秦君身份的高贵庄严，期望秦君修德爱民，以孚民望，成就比肩终南山，功业壮丽巍峨。

风先生的引导，让我把终南山胡诌的一阕赋文情不自禁地吟诵出来：

郁郁乎终南，佳树神秀，横枝参差，交相纠错。横伸若华盖多姿，交错似衣带摇曳。仰观天高，俯视林深，高天鹰鹞翻飞，深林熊狼横穿。混沌一体，造化神奇。诚若宇宙之灵霄，实则自然之天堂。

巍巍乎终南，属地接天，大河细流，众山为小。登高白昼可擒日，夜来伸手堪摘星。修竹窈窕，细草素荣，山居点点如画，炊烟袅袅如诗。芷兰杜若，鱼翔鳖戏，风送幽香欲醉人，水歌百谷奏和乐。

峨峨乎终南，清风怀袖，目若朗星，自觉神人。秀石盘纤脚下稳，彩云缥缈头顶锦。树影荡摇，回风神拂，触露濯足气清，抚松慨然神通。仙乐道观，台阁蓬莱，兴游终南无所求，欲驾青云尘世外。

敢于献丑不是因为我的脸皮厚，而是自觉行文的需要，希望这篇赋文对我和风先生刻画李唐墨写《采薇图》有所帮助，便不揣冒昧地给大家秀了……这一秀把我秀得是脸红了呢。

如风先生所说，《万壑松风图》是李唐北宋时的代表作，那么《采薇图》就该是他南宋时的代表作了。这幅人物故事画，以生动传神的笔墨，讲述了伯夷、叔齐不食周粟，隐居首阳山采薇为食的故事。风先生阅读了司马迁的《史记》，知晓其中的《伯夷列传》，记述的就是伯夷、叔齐哥俩的故事。两人是殷商时期的诸侯孤竹君（商朝孤竹国国君的封号）的儿子，伯夷是叔齐的哥哥。按照当时的常例，国君的继承权都应由长兄继承，但是孤竹君认为，他的三儿子叔齐文韬武略，还有治理朝政的能力，似乎都要强于他的哥哥伯夷，于是就把叔齐立为继承人。孤竹君死后，叔齐却拒不接受父王传授给他的继承权，而要依照常例，让哥哥伯夷来继承。可是伯夷也拒不接受，劝告他的弟弟叔齐，说这是父王之命，做儿子的不能违命。伯夷为了使弟弟叔齐安心继承王位，还悄悄地逃跑出来。叔齐知道后，直觉心里很不好受，既愧疚难当，又无法安心继承王位，这就顺着哥哥伯夷出逃的路线，一路追了过去。兄弟二人从此没有重返故园，而是因听说西伯侯姬昌贤达，往岐周之地寻访姬昌去了。他们兄弟到达岐周，却得知姬昌已死，他的儿子，也就是后来追封父亲姬昌为文王、封自己为武王的姬发，继承父志，整顿军备，准备出兵攻打商纣王。纣王的暴虐无道，伯夷、叔齐兄弟也是知道的，但他们依然认为，臣子造反讨伐君王是大逆不道的，就赶到姬发出征的军阵前头，拦住姬发的马头，谏阻姬发出兵。武王讨商的决心是坚定的，而且以为是大势所趋、人心所向，便没有理睬伯夷、叔齐的劝谏，毅然决然地向东进军，直到取得伐商的全面胜利。商灭，伯夷、叔齐以他们兄弟无能劝谏住武王姬发而为耻，公开表示，均不食用从周朝土地里长出来的粮食，同时还放出狠话，宁肯饿死，也绝不做周的降民。

兄弟俩从此双双遁隐于终南山里的首阳山，采集野菜充饥度日，最后又都双双饿死在一棵大树下。死的时候，兄弟俩为了表明他们不向周朝屈服的志向，还作了一首《采薇歌》。

歌曰：

登彼西山兮，采其薇矣。

以暴易暴兮，不知其非矣。

神农虞夏忽焉没兮，我适安归矣。

吁嗟徂兮，命之衰矣。

风先生说，司马迁在他的《史记》这么来写伯夷、叔齐，是把他们兄弟当作君子来塑造的。

"那么李唐于南宋的临安来画这样一幅图，又有什么特殊用意呢？"我穷追不舍地发问着。

见证了李唐经历的风先生，对此事记忆犹新。金人的铁骑于靖康二年（1127）踏平开封城后，不仅俘虏了徽、钦二帝，也俘虏了大批包括宫廷画家在内的能工巧匠，其中就有被后世誉为"南宋四家"之首的李唐。作为马背上的民族，金人虽然生性粗犷蛮横，但也注重文化修养，对于俘获的北宋文人，只要学有专长，都会给予相当的礼遇，作为宫廷画家的李唐，自然享受着丰厚优渥的待遇。《金史》有记，金国宫廷之内，"于秘书监下设书画局，又在少府监下设书画署"，便是栽造署中也设置了类似岗位。以李唐当时的声望和地位，可以想象，他在金国不仅可以衣食无忧，在绘画创作上也可以大显身手，可他还是在被俘往金国的途中逃跑了。

李唐逃跑的理由，风先生坚信唯有一条，他是宋国的臣子，他要忠于国家，他不能为了一己之利，而为"外族"效力。

李唐秉持的民族气节，让那些奴颜婢膝、甘为金人驱使的北宋臣子更加为后人不齿。正因为此，李唐就产生了创作《采薇图》的动机，其讽刺与警世的意义，便是我们今天也是要称道的。

在古典诗词中，不乏借古讽今的警世之作。

《采薇歌》运用历史典故，烘托诗作的气氛，增加诗作的力量，使诗读起来典雅有力，文采斐然，同时又抒发了作者的不满情绪，具有强烈的针砭作用。文以载道的诗作风先生见得多了，可是以自己的画作表达得恰如其分者凤毛麟角。不论在他之前还是之后，或者是同时代的画家，大多沉湎山水和花鸟虫鱼之中，自得其乐，仿佛他们多么超脱，多么散淡似的。其实，人都生活在现实之中，面对现实的苦难和丑恶，不该仅仅是自得其乐，而应该像李唐那样，肩负起社会责任，创作出警醒世人和鼓舞世情的大作来。

《采薇图》就是这样的大作。我看到图中的伯夷、叔齐兄弟俩对坐在悬崖峭壁间的一块坡地上，伯夷双手抱膝，头微侧，目光迥然，正在静听叔齐的议论，他忧愤的面容略带沉思，显得沉着坚毅；叔齐则侧身而坐，右手自然地撑在地上，左手扬起，伸出二指，似乎和他的兄长讨论着几个问题。而在他的身边，还放着采集野菜的竹篮子和小锄。兄弟俩面容清癯，身体瘦弱，但是一点都不妨碍他们精神世界的丰满，其所具有的刚正气节，溢于笔端。

我少点儿认识国画的能力，但我不能怀疑风先生，他有那个能力，也有那个资格对传统的国画给予批评哩。

对于李唐，风先生毫不掩饰他的喜爱。风先生赞其画中树木的画法颇具新意。那棵古松仅用重墨粗笔勾出树干，然后略加了些鳞纹，再以浓淡不拘的色彩晕染，使其更加苍劲浑厚。风先生叹其笔下的松针在勾勒之后，又用青绿色重彩描过，劲拔爽利，显出一派繁华茂盛、郁郁葱葱的勃发之气。风先生尤其惊叹李唐对细节的选择也独具匠心，岩石后的峭壁悬崖，古松上缠绕的枯藤，很好地营造出一种荒芜静寂的氛围，这很符合伯夷、叔齐所处的时代和环境……一条透逸蜿蜒的小溪，从崖下汩汩流过，为画面更添了一种丰满与活跃，于安静肃穆之中，显出一种自然灵动的样貌。

李唐画中的人物画法自然也甚为风先生所推崇，《采薇图》中人物的衣纹勾画，顿挫有力，硬朗干练，很符合他所创立的"折芦描"的意趣，笔势起伏跌宕，变化幅度不是很大，却动感强烈，细细咀嚼，足可窥视出李唐在运笔时所具有的愤懑情绪，把对"投降派"的一腔愤怒，随着笔势的游走，尽情宣泄了出来。

君子者天上神鹰，义气冲霄汉，问天心不愧。胸无私心邪念，心有圣德高怀。做人不负天良，做事不负天命。品貌端庄，站如五岳伟岸。心性雅洁，动若风月激荡。

君子者地上神骥，志气满乾坤，问地心不愧。敬事方显有才，畏人不算无能。性情高雅似兰，气节高洁若竹。春风送暖，明仁礼仪道德。秋水濯尘，孝慈廉耻智慧。

君子者人间神灵，正气行大方，问人心不愧。心胸坦荡风情，梅骨松质品性。言而不妄有信，行而有道侠义。淡泊清华，千秋历史镜明。洒脱高标，万里江山风清。

我可亲、可敬、可爱的风先生呀，把我作的一阕叫《君子赋》的短章，诵念出来了，这着实让我脸红不已。写下这篇拙作是为献给伟大的艺术家李唐和他伟大的作品。伟大的李唐，身体力行，堪称艺术界伯夷、叔齐般的君子。

纪十五　石鼓和文

大车槛槛，毳衣如菼。岂不尔思？畏子不敢。

大车啍啍，毳衣如璊。岂不尔思？畏子不奔。

——《诗经·王风·大车》节选

"石鼓无声胜有声，寂寞荒草听大音。"我埋头电脑前，刚敲出"石鼓"两个字的题目，风先生随口即吟诵出这样两句如诗般的话来。

风先生一十四个字的吟诵，把我当即带回一千三百多年前的唐朝贞观时期，亦即公元627年。唐太宗李世民在长安城主导的玄武门之变，不仅夺去了其兄弟二人的性命，还迫使父皇退位下来。他自个儿坐上皇帝的宝座，并宣示天下，改年号为贞观，进入了史称"贞观之治"的盛唐时期……风先生眼见了那一腥风血雨的时刻，他不忍直视，转脸向了长安城西的陈仓故地。抬眼望去，发现一位甩着放羊鞭的老人，赶着十来只山羊，走上了原名陈仓北阪、现称石鼓山的青草坡上。职责使然，放羊老人是要常来石鼓山的，他熟悉这里的一草一木，熟悉这里每一块石头。昨夜落了一场大雨，草尖上挂满了晶莹的水珠。羊儿的小嘴，叼着草尖，吃得特别快意，一个一个，赶在太阳晒干草尖上水珠的时候，都吃饱了肚子，然后撵着半没在荒草中的石头块儿，伸着舌头舔了。经受太阳长久暴晒的石头块儿，自然地泛生出些白色的盐硝，放羊老人知晓，羊儿舔食盐硝是如人吃盐巴一样，是生命的一种需要。

因为昨夜的大雨，羊儿舔着的石头块儿，一会儿显露出一个字，一会儿显露出一个字……老人不识字，风先生是认识的，他蓦然看见那些字，惊得跳到石头前，伸手在显露出来的字上抚了抚，摸了摸，抚摸得心跳不已，心说羊儿的舌头厉害，舔出了一个史无前例的大发现！

风先生把羊儿舔出字的石头块儿数了数，不多不少，刚好十块。

花岗岩质地的石头，如人从一个模子里扣出来似的，其形若鼓，圆而见方，上狭下大，中间微突。雕刻在鼓型石头面上的字，多寡不一，但都十分匀称，二寸见方的样子，风格非常独特，既不像西周金文那么随意豪放，也不像秦小篆那么规范纤细，而是呈现出开朗、圆润、工整的特性。风先生自言自语，称赞其是难得一见的稀世遗文。

因为石形如鼓，其上雕刻了文字，后来的研究者便命名其为"石鼓文"。

坐上皇帝宝座的唐太宗李世民，与他朝中的士大夫们得知此事，莫不欣喜若狂。著名如虞世南、欧阳询、褚遂良等，就都索讨了石鼓文"打本"，也就是今人说的拓本。他们皆惊叹石鼓文的"古妙"，纷纷前去一睹为快，争相为其作诗写赋。诗人韦应物和唐宋八大家之一的韩愈，各自作了一首《石鼓歌》的长诗，大赞石鼓文的"文"和"书"，韦应物说"忽开满卷不可识，惊潜动蛰走云云。喘逶迤，相纠错……"我正逐一列举石鼓文对于唐人的吸引，风先生抬手扯了一下我的衣襟，手舞足蹈地诵念韩愈的《石鼓歌》长诗：

> 张生手持石鼓文，劝我试作石鼓歌。
>
> 少陵无人谪仙死，才薄将奈石鼓何。
>
> 周纲陵迟四海沸，宣王愤起挥天戈。
>
> 大开明堂受朝贺，诸侯剑珮鸣相磨。
>
> 蒐于岐阳骋雄俊，万里禽兽皆遮罗。
>
> 镌功勒成告万世，凿石作鼓隳嵯峨。
>
> 从臣才艺咸第一，拣选撰刻留山阿。
>
> 雨淋日炙野火燎，鬼物守护烦㧑呵。

公从何处得纸本，毫发尽备无差讹。

辞严义密读难晓，字体不类隶与蝌。

年深岂免有缺画，快剑斫断生蛟鼍。

鸾翔凤翥众仙下，珊瑚碧树交枝柯。

金绳铁索锁钮壮，古鼎跃水龙腾梭。

陋儒编诗不收入，二雅褊迫无委蛇。

孔子西行不到秦，掎摭星宿遗羲娥。

嗟余好古生苦晚，对此涕泪双滂沱。

忆昔初蒙博士征，其年始改称元和。

故人从军在右辅，为我度量掘臼科。

濯冠沐浴告祭酒，如此至宝存岂多。

毡包席裹可立致，十鼓只载数骆驼。

荐诸太庙比郜鼎，光价岂止百倍过。

圣恩若许留太学，诸生讲解得切磋。

观经鸿都尚填咽，坐见举国来奔波。

剜苔剔藓露节角，安置妥帖平不颇。

大厦深檐与盖覆，经历久远期无佗。

中朝大官老于事，讵肯感激徒媕婀。

牧童敲火牛砺角，谁复著手为摩挲。

日销月铄就埋没，六年西顾空吟哦。

羲之俗书趁姿媚，数纸尚可博白鹅。

继周八代争战罢，无人收拾理则那。

方今太平日无事，柄任儒术崇丘轲。

安能以此上论列，愿借辩口如悬河。

石鼓之歌止于此，呜呼吾意其蹉跎！

"长诗一韵到底，如大江倾泻而来，喷薄于字里行间，波澜老成。"

风先生的评判亦如韩愈的诗一般，激越铿锵，朗吟上口，充满了一股郁勃之气。他还借用辛文房《唐才子传·韩愈》里的句子说了呢，以为其"驱驾气势，若掀雷挟电，撑抉于天地之间"。这样的评价，没有丝毫虚誉。我将《石鼓歌》一字一句地读来，仿佛触摸到了韩愈的心跳。韩愈以他诗人的笔触，慨叹石鼓文物的废弃，力谏保护而不得采纳，因之大发牢骚，嘲讽"中朝大官"和"陋儒"们的虚伪，希望在尊崇儒学的时代，能把石鼓移置太学。

与韩愈《石鼓歌》媲美的，还有北宋诗词大家苏轼一首《石鼓歌》。风先生对这两首同名诗，做过较为详细的比较与研究，以为晚了韩愈一个朝代的苏轼，借鉴了前朝人韩愈的诗风，并以韩公的诗作为底板，歌之咏之出了他对石鼓的喜爱。

情之所至，风先生把苏轼的《石鼓歌》诵念出来了：

> 冬十二月岁辛丑，我初从政见鲁叟。
> 旧闻石鼓今见之，文字郁律蛟蛇走。
> 细观初以指画肚，欲读嗟如箝在口。
> 韩公好古生已迟，我今况又百年后！
> 强寻偏旁推点画，时得一二遗八九。
> 我车既攻马亦同，其鱼维鲔贯之柳。
> 古器纵横犹识鼎，众星错落仅名斗。
> 模糊半已隐瘢胝，诘曲犹能辨跟肘。
> 娟娟缺月隐云雾，濯濯嘉禾秀稂莠。
> 漂流百战偶然存，独立千载谁与友？
> 上追轩颉相唯诺，下揖冰斯同鷇彀。
> 忆昔周宣歌《鸿雁》，当时籀史变蝌蚪。
> 厌乱人方思圣贤，中兴天为生者耆。
> 东征徐虏阚虓虎，北伐犬戎随指嗾。

象胥杂沓贡狼鹿，方召联翩赐圭卣。

遂因鼓鼙思将帅，岂为考击烦矇瞍。

何人作颂比《嵩高》？万古斯文齐岣嵝。

勋劳至大不矜伐，文武未远犹忠厚。

欲寻年岁无甲乙，岂有名字记谁某。

自从周衰更七国，竟使秦人有九有。

扫除诗书诵法律，投弃俎豆陈鞭杻。

当年何人佐祖龙？上蔡公子牵黄狗。

登山刻石颂功烈，后者无继前无偶。

皆云皇帝巡四国，烹灭强暴救黔首。

六经既已委灰尘，此鼓亦当遭击掊。

传闻九鼎沦泗上，欲使万夫沉水取。

暴君纵欲穷人力，神物义不污秦垢。

是时石鼓何处避，无乃天工令鬼守。

兴亡百变物自闲，富贵一朝名不朽。

细思物理坐叹息，人生安得如汝寿？

北宋嘉祐六年（1061），参加制科考试，授大理评事签书凤翔府通判的苏轼，任职期间，遍游凤翔府所辖名胜与名物，壮写了《凤翔八观》八首诗，《石鼓歌》是其中之一。此外，还有《诅楚文》《王维吴道子画》《维摩像（唐杨惠之塑，在天柱寺）》《东湖》《真兴寺阁》《李氏园》《秦穆公墓》等。

韩愈为石鼓而歌的时候，石鼓还散佚在乡野之中。苏轼为石鼓而歌时，石鼓幸运地找到了安身之处。这些石鼓被一块一块运到凤翔府夫子庙的门廊里，排作两列，很是对称地陈列了起来。五代十国战乱了七十二年，国宝石鼓，复又散失于民间。不过总有关心石鼓的人，关注着石鼓的命运。风先生见过砸缸救人性命的司马光的父亲，也就是做了凤翔知府的司马池。他多方打听，找到了散失的石鼓并运输回来，如是原来一般，珍置于府学之中。遗憾的是，这次仅只找回来了九尊石鼓，而少了一尊。还好有继任凤翔知府的向传师，听闻有一户人家舂米的米臼，如石鼓一般，周边刻有文字，便私访而去，见到后欣喜的同时，却也深感啼笑莫名，那家人果然已在石鼓的一端，凿了一个很深的臼窝。

重新团聚在凤翔府学里的十尊石鼓，安安静静地度过了五十六个年头。公元1108年，宋徽宗坐上了皇帝宝座，素有金石之癖的他，旨令凤翔府把石鼓迁到了汴京（即今河南开封），选择能工巧匠，给石鼓上的文字嵌进黄金，并搬入内府保和殿珍藏。

凤先生为此是要慨叹了呢，原来未嵌黄金的石鼓文，已经多有磨难，但嵌了黄金后，磨难更多了。靖康之耻，倏忽而来，金人的铁骑踏血碾肉，攻入汴京城来。金光闪闪的石鼓，被一钎一凿地抠去黄金，并随金人的车辇，运输进了今日的北京。接着蒙古（元）大军南下，从金人的手中夺取了金之中都（北京城），并把金代的枢密院改为宣圣庙，被抠去黄金的石鼓也依次列于庙中。辅佐忽必烈的臣僚建议，"首善之地"的京城，自然是"风化攸出"的中枢，焉能没有孔庙国学，存放石鼓的宣圣庙，因之又改为了"大都路国学"，此后又修了国子监。存放在大都路国学的石鼓，顺便也就移放进安定门内的国子监。

国宝石鼓安放于此后，倒是安然了许多年。元改明，明改清，三家朝廷都给予石鼓极大的尊崇，不仅没谁挪动，还于四周加筑栏杆予以保护。吹嘘为"十全老人"的乾隆帝，似乎更是关心石鼓的安危，因而还颁旨内务府工匠，照着十尊石鼓的模样，各自仿刻了一件，珍存进辟雍内。

大车槛槛，毳衣如菼。岂不尔思？畏子不敢。

大车啍啍，毳衣如璊。岂不尔思？畏子不奔。

穀则异室，死则同穴。谓予不信，有如皦日！

听风先生豪迈地吟诵《大车》，我仿佛看到一群人面对国难，视石鼓为他们的爱人，不离不弃，辗转千里，躲着日军的炮火，从北京城出发，迁徙到四川省的峨眉山下，小心翼翼地维护着石鼓的安全……曾任故宫博物院院长的马衡和他的团队正是这样的人。迁徙途中，运输石鼓的汽车，在天津翻了一次车，在湖南的酉阳又翻了两次车，为此必须感谢马衡院长，为了保证运输途中石鼓不受损坏，装箱包装时，他想办法筹集了价钱不菲的高丽纸，浸湿后在石鼓上敷了几层，因纤维长、韧性好的高丽纸，湿时可以嵌入字口，干后可以固定字口。要装箱了，他们给石鼓包上两层棉被，再用稻草塞紧四周，唯如此，才使三次翻车的石鼓，完好如初地到达南迁保护地。

命运多舛的石鼓，如果体积小点儿，重量轻点儿，可能就要与大陆人民隔海相望了。所幸石鼓以它独具的体积和重量，完整地留存在了大陆，并于1950年，珍藏进了北京的故宫博物院铭刻馆。

在风先生看来，石鼓堪称中国历史的缩影，它以特有的方式见证了中国历史的沧桑变迁。仁人志士喜爱石鼓，当然更爱凿刻在石鼓上的文字了。每件石鼓，都有以籀文凿刻的70字左右四言诗一首，后人取诗文前两个字作为诗名，如《吾车》《汧殹》《田车》《銮车》《霝雨》《作原》《而师》《马荐》《吾水》《吴人》。至于刻写年代和书者姓名，石鼓上未见，难以考证。不过历朝历代的政客以及文字大家，乐此不疲地进行考证，想要有个确凿的说法。譬如唐代的韦应物和韩愈，分别在自作的《石鼓歌》里说，"周宣大猎兮岐之阳，刻石表功兮炜煌煌"，"周纲陵迟四海沸，宣王愤起挥天戈……镌功勒成告万世，凿石作鼓隳嵯峨"。两人都把周宣王视为石鼓文的作者，及至北宋时期，论者也都认定"石鼓文"为西周宣王中兴时所作。

这一几乎成为定论的说法，到南宋通儒郑樵那里，被他大胆地给予了否定。风先生阅读了郑樵的《石鼓音序》，非常肯定地说："观此十篇，皆是秦篆。"又说，"石鼓固秦文也"。

有如专家学者般的风先生，有幸看到过马衡先生《石鼓文秦刻石考》的研究报告，风先生以为保护了石鼓安全的他，很长时间来，与石鼓朝夕相处，"耳鬓厮磨"，论证的结果该是可信的哩。马衡先生坚信石鼓文就是东周秦国的刻石，研究界也都认可了他的研究成果。但为"秦物"的石鼓，究竟归属秦国的哪一公或哪一王，却难有定论。襄公、文公、宣公、穆公、景公、献公诸公及惠文王……学者的说法非常多样。经历了秦时风云的风先生，见石鼓的归属无法定论，就说："世上的事，说得清楚了好，说不清楚了也好。"

好，好，好……风先生是要变成好好先生了。

成了好好先生的风先生，知晓石鼓文悠久的历史价值外，还知晓其文字学上的重要意义。中国的古文字从殷商（甲骨文）到西周，即已具备了非常成熟的文字体系，西周金文自成康之后，达到了极高的审美水平。至春秋战国时期，由于各诸侯国的地域不同，经济发展有别，文字的发明与发展也各具特色，表现在文字的结构上，就有了很大的分化。吴越地区的"鸟篆"、晋系的"蟹爪体"、中山国的"长线变体篆"、楚国的"帛书体"等等，交流起来既难识读又难书写，非常不便。唯"石鼓文"代表的秦国文字，继承了西周金文的演变与审美。后来秦始皇倡导"书同文"，石鼓文是从金文大篆向秦小篆过渡的一个范例。

"仓颉之嗣，小篆之祖"，唐代书法理论家张怀瓘的说辞很受风先生重视，他以为石鼓文的书写，无疑该誉为神品。

不仅唐宋之时的文人雅士，特别崇尚石鼓文的书体，明清以降的雅士文人，依然崇尚石鼓文的书体。著名如"八大山人"朱耷，所临石鼓文，笔法的应运，都要露锋起、收笔，中段以中锋运行，结构上左右上下伸展错落，不求厚重生辣，但求灵动古雅，开了石鼓文书法写意性书写的先河。乾隆帝也十分推崇石鼓文，在他看来，三代遗物，篆书之祖，文所论者，周代礼乐，书所写来，儒家道统。正因为此，到了清代后期，随着先秦金石文字、秦汉碑版不断发现，便就如风般兴起了一个金石学的热潮，

"碑学"因之而大盛，篆书也逐渐成为清代书坛的发展主流。晚清民国时公认为艺术大师的吴昌硕先生，即以手上修习的石鼓文功力而享誉书坛。他常年临习石鼓文，锤炼出炉火纯青的线条，不仅灵活地应用于其书法和篆刻艺术，还运用到他的国画作品的写意中来。吴先生"一鼓写破诸艺通"，建筑起了他独具一格的艺术高峰。

八十四岁时，大师吴昌硕身体日衰，他总结毕生致力石鼓书法的经验体会时说："猎碣文字用笔宜恣肆而沉穆，宜圆劲而严峻。"

先生虽已追石鼓文而去，但他追求石鼓文艺术精髓的心得，长留世间。风先生最是擅长汲取前人认识的，他结合吴昌硕先生及其他人的经验，对石鼓所以成为国之重器做了总结。

风先生先从文物的角度认其为"中华第一古物"，然后强调，石鼓和石鼓文不能分家，鼓为载体，文是内核，有鼓无文即失之史韵，有文无鼓则失却厚重，两者相辅相成，相互作用，才成就了它无与伦比的价值和传奇。

纪十六　九成宫碑铭

高山仰止，景行行止。

四牡骓骓，六辔如琴。

觏尔新昏，以慰我心。

——《诗经·小雅·车辖》节选

　　飘雪天里，风先生御风去了乔山深处的麟游县，他见到了九成宫景区，见到了那只金色的麒麟。那麒麟披了一层雪绒绒的装饰，真如一只传说中的白麒麟了呢。

　　对了，麟游县名原就源于传说中的白麒麟。可爱的风先生即如一个传说，传说的他再来传说麟游县的白麒麟，传说得神乎其神，又像是真实的故事。《麟游县志》记载，隋义宁二年（618），九成宫的前身仁寿宫，倏忽出现了一只白麒麟，从而原有的三龙县更名为了麟游县。官方的传说，到了民间，却又成了另一个传说。这个传说还拉出故事"天仙配"中的人物董永。

　　风先生陪着我，走了距离麟游县城10多里路的御梁桥、槐树嶝险，最后还到董永的坟墓前，焚香祭酒拜了他。袅袅飞升的烟香，让我相信"天仙配"的故事，确凿无疑，就发生在这里。

　　传说董永当初就生活在槐树嶝险，他是远近闻名的大孝子。父母死后，他没钱安葬，就卖身给一家财主为奴。在财主家，他受到了残酷的剥削和虐待。忽然有一日，玉皇大帝的七女儿，游戏在云端之上，低头看见山深林茂的麟游地面，比之她们玩乐的天际景色，还要美那么一些，便脚踩云朵，下到人间玩耍。见董永卖身葬父，不仅同情起了他，又见他勤劳善良，便生出强烈的爱慕之心。她躲在槐树崾崄的那棵大槐树下，等着下地干活的董永来树下休息时，以槐为媒，与他结为了夫妻。

聪明美丽的七仙女，帮董永织锦还债，终将他从财主家赎了回来，小两口过上了平凡安乐的日子。

然而玉皇大帝知道了，便派天兵天将把七仙女抓回了天宫，使一对恩爱夫妻，天上人间，苦苦相思，不得相见。煎熬在天际之上的七仙女，十月怀胎，生了一个孩子。孩子为人间凡胎，不能久住天宫，玉帝派出神兽麒麟，怀抱小孩下得凡来，送到董永身边喂养。"麒麟送子"，一个可以媲美"天仙配"的传说故事，又活灵活现地产生出来了。

麒麟来到人间后的事情，风先生总是津津乐道，他说乡亲们太喜欢它了，总是围着它，说着他们的辛劳与难场。麒麟听说有一条餐食人畜，毁坏庄稼的大恶龙。是为神兽的麒麟，知觉有责任为民降服恶龙。

这天，它来到恶龙经常出没的山里，恰好见其躺在河边晒太阳。麒麟把随身配的麒麟剑拔将出来。当它用出千钧之力，就要劈向恶龙时，受惊的恶龙摇头摆尾，掀起一股冲向天际的山风，当即引得天吼地鸣。麒麟愣怔了一刹那，恶龙趁此机会，向麒麟吹来一口气，麒麟闪身躲过，却见一座山头吹得没了影子；恶龙潜逃入山脚下的河流中，麒麟追进河水里，挥剑腰斩恶龙，而恶龙随之张嘴吸了一口气，不仅吸干了河水，差点把麒麟也吞吸进肚子里去。得亏麒麟可以腾云驾雾，它鹞子翻身似的飞到空中。

忍痛受难的麒麟，生生拔下自己的三根脚趾，目瞪恶龙，找准机会凌空俯冲而下，把它巨大得如钢钉般的脚趾，先一根楔入恶龙的头颅，又一根楔入恶龙的肚子，再一根楔入恶龙的尾巴，把恶龙死死地钉在了山梁上。恶龙流出来的血，染黑了山下的河水。那座横贯县域东西的山，从此龙鳞片片，被人改名为"页岭"，那条受龙血污染的河，变得漆黑，从此被人改名为"漆水河"。

麒麟自此成了当地百姓心中的英雄，成了能够给苦难的百姓带来吉祥和幸福的象征。人们感动麒麟，怀念麒麟，自觉改县名为"麟游"，并到处修庙筑亭，以示纪念。

名扬天下的麒麟，很自然地受到了皇帝们的青睐。隋文帝追寻着麒麟的美名，旨令能工巧匠，在麟游打造了供他享受避暑的仁寿宫。唐继隋业，于长安城坐上皇帝宝座的李渊、李世民，继续扩大着这里的建筑。他们父子也来此地避暑时，改名"九成宫"。父子俩扩建工程，严重破坏了这里的原始生态。有一年突然的一场大水，富丽堂皇的九成宫，遭遇到了毁灭性的破坏，宫室殿宇尽塌于滔天的洪流中。唯独留下一通《九成宫醴泉铭》的碑刻，岿然屹立，风雨中业已经历了一千七百多年。

圣哉麒麟，品物吉祥。凤睛龙首，犀角牛蹄，夺日月之造化，取自然之精气。麋身狮尾，五彩弥体，征象九鼎合和，机缘德怀宇宙。麒者为雄，麟者为雌，能通天机要略，可解地秘疑惑。威体大美，以昭暇福，先天而天弗讳，后天而天应时。

神哉麒麟，品物风行。乾坤交互，太平世也，三皇五帝大同，汉武唐宗宋祖。含弘光大，道法文明，与天地合其德，与日月合其明。至精至元，至圣至神，与四时合其序，与鬼怪合其异。乐天知命，洒脱拔俗，度白雪以洁雅，干青云而直上。

盛哉麒麟，品物福瑞。仁以内修，义以炼外，开物天地之妙，通灵人伦之机。音中律吕，步中规矩，出则芳草花红，栖则桃园清静。无幽不通，万变不穷，嬉则翩若游龙，戏则舞同飞凤。格物致知，大学明德，效天法土梦醒，如期中华复兴。

我曾为神兽麒麟书写的一篇赋文，被风先生记忆在胸，他倏忽诵念出来了。

风先生诵念着我的这篇赋文时，即如一缕清气涌动的风，旋绕在《九成宫醴泉铭》碑周遭，润泽着那如墨玉般的碑身。我因之猜想了，猜想他此时此刻所以诵念此文，应该有对麒麟惩恶扬善精神的褒扬。时间的霜侵雪蚀，风吹日晒，碑文上的许多字已漶蚀不清，但其辉煌的书法价值和文献价值，因为沾染着神兽麒麟的气息，仍然葆有着它辉耀神州的光芒。

我内心的感慨被风先生捕捉到了，他依旧如风般抚摸着《九成宫醴泉铭》碑，又回转过来，盯视着我，把《诗经·小雅》里那首名曰《车舝》的诗，一字一句地诵念出来了：

间关车之舝兮，思娈季女逝兮。匪饥匪渴，德音来括。虽无好友？式燕且喜。

依彼平林，有集维鹬。辰彼硕女，令德来教。式燕且誉，好尔无射。

虽无旨酒，式饮庶几。虽无嘉肴，式食庶几。虽无德与女，式歌且舞。

陟彼高冈，析其柞薪。析其柞薪，其叶湑兮。鲜我觏尔，我心写兮。

高山仰止，景行行止。四牡骓骓，六辔如琴。觏尔新昏，以慰我心。

风先生所以诵念出这首诗来，应该是想起司马迁在《史记》里赞美孔子的句子了，"《诗》有之'高山仰止，景行行止'。虽不能至，然心向往之"。对此我不敢乱说，不过东汉时郑玄的注解是可以说的呢，"古人有高德者则慕仰之，有明行者则而行之"。郑玄用"高山"比喻崇高的道德，"仰"是慕仰，"景行"是"明行"，即光明正大的行为，是人的行为准则。《诗经·车舝》之诗句，似能冠盖从唐时那场大洪水里避难到今天的《九成宫醴泉铭》碑了。

这通黑如漆、润如玉的碑刻，撰文者为唐之名臣魏徵，书写者为唐之书法大家欧阳询，凿刻者无有记载，但刻技之精湛绝伦，实乃空前绝后，故而史有"三绝碑"之高誉。历代书评家公认，此碑的书法境界，堪称欧阳询的登峰造极之作，是为"中国第一楷书"。20世纪60年代初，国家文物局将其认定为国宝级文物。

颇有点儿书法感觉的我，偏爱修习的是初唐时的虞世南，当然也极喜欢欧阳询、褚遂良和薛稷。书法"四家"中，欧阳询独步首位。风先生就极推崇他的书法风范，以为他不仅继承了魏晋南北朝书法温丽婉约的神韵，还吸收了北朝刚劲朴茂的特点，深刻地体现出骨韵兼触、重法尚意、质朴妍美的书风，很好地展示了书家强烈的生命意识，不仅极大地影响了我国书法艺术的走向，还产生了独具一格的推动作用。

欧阳询存世的碑帖与书帖，著名的《九成宫醴泉铭》碑帖是为其一，我收集到的还有《虞恭公温彦博碑》《皇甫诞碑》《房彦谦碑》《虞恭公碑》《化度寺邕禅师塔铭》，以及《梦奠帖》《卜商帖》《张翰帖》等。

生活在魏晋时期的张翰，倒是一个有趣的人。他对欧阳询的书意笔墨，产生了很大的影响，这全因为他的生命精神，深深感动着欧阳询。被人崇尚，也被人诟病的魏晋风度，在风先生看来，于张翰的身上，有着十分饱满的体现。欧阳询赞美他的书帖纵任不扬，极具魏晋大名士阮籍的气度，因此还就浪得个"江东步兵"的雅号。他书法卓绝，令欧阳询着迷；他文采斐然，诗仙李白引以为先师。他存世一首《杂诗》，起头"暮春和气应，白日照园林。青条若总翠，黄华如散金"的句子，使李白阅之辗转不能眠，不禁大赞"张翰黄花句，风流五百年"，而且还在他此后创作的诗句中，引用这一典故不下一二十次。

汲取了张翰书法笔墨要素的欧阳询，能够奉敕书墨《九成宫醴泉铭》，那是他的大幸运，更是他才华的一次大呈现，历代学人，无不仰而慕之。

风先生记忆中，宋代释居简说过："贞观初，欧、虞、褚、薛以王佐才弄翰，追配二王，谨严瘦劲，欧阳绝出，流落天壤间者何限，独《化度寺记》《醴泉铭》最为珍玩。"元代的虞集亦说："楷书之盛，肇自李唐。若欧、虞、褚、薛，尤其著者也。余谓欧公当为三家之冠，盖其同得右军运笔之妙谛。观此帖（《醴泉铭》）结构谨严，风神遒劲，于右军之神气骨力两不相悖，实世之珍。"明代的陈继儒也说："此帖（《醴泉铭》）如深山至人，瘦硬清寒，而神气充腴。能令王公屈膝，非他刻可方驾也。"清代的郭尚先还说："（《醴泉铭》）高华浑朴，法方笔圆，此汉之分隶，魏晋之楷合并酝酿而成者，伯施（虞世南字伯施）以外，谁可抗衡！"

清人编著的《石渠宝笈三编》引王澍的话说："奉诏作书，尤所经意。又笔力益老，格韵益道，故疏古朗畅，遂率更书法之冠。"

关于《九成宫醴泉铭》碑的书法成就，不说风先生的记忆了，在我的记忆里，还有许多令人惊羡的人、令人倾慕的话，而碑文内容，也同样令人叹为观止。

风先生开始抑扬顿挫地诵读了：

秘书监检校侍中钜鹿郡公臣魏徵奉敕撰

维贞观六年孟夏之月，皇帝避暑乎九成之宫，此则隋之仁寿宫也。冠山抗殿，绝壑为池，跨水架楹，分岩耸阙，高阁周建，长廊四起，栋宇胶葛，台榭参差。仰视则迢递百寻，下临则峥嵘千仞，珠璧交映，金碧相晖，照灼云霞，蔽亏日月。观其移山回涧，穷泰极侈，以人从欲，良足深尤。至于炎景流金，无郁蒸之气，微风徐动，有凄清之凉，信安体之佳所，诚养神之胜地，汉之甘泉不能尚也。皇帝爱在弱冠，经营四方，逮乎立年，抚临亿兆，始以武功一海内，终以文德怀远人。东越青丘，南逾丹徼，皆献琛奉贽，重译来王，西暨轮台，北拒玄阙，并地列州县，人充编户。气淑年和，迩安远肃，群生咸遂，灵贶毕臻，虽藉二仪之功，终资一人之虑。遗身利物，栉风沐雨，百姓为心，忧劳成疾，同尧肌之如腊，甚禹足之胼胝，针石屡加，腠理犹滞。爰居京室，每弊炎暑，群下请建离宫，庶可怡神养性。圣上爱一夫之力，惜十家之产，深闭固拒，未肯俯从。以为随氏旧宫，营于曩代，弃之则可惜，毁之则重劳，事贵因循，何必改作。于是斫雕为朴，损之又损，去其泰甚，葺其颓坏，杂丹墀以沙砾，间粉壁以涂泥，玉砌接于土阶，茅茨续于琼室。仰观壮丽，可作鉴于既往，俯察卑俭，足垂训于后昆。此所谓至人无为，大圣不作，彼竭其力，我享其功者也。然昔之池沼，咸引谷涧，宫城之内，本乏水源，求而无之，在乎一物，既非人力所致，圣心怀之不忘。粤以四月甲申朔旬有六日己亥，上及中宫，历览台观，闲步西城之阴，踌躇高阁之下，俯察厥土，微觉有润，因而以杖导之，有泉随而涌出，乃承以石槛，引为一渠。其清若镜，味甘如醴，南注丹霄之右，东流度于双阙，贯穿青琐，萦带紫房，激扬清波，涤荡瑕秽，可以导养正性，可以澄莹心神。鉴映群形，润生万物，同湛恩之不竭，将玄泽于常流，匪唯乾象之精，盖亦坤灵之宝。谨案：《礼纬》云：王者刑杀当罪，赏锡当功，得礼之宜，则醴泉出于阙庭。《鹖冠子》曰：圣人之德，上及太清，下及太宁，中及万灵，则醴泉出。《瑞应图》曰：王者纯和，饮食不贡献，则醴泉出，饮之令人寿。《东观汉记》曰：光武中元元年，醴泉出京师，饮之者痼疾皆愈。然则神物之来，寔扶明圣，既可蠲兹沉痼，又将延彼遐龄。是以百辟卿士，相趋动色，我后固怀挹挹，推而弗有，虽休勿休，不徒闻于往昔，以祥为惧，实取验于当今。斯乃上帝玄符，天子令德，岂臣之末学所能丕显。但职在记言，属兹书事，不可使国之盛美，有遗典策，敢陈实录，爰勒斯铭。其词曰：唯皇抚运，奄壹寰宇，千载膺期，万物斯睹，功高大舜，勤深伯禹，绝后承前，登三迈五。握机蹈矩，乃圣乃神，武克祸乱，文怀远人，书契未纪，开辟不臣，冠冕并袭，琛赆咸陈。大道无名，上德不德，玄功潜运，几深莫测，凿井而饮，耕田而食，靡谢天功，安知帝力。上天之载，无臭无声，万类资始，品物流形，随感变质，应德效灵，介焉如响，赫赫明明。杂沓景福，葳蕤繁祉，云氏龙官，龟图凤纪，日含五色，乌呈三趾，颂不辍工，笔无停史。上善降祥，上智斯悦，流谦润下，潺湲皎洁，萍旨醴甘，冰凝镜澈，用之日新，挹之无竭。道随时泰，庆与泉流，我后夕惕，虽休弗休，居崇茅宇，乐不般游，黄屋非贵，天下为忧。人玩其华，我取其实，还淳反本，代文以质，居高思坠，持满戒溢，念兹在兹，永保贞吉。

兼太子率更令勃海男臣欧阳询奉敕书。

谁能措辞出这样一篇美文呢？也许有吧，但风先生说他未能见着。

既然风先生见不着，我自然也难以见到。因此我在风先生诵读碑文时，听得就极专注，唯恐听漏了什么。我听见文内一段文字说了："粤以四月甲申朔旬有六日己亥……蹲蹲高阁之下，俯察厥土，微觉有润，因而以杖导之，有泉随而涌出……其清若镜，味甘如醴，南注丹霄之右，东流度于双阙，贯穿青琐，萦带紫房，激扬清波，涤荡瑕秽，可以导养正性，可以澄莹心神。"这个发现如醴之泉的人是谁呢？是唐太宗李隆基了。极具神性的他，来九成宫避暑，游览宫中台观，居然拿他手里的一杆芒杖，捅出一眼清泉来。

神异吧！神奇吧！正是因为太宗这一神异、神奇的举动，便就有了跟随他左右的魏徵撰文、欧阳询书写、刻石而立的碑文。

研究《九成宫醴泉铭》碑文的风先生如临其境般给我讲述了。他说唐太宗李世民避暑九成宫，广开言路，不仅召集来了朝中的文臣武将，还走访乡野百姓，听取和商讨治理国家的大计。为了减轻百姓负担，他果断决策，制定了"轻徭薄赋，励精图治"的大政策略；魏徵"居高思坠，持满戒溢"的箴规之言，就也是在这样的环境下，谏书给唐太宗的，因此也就有了太宗"以铜为鉴可正衣冠，以古为鉴可知兴衰，以人为鉴可以明得失，以史为鉴可以知兴替"的治国理政方略。

风先生感慨唐太宗的明达，因此就常风行到麟游县来。他见到不少捶拓碑文的人，更听到声声不息的捶拓声……那是风先生不愿意看到的，当然也不愿意听到，但他奈何不了人家。

不过好的是，隋朝时的仁寿宫，以及唐朝时改名的九成宫、万年宫，均保存到了今日。虽然不见了原有的辉煌壮丽，但遗址在，遗址上的《九成宫醴泉铭》碑也在。矢志不移地深爱着这片风水的麟游人，近些年来，在坚持保护原则的基础上，做了许多他们能做、敢做的事，使得隋唐两朝皇家夏季消暑的胜地，呈现出一种新的风采，令人着迷，使人眷恋……风先生因之还就提议我，有条件时就住到这里来。

风先生的提议不错，我也相信皇家看准的地方，都是好地方。我梦想机会适当时，到隋唐两朝青睐的麟游，做个麟游人。

情之所至，兴之所然，我为旖旎佳美的麟游县着墨一赋：

维我麟游，山水旖旎，风物艳绝。北望莽原浩荡，大荒四塞；南眺苍岭横空，翠芳八极。彩楼华屋雄城，五水环绕；西海金光荡漾，祥云仙境。玉塘紫石镜清，石鼓喧春；安舒青莲松风，胜景含情。

维我麟游，龙盘虎踞，英才卓异。避暑离宫嵯峨，隋兴唐盛；惊世华章相随，仁寿万年。先贤虎臣谏荒，恩泽桑梓；后继甄仪亮弼，留史春秋。英雄豪杰纷至，麒麟祥瑞；骚人墨客云集，金凤翔鸣。

维我麟游，腾达雄健，和谐荣观。勇立填海之誓，斩棘披荆；敢树移山之怀，励精图治。争创生态名城，山川绿掩；争夺国卫桂冠，环境清丽。奋进崛起图新，科学发展；越隋追唐可望，誉满三秦。

纪十七　桃花碑

手如柔荑，肤如凝脂。

领如蝤蛴，齿如瓠犀。

螓首蛾眉，巧笑倩兮，美目盼兮。

——《诗经·卫风·硕人》节选

　　从我自幼生活的村庄往法门寺去，要路过一通大得耸入云端的石碑。我听风先生讲，那通大石碑俗称"善人碑"。

　　那时的我还太小，但对善人、恶人已经有了分较，知晓恶人的坏，善人的好。不过我去法门寺赶集，不会往善恶方面多想，想的只是集会上的热闹与繁华，因此每逢集日，就缠着父亲去那里赶集。赶集途中绕不过要与那座善人碑见一面，见面的情景，我至今记忆犹新，在大石碑左右，总有赶集上会的人，因为累而靠在碑座上歇气，还因为要空出手来抽一锅烟什么的，就把牵在手上的猪、羊，还有马、牛、驴之类，拴在碑座那伸得长长的乌龟（准确的说法叫赑屃，传说中力能举天）头上，其中有人屎尿急了，就躲到石碑的背后去一阵放松。我就到大石碑的背后放松过，见那块面积不大却饱经屎尿滋养的荒地，长满了五色杂草，春夏时节的蒲公英、荞妈苔、娘娘枕，深秋时节的野菊花，全都花团锦簇，十分热闹悦目。

　　我因此问过家父："这么大的石碑，是给谁立的呢？"

　　家父没来得及给我说，风先生就抢着说了："一个善人。"

　　善人的概念从此扎根在我的心里，直到我工作在扶风县文化馆，查阅县上旧志，才知晓那通巨大的石碑，原来是为杨贵妃的叔父杨珣立的，故而叫作杨珣碑。白纸黑字的记载，让我大为错愕，愣怔了好长时间，"回眸一笑百媚生，六宫粉黛无颜色"的杨贵妃，其叔父杨珣也许可以拥有一通巨大的石碑，但他与"善人"二字岂能联系得上？安史之乱的罪魁祸首杨国忠，不就是杨珣的儿子吗！

作恶多端的杨国忠，被逃难的禁军杀死在马嵬驿，受其牵连，胖娇娃的杨贵妃亦然被爱她如命的唐玄宗，赐死在了那里。

这样两位人物的至亲，树碑在扶风县境，还又享受百姓"善人"的赞誉，我不能不做些考察了。但我的考察几无进展，急得抓耳挠腮。幸有风先生提醒，知晓杨国忠虽然罪有应得，但祸不能及其父。他的父亲生前收集了许多治病疗疾的药方，嘱咐后人，把他平生收集的药方，刻碑公示出来，供有需求的人照单抄录，治疗疾病。老百姓眼睛里有杆秤，晓得在缺医少药的时代，如此无私、如此爱人的人，就是善人。

风先生说："善与恶，老百姓自有评判。"

风先生那么说来，就还赶着点儿，把《诗经》里的那首名曰《硕人》的歌谣，清清亮亮地诵念了出来：

> 硕人其颀，衣锦褧衣。齐侯之子，卫侯之妻。东宫之妹，邢侯之姨，谭公维私。
> 手如柔荑，肤如凝脂。领如蝤蛴，齿如瓠犀。螓首蛾眉，巧笑倩兮，美目盼兮。
> 硕人敖敖，说于农郊。四牡有骄，朱帻镳镳。翟茀以朝。大夫夙退，无使君劳。
> 河水洋洋，北流活活。施罛濊濊，鳣鲔发发。葭菼揭揭，庶姜孽孽，庶士有朅。

我知晓这首远古时的歌谣，是卫人赞美卫庄公夫人庄姜的。《毛诗序》

即云："《硕人》，闵庄姜也。庄公惑于嬖妾，使骄上僭。庄姜贤而不答，终以无子，国人闵而忧之。"对于毛序的说法，风先生就极为赞同，不过他赶在我来作杨贵妃这篇短章时，给我诵念出来，该是另有所指了。

他是喻比胖娇娃杨贵妃吗？我还疑惑着，风先生就着急地给我说："当然是了。"

风先生还说，《诗经》里的此首歌谣，开启了后世博喻写美人的先河，历来备受人们的推崇和青睐。譬如清代姚际恒即说："千古颂美人者，无出其右，是为绝唱。"再是同时代的牛运震亦曰："首二句一幅小像，后五句一篇小传。"还有同时代的方玉润和孙联奎相继又云："千古颂美人者，无出'巧笑倩兮，美目盼兮'二语。""《卫风》之咏硕人也，曰'手如柔荑'云云，犹是以物比物……直把个绝世美人，活活地请出来，在书本上混漾。千载而下，犹亲见其笑貌。"

当然了，他们的论述是绝妙了，但最绝妙者，还是要数唐人白居易的《长恨歌》了。但这首长诗在人们的耳朵里，熟悉得不能再熟悉，我就不再列举了。

我着重要说的是胖娇娃的杨贵妃，在扶风县北野河山出生成长初期的一些故事。"深山出俊鸟"，古人是这么说来的。说的是不是杨贵妃，我不知道，风先生倒是可以证明。他说，后来倾国倾城的杨贵妃，便出生在深山老林子的野河山杨家岭。那里千年流传的一句歌谣，言之凿凿，几乎不容辩驳地说明了这一点，扶风县的小孩子，刚学会开口说话，即会从母亲的嘴头学说那句话了：

老山落生杨贵妃，三年桃花无颜色。

野河山在当地人口中，也叫老山。传播在母亲们嘴头上的歌谣，源头在风先生的身上。他经历了野河山旧时的一切，因而编撰出来，让一代一代母亲传播下去。对此歌谣，风先生既骄傲着，还自豪着，因此在我向他征询其意蕴时，他还是说了呢。风先生说："过去未去，未来已来。历史与现实，不能，也没法隔绝……"听着他的说教，让我倏忽懂得了这样一个道理，人或事，事或物，万物和谐相融，是最大的造化。

有此理解的我，发现承包了扶风县野河山搞旅游的企业家韩先生，不仅也有这样的理解，而且依据他的理解，更是身体力行地在山里落实了呢。

不过，野河没河，层连叠嶂，是一眼看不到尽头的山。唐朝时的胖娇娃杨玉环，落生在野河山里，千余年后的我，落生在野河山下闫村的闫西庄，我大嫂家的弟弟，即承包了整个山体的韩先生，也落生在附近的韩家村。风先生是我俩的好伴儿，我俩起小的时候，即与风先生结伴常去山后的杨家岭，或是采野果，或是挖草药，当然赶着一定的时令，还会去那里拔野小蒜、割野韭菜，所以对野河山里的境况，是非常熟悉的哩。很有商业眼光的韩先生，把野河山签约到手，深度挖掘野河山旅游资源，业已把数十万亩的山林，改造成了闻名遐迩的四星级旅游景区。他因之自己给来客讲述杨贵妃幼年生长在这里的故事，还培训他的员工，给来客讲述。他在杨家岭上修筑了一座纪念杨贵妃的石牌坊，自己草拟了一副对联，微信发给我，让我润色。我没有怎么多想，就把我与他小时候从母亲嘴里学来的歌谣，略做修饰，用毛笔写好，发送给他，他即请来匠作，刻石镶嵌在了石牌坊两边的廊柱上。

风先生隔些日子，即会上野河山一趟。他前些日子去了后，就看了我写的对联。他再次见了我，不与我寒暄，而是把对联的句子，开心地复述给我听：

胜地落草杨贵妃，春山桃花少颜色。

风先生原来是要夸赞我了，说我拟写的这副对联倒是工整有趣，把杨贵妃在野河山里的故事，诗意地表达出来了。还说我撰写在石头上的对联，耸立在杨玉环幼年时成长的杨家岭头，与山外的杨珣碑相互呼应，显得十分应景！听着风先生的赞誉，我羞得脸色赤红，急切地摇着手不敢接受。

人的言不由衷，在我亦然难免。我嘴上向风先生连连讨饶，心里其实还是有点小得意哩。

我得意那样一副小联，能够获得风先生的青睐，我有不喝一口大酒的理由吗？背过风先生，我偷偷地在家灌了两口烧酒，便又踏踏实实地坐在电脑前，一字一句地敲打起杨贵妃在野河山里的故事。真实的情况，确如我对联里拟写的那样，野河山里的杨家岭落生了杨贵妃，满山遍野的野桃花，在此后的岁月里，的确少了野桃花应有的那一种艳丽，变得浅浅的、淡淡的，让人不能不说，野桃花的颜色都被杨贵妃羞煞啦！更有人说，野河山里的野桃花，通了杨贵妃的灵性，有意学着杨贵妃，天真而烂漫，素洁而纯粹……相互映照着的杨贵妃与野桃花，装饰着野河山的美丽，丰盈着野河山的灵魂。山里的人无不喜欢同生共长的杨贵妃与野桃花，但偏偏有那酸枣树不高兴了。

像野桃花一般，酸枣树在野河山生得也是满山遍地。春天的时候，开出的花儿小小的、黄黄的，不怎么上眼，但到了酸枣果儿红熟了的秋季，则大为惹眼，红彤彤一片又一片，全如润泽的红宝石一般。它们在风中颤颤悠悠，横斜妖娆，竖直妩媚，谁见了会不伸手呢！

风先生当初看见幼年的杨贵妃，追着红红的酸枣果伸手了。她伸手采摘来酸枣果，用丝线串起来，小串儿戴手脖子，大串儿戴肩脖子，红红的酸枣果串与她粉嫩粉嫩的肤色相映衬，把她映衬得更加天真烂漫、素洁纯粹。但是有一次，酸枣树上的倒钩刺，钩住了她的裙摆，她撕扯时，居然嘶啦一声撕扯出一条大口子！小玉环生气了，小嘴巴噘起来，随口说了一句话。

年幼的杨玉环说：“讨厌，我要你满身的倒钩子，全给我生直了。”

谁能想得到，她一句使性子的气话，把撕扯了她的酸枣树说得好不羞愧，顿然把倒钩刺脱落地上，而生出新的直刺来……如今的野河山上，别处的酸枣刺还生长着倒钩刺，偏就被杨贵妃诅咒过的那些个酸枣树，依然没有倒钩刺，而仅仅只有尖利的直刺。就在不生倒钩刺，而只生直刺的那片酸枣树不远的沟道里，有处流水冲刷造成的景观，因为风先生，就也成了一处风景。上到野河山上的风先生，逢人会说，他眼见杨贵妃幼年时，早起沐浴了她身子后，来这里倾倒洗浴水，今日一趟，明日一趟，天长日久，这便冲刷出了这样一道直上直下的沟渠。顺着沟渠往沟底走，如果足够幸运，就可能遇见杨贵妃沐浴倾倒下来的积水；如果没那么幸运，见着的就只是一处干涸的凹坑。

风先生对此还另有说教，他说往那里去的人都是女孩子。爱美的女孩子梦想自己亦如杨贵妃般肤白靓丽，她们跑去那里，就是为了洗浴。幸运见到积水的女孩子，大大方方地洗个透透亮亮，浴个干干净净；见不着积水的女孩子，没了别的办法，就把水潭里干涸了的泥土抓些揉细，扑在脸上，希望自己如杨贵妃般美了哩。

生于斯地、长于斯地的杨玉环，重重的深山挡不住她的艳丽，密密的森林拦不住她的艳香。唐大明宫派出的"花鸟使"，闻讯赶到野河山里来了。

别的人不晓得"花鸟使"是个什么，风先生是知根知底的，他晓得这是唐玄宗特设的职位，让使者专意到民间搜罗美女，以充实他的后宫。天生丽质的杨贵妃被赶来山里的"花鸟使"一眼相中，当即就带入了大明宫。不过，她没有被直接送到唐玄宗李隆基的身边，而是送给了他的儿子寿王李瑁，并获得唐玄宗的诏命，册立为寿王妃。

大婚后的杨贵妃和寿王李瑁，生活得甜蜜美满。却遭遇了一场谁也想象不到的事情，唐玄宗钟爱的武惠妃在帮助杨贵妃和寿王李瑁完婚后，竟然一命呜呼。这使玄宗郁郁寡欢，而后宫佳丽纵然数千，却无一可意者。

好事者揣摩唐玄宗内心的喜好，居然寡廉鲜耻地进言杨玉环，"姿质天挺，宜充掖廷"。贵为天子的唐玄宗也是够荒唐，他听到进言，还真把自己的儿媳妇杨玉环，从儿子的身边召入他的身侧，掩人耳目地敕书杨玉环出家为道士。杨玉环做了几日"太真"道人，唐玄宗即把她接进宫里来，做了他的贵妃。

天真烂漫的杨玉环，到这时也许依然烂漫天真着。她心里想寿王李瑁，却要无奈地面对了年老的公公李隆基，她是会要忧愁、会要蹙眉的。一只岭南贡来的白鹦鹉，就在此时伴在了她的身边。能模仿人语的白鹦鹉，甚得杨贵妃喜爱，也解了杨贵妃许多愁。唐玄宗李隆基看在眼里，就封白鹦鹉为"雪花女"，而宫中左右则更称其为"雪花娘"。有词臣献诗入宫，读给白鹦鹉听，它听后居然能吟诵出来。玄宗与杨贵妃下棋，如果局面对玄宗不利，察言观色的侍从宦官，轻唤一声"雪花娘"，白鹦鹉即会飞入棋盘，张翼拍翅，搅乱棋局……"雪花娘"的白鹦鹉，很好地调和着杨贵妃与唐玄宗的感情，两人因之感情日隆，几乎是如胶似漆了哩。

倾城倾国的杨贵妃，偏又精通音律，擅长歌舞，善弹琵琶。而她的姊妹们，亦大受青睐，后来也被接入宫中，受宠有加。她的大姐韩国夫人、三姐虢国夫人、八姐秦国夫人，每月获赠脂粉费就多达十万钱。还有她的兄弟，也都被封赠了高官。最可悲哀的是，受唐玄宗赐名国忠的远房兄弟杨钊，原本是一个市井无赖，因善于计筹，居然攀爬到一人之下，万人之上的高位，终因恶意操纵朝政，导致国乱。杨国忠被杀死在乱军之中，还祸及杨贵妃，贵妃被赐一条长长的白绫，自缢在了逃命途中的马嵬驿。

缢死杨贵妃的是一棵梨树。马嵬驿的那棵梨树，现在早不见了踪影，开发建设野河山的企业家韩先生心存不甘，在野河山里精心栽植了许多棵梨树。

梨花盛开的时节，我在风先生的引导下来到野河山，见到了盛开的梨花，飞雪般满山遍野，还看见几株南国的荔枝树，杂生在梨树丛里，已然叶繁花盛……杨贵妃，家乡人没那么势利，当然更不会无情，你的天真烂漫，你的素洁靓丽，在故乡人的记忆里，永远值得骄傲。

你"一骑红尘妃子笑，无人知是荔枝来"；

你"回眸一笑百媚生，六宫粉黛无颜色"；

你"华清笙歌霓裳醉，贵妃把酒露浓笑"！

天下与你可以比拟的女子，太少太少了。周原上的扶风是你的家乡，你的家乡人很好地保护着那座属于你们杨家人的"善人碑"，还很好地保护着你们杨家的宗祠……是了，盛唐时建设起来的杨家宗祠，走过了风，走过了雨，还经历了无数的寒冬与酷夏，虽然有过损毁与破坏，但一直还在野河山出口处的建构桥边，踏踏实实地存在着。近些年，全世界的杨氏族人，捐钱捐物，把杨氏宗祠又极尽完美地修葺了一遍，还原了本来就有的金碧辉煌，彰显出杨氏族人的荣耀！

春天里，我与风先生把杨贵妃生活过的野河山，又游了一遍。

这个时候的野河山，酸枣花儿还没到开的时节，但野桃花是开了呢。那满山满坡、如云似雾的野桃花呀，直如少年杨玉环的粉腮，她笑盈盈地舞蹈在桃花丛里，我看得眼迷心跳，风先生见此美景，也是感叹不已，他不能明白，一个朝代由盛而衰时，为什么总会拉出一个女人来，还把她说成是红颜祸水。风先生不能同意那样的论调，当权者的昏庸，是当权者的事情，绝对不能让一个女人背黑锅。天真烂漫、素洁靓丽的杨玉环，自然也不该做那个背锅侠。

在风先生的慨叹声里，我与他扑向盛开的桃花，各自蛮横地折来一束，双手捧着，下山来到杨玉环的叔父杨珣碑前，把我俩怀抱里的桃花，献在了碑前。

纪十八　璇玑图

鴥彼晨风，郁彼北林。

未见君子，忧心钦钦。

如何如何？忘我实多！

——《诗经·秦风·晨风》节选

　　风行天地之间的风先生，当你面对了他，不心虚是不可能的。他的阅历以及观察事物的能力，不是寻常人可以抵挡的。在你不知不觉时，他即已洞察了你的所思所想，使你要悲叹了呢，悲叹自己没有半点隐私。

　　可不是吗，我正着手扶风乡里人物窦滔与苏若兰的书写，风先生即俯在我的耳畔，把《诗经》中那首名曰《晨风》的歌谣吟诵了出来：

　　鴥彼晨风，郁彼北林。未见君子，忧心钦钦。如何如何？忘我实多！

　　山有苞栎，隰有六驳。未见君子，忧心靡乐。如何如何？忘我实多！

　　山有苞棣，隰有树檖。未见君子，忧心如醉。如何如何？忘我实多！

　　对此歌谣的理解与认识，历来各有说教，权威的《毛诗序》言之凿凿，秉持的是"刺秦康公弃其贤臣说"；到了宋代朱熹的《诗集传》里，则说此诗写妇女担心外出的丈夫已将她遗忘和抛弃。为了自圆其说，朱熹还特意举例证明："此与《㦬廖之歌》同意，盖秦俗也。"我阅读过《㦬廖之歌》，风先生当然也阅读过，知晓此歌谣是百里奚妻子所作。百里奚逃亡后当上了秦相，宴席时厅堂上乐声齐奏。有个洗衣女佣说自己懂得音乐，于是操琴抚弦而奏，并唱道："百里奚，五羊皮。忆别时，烹伏雌，炊㦬廖。今日富贵忘我为。"百里奚听得泪水涟涟，听罢后上前询问，方知洗衣女佣是他失散多年的恩爱妻子，两人因之相拥团圆……朱熹的秦俗论，风先生以为是站得住脚的。

听风先生的话，跟风先生走，几乎成了我生命的本能。他俯在我的耳畔，把这首远古的歌谣，一字一句地吟诵着，还未吟诵罢，我即抬起手来，准备与他击掌了。

我与风先生的击掌声是嘹亮的，有种穿透历史帷幕的能力，使我与他一起蓦然回到苏若兰十五岁的时候。那一年的四月初八，亦即佛祖释迦牟尼的圣诞日，素有"关中塔庙始祖"之称的扶风县法门寺（唐以前称阿育王寺），因其珍藏着佛指舍利，善男信女们不顾路途的遥远，纷纷从四面八方往法门寺拥来，进香祈福。

家住武功县苏坊村的苏若兰起了个大早，缠着父亲与她一起出门，也远道向法门寺来了。

这天的法门寺人头攒动，热闹非凡。苏若兰跟随父亲，兴致勃勃地走了三十多里路，把她都走累了呢！此时的苏若兰突然抬眼，看见高高耸立的法门寺真身宝塔的塔尖上，一朵如烟似雾的云团兜头笼罩着，一点一点地往下退，慢慢地退出塔尖的时候，却见一轮闪射着七色光芒的环形霞光，不偏不倚地包容着塔尖！苏若兰惊呼一声，给她父亲说了。不知究竟的她喊道："霞光！"而她父亲听她那么说，也看见了那神异的光环，就在她的脑袋上轻轻地拍了一巴掌，给她纠正说，那是"佛光"，是祥瑞无限的佛光啊！

苏若兰困倦的身子，因为佛光的照耀，蓦然力气倍增，她拉着父亲的手，跑着进到法门寺里。他们父女二人从寺院外转到寺院内，跟随进香的人们，双手合十，跨进大雄宝殿来，跪向一个很大的草蒲团。苏若兰心里默默祈祷，愿佛祖保佑，能让自己碰到一个情投意合的如意郎君。

风先生当时就在苏若兰的身边，他偷听到了她的祈愿，便有意带动她和父亲从寺庙里出来，走向了法门寺的街头，去到一个荷花满塘的池塘边……吸引了苏若兰眼睛的，先是出淤泥而不染的荷叶，它们全都蒲扇般摇荡在池面上；然后才是亭亭玉立的荷花，这里一株开了的，那里一株待开未开的。苏若兰正看得入迷，突然听到一阵叫好声。她拉着父亲挤过去，但见一个二十岁出头的青年人正在挽弓射箭，"嗖嗖嗖"三箭射出，碧蓝的天空中正在振翅飞翔的三只大雁应声掉落，周围的人无不大叫："好箭法！"

风先生听见苏若兰也在大声地叫呢。她叫着，并情不自禁地去看他了。一眼看过，就把射雁青年印记在心，唯觉一身武生打扮的他，相貌堂堂，英姿勃勃，她的心狂跳起来了。

少女狂跳的心，又岂能压制官兵们如狼似虎的吆喝。苏若兰把她看着那英俊青年的眼睛稍稍偏了一下，便看见几个官兵绑着一个满脸伤痕的青年人走了过来，而跌跌撞撞在后面的一个老者，须发灰白，凌乱如草。他苦巴巴地追着喊："你们不能抓他呀，我就这么一个儿子……"然而老者悲苦的哀诉没能触动乱抓兵丁的官兵的情感，他们依然恶着脸，押着被抓的青年人在前边走。三箭射杀三只大雁的青年人，听着老者的哭诉，顿生怜悯之心，他横身过来，挡在几位官兵面前，劝说他们放了老者的儿子。蛮横乡里的官兵骂他狗拿耗子多管闲事，并挥拳飞脚，对他动起手来。英俊青年不急不慢，拳来拳挡，脚来脚阻，客客气气地防守了几招。看他们不识相，便不客气了，腾挪翻转，强势出击，仅几拳就打跑了官兵。哭诉的老者和他受伤的儿子屈身拱手，是要感谢青年人了。而青年人扶住两人的手，从他怀里摸出一些碎银子，交给老者和他的儿子，让他们赶快逃走，免得再生事端。

苏若兰少女的心，被青年人彻底地征服了。她钦佩他不仅武艺高强，而且心地善良，特别富有正义感和同情心。

爱慕上了青年人的苏若兰，法门寺进香一毕，就跟着父亲回家了。在路上思想的还是那个青年，她问父亲，那青年是为何人？父亲不糊涂，明白她的心思，就含笑回答她说："那是大将军窦真的孙子窦滔哩……"父亲回答苏若兰的话，少女的她忘记了女孩儿该有的矜持，当下就把心里所想和盘托出，要她的父亲托媒去窦家提亲。

扶风县城的老窦家，人才辈出，远近闻名。这一代的窦滔，如先祖一般，豪气干云，立志除暴安良、报效人民。他的年岁不小了，迟早都将走出家门，奔赴沙场。家人也想着在他走出家门前，给他娶上一门亲，可是再好不过了哩。苏家的媒人，到窦家门里一进一出，一桩千古流传的好姻缘，就这么定下来了。

准备了一年时间，在公元372年一个阳光明媚的春日，一顶龙凤呈祥的大花轿，从武功县的苏坊村抬起十六岁的苏若兰，一路吹吹打打，抬进了窦滔的家。他俩喜结连理，恩爱幸福地生活了一段时日，满怀英雄梦想的窦滔就要离家奔赴沙场去了。这对他俩来说是悲伤的。小夫妻所处的时代太不如人意了，史称"五胡十六国"。正统的东晋王朝屈居江南，而北方各少数民族，把血腥的力量毫无节制地发挥到了极致。各个朝代像走马灯一般轮换，黎民百姓饱受战乱之苦，望眼四方，无处不是哀鸿遍野。直到前秦皇帝苻坚顺应潮流，统一了北方后，才为百姓建立起了一个难得的"小康"局面。

将门之后的窦滔，非常痛恨战乱给黎民百姓造成的苦难，一心想为家国的长治久安做出点贡献。于是，就在新婚后的那年秋天，他给爱妻苏若兰说了，好男儿当在疆场实现自己的报国之志，才不枉人世一场。

小夫妻枕边的话，风先生是听到了呢。他没有言语，只是看着苏若兰把她的双臂缠上了窦滔的脖子，静静地抱住他，把她的嘴巴深深地吻在他的脸上，细声慢气地给他说："你去吧，我不拦你，只要你记着我。"

新婚宴尔、情意缱绻的小夫妻，就在那个秋风飒飒、黄叶飘飘、雁鸣阵阵的日子分别了。一匹战马一杆枪、一身武士装束的窦滔，在妻子苏若兰的陪伴下，走出了他们居住的法门寺小西巷，从军上路了……他俩路过初识时的池塘边，夏日的艳荷在季节的变化里，到深秋已经是残荷了，触景生情的苏若兰，不禁对她的夫君窦滔低声吟道：

> 送君送到池塘东，当年射鸟识君容。
> 红线相牵结秦晋，不想今日两离分。

转过荷花塘，来到了小巷南，走在了大街上，苏若兰又吟道：

> 送君送到小巷南，只恨时短路更短。
> 此去前途两不知，郎君何日得回还？

当他们相伴来到寺院西边时，恰遇寺院钟声响起，苏若兰又吟道：

> 送君送到寺院西，钟声伴君跨征骑。
> 祷告神灵多保佑，等郎平安归故里。

小夫妻卿卿我我、缠缠绵绵、难分难舍，弄得男子汉的窦滔差点儿拨转马头回家了呢。但他毕竟是个有血性的大丈夫，于是跃身上马，挥鞭抽打了一下马屁股，使得胯下的骏马四蹄飞扬，向着男儿理想的征程奔驰去了……

在烈焰血光的战场上，窦滔南征北战，屡建奇功，迅速成长为一员有勇有谋的青年将军。特别是在协助苻坚攻取东晋的梁州和益州的战役中，他的文韬武略得以全面展现。苻坚对他深为赏识，认定他是一位难得的人才。公元374年，从军两年、年龄二十三岁的他，即被提拔为秦州（今甘肃天水）刺史。窦滔回到故乡法门寺，接上十八岁的妻子苏若兰，一同赴秦州上任。

刺史的职责，各朝各代不尽相同，但前秦的刺史，实际上就是本地的最高军政长官。所以窦滔既要管军，又要理政。他上任之初，适逢当地连年大旱，庄稼无收，而苻坚又要不断征粮扩军、开拓疆土。面对这种情况，窦滔巧妙周旋，全力抗灾救民，把当地治理得清平有序。

野心勃勃的前秦皇帝苻坚，不顾民众疾苦，一心想要迅速南下，消灭东晋，统一全国。常常深入群众生活的窦滔，看到了连年兵灾给百姓带来的痛苦。耿直的他劝谏苻坚，要审时度势，息兵休战，给百姓一个休养生息的机会……刚愎自用的苻坚，哪里听得进窦滔的逆耳良言，加之个别好大喜功的权奸之臣屡屡背后谗言陷害窦滔，这就引得苻坚更为不满，以为他抗旨不遵，一道旨令下来，把他谪贬去了遥远荒凉的流沙（今甘肃敦煌），去做地方小官。

小夫妻的热被窝才暖和了不长日子，就又要被迫分别，诗意满怀的苏若兰，忍受不住内心的凄凉，送别窦滔到府衙门口，即给他吟诵出一首诗来：

　　银箭昔日穿红线，何故今朝断丝弦？
　　送君池边千秋泪，漠漠流沙几时还？

窦滔听着，既悲伤又无奈，他无奈地摇头叹息，因此就更惹得苏若兰泪眼婆娑了。她接着前边的诗句，便又吟诵出了一首诗：

　　瑟瑟秋风孤雁鸣，古道西望泪湿巾。
　　暮日惨惨照荒草，佳音不知几度春。

窦滔被贬谪发配边关，刚满二十岁的苏若兰一时手足无措，在痛别夫君之后，不好再留秦州，只身回到故里扶风县法门镇的小西巷居住。这里有她的家人和亲朋好友，但也难以安抚她对丈夫命运的担忧。因家产被查抄充公，她的生活没有了来源。面对这种情况，苏若兰也许是悲情大发，也许是诗情泛滥，她写出了一篇令时人惊叹、让后人慨叹的回文诗。

这篇回文诗最初仅有66字，因为思想情感的动荡和发酵，苏若兰一遍又一遍地修改，一次又一次地丰富，到后来发展成百余字的一首长诗。

> 贵米何不当量妻夫抛怎咐真鹤阳
> 再夫柴初早寡思离妇嘱老深情月
> 我思结中配回织垂时恩山年日语
> 侣发身夫家锦归去双叫深同婆谁
> 好伴奴上回想凄本早泪怜久料翁
> 谁放寻文少孤更回要可上至别去
> 早知朝能受寒野归地与今枕日离
> 子天冷淡尚雀衣天不久夫同鸳鸯

至于后来的人如何解读苏若兰的回文诗，风先生是不怎么理会的，他那个时候就伴在苏若兰的身边，见识了她创作回文诗的过程，也听闻了她阅读回文诗的节奏，是按每句七言来诵读的哩。首句从第一行中的"贵"开始，释读出来即是这个模样：

> 贵米何不当量妻，夫抛怎咐真鹤阳。
> 再夫柴初早寡思，离妇嘱老深情月。
> 我思结中配回织，垂时恩山年日语。
> 侣发身夫家锦归，去双叫深同婆谁。
> 好伴奴上回想凄，本早泪怜久料翁。
> 谁放寻文少孤更，回要可上至别去。
> 早知朝能受寒野，归地与今枕日离。
> 子天冷淡尚雀衣，天不久夫同鸳鸯。

如果从第一行中的"夫"字开始，向下斜着念，到边缘处向上、下、左、右念，宛转回环，一直到第一行的"妻"字为止，释读出来就会是这样一首七言诗：

> 夫妇恩深久别离，鸳鸯枕上泪双垂。
>
> 思量当初结发好，谁知冷淡受孤凄。
>
> 去时嘱咐真情语，谁料至今久不归。
>
> 更想家中柴米贵，再思身上少寒衣。
>
> 天地可怜同日月，阳鹤深山叫早回。
>
> 野雀尚能寻伴侣，我夫何不早回归。
>
> 本要与夫同日去，翁婆年老怎抛离。
>
> 织锦回文朝天子，早放奴夫配寡妻。

风先生听来，无论怎么诵读，都极入心，既素朴平实，又朗朗上口。这首诗当时即流传了开来。风先生特别喜欢苏若兰抒写出的回文诗，他那个时候，到处奔走，全身心地寻觅着这首回文诗的流行足迹。他总结了众人的智慧，给苏若兰的回文诗很是恰切地起了个《回文朝天子》的诗名。

这里的"天子"，自然指的是前秦皇帝苻坚。

这位氐族的皇帝，雄才大略，历史是有定论的。风先生以他可以有的方式，把苏若兰的回文诗呈送给了身在京城长安的皇帝。做着前秦皇帝的苻坚，仔细品阅苏若兰的回文诗，他反复咀嚼，圣心大受触动，就也思念起了青年才俊窦滔……时名流沙的敦煌，别说距离长安城了，就是距离窦滔原来任职的秦州城，亦有遥遥数千里，千山相隔，万水相阻，要经过金城（今兰州）、凉州（今武威）、甘州（今张掖）、肃州（今酒泉），以及嘉峪关、玉门关，直到阳关。周边是望不到头的沙漠，人烟稀少，生活艰辛。

唐代诗人王维撰写的那首名为《送元二使安西》的七绝，就很能说明问题：

渭城朝雨浥轻尘，客舍青青柳色新。

劝君更尽一杯酒，西出阳关无故人。

风先生一旦思接流沙的敦煌，就会想起王维的诗句，甚至会不能自禁地吟诵出来。他知道，盛唐之际，国势强盛，内地与西域往来频繁，从军或出使阳关之外，在唐人心中是令人向往的壮举。即便如此，唐人依然排遣不掉独行穷荒的艰辛寂寞，更何况在纷争战乱的十六国时期……阅读了苏若兰回文诗的皇帝苻坚，应该有如风先生一般的情绪，他对窦滔生出一份恻隐之心，是要把他召回长安城来，免去他的一切罪责，给他新的任命，让他建立新的功劳。

接到旨令的窦滔，没有先去长安城面见皇帝苻坚，而是回到扶风县的法门寺故里来了。因为窦滔的心里，急切想要见到的，是他的妻子苏若兰。不知道她生活怎么样？牵挂着苏若兰的窦滔，从流沙的敦煌一路往回走，身边还伴着个名为赵阳台的女子。被贬敦煌的窦滔内心苦闷极了，他度日如年，虽然极度想念自己的妻子，却也难熬眼前的痛苦烦闷与孤单寂寞，结果偶遇了年轻曼妙的赵阳台，她能歌善舞，活泼调皮，给了窦滔心灵许多安慰，不久即纳她为妾。带着小妾赵阳台，窦滔心急如焚地赶回了老家法门寺，进到了他小西巷的家里，见着了爱妻苏若兰。

走在路上时，窦滔做了多种多样的想象，"久别胜新婚"是他想得最多的场面。可是他想错了，思念着他的苏若兰，不能接受他带回的小妾赵阳台。

在家的日子，苏若兰垂泪不止，她刻意躲着窦滔和赵阳台。一家人就那么尴尴尬尬地熬了些日子，窦滔架不住朝廷的催促，他要离家赴京了。

窦滔是想带着苏若兰与他一起去的，但他向苏若兰再三求告，都没有说服她。无可奈何的窦滔只得泪别苏若兰，带着小妾赵阳台赴京去了。

见到皇帝苻坚后，苻坚任命他为领军大将军，并令自己的儿子苻丕为监军，统兵去攻打东晋的军事重镇襄阳城。风先生也不远千里，从扶风县的法门寺跑去窦滔统兵作战的前方，见证了他的文韬武略。窦滔巧妙指挥，与前秦的另外几支军队密切协同，几场艰苦卓绝的战斗打下来，胜利夺取了襄阳城。苻坚因此大喜，遂封窦滔为安南将军，镇守襄阳城。能歌善舞的小妾赵阳台，不惧血雨腥风的战争，她日夜陪伴着窦滔，倒也给了他无尽的支持与慰藉。

独居扶风县法门寺小西巷老家的苏若兰，形只影单，天长日久，她不免思念远方的丈夫窦滔，并为自己的年轻气盛和任性赌气，产生了些微的悔恨之心。于是，她把她的所思所想书写成诗，越写越多，床头上、桌案上，到处都是。一天，她临窗对镜梳妆，看到外面杨柳吐絮，燕子呢喃，更觉悔恨难当，无限寂寥之际，自个儿占了一卦，卦象曰"嗟"。情不能禁的苏若兰于是以"嗟"起首，吟出一首诗来：

> 嗟叹怀，所离经。遐旷路，伤中情。
> 家无君，房帏清。华饰容，朗镜明。
> 葩纷光，珠曜英。多思感，谁为荣？

看似感情细腻脆弱的苏若兰，其实是个意志坚强的女子。一首诗才吟完，另一首跟着又吟出来了：

> 仁贤别行士，颜丧改华容。
> 贞物知终始，寒岁识凋松。

一日复一日，一月又一月，一年还一年，苏若兰把她的思念之情，全都融入几千首诗句中。此后还用了许多个夜晚，反复排列，互相交织，融通对比，叠加重合，最后浓缩在了上下左右各29字，共841字的文字方阵中，工工整整地完成了她《璇玑图》的创作。其中还对曾经迫害窦滔的奸佞之徒给予了鞭笞："谗佞奸凶，害我忠贞。祸因所恃，恣极骄盈。"在对权奸陷害表示愤愤不平的同时，也对丈夫窦滔的恃才傲物进行了批评，认为他应该吸取教训，防患于未然："虑微察远，祸在防萌。察微虑深，慎在未形。"风先生对此该是最有发言权的哩。他说了，苏若兰所以能有《璇玑图》面世，既是她才智情感的表现，更是她无数孤寂夜晚苦熬的结果。

独守空房的悲情，使苏若兰的才情发挥到了极致。诗成之后，她又在家门前的池塘里浣纱，在家里搭起织布机，用她漂染出来的五色彩线，红、黑、蓝、紫、黄，精致细腻地将诗句织在了一方长宽各八寸的锦帕上。锦帕四周用了红线，是红色字，四笔顶头的红字，又构成了大大的一个"井"字，把画面切分成了九大格。而"井"字中间的一大块，再用彩线分成了九小块。这样一方彩色锦帕，花团锦簇，不只好看，而且为解读诗文提供了极大的方便。风先生以为，后来清代小说家李汝珍所著《镜花缘》里面的《璇玑图》，就是按照苏若兰当时织锦的原有色彩描写的。

苏若兰把她织在彩锦里的回文诗命名为《璇玑图》，有着十分严密的考虑。她知晓"天璇""天玑"是北斗七星中的星名，古人因此也把北斗七星称为"璇玑"。多才多艺、学识渊博、聪慧过人的苏若兰，给她的回文诗起《璇玑图》的名字，确乎恰如其分。她上通天文，下晓地理，中悉人文，借用七星所用的"璇玑"二字，不但融会了天地机缘，还巧妙地融入四书五经和诸子百家的典识。有人统计过了，说是《璇玑图》运用《诗经》的典故达77处，运用《易经》的原理达64处。

风先生特别认同李汝珍在《镜花缘》中对《璇玑图》的评析，他说："（《璇玑图》）上陈天道，下悉人情，中稽物理，旁引广譬，兴寄超远，此等奇巧，真为千古绝唱。"

织成彩锦的《璇玑图》，时人少有读得明了的，但辗转送往襄阳窦滔的手里，他当即就读懂了。窦滔因此悔恨得大哭一场，立即把赵阳台送回关中老家。他亲自备了车马，来到老家法门寺小西巷，满怀诚恳地把苏若兰接去襄阳，低头给她认了错，夫妻二人因之和好胜前。

但这样的好日子，夫妻俩没有过多少天，残酷的淝水之战就拉开了序幕。结果，战争不仅败亡了前秦帝国，也摧毁了这个幸福的小家庭。年仅三十二岁的窦滔，壮烈地牺牲在了战场上。

苏若兰给窦滔守灵，把他的灵柩运送回扶风县，安葬在了七星河畔。窦滔牺牲后，苏若兰也郁郁而去。她短短的一生，除留下回文诗《璇玑图》外，尚有其他作品，可惜都遗失不存了。七星就是璇玑，璇玑即为七星，待苏若兰身殁，她的后辈遵照遗嘱，把她与窦滔合葬在了这处"七星""璇玑"相融合的地方。

风自周原生

（代后记）

凯风自南，吹彼棘心。棘心夭夭，母氏劬劳。

凯风自南，吹彼棘薪。母氏圣善，我无令人。

爰有寒泉，在浚之下。有子七人，母氏劳苦。

睍睆黄鸟，载好其音。有子七人，莫慰母心。

——《诗经·国风·凯风》

天堂在哪里？天堂有什么？天堂好吗？

相信大家如我一样都是向往着天堂的，但又都不知道天堂在哪里，更不知道天堂有什么。天堂好还是不好，我们没人说得清楚，但糊涂中还看得见：一些去了天堂的人，似乎就没回来过。这么说来，天堂像我们的人生路一样，是一张单程票。为此风先生说了，可否把我们向往的天堂，看成自己的故乡？相信大家都有自己的故乡，自己的故乡有什么，自己的故乡好不好，去到自己的故乡就会知道，我们每个人自己的故乡，也就是自己的天堂。

我的故乡在古周原之上，我根植故乡，厚植梦想，知道我的故乡周原，是比天堂还好的一片热土呢。

"古公亶父，来朝走马，率西水浒，至于岐下"，《诗经·大雅·绵》指向的"岐下"，是我的故乡周原的另一种叫法。风先生见证了古公亶父，率领姬姓氏族三千余乘，从相对偏远荒蛮的陇西北地区，循天水，逾梁山，来到岐山下的这一片台塬地带。他弯下腰来，随便抓起一把泥土，在手里轻轻地握了握，这就握出满把肥腻腻的油水来了；接着又还折了一根草枝，送进嘴里，在齿舌间同样轻轻地嚼了嚼，这就嚼出糖饴一股的甜香来了。公亶父因此乐了起来，这是他艰难跋涉了许多日子，难得的一乐。他这一乐是幸福的。幸福的他情不自禁地、随口还吟出了一句"周原朊朊，堇荼如饴"的佳话，并让跟随在他身边的占卜师，取来一片龟甲，钻火烤烧着。龟甲经不起烈焰的烤烧，一会儿就爆出裂纹来，公亶父看着龟甲上的裂纹，不再犹豫，果断地号令下来，姬姓全族，哪儿也不去了，这里就是故国，这里就是家园。他们定居下来，农耕狩猎，营建屋宇，创立宗庙，设立太庙，使自号周人的姬姓部落，在这里一点点地发达了起来。周人发达起来的台塬地区，自然地就叫了"周原"这个名讳。

我为发达在这里的祖宗而骄傲，更为发达之前这里的祖宗而自豪。我回到故乡的周原来，因为风先生的引导，常会产生一种穿越时空的感觉。我看到自己一身粗麻布衣，披头散发，扶风游荡在旧日时光中，在土肥地美、水丰物茂的周原上，成为一名尊礼崇仁、奉义知耻的周族百姓，歌之乐之，舞之蹈之，快活地吟诵着周王室的采诗官敲打着木铎、从民间采集来的歌谣：

> 椒聊之实，蕃衍盈升。彼其之子，硕大无朋。椒聊且，远条且！
> 椒聊之实，蕃衍盈匊。彼其之子，硕大且笃。椒聊且，远条且！

我的吟诵感染到了风先生，他说《唐风·椒聊》以兴的手法，叙景抒情，人椒互化，物我皆美，把人间的爱，表述得清丽自然、透明鲜艳。进而还说，几行小诗，比兴合一，前呼后应，把对人物的赞美，步步推进，不断深化，含蕴隽永，大有余音袅袅绕梁不息之感，实之谓一往而情深矣。

静女其姝，俟我于城隅。爱而不见，搔首踟蹰。

静女其娈，贻我彤管。彤管有炜，说怿女美。

自牧归荑，洵美且异。匪女之为美，美人之贻。

　　我的吟诵感动到了风先生，他说《邶风·静女》是一首爱情诗，还说后来很多诗家，都认真模仿习练了呢。但是遗憾极了，照猫画虎的他们，没人能够达到那飘逸悠长的意境，更别说一咏三叹所蕴含的那种缥缈洒脱的神秘之感。

凤皇鸣矣，于彼高冈。梧桐生矣，于彼朝阳。萋萋萋萋，雍
雍喈喈。

君子之车，既庶且多。君子之马，既闲且驰。矢诗不多，维
以遂歌。

　　我想要吟诵更多的古老歌谣，风先生突然也同我一样，吟诵出了几句《诗经·大雅·卷阿》。风先生不仅目睹了古周原上，周人的老祖先文王和他的子孙实行仁政，使得老百姓安居乐业，一片祥和的气象，还看见蛰伏在秦岭深山里的凤凰感受到了周原上的美好与兴旺，浴火重生，扶风飞翔，飞临到周原上。祥瑞的凤凰眼见了周原当时的景象，满心喜悦地发出了天籁般的一声啼鸣。

　　哦，凤鸣岐山！

　　那一声响彻云霄的啼鸣，传说在人间，永不熄灭，至今依然萦绕在周原上，不仅风先生听得见，做着他朋友的我，似乎也能听得到。悠游在古老的周原上，映入眼帘的许多地名，凤凰台、凤凰岭、凤凰阁、大名鼎鼎的凤翔县，以及凤鸣过的箭括岭、栖息过的飞凤山，都以自身的存在证明着那个远古的传说。

　　我天堂般的故乡，世世代代受惠着凤凰的恩爱，感戴着凤凰的恩赏，

周原上的人，暗地里都愿意把自己视为凤凰的儿女！

有对小小的凤凰，以青铜的姿态，静悄悄地掩身在那个叫凤雏村的厚土中，默默地孕育着，一千年，两千年，三千年……我是要猜想了呢，她们赶在万象更新的新时代，沐浴着新生活的春风，破土而出！建筑在凤雏村一片庄稼地上的周原博物馆，从规模上看，是太小了点，但小而质朴，小而精粹。浸润着润物细无声的那一种细雨，我在风先生的陪伴下，走进了这处质朴精粹的博物馆，在他们依照编年史，自商而周，精心策划布置的展览馆里，我的眼睛首先扫过那红陶、黑陶的众多罐子、钵子，又扫过那墨石、花岗石的石斧、石刀，最后扫了众多青铜器的身上，鼎、簋、爵、盘、尊、壶……突然地，一只小小的凤凰，把我的眼光拽住了，我注视着那比人的小拇指大不了多少的青铜凤凰，注视得久了，竟然感觉到了眼睛在发热，抬手摸上去时，居然摸出了一把滚滚烫烫的热泪！

原来出土的时候，青铜的凤凰成双成对，是抱成团儿的一对子。陕西省博物馆调转去了一只，留在凤雏村周原博物馆里的，就孤独地剩下了这一只。

像风先生一般，我爱着凤凰，凤凰之于我的故乡周原，是最为深刻也最为闪亮的图腾。周原文明崇拜的凤凰啊，是美的象征，是善的象征，是爱的象征，是人所向往的大同世界的象征。

我天堂般的故乡，因为周文化的丰富性，既然有了凤，自然是少不了龙。那龙可能叫螭龙，还可能叫成龙、夔龙，这些个龙的造型，熔铸在青铜器上，与那蠢萌的饕餮一般，其实都是为了吓人的。风先生知道，饕餮"有首无身"，非常狞厉。就如《左传·文公十八年》描绘的那般："天下之民以比三凶，谓之饕餮。"如此一来，倒叫人对于龙这个圣物，要产生出一种别样的情绪了呢。

跟随着风先生，我俩来到一处农家乐院子，找到一张露天饭桌，要了几碗店家引以为豪的臊子面。

这家名为"岐阳阁"的农家乐院外墙壁上，主人家以周文化传说为基础，描画了许多壁画，既有"甘棠遗爱""握发吐哺"，还有"文王射龙"等。其所蕴含的内容和意义,风先生最是明了。我挨着个儿看来,这就看到了"文王射龙"的那幅壁画,把我看得当即愣了起来。明慧神圣如周文王者,何以要搭起弓来,射一条龙呢?这太突兀了,但却并不奇怪。龙在周朝的时候,可能并不怎么受人待见,如不然,我们敬爱的周文王,怎么可能会搭弓射箭于它,而且还不止一次,是一次一次又一次。射杀了龙后,为使万民得以安生,不再遭受恶龙的祸害,还把龙肉切碎,投入鼎锅,注满汤水,架起大火,烧煮到滚沸,任由老百姓自己端着饭碗,在鼎锅里舀取龙肉的高汤,浇在饭碗里吃喝了。

龙啊龙!在我天堂般的古周原上,原来如此不堪。

那次在岐阳阁吃用农家乐,同行的既有风先生,还有另外几位友人。他们来自周原之外的地方,对外墙上的壁画,不甚了解,你一言他一语、各执一词地议论了。我想要给他们解释的,但风先生没有让出声。他知道,人的心里有了误解,你说得越多,越详细,人家的误解会越大越深……一行人沉默了下来,乘坐上我们来时的车,往我们下榻的周城"原舍"宾馆去了。

不过,大家仅只沉默了一小会儿,就又你一言他一语地开始交流了。

这次的话题,偏离开了那些沉重的东西,说的都是中午的饭食。广州来的王君、北京来的石君、河北来的胡君他们,都是头一次到我的故乡周原来。头一次吃喝古周原上的饭菜,他们是稀罕的,对不对他们的胃口,我不能知道,但听他们说来,倒全都吃喝得很是快意,很是享受。他们纷纷朝我打问那些吃喝的名称。我心里得意着,一样一样地给他们介绍了:擀面皮、蒸面皮、懒面皮……醋糟粉、豌豆粉、扁豆粉……猪头肉、排骨肉、酱牛肉……我说得嘴馋,朋友们听得心馋。聊完吃喝,风先生担心我把话题引到严肃沉重的方向上,就及时地把话题转移了开来,说起了大家乘坐缆车,上到周公庙背倚的凤凰山上,一路沿着风景旖旎的山脊,凭吊周王朝的逸事。恰其时也,有股盛大的祥云,自凤凰山的谷底,无声地弥漫着,像有什么特殊的能量,发生着连锁反应,一朵一朵地向着天际升腾。而落着细雨的天空,此一时也,仿佛感应到了那一团祥云的升腾,忽然地裂开了一道缝隙，给盛大的祥云，敞开一处能够升天的路径……这团盛大的祥云，谁在什么地方遇见过呢？我这许多年来，天南海北地走了不少地方，没在任何地方遇见过，便是在我天堂一样的故乡周原，也从来没有遇见过那美艳到极致、神秘到极致的祥云。

是伟大的周人始祖，我们中华文化的缔造者们，以祥云的形式，给我们今人的一个启发吧？

我在心里这么想来，而风先生嘴上就还说了呢。他说启发原是孔老夫子想兹念兹的"克己复礼"，是中华文化复兴的千年一梦……为着这个启发的践行者们，把他们的情感移植在了这片土地上，身体力行，进行着卓有成效的劳动。

那么我们周原人呢？根植深厚的周文化与周文明，觉悟并觉醒着，为天堂般的故乡，做出新的更为人惊叹的努力！

可爱的风先生，也许感知到了我奔腾的血脉正在强烈地撞击着我的心灵。他赶在这个时候，把一首流传在古周原上的歌谣，风吼似的又吟诵出来了：

> 凯风自南，吹彼棘心。棘心夭夭，母氏劬劳。
> 凯风自南，吹彼棘薪。母氏圣善，我无令人。
> 爰有寒泉，在浚之下。有子七人，母氏劳苦。
> 睍睆黄鸟，载好其音。有子七人，莫慰母心。

我听得清楚，风先生吟诵的该是那首名叫《凯风》的歌谣了呢。这首歌谣对后世影响十分大。古乐府为游子颂母而作的《长歌行》，就借用了其所具有的那一份情怀，"凯风吹长棘，夭夭枝叶倾……伫立望西河，泣下沾罗缨"。唐人孟郊的五言古诗《游子吟》，也以《凯风》为念，慨叹出"谁言寸草心，报得三春晖"的佳句。直到北宋时的大文豪苏东坡，《为胡完夫母周夫人挽词》也有引用，极言"凯风吹尽棘有薪"。

风先生所以要不失时机地吟诵《凯风》，在我想来，是提醒我天堂般的故乡也是一位母亲，在无微不至地养育着我们的肉体时，还在养育我们的精神和灵魂。

领悟着风先生的领悟，我如风先生一般，随口也吟诵出了一首流传在古周原上的歌谣：

> 谁谓河广？一苇杭之。谁谓宋远？跂予望之。
> 谁谓河广？曾不容刀。谁谓宋远？曾不崇朝。

我吟诵出来的是《诗经·卫风》里的《河广》一诗。千百年来被人传颂不断的这首歌谣，也许如研究者解读的那样，是时人远游的思乡之作。我同意那样的观点，但我还要说，"谁谓河广？一苇杭之"反映的难道不是思乡者的一种阔大、豪迈的情怀？

一问一答，问得如黄河怒涛般石破天惊，答得又如砥柱中流般峰峦耸峙。仅仅两章八句，看似单调重复，其所造成的效果，令人不能不为之动容。

"一章飘忽而来，起最得势，语亦奇秀可歌。"有清一代，被风先生记忆的一位方姓诗人说的话，最合我的心意了。这是"风"了呢，风自周原生，生成万千汉字的长子，风天风地，风人风物，千百年的"风"来，便有了可爱的风先生。

"纪"而周原，我的能力有限，挂一漏万地"纪"来，是很不够的。如果可能，希望风先生能够联络更多热爱周原的识家，以及我的读者朋友，帮助我完善对于周原的"纪"念。

风先生因此就还为我的这部书题记了呢。他题记了两句话：

周原是古老的，古老着中国文化的优秀传统；

周原是新鲜的，新鲜着中国精神的坚实基础。

2024年2月16日　扶风堂